AF547282

GRöLS
Verlage

„Bücher sind wie Fallschirme. Sie nützen uns nichts, wenn wir sie nicht öffnen."

Gröls Verlag

Redaktionelle Hinweise und Impressum

Das vorliegende Werk wurde zugunsten der Authentizität sehr zurückhaltend bearbeitet. So wurden etwa ursprüngliche Rechtschreibfehler *nicht* systematisch behoben, denn kleine Unvollkommenheiten machen das Buch – wie im Übrigen den Menschen – erst authentisch. Mitunter wurden jedoch zum Beispiel Absätze behutsam neu getrennt, um den Lesefluss zu erleichtern.

Um die Texte zu rekonstruieren, werden antiquarische Bücher von Lesegeräten gescannt und dann durch eine Software lesbar gemacht. Der so entstandene Text wird von Menschen gegengelesen und korrigiert – hierbei treten auch Fehler auf. Wenn Sie ebenfalls antiquarische Texte einreichen möchten, finden Sie weitere Informationen auf www.groels.de

Viel Freude bei der Lektüre wünscht Ihnen das Team des Gröls-Verlags.

Adressen

Verleger: Sophia Gröls, Im Borngrund 26, 61440 Oberursel

Externer Dienstleister für Distribution & Herstellung: BoD, In de Tarpen 42, 22848 Norderstedt

Unsere „Edition | Werke der Weltliteratur“ hat den Anspruch, eine der größten und vollständigsten Sammlungen klassischer Literatur in deutscher Sprache zu sein. Nach und nach versammeln wir hier nicht nur die „üblichen Verdächtigen“ von Goethe bis Schiller, sondern auch Kleinode der vergangenen Jahrhunderte, die – zu Unrecht – drohen, in Vergessenheit zu geraten. Wir kultivieren und kuratieren damit einen der wertvollsten Bereiche der abendländischen Kultur. Kleine Auswahl:

Francis Bacon • Neues Organon • **Balzac** • Glanz und Elend der Kurtisanen • **Joachim H. Campe** • Robinson der Jüngere • **Dante Alighieri** • Die Göttliche Komödie • **Daniel Defoe** • Robinson Crusoe • **Charles Dickens** • Oliver Twist • **Denis Diderot** • Jacques der Fatalist • **Fjodor Dostojewski** • Schuld und Sühne • **Arthur Conan Doyle** • Der Hund von Baskerville • **Marie von Ebner-Eschenbach** • Das Gemeindekind • **Elisabeth von Österreich** • Das Poetische Tagebuch • **Friedrich Engels** • Die Lage der arbeitenden Klasse • **Ludwig Feuerbach** • Das Wesen des Christentums • **Johann G. Fichte** • Reden an die deutsche Nation • **Fitzgerald** • Zärtlich ist die Nacht • **Flaubert** • Madame Bovary • **Gorch Fock** • Seefahrt ist not! • **Theodor Fontane** • Effi Briest • **Robert Musil** • Über die Dummheit • **Edgar Wallace** • Der Frosch mit der Maske • **Jakob Wassermann** • Der Fall Maurizius • **Oscar Wilde** • Das Bildnis des Dorian Grey • **Émile Zola** • Germinal • **Stefan Zweig** • Schachnovelle • **Hugo von Hofmannsthal** • Der Tor und der Tod • **Anton Tschechow** • Ein Heiratsantrag • **Arthur Schnitzler** • Reigen • **Friedrich Schiller** • Kabale und Liebe • **Nicolo Machiavelli** • Der Fürst • **Gotthold E. Lessing** • Nathan der Weise • **Augustinus** • Die Bekenntnisse des heiligen Augustinus • **Marcus Aurelius** • Selbstbetrachtungen • **Charles Baudelaire** • Die Blumen des Bösen • **Harriett Stowe** • Onkel Toms Hütte • **Walter Benjamin** • Deutsche Menschen • **Hugo Bettauer** • Die Stadt ohne Juden • **Lewis Caroll** • *und viele mehr….*

Emile Zola

Der Bauch von Paris

Inhalt

Erstes Kapitel

Inmitten der tiefen Stille zogen durch die menschenleere, ansteigende Allee die Karren der Gemüsegärtner nach Paris mit dem gleichmäßigen Kreischen ihrer Räder, dessen Widerhall an die Mauern der Häuser schlug, die zu beiden Seiten der Straße hinter den verschwommenen Linien der Ulmen in nächtlicher Ruhe dalagen. An der Brücke von Neuilly waren ein Karren Kohl und ein Karren Bohnen zu den acht Karren weißer und gelber Rüben gestoßen, die von Nanterre kamen; die Pferde gingen allein gesenkten Kopfes mit ihrem ausdauernden, trägen Schritt, den der ansteigende Weg noch verlangsamte. Auf ihrer Gemüseladung oben, zugedeckt mit ihren schwarz und grau gestreiften Mänteln, schlummerten die Kärrner mit den Zügeln in der Faust. Trat ein Wagen aus einem in Schatten liegenden Straßenabschnitt heraus, dann beleuchtete das Gaslicht die Nägel eines Schuhes, den blauen Ärmel einer Bluse, die Spitze einer Mütze mitten unter den riesigen Bündeln roter und weißer Rüben, dem überquellenden Grün der Bohnen und der Kohlköpfe. Und auf der Straße wie auf den benachbarten Wegen, vorwärts und rückwärts kündigte das ferne Knarren von Fuhrwerken gleiche Züge an, einen ganzen Markt, der durch die Dunkelheit und den Schlaf der zweiten Morgenstunde sich bewegte und die im Schatten liegende Stadt in dem Geräusch dieses Zuges von Nahrungsmitteln wiegte.

Balthasar, das Pferd der Frau François, ein allzu fettes Tier, schritt an der Spitze des Zuges einher. Halb im Schlummer und leise die Ohren bewegend, ging es fürbaß, als auf der Höhe der Longchamp-Straße ein plötzlicher Schreck es zwang, sich auf alle vier stemmend stillzustehen. Die anderen Tiere stießen mit dem Kopf an das Hinterteil der Karren, und der ganze Zug hielt still mit einem lauten Klirren der Eisenbeschläge und unter den Flüchen der plötzlich aufgewachten Kärrner. Frau François, die auf einem vor dem Gemüsehaufen quer angebrachten Brettchen saß, blickte umher, sah aber nichts bei dem spärlichen Lichte der an der linken Seite des Karrens angebrachten Laterne, die nur eine Flanke Balthasars beleuchtete.

He, Mutter François, vorwärts! rief einer der Männer, auf seinem Rübenhaufen kniend. Es wird irgendein betrunkener S.....l sein.

Sie hatte sich hinabgeneigt und sah rechts, fast unter den Füßen des Pferdes, eine schwarze Masse, die den Weg verlegte.

Man kann doch die Leute nicht überfahren, sagte sie und sprang vom Karren zur Erde.

Es war ein Mann, der bäuchlings in seiner ganzen Länge mit ausgestreckten Armen im Straßenstaube lag. Er schien von ungewöhnlicher Länge zu sein und dürr wie ein Brett. Es war ein Wunder, daß Balthasar ihn nicht mit einem einzigen Hufschlag zu Tode getreten hatte. Frau François hielt ihn für tot; sie hockte vor ihm nieder, nahm eine seiner Hände und fühlte, daß sie warm war.

He, Mann! sagte sie mit sanfter Stimme.

Doch die anderen Kärrner wurden ungeduldig. Der auf seinen Rüben kniete, rief jetzt mit seiner heiseren Stimme:

Haut doch ein, Mutter François! Der Kerl ist voll; stoßt ihn in die Gosse!

Der Mann hatte indes die Augen geöffnet. Mit erschreckter Miene und ohne sich zu rühren, betrachtete er Frau François. Sie dachte, daß er in der Tat betrunken sein müsse.

Sie dürfen da nicht bleiben, sonst werden Sie überfahren, sagte sie ... Wohin gehen Sie?

Ich weiß es nicht, erwiderte er mit sehr müder Stimme. Dann blickte er sich unruhig um. Ich ging nach Paris und bin gefallen ... mehr weiß ich nicht.

Sie sah ihn jetzt genauer an; er hatte ein recht klägliches Aussehen mit seinem fadenscheinigen, zerfetzten, schwarzen Rocke und ebensolchem Beinkleide, die an seinem hageren, knochigen Leibe schlotterten. Seine Mütze von grobem, schwarzem Tuche, scheu bis zu den Augenbrauen herabgezogen, beschattete zwei große, braune Augen von eigentümlicher Sanftmut in einem Gesichte, in das die Leiden ihre harten Furchen gezogen hatten. Frau François dachte, daß er wirklich zu mager sei, um getrunken zu haben.

Wohin gingen Sie in Paris? fragte sie weiter.

Er antwortete nicht sogleich; dieses Verhör schien ihm unbequem zu sein. Er schien mit sich zu Rate zu gehen; dann sagte er zögernd:

Dorthin, nach den Hallen.

Mit unsäglicher Mühe hatte er sich aufgerichtet und schickte sich an, seinen Weg fortzusetzen. Die Krautgärtnerin sah, wie er sich wankend auf die Gabeldeichsel des Karrens stützte.

Sind Sie müde? fragte sie.

Ja, sehr müde, flüsterte er.

Da drängte sie ihn vorwärts und rief:

Rasch, rasch, auf meinen Wagen! Wir verlieren Ihrethalben zu viel Zeit! ... Ich fahre nach den Hallen; dort will ich Sie mit meinen Gemüsen abladen.

Da er sich weigerte, hob sie ihn mit ihren kräftigen Armen auf den Karren, warf ihn fast auf den Rübenhaufen hin und rief zornig:

Lassen Sie uns jetzt in Frieden! Sie ärgern mich, mein Bester! Ich sage Ihnen ja, daß ich nach den Hallen fahre! ... Schlafen Sie, ich werde Sie schon wecken ...

Sie stieg wieder auf den Karren, setzte sich auf das quer liegende Brett und ergriff die Zügel Balthasars, der sich wieder in Gang setzte, schläfrig, leise die Ohren bewegend. Die übrigen Karren folgten, die ganze Reihe nahm in dem nächtlichen Dunkel ihren Weg wieder auf und sandte den Widerhall des Räderknarrens gegen die schlummernden Häuser. Auch die Kärrner schliefen unter ihren Mänteln wieder ein. Der die Mutter François angerufen hatte, streckte sich wieder aus und brummte:

Das wäre schlimm, wenn man die Trunkenbolde von der Straße auflesen müßte. Ihr seid gar zu besorgt, Mutter!

Die Karren rollten dahin, die Pferde zogen ihres Weges mit gesenkten Köpfen, ohne erst angetrieben zu werden. Der Mann, den die alte Küchengärtnerin auf ihren Karren genommen, lag auf dem Bauche und steckte die Beine in den Rübenhaufen, der den hinteren Teil des Wagens füllte; sein Antlitz lag in den gelben Möhren gebettet, deren Bündel sich unter ihm ausbreiteten; erschöpft, mit ausgebreiteten Armen die riesige Gemüseladung umfangend, weil er fürchtete, daß ein Ruck ihn vom Wagen schleudern könne, betrachtete er vor sich die zwei endlos sich hinziehenden Reihen von Gaslaternen, die näher kamen und sich oben in einer Menge anderer Lichter verloren. Am Gesichtskreise schwebte weithin ein weißer Rauch und tauchte das schlafende Paris in den leuchtenden Dunstkreis all dieser Flammen.

Ich bin aus Nanterre und heiße Frau François, sprach die Krautgärtnerin nach einer Weile. Seitdem ich meinen armen Mann verloren habe, gehe ich jeden Morgen nach den Hallen. Das ist hart, glauben Sie mir's! ... Und Sie?

Ich heiße Florent und komme von weit her ... erwiderte der Unbekannte verlegen. Entschuldigen Sie: ich bin dermaßen ermüdet, daß es mir schwer fällt zu sprechen.

Er hatte keine Lust zu plaudern. Da schwieg sie denn still und ließ die Zügel lockerer auf den Rücken Balthasars fallen, der sicher seines Weges zog wie ein Tier, das jeden Pflasterstein kennt. Die Blicke auf das Lichtmeer von Paris gerichtet dachte Florent über die Geschichte nach, die er verheimlichte. Nachdem er aus Cayenne geflohen war, wohin die Dezembertage ihn verschlagen hatten, und nachdem er zwei Jahre im holländischen Guyana herumgestreift war mit dem wahnsinnigen Verlangen heimzukehren und zurückgehalten durch die Furcht vor der kaiserlichen Polizei, hatte er endlich diese teure, große, heiß ersehnte Stadt vor sich. Da wollte er sich verbergen, sein friedliches Leben von einst wieder aufnehmen. Die Polizei sollte nichts davon erfahren; übrigens mußte er ja längst für tot gelten. Dann erinnerte er sich seiner Landung in Havre, wo er nicht mehr als fünfzehn Franken in einem Zipfel seines Schnupftuches fand. Bis Rouen konnte er noch mit dem Postwagen fahren. Von Rouen brach er zu Fuße auf, denn er besaß nur mehr dreißig Sous. In Vernon hatte er für seine letzten zwei Sous Brot gekauft. Was weiter geschah, dessen erinnerte er sich nur undeutlich. Er glaubte, mehrere Stunden in einem Graben geschlafen zu haben. Einem Gendarm, der des Weges kam, hatte er die Papiere zeigen müssen, mit denen er sich versehen.

All dies wirbelte ihm durch den Kopf. Er war von Vernon gekommen, ohne zu essen, Wut und Verzweiflung im Herzen, die Blätter der Hecken kauend, an denen er vorbeikam; und er ging immer weiter, von Krämpfen und Schreckensanfällen ergriffen, mit leerem Magen, trüben Augen, schmerzenden Beinen, ohne sich all dessen bewußt zu sein, immer nach dem fernen, sehr fernen Paris dort hinter dem Gesichtskreise, das ihn rief, das ihn erwartete. Als er in Courbevoie ankam, war es stockfinstere Nacht. Paris, das einem auf die schwarze Erde niedergefallenen Stück gestirnten Himmels glich, erschien ihm streng und gleichsam verdrossen über seine Rückkehr. Da überkam ihn eine Schwäche und er stieg mit schlotterigen Beinen den Abhang hinab. Über die Brücke von Neuilly kommend lehnte er sich an die Brustwehr und neigte sich zur Seine hinab, die zwischen den dichten Massen der Ufer ihre dunklen Fluten wälzte; eine rote Schiffslaterne folgte ihm unten gleich einem blutigen Auge. Es galt jetzt hinanzusteigen, Paris dort oben zu erreichen. Die Allee schien ihm unendlich lang. Die Hunderte von Meilen, die er zurückgelegt hatte, waren nichts; dieses Stück Weges hingegen brachte ihn in Verzweiflung; er glaubte, jene von Lichtern gekrönte Höhe niemals zu erreichen. Die flache Allee dehnte sich dahin mit ihren zwei Reihen großer Bäume und niedriger Häuser, ihren breiten, grauen Fußwegen, auf welche die Schatten der Zweige fielen, und mit den dunkeln Höhlen der Querstraßen in ihrer ganzen Stille und Finsternis; die in regelmäßigen Zwischenräumen stehenden Gaslaternen allein brachten das Leben ihrer kurzen, gelben Flammen in diese gleichsam ausgestorbenen Straßen. Florent glaubte, daß man nicht von der Stelle komme; die Allee dehnte sich noch immer in unendlicher Länge dahin, ließ Paris in den Hintergrund der Nacht zurückweichen. Ihm war, als würden die Gaslaternen mit ihrem einzigen Auge rechts und links dahinlaufen und die Straße mitnehmen; in diesem Wirbel strauchelte er und fiel wie eine tote Masse auf das Pflaster hin.

Auf dieser Ladung Grünzeug gelagert, die ihm weich wie ein Federbett dünkte, fuhr er jetzt ganz sachte dahin. Er hatte ein wenig das Kinn gehoben, um die leuchtende Dunstwolke zu sehen, die über den am Horizont nur undeutlich sichtbaren schwarzen Dächern immer größer wurde. Er kam endlich an; er wurde getragen und brauchte sich nur den jetzt verlangsamten Stößen des Karrens zu überlassen. Bei dieser mühelosen Annäherung vergaß er alles Leid, nur den Hunger nicht. Der Hunger war erwacht, unerträglich und grausam. Seine Glieder waren erschlafft, er fühlte nichts als seinen Magen, der sich zusammenkrampfte und gleichsam von einer rotglühenden Zange festgehalten wurde. Der frische Geruch der Gemüse, in denen er lag, dieser durchdringende Möhrengeruch betäubte ihn dermaßen, daß er schier das Bewußtsein verlor. Er drückte mit allen seinen Kräften seine Brust an dieses tiefe Lager voll Nahrung, um seinen Magen zusammenzupressen, am Knurren zu verhindern. Und die anderen neun Karren hinter ihm mit ihren Bergen von Kohl, Bohnen, Artischocken, Salaten, Sellerien, Lauchpflanzen schienen langsam über ihn hinwegzufahren und ihn, der Hungers starb, unter einem Berge von Lebensmitteln zu begraben. Jetzt hielt man still und laute Stimmen wurden vernehmbar. Man war an den Zollschranken angekommen und die Zolleinnehmer untersuchten die Karren. Dann zog Florent in Paris ein, ohnmächtig, die Zähne aufeinander gepreßt, auf einem Möhrenhaufen gelagert.

He, Mann da oben! rief Frau François plötzlich.

Und da der Mann sich nicht rührte, stieg sie hinauf und rüttelte ihn. Da setzte Florent sich auf. Er hatte geschlafen und verspürte den Hunger nicht mehr. Er war ganz verwirrt. Die Küchengärtnerin hieß ihn absteigen und sprach:

Sie helfen mir abladen, wie?

Er half ihr abladen. Ein dicker Mann mit einem Filzhut auf dem Kopfe, einem Stock in der Hand und einem Plättchen auf dem linken Umschlag seines Überrockes stand dabei; er gebärdete sich sehr ungeduldig und schlug mit dem Ende seines Stockes auf den Bürgersteig.

Vorwärts, macht rasch! rief er. Laßt den Karren weiter vor! Wie viel Meter haben Sie? Vier, nicht wahr?

Und er reichte der Frau François einen Schein, wofür die Küchengärtnerin einige Kupfermünzen bezahlte, die sie aus einem leinenen Sack hervorgeholt hatte. Dann ging der dicke Mann einige Schritte weiter, um dort ungeduldig zu schreien und mit seinem Stocke auf das Straßenpflaster zu stoßen. Die Krautgärtnerin hatte Balthasar am Zügel genommen und den Karren mit dem Hinterteil gegen den Fußweg aufgestellt. Nachdem das rückwärtige Brett weggenommen war und sie ihren Platz von vier Metern mittelst Strohwische ausgesteckt hatte, bat sie Florent, ihr Bund für Bund die Gemüse herabzureichen. Sie reihete sie auf dem viereckigen Raume in regelrechter Weise auf, wußte ihre Waren in zierlicher Weise auszulegen, ordnete die Blätter so, daß der ganze Haufe gleichsam mit einem grünen Bande eingesäumt war und errichtete mit merkwürdiger Raschheit ein ganzes Musterlager, das im Dunkel einem Gewebe mit gleichmäßig angeordneten Farben glich. Als Florent ihr einen riesigen Bund Petersilie, der am Boden des Karrens gelegen, hinabgereicht hatte, verlangte sie noch einen Dienst von ihm.

Seien Sie doch so gefällig, meine Ware zu hüten, bis ich den Karren untergestellt habe. Es ist nicht weit von hier, in der Montorgueil-Straße in der Herberge zum „goldenen Kompaß“.

Er versicherte ihr, sie könne ruhig sein. Die Bewegung hatte ihm nicht gut getan; er fühlte seinen Hunger wieder rege werden, seitdem er sich bewegte. Er setzte sich neben einen Haufen Kohl vor dem Standplatze der Frau François und hielt sich für wohl aufgehoben; er wollte sich nicht rühren und ruhig warten. Sein Schädel schien ihm ganz hohl, und er wußte sich nicht genau zu erklären, wo er sei. Zu Beginn des Monats September ist es am Morgen noch ganz dunkel. Rings um sich her sah er Reihen von Laternen, die sich im Schatten verloren. Er befand sich am Saume einer Straße, die er nicht erkannte. Sie dehnte sich weithin und verlor sich im nächtlichen Dunkel. Er sah nichts als die Waren, die er hütete. Jenseits waren längs der Straße die unbestimmten Umrisse anderer Gemüsehaufen wahrzunehmen. In der Mitte der Straße standen fremde Karren, und ein durch die Straße streichender Windhauch verriet die Anwesenheit einer ganzen Reihe von angeschirrten Pferden, die man nicht sehen konnte. Einzelne Rufe, das Geräusch eines Holzstückes oder einer Eisenkette, die auf das Straßenpflaster fiel, das dumpfe Gepolter einer Gemüseladung, die auf dem Platze ausgeschüttet wurde, der letzte Anprall eines Karrens an dem Randsteine des Fußweges: All dies vereinigte sich in der noch stillen Morgenluft zu dem gedämpften Geräusch eines weithin hallenden, furchtbaren Erwachens, das man aus all dem bebenden Dunkel näher kommen fühlte. Als Florent den Kopf wandte, bemerkte er jenseits seiner Kohlhaufen einen Mann, der wie ein Bündel in seinen Mantel gehüllt und den Kopf auf einen Korb voll Pflaumen gestützt, laut schnarchend schlief. Etwas näher, auf der linken Seite, sah er ein Kind von etwa zehn Jahren, das zwischen zwei Haufen Endivienkraut sitzend, mit einem engelsmilden Lächeln in seinem Antlitze schlummerte. Auf dem Fußweg war eigentlich noch nichts wach als die Laternen, deren Flammen am Ende unsichtbarer Arme flimmerten, und die gleichsam mit einem Sprunge über diese schlafende und des Tagesanbruches harrende Welt von Menschen und Gemüsen hinwegsetzten.

Überrascht blickte er auf die zu beiden Seiten der Straße sich erhebenden riesigen Pavillons, deren übereinander geschichtete Dächer zu wachsen, sich auszudehnen, in der Tiefe einer Wolke von zerstäubenden Lichtern sich zu verlieren schienen. In seinem verschwommenen Denken glaubte er eine Reihe von ungeheuren, regelmäßigen, kristalleichten Palästen vor sich zu haben, an deren Stirnseiten die Lichtstreifen der erleuchteten Fenster in endloser Reihe sich hinziehen. Diese schmalen, gelben Streifen zwischen den feinen Kanten der Pfeiler bildeten Lichtleitern, die zu den dunkelen Linien der ersten Dächer hinaufstiegen, dann die oberen Dächer erkletterten und so das Gerippe ungeheurer Säle beleuchteten, wo im gelben Gaslichte ein Durcheinander von grauen, verschwimmenden Formen schlummerte. Er wandte den Kopf verdrossen ab, weil er nicht wußte, wo er war, und beunruhigt durch den Anblick dieses ungeheuren, luftigen Baues. Als er die Augen erhob, sah er die beleuchtete Turmuhr der Sankt-Eustach-Kirche samt den grauen Umrissen des Gotteshauses. Er war also im Sankt-Eustach-Viertel.

Mittlerweile war Frau François zurückgekehrt. Sie stritt heftig mit einem Manne, der einen Sack auf der Schulter trug und ihr einen Sou für das Bund Möhren bot.

Ihr seid nicht recht gescheit, Lacaille ... Ihr verkauft den Parisern das Bund für 4–5 Sous ... leugnet nicht! Für zwei Sous lasse ich sie Euch.

Als der Mann weiterging, fügte sie hinzu:

Die Leute glauben, es wächst von selbst ... Er soll sich Möhren suchen für einen Sou das Bund ... der Trunkenbold Lacaille. Sie werden sehen, er kommt wieder.

Diese Worte hatte sie an Florent gerichtet. Dann setzte sie sich zu ihm und fuhr fort:

Wenn Sie schon lange Zeit von Paris fern sind, kennen Sie vielleicht die neuen Hallen nicht? Sie stehen höchstens erst fünf Jahre ... Dieser Pavillon da neben uns ist für die Früchte und Blumen, weiterhin Seefische und geschlachtetes Geflügel, dahinter schwerere Gemüse, Butter, Käse ... Es gibt sechs Pavillons auf dieser Seite; auf der anderen Seite gegenüber sind noch vier für Fleisch, Kaldaunen und lebendes Geflügel. Die Hallen sind sehr groß; aber im Winter ist's verteufelt kalt da drinnen. Man spricht davon, daß noch zwei Pavillons erbaut werden sollen; zu diesem Behufe sollen die Häuser, die die Getreidehalle umgeben, niedergerissen werden. Haben Sie all dies gekannt?

Nein, erwiderte Florent; ich war im Auslande ... Wie heißt die große Straße da vor uns?

Das ist eine neue Straße, die Pont-Neuf-Straße; sie geht von der Seine aus und mündet hier in die Montmartre- und Montorgueil-Straße. Wenn Tag wäre, würden Sie sich sogleich auskennen.

Jetzt erhob sie sich, weil sie eine Frau bemerkte, die ihre Rüben besichtigte.

Ihr seid's, Mutter Chantemesse? sagte sie freundlich.

Florent ließ die Blicke über die Montorgueil-Straße hinschweifen. Hier war's, wo in der Nacht vom 4. Dezember eine Schar von Polizisten ihn ergriffen hatte. Er ging gegen zwei Uhr nachmittags die Montmartre-Promenade hinauf ganz ruhig inmitten einer großen Menge und lächelte über die vielen Soldaten, mit denen die Machthaber des Elysée das Straßenpflaster überschwemmten, um ernst genommen zu werden, als die Soldaten auf die Menge zu schießen begannen und binnen einer Viertelstunde die Straßen säuberten. Gestoßen und zu Boden geworfen, fiel er an der Ecke der Vivienne-Straße nieder; dann wußte er nichts mehr, die Menge stürmte über ihn hinweg in wahnsinniger Furcht vor den Schüssen. Als er nichts mehr hörte, wollte er sich erheben. Eine junge Frau lag auf ihm; sie hatte einen rosa Hut auf dem Kopfe und ihr herabgeglittener Schal enthüllte ein fein gefälteltes Busentuch; zwei Kugeln hatten das Busentuch durchlöchert und waren oberhalb der Brust in den Körper eingedrungen. Als er die junge Frau sachte zur Seite schob, um seine Beine freizubekommen, floß aus den Schußwunden das Blut in zwei dünnen Fäden auf seine Hände. Da erhob er sich mit einem Satz und eilte davon, wahnsinnig vor Schreck, ohne Hut, mit blutfeuchten Händen. Bis zum Abend streifte er kopflos umher und sah immer die junge Frau vor sich, die quer auf seinen Beinen gelegen, mit ihrem bleichen Antlitz, ihren großen, offenen, blauen Augen, ihren schmerzlich verzerrten Lippen, ihrem Erstaunen über den so schnellen Tod an diesem Orte. Er war scheu; obgleich schon dreißig Jahre alt, wagte er es nicht, den Frauen ins Angesicht zu schauen; jenes Antlitz aber blieb für sein ganzes Leben seinem Gedächtnisse und seinem Herzen eingeprägt. Ihm war, als habe er sein eigenes Weib verloren. Am Abend, befand er sich noch völlig erschüttert von den fürchterlichen Szenen des Nachmittags – er wußte selbst nicht, wie es gekommen – in einer Weinstube der Montorgueil- Straße, wo Leute tranken und davon sprachen, Barrikaden errichten zu wollen. Er ging mit ihnen, half ihnen einige Pflastersteine aufreißen und setzte sich, müde von dem Herumlaufen durch die Straßen, auf der Barrikade nieder, indem er sich sagte, er werde sich schlagen, wenn die Soldaten kommen sollten. Aber er hatte nicht einmal ein Taschenmesser bei sich und war noch immer ohne Hut. Gegen elf Uhr schlummerte er ein; im Traume sah er die zwei Löcher des weißen, gefältelten Busentuches, und diese Löcher schauten ihn an wie zwei von Blut und Tränen gerötete Augen. Als er erwachte, hielten ihn vier Polizisten, die ihn mit Püffen traktierten. Die Barrikadenmänner hatten Reißaus genommen. Die Polizisten wurden wütend und wollten ihn erwürgen, als sie das Blut an seinen Händen sahen. Es war das Blut der jungen Frau.

Dieser Erinnerungen voll erhob Florent die Blicke zur Turmuhr der Sankt-Eustach-Kirche. Er sah nicht einmal die Zeiger. Es war bald vier Uhr morgens. In den Hallen herrschte tiefe Ruhe. Frau François stand noch immer bei der Mutter Chantemesse und feilschte über den Preis der Rüben. Florent erinnerte sich, daß er mit knapper Not dem Schicksal entronnen war, an der Mauer der Sankt-Eustach- Kirche erschossen zu werden. Ein Trupp Gendarmen hatte daselbst eben fünf Unglückliche, die auf einer Barrikade in der Grénéta-Straße ergriffen worden, niedergeknallt. Die fünf Leichen lagen auf dem Fußwege, wo Florent jetzt ein Häuflein roter Radieschen liegen sah. Er selbst war dem Erschossenwerden nur entkommen, weil die vier Polizisten nur mit Säbeln bewaffnet waren. Man brachte ihn auf den nächsten Wachposten und ließ ihn da zurück mit einem für den Postenkommandanten bestimmten, mit Bleistift geschriebenen Zettel: „Mit blutbedeckten Händen ergriffen; sehr gefährlich.“ Bis zum Morgen wurde er von Posten zu Posten geschleppt, und überallhin begleitete ihn der Zettel. Man hatte ihm Handschellen angelegt und bewachte ihn wie einen Tobsüchtigen. Auf dem Posten in der Leinenstraße wollten betrunkene Soldaten ihn erschießen, als der Befehl kam, daß die Gefangenen nach dem Polizeigebäude zu schaffen seien. Am zweitnächsten Tage befand er sich in einer Kasematte des Fort Bicêtre. Seit jenem Tage litt er Hunger. In der Kasematte hatte er Hunger, und der Hunger verließ ihn nicht mehr. Es waren ihrer etwa hundert in diesem luftlosen Keller eingepfercht, wo sie das wenige Brot verschlangen, das man ihnen zuwarf wie eingeschlossenen Tieren. Ohne Verteidiger und ohne Zeugen vor den Untersuchungsrichter gebracht, wurde er beschuldigt, einem Geheimbunde anzugehören; als er schwor, daß es nicht wahr sei, zog der Untersuchungsrichter aus seinem Aktenbündel den Zettel hervor, auf dem geschrieben stand: „Mit blutbedeckten Händen ergriffen. Sehr gefährlich.“ Das genügte. Man verurteilte ihn zur Verbannung. Nach sechs Wochen – es war im Jänner – ward er eines Nachts vom Kerkermeister geweckt und in einen verschlosssenen Hof geführt, wo man mehr als vierhundert Gefangene versammelt hatte. Eine Stunde später brach dieser erste Zug nach den Schiffen auf; sie trugen Handschellen und schritten zwischen zwei Reihen Gendarmen mit scharf geladenen Gewehren. Sie kamen über die Austerlitz-Brücke, gingen die Anlagen entlang und trafen endlich auf dem Bahnhof nach Havre ein. Es war in einer lustigen Karnevalsnacht; die Fenster der Restaurants in den Anlagen waren hell erleuchtet. In der Höhe der Vivienne-Straße an der Stelle, wo er noch immer die unbekannte Tote zu sehen glaubte, deren Bild nicht von ihm weichen wollte, sah Florent in einer großen Kalesche maskierte Weiber mit nackten Schultern und lachenden Gesichtern, die verdrossen darüber waren und sehr angeekelt taten, weil sie wegen „der Zuchthäusler, die kein Ende nehmen wollten“, nicht weiter konnten. Von Paris bis Havre bekamen die Gefangenen keinen Bissen Brot, keinen Schluck Wasser; man hatte einfach vergessen, vor der Abfahrt Nahrungsmittel unter sie zu verteilen. Sie aßen erst sechsunddreißig Stunden später, als man sie im Schiffsraum der Fregatte „Canada“ eingepfercht hatte.

Nein, der Hunger hatte ihn nicht mehr verlassen. Er forschte in seinen Erinnerungen und konnte sich keiner Stunde der Sättigung erinnern. Er war eingedörrt, sein Magen hatte sich zusammengezogen, seine Haut klebte an den Knochen. Und er fand Paris wieder, voll, prächtig, von Nahrungsmitteln strotzend in diesem nächtlichen Dunkel; auf einem Lager von Gemüsen kehrte er zurück; durch eine unbekannte Welt von Lebensmitteln fuhr er dahin, deren Gewühl er rings um sich sah und die ihn beunruhigte. Die lustige Karnevalsnacht hatte also volle sieben Jahre gewährt. Er sah die hell erleuchteten Fenster an den Anlagen wieder, die lachenden Frauen, die lüsterne Stadt, die er in jener fernen Jännernacht verlassen. Es schien ihm, als sei all dies größer geworden und habe sich entwickelt in diesen ungeheueren Hallen, deren kolossalen, noch von den unverdauten gestrigen Genüssen schweren Atemzug er zu verspüren begann.

Die Mutter Chantemesse hatte sich endlich entschlossen, zwölf Bunde Möhren zu kaufen. Sie hielt sie in ihrer Schürze auf ihrem Bauche, was ihre breite Gestalt noch runder erscheinen ließ; so stand sie noch eine Weile und plauderte mit ihrer schläfrigen Stimme. Als sie fort war, stellte sich Mutter François zu Florent und sagte:

Die arme Mutter Chantemesse! ... Sie ist mindestens 72 Jahre alt. Ich war noch ein kleines Mädchen, als sie schon meinem Vater Rüben abkaufte. Sie hat keine Verwandten, nichts als eine leichtfertige Dirne, die sie Gott weiß wo aufgelesen und die ihr nur Kummer und Galle macht ... So lebt sie fort, verkauft ihre Gemüse im kleinen und macht sich dabei täglich ihre vierzig Sous. Ich könnte es in diesem verteufelten Paris nicht aushalten, wenn ich den ganzen Tag auf dem Bürgersteig hocken müßte. Wenn man doch wenigstens Verwandte hätte! ...

Da Florent noch immer schwieg, fragte sie ihn:

Haben Sie Familie in Paris? Er schien nicht zu hören. Sein Mißtrauen kehrte wieder. Er hatte den Kopf voll Polizeigeschichten, Sicherheitsagenten, die an allen Straßenecken lauern, Weibern, die Geheimnisse verkaufen, die sie armen Teufeln entrissen haben. Sie saß ganz nahe bei ihm und schien ihm ganz ehrbar zu sein mit ihrem großen, ruhigen Gesichte, das über der Stirne ein schwarz und gelb gestreiftes Seidentuch einrahmte. Sie war etwa fünfunddreißig Jahre alt, ein wenig stark, schön in ihrer Frische und ihrem fast männlichen Wesen, das durch schwarze, überaus sanfte und freundliche Augen gemildert ward. Sie war sicherlich neugierig, aber von einer durchaus gutmütigen Neugierde.

Ohne durch das Stillschweigen Florents sich gekränkt zu fühlen fuhr sie fort:

Ich hatte in Paris einen Neffen; aber er war ein Nichtsnutz und ging schließlich zum Militär ... Kurz: es ist schön, wenn man weiß, wo man abzusteigen hat. Ihre Verwandten werden vielleicht überrascht sein, Sie zu sehen. Es ist eine Freude heimzukehren, nicht wahr?

Während sie so sprach, ließ sie ihn nicht aus den Augen, ohne Zweifel gerührt von seiner großen Magerkeit. Sie merkte, daß in dem kläglichen schwarzen Rocke ein „Herr" stecke und fand nicht den Mut, ihm ein Silberstück in die Hand zu drücken.

Endlich sagte sie in schüchternem Tone:

Wenn Sie indes etwas benötigen sollten ...

Doch er lehnte mit unruhigem Stolze ab; er sagte, er habe alles, was er brauche, und wisse, wohin er gehe. Sie schien darob sehr zufrieden und wiederholte mehrere Male, wie um sich selbst über sein Schicksal zu beruhigen:

Ja, dann haben Sie nur den Tagesanbruch abzuwarten.

Eine große Glocke über dem Kopf Florents an der Ecke des Früchtepavillons begann jetzt zu läuten. Die langsamen und regelmäßigen Schläge schienen immer mehr und mehr die auf dem Marktplatze schlummernden Leute zu erwecken. Es kamen noch immer Karren; das Geschrei der Kärrner, das Peitschenknallen, das Rollen der Räder auf dem Pflaster und das Stampfen der Pferde – all der Lärm nahm immer mehr zu. Die Karren kamen nur noch ruckweise vorwärts, hielten sich in der Reihe, dehnten sich weithin außerhalb des Gesichtskreises, verloren sich in einem grauen Halbdunkel, aus dem ein verworrener Lärm hervordrang. Die ganze Pont-Neuf-Straße entlang wurde abgeladen, wobei die Karren mit dem Hinterteil der Gosse zugekehrt, die Pferde eng nebeneinander aufgestellt waren wie auf einem Markte. Florent interessierte sich besonders für einen ungeheuren Kehrichtwagen voll herrlicher Kohlköpfe, den man nur mit vieler Mühe hatte bis zum Fußweg zurückschieben können. Die Ladung überragte einen daneben stehenden großen Laternenpfahl, dessen Lampe ihr volles Licht auf den Haufen breiter Blätter warf, die gleich breiten, abgeschnittenen Stücken grünen, gepreßten Samtes herabhingen. Eine kleine Bäuerin von sechzehn Jahren in Jacke und Haube von blauer Leinwand, die auf dem Karren bis an den Schultern mitten in der Ladung stand, erfaßte einen Kohlkopf nach dem andern und warf sie jemandem zu, der auf dem Fußweg stand und im Dunkel nicht zu sehen war. Von Zeit zu Zeit verschwand die Kleine unter dem riesigen Kohlhaufen, dann tauchte ihr rosiges Näschen mitten in dem dichten Grünkram wieder auf; sie lachte, und die Kohlköpfe nahmen ihren Flug zwischen der Gaslaterne und Florent wieder auf. Dieser zählte sie unwillkürlich und war schier verdrossen, als der Wagen leer war.

Auf dem Abladeplatz dehnten sich jetzt die aufgeschichteten Haufen bis zum Fahrwege aus. Zwischen je zwei Haufen ließen die Krautgärtner einen schmalen Weg, damit man verkehren könne. Der Fußweg war in seiner ganzen Länge mit den dunklen Gemüsehügeln bedeckt. In dem grellen und schwankenden Lichte der Laternen sah man noch nichts als die fleischige Fülle eines Haufens Artischocken, das zarte Grün der Salate, die Korallenfarbe der roten Rüben, die Elfenbeinfarbe der weißen Rüben und diese Blitze voll satter Farben glitten mit dem Lichte der Laternen die Haufen entlang. Auf dem Fußweg wurde es lebendig; eine große Menschenmenge war erwacht und bewegte sich unter lebhaften Gesprächen und Zurufen zwischen den Warenhaufen. Eine starke Stimme rief in der Ferne: „He, die Salate heran!“ Man hatte das Gittertor des Pavillons für schwere Gemüse geöffnet. Die Wiederverkäuferinnen dieses Pavillons in weißen Hauben mit einem Halstuch über dem schwarzen Leibchen, die Röcke mit Nadeln aufgesteckt, um sie nicht zu beschmutzen, machten ihren Einkauf für den Tag und füllten damit die zur Erde gestellten großen Butten der Träger. Vom Pavillon bis zum Fahrweg herrschte ein lebhaftes Kommen und Gehen der Butten inmitten der aneinander fahrenden Köpfe, der derben Worte, der lärmenden Stimmen, die sich heiser schrieen, indem sie eine Viertelstunde um einen Sou feilschten. Florent war erstaunt, wie die Gemüsegärtnerinnen mit ihren großen Umhängetüchern und ihrer gebräunten Gesichtsfarbe bei dieser geschwätzigen Knauserei ihre Ruhe bewahrten.

Hinter ihm wurde auf den Quadern der Rambuteau- Straße Obst verkauft. Ganze Reihen niedriger Körbe, mit Leinwand oder Stroh bedeckt, standen da und ein starker Geruch von überreifen Pflaumen verbreitete sich. Eine ruhige, langsame Stimme, die er seit längerer Zeit hörte, ließ ihn den Kopf wenden. Er sah eine reizende, kleine, braune Frau, die am Boden hockend feilschte.

Sprich, Marcel, gibst du ihn für hundert Sous?

Der Mann, der in seinen Mantel gehüllt dastand, antwortete nicht. Nach Verlauf von fünf Minuten begann die Frau wieder:

Sag, Marcel: Fünf Franken für diesen Korb und vier für den andern – willst du neun Franken?

Neues Stillschweigen.

Was willst du also?

Zehn Franken, ich sagte dir's ja! ... Und was machst du denn mit deinem Jules, Sarriette?

Die junge Frau lachte und zog eine Handvoll kleine Münzen hervor.

Ach, Jules! sagte sie; der schläft in den hellen Tag hinein. Er behauptet, die Männer seien nicht da, um zu arbeiten.

Sie zahlte und trug ihre zwei Körbe in den Pavillon für Früchte, der eben geöffnet worden war. Die Hallen zeigten noch immer die dunklen Umrisse ihres leichten Baues mit den tausend Lichtstreifen ihrer Fenster; in den großen, offenen Gängen sah man jetzt viele Leute, während weiterhin die Pavillons noch verödet waren inmitten des wachsenden Gewimmels auf den Bürgersteigen. Auf dem Sankt-Eustach-Platze öffneten die Bäcker und Weinhändler ihre Läden. Die Läden, ganz rot in dem grellen Gaslicht, das ihr Inneres beleuchtete, waren in der Reihe der grauen Häuser helle Flecke in dem Dunkel des anbrechenden Tages. Florent betrachtete einen Bäckerladen in der Montorgueil-Straße, links; der Laden war voll goldglänzenden frischen Gebäcks, und Florent glaubte den angenehmen Geruch warmen Brotes zu verspüren. Es war halb fünf Uhr morgens.

Inzwischen hatte sich Frau François ihrer Waren entledigt; es waren ihr nur einige Bunde Möhren übrig geblieben. Da erschien Lacaille mit seinem Sack wieder.

Nun, nehmt Ihr einen Sou? fragte er.

Ich wußte, daß Ihr wiederkommen würdet, erwiderte die Küchengärtnerin ruhig. Nehmt den Rest, es sind siebzehn Bunde.

Das macht siebzehn Sous.

Nein, vierunddreißig.

Sie einigten sich auf fünfundzwanzig Sous. Frau François hatte Eile fortzukommen. Als Lacaille mit den Möhren in seinem Sacke sich entfernt hatte, sagte die Gärtnerin zu Florent:

Sehen Sie, er hat mich belauert. Der Alte macht den ganzen Markt unsicher. Manchmal wartet er bis zum letzten Glockenschlag, um für vier Sous Ware zu kaufen ... Ach, diese Pariser! Das balgt sich für zwei Heller herum und vertrinkt dann in der Weinstube den letzten Sou.

Wenn Frau François von Paris sprach, geschah es nur im Tone des Spottes und der Verachtung; sie behandelte es wie eine sehr ferne, durchaus lächerliche und verächtliche Stadt, in die sie nur zur Nachtzeit den Fuß setzen wollte.

Ich kann jetzt gehen, sagte sie und ließ sich neben Florent auf den Gemüsen einer Nachbarin nieder.

Florent blickte zur Erde; er hatte soeben einen Diebstahl begangen. Als Lacaille sich entfernt, hatte er – Florent – eine am Boden liegende Möhre bemerkt. Er hatte sie aufgehoben und hielt sie noch in seiner rechten Hand. Die Bündel Sellerie und Petersilie hinter ihm verbreiteten scharfe Gerüche, die ihm in die Kehle drangen.

Ich gehe jetzt, wiederholte Frau François.

Sie interessierte sich für diesen Unbekannten, denn sie merkte, daß er litt, wie er unbeweglich auf dem Fußwege dasaß. Sie bot ihm von neuem ihre Dienste an, doch er lehnte wieder ab, diesmal noch stolzer als früher. Er erhob sich sogar und richtete sich auf, um zu zeigen, daß er ganz stramm sei. Als sie den Kopf wegwandte, schob er die Möhre in den Mund; aber er mußte sie einen Augenblick im Munde behalten trotz seinem furchtbaren Verlangen, sie zu zerkauen; denn sie schaute ihm wieder ins Gesicht und befragte ihn in ihrer Neugierde einer wackeren Frau. Um nicht sprechen zu müssen, antwortete er nur mit Bewegungen des Kopfes. Dann aß er ganz sachte seine Möhre.

Die Krautgärtnerin schickte sich endlich an aufzubrechen, als plötzlich eine kräftige Stimme neben ihr ausrief:

Guten Tag, Frau François!

Es war ein magerer, grobknochiger, junger Mann mit großem Kopfe, bärtig, mit feingeschnittener Nase, kleinen und hellen Augen. Er trug einen formlosen, abgegriffenen Hut von schwarzem Filz und war in einen ungeheuren Überzieher eingeknöpft, der einst kastanienbraun gewesen, jetzt aber vom Regen ganz verwaschen, breite, grüne Streifen zeigte. Ein wenig gebeugt, von einem nervösen Zittern befallen, das bei ihm gewöhnlich zu sein schien, stand er da in seinen groben Schnürschuhen; das zu kurz, geratene Beinkleid ließ die blauen Strümpfe sehen.

Guten Tag, Herr Claude, erwiderte die Krautgärtnerin in heiterem Tone. Ich habe Sie am Montag erwartet, und weil Sie nicht kamen, Ihre Leinwand in Verwahrung genommen; sie hängt in meiner Stube an einem Nagel.

Sie sind zu gütig, Frau François. An einem der nächsten Tage komme ich hinaus, um meine Studie zu vollenden. Am Montag habe ich nicht können ... Ist Ihr großer Pflaumenbaum noch stark belaubt?

Gewiß.

Ich will ihn in einem Winkel meines Gemäldes anbringen links vom Hühnerstall; er wird sich da sehr gut ausnehmen. Die ganze Woche habe ich darüber nachgedacht ... Heute gibt's aber schöne Gemüse, he! Ich bin frühzeitig hergekommen, weil ich vermutete, es werde einen prächtigen Sonnenaufgang auf dem Gemüsemarkte geben. Damit streckte er den Arm über den ganzen, weiten Markt aus. Die Krautgärtnerin aber sagte:

Ich gehe jetzt. Leben Sie wohl, Herr Claude, und auf baldiges Wiedersehen!

Doch in dem Augenblicke, als sie gehen wollte, stellte sie noch Florent dem jungen Manne vor.

Der Herr kommt von weit her, wie es scheint, sagte sie. Er kennt sich in Eurem lumpigen Paris nicht mehr aus. Sie könnten ihm vielleicht nützliche Auskünfte geben.

Endlich ging sie, ganz froh darüber, die beiden Männer zusammengebracht zu haben. Claude betrachtete Florent mit Interesse. Diese lange, schmächtige, schwankende Figur schien ihm originell. Die Vorstellung durch Frau François genügte; mit der Vertraulichkeit eines Gewohnheitsspaziergängers, dem keine Begegnung mehr auffällig ist, sagte er ihm ruhig:

Ich begleite Sie. Wohin gehen Sie? Florent stand verlegen da. Er zögerte sein Geheimnis zu lüften; allein seit seiner Ankunft hatte er eine Frage auf den Lippen. Endlich wagte er schüchtern, eine betrübende Antwort fürchtend, die Frage:

Existiert noch die Pirouette-Straße?

Ja, gewiß! erwiderte der Maler. Sie ist ein gar merkwürdiger Fleck des alten Paris; sie dreht sich wie eine Tänzerin und ihre Häuser haben Bäuche wie die schwangeren Weiber. Ich habe von der Straße eine Zeichnung gemacht, die gar nicht übel ist. Wenn Sie zu mir kommen, will ich sie Ihnen zeigen ... Also dorthin gehen Sie?

Florent, erleichtert und erfreut durch die Nachricht, daß die Pirouette-Straße noch existiere, erklärte, daß er nicht dorthin gehe, und versicherte, daß er überhaupt nirgendshin zu gehen habe. Angesichts der Beharrlichkeit Claudes erwachte sein ganzes Mißtrauen wieder.

Das tut nichts, sagte letzterer; gehen wir immerhin nach der Pirouette-Straße. Zur Nachtzeit hat sie eine gar seltsame Farbe ... Kommen Sie, es ist ganz nahe.

Er mußte ihm folgen. Sie gingen nebeneinander hin wie zwei Kameraden über Körbe und Gemüsehaufen hinweg. Auf den Quadern der Rambuteau-Straße lagen riesige Haufen Blumenkohl, mit überraschender Regelmäßigkeit in Stößen geordnet wie die Kugeln. Das weiße, zarte Fleisch der Blumenkohlköpfe breitete sich aus gleich mächtigen Rosen inmitten großer, grüner Blätter, und die Haufen glichen Hochzeitssträußen, die in ungeheueren Blumenbehältern nebeneinander aufgereiht sind. Claude war stehen geblieben, und seine Bewunderung machte sich in leisen Ausrufen Luft.

In der Pirouette-Straße zeigte und erklärte er ihm jedes Haus. Eine einzige Gaslaterne brannte in einem Winkel der Straße. Die eng zusammengerückten, bauchigen Häuser schoben ihre Schutzdächer vor gleich den „Bäuchen schwangerer Weiber“ – wie der Maler sich ausdrückte, neigten ihre Giebel zurück und lehnten sich aufeinander. Drei oder vier hingegen, in schattigen Winkeln verloren, machten Miene, vornüber zu stürzen. Die Gaslaterne beleuchtete eines, das sehr weiß war, frisch getüncht, die Gestalt eines alten, in die Breite geratenen Weibes hatte, das sich ganz weiß pudert und schminkt wie eine Junge. Dann zog sich die buckelige Reihe der anderen Häuser dahin und verlor sich im Dunkel, buntscheckig, von den Regengüssen grau und grün gefärbt, in einer solchen Regellosigkeit der Haltung und der Farben, daß Claude voll Behagen darüber lachte. Florent war an der Ecke der Mondétour-Straße stehen geblieben gegenüber dem vorletzten Hause links. Die drei Stockwerke dieses Hauses lagen noch im Schlummer da mit ihren zwei Fenstern ohne Läden in jedem Stockwerke und ihren hinter den Scheiben sorgsam zugezogenen kleinen weißen Vorhängen; ganz oben sah man hinter den Vorhängen des schmalen Giebelfensters ein Licht kommen und gehen. Doch der Laden unter dem Schutzdache schien bei Florent eine ganz besondere Bewegung hervorzurufen. Der Laden wurde eben geöffnet; es war ein Handel mit trockenen Kräutern; im Hintergrunde sah man einen Kessel schimmern; auf dem Auslagetische standen Näpfe mit runden, spitz zulaufenden Spinat- und Endivien-Klößen, rückwärts von kleinen Schaufeln durchschnitten, von denen man nur das Heft aus Weißblech sah. Dieser Anblick schien Florent im höchsten Grade zu überraschen, er erkannte den Laden nicht wieder. Er las den Namen des Händlers – Godeboeuf – auf einer roten Firmentafel und blieb ganz verdutzt stehen. Mit schlaff herabhängenden Armen betrachtete er die Spinatklumpen; dabei drückte sein Gesicht die Verzweiflung eines Mannes aus, dem irgendein schreckliches Unglück widerfahren ist.

Inzwischen war das Giebelfenster geöffnet worden; eine kleine Alte neigte sich heraus und blickte zuerst nach dem Himmel, dann nach den Hallen hinüber.

Schau! Fräulein Saget steht früh auf, sagte Claude emporblickend.

Und zu seinem Begleiter gewandt, fuhr er fort:

Ich hatte in diesem Hause eine Tante und kenne es daher. Es ist ein recht toller Käfig ... Ah, die Méhudins rühren sich auch schon; im zweiten Stockwerk ist Licht zu sehen.

Florent wollte ihn ausfragen, allein der andere flößte ihm in seinem abgefärbten, großen Überrock kein rechtes Vertrauen ein. Er folgte ihm wortlos, während Claude von den Méhudins sprach. Es waren Fischhändlerinnen; die Ältere war prächtig; die Jüngere, die Süßwasserfische verkaufte, glich unter ihren Karpfen und Aalen einer blonden Madonna von Murillo. Dabei ereiferte er sich und rief, Murillo male wie ein Halunke. Dann blieb er plötzlich in der Straße stehen: Aber wohin wollen Sie eigentlich?

Ich will nirgends hin, sagte Florent traurig. Gehen wir, wohin Sie wollen.

Als sie die Pirouette-Straße verließen, ward Claude von jemandem gerufen. Die Stimme kam aus dem Laden eines Weinhändlers an der Straßenecke. Claude trat ein und zog Florent mit sich. Es war nur ein Flügel des Fensters geöffnet. In der noch schläfrigstillen Trinkstube brannte eine Gasflamme; ein vergessener Wischlappen und die Spielkarten von gestern lagen noch auf den Tischen umher; der zur offenen Türe eindringende Luftzug brachte einige Frische in den dumpfen, warmen Weingeruch. Der Besitzer, Herr Lebigre, bediente seine

Kunden in einer Ärmelweste; sein Rundbart war noch wirr, sein breites, regelmäßiges Gesicht ganz verschlafen. Vor dem Schanktische standen Männer in Gruppen und tranken hustend, speiend, mit schlaftrunkenen Augen, durch einen Schluck Weißwein oder Schnaps sich völlig erweckend. Florent erkannte Lacaille, dessen Sack jetzt bis an den Rand mit Gemüsen angefüllt war. Er trank jetzt sein drittes Glas in Gesellschaft eines Kameraden, der ihm lang und breit den Ankauf eines Korbes Kartoffeln erzählte. Als er sein Glas geleert hatte, zog er sich mit Herrn Lebigre in eine anstoßende, noch nicht beleuchtete Stube zurück, um mit ihm von Geschäften zu reden.

Was wollen Sie haben? fragte Claude Florent.

Beim Eintritt in die Weinstube hatte er dem Manne, der ihn gerufen, die Hand gereicht. Es war ein kräftiger, schöner Junge von höchstens zweiundzwanzig Jahren, rasiert, nur mit einem kleinen Schnurrbart, mit heiterer Miene, bekleidet mit einem ärmellosen Wams über einer blauleinenen Jacke und einem breiten, weißen Hute. Claude nannte ihn Alexander, schlug ihn kräftig auf den Arm und fragte ihn, wann sie nach Charentonneau gehen wollten. Sie sprachen von einer großen Kahnpartie, die sie zusammen auf der Marne gemacht hatten. Am Abend hatten sie einen Kaninchenbraten gegessen.

Was wollen Sie? wiederholte Claude.

Florent betrachtete verlegen den Schanktisch. An seinem Ende standen Kesselchen voll Punsch und Glühwein, umzüngelt von den blauen und rosigen Flammen eines Gasofens. Er gestand endlich, daß er gern etwas Warmes nehmen werde. Herr Lebigre füllte drei Gläser mit Punsch. Neben den Teekesseln stand ein Körbchen voll ganz frischer, noch warmer Buttersemmeln. Aber weil die anderen nicht davon nahmen, begnügte sich auch Florent, sein Glas Punsch zu trinken; das Getränk rann wie geschmolzenes Blei in seinen leeren Magen. Alexander zahlte die Zeche.

Ein guter Junge, dieser Alexander, sagte Claude, als die beiden wieder auf dem Fußweg der Rambuteau-Straße waren. Er ist sehr unterhaltend auf dem Lande; er macht die schönsten Kunststücke. Dabei ein hübscher, strammer Bursche. Ich habe ihn nackt gesehen; oh, wenn er mir im Freien Modell stehen wollte! ... Und jetzt, wenn's beliebt, wollen wir einen Gang durch die Hallen machen.

Florent folgte ihm, überließ sich ihm. In der Tiefe der Rambuteau-Straße war es hell, der Tag kündigte sich an. Die laute Stimme der Hallen wurde vernehmlich; von Zeit zu Zeit zerschnitten Glockenklänge aus einem entfernten

Pavillon dieses rollende, immer mehr anwachsende Geräusch. Sie betraten einen der gedeckten Gänge zwischen dem Pavillon für Seefische und dem Pavillon für geschlachtetes Geflügel. Florent erhob die Blicke und betrachtete das hohe Gewölbe, dessen inneres Holzgerüste zwischen dem schwarzen Spitzenwerk der gußeisernen Tragbalken schimmerte. Als er den großen Mittelgang erreichte, glaubte er eine seltsame Stadt vor sich zu haben mit ihren deutlich abgegrenzten Vierteln, ihren Vorstädten, Dörfern, Spazierwegen und Straßen, mit ihren Plätzen und Wegkreuzungen, eine Stadt, die irgendeine Riesenlaune an einem Regentage unter ein Dach gestellt hat. Der Schatten, der in den Höhlungen des Dachwerkes schlummerte, vervielfachte diesen Wald von Pfeilern, breitete ins Unendliche die zarten Rippen, die abgesonderten Galerien und Fensterreihen aus; und über dieser Stadt entfaltete sich bis in die Tiefe des Dunkels dort oben ein weites Wachsen, ein ungeheuerliches Sprießen und Entfalten von Metall, dessen Stengel, die in Bündeln emporstrebten, dessen Zweige, die sich krümmten und durcheinander schlangen, eine ganze Welt bedeckten mit ihrem leichten Laubwerk eines hundertjährigen Hochwaldes. Ganze Viertel schliefen noch hinter ihren verschlossenen Torgittern. Die Pavillons für Butter und Geflügel dehnten ihre kleinen vergitterten Verkaufsstände, ihre noch menschenleeren Gänge unter den Reihen von Gaslichtern dahin. Der Pavillon für Seefische war eben geöffnet worden; Frauen kamen und gingen über die blanken Steine des Pflasters, auf das da und dort ein vergessener Korb oder ein vergessenes Linnen seinen Schatten warf. In den Abteilungen für schwere Gemüse, Blumen und Früchte ward das Geräusch immer lauter; immer mehr erwachte das Leben in dieser Stadt, angefangen von dem volkreichen Viertel der Kohlköpfe, die schon um vier Uhr sich anhäufen, bis zu dem trägen und reichen Viertel, das erst um acht Uhr seine Häuser mit Fasanen und Truthühnern behängt.

In den großen, bedeckten Gängen ward es immer lebendiger. Längs der Fußwege an den beiden Rändern legten noch immer Küchengärtner, kleine Landwirte aus der Umgebung von Paris, auf Körben ihre Ernte vom gestrigen Abend zum Verkauf aus, einige Bunde Gemüse, einige Handvoll Obst. Inmitten des unaufhörlichen Kommens und Gehens der Menge fuhren Wagen unter den Gewölben ein und verlangsamten den widerhallenden Trab ihrer Pferde. Zwei dieser Wagen, die man in die Quere gestellt und so gelassen hatte, versperrten den Weg. Um vorbeizukommen, mußte Florent sich auf einen der grauen Säcke stützen, die Kohlensäcken glichen und unter deren ungeheuerer Last die Achsen sich bogen. Diese feuchten Säcke hatten einen Geruch von frischem Seegras; der eine war an einem Ende geplatzt, ihm entquoll ein Häuflein schwarzer Miesmuscheln. Sie mußten jetzt bei jedem Schritte stille stehen. Die Seefische kamen an; die Rollwagen folgten einander und führten hohe Holzkäfige herbei, voll mit Körben, welche die Eisenbahnen schwer beladen vom Meere herbefördert hatten. Vor den immer dichter eintreffenden Seefischkarren flüchteten sie unter die Räder der Butter, Eier und Käse führenden Wagen, große, gelbe, vierspännige Fuhrwerke mit farbigen Laternen; kräftige Arme hoben die Eierkisten, die mit Butter und Käse bepackten Körbe ab und trugen sie nach dem Ausrufpavillon, wo Beamte in Dienstkappen die anlangenden Waren bei dem Gaslichte in kleinen Heften verzeichneten. Claude war entzückt über diesen Lärm; bei einer neuen Lichtwirkung, bei einer Gruppe von Trägern, bei dem Abladen eines Karrens konnte er längere Zeit verweilen. Endlich rissen sie sich los. Da sie noch immer den großen Mittelweg entlang schritten, gingen sie inmitten eines köstlichen Duftes, der sie umschwebte und ihnen zu folgen schien. Sie befanden sich auf dem Blumenmarkte. Auf den Quadern rechts und links saßen Frauen mit viereckigen Körben, die mit Rosen-, Veilchen-, Dahlien- und Maßliebchensträußen gefüllt waren. Die roten Rosen dunkelten wie Blutflecke, die weißen schimmerten in zartem Silbergrau. Neben einem dieser Körbe war eine Kerze angezündet, die auf all das Schwarze ringsumher helle Töne warf, die bunten Farben der Vergißmeinnichte, das Blutrot der Dahlien, das Blau der Veilchen, die helle Fleischfarbe der Rosen. Man konnte sich nichts Lieblicheres, nichts Lenzhafteres denken, als das Zarte dieses Duftes, dem man auf einem Fußweg begegnete, nach den scharfen Gerüchen der Seefische und dem Mißduft der Käseabteilung.

Claude und Florent machten kehrt und verweilten unter den Blumen. Neugierig blieben sie vor den Frauen stehen, die regelmäßig gebundene Farrenkraut- und Weinlaubbüschel verkauften. Dann bogen sie in einen fast noch menschenleeren Gang ein, wo ihre Tritte widerhallten wie unter dem Gewölbe einer Kirche. Hier fanden sie einen kleinen Karren, mit einem ganz kleinen Esel bespannt, der sich ohne Zweifel langweilte und so laut und ausdauernd zu brüllen anfing, daß das Riesendach der Hallen davon erzitterte. Pferdegewieher antwortete darauf. In der Ferne hörte man ein Stampfen, ein Getöse, das anstieg, vorüberzog und sich wieder verlor. Gegenüber in der Hirtenstraße zeigten die weit geöffneten, kahlen Läden im grellen Gaslichte Haufen von Körben und Früchten zwischen den drei schmutzigen Mauern, die mit Rechnungen über und über bedeckt waren, die man mit dem Bleistifte darauf gekritzelt hatte. Während sie da standen, sahen sie eine fein gekleidete Dame, die in seliger Erschlaffung, in die Ecke eines Fiakers gedrückt saß, der durch dieses Gewühl von Menschen und Fuhrwerken sich gleichsam hindurchstahl.

Aschenbrödel kehrt ohne Pantoffel heim, sagte Claude lächelnd.

Sie plauderten jetzt, während sie nach den Hallen zurückkehrten. Claude, der die Hände in die Taschen steckte und sich ein Liedchen pfiff, sprach von seiner großen Vorliebe für diese Überfülle von Nahrungsmitteln, die jeden Morgen mitten in Paris sich ausbreitet. Er trieb sich ganze Nächte auf den Abladeplätzen herum und träumte von ungeheueren Naturstücken, von wundervollen Gemälden; er hatte sogar eines begonnen, wobei sein Freund Marjolin und die Dirne Cadine ihm Modell gestanden hatten; aber der Eindruck des Bildes war „zu hart“; diese verteufelten Gemüse, Früchte, Fische und Fleischmassen waren „zu schön“. Florent hörte mit knurrendem Magen diese Künstlerbegeisterung. Es war klar, daß Claude in diesem Augenblick gar nicht daran dachte, daß man alle diese schönen Dinge auch essen könne. Er liebte sie wegen ihrer Farbe. Dann schwieg er plötzlich, zog mit einer Handbewegung, die ihm zur Gewohnheit geworden, den langen, roten Gürtel enger zusammen, den er unter seinem grün schillernden Überröcke trug, und fuhr mit schlauer Miene fort:

Auch frühstücke ich hier, wenigstens mit den Augen, und das ist besser als nichts. Wenn ich manchmal am vorhergehenden Tag vergessen habe zu Mittag zu essen, überlade ich mir am Morgen den Magen, indem ich alle diese schönen Sachen ankommen sehe. An solchen Tagen ist meine Zärtlichkeit für die Gemüse noch größer. Nein, sehen Sie, mich erbittert es, und ich finde es ungerecht, daß diese lumpigen Spießbürger alles fressen.

Nun erzählte er von einem Abendessen, das einer seiner Freunde an einem Tage, da er einen gut gespickten Geldbeutel hatte, ihm bei Baratte gezahlt. Es gab Austern, Fische, Wildbret. Doch Baratte war ein überwundener Standpunkt; all das Zeug der ehemaligen Marktplätze galt heute nichts mehr; man lebte in der Zeit der Zentralhallen, dieses gußeisernen Kolosses, dieser neuen, so originellen Stadt. Die Schwachköpfe mochten reden, was sie wollten: die Zentralhallen waren das Bild der neuen Zeit. Florent wußte nicht mehr, ob er die malerische Seite oder das gute Essen bei Baratte verurteilte. Dann schimpfte Claude über das Romantische; diese Kohlhaufen seien ihm lieber als alle Fetzen aus dem Mittelalter. Schließlich klagte er sich selbst an wegen seiner Zeichnung der Pirouette-Straße; es sei eine Schwäche gewesen, meinte er. Die alten Hütten müßten niedergerissen und Modernes müsse geschaffen werden.

Schauen Sie dort an der Ecke des Fußweges, sagte er und blieb stehen. Ist das nicht ein fertiges Bild und viel menschlicher als all die vertrackte, schwindsüchtige Kleckserei?

In der ganzen Länge des Ganges bewegten sich jetzt Weiber, die Kaffee und Suppe verkauften. An der Ecke des Fußweges hatte um eine Verkäuferin von Kohlsuppe ein großer Kreis von frühstückenden Leuten sich gebildet. Der verzinnte Blechkessel mit seinem dampfenden und brodelnden Suppeninhalt stand auf einem niedrigen Ofen, dessen Löcher den matten Schein der Glut durchschimmern ließen. Mit einem großen Schöpflöffel bewehrt, füllte die Frau gelbe Tassen mit Suppe, nachdem sie vorher eine Handvoll dünner Brotschnitten, die sie aus einem mit Linnen überdeckten Korbe geholt, in die Tasse getan hatte. Es gab unter den Frühstückenden recht sauber gekleidete Handelsleute, Küchengärtner in Blusen, schmutzige Träger, deren Röcke an den Schultern die fettigen Spuren aller Lebensmittel zeigten, die sie zu schleppen hatten, dann zerlumpte, arme Teufel, kurz: alles Volk, das am frühen Morgen in den Hallen seinen Hunger stillt, sich mit der heißen Suppe den Mund verbrennt und beim Essen ein wenig vornüber gebeugt steht, um nicht den Suppenschaum auf die Kleider tropfen zu lassen. Der entzückte Maler zwinkerte mit den Augen, suchte den richtigen Gesichtspunkt, um mit dem Bilde einen guten Gesamteindruck hervorzubringen. Doch die verteufelte Kohlsuppe verbreitete einen schrecklichen Geruch. Florent wandte den Kopf weg, schmerzlich berührt durch den Anblick dieser vollen Tassen, die die Esser wortlos, mit einem fast tierischen, argwöhnischen Seitenblicke leerten. Da die Frau eben wieder einen neu Ankommenden bediente, ward Claude selbst durch den starken Dunst, der ihm aus dem vollen Löffel in die Nase stieg, am Magen gepackt.

Mit verlegener, lächelnder Miene zog er seinen Gürtel zusammen; dann nahm er seinen Gang wieder auf und sagte mit einer Anspielung auf das von Alexander gezahlte Glas Punsch zu Florent:

Es ist doch drollig ... Sie müssen es bemerkt haben ... Man findet immer jemanden, der uns zu trinken zahlt, aber nie jemanden, der uns zu essen zahlt.

Jetzt brach der Tag an. Am Ende der Cossonnerie- Straße sah man die Häuser der Sebastopol-Allee ganz schwarz, über der sich scharf abzeichnenden Linie der

Schieferdächer bildete die hoch aufragende Wölbung des gedeckten Hauptganges an dem blaßblauen Morgenhimmel einen hellen Halbmond. Claude, der durch einige vergitterte Kellerlöcher hinabgeblickt hatte, die, in der Höhe des Fußweges gelegen, einen Einblick in die vom Gas nur schwach erhellten Kellerräume gestatteten, schaute jetzt hinauf zu den hohen Pfeilern und suchte auf den blauen Dächern am Rande des klaren Himmels. Er blieb wieder stehen, die Augen auf eine der dünnen eisernen Leitern gerichtet, die die zwei Stockwerke der Dächer verbinden und den Verkehr zwischen ihnen vermitteln. Florent fragte ihn, was er dort oben sehe.

Der verteufelte Marjolin, brummte der Maler, liegt sicher in irgendeiner Dachrinne, wenn er die Nacht nicht unter den Hühnern im Geflügelkeller zugebracht hat. Ich brauche ihn zu einer Studie.

Und er erzählte, daß sein Freund Marjolin eines Morgens von einer Gemüsehändlerin unter einem Kohlhaufen gefunden wurde und im Freien, auf dem Markte aufgewachsen sei, Als man ihn zur Schule schicken wollte, ward er krank; man mußte ihn wieder nach den Hallen zurückführen. Er kannte ihre geheimsten Winkel, liebte sie mit kindlicher Zärtlichkeit und lebte munter wie ein Reh in diesem gußeisernen Walde. Sie waren ein sauberes Paar, er und die Dirne Cadine, die Mutter Chantemesse eines Abends an der Ecke des alten Innocent-Marktplatzes aufgelesen hatte. Er war ein prächtiger Junge, blond wie ein Rubens, mit einem rötlichen Flaum, auf welchem das Sonnenlicht spielte; sie war klein und schmächtig und hatte ein pfiffiges Lärvchen unter dem Gestrüpp ihrer krausen, schwarzen Haare.

Claude beschleunigte jetzt seine Schritte, während er mit seinem Gefährten plauderte. Er geleitete Florent auf den Sankt-Eustach-Platz zurück. Hier sank der Ausgehungerte kraftlos auf eine Bank neben der Haltestelle der Omnibus; seine Beine trugen ihn nicht weiter. Die Luft war kühl. Im Hintergrunde der Rambuteau-Straße fleckten rosige Lichter den milchfarbenen Himmel, der weiter hinauf von breiten, grauen Rissen durchzogen war. Diese Morgendämmerung hatte einen so balsamischen Duft, daß Florent sich einen Augenblick auf dem Lande, auf irgendeinem Hügel wähnte. Doch Claude zeigte ihm jenseits der Bank den Markt für duftende Kräuter. Längs des Kaldaunenmarktes gab es ganze Felder von Thymian, Lavendel, Knoblauch, Schalotte; die Händler hatten die jungen Platanen des Fußweges mit hohen Lorbeerzweigen umschlungen, die gleichsam ein grünes Festgewinde bildeten. Der mächtige Geruch des Lorbeers herrschte vor.

Das beleuchtete Zifferblatt der Turmuhr zu Sankt-Eustach erbleichte, wie ein Nachtlämpchen, das der Morgen überrascht hat. In den Weinschenken der benachbarten Straßen erlosch ein Gaslicht nach dem andern gleich Sternen, die ins Licht fallen. Florent betrachtete die großen Hallen, die aus dem Schatten, aus dem träumerischen Dunkel hervortraten, worin er sie ihre luftigen Bauten ins Unendliche hatte ausdehnen sehen. Sie nahmen jetzt in ihrer graugrünen Farbe feste Formen an und erschienen noch riesiger mit ihrem Wald von Eisenpfeilern, welche die schier endlosen Felder ihrer Dächer trugen. Sie häuften ihre starren Massen. Als innen alle Lichter ausgelöscht waren, als sie ihre gleichen, viereckigen Formen in dem Lichte des anbrechenden Tages badeten, erschienen sie wie eine moderne Maschine, die jedes Maß übersteigt, wie eine Dampfmaschine, wie ein Riesenofen, für die Verdauung eines ganzen Volkes bestimmt, ein ungeheurer Bauch von Metall, gebolzt und vernietet, aus Holz, Glas und Gußeisen hergestellt, von der Eleganz und Mächtigkeit einer Lokomotive, die mit der Hitze des Heizwerkes und mit den gewaltigen Bewegungen der Räder arbeitet.

Claude hatte in seiner Begeisterung sich auf die Bank gestellt. Er zwang seinen Gefährten, den über den Gemüsen heraufziehenden Morgen zu bewundern. Es war ein Meer, das zwischen den zwei Pavillongruppen von dem Sankt- Eustach-Platze bis zu den Hallen sich ausdehnte. An den beiden Enden, bei den Wegkreuzungen wuchs die Flut noch an; die Gemüse bedeckten das Straßenpflaster. Der Tag brach langsam in zartgrauem Lichte an und tauchte alles in eine helle Aquarellfarbe. Diese in eng gedrängten Wellen sich kräuselnden Haufen, dieser Strom von Grün, der in dem Einschnitte des Fahrweges dahin zu fließen schien wie die wilden Gewässer eines Herbstregens: sie nahmen feine, geperlte Schattierungen an, das zarte Violett, das mit Weiß gesättigte Rosa, das in Gelb getauchte Grün, alle die blassen Farben, die bei Sonnenaufgang dem Himmel die Farbe der schillernden Seide verleihen. In dem Maße, wie der Brand der Morgensonne mit seinen lodernden Strahlenbündeln aus dem Hintergrunde der Rambuteau-Straße heraufstieig, erwachten die Gemüse immer mehr und traten aus dem blauen Schatten heraus, der auf der Erde lagerte. Die Salate, Lattiche und Endivien, erschlossen und noch feucht von dem Erdreich, zeigten ihren schimmernden Kern; die Spinat- und Sauerampferpakete, die Artischockensträuße, die Erbsen- und Bohnenhaufen, die Stöße von breitblätterigem Lattich, durch Strohhalme zusammengebunden, zeigten die ganze Stufenleiter des Grün, von der grünen Lackfarbe der Schoten angefangen bis zu dem satten Grün der Blätter; eine fortlaufende Farbenleiter, die in den Streifen der Sellerieköpfe und der Lauche erstarb. Aber unter den hellen Farben die hellsten waren doch die der Möhren und Rüben, die in überreicher Menge auf dem ganzen Markte ausgestreut, mit ihren hellen Streifen einen bunten Ton in diese Farbenpracht setzten. An der Wegkreuzung der Hallen bildeten die Kohlköpfe ganze Berge; die riesigen Weißkohlköpfe, eng zusammengeschlossen und hart wie Kugeln aus einem weißen Metall; die Krauskohlköpfe, deren große Blätter flachen Becken von Bronze glichen; die Rotkohlköpfe, denen die Morgenröte eine prächtige Weinhefefarbe verlieh, mit dunkleren Streifen von Karmin und Purpur. Am andern Ende war bei der Wegkreuzung des Sankt-Eustach-Platzes der Eingang der Rambuteau-Straße von einer Doppelreihe gelber Riesenkürbisse verlegt; da und dort schimmerte der braunrote Glanz eines Korbes voll Zwiebeln, das Blutrot eines Häufleins Tomaten, das Blaßgelb einer Partie Gurken, das Dunkelviolett eines Kranzes Eieräpfel, während einzelne Reihen großer schwarzer Rettiche dunkle Flecken inmitten aller Farbenfreude des anbrechenden Tages bildeten.

Claude schlug bei diesem Anblick entzückt die Hände zusammen. Er fand diese „vertrackten Gemüse“ ganz außerordentlich, erhaben. Und er behauptete, daß sie nicht tot seien, daß sie, am gestrigen Abend aus dem Boden geholt, jetzt auf dem Pflaster der Hallen der Morgensonne harrten, um ihr Lebewohl zu sagen. Er sah sie leben, ihre Blätter erschließen, als ob sie noch ruhig und warm in ihren Düngerbeeten säßen. Er behauptete da das Röcheln aller Küchengärten der Umgegend zu hören. Doch hatte inzwischen eine Flut von weißen Hauben, schwarzen Leibchen und blauen Blusen die schmalen Pfade zwischen den Gemüsehaufen überschwemmt. Es war ein Stück geräuschvollen Landlebens. Die großen Butten der Träger zogen schwerbepackt und die Köpfe überragend vorüber. Die Wiederverkäuferinnen, die Grünkrämer und die Obsthändler beeilten sich, ihre Einkäufe zu machen. Bei den Kohlhaufen sah man Korporale und Nonnengruppen feilschen; Schulköche gingen witternd umher, um einen wohlfeilen Kauf zu suchen. Es wurde noch immer abgeladen; Karren warfen ihre Last zur Erde wie eine Ladung Pflastersteine und vergrößerten so die Flut, die allmählich den jenseitigen Fußweg erreichte. Und aus der Pont-Neuf-Straße kamen noch immer neue Wagenreihen.

Es ist doch herrlich schön! murmelte Claude begeistert.

Florent aber litt inzwischen. Er glaubte, es sei eine übermenschliche Versuchung über ihn gekommen. Er wollte nichts sehen; er betrachtete die schräg gestellte Sankt- Eustach-Kirche, die wie eine Sepiazeichnung sich vom blauen Himmel abhob mit ihren Rosetten, breiten, gewölbten Fenstern, ihrem Glockenturm und ihren Schieferdächern. Er verweilte bei dem dunklen Verschwimmen der Montorgueil- Straße, wo grell bemalte Aushängeschilder glänzten; dann bei dem hier sichtbaren Stück der Montmartre-Straße, deren mit vergoldeten Lettern durchflochtene Balkongitter herüber schimmerten. Als seine Blicke zur Wegkreuzung zurückkehrten, blieben sie an anderen Firmenschildern haften; da gab es *Drogerien* und *Apotheken*, *Mehl* und *trockene Gemüse*, alles in großen roten oder schwarzen Buchstaben auf verwaschenem Grunde gemalt. Die Eckhäuser mit ihren schmalen Fenstern erwachten allmählich und zeigten in der breiten, luftigen, neuen Pont- Neuf-Straße einige gelbe, gemütliche Vorderseiten aus dem alten Paris. An der Ecke der Rambuteau-Straße standen in den leeren Schaufenstern des großen Modewarenmagazins sauber gekleidete Handlungsgehilfen mit Weste, knapp anliegendem Beinkleide und schimmernden breiten Manschetten, mit der Ordnung der Auslagen beschäftigt. Weiterhin stand das Haus Guillout, ernst wie eine Kaserne, und stellte in seinen Schaufenstern Pakete goldgelb schimmernden Zwiebacks und große Schüsseln kleiner Kuchen aus. Alle Läden waren jetzt geöffnet. Arbeiter in weißen Blusen mit ihrem Werkzeug unter dem Arm gingen eiligen Schrittes durch die Straße.

Claude war von seiner Bank noch immer nicht herabgestiegen. Er erhob sich auf die Fußzehen, um tiefer in die Straßen hineinsehen zu können. Plötzlich bemerkte er in der Menge, die er überragte, einen blonden Kopf mit vollem, wallendem Haar, gefolgt von einem kleinen schwarzen, ganz krausen und struppigen Kopfe.

He, Marjolin! he, Cadine! rief er.

Da seine Stimme in dem Getöse des Marktes ungehört verhallte, sprang er zur Erde und begann zu laufen. Dann erinnerte er sich, daß er Florent vergaß; mit einem Satz kehrte er zurück und sagte:

Ich wohne im Bourdonnais-Gäßchen; mein Name ist mit Kreide auf der Haustüre angeschrieben. *Claude Lantier* ... Kommen Sie zu mir, um meine Zeichnung von der Pirouette-Straße zu besichtigen.

Damit verschwand er. Er wußte den Namen Florents nicht; er verließ ihn wie er ihn gefunden hatte, am Rande eines Bürgersteiges, nachdem er ihm seine Lieblingsrichtung in der Kunst erklärt hatte.

Florent war allein. Zuerst war er froh ob dieser Einsamkeit. Seitdem Frau François ihn in der Neuilly-Allee aufgelesen, befand er sich wie in einem Traume, einem Leide, das ihm jede klare Vorstellung der Dinge unmöglich machte. Er war endlich frei; er wollte sich aufrichten, diesen unerträglichen Traum von ungeheuren Nahrungsmitteln abschütteln, von dem er sich verfolgt fühlte. Allein sein Kopf war hohl; er konnte in seinem Innern nichts anderes als eine dumpfe Furcht entdecken. Es ward immer heller; man konnte ihn jetzt sehen, und er betrachtete sein Beinkleid und seinen Rock, die in einem kläglichen Zustande waren. Er knöpfte den Rock zu, staubte das Beinkleid ab, suchte sein Äußeres ein wenig in Ordnung zu bringen, weil er glaubte, daß diese erbärmlichen Lumpen ganz laut verkündeten, woher er komme. Er saß mitten auf der Bank neben armen Teufeln, Nachtschwärmern, die hier den Sonnenaufgang erwarteten. Die Hallen bieten den Vagabunden gastliche Unterkunft für die Nacht. Zwei Polizisten gingen, noch in ihrer Nachtausrüstung, mit Kapuze und Käppi nebeneinander mit den Händen auf dem Rücken auf und ab; jedesmal wenn sie bei der Bank vorüber kamen, warfen sie einen Blick auf das Wild, das sie da witterten. Florent bildete sich ein, daß sie ihn erkannten und sich berieten, ihn festzunehmen. Da ergriff ihn die Angst, und es überkam ihn ein tolles Verlangen zu fliehen. Aber er wagte es nicht; er wußte nicht, wie er von dannen gehen solle. Die regelmäßigen Blicke der Polizisten, dieses langsame und kalte Prüfen war ihm eine Qual. Endlich verließ er die Bank; er mußte sich Gewalt antun, um nicht zu laufen, was seine Beine ihn tragen konnten, und entfernte sich mit langsamen Schritten, die Schultern einziehend, aus Furcht, die schweren Hände der Polizisten an seinem Kragen zu fühlen.

Er hatte nur mehr einen Gedanken, ein Bedürfnis: sich von den Hallen zu entfernen. Er wird noch warten und später suchen, wenn der Platz frei ist. Die bei der Wegkreuzung zusammenlaufenden drei Straßen, die Montmartre-Straße, die Montorgueil-Straße und die Turbigo-Straße beunruhigten ihn; sie waren mit Fuhrwerken jeder Gattung angefüllt und Gemüse bedeckten die Fußwege. Er ging also geradeaus, bis zur Pierre-Lescot-Straße, wo er auf den Kressen- und Kartoffelmarkt stieß und nicht weiter konnte. Da zog er vor, durch die Rambuteau-Straße zu gehen. Doch hier geriet er in ein solches Wirrsal von Möbelwagen, Karren und Fuhrwerken, daß er kehrtmachte, um in die Saint-Denis-Straße einzubiegen. Hier befand er sich wieder mitten in den Gemüsen. An beiden Rändern der Straße hatten die Markthändler ihre Verkaufsstände –

auf hohen Körben quer liegende Bretter – aufgeschlagen und die endlose Flut von Kohl, Möhren und Rüben begann von neuem. Die Hallen überquollen von ihrem Reichtum. Er suchte diesem Meer zu entkommen, das auf seiner Flucht ihn erreichte; er versuchte es mit der Cossonnerie-Straße, Hirtenstraße, mit dem Innocenzplatz, mit der Eisenstraße und mit der Hallenstraße. Endlich blieb er entmutigt und erschreckt stehen; er vermochte diesem höllischen Wirbel der Kräuter nicht zu entrinnen, die ihn umschwirrten und mit ihren dünnen grünen Fäden ihm die Beine fesselten. In der Ferne verlor sich bis zur Rivoli-Straße, bis zum Rathausplatz, die endlose Reihe der Räder und Pferde in dem Durcheinander der aufgeladenen Waren; große Möbelwagen führten den Einkauf der Obsthändler eines ganzen Stadtviertels hinweg; Fuhrwerke, deren Seiten unter der schweren Last schier barsten, fuhren nach den Vorstädten ab. In der Pont-Neuf-Straße verirrte er sich völlig; er war mitten in ein Gewühl von Handkarren geraten; die Grünkramhändler putzten da ihr rollendes Warenlager auf. Unter ihnen erkannte er Lacaille, der einen Karren voll Möhren und Blumenkohl durch die Honoriusstraße fuhr. Er folgte ihm in der Hoffnung, daß er ihm behilflich sein werde, aus dem Gewühl herauszukommen. Das Straßenpflaster war feucht geworden, obgleich trockenes Wetter war; Artischockenstengel, Krautblätter, Pflanzenabfälle allerart bedeckten den Boden und gefährdeten die Sicherheit der Fußgänger. Er strauchelte bei jedem Schritte. In der Vauvillers-Straße verlor er Lacaille. Auf der Seite der Getreidehalle waren die Eingänge der Straßen ebenfalls mit Wagen und Karren verlegt. Er versuchte nicht mehr zu kämpfen; die Hallen hatten ihn wieder, die Flut trug ihn zurück, er befand sich wieder auf dem Sankt-Eustach-Platze.

Er vernahm jetzt das anhaltende Getöse, das aus den Hallen kam. Paris kaute die Bissen für seine zwei Millionen Einwohner. Es war gleichsam ein großes Zentralorgan, das aus voller Kraft arbeitete und das Blut, den Lebenssaft, in alle Adern sandte; das Geräusch ungeheurer Kinnladen, der Lärm, den die Verpflegung der Riesenstadt verursachte, angefangen von dem Peitschenknallen der Großverkäufer, die nach den Märkten der verschiedenen Stadtviertel aufbrachen, bis zu dem Pantoffelschlürfen der armen Weiber, die mit ihren Handkörben von Tür zu Tür wandern, um einige Salatköpfe zu verkaufen.

Er betrat einen gedeckten Gang links in der Gruppe der vier Pavillons, deren große, stille Schatten er in der Nacht gesehen hatte. Er gedachte sich hierher zu flüchten, hier einen Schlupfwinkel zu finden. Allein um diese Stunde waren auch diese Pavillons erwacht wie die anderen. Er schritt bis ans Ende des Ganges.

Lastwagen fuhren im Trab herein und füllten den Geflügelmarkt mit Käfigen voll lebenden Geflügels und viereckigen Körben, in denen geschlachtetes Geflügel hoch aufgeschichtet lag. Auf dem entgegengesetzten Fußwege luden andere Fuhrwerke ganze Kälber ab, die, in Tücher eingehüllt, der ganzen Länge nach – wie Kinder – in Körben lagen, aus denen nur die blutigen Fußstümpfe herausragten. Es gab auch ganze Hammel, Ochsenviertel, Keulen und Schulterstücke. Die mit großen weißen Schürzen versehenen Metzger versahen das Fleisch mit einem Stempel, ließen es auf Handkarren herbeiführen, wogen es und hängten es auf den Querbalken des Ausrufeplatzes aus, während Florent, das Gesicht an die Eisenstäbe der Gittertür gedrückt, diese Reihen toter Tiere betrachtete, diese blutigen Ochsen und Hammel, die blasseren Kälber, die mit geöffnetem Bauche dahingen und an denen das Fett und die Sehnen gelbe Flecke bildeten. Er ging dann zu dem Kaldaunenmarkte, wo es blasse Kalbsköpfe und Kalbsfüße gab, säuberlich zusammengerollte Kaldaunen in Büchsen, auf platten Körben ausgelegte Gehirne, blutige Lebern, violettfarbene Nieren. Er verweilte bei den langen, zweiräderigen, mit runden Decken verhüllten Karren, die halbe Schweine, auf einer Strohschichte gelagert, zu beiden Seiten an die Wagenleiter gehängt, herbeiführten; und auf dem Strohlager standen Büchsen von Weißblech voll Schweineblut. Da ward Florent von einer dumpfen Wut erfaßt; der fade Geruch des Fleisches, der scharfe Geruch der Kaldaunen erbitterte ihn. Er verließ den gedeckten Gang und zog es vor, noch einmal zum Fußweg der Pont-Neuf-Straße zurückzukehren.

Er war bis zum Äußersten erschöpft; es fror ihn in der Kühle des Morgens, seine Zähne klapperten und er fürchtete hinzufallen und am Boden liegen zu bleiben. Er suchte vergebens ein leeres Plätzchen auf einer Bank; er würde da geschlafen haben auf die Gefahr hin, von den Polizisten geweckt zu werden. Als ihm schwarz vor den Augen wurde, lehnte er sich an einen Baum; die Augen fielen ihm zu, und es summte ihm in den Ohren. Die rohe Möhre, die er verschlungen hatte, ohne sie zu kauen, zerriß ihm den Magen; der Punsch, den er getrunken, hatte ihn berauscht. Er war betäubt von Elend, Ermüdung und Hunger. Ein verzehrendes Feuer brannte abermals in seinem Innern; er preßte zeitweilig beide Hände an die Brust, wie um ein Loch zu verstopfen, durch das er sein Leben dahinschwinden zu fühlen glaubte. Ihm war, als schwanke der Bürgersteig um ihn her; sein Leiden ward dermaßen unerträglich, daß er lieber wieder gehen wollte, um es zum Schweigen zu bringen. Er ging also geradeaus vor sich hin und kam so wieder unter die Gemüse, wo er sich alsbald verirrte. Er betrat einen schmalen Weg, bog dann in einen andern ein, mußte wieder umkehren, verirrte sich von neuem und befand sich wieder mitten im Grünzeug. Manche Haufen waren so hoch, daß die Leute zwischen zwei Mauern, aus Paketen und Büchsen aufgebaut, dahinschritten. Nur die Köpfe ragten heraus, und man sah den weißen oder schwarzen Fleck der Kopfbedeckung vorüberziehen; und die großen, in wiegendem Schritte vorüber getragenen Butten glichen kleinen Kähnen von Weidengeflecht; die auf einem moosgrünen Teiche schaukeln. Florent stieß auf tausend Hindernisse, auf Träger, die sich mit ihrer Last beluden, auf Händlerinnen, die mit ihren rauhen Stimmen stritten. Er glitt aus auf der dicken Lage von Blättern und Strünken, die die Straße bedeckte; er erstickte schier in dem durchdringenden Geruch der zertretenen Abfälle. Völlig blöde blieb er schließlich auf einem Platze stehen und überließ sich den Stößen der einen, den Schmähworten der anderen; er war nur mehr eine Sache, die gedrängt und gestoßen, willenlos auf der steigenden Flut dahintrieb.

Er ward jetzt von einem Gefühl großer Feigheit ergriffen: er wollte betteln. Sein dummer Stolz in der vergangenen Nacht erbitterte ihn jetzt. Hätte er das Geschenk der Frau François angenommen, hätte er nicht vor Claude eine alberne Angst gehabt, er müßte jetzt nicht inmitten all dieser Lebensmittel nach Nahrung lechzen. Es verdroß ihn besonders, daß er den Maler in der Pirouette-Straße nicht um Hilfe angesprochen. Jetzt war er allein und konnte auf dem Straßenpflaster verenden wie ein verlaufener Hund.

Zum letztenmal erhob er die Blicke und betrachtete die Hallen. Sie flammten jetzt im Sonnenlichte. Ein breiter Strahl fiel hinten am Ende des gedeckten Ganges hinein und riß gleichsam ein Tor von Licht in die Masse der Pavillons; auch von den Dachfeldern rieselte die Helligkeit hernieder. Das ungeheure Gebälk von Gußeisen war in bläulichen Schatten getaucht und erschien nur mehr wie ein dunkles Profil in den lodernden Flammen der aufgehenden Sonne. Oben glühte ein Glasfenster auf, und ein Lichtstrahl ergoß sich bis zu den Dachrinnen längs der breit abfallenden Zinkplatten. Das Ganze glich einer geräuschvollen Stadt, die in eine Wolke von Goldstaub gehüllt ist. Immer lauter äußerte sich das erwachende Leben, angefangen von dem Schnarchen der in ihre Mäntel gehüllten Gemüsegärtner bis zu dem lebhafteren Rollen der Marktwagen. Die ganze Stadt erschloß jetzt ihre Torgitter; es summte und brummte auf den Verkaufsplätzen und in den Pavillons; alle Stimmen tönten, und es war gleichsam eine mächtige Entfaltung jenes Satzes, den Florent seit vier Uhr morgens im Dunkel dahinziehen und immer mehr anschwellen hörte.

Rechts und links, auf allen Seiten, mengte das Geschrei der Ausrufer hohe Pickelflötentöne in das tiefe Gebrumme der Menge, es war bei den Seefischen, auf dem Buttermarkte, in der Geflügelabteilung, auf dem Fleischmarkte. Von Zeit zu Zeit ertönte eine Glocke, und dem Klang folgte der Lärm eines Marktes, dessen Eröffnung sie ankündete. Rings um ihn her tauchte die Sonne die Gemüsehaufen in die Fluten ihres Lichts. Er erkannte nicht mehr die zarte Aquarellfarbe der Dämmerung. Die erschlossenen Kelche der Salate brannten im Lichte, das Grün schimmerte prächtig, die roten Rüben schienen zu bluten, die weißen Rüben glühten in diesem sieghaften Glutofen. Zu seiner Linken schütteten noch immer Kohlkarren ihren Inhalt aus. Er wandte die Blicke und sah in der Ferne noch immer neue Fuhrwerke aus der Turbigo-Straße hervorkommen. Die Meeresflut stieg immer höher. Er hatte sie an seinen Knöcheln, dann an seinem Bauche gefühlt, jetzt drohte sie über seinem Haupte zusammenzuschlagen. Geblendet, ertränkt, mit klingenden Ohren, der Magen erdrückt von allem, was er gesehen, neue, unaufhörliche Massen von Nahrungsmitteln ahnend, flehte er um Gnade, und ein wahnsinniges Verlangen erfaßte ihn, Hungers zu sterben inmitten des strotzenden Paris, in diesem flammenden Erwachen der Hallen. Große, heiße Zähren rollten über seine Wangen.

Er war jetzt bei einem breiteren Gange angelangt. Zwei Frauen, eine kleine Alte und ein große Hagere, gingen plaudernd an ihm vorüber und lenkten ihre Schritte nach den Hallen.

Sie kommen, um Ihren Einkauf zu machen, Fräulein Saget? fragte die große Hagere.

Ach, Frau Lecoeur, mein Einkauf!... Sie wissen ja, eine allein stehende Frau; ich lebe sozusagen von nichts... Ich wollte eine Rose Blumenkohl kaufen, aber es ist alles so teuer ... Was ist denn heut der Preis der Butter?

Vierunddreißig Sous... Ich habe sehr gute, wenn Sie zu mir kommen wollen...

Schön, schön; ich weiß noch nicht; ich habe noch etwas Fett zu Hause...

Florent machte eine letzte Anstrengung und folgte den beiden Frauen. Er erinnerte sich, den Namen der kleinen Alten von Claude in der Pirouette-Straße nennen gehört zu haben, und er faßte den Vorsatz, sie anzusprechen, wenn sie die große Hagere verlassen hatte.

Und Ihre Nichte? fragte Fräulein Saget.

Die Sariette mag tun, was sie will, erwiderte Frau Lecoeur in herbem Tone. Sie hat sich selbständig niederlassen wollen; das geht mich weiter nichts an. Wenn die Männer sie aufgefressen haben, bekommt sie von mir nicht einen Bissen Brot.

Sie waren so gut zu ihr... Sie sollte trachten, Geld zu erwerben. Der Obsthandel ist heuer sehr vorteilhaft... Und Ihr Schwager?

Oh, der...

Frau Lecoeur rümpfte die Nase und schien nicht mehr sagen zu wollen.

Also immer derselbe? fuhr Fräulein Saget fort. Ein schöner Herr das!... Ich habe mir erzählen lassen, daß er sein Geld in einer Weise ausgibt!...

Weiß man denn, ob er sein Geld überhaupt ausgibt? sagte Frau Lecoeur grob. Das ist ja ein Geheimtuer, ein Geizhals, der mich krepieren ließe, eher er mir hundert Sous liehe... Er weiß sehr wohl, daß Butter, Käse und Eier dieses Jahr keinen guten Preis haben, während er nicht genug Geflügel auftreiben kann. Glauben Sie, daß er mir auch nur ein einziges Mal seine Dienste angeboten habe? Ich bin zu stolz, um etwas anzunehmen; aber eine Freude würde es mir dennoch bereitet haben.

Dort geht er, Ihr Schwager, sagte Fräulein Saget mit gedämpfter Stimme.

Die Frauen wandten sich um und sahen einem Mann nach, der quer über die Straße ging, um den gedeckten Hauptgang zu betreten.

Ich habe Eile, sagte Frau Lecoeur; ich habe meinen Laden allein gelassen. Übrigens will ich auch nicht mit ihm sprechen.

Florent hatte sich unwillkürlich ebenfalls umgewandt. Er sah einen kleinen, vierschrötigen Mann mit zufriedener Miene, die grauen Haare kurz geschnitten, unter jedem Arm eine fette Gans, deren Kopf ihm an die Schenkel schlug. Plötzlich lief in einer freudigen Regung Florent, alle Müdigkeit vergessend, dem Manne nach. Als er ihn erreicht hatte, rief er:

Gavard! und schlug ihn dabei auf die Schulter.

Der andere blickte auf und betrachtete mit überraschter Miene dieses lange, schwarze Gesicht, das er nicht erkannte. Dann rief er plötzlich äußerst betroffen aus:

Sie! Sie! Sind Sie es denn wirklich?

Es fehlte nicht viel und er hätte seine fetten Gänse zu Boden fallen lassen. Er konnte sich nicht fassen. Doch als er seine Schwägerin und Fräulein Saget bemerkte, die aus der Ferne neugierig dieser Begegnung zusahen, ging er weiter und sagte:

Kommen Sie, wir wollen nicht stehen bleiben; es gibt überall zu viel Augen und Zungen.

Unter dem gedeckten Gange setzten sie ihr Gespräch fort. Florent erzählte, daß er in der Pirouette-Straße gewesen. Gavard fand es sehr drollig; lachend erzählte er ihm, daß sein Bruder Quenu seit langem ausgezogen sei und seinen Wurstladen da in der Nähe, Rambuteau-Straße, den Hallen gegenüber eröffnet habe. Was ihn noch mehr ergötzte, war, daß Florent den ganzen Morgen mit Claude Lantier umhergestreift sei, einem schnurrigen Kauz, der just ein Neffe der Frau Quenu war. Er schickte sich an, ihn zu dem Wurstladen zu führen. Als er erfuhr, daß Florent mit falschen Papieren nach Frankreich zurückgekehrt sei, nahm er eine geheimnisvolle und ernste Miene an. Er wollte fünf Schritte vor ihm gehen, um nicht die Aufmerksamkeit zu erwecken. Nachdem er den Geflügelpavillon durchschritten, wo er seine zwei Gänse an seiner Auslage aufhängte, ging er durch die Rambuteau-Straße, immer gefolgt von Florent. Da blieb er in der Mitte des Fahrweges stehen und zeigte ihm mit einem Augenzwinkern einen schönen, großen Wurstladen.

Das Sonnenlicht fiel schräg in die Rambuteau-Straße und beleuchtete die Vorderseite der Häuser, zwischen denen die Öffnung der Pirouette-Straße eine dunkle Höhlung bildete. Das große Schiff der Sankt-Eustach-Kirche am anderen Ende der Straße war ganz vergoldet im Lichte der Morgensonne und glich einem riesigen Reliquienschrein. Inmitten der Menge kam aus der Straßenkreuzung hervor eine Armee von Straßenkehrern in langer Linie mit den regelmäßigen Bewegungen ihrer Kehrbesen heran, während die Kehrichtabfuhrleute das Kehricht mit ihren Schaufeln in die großen Wagen warfen, die alle zwanzig Schritte hielten, wobei es rasselte wie von zerbrochenem Eßgeschirr. Doch Florent hatte nur mehr Interesse für den Wurstladen, der weit offen, im hellen Lichte der Morgensonne dalag.

Der Laden bildete fast die Ecke der Pirouette-Straße und es war eine Freude, ihn zu betrachten. Er lachte jeden an, so hell war er mit seinen lebhaften Farben, die sich so schön von dem Weiß des Marmors abhoben. Auf dem Firmenschilde leuchtete der Name *Quenu-Gradelle* in fetten Goldbuchstaben, von einem

Rahmen aus Blätterwerk umgeben, auf zartem Grunde gemalt, das Ganze mit einer Glastafel überdeckt. Die beiden Seitentafeln der Auslage, gleichfalls gemalt und unter Glas, zeigten kleine pausbäckige Liebesgötter, die mitten unter den Schweinsköpfen, Koteletten und Wurststrängen spielten; und diese von Schnörkeln und Rosetten umgebenen Abbildungen hatten einen solchen zarten Aquarellton, daß das rohe Fleisch die rosige Farbe der Konfitüren gewann. In diesem verführerischen Rahmen erhob sich die Auslage. Sie stand auf einer Unterlage von ausgezacktem, blauem Papier. Da und dort wurde durch die geschickte Einfassung mittelst Farrenkrautes einzelnen Schüsseln das Aussehen eines von Grün umgebenen Blumenstraußes gegeben. Es war eine ganze Welt von feinen, fetten, im Munde zerfließenden Sachen. Ganz unten knapp an der Fensterscheibe stand eine Reihe von Gurkenbüchschen, untermischt mit kleinen Senftöpfchen; darüber schöne, feine Schinken ohne Knochen mit ihrer gefälligen, runden Form, der gelben Rinde, in einem grünen Busch endigend. Dann kamen die großen Schüsseln, geräucherte Straßburger Zungen, rot und glänzend neben den blassen Würsten und Schweinsfüßen; ferner dunkelrote Blutwürste, zusammengerollt wie gutmütige Schlangen; Leberwürste, zu zwei und zwei zusammengebunden, schier platzend von Frische und Gesundheit; feine Würstchen in Hüllen von Silberpapier; Pastetchen, noch heiß, auf kleinen Fähnchen Name und Preis angeschrieben; große Schinken, große Stücke Kalb- und Schweinefleisch, von einer Sülze umgeben, die klar war wie kandierter Zucker. Da waren ferner tiefe, breite Schüsseln, in denen kalte Braten und Klumpen von gehacktem Fleisch in geronnenem Fett ruhten. Zwischen den Schüsseln und Tellern standen auf der Unterlage von blauen Papierschnitzeln Becher mit eingemachten Früchten, Kraftbrühen und Trüffeln, Näpfe mit Gänseleberpastete, Büchsen mit Tunfisch und Sardinen. Ein Kistchen mit Rahmkäse und ein zweites Kistchen mit Schnecken, die mit Petersilienbutter gefüllt waren, standen nachlässig in den beiden Ecken. Ganz oben hingen an einer mit großen, eisernen Nägeln besetzten Querstange Kränze von großen und kleinen Würsten jeder Art, gleich den Schnüren und Troddeln prächtiger Vorhänge, während im Hintergrunde eine Anordnung von Fransen ihre weißen, mit Seide übersponnenen Spitzen sehen ließ. Auf der obersten Stufe dieses dem Magen erbauten Altars aber, umspielt von den Spitzen der Fransen, stand zwischen zwei Sträußen purpurroter Schwertlilien ein Aquarium, mit Grottenwerk umkleidet, und darinnen schwammen zwei Goldfischchen.

Florent fühlte, wie ein Schauer seinen Körper überflog, als er eine Frau auf der Schwelle des Ladens bemerkte, vom Sonnenschein umflossen. Sie erhöhte durch ihre Erscheinung den Eindruck der Fülle und des Wohlbehagens, den alle diese schönen, erquicklichen Sachen hervorbrachten. Sie war eine schöne Frau. Sie füllte die Türöffnung aus, obgleich sie nicht zu stark war; ihr voller Busen verriet die Reife der Dreißigerin. Sie war eben erst aufgestanden und doch war ihr Haar schon geordnet und legte sich in schönen, glatten Strähnen über die Schläfen. Es gab ihr ein sehr sauberes Aussehen. Ihr ruhiges Fleisch hatte die durchsichtige Weiße, die feine, rosige Haut der Personen, die unter Fett und rohem Fleisch leben. Sie hatte ein sehr ruhiges, mehr ernstes Aussehen; nur die Augen heiterten ihr Antlitz auf. Ihr weißer, gesteifter Kragen, der sich eng um den Hals legte, ihre weißen Manschetten, die bis zu den Ellenbogen reichten, ihre weiße Schürze, die so lang war, daß sie die Spitze ihrer Schuhe verhüllte, ließen nur schmale Streifen ihres schwarzen Kaschmirkleides, die runden Schultern, das volle Leibchen sehen, das den Stoff außerordentlich straff anspannte. Auf all dem vielen Weiß brannte die Morgensonne. Doch in das Licht getaucht, mit ihrem blauschwarzen Haar, ihrem rosigen Fleisch, den schimmernden Ärmeln und der Schürze, stand sie da, ohne auch nur mit den Augen zu zwinkern, und nahm in aller Ruhe ihr morgendliches Lichtbad, mit ihren sanften Augen die überquellenden Hallen anlächelnd. Sie hatte ein überaus ehrbares Aussehen.

Das ist die Gattin Ihres Bruders, Ihre Schwägerin Lisa, sagte Gavard zu Florent.

Er hatte sie mit einem leichten Kopfnicken gegrüßt. Dann betrat er den kleinen Gang, der ins Haus führte; er benahm sich noch immer mit einer ganz außerordentlichen Vorsicht, denn er wollte nicht, daß Florent durch den Laden eintrete, der übrigens ganz leer war. Er war augenscheinlich sehr froh, sich in ein Abenteuer zu stürzen, das er für gefährlich hielt.

Warten Sie, sagte er; ich will nachsehen, ob Ihr Bruder allein ist. Wenn ich in die Hände klatsche, treten Sie ein.

Er öffnete eine Türe im Hintergrunde des Ganges. Doch als Florent die Stimme seines Bruders hinter dieser Türe vernahm, war er mit einem Satze im Hause. Quenu, der ihn sehr liebte, warf sich ihm an den Hals. Sie küßten sich wie Kinder.

Bist du es wirklich? stammelte Quenu. Wer hätte das erwartet? ... Ich hielt dich für tot ... Ich sagte gestern erst zu Lisa: „Der arme Florent ..."

Er hielt inne, steckte den Kopf zur Ladentür hinein und rief:

Lisa! He, Lisa!

Dann wandte er sich zu einem kleinen Mädchen, das sich in einen Winkel geflüchtet hatte, und sagte:

Pauline, rufe deine Mutter!

Doch die Kleine rührte sich nicht. Es war ein prächtiges Kind von fünf Jahren mit einem großen, runden Gesichte, der schönen Wursthändlerin sehr ähnlich. Sie hielt in den Armen eine große, gelbe Katze, die sich mit hängenden Beinen ihrem Behagen überließ. Das Kind drückte mit seinen kleinen Händen das Tier, unter dessen Last es sich beugte, fest an sich, als fürchte es, daß der schlecht gekleidete Fremde ihr die Katze stehlen könne.

Lisa kam langsam herbei.

Das ist Florent, mein Bruder, sagte Quenu.

Sie nannte ihn „mein Herr!" und benahm sich sehr freundlich. Sie betrachtete ihn ruhig vom Kopf bis zu den Füßen, ohne eine verletzende Überraschung zu verraten. Nur ihre Lippen waren leicht verzogen. Sie blieb da stehen und lächelte schließlich über die Umarmungen ihres Gatten. Dieser schien sich indes zu beruhigen. Jetzt erst bemerkte er die Magerkeit und Dürftigkeit seines Bruders.

Ach, armer Kerl! Du bist in fernen Landen nicht schöner geworden ... Ich habe dagegen Fett angesetzt ... Was will man machen?

Er war in der Tat fett, zu fett für seine dreißig Jahre. Er strotzte von Fülle in seinem Hemde, in seiner Schürze, in diesen weißen Linnen, die ihn einhüllten wie eine riesige Puppe. Sein rasiertes Antlitz hatte sich verlängert und hatte mit der Zeit eine ferne Ähnlichkeit mit dem Rüssel seiner Schweine angenommen, mit diesem Fleische, in dem seine Hände den ganzen Tag herumwühlten und lebten. Florent erkannte ihn kaum wieder. Er hatte sich gesetzt und betrachtete nacheinander seinen Bruder, die schöne Lisa und die kleine Pauline. Sie alle schwitzten sozusagen von Gesundheit; sie waren schön, kräftig und strahlend; sie betrachteten ihn mit dem Erstaunen sehr fetter Leute, die beim Anblick eines Mageren von einer unbestimmten Unruhe ergriffen werden. Und selbst die Katze, deren Haut vom Fett zu platzen drohte, riß die gelben Augen auf und betrachtete ihn argwöhnisch.

Du wartest bis zum zweiten Frühstück, nicht wahr? fragte Quenu. Wir essen früh, um zehn Uhr.

Ein starker Geruch drang aus der Küche herein. Florent sah seine furchtbare Nacht wieder, seine Ankunft mit den Gemüsewagen, seine Marter in den Hallen, diese unaufhörliche Anhäufung von Lebensmitteln, der er eben entronnen war. Da sagte er mit leiser Stimme und einem sanften Lächeln:

Nein, ich bin hungrig.

Zweites Kapitel

Florent hatte eben in Paris sein Rechtsstudium begonnen, als seine Mutter starb. Sie wohnte zu Vigon, in der Gard-Gegend. Sie hatte in zweiter Ehe einen aus Yvetot in der Normandie stammenden Mann namens Quenu geheiratet. Diesen Mann hatte ein Unterpräfekt nach dem Süden gebracht und dort vergessen. Er war Beamter in der Unterpräfektur geblieben; denn er fand die Gegend reizend, den Wein gut, die Frauen liebenswürdig. Nach dreijähriger Ehe starb er an den Folgen einer schlechten Verdauung. Als einziges Erbe hatte er seiner Frau einen dicken Jungen zurückgelassen, der ihm ganz ähnlich sah. Es fiel der Mutter schon schwer, die Schulgelder für ihren älteren Sohn Florent, der aus ihrer ersten Ehe stammte, zu bezahlen. Sie hatte große Ursache, mit diesem Sohne zufrieden zu sein; er war von sanfter Gemütsart, arbeitete fleißig und erlangte stets die ersten Preise. Ihm wandte sie ihre ganze Liebe, alle ihre Hoffnungen zu. In der Zärtlichkeit für diesen blassen, schmächtigen Jungen kam vielleicht der Vorzug für ihren ersten Gatten zum Ausdruck, einen Provençalen von liebkosend weichlichem Charakter, der sie zum Sterben lieb gehabt hatte. Quenu, dessen gute Laune sie anfänglich verführt, hatte sich vielleicht zu dick, zu selbstgefällig, zu sehr als Mensch gezeigt, der aus sich selbst die besten Freuden zu schöpfen sicher war. Sie entschied denn, daß ihr Zweitgeborner, der Jüngste, der in den Familien des Südens oft geopfert wird, niemals etwas Rechtes werden solle. Sie begnügte sich, ihn in eine Schule zu schicken, die ihre Nachbarin, ein altes Mädchen hielt, und wo der Junge nichts anderes lernte, als sich herumtreiben. So wuchsen die beiden Brüder fern voneinander als Fremde heran.

Als Florent nach Vigon zurückkehrte, war seine Mutter begraben. Sie hatte verlangt, daß man ihm ihre Krankheit bis zum letzten Augenblick verheimliche, um ihn nicht in seinen Studien zu stören. Er fand den kleinen zwölfjährigen Quenu in der Küche an einem Tische sitzen und weinen. Ein benachbarter

Möbelhändler schilderte ihm die Krankheit und den Tod der armen Frau. Sie war bei ihren letzten Mitteln angelangt und hatte sich in schwerer Arbeit aufgerieben, damit ihr Sohn sein Rechtsstudium beenden könne. Außer einem kleinen Bandhandel, der wenig einbrachte, mußte sie sich noch mit verschiedenen anderen Arbeiten beschäftigen, die sie bis in die späte Nacht in Anspruch nahmen. Die fixe Idee, ihren Florent als einen angesehenen Advokaten der Stadt zu sehen, machte sie schließlich hartherzig, geizig, erbarmungslos gegen sich selbst und gegen andere. Der kleine Quenu lief mit zerrissenen Höschen umher und hatte Löcher in den Rockärmeln. Bei Tische durfte er sich nichts nehmen und mußte warten, bis seine Mutter ihm sein Teil Brot gab; allerdings schnitt sie für sich selbst ebenso dünne Scheiben wie für ihn. Bei dieser Lebensweise war sie zugrunde gegangen mit dem unsäglichen Schmerze, ihre Aufgabe nicht beendet zu sehen.

Diese Mitteilung machte auf den weichen Charakter Florents einen schrecklichen Eindruck. Die Tränen erstickten ihn schier. Er nahm den kleinen Bruder in seine Arme, schloß ihn an seine Brust und küßte ihn, wie um ihm alle die Liebe zu vergelten, deren er ihn beraubt hatte. Er betrachtete seine zerrissenen Schuhe, seine löcherigen Rockärmel, seine schmutzigen Hände, dieses ganze Elend eines verlassenen Kindes. Er wiederholte ihm, daß er ihn mitnehmen wolle und daß er bei ihm glücklich sein solle. Als er am nächsten Tage die Lage prüfte, fürchtete er, es werde ihm nicht soviel bleiben, um nach Paris zurückzukehren. Um keinen Preis wollte er in Vigon bleiben. Es gelang ihm glücklicherweise, einen Abnehmer für den Bandkramladen zu finden; dadurch ward es ihm möglich, die Schulden zu bezahlen, die seine Mutter, in Geldsachen sonst sehr streng, nach und nach zu machen genötigt gewesen. Da ihm nichts übrig blieb, bot ihm sein Nachbar, der Möbelhändler, fünfhundert Franken für die Einrichtung und die Wäsche der Verstorbenen. Der Möbelhändler machte dabei ein gutes Geschäft. Der junge Mann dankte ihm mit Tränen in den Augen. Er kleidete seinen Bruder ganz neu und nahm ihn noch am selben Abend mit sich.

In Paris konnte nicht mehr die Rede davon sein, das Rechtsstudium fortzusetzen. Florent gab jeden Ehrgeiz für später auf. Er fand einige Unterrichtsstunden und mietete sich mit dem kleinen Quenu in der Royer-Collard-Straße, an der Ecke der Jakobstraße, in einer großen Stube ein, die er mit zwei eisernen Betten, einem Schrank, einem Tische und vier Stühlen ausstattete. Von da ab hatte er ein Kind. Seine Vaterschaft entzückte ihn. In der ersten Zeit versuchte er, wenn er abends nach Hause kam, dem Kleinen Unterricht zu geben. Doch dieser hörte nicht zu; er hatte einen harten Schädel und wollte nichts lernen; schluchzend sehnte er die Zeit zurück, da seine Mutter ihm erlaubte, in den Straßen herumzulaufen. Florent war darob in Verzweiflung, brach den Unterricht ab, tröstete den Jungen und versprach ihm endlose Ferien. Um seine Schwäche in seinen Augen zu rechtfertigen, sagte er sich, daß er das liebe Kind nicht mitgenommen habe, um es zu ärgern. Seine Verhaltungsregel war, es in Frohsinn heranwachsen zu sehen. Er liebte den Jungen, war entzückt von seinem hellen Lachen und fand seine selige Wonne daran, ihn gesund und sorglos um sich zu haben. Florent blieb mager in seinen abgenützten schwarzen Röcken, und sein Gesicht begann gelb zu werden bei den bösen Verdrießlichkeiten des Stundengebens. Quenu ward ein rundes, volles Bürschchen, etwas einfältig, der kaum schreiben und lesen konnte, aber von einer unwandelbaren guten Laune war und die große Stube stets mit seiner Heiterkeit erfüllte.

Indes gingen Jahre dahin. Florent, der die Aufopferungsfähigkeit seiner Mutter geerbt hatte, behielt Quenu in seiner Wohnung wie ein großes, träges Mädchen. Er ersparte ihm selbst die kleinen Sorgen des Hauswesens. Er selbst kaufte den Mundvorrat ein, besorgte Stube und Küche. Das verscheuchte ihm die schlimmen Gedanken, sagte er. Gewöhnlich war er in düsterer Stimmung und hielt sich für schlecht. Wenn er des Abends mit Schmutz bespritzt und von Haß gegen die Kinder der anderen erfüllt heimkehrte, war er gerührt von der Umarmung dieses großen, dicken Jungen, den er auf den Fliesen der Stube mit seinem Brummkreisel spielen fand. Quenu lachte über seine Ungeschicklichkeit in der Zubereitung der Eierkuchen und über den Ernst, mit dem er den Fleischtopf ans Feuer setzte. Wenn die Lampe ausgelöscht war, lag Florent oft mit traurigen Gedanken in seinem Bette. Er gedachte, seine Rechtsstudien wieder aufzunehmen, und erschöpfte sich in Auskunftsmitteln, um seine Zeit so einzuteilen, daß er die Vorlesungen an der Fakultät hören könne. Es gelang ihm auch, und er war vollkommen glücklich. Allein ein Fieberanfall, der ihn acht Tage lang das Zimmer zu hüten nötigte, legte eine solche Bresche in ihren Geldbestand und beunruhigte ihn in dem Maße, daß er jeden Gedanken an die Beendigung seiner Studien aufgab. Sein Kind wuchs heran. Er trat als Lehrer in eine Pension in der Wippstraße ein mit einem Jahresgehalte von achtzehnhundert Franken. Das war ein Vermögen. Bei einiger Sparsamkeit muß es ihm gelingen, Geld zu erübrigen, um Quenu zu unterstützen, wenn er einmal etwas beginnen werde. Mit achtzehn Jahren behandelte er ihn noch als Mädchen, das ausgestattet werden muß.

Während der kurzen Krankheit seines Bruders hatte auch Quenu sich seine Gedanken gemacht. Eines Morgens erklärte er, er wolle arbeiten und sei groß genug, um seinen Lebensunterhalt zu verdienen. Florent war tief gerührt. Gegenüber, auf der anderen Seite der Straße, wohnte ein Uhrmacher, den das Kind den ganzen Tag sah, wie er im hellen Lichte des Fensters über seinen kleinen Tisch gebeugt kleine, zarte Dingerchen handhabte und geduldig durch die Lupe betrachtete. Es gefiel ihm sehr, und er behauptete, er habe Neigung für die Uhrmacherei. Allein nach zwei Wochen ward er unruhig und weinte wie ein zehnjähriger Junge; er fand, die Sache sei zu verwickelt, und er werde nie alle die kleinen „Dummheiten" kennen lernen, aus denen eine Uhr sich zusammensetzt. Er wolle lieber ein Schlosser werden. Allein, die Schlosserei ermüdete ihn bald. Binnen zwei Jahren versuchte er es mit zehn Handwerken. Florent dachte, er habe recht, und man solle nicht mit Unlust einen Stand wählen. Doch die löbliche Hingebung des Quenu, der seinen Lebensunterhalt verdienen wollte, kam dem Haushalte der beiden jungen Leute sehr teuer zu stehen. Seitdem er durch alle Werkstätten kam, gab es immer neue Ausgaben: für Kleider, für außerhalb des Hauses eingenommene Mahlzeiten, für Einstandstränke, die man den neuen Kameraden zahlen mußte. Die achtzehnhundert Franken Florents genügten nicht mehr. Er hatte zwei Lektionen für den Abend annehmen müssen. Seit acht Jahren trug er denselben Rock.

Die beiden Brüder hatten einen Freund gefunden. Das Haus hatte eine Seite auf die Jakobstraße, und auf dieser Seite war darin eine große Ausbraterei, die ein würdiger Mann namens Gavard hielt, dessen Frau inmitten all des fetttriefenden Geflügels an Auszehrung starb. Wenn Florent zu spät heimkehrte, um noch ein Stück Fleisch zu braten, kaufte er unten ein Stück Truthahn- oder Gänsebraten für zwölf Sous. Das gab dann immer ein leckeres Fest. Gavard interessierte sich schließlich für diesen mageren jungen Mann; er erfuhr seine Geschichte und verlangte auch den Kleinen zu sehen. Bald verließ Quenu nicht mehr die Ausbraterei. Sobald sein Bruder ausgegangen war, ging er hinunter und blieb in dem Laden, entzückt von dem Anblicke der vier großen Spieße, die mit einem gedämpften Geräusche sich vor den hohen, hellen Flammen drehten.

Die breiten Kupfergeschirre am Kamin glänzten, das Geflügel rauchte, das Fett brodelte und zischte in der Untersetzpfanne, die Spieße begannen schließlich eine Unterhaltung untereinander und sagten auch Quenu freundliche Worte, der mit einem langstieligen Löffel bewehrt, die runden, braunen Gänse- und Hühnerbrüste sorgfältig mit Fett begoß. Stundenlang blieb er da, ganz rot von den lodernden Flammen, ein wenig dumm, mit einem stillen Lächeln über die fetten Tiere, die da brieten. Er erwachte erst wieder aus seiner Träumerei, wenn die fertigen Braten von den Spießen genommen wurden. Das Geflügel wurde auf Schüsseln gelegt, die rauchenden Spieße aus den Bäuchen gezogen und dann leerten sich die Bäuche und ließen den Saft durch die Löcher am Hintern und am Halse herausrinnen, und der Laden füllte sich mit einem starken Bratengeruche. Der Junge stand dabei, folgte diesem Tun mit den Blicken, klatschte vergnügt in die Hände, redete zu dem Geflügel, sagte, daß der Braten sehr gut sei, daß man ihn verspeisen werde, und daß die Katzen nur die Knochen haben sollten. Er machte einen Luftsprung, wenn Gavard ihm ein Stück Brot reichte, das er dann eine halbe Stunde im Bratenfett schmoren ließ.

Sicherlich hatte Quenu hier Lust zur Küche bekommen. Nachdem er es mit allen Handwerken versucht hatte, kehrte er – als sei es vom Schicksal bestimmt gewesen – wieder zu dem Geflügel zurück, das am Spieße gebraten wird, und zu dem feinen Safte, nach dem man sich die Finger ablecken muß. Anfänglich fürchtete er, seinen Bruder dadurch zu ärgern, der ein bescheidener Esser war und von den leckeren Bissen mit der Mißachtung eines Menschen sprach, der nicht weiß, was gut ist. Als er später sah, wie Florent aufhorchte, wenn er ihm irgendein zusammengesetztes Gericht erläuterte, gestand er ihm seinen Beruf und trat in den Dienst einer Gastwirtschaft. Seither war das Leben der beiden Brüder geregelt. Sie bewohnten weiter die Stube in der Royer-Collard-Straße, wo sie sich jeden Abend fanden, der eine mt fröhlichem, gerötetem Gesichte von seinen Bratöfen heimkehrend, der andere mit der trübseligen Miene eines armen Lehrers. Florent behielt seinen schwarzen Rock und vertiefte sich in die Aufgabenhefte seiner Schüler, während Quenu, um es sich behaglich zu machen, seine Schürze, seine weiße Weste und seine Küchenjungenmütze anlegte und sich damit die Zeit vertrieb, auf dem Zimmerofen irgendeinen Leckerbissen zuzubereiten. Manchmal lachten sie, wenn sie einander so sahen, der eine ganz weiß, der andere ganz schwarz. Die große Stube schien halb traurig und halb lustig von dieser Düsterheit und diesem Frohsinn. Noch niemals hatten zwei so verschieden geartete Leute sich so gut zusammen vertragen. Mochte der eine, von der Fieberglut des Vaters verzehrt, noch so sehr abmagern, und mochte der andere als würdiger Sohn des Normannen noch so dick werden: sie liebten sich in ihrer gemeinsamen Mutter, in dieser Frau, die nichts als liebevolle Hingebung gewesen.

Sie hatten in Paris einen Verwandten, einen Bruder ihrer Mutter namens Gradelle, der in der Pirouette-Straße, nahe bei den Hallen, einen Wurstladen hielt. Er war ein dicker Filz, ein roher Mensch, der sie als Hungerleider empfing, als sie das erstemal bei ihm vorsprachen. Sie kamen selten in sein Haus. Zu seinem Namensfeste brachte Quenu dem Oheim einen Strauß und erhielt dafür ein Zehnsousstück. Florent, von einem krankhaften Stolze erfüllt, litt sehr, wenn Gradelle seinen abgetragenen Rock musterte mit den argwöhnischen Blicken eines Geizhalses, der die Bitte um ein Mittagessen oder um ein Hundertsousstück wittert. Eines Tages beging er den kindlichen Streich, einen Hundertfrankenschein bei dem Onkel zu wechseln. Er erreichte damit, daß dieser weniger erschrak, wenn „die Kleinen" kamen. Aber weiter ging die Freundschaft nicht.

Diese Jahre waren für Florent ein langer, süßer, trauriger Traum. Alle bitteren Freuden der Selbstaufopferung hatte er durchzukosten. Zu Hause in der gemeinsamen Stube war er nur Liebe. Draußen unter den Demütigungen seines Lehrerberufes, auf den Fußwegen von der Menge gestoßen, fühlte er, wie er schlecht wurde. Sein längst erstorbener Ehrgeiz verbitterte ihn. Es währte Monate, bis er sich ergab und sich in das Leidensgeschick eines häßlichen, mittelmäßigen und armen Menschen fügte. Um den Versuchungen der Schlechtigkeit zu entrinnen, stürzte er sich kopfüber in eine ideale Güte, schuf sich einen Zufluchtsort aus eitel Gerechtigkeit und Wahrheit. Zu jener Zeit wurde er Republikaner; er trat in die Republik ein, wie die verzweifelten Mädchen in das Kloster eintreten. Weil er keine Republik fand, die weich und warm genug gewesen wäre, um seine Leiden einzuschläfern, schuf er sich eine solche. An den Büchern fand er kein Gefallen; alles geschwärzte Papier, unter dem er lebte, erinnerte ihn an die mißduftige Schulklasse, an die von den Schuljungen zerkauten Papierkugeln, an die Marter der langen, unfruchtbaren Stunden. Auch redeten die Bücher nur von Aufruhr, drängten ihn zum Stolze; er aber fühlte ein gebieterisches Bedürfnis nach Frieden und Vergessen. Sich wiegen, einschlummern und träumen, daß er vollkommen glücklich sei, daß auch die Welt es werden sollte, die republikanische Stadt erbauen, wo er hätte leben wollen: dies war seine Erholung, das immer wieder von neuem begonnene Werk seiner freien Stunden. Er las nicht mehr, nur was sein Lehrberuf erforderte; er ging die Jakobstraße hinauf bis zu den äußeren Alleen, machte zuweilen einen weiten Weg und kam durch das italienische Tor zurück; auf dem ganzen Wege hatte er das Mouffetard-Stadtviertel zu seinen Füßen; er ersann sittliche Maßnahmen, menschenfreundliche Gesetzentwürfe, die diese Stadt der Leiden in eine Stadt der Glückseligkeit umwandeln sollten. Als die Tage der Februarrevolution Paris in ein Blutbad tauchten, war er tief bekümmert; er lief in die Klubs und forderte den Loskauf dieses Blutes „durch den Bruderkuß aller Republikaner der Welt“. Er ward einer jener erleuchteten Redner, die die Revolution als eine neue Religion der Milde und Erlösung predigten. Erst die Dezembertage rissen ihn aus dieser Weltallsliebe. Er war entwaffnet. Er ließ sich abfangen wie ein Hammel und wurde behandelt wie ein Wolf. Als er aus seiner Predigt über die Brüderlichkeit erwachte, starb er schier Hungers auf den kalten Fliesen einer Kasematte zu Bicêtre.

Quenu, damals 22 Jahre alt, ward von tödlicher Angst ergriffen, als er seinen Bruder nicht zurückkehren sah. Am anderen Tage ging er nach dem Montmartrefriedhofe, um ihn da unter den Toten der Straße zu suchen, die man reihenweise auf Stroh gebettet hatte. Die unbedeckten Häupter der Leichen waren scheußlich anzusehen. Ihm fehlte der Mut, die Tränen blendeten ihn; zweimal mußte er die Reihen abschreiten. Endlich erfuhr er nach einer Woche auf der Polizeiwache, daß sein Bruder in Haft sei. Er durfte ihn nicht sehen. Als er zudringlich wurde, drohte man, auch ihn zu verhaften. Da lief er zum Onkel Gradelle, der in seinen Augen eine Persönlichkeit war und den er zu bestimmen hoffte, Florent zu retten. Allein, der Onkel Gradelle wurde zornig und sagte, es sei ganz recht so; der lange Tölpel habe nicht nötig gehabt, sich unter die republikanischen Hundsfötter zu mengen; er fügte hinzu, es sei Florent ins Gesicht geschrieben, daß es mit ihm ein böses Ende nehmen werde. Quenu schluchzte bitterlich und war ganz trostlos. Der Onkel schämte sich ein wenig; er fühlte, daß er für den armen Jungen etwas tun müsse, und bot ihm an, ihn zu sich zu nehmen. Er wußte, daß er ein guter Koch sei, und brauchte eben einen Gehilfen. Quenu hatte eine solche Angst davor, allein nach der Stube in der Royer-Collard-Straße zurückzukehren; daß er den Antrag annahm. Er schlief schon am nämlichen Abend bei seinem Oheim in einem finstern Loch unter dem Dache, wo er sich kaum ausstrecken konnte. Er weinte da doch weniger, als er angesichts des leeren Bettes seines Bruders geweint haben würde.

Endlich gelang es ihm, Florent zu sehen. Doch als er von Bicêtre zurückkam, mußte er sich zu Bett legen; das Fieber hielt ihn fast drei Wochen an sein Lager gefesselt, und er verbrachte diese ganze Zeit in einer Art Schlummer und

Bewußtlosigkeit. Es war seine erste und einzige Krankheit. Gradelle wünschte seinen republikanisch gesinnten Neffen zu allen Teufeln. Als er eines Morgens erfuhr, daß Florent nach Cayenne abgeführt worden, schlug er Quenu vergnügt in die Hände, weckte ihn, teilte ihm roh diese Nachricht mit und rief damit einen solchen Umschwung in der Krankheit hervor, daß der junge Mann am folgenden Tage auf den Beinen war. Sein Schmerz löste sich; sein schlaffes Fleisch schien seine letzten Tränen aufzusaugen. Einen Monat später lachte er schon, allerdings verdrossen über dieses Lachen; dann behielt aber die Heiterkeit die Oberhand, und er lachte, ohne es zu wissen.

Er erlernte das Wurstmacherhandwerk. Er fand daran noch mehr Gefallen als an der Küche. Allein der Oheim Gradelle sagte ihm, er möge seine Kochtöpfe und Pfannen nicht zu sehr vernachlässigen; ein Wurstmacher, der zugleich ein guter Koch, sei sehr selten zu finden, und es sei für ihn, Quenu, ein Glück, daß er in einer Gastwirtschaft gewesen, ehe er bei ihm eingetreten. Er nützte übrigens die Fähigkeiten des Jungen aus, ließ ihn Mahlzeiten bereiten, die von Kunden bestellt waren, und betraute ihn im besonderen mit der Zubereitung von Rostbraten und Schweinskoteletten mit kleinen Gurken. Da der junge Mann ihm nützliche Dienste leistete, liebte er ihn nach seiner Art, kneipte ihn in die Arme, wenn er gerade gut gelaunt war. Er hatte die ärmliche Einrichtung der Stube in der Royer- Collard-Straße verkauft und behielt den Erlös, vierzig und einige Franken, bei sich, damit der Teufelsjunge Quenu, wie er sagte, das Geld nicht zum Fenster hinauswerfe. Schließlich gab er ihm aber dennoch sechs Franken monatlich zur Bestreitung seiner kleinen Ausgaben.

Obgleich knapp im Gelde und zuweilen roh behandelt, war Quenu doch vollkommen zufrieden. Er liebte es, daß man ihm sein Leben sozusagen vorkaue. Florent hatte ihn zu sehr nach der Art eines trägen Mädchens erzogen. Überdies hatte er im Hause des Oheims Gradelle eine Freundin gefunden. Als dieser seine Frau verloren, mußte er für den Dienst am Zahlpulte ein Mädchen nehmen. Er wählte hiezu eine gesunde, appetitliche Person, weil er wußte, daß eine solche den Kunden wohlgefällt und den kalten Braten zu raschem Absatz verhilft. Er kannte in der Cuvier-Straße nahe dem Botanischen Garten eine verwitwete Frau, deren Mann Posthalter zu Plassans, einer Unterpräfekturs-Stadt im Süden, gewesen. Diese Dame, die sehr bescheiden von einer kleinen Leibrente lebte, hatte aus der genannten Stadt ein starkes, schönes Mädchen mitgebracht, das sie wie ihre eigene Tochter behandelte. Lisa pflegte sie mit ruhiger Miene in stets gleichmäßiger, ernster Stimmung und war, wenn sie lächelte, sehr schön. Ihr

Hauptreiz lag in der köstlichen Art, wie sie ihr seltenes Lächeln anbrachte. Ihr Blick ward dann zu einer Liebkosung. Ihr gewöhnlicher Ernst verlieh diesem plötzlich angewandten Mittel der Verführung einen unschätzbaren Wert. Die alte Dame pflegte zu sagen, ein Lächeln Lisas könne sie in die Hölle locken. Als das Asthma sie hinwegraffte, hinterließ sie ihrer Ziehtochter Lisa ihre ganzen Ersparnisse, nahezu zehntausend Franken. Lisa blieb acht Tage allein in der Wohnung der Cuvier-Straße; hier suchte Gradelle sie auf. Er kannte sie, weil er sie öfter mit ihrer Herrin gesehen hatte, wenn letztere in der Pirouette-Straße bei ihm einkaufte. Bei dem Leichenbegängnisse der alten Dame fand er Lisa so schön und fest gebaut, daß er bis zum Kirchhofe mitging. Während man den Sarg in das Grab senkte, dachte er, wie prächtig dieses Mädchen in seinen Wurstladen passen werde. Er ging mit sich selbst zu Rate und sagte sich, daß er ihr nebst der Beköstigung und Wohnung gern dreißig Franken monatlich zahlen werde. Als er ihr seine Vorschläge machte, erbat sie sich vierundzwanzig Stunden Bedenkzeit. Eines Morgens erschien sie bei ihm mit einem kleinen Päckchen und ihren zehntausend Franken, die sie in ihrem Mieder verborgen trug. Einen Monat später beherrschte sie das ganze Haus, Gradelle, Quenu, alle bis zum letzten Lehrjungen. Quenu besonders würde alle zehn Finger für sie hingegeben haben. Wenn sie lächelte, blieb er stehen, sah sie an und lachte von Herzen mit.

Lisa, die älteste Tochter der Macquart in Plassans, hatte noch ihren Vater. Sie sagte, er sei im Auslande, und schrieb ihm niemals. Zuweilen ließ sie die Bemerkung fallen, daß ihre Mutter zu ihren Lebzeiten eine kräftige Arbeiterin gewesen und daß sie ihr ähnlich sei. Sie erwies sich in der Tat sehr ausdauernd bei der Arbeit. Aber sie sagte, die arme Frau habe sich zu Tode gearbeitet, um die Hauswirtschaft aufrecht zu erhalten. Sie sprach dann von den Pflichten der Hausfrau und von den Pflichten des Gatten in einer sehr klugen, sehr anständigen Weise, die Quenu entzückte. Er versicherte ihr, daß er völlig ihre Ansichten teile. Die Ansichten Lisas waren aber die, daß jeder arbeiten müsse, wenn er essen wolle, daß jeder seines eigenen Glückes Schmied sei, daß man Böses tue, wenn man die Trägheit ermutige, und endlich, daß es den Faulenzern ganz recht geschehe, wenn es ihnen schlimm gehe. Dies war eine sehr deutliche Verurteilung der Säuferei und des Müßigganges des alten Macquart. Ohne daß sie es wußte, sprach Macquart ganz laut in ihr; sie war nichts als eine ordnungsliebende, vernünftige, logische Macquart mit ihren Bedürfnissen eines behaglichen Lebens, weil sie begriff, daß man am besten schlafe, wenn man sich selbst warm gebettet habe. Diesem warmen, weichen Bette galt ihre ganze Zeit und galten alle ihre Gedanken. Schon mit sechs Jahren blieb sie gern den ganzen Tag ruhig auf ihrem Stühlchen sitzen unter der Bedingung, daß sie am Abend mit einem Stück Kuchen belohnt werde.

Bei dem Wurstmacher Gradelle führte Lisa ihr ruhiges, regelmäßiges, durch ihr schönes Lächeln erhelltes Leben fort. Sie hatte das Anerbieten des guten Mannes nicht aufs Geratewohl angenommen; sie wußte sich einen Beschützer aus ihm zu machen; sie ahnte vielleicht mit dem Spürsinn der Leute, die Glück haben, in diesem dunkeln Laden der Pirouette-Straße die fest begründete Zukunft, von der sie träumte, ein Leben voll gesunder Freuden, eine Arbeit ohne Mühe, für die jede Stunde ihren Lohn darbieten solle. An ihrem Zahlpulte versah sie den Dienst mit derselben ruhigen Sorgfalt, die sie der Witwe des Posthalters gewidmet hatte. Die Sauberkeit der Schürzen Lisas wurde bald sprichwörtlich im Stadtviertel. Der Onkel Gradelle war dermaßen zufrieden mit diesem schönen Mädchen, daß er manchmal, wenn er seine Würste band, zu Quenu sagte:

Wenn ich nicht sechzig Jahre alt wäre, bei meiner Ehre, ich könnte die Torheit begehen, sie zu heiraten! ... Eine solche Frau im Geschäft ist gediegen Gold, mein Junge.

Quenu überbot ihn noch in den Lobsprüchen. Doch lachte er hellauf, als eines Tages ein Nachbar ihn damit neckte, er sei in Lisa verliebt. Die Liebe plagte ihn nicht. Sie waren sehr gute Freunde. Am Abend gingen sie zusammen hinauf, um sich zu Bette zu begeben. Neben dem dunkeln Loche, wo Quenu schlief, bewohnte Lisa ein Kämmerchen, das sie ganz hell zu machen wußte, indem sie es überall mit Mousselinevorhängen schmückte. Sie verweilten einen Augenblick mit dem Leuchter in der Hand auf dem Flur und plauderten, während sie ihre Türen aufsperrten. Dann schlossen sie die Türe mit dem Gruße:

Gute Nacht, Fräulein Lisa!

Gute Nacht, Herr Quenu!

Während Quenu zu Bett ging, hörte er Lisa in ihrem Kämmerchen herumwirtschaften. Die Bretterwand war so dünn, daß er jeder ihrer Bewegungen folgen konnte. Er dachte sich: „Schau, schau! Sie zieht ihre Fenstervorhänge zu; was mag sie nur vor ihrer Kommode machen? Jetzt setzt sie sich nieder, um ihre Stiefelchen auszuziehen. Nun hat sie ihre Kerze ausgelöscht. Gute Nacht, schlafen wir!“ Und wenn er das Bett krachen hörte, murmelte er lachend: „Ja, sie ist nicht leicht, das Fräulein Lisa.“ Dieser Gedanke erheiterte ihn. Er schlief endlich ein mit dem Gedanken an die Schinken und Würste, die am nächsten Tage bereitet werden sollten.

Dies währte ein Jahr, ohne daß Lisa auch nur einmal errötet, oder Quenu in Verlegenheit gekommen wäre. Am Morgen bei der Arbeit, wenn Lisa in die Küche kam, begegneten sich wohl ihre mit dem Hackfleisch beschäftigten Hände. Sie half ihm zuweilen; sie hielt mit ihren fetten Fingern die Därme, während er sie mit gehacktem Fleisch und Speck füllte. Oder sie kosteten zusammen das rohe Wurstfleisch, um zu sehen, ob es auch genügend gewürzt sei. Sie war eine gute Beraterin; sie kannte die im Süden gebräuchliche Art der Zubereitung, und er versuchte diese Art mit Erfolg. Oft merkte er, daß sie so dicht hinter ihm stehe und in die Töpfe gucke, daß er ihren starken Busen an seinem Rücken fühlte. Sie reichte ihm, wenn nötig, einen Löffel oder eine Schüssel. Das große Feuer erhitzte sie, daß sie ganz rot wurden. Er würde um nichts in der Welt in dem Umrühren des Breies innegehalten haben, der sich am Feuer verdickte, während sie sehr ernst von dem Grade sprach, bis zu welchem das Kochen fortgesetzt werden müsse. Wenn nachmittags der Laden leer war, plauderten sie ruhig stundenlang. Sie saß ein wenig zurückgelehnt vor ihrem Zahlpulte und strickte mit regelmäßigen Bewegungen ihrer Hände. Er saß auf einem Block und schlug mit den Stiefelabsätzen an das Holz. Sie verständigten sich vortrefflich; sie sprachen von allem, zumeist von der Küche, dann vom Oheim Gradelle und von den Leuten des Stadtviertels. Sie erzählte ihm Geschichten wie einem Kinde; sie wußte sehr hübsche, Wundermärchen voll Lämmerchen und kleiner Engel, die sie mit flötender Stimme und mit ihrer ernsten Miene vortrug. Wenn ein Kunde kam, bat sie den jungen Mann, um sich nicht selber bemühen zu müssen, der Käuferin das Töpfchen Schweineschmalz oder die Büchse Schnecken zu reichen. Um elf Uhr gingen sie dann hinauf schlafen ganz so wie am vorhergegangenen Abend; während sie ihre Türe schlossen, grüßten sie mit ihrer ruhigen Stimme:

Gute Nacht, Fräulein Lisa!

Gute Nacht, Herr Quenu!

Eines Morgens ward der Onkel Gradelle, während er mit der Zubereitung einer Sülze beschäftigt war, vom Schlage gerührt. Er fiel mit der Nase auf den Tisch und war tot. Lisa verlor ihre Kaltblütigkeit nicht. Sie sagte, man dürfe den Toten nicht in der Küche lassen, und ließ ihn nach der Hinterstube schaffen, wo der

Onkel zu schlafen pflegte. Dann vereinbarte sie mit dem Gehilfen eine ganze Geschichte; es mußte heißen, der Onkel sei in seinem Bette gestorben, wenn man nicht wolle, daß die Kundschaft einen Ekel bekomme und ausbleibe. Quenu half den Toten hineintragen und war ganz erstaunt darüber, daß ihm um den toten Oheim keine Träne kam. Später weinten er und Lisa zusammen. Er war nebst seinem Bruder Florent der einzige Erbe. Die Klatschbasen der benachbarten Straßen behaupteten, der alte Gradelle müsse ein ansehnliches Vermögen haben. In Wahrheit fand man nicht einen Taler. Lisa war unruhig. Quenu sah sie nachdenklich; vom Morgen bis zum Abend blickte sie umher, als ob sie etwas verloren habe. Endlich beschloß sie eine große Säuberung im Hause; man klatsche in der Nachbarschaft, sagte sie; die wahre Geschichte von dem Tode des Alten sei ruchbar geworden, und man müsse einen Beweis großer Reinlichkeit liefern. Als sie eines Nachmittags zwei Stunden im Keller gewesen, wo sie selbst die Pökelfässer ausgescheuert hatte, erschien sie plötzlich wieder und hielt etwas in der Schürze. Quenu hackte Schweinsleber. Sie wartete, bis er fertig war, und plauderte inzwischen ganz ruhig mit ihm. Nur ihre Augen schimmerten ganz ungewöhnlich, und sie hatte ihr schönstes Lächeln, als sie sagte, daß sie mit ihm sprechen wolle. Sie stieg mühsam die Treppe hinan, durch die Sache, die sie trug und die ihre Schürze zum Reißen spannte, am Gehen behindert. Im dritten Stockwerk angelangt, mußte sie sich einen Augenblick an das Geländer lehnen, um auszuschnaufen. Quenu folgte ihr erstaunt und ohne ein Wort zu sagen, in ihre Kammer. Es war das erstemal, das sie ihn einlud, daselbst einzutreten. Sie verschloß die Türe, ließ die Zipfel ihrer Schürze, die ihre starren Finger kaum mehr zu halten vermochten, los und schüttete einen Regen von Gold- und Silbermünzen auf ihr Bett hin. Auf dem Boden eines Pökelfasses hatte sie den Schatz des Onkels Gradelle gefunden. Der Haufe machte eine tiefe Grube in dem weichen Bett des jungen Mädchens.

Die Freude Lisas und Quenus war eine innige, geräuschlose. Sie setzten sich auf den Bettrand, Lisa zu Häupten, Quenu zu Füßen, zu beiden Seiten des Geldhaufens; und sie zählten das Geld auf der Bettdecke, um kein Geräusch zu verursachen.

Es waren vierzigtausend Franken in Gold, dreitausend Franken in Silber und – in einer Blechbüchse – zweiundvierzigtausend Franken in Banknoten. Es währte zwei Stunden, bis sie alles Geld zusammengezählt hatten. Quenus Hände zitterten ein wenig; Lisa mußte beim Zählen das Hauptwerk tun. Sie richteten die Goldstöße auf dem Polster auf und ließen das Silber in der Grube der

Bettdecke. Als sie die für sie ungeheure Ziffer von fünfundachtzigtausend Franken festgestellt hatten, begannen sie zu plaudern. Natürlich sprachen sie von der Zukunft, von ihrer Ehe, ohne daß jemals zwischen ihnen von Liebe die Rede gewesen wäre. Dieses Geld schien ihnen die Zunge zu lösen. Sie hatten sich es auf dem Bette noch bequemer gemacht, hatten sich unter den weißen Mousselinevorhängen an die Mauer gelehnt, die Beine über das Bett gestreckt. Da während ihres Geplauders ihre Hände in dem Gelde wühlten, begegneten sie sich da und vergaßen sich ineinander inmitten der Hundertsousstücke. So überraschte sie die Abenddämmerung. Jetzt erst errötete Lisa darüber, daß sie sich an der Seite dieses jungen Mannes sah. Sie hatten das Bett völlig in Unordnung gebracht, daß die Bettücher überall herunterhingen; auf dem Polster, der sie trennte, bildeten die Goldstöße kleine Vertiefungen, als ob liebeglühende Köpfe sich da gewälzt hätten.

Sie erhoben sich verlegen mit der verwirrten Miene von Liebenden, die soeben ihren ersten Fehltritt begangen. Dieses zerwühlte Bett mit dem Geld klagte sie einer verbotenen Freude an, die sie hinter verschlossener Tür genossen. So war ihr Sündenfall beschaffen. Lisa, die ihre Kleider ordnete, als ob sie Schlimmes verübt hätte, holte jetzt ihre zehntausend Franken herbei. Quenu verlangte, daß sie sie zu den fünfundachtzigtausend Franken des Oheims lege. Er mengte lachend die zwei Summen durcheinander, indem er sagte, auch das Geld müsse sich verloben. Sie kamen überein, daß Lisa den Schatz in ihrem Kasten verwahren solle. Als sie das Geld verschlossen und das Bett wieder in Ordnung gebracht hatte, gingen sie hinab. Sie waren so gut wie Mann und Frau.

Die Hochzeit fand im nächsten Monate statt. Das Stadtviertel fand diese Ehe natürlich, durchaus schicklich. Man wußte beiläufig die Geschichte von dem Schatze, und die Rechtschaffenheit Lisas war der Gegenstand endloser Lobeserhebungen; sie hätte ja schließlich dem Quenu die Sache verheimlichen und die Taler für sich behalten können; wenn sie dennoch gesprochen, so geschah es aus purer Ehrbarkeit, da ja niemand sie gesehen hatte. Sie verdiente es sehr wohl, daß Quenu sie zur Frau nahm. Dieser Quenu hatte Glück; er war nicht schön und fand eine schöne Frau, die ihm einen Schatz ausgrub. Die Bewunderung ging so weit, daß man schließlich ganz leise sagte, „Lisa sei wirklich dumm, getan zu haben, was sie getan." Lisa lächelte, wenn man ihr in halb verhüllten Worten von diesen Dingen sprach. Sie und ihr Mann lebten wie früher in guter Freundschaft und glücklichem Frieden. Sie half ihm bei der Arbeit, begegnete seinen Händen in dem Hackfleisch, neigte sich über seine

Schulter, um einen Blick in die Töpfe zu werfen. Es war nicht immer das große Herdfeuer allein, was ihnen heiß machte.

Lisa war eine kluge Frau, die sehr bald einsah, wie dumm es wäre, ihre fünfundneunzigtausend Franken in dem Schubfach der Kommode schlummern zu lassen. Quenu würde sie gern wieder in das Pökelfaß zurückgelegt haben, bis er noch mehr dazu erworben habe, sie würden sich dann nach Suresnes zurückgezogen haben, einem Vorort von Paris, der ihnen sehr gefiel. Allein sie hatte einen andern Ehrgeiz. Die Pirouette-Straße stimmte nicht zu ihren Gedanken von Sauberkeit, zu ihrem Bedürfnisse nach Licht, Luft und Gesundheit. Der Laden, wo der Onkel Gradelle Sou für Sou seinen Schatz gesammelt hatte, war eine Art dunkler Schlauch, einer jener fragwürdigen Wurstläden der alten Stadtviertel, deren Fliesen trotz des Scheuerns den starken Geruch des Fleisches behalten. Die junge Frau aber träumte von einem jener hellen, modernen Läden, die prächtig eingerichtet sind wie ein Salon und den Schimmer ihrer Spiegelscheiben auf den Fußweg einer breiten Straße werfen. Es war dies bei ihr keineswegs die kleinliche Begierde, hinter einem eleganten Zahlpulte die Dame zu spielen, sondern sie war sich der prunkvollen Anforderungen des modernen Handels vollkommen bewußt. Quenu war anfänglich erschrocken, als sie ihm davon sprach, umzusiedeln und einen Teil ihres Geldes auf die Ausschmückung eines neuen Ladens zu verwenden. Doch sie zuckte lächelnd die Achseln.

Als es eines Abends schon dunkel und der Laden noch nicht beleuchtet war, hörten die Ehegatten eine Frau, die vor der Ladentür zu einer anderen sagte:

O nein! ich kaufe da nicht mehr ein; ich möchte von da nicht ein Endchen Wurst nehmen, meine Liebe ... Sie hatten einen Toten in ihrer Küche!

Quenu weinte vor Schmerz, als er dies hörte. Die Geschichte von dem Toten in der Küche machte die Runde. Er errötete schließlich vor den Kunden, wenn er sah, wie sie an der Wurst rochen. Darum war er es, der den Gedanken der Umsiedelung vor seiner Frau zuerst wieder erwähnte. Sie hatte sich inzwischen, ohne etwas zu sagen, mit dem neuen Laden beschäftigt; in unmittelbarer Nähe in der Rambuteau-Straße, wundervoll gelegen, hatte sie einen solchen gefunden. Die Zentralmarkthallen, die gegenüber eröffnet wurden, mußten die Kundschaft verdreifachen, dem Hause in ganz Paris einen Ruf verschaffen. Quenu ließ sich zu unsinnigen Ausgaben hinreißen; er verwendete über dreißigtausend Franken auf Marmor, Vergoldungen und Spiegel. Lisa verbrachte Stunden bei den

Arbeitern und gab ihre Ansicht über die geringsten Einzelheiten an. Als sie endlich vor ihrem Zahlpulte Platz nehmen konnte, kamen die Leute scharenweise zu ihnen einkaufen, bloß um den neuen Laden zu sehen. Die Mauern waren völlig mit weißem Marmor bekleidet; an der Decke befand sich ein riesiger, viereckiger Spiegel in einer breiten, reich geschnitzten Goldeinfassung; in der Mitte hing ein vierarmiger Kronleuchter; hinter dem Zahlpulte war ebenfalls ein das ganze Wandfeld ausfüllender Spiegel, links noch einer und im Hintergrunde des Ladens noch mehrere Spiegel, die zwischen Marmortafeln ganze Ströme von Licht ausgössen und den Laden mit seinen leckeren Warenvorräten ins Unendliche zu vervielfältigen schienen. Rechts von der Türe stand das große Zahlpult, das die Kunden ganz besonders schön gearbeitet fanden; in die einzelnen Felder waren runde Flächen von rosafarbenem Marmor eingelassen; der Fußboden war mit weißen und rosa Marmorquadern ausgelegt, die ein Saum von dunkelrotem Marmor einrahmte. Das Stadtviertel war stolz auf seinen Wurstladen; niemand dachte mehr an die Küche in der Pirouette-Straße, wo ein Toter gelegen. Einen Monat hindurch blieben die Nachbarinnen auf dem Fußweg stehen, um durch die Servelatwürste und die Spitzenvorhänge des Schaufensters Lisa zu betrachten. Man bewunderte ihr weißes und rosiges Fleisch ebenso wie den Marmorzierat des Ladens. Sie erschien wie die Seele, das lebendige Licht, die kräftige starke Göttin dieses Ladens. Man nannte sie nur die schöne Lisa.

Rechts vom Laden lag das Speisezimmer, ein sehr sauber gehaltenes Gemach mit einem Speiseschrank, einem Tische und Sesseln, alles in hellem Eichenholz. Die Matte, die den Fußboden bedeckte, die zartrosafarbens Papiertapete, die Tischdecke von Wachsleinwand, die das Eichenholz nachahmte, – alles verlieh dem Gemach einen etwas kühlen Anstrich, der nur erhellt ward durch den Glanz der von der Zimmerdecke herabhängenden Kupferlampe, deren breite Kugel von durchsichtigem Porzellan den Tisch beherrschte. Von dem Speisezimmer gelangte man in die geräumige Küche; jenseits dieser lag ein kleiner, gepflasterter Hof, wo die Töpfe, Fässer, außer Gebrauch stehenden Gerätschaften aufbewahrt wurden; links von dem Brunnen beendeten die welken Blumen der Auslage ihr Dasein, neben der Ausgußrinne, wohin die Schmutzwässer geschüttet wurden.

Das Geschäft ging vortrefflich. Quenu, den anfänglich die großen Auslagen erschreckt hatten, empfand eine gewisse Achtung vor seiner Frau, die – wie er versicherte – „ein gescheiter Kopf“ war. Nach Verlauf von fünf Jahren hatten sie nahe an achtzigtausend Franken in guten Renten angelegt. Lisa erklärte, sie seien nicht ehrgeizig und wollten nicht allzuschnell Reichtümer sammeln; ihr Mann könne Tausende und Abertausende gewinnen, wenn sie ihn in den Großhandel mit Schweinen drängen werde; sie seien noch jung und hätten noch Zeit; auch liebten sie nicht die schmutzige Arbeit; sie wollten nach ihrem Gutdünken arbeiten, ohne sich Sorgen aufzuladen, wie vernünftige Leute, die gut leben wollen.

Sehen Sie, pflegte Lisa, wenn sie gerade redseliger gestimmt war, hinzuzufügen, ich habe in Paris einen Vetter. ... Ich sehe ihn nur selten, denn die zwei Familien sind entzweit. Er hat den Namen Saccard angenommen, um gewisse Dinge in Vergessenheit geraten zu lassen ... Nun, dieser Vetter gewinnt Millionen, wie mir gesagt wurde. Er lebt gar nicht, er schindet sich zu Tode, treibt sich fortwährend in allerlei Teufelsgeschäften herum. Der kann doch unmöglich des Abends seine Mahlzeit in Ruhe verzehren. Wir wissen wenigstens, was wir essen; wir kennen die Plackereien nicht. Unsereins liebt das Geld nur, weil man es braucht, um zu leben. Man lebt gern behaglich, das ist nur natürlich. Wenn ich erwerben sollte, bloß um zu erwerben; wenn ich mich mehr abrackern sollte, als ich nachher Freude am Erworbenen haben könnte: meiner Treu, da möchte ich lieber die Hände in den Schoß legen ... Dann möchte ich die Millionen meines Vetters erst noch sehen. Ich glaube nicht so leichthin an die Millionen. Ich habe ihn neulich in seinem Wagen gesehen; er war ganz gelb und hat recht grämlich dreingeblickt. Ein Mann, der Geld gewinnt, sieht nicht so aus. Übrigens ist dies seine Sache ... Wir wollen immer lieber nur fünf Franken erwerben, aber die sollen auch unser sein.

Ihr Haus gedieh denn auch in der Tat. Sie hatten gleich im ersten Jahre ihrer Ehe eine Tochter bekommen. Die drei Leute waren eine Freude zum Anschauen. Das Haus kam in erfreulicher Weise empor ohne allzu viele Mühe, ganz wie Lisa es wollte. Sie hatte alle möglichen Ursachen des Verdrusses aus dem Wege geräumt und ließ die Tage in dieser Luft des Behagens und der Wohlhabenheit dahinfließen. Es war ein Winkel vernünftigen Glückes, eine bequeme Krippe, an der Vater, Mutter und Tochter sich mästeten. Nur Quenu war zuweilen betrübt, wenn er an seinen armen Florent dachte. Bis zum Jahre 1856 empfing er von Zeit zu Zeit Briefe von ihm. Dann blieben die Briefe aus; er erfuhr durch eine Zeitung, daß drei Deportierte von der Teufelsinsel hatten entfliehen wollen und ertrunken seien, ehe sie die Küste erreichten. Auf der Polizeipräfektur konnte man ihm keine genauen Nachrichten geben; sein Bruder mußte tot sein. Indes bewahrte er noch einige Hoffnung; allein, die Monate gingen dahin. Florent, der im holländischen Guyana sich herumtrieb, hütete sich zu schreiben, weil er immer hoffte, nach Frankreich zurückkehren zu können. Quenu beweinte ihn schließlich wie einen Toten, der ohne Lebewohl von hinnen geschieden war. Lisa kannte Florent nicht. Sie fand Worte des Trostes, wenn ihr Mann sich der Betrübnis hingab; sie ließ ihn zum hundertsten Male die Jugendgeschichten erzählen, von der großen Stube in der Royer-Collard-Straße, von den zahllosen Handwerken, die er gelernt, von den Leckerbissen, die er auf dem Zimmerofen zubereitet, ganz weiß gekleidet, während Florent völlig schwarz gekleidet war. Ruhig und mit unendlicher Geduld hörte sie ihn an.

Inmitten dieses klug eingerichteten, zufriedenen Lebens tauchte Florent an einem Septembermorgen plötzlich auf in der Stunde, da Lisa ihr Lichtbad in der Frühsonne nahm und Quenu, noch halb verschlafen, nachlässig seine Finger in das geronnene Fett von gestern steckte. Der ganze Laden kam in Aufruhr. Gavard riet, daß man den „Geächteten", wie er ihn nannte, verstecke. Lisa, noch bleicher und ernster als sonst, ließ ihn schließlich in das fünfte Stockwerk hinaufsteigen, wo sie ihm die Kammer ihres Ladenmädchens einräumte. Quenu hatte ihm Brot und Schinken abgeschnitten; allein Florent konnte kaum essen; er ward von Schwindel und Übelkeiten befallen. Er legte sich ins Bett und blieb fünf Tage ohne Bewußtsein, von einem Kopffieber bedroht, das glücklicherweise energisch bekämpft wurde. Als er das Bewußtsein wieder erlangte, sah er Lisa zu Häupten seines Bettes, wie sie geräuschlos mit einem Löffel in einer Tasse rührte. Als er ihr danken wollte, sagte sie ihm, er solle sich ruhig verhalten, man werde später reden. Nach weiteren drei Tagen war der Kranke auf den Beinen. Eines Morgens holte ihn Quenu und sagte ihm, Lisa erwarte sie in ihrem Zimmer.

Sie hatten im ersten Stockwerk eine Wohnung inne, die aus drei Zimmern und einem Kabinett bestand. Man mußte ein kahles Zimmer durchschreiten, wo nur Stühle standen, dann einen kleinen Salon, dessen Möbel, mit weißen Hüllen überzogen, in dem Halblicht der stets zugezogenen Vorhänge schlummerten, damit nicht das allzu helle Licht die zartblaue Farbe des Ripsstoffes verderbe. Schließlich gelangte man in das Schlafzimmer, das einzige bewohnte Gemach, das mit Mahagonimöbeln sehr anständig eingerichtet war. Das Bett war besonders auffallend mit seinen vier Matratzen, seinen vier Kopfkissen, seinen schweren Bettdecken, seinem Eiderdaunenpolster und seiner behaglichen Stille in diesem warmen Alkoven. Es war ein Bett, so recht zum Schlafen gemacht. Der Spiegelschrein, der Toilettekasten, das mit einer Häkelspitze bedeckte runde

Tischchen, die mit gestickten Schutztüchern bekleideten Sessel zeugten von einem sauberen und soliden bürgerlichen Luxus. An der linksseitigen Wand zu beiden Seiten des Kamins, den bemalte Vasen und eine Stutzuhr zierten, letztere einen in Gedanken versunkenen, den Finger auf ein Buch stützenden Gutenberg in Goldbronze darstellend, hingen die in Öl gemalten Bilder Quenus und Lisas in ovalen, reich verzierten Rahmen. Quenu lächelte auf dem Bilde, Lisa blickte sehr schicklich drein; beide waren schwarz gekleidet, das Gesicht sehr sauber, wie in einem flüssigen Rosa verdünnt, sehr schmeichelhaft gezeichnet. Ein Teppich, auf dem Rosetten mit Sternen abwechselten, bedeckte die Dielen. Vor dem Bette lag ein Moosteppich aus Krauswolle, den die schöne Wursthändlerin mit großer Geduld an ihrem Zahlpulte verfertigt hatte. Was inmitten all dieser neuen Dinge auffiel, war ein an die rechte Wand gelehnter, großer, viereckiger, niedriger Schreibtisch, den man hatte frisch anstreichen lassen, ohne die Risse in der Marmorplatte, noch die Schrammen in dem vor Alter geschwärzten Holz ausbessern lassen zu können. Lisa hatte durchaus dieses Möbelstück behalten wollen, das dem Onkel Gradelle vierzig Jahre lang gedient hatte; sie sagte, es werde ihnen Glück bringen. In Wahrheit hatte der Tisch furchtbare Eisenbeschläge, ein Vexierschloß und war so schwer, daß man ihn nicht von der Stelle rücken konnte.

Als Quenu und Florent eintraten, saß Lisa vor dem aufgeklappten Pulte des Tisches und schrieb, reihte Ziffer an Ziffer in ihrer runden, großen, sehr leserlichen Schrift. Die beiden Männer nahmen Platz. Florent betrachtete überrascht das Zimmer, die beiden Bilder, die Uhr, das Bett.

Also, hören Sie, sprach Lisa, nachdem sie eine ganze Seite voll Ziffern noch einmal ruhig nachgerechnet hatte. Wir haben Ihnen Rechnung zu legen, mein lieber Florent.

Es war das erstemal, daß sie ihn so nannte. Sie nahm das mit Ziffern beschriebene Blatt und fuhr fort:

Ihr Oheim Gradelle ist ohne Testament gestorben; Sie und Ihr Bruder sind die zwei einzigen Erben ... Wir müssen Ihnen jetzt Ihren Anteil herausgeben.

Ich verlange nichts! ... rief Florent. Ich will nichts.

Quenu schien die Absichten seiner Frau nicht zu kennen. Er war ein wenig blaß geworden und betrachtete sie mit verdrossener Miene. Fürwahr, er liebte seinen Bruder sehr; aber es war unnötig, ihm so das Erbe nach dem Onkel an den Kopf zu werfen. Man konnte ja später sehen.

Ich weiß wohl, mein lieber Florent, hub jetzt Lisa wieder an, daß Sie nicht zurückgekommen sind, um zu fordern, was Ihnen gebührt. Allein, Geschäft ist Geschäft; es ist besser, sogleich damit fertig zu werden ... Die Ersparnisse Ihres Oheims machten fünfundachtzigtausend Franken aus. Ich habe denn zweiundvierzigtausendfünfhundert Franken auf Ihre Rechnung geschrieben. Da, sehen Sie.

Sie zeigte ihm die Ziffer auf dem Blatt Papier.

Weniger leicht ist es, den Laden mit den Vorräten, mit der Einrichtung und der Kundschaft abzuschätzen. Ich habe nur annäherungsweise Summen annehmen können; aber ich glaube alles reichlich gerechnet zu haben. So habe ich eine Summe von fünfzehntausenddreihundertundzehn Franken herausgebracht, was für Ihren Teil siebentausendsechshundertfünfundfünfzig Franken ausmacht. Rechnen Sie nach!

Sie hatte diese Ziffern mit klarer Stimme herabgelesen und reichte ihm jetzt das Blatt Papier.

Aber, rief Quenu, der Laden des Alten war nimmermehr fünfzehntausend Franken wert; ich hätte nicht zehntausend dafür gegeben.

Seine Frau ärgerte ihn schließlich. Man braucht die Rechtschaffenheit nicht so weit zu treiben. Hatte denn Florent vom Laden ein Wort erwähnt? Er verlangte überhaupt nichts ... er hatte es ja gesagt.

Der Laden war fünfzehntausenddreihundertundzehn Franken wert, wiederholte Lisa ruhig ... Sie begreifen, mein lieber Florent, es ist unnötig, einen Notar in diese Sache einzuweihen. Da Sie wieder zum Leben erwacht sind, müssen wir teilen. Als Sie ankamen, dachte ich sogleich an die Sache und während Sie oben im Fieber lagen, habe ich dieses Inventar aufgenommen, so gut ich eben konnte ... Sie sehen, es ist darin alles einzeln angeführt; ich habe in unseren alten Büchern nachgeschlagen und habe mein Gedächtnis zu Hilfe genommen. Lesen Sie laut, ich werde Ihnen alle Aufklärungen geben, die Sie wünschen können.

Florent lächelte schließlich; er war gerührt von dieser behaglichen, gleichsam natürlichen Rechtschaffenheit. Er legte das Blatt mit den Rechnungen auf die Knie Lisas, nahm ihre Hand und sagte:

Meine liebe Lisa, ich bin glücklich zu sehen, daß ihr gute Geschäfte machet; aber ich will euer Geld nicht. Die Erbschaft gehört meinem Bruder und Ihnen, die Sie den Onkel bis zu seinem Ende gepflegt haben ... Ich brauche nichts und will euch in eurem Handel nicht stören.

Sie blieb aber beharrlich, ereiferte sich sogar, während Quenu, sich Gewalt antuend, an den Fingernägeln kaute.

Ei, sagte Florent lachend, wenn der Onkel Gradelle Sie hörte, wäre er imstande, sein Geld zurückzunehmen, denn er liebte mich nicht sehr, der Onkel Gradelle.

Nein, wahrhaftig, er liebte dich nicht, brummte Quenu, der nicht länger an sich halten konnte.

Doch Lisa ließ nicht locker. Sie sagte, sie wolle kein Geld in ihrem Kasten haben, das nicht ihr gehöre; es würde sie bekümmern und sie könnte mit diesem Gedanken nicht mehr ruhig leben. Da machte Florent immer im Tone des Scherzes ihr den Vorschlag, sein Geld in ihrem Wursthandel anzulegen. Übrigens wolle er ihre Dienste nicht zurückweisen; er werde sicherlich nicht sogleich Arbeit finden; auch könne er sich den Leuten gar nicht vorstellen; er müsse einen ganz neuen Anzug haben.

Aber gewiß! rief Quenu; du schläfst und ißt bei uns und wir kaufen dir alles Nötige. Abgemacht. Du weißt wohl, daß wir dich nicht auf der Straße lassen werden. Alle Wetter! ...

Er war völlig gerührt. Er schämte sich sogar einigermaßen, daß er einen Augenblick davor zurückgeschreckt sei, eine allzu große Summe mit einemmal herzugeben. Er machte allerlei Scherze und sagte seinem Bruder, daß er es übernehme, ihn fett zu machen. Dieser schüttelte sachte den Kopf. Inzwischen faltete Lisa das Blatt mit den Rechnungen zusammen; sie legte es in ein Schubfach des Schreibtisches.

Sie haben unrecht, sagte sie gleichsam zum Schluß. Ich habe getan, was ich tun mußte. Nunmehr soll es sein, wie Sie wollen ... Ich hätte nicht in Ruhe leben können, ohne es zu tun. Die schlechten Gedanken rauben mir meinen Seelenfrieden.

Sie sprachen von anderen Dingen. Es galt nunmehr, die Anwesenheit Florents zu erklären, ohne die Aufmerksamkeit der Polizei auf ihn zu lenken. Er erzählte ihnen, daß er nach Frankreich mit Hilfe der Papiere eines armen Teufels zurückgekehrt sei, der zu Surinam in seinen Armen am gelben Fieber gestorben. Vermöge eines sonderbaren Zufalls hieß jener Mann ebenfalls Florent, aber mit dem Vornamen. Florent Laguerrière hatte in Paris nur eine Base zurückgelassen, deren Ableben man ihm nach Amerika gemeldet hatte. Unter solchen Umständen war es sehr leicht, seine Rolle zu spielen. Lisa machte sich erbötig, die Base zu sein. Man vereinbarte eine Geschichte von einem Vetter, der nach allerlei fehlgeschlagenen Unternehmungen aus dem Auslande zurückgekehrt und von der Familie Quenu-Gradelle – so nannte man sie in dem Stadtviertel – aufgenommen sei, bis er eine Stellung gefunden habe. Als so alles geordnet war, bestand Quenu darauf, daß sein Bruder die Wohung besichtige; nicht den letzten Sessel ersparte er ihm. In dem kahlen Zimmer, wo nur Stühle standen, öffnete Lisa die Tür eines Kabinetts und sagte ihm, das Ladenmädchen werde hier schlafen, während er selbst die Schlafkammer des Mädchens im fünften Stockwerke bekommen solle.

Am Abend war Florent vom Kopfe bis zu den Füßen neu gekleidet. Er hatte es sich wieder in den Kopf gesetzt, einen schwarzen Rock und ein schwarzes Beinkleid zu wählen, trotz der Abmahnungen Quenus, den diese Farbe düster stimmte. Man hielt ihn nicht mehr versteckt; Lisa erzählte jedem, wer sie hören wollte, die Geschichte von dem Vetter. Er lebte fortan in dem Wurstladen, saß stundenlang in Gedanken vertieft auf einem Sessel in der Küche und kam dann wieder in den Laden, um sich da an eine Marmorwand zu lehnen. Bei Tische fütterte ihn Quenu, regte sich auf, weil Florent ein schwacher Esser war und die Hälfte der Fleischspeisen, die man ihm vorlegte, auf dem Teller liegen ließ. Lisa hatte ihr bedächtiges und behagliches Benehmen wieder angenommen; sie duldete ihn selbst am Vormittag, wenn er bei der Bedienung der Kunden im Wege war; sie vergaß seiner; wenn sie ihn ganz schwarz vor sich sah, fuhr sie wohl ein wenig zusammen, fand aber dennoch ein Lächeln, um ihn nicht zu kränken. Die Uneigennützigkeit dieses mageren Mannes hatte sie überrascht. Sie empfand vor ihm eine gewisse Achtung, gemischt mit einer unbestimmten Furcht. Florent sah sich von großer Liebe umgeben.

Wenn Schlafenszeit kam, ging er – ganz müde von seinem in Untätigkeit verbrachten Tage – mit den zwei Metzgerburschen hinauf, die die Dachstuben neben ihm bewohnten. Der Lehrling, Léon mit Namen, war erst fünfzehn Jahre alt; er war noch ein Kind, schmächtig, sehr still, und stahl die Abschnitzel von den Schinken und Würsten, die er unter seinem Kopfpolster verbarg und des Nachts ohne Brot verzehrte. Mehrmals glaubte Florent zu vernehmen, daß Leon gegen ein Uhr nachts jemandem ein Nachtessen gebe; verhaltene Stimmen flüsterten, dann kam ein Geräusch wie von kauenden Kinnbacken und zerknittertem Papier und es gab ein, perlendes Lachen, das Lachen eines Kindes, das in der tiefen Stille des schlafenden Hauses einem leisen Flötentriller glich. Der andere Bursche, August Landois, war von Troyes; obgleich erst achtundzwanzig Jahre alt, war er einer gesunden Verfettung verfallen und hatte einen unnatürlich großen, schon kahlen Kopf. Gleich am ersten Abend, während sie hinaufgingen, erzählte er Florent seine Geschichte in sehr weitschweifiger und verworrener Weise. Er sei zuerst nur nach Paris gekommen, um sich in seinem Handwerk zu vervollkommnen und dann in Troyes, wo seine Base namens Augustine Landois seiner harrte, einen Metzger laden zu eröffnen. Sie hatten denselben Paten gehabt und führten denselben Taufnamen. Später habe ihn der Ehrgeiz erfaßt; er träumte davon, sich in Paris selbständig zu machen. Die Mittel dazu werde ihm sein mütterliches Erbe bieten, das er, bevor er die Champagne verlassen, bei einem Notar hinterlegt hatte. Im fünften Stockwerk hielt August Florent noch eine Weile zurück, um ihm viel Gutes von Frau Quenu zu sagen. Sie hatte Auguste Landois kommen lassen und sie zur Ladenmamsell genommen statt der früheren, die sich einem schlechten Lebenswandel ergeben. Er kannte jetzt sein Handwerk, während sie sich in der Geschäftsführung vervollkommnete. In einem Jahre oder anderthalb Jahren wollten sie heiraten und in irgendeiner volkreichen Vorstadt von Paris einen Metzgerladen auftun. Sie haben sich nicht beeilt mit dem Heiraten, weil dieses Jahr der Speck nicht gut geraten war. Er erzählte weiter, daß sie bei einem Kirchweihfeste in Saint-Quen sich zusammen haben photographieren lassen. Dann trat er in das Mansardenstübchen ein, weil er neugierig war, die Photographie wiederzusehen, die sie auf dem Kaminsims gelassen, damit der Vetter Quenus ein schönes Zimmer habe. Er verweilte da in Gedanken eine kurze Zeit, ganz fahl im gelben Lichte seiner Kerze, sah sich im Zimmer um, das noch des Mädchens ganz voll war, näherte sich dem Bette und fragte Florent, ob er gut schlafe. Augustine schlafe jetzt unten; sie sei dort besser untergebracht, denn die Dachstuben seien im Winter sehr kalt. Endlich ging er, Florent mit dem Bett und der Photographie allein lassend ... August war ein bleicher Quenu, Augustine eine unreife Lisa.

Florent, mit den Metzgerburschen befreundet, von seinem Bruder verhätschelt, von Lisa gut aufgenommen, langweilte sich am Ende furchtbar. Er hatte Unterrichtsstunden gesucht, aber keine gefunden. Er vermied es übrigens, in das Schulenviertel zu gehen, wo er erkannt zu werden fürchtete. Lisa bemerkte ihm ruhig, er tue gut, sich an die Handlungshäuser zu wenden, er könne die Bücher und die Korrespondenz führen. Sie kam immer wieder auf diesen Gedanken zurück und machte sich schließlich erbötig, einen Platz zu finden. Es verdroß sie allmählich, ihn immer wieder müßig und unbeholfen auf ihrem Wege zu finden. Anfänglich war es nur der begründete Haß gegen Leute, die die Hände in den Schoß legen und essen; sie dachte noch nicht daran, ihm vorzuwerfen, daß er bei ihr esse. Sie sagte ihm:

Ich könnte nicht so den Tag verträumen. Sie können am Abend keinen rechten Hunger haben … Man muß etwas tun, sich abmühen …

Auch Gavard suchte einen Platz für Florent; aber er suchte in einer ganz absonderlichen, durchaus geheimen Weise. Er suchte ein Amt von dramatischer Bedeutung, oder ein Amt, in dem ein „bitterer Hohn" lag, wie es sich für einen „Geächteten" paßt. Gavard war ein Oppositionsmann. Er hatte die Fünfzig überschritten und rühmte sich, schon vier Regierungen seine Meinung gesagt zu haben. Karl X., die Priester, die Adeligen, dieses ganze Gesindel, das er an die Luft gesetzt, tat er mit einem Achselzucken ab. Ludwig Philipp mit seinen Spießern war ein Tölpel, und er erzählte die Geschichte von den wollenen Strümpfen, in denen der Bürgerkönig seine Taler versteckt hielt. Die Republik vom Jahre 1848 war eine Komödie; die Arbeiter hatten sie betrogen; aber er gestand nicht mehr, daß er dem 2. Dezember Beifall geklatscht, denn er betrachtete jetzt Napoleon III. als seinen persönlichen Feind, als einen Hundsfott, der sich mit Morny und den anderen einschließt, um zu schmausen. Mit diesem Kapitel konnte er gar nie fertig werden; er dämpfte ein wenig die Stimme und versicherte, daß jeden Abend geschlossene Wagen Frauen nach den Tuilerien bringen und daß er – er, der da mit dir spricht – eines Nachts vom Karussellplatz den Lärm der Gelage gehört habe. Gavards Glaubensbekenntnis lautete: der Regierung so unangenehm wie möglich zu werden. Er spielte ihr grausame Streiche, über die er Monatelang im geheimen lachte. Vor allem stimmte er für den Abgeordneten, der im gesetzgebenden Körper den Ministern das Leben sauer machen sollte. Wenn er den Fiskus bestehlen, die Polizei irreführen, irgendeinen Krawall hervorrufen konnte, trachtete er das „Abenteuer" so aufrührerisch wie möglich zu machen. Er log übrigens, spielte sich auf den gefährlichen Mann auf und redete so, als ob „dieser Troß in den Tuilerien" ihn gekannt und vor ihm gezittert habe; er sagte, die Hälfte dieser Halunken müsse geköpft, die andere Hälfte „mit dem nächsten Schinderkarren" verbrannt werden. So war seine ganze geschwätzige und heftige Politik voll Großsprechereien, fabelhaften Geschichten in dem Bedürfnis nach Lärm und Spaß, das den Pariser kleinen Geschäftsmann dazu treibt, bei Straßenkämpfen den Fensterflügel zu öffnen, um die Toten zu sehen. Als Florent von Cayenne zurückkam, witterte unser Gavard einen Hauptspaß und sann darüber nach, wie er in einer ganz besonders findigen Weise sich über den Kaiser, das Ministerium und die Beamten, bis hinab zum letzten Polizisten, lustig machen könnte.

Das Betragen Gavards Florent gegenüber war das eines Mannes, der verbotene Freuden genießt. Er betrachtete ihn mit geheimnisvoll zwinkernden Augen, sprach im Flüstertone, um ihm die einfachsten Dinge von der Welt zu sagen und legte in seine Händedrücke eine freimauererische Heimlichkeit. Endlich hatte er ein Abenteuer gefunden, endlich hatte er einen wirklich bloßgestellten Kameraden und konnte, ohne allzustark zu lügen, von den Gefahren reden, die er lief. Er fühlte ohne Zweifel eine uneingestandene Furcht angesichts dieses Menschen, der aus dem Sklavenhause zurückkam und dessen Magerkeit seine langen Leiden kündete; aber diese köstliche Furcht hob ihn in den eigenen Augen und brachte ihm die Überzeugung bei, daß er etwas sehr Erstaunliches tue, wenn er diesen sehr gefährlichen Menschen als Freund aufnehme. Florent ward ihm heilig; er schwor nur mehr bei Florent und er nannte Florent, wenn ihm die Gründe ausgingen und er die Regierung ein für allemal vernichten wollte.

Gavard hatte in der Jakobstraße einige Monate nach dem Staatsstreiche seine Frau verloren. Er behielt die Ausbraterei bis zum Jahre 1856. Zu jener Zeit erzählte man sich, er habe ansehnliche Summen gewonnen, indem er in Gemeinschaft mit einem Gewürzkrämer trockene Gemüse für die Orientarmee lieferte. Die Wahrheit war, daß er die Ausbraterei verkauft und ein Jahr lang von seinen Renten gelebt hatte. Aber er sprach nicht gern von dem Ursprung seines Vermögens; dies hinderte ihn, rundheraus seine Meinung über den Krimkrieg zu sagen, den er „ein abenteuerliches Unternehmen“ nannte, „nur in Szene gesetzt, um den Thron zu festigen und gewissen Leuten die Taschen zu füllen“. Nach Verlauf eines Jahres langweilte er sich tödlich in seiner Junggesellenwohnung. Da er dem Ehepaar Quenu-Gradelle fast täglich seinen Besuch machte, zog er näher zu ihnen in die Cossonnerie-Straße. Da verlockten ihn die Markthallen mit ihrem Lärm und ihrem riesigen Getratsche. Er entschloß sich, einen Verkaufsplatz in der Geflügelabteilung zu mieten, bloß um sich zu zerstreuen, um seine müßigen Tage mit dem Marktgetriebe auszufüllen. Nun lebte er in endlosem Klatsch auf dem laufenden über die geringsten Skandale des Stadtviertels, ihm summte der Kopf von dem ewigen Stimmengewirre, das ihn umgab. Er genoß da vergnügt tausend selige Freuden, denn er hatte sein Element gefunden und versenkte sich darin mit der Wollust eines Karpfens, der im Sonnenschein dahin schwimmt. Florent erschien manchmal in seinem Stande, um ihm guten Tag zu sagen. Die Nachmittage waren noch sehr warm. Die Weiber saßen in den schmalen Gängen und rupften Geflügel. Zwischen den zurückgeschlagenen Zeltdächern fielen einzelne Sonnenstrahlen hernieder; die Federn flogen unter den rupfenden Fingern gleich einem flatternden Schnee in der heißen Luft, in dem Goldstaub der Sonnenstrahlen. Zurufe, ein ganzer Zug von Angeboten und Schmeichelworten folgten Florent auf seinem Wege. „Eine schöne Ente, mein Herr ... Kommen Sie hierher ... Ich habe schöne, fette Hühner ... Mein Herr, kaufen Sie dieses Paar Tauben ..." Belästigt, betäubt trachtete er loszukommen. Die Weiber fuhren fort zu pflücken und zu streiten; ein Flaumenregen ging auf ihn nieder und erstickte ihn schier gleich einem Rauch, gleichsam erhitzt und verdichtet durch den starken Geruch des Geflügels. Endlich fand er in der Mitte des Ganges nahe bei den Brunnen Gavard in Hemdärmeln, die Arme über den Brustlatz seiner blauen Schürze gekreuzt, vor seinem Stande in eifrigem Reden begriffen. Hier herrschte Gavard mit der Miene eines gütigen Herrn inmitten einer Gruppe von zehn oder zwölf Weibern. Er war der einzige Mann auf dem Markte. Er war ein solcher Schwätzer, daß er, nachdem er mit vier oder fünf Mädchen, die er nacheinander zur Führung seines Standes genommen, sich überworfen hatte, sich entschloß, seine Ware selber zu verkaufen, indem er einfach erklärte, daß diese dummen Gänse den ganzen langen, lieben Tag verträtschen und daß er mit ihnen nicht auskommen könne. Da aber jemand seinen Standplatz hüten mußte, wenn er sich entfernte, hatte er Marjolin zu sich genommen, der sich auf dem Straßenpflaster herumtrieb, nachdem er mit allerlei kleinen Verrichtungen in den Hallen sein Glück versucht hatte. Florent blieb oft eine Stunde bei Gavard, erstaunt über sein unerschöpfliches Klatschen und über sein Behagen inmitten all dieser Weiber, der einen das Wort abschneidend, mit der anderen in einer Entfernung von zehn Ständen sich zankend, einer dritten einen Käufer wegnehmend, für sich allein mehr Lärm machend, als die hundert und etlichen Nachbarinnen, deren Geschrei die gußeisernen Platten erzittern ließ, daß sie tönten wie ein Tamtam.

Die Familie des Geflügelhändlers bestand aus einer Schwägerin und einer Nichte. Als seine Frau starb, ward sie von der älteren Schwester derselben, der seit einem Jahre verwitweten Frau Lecoeur, in einer geradezu übertriebenen Weise beweint; fast jeden Abend erschien sie, um dem unglücklichen Gatten Worte des Trostes zu spenden. Sie mochte damals die Hoffnung nähren, ihm zu gefallen und den noch warmen Platz der Verstorbenen einzunehmen. Allein

Gavard verabscheute die mageren Weiber; er sagte, es verursache ihm Schmerz, die Knochen unter der Haut zu fühlen; mit Katzen und Hunden spielte er nur, wenn sie sehr fett waren; er fand ein ganz besonderes Vergnügen an den runden, wohlgenährten Hälsen. Frau Lecoeur war dadurch verletzt, wütend darüber, daß die Hundertsousstücke des Ausbraters ihr entgingen, faßte sie tödliche Rachsucht gegen ihn. Ihr Schwager war der Feind, mit dem sie ihre ganze Zeit ausfüllte. Als sie sah, daß er in den Hallen sich niederließ, zwei Schritte von dem Pavillon, wo sie Butter, Käse und Eier verkaufte, beschuldigte sie ihn, er habe dies nur ersonnen, „um sie zu necken und um ihr Unglück zu bringen". Seit jener Zeit hörte sie nicht auf zu jammern, wurde noch gelber vor Neid und Ärger und gebärdete sich so toll, daß sie schließlich in der Tat ihre Kundschaft verlor und schlechte Geschäfte machte. Sie hatte lange Zeit die Tochter einer Schwester bei sich behalten, einer Bäuerin, die ihr die Kleine sandte, ohne sich weiter um sie zu kümmern. Die Kleine wuchs inmitten der Hallen heran. Ihr Familienname war Sarriet, darum nannte man sie kurzweg die Sarriette. Mit sechzehn Jahren war die Sarriette eine so ausgelassene Dirne, daß feine Herren bei ihr Käse kaufen kamen, bloß um sie zu sehen. Aber sie wollte von den feinen Herren nichts wissen; sie war ein Kind des Volkes mit ihrem braunen Gesichte und ihren gleich glühenden Kohlen funkelnden Augen. Sie wählte einen Träger, einen Burschen aus Ménilmontant, der die Aufträge ihrer Tante besorgte. Als sie mit zwanzig Jahren einen Obsthandel eröffnete, – was sie mit Hilfe einiger Geldmittel tat, deren Quelle ein Geheimnis blieb – begann ihr Liebhaber. Jules mit Namen, seine Hände besser zu pflegen, trug reinlichere Blusen und eine Samtmütze, und kam nur des Nachmittags in die Hallen, mit Pantoffeln und nicht mit Stiefeln an den Füßen. Sie wohnten zusammen in der Vauvilliers-Straße, im dritten Stock eines großen Hauses, in dessen Erdgeschoß ein verdächtig aussehendes Kaffeehaus war. Der Undank der Sarriette verbitterte Frau Lecoeur vollends; sie behandelte das Mädchen mit einer Wut, die sich in unflätigen Worten Luft machte. Sie kamen in Groll gegeneinander; die Tante war verbittert, die Nichte erfand allerlei Geschichten, die Herr Jules im Butterpavillon in Umlauf setzte. Gavard fand die Sarriette drollig; er zeigte sich nachsichtig gegen sie, streichelte ihr die Wangen, wenn er sie traf; sie war fett und lieblich geformt.

Als eines Nachmittags Florent im Wurstladen saß, ganz müde von den vergeblichen Wegen, die er vormittags auf der Suche nach einer Anstellung gemacht hatte, trat Marjolin ein. Der große Bursche mit seiner vlämischen

Schwerfälligkeit und Ruhe war ein Schützling Lisas. Sie sagte, er sei nicht bösartig, ein wenig einfältig, stark wie ein Pferd und übrigens sehr interessant, da man weder seinen Vater, noch seine Mutter kannte. Sie hatte ihn bei Gavard untergebracht.

Lisa saß am Zahlpulte, verdrossen über die schmutzigen Stiefel Florents, die die blanken Fliesen beschmutzten. Zweimal schon hatte sie sich erhoben, um Sägestaub in den Laden aufzustreuen. Sie empfing den eintretenden Marjolin mit einem freundlichen Lächeln.

Herr Gavard – sagte der Bursche – sendet mich, um Sie zu fragen ...

Er hielt inne, blickte um sich und fuhr dann mit gedämpfter Stimme fort:

Er hat mir empfohlen zu warten, bis niemand da sei und Ihnen dann erst folgende Worte zu sagen, die ich auswendig lernen mußte: „Frage sie, ob keine Gefahr drohe, und ob ich kommen kann, um mit ihnen von der bewußten Sache zu sprechen."

Sage Herrn Gavard, daß wir ihn erwarten, antwortete Lisa, die an die geheimnisvolle Art des Geflügelhändlers schon gewöhnt war.

Aber Marjolin ging noch nicht; entzückt mit einer Miene schmeichelnder Unterwürfigkeit blieb er vor der schönen Metzgersfrau stehen. Gleichsam gerührt von dieser stummen Bewunderung, fuhr Lisa fort:

Gefällt es dir bei Herrn Gavard? Er ist ein guter Mann; du mußt trachten, ihn zufrieden zu stellen.

Ja, Frau Lisa.

Du bist aber nicht recht gescheit; ich habe dich gestern wieder auf den Dächern der Markthallen herumklettern sehen, auch treibst du dich mit allerlei Lumpen und Dirnen herum. Du bist jetzt ein Mann und mußt an die Zukunft denken.

Ja, Frau Lisa.

Sie mußte jetzt einer Dame antworten, die ein Pfund Koteletten mit Gurken verlangte. Sie verließ ihren Sitz am Zahlpulte und begab sich zu dem Block im Hintergrunde des Ladens. Hier löste sie mit einem dünnen Messer drei Koteletten von einem Schweinsvorderviertel ab, erhob ein Hackmesser und führte mit ihrem nackten und kräftigen Arme drei dumpfe Schläge. Bei jedem Schlage hob sich rückwärts ein wenig ihr Kleid von schwarzem Merino, während die Fischbeine ihres Mieders unter dem straffen Zeug ihres Leibchens sich scharf abzeichneten. Mit ernster Miene, gespitzten Lippen und hellen Blicken nahm sie die Koteletten zusammen und wog sie langsam.

Als die Dame fort war und Lisa Marjolin bemerkte, der ihre mit dem Hackmesser so genau und kräftig geführten drei Schläge entzückten Auges mitangesehen hatte, rief sie:

Wie? Du bist noch immer da?

Als er den Laden verlassen wollte, hielt sie ihn noch einen Augenblick zurück.

Höre, sagte sie, wenn ich dich noch einmal mit dem kleinen Schmutzfink Cadine sehe! ... Leugne nicht! Heute morgen waret ihr wieder zusammen in der Kaldaunenabteilung, um Hammelsköpfe spalten zu sehen. Ich begreife nicht, wie ein hübscher Mensch deines Schlages an dieser Dirne Gefallen finden kann. Vorwärts, sage Herrn Gavard, er soll sofort kommen, so lange niemand da ist.

Marjolin ging verwirrt, mit verzweifelter Miene davon, ohne zu antworten.

Lisa blieb an ihrem Pulte stehen, den Kopf ein wenig nach der Seite der Hallen gewendet; Florent betrachtete sie stumm, erstaunt, sie so schön zu finden. Er hatte sie bisher schlecht gesehen; er hatte nicht den richtigen Blick für die Frauen. Sie erschien ihm jetzt über den auf dem Pulte aufgestellten Fleischschüsseln. Vor ihr standen in Schüsseln von weißem Porzellan angeschnittene Arleser und Lyoner Würste, Zungen und Pökelfleisch, Schweinskopf in Sülze, ein offener Napf mit kleinen Gurken, eine Büchse Sardinen, deren aufgeschnittener Blechdeckel das gelbe Öl sehen ließ, in dem die Fischchen lagen; dann rechts und links auf Brettern Lebersülze, Schweinssülze, ein gewöhnlicher Schinken von zartroter Farbe, ein blutroter Yorker Schinken mit breiter Fettschicht. Es waren noch andere runde und ovale Schüsseln da mit Räucherzungen, getrüffelter Gelatine, Schweinskopf mit Pistazien; näher bei ihr, besser zur Hand standen gespicktes Kälbernes, Gänseleberpastete, Hasenpastete in gelben Näpfen verwahrt. Da Gavard noch nicht kam, ordnete sie die Speckschnitten auf dem Marmortischchen, das neben dem Zahlpulte stand; sie stellte die mit Schweinefett und Bratenfett gefüllten Töpfe hübsch nebeneinander auf, reinigte die Schalen der beiden Wagen, betastete den Schmorofen, dessen Feuer auszugehen drohte; dann drehte sie den Kopf wieder und blickte nach den Hallen hinüber. Der Geruch aller Fleischspeisen stieg empor; sie war wie eingehüllt in diesen stillen Frieden, in den Duft der Trüffeln. An jenem Tage war sie herrlich frisch; die Weiße ihrer

Schürze und ihrer Ärmel war gleichsam eine Fortsetzung der Weiße der Schüsseln bis zu ihrem fetten Halse, bis zu den rosigen Wangen, wo die zarten Farben der Schinken und die durchsichtige Weiße der Fette sich wiederholten. Immer schüchterner, je länger er sie ansah, beunruhigt durch diese ebenmäßig geformte Schulterbreite, begann Florent schließlich, sie verstohlen in den Spiegeln rings in dem Laden zu betrachten. Man sah sie darin vom Rücken, von vorne, von der Seite; selbst an der Decke fand er sie wieder, mit dem Kopfe nach unten, mit ihrem knapp geschürzten Haarknoten, ihrem glatt gescheitelten, über die Schläfen gestrichenen Haar. Es war eine Menge von Lisen da, die die Breite der Schultern, den mächtigen Ansatz der Arme, die runde Brust zeigten, die so ruhig und so gespannt war, daß sie keinen lüsternen Gedanken wachrief und einem Bauche glich. Seine Blicke hielten inne; er fand besonders Gefallen an einem ihrer Profile, das er in einem Spiegel neben sich zwischen zwei Schweinsseiten sah. Längs der Marmortafeln und der Spiegel hingen an gekrümmten Nägeln große Stücke Schweinefleisch und Speckschnitten; und das Profil Lisas mit ihrem kräftig gebauten Nacken, ihren runden Linien, ihrem vorspringenden Busen war gleichsam das Bild einer in diesen Fleisch- und Fettmassen verdickten Königin. Dann neigte die schöne Metzgerin sich vor und lächelte den zwei Goldfischen zu, die in dem Aquarium des Schaufensters unaufhörlich herumschwammen.

Jetzt trat Gavard ein. Er holte mit wichtig tuender Miene Quenu aus der Küche. Als er schräg auf einem Marmortischchen Platz genommen hatte, während Florent auf seinem Sessel, Lisa an ihrem Zahlpulte saß und Quenu an eine Schweinshälfte gelehnt stehen blieb, kündigte er endlich an, daß er für Florent eine Stelle gefunden habe, daß es einen Hauptspaß geben werde und die Regierung genasführt werden solle.

Doch er hielt inne, als er Fräulein Saget eintreten sah, die die Tür öffnete, nachdem sie von der Straße aus die zahlreiche Gesellschaft gesehen hatte, die im Laden der Quenu-Gradelle sich unterhielt. Die kleine Alte in ihrem abgeschossenen Kleide, mit ihrem unvermeidlichen schwarzen Handkorbe, mit dem bänderlosen, schwarzen Strohhut auf dem Kopfe, der ihr weißes Gesicht in einen tückischen Schatten hüllte, nickte den Männern einen leisen Gruß zu und hatte für Lisa ein spitzes Lächeln. Sie war eine Bekannte; sie wohnte noch immer in dem Hause der Pirouette-Straße, wo sie seit vierzig Jahren lebte ohne Zweifel von einer kleinen Rente, von der sie niemals sprach. Eines Tages hatte sie Cherbourg als ihren Geburtsort genannt, mehr hatte man darüber nie erfahren.

Sie sprach nur von anderen Leuten, schilderte haarklein ihr Leben bis auf die Zahl der Hemden, die sie monatlich waschen ließen, und trieb das Bedürfnis, in die Existenz der Nachbarn einzudringen, so weit, daß sie imstande war, an den Türen zu horchen und Briefe zu entsiegeln. Ihre Zunge war gefürchtet von der Dionysius-Straße bis zur Jean Jacques Rousseau-Straße und von der Honorius-Straße bis zur Mauconseil-Straße. Den ganzen lieben Tag strich sie herum mit ihrem leeren Korbe unter dem Vorwande, ihre Einkäufe zu machen, ohne aber etwas zu kaufen; sie verbreitete die Nachrichten, hielt sich auf dem laufenden über die unbedeutendsten Vorkommnisse. So geschah es, daß sie die vollständige Geschichte aller Häuser, aller Stockwerke, aller Leute des Stadtviertels im Kopfe hatte. Quenu hatte sie stets beschuldigt, daß sie die Nachricht von dem vor dem Hackblock erfolgten Tode des Onkels Gradelle verbreitet hatte; seit jener Zeit grollte er ihr. Sie war übrigens über den Onkel Gradelle und die Eheleute Quenu gut beschlagen; sie zerlegte sie, faßte sie an allen Enden, kannte sie auswendig. Aber seit zwei Wochen war sie durch die Ankunft Florents irre gemacht; das Fieber der Neugierde verzehrte sie schier darob. Sie ward krank, wenn in ihren Kenntnissen eine Lücke entstand; und doch hätte sie schwören mögen, daß sie diesen langen „Grapsen“ schon irgendwo gesehen habe.

Sie blieb vor dem Zahlpulte stehen, betrachtete die Schüsseln, eine nach der anderen, und sagte mit ihrer dünnen Stimme:

Man weiß nicht mehr, was man essen soll. Wenn der Abend kommt, zerbreche ich mir den Kopf wegen des Essens ... Und dann habe ich nach gar nichts Verlangen ... Haben Sie noch panierte Koteletten, Frau Quenu?

Ohne die Antwort abzuwarten, hob sie einen der Deckel von dem Schmorofen empor. Es war die Seite der Fleischwürste, Blutwürste und Bratwürste. Die Kohlenpfanne war kalt; es war nur mehr eine Plattwurst da, die man auf dem Roste vergessen hatte.

Sehen Sie auf der anderen Seite nach, Fräulein Saget, sagte die Metzgersfrau. Ich glaube, es ist noch eine Kotelette da.

Nein, ich mag das nicht, brummte die kleine Alte, warf aber dennoch einen Blick unter den andern Deckel. Ich hatte mich so darauf gespitzt, aber die panierten Koteletten sind am Abend doch zu schwer ... Ich will lieber etwas nehmen, was ich nicht erst wärmen muß.

Sie hatte sich nach der Seite gewandt, wo Florent saß, betrachtete diesen und betrachtete Gavard, der mit den Fingern auf der Marmorplatte trommelte, und ermunterte sie mit einem Lächeln, in ihrer Unterredung fortzufahren.

Warum nehmen Sie nicht ein Stück Pökelfleisch?

Ein Stück Pökelfleisch? Ja, das ist's ...

Sie nahm die Gabel, die am Rande der Schüssel lag und stocherte damit in der Schüssel herum, jedes einzelne Stück anstechend und bis zum Knochen eindringend, um die Dicke des Fleisches zu prüfen, wandte die Stücke hin und her und sagte endlich:

Nein, auch das sagt mir nicht zu.

Dann nehmen Sie eine Zunge, ein Stück Schweinskopf, eine Schnitte gespicktes Kalbfleisch, sagte die Metzgersfrau geduldig.

Doch Fräulein Saget schüttelte nur den Kopf. Sie blieb noch einen Augenblick da und betrachtete die Schüsseln mit angewiderter Miene. Als sie sah, daß man hartnäckig schwieg und daß sie nichts erfahren werde, ging sie mit den Worten:

Nein; ich wollte eine panierte Kotelette; die Sie noch haben, ist aber zu fett. Ein andermal ...

Lisa neigte sich vor, um ihr zwischen den Vorhängen des Schaufensters nachzublicken. Sie sah sie quer über die Straße gehen und den Obstpavillon betreten.

Die alte Vettel! brummte Gavard.

Als sie allein waren, erzählte er, welchen Platz er für Florent gefunden habe. Es war eine ganze Geschichte. Einer seiner Freunde, Herr Verlaque, Aufseher in der Abteilung für Seefische, war so sehr leidend, daß er sich gezwungen sah, einen Urlaub zu nehmen. Am Morgen des nämlichen Tages hatte der arme Mann ihm gesagt, wie sehr es ihm erwünscht sei, wenn Gavard einen Stellvertreter für ihn wisse, damit er – Verlaque – nach seiner Wiedergenesung seine Stelle wieder einnehmen könne.

Sie begreifen, sagte Gavard, Verlaque hat kaum sechs Monate mehr zu leben und Florent behält die Stelle. Es ist eine ganz hübsche Anstellung ... Und wir lassen dabei die Polizei „reinfallen“. Die Anstellung hängt nämlich von der Polizeiverwaltung ab. He, das wird ergötzlich sein, wenn Florent das Geld dieser Spitzel einsteckt!

Er lachte vergnügt; er fand es sehr komisch.

Ich mag diesen Platz nicht, erklärte Florent rundheraus. Ich habe geschworen, von dem Kaiserreich nichts anzunehmen. Lieber Hungers sterben, als in die Dienste der Polizei treten. Das ist unmöglich, hören Sie, Gavard?

Gavard hörte es und war ein wenig betroffen. Quenu senkte den Kopf. Lisa aber hatte sich umgewandt und blickte starr auf Florent, dabei schwoll ihr Nacken an und der Busen drohte das Leibchen zu sprengen. Sie wollte eben den Mund öffnen, als die Sarriette eintrat. Es entstand abermals Stillschweigen.

Ich habe vergessen, Speck zu kaufen, rief die Sarriette kichernd. Frau Quenu, schneiden Sie mir doch zwölf dünne Schnitten ab. Ich will Lerchen braten. Jules verlangt Lerchen. Sie befinden sich wohl, Onkel?

Der Laden war voll mit ihren fliegenden Röcken. Sie lächelte allen zu, war weiß wie Milch; der frische Wind der Hallen hatte auf einer Seite ihr Haar zerzaust. Gavard hatte sie bei den Händen gefaßt; sie aber sagte mit ihrer Keckheit:

Ich wette, daß Sie von mir sprachen, als ich eintrat. Was sagten Sie, Onkel?

Lisa rief sie zu sich.

Ist das dünn genug geschnitten? fragte sie.

Auf einem Brettende hatte sie Speck in dünne Schnitten zerlegt. Sie wickelte sie in Papier und fragte:

Wünschen Sie nichts anderes?

Wenn ich schon da bin, sagte die Sarriette, geben Sie mir ein Pfund Schweinefett. Ich liebe gebratene Kartoffeln; für zwei Sous gebratene Kartoffeln und ein Bund Radieschen geben für mich das beste Frühstück ... Ja, ein Pfund Schweinefett, Frau Quenu.

Die Metzgersfrau hatte ein Blatt dickes Papier auf die Wage gelegt. Aus dem auf einem Brett stehenden Topfe nahm sie mittelst eines kleinen Buchsbaumspatens das Fett und häufte es mit geschickter Hand auf dem Papier an, wo es ein wenig zu zerfließen begann. Als die Schale sich senkte, nahm sie das Papier, faltete es zusammen und drückte mit den Fingerspitzen die beiden Enden ein.

Das macht vierundzwanzig Sous und sechs Sous für den Speck macht dreißig Sous ... Wünschen Sie nicht anderes?

Die Sarriette sagte nein. Sie zahlte, immer lachend, ihre Zähne zeigend, den Männern ins Gesicht schauend, mit ihrem grauen Rocke, der sich herumgedreht hatte, ihrem lose geknüpften roten Busentuch, das den weißen Ansatz ihrer Brust sehen ließ. Ehe sie ging, drohte sie noch Gavard:

Sie wollen mir also nicht sagen, was Sie erzählten, als ich eintrat? Ich sah Sie von der Mitte der Straße aus lachen ... Oh, der Duckmäuser! Ich liebe Sie nicht mehr ...

Sie verließ den Laden und lief quer über die Straße. Die schöne Lisa sagte trocken:

Fräulein Saget hat sie uns auf den Hals gesandt.

Dann ward es wieder still. Gavard war betroffen von der Art und Weise, wie Florent seinen Vorschlag aufgenommen hatte. Die Metzgersfrau nahm zuerst mit freundlicher Stimme wieder das Wort:

Sie haben unrecht, Florent, diese Stelle abzulehnen ... Sie wissen, wie schwer es ist, ein Amt zu finden. Sie sind in einer solchen Lage, in der man keine Umstände macht.

Ich habe meine Gründe angegeben, erwiderte er.

Sie zuckte mit den Achseln.

Das ist doch nicht so ernst zu nehmen ... Ich begreife, daß Sie die Regierung nicht lieben. Aber es hindert doch nicht, daß man sein Brot verdiene; es wäre zu dumm ... Und dann, mein Lieber: der Kaiser ist kein schlimmer Mann. Wenn Sie von Ihren Leiden erzählen, lasse ich Sie nur reden und denke mir mein Teil. Wußte er es denn, daß Sie schimmeliges Brot und verdorbenes Fleisch aßen? Er kann nicht überall dabei sein. Sie sehen, er hat uns nicht gehindert, unseren Geschäften obzuliegen ... Sie sind durchaus nicht gerecht.

Gavard geriet immer mehr in Verlegenheit. Er konnte es nicht dulden, daß in seiner Gegenwart der Kaiser gelobt werde.

Nein, nein, Frau Quenu, murmelte er; Sie gehen zu weit. Es ist ein Hundepack ...

Ach, Sie! ... unterbrach ihn die schöne Lisa lebhaft, – Sie ruhen nicht eher, als bis Sie bestohlen und für Ihre Geschichten abgetan werden. Reden wir nicht von Politik, das bringt mich nur in Zorn. Es handelt sich um Florent, nicht wahr? Da meine ich, daß er die Aufseherstelle annehmen soll. Ist dies nicht auch deine Ansicht, Quenu?

Quenu, der bisher geschwiegen, war von dieser plötzlichen Frage seiner Frau sehr unangenehm berührt.

Es ist eine gute Stelle, bemerkte er vorsichtig.

Da abermals ein verlegenes Stillschweigen eintrat, sagte Florent:

Ich bitte euch, lassen wir das. Mein Entschluß ist gefaßt; ich werde warten.

Sie werden warten? rief Lisa ungeduldig aus.

Zwei Flammen röteten ihre Wangen. Wie sie mit ihren breiten Hüften dastand, eingehüllt in ihre weiße Schürze, mußte sie sich Gewalt antun, um nicht ein hartes Wort fallen zu lassen. Jetzt trat eine neue Kundin ein, die ihren Zorn ablenkte. Es war Frau Lecoeur.

Könnten Sie mir ein halbes Pfund Aufschnitt geben, zu fünfzig Sous das Pfund?

Sie tat anfänglich, als sehe sie ihren Schwager nicht; dann grüßte sie ihn mit einem stummen Kopfnicken. Sie betrachtete die drei Männer vom Kopf bis zu den Füßen und hoffte ohne Zweifel an der Art, wie sie auf ihren Abgang warteten, ihr Geheimnis zu erraten. Sie fühlte, daß sie die Gesellschaft störe; das machte sie noch eckiger, noch mürrischer in ihren platt herabfallenden Röcken, mit ihren langen Spinnenarmen, ihren ineinandergeschlungenen Händen, die sie unter der Schürze hielt. Als sie hüstelte, fragte Gavard, den das Stillschweigen in Verlegenheit brachte:

Sind Sie vielleicht erkältet?

Sie antwortete mit einem sehr trockenen Nein. An den Stellen ihres Gesichtes, wo die Knochen hervortraten, war die Haut gespannt und ziegelrot; das unheimlich funkelnde Feuer ihrer Augen verriet ein Leberleiden, das unter ihrer neidvollen Verbitterung schlummerte. Sie wandte sich wieder zu dem Pulte und folgte jeder Bewegung der sie bedienenden Lisa mit dem argwöhnischen Blick einer Käuferin, die überzeugt ist, daß man sie betrügt.

Geben Sie mir keine Servelatwurst, sagte sie; ich mag sie nicht.

Lisa hatte ein dünnes Messer ergriffen und schnitt Wurstscheiben ab. Dann ging sie zum geräucherten Schinken und zum gewöhnlichen Schinken über, löste dünne Schnitten ab, bei diesem Tun etwas vornüber gebeugt, genau auf das

Messer achtend. Ihre gepolsterten, lebhaft gefärbten Hände, die mit weicher Zartheit das Fleisch berührten, behielten davon gleichsam eine fette Geschmeidigkeit und Finger mit bauchigen Gliedern. Sie griff jetzt nach einer breiten Schüssel und fragte:

Sie wollen doch gespicktes Kalbfleisch, nicht wahr?

Frau Lecoeur schien lange mit sich zu Rate zu gehen, dann nahm sie an. Die Wursthändlerin schnitt jetzt von dem Inhalte der verschiedenen Schüsseln ab. Sie nahm auf die Spitze einer breiten Messerklinge Scheiben von gespicktem Kalbfleisch und von Hasenpastete und legte jede Scheibe auf das Papier, das auf der Wage lag.

Geben Sie mir nicht Schweinskopf mit Pistazien? fragte Frau Lecoeur mit ihrer unangenehmen Stimme.

Sie mußte auch Schweinskopf mit Pistazien geben. Allein die Butterhändlerin ward immer begehrlicher; sie verlangte jetzt zwei Schnitten Gelatine, sie liebte auch diese. Lisa, die erregt mit dem Messerhefte spielte, sagte ihr vergebens, daß die Gelatine getrüffelt sei und daß sie davon nur in den Aufschnitt zu drei Franken das Pfund geben könne. Die andere fuhr fort, die Schüsseln zu mustern und suchte, was sie noch verlangen könne. Als der Aufschnitt gewogen war, verlangte sie noch Gelée und Gurken dazu. Der Geléeblock, der die Form eines Napfkuchens hatte und auf einer Porzellanplatte ruhte, zitterte unter ihrer zornbebenden Hand, und als sie zwei große Gurken aus dem hinter dem Ofen stehenden Topfe holte, spritzte der Essig hoch auf.

Ich zahle fünfundzwanzig Sous, nicht wahr? fragte Frau Lecoeur, ohne sich zu beeilen.

Sie sah sehr wohl den dumpfen Zorn Lisas. Sie weidete sich daran, holte das Geld sehr langsam hervor, gleichsam verloren unter den Münzen in ihrer Tasche. Sie betrachtete Gavard von der Seite, ergötzte sich an dem verlegenen Schweigen, das ihre Anwesenheit verlängerte und nahm sich vor, nicht zu gehen, da man vor ihr geheim tue. Endlich steckte die Metzgersfrau ihr ein Paket in die Hand, und sie mußte gehen. Sie entfernte sich wortlos nach einem langen Rundblick durch den Laden.

Als sie fort war, brach Lisa los.

Auch die hat uns die Saget gesendet. Hetzt denn die alte Hexe uns die ganze Markthalle auf den Hals, um zu erfahren, was wir sprechen ... Und wie schlau diese Weiber sind! ... Hat man je gehört, daß man um fünf Uhr abends panierte Koteletten oder kalten Aufschnitt kauft? Sie setzen sich einer schlechten Verdauung aus, nur um zu erfahren ... Wenn mir die Saget noch eine sendet, sollt ihr sehen, wie ich sie empfange. Und wäre es meine Schwester, ich würde ihr die Türe weisen.

Die drei Männer schwiegen, als sie Lisas Zorn sahen. Gavard hatte sich mit den Ellenbogen auf das Geländer der mit einer Messingrampe umgebenen Auslage gelehnt und drehte nachdenklich eines der Säulchen von behauenem Kristall, das sich von seinem Messingring losgemacht hatte. Dann sagte er aufblickend:

Ich habe das Ganze für einen guten Spaß gehalten.

Was denn? fragte Lisa noch bebend vor Zorn.

Die Stelle des Aufsehers in der Abteilung für Seefische.

Lisa hob erstaunt die Hände, blickte ein letztes Mal Florent an, setzte sich auf das gepolsterte Bänkchen vor dem Zahlpulte und schwieg. Gavard erklärte nun lang und breit seinen Gedanken: im Grunde sei bei dieser ganzen Sache die Regierung am meisten angeführt, weil sie die Taler hergebe. Er wiederholte in gemütlichem Tone:

Mein Lieber, diese Halunken haben Sie schier Hungers sterben lassen, nicht wahr? Nun denn, jetzt müssen Sie sich von ihnen ernähren lassen ... Das ist sehr gut ... Das hat mich sogleich verlockt ...

Florent lächelte, beharrte aber bei seiner Weigerung. Quenu versuchte es mit einigen guten Ratschlägen, bloß um seiner Frau gefällig zu sein. Doch diese schien nicht mehr zuzuhören. Seit einer Minute schaute sie aufmerksam nach der Seite der Hallen hin. Plötzlich erhob sie sich wieder und rief:

Jetzt schickt man uns gar die Normännin! Um so schlimmer! die Normännin soll's für die anderen entgelten.

Eine große, braune Frauensperson öffnete die Ladentür. Es war die schöne Fischhändlerin Louise Méhudin, genannt die Normännin. Sie war von einer kühnen Schönheit, hatte eine sehr weiße und zarte Haut, war fast so stark wie Lisa, hatte aber einen keckeren Blick, einen lebhafter bewegten Busen. In dreister Haltung trat sie ein mit ihrer goldenen Uhrkette, die auf ihrer Schürze klimperte, ihrem modisch gekämmten bloßen Haar, ihrer Busenschleife, einer Schleife aus Spitzen, die aus ihr eine der koketten Königinnen der Hallen machte. Ein leichter Fischgeruch haftete ihr an und auf einer ihrer Hände, nahe bei dem kleinen Finger, lag eine Heringschuppe, die da einen kleinen Fleck mit Perlmutterschimmer bildete. Die beiden Frauen, die ehemals in demselben Hause der Pirouette-Straße wohnten, waren enge Freundinnen, verbunden durch eine gewisse Nebenbuhlerschaft, die bewirkte, daß sie sich fortwährend miteinander beschäftigten. In dem Stadtviertel sagte man: die schöne Normännin, wie man sagte: die schöne Lisa. Das brachte sie in einen Gegensatz, zu einem Vergleichen und nötigte jede der beiden, ihren Ruf als Schönheit zu wahren. Wenn die Wursthändlerin an ihrem Zahlpulte sich ein wenig vorneigte, sah sie in dem gegenüberliegenden Pavillon die Fischhändlerin inmitten ihrer Lachse und Steinbutten. Sie überwachten einander. Die schöne Lisa schnürte sich enger in ihr Mieder, die schöne Normännin vermehrte die Zahl ihrer Ringe und ihrer Busenschleifen. Wenn sie einander begegneten, waren sie sehr sanft, sehr freundlich und suchten unter den halb geschlossenen Augenlidern nach Fehlern an der anderen. Sie taten, als werde die eine immer nur bei der anderen ihren Einkauf besorgen und als liebten sie sich sehr.

Sie machen wohl morgen abend frische Würste? fragte die Normännin mit ihrem lachenden Gesichte.

Lisa blieb kühl. Der Zorn, sehr selten bei ihr, war beharrlich und unversöhnlich. Sie antwortete trocken: Ja.

Ich liebe die Wurst nur heiß, wenn sie aus dem Kessel kommt. Ich komme, um welche zu holen.

Sie merkte die üble Aufnahme von seiten ihrer Nebenbuhlerin. Sie betrachtete Florent, der sie zu interessieren schien; weil sie nicht gehen wollte, ohne etwas zu sagen, ohne das letzte Wort zu haben, war sie so unvorsichtig hinzuzufügen:

Ich habe erst vorgestern Wurst bei Ihnen gekauft, aber sie war nicht ganz frisch.

Nicht ganz frisch? wiederholte die Wursthändlerin ganz bleich mit zornbebenden Lippen.

Sie hätte vielleicht noch an sich gehalten, damit die Normannin nicht glaube, daß sie sich wegen ihrer Spitzenschleife ärgerte. Aber man begnügte sich nicht mehr, sie zu bespähen, man beschimpfte sie auch; das ging über alle Maßen. Sie stemmte die Fäuste auf das Pult, neigte sich vor und sprach mit rauher Stimme:

Sagen Sie 'mal: als ich vorige Woche Seezungen bei Ihnen kaufte, kam ich da zu Ihnen, um vor aller Welt zu erzählen, daß Ihre Fische faul waren?

Faul? ... meine Seezungen faul? rief die Fischhändlerin purpurrot im Gesicht.

Sie verharrten einen Augenblick stumm und zornig über die Schüsseln gebeugt. Die ganze Freundschaft war dahin; ein Wort hatte genügt, um die scharfen Zähne hinter dem Lächeln zu zeigen.

Sie sind eine grobe Person, sagte die Fischhändlerin. Ich setze keinen Fuß mehr in Ihren Laden.

Gehen Sie nur, gehen Sie! entgegnete Lisa. Man weiß schon, wer Sie sind!

Sie ging hinaus, nicht ohne ein Schimpfwort auszustoßen, das die Metzgerin erzittern machte. Die Szene war so schnell vor sich gegangen, daß die drei Männer ganz verblüfft waren und keine Zeit hatten, sich ins Mittel zu legen. Lisa faßte sich bald. Sie nahm das Gespräch wieder auf ohne die mindeste Anspielung auf das soeben Vorgefallene, als das Ladenmädchen Augustine eilig in den Laden trat. Sie nahm Gavard beiseite und bat ihn, mit der Antwort für Verlaque noch zu zögern; sie übernahm es, ihren Schwager zur Annahme der Stelle zu bestimmen und erbat sich dabei nur eine Frist von zwei Tagen. Quenu kehrte in die Küche zurück; Gavard aber nahm Florent mit. Als sie im Begriffe waren, bei Herrn Lebigre einzutreten, um ein Glas Wermut zu trinken, zeigte Gavard seinem Begleiter drei Weiber, die in dem gedeckten Gang, zwischen dem Pavillon für Seefische und dem Pavillon für Geflügel beisammen standen.

Sie reden davon, sagte Gavard mit neidischer Miene.

Die Hallen leerten sich, und es standen in der Tat Fräulein Saget, Frau Lecoeur und die Sarriette am Rande des Fußweges beisammen. Das alte Mädchen führte das große Wort.

Ich sagt' es Ihnen ja, Madame Lecoeur, daß Ihr Schwager immer in ihrem Laden steckt ... Sie haben ihn gesehen, nicht wahr?

Mit meinen eigenen Augen! Er saß auf einem Tische, als ob er da zu Hause sei.

Ich habe nichts Schlechtes gehört, unterbrach die Sarriette ... Ich weiß nicht, warum Sie sich erhitzen.

Fräulein Saget zuckte mit den Achseln.

Ach, Liebste, Sie sind eine Schlaue! ... Sehen Sie denn nicht, weshalb die Quenus Herrn Gavard an sich locken? Ich wette, daß er alles, was er hat, der kleinen Pauline hinterlassen wird.

Das glauben Sie? rief Frau Lecoeur blaß vor Wut.

Dann fuhr sie mit schmerzlicher Stimme fort, als ob ein schwerer Schlag sie heimgesucht habe.

Ich bin ganz allein, habe niemanden, der mich verteidigt; der Mann tut wahrhaftig, was er will ... Sie haben gehört, seine Nichte hält zu ihm. Sie hat vergessen, was sie mir gekostet hat; sie würde mich mit gefesselten Händen und Füßen ihm ausliefern.

Nein, Tante, sagte die Sarriette; Sie hatten nie ein gutes Wort für mich.

Doch sie versöhnten sich gleich wieder und umarmten sich auf der Stelle. Die Nichte versprach, nicht mehr boshaft zu sein; die Tante schwor bei allen Heiligen, die Sarriette wie ihre eigene Tochter behandeln zu wollen. Nun gab die Saget ihnen Ratschläge, wie sie sich benehmen müßten, um Gavard zu zwingen, daß er sein Vermögen nicht verschleudere. Es wurde ausgemacht, daß die Quenu-Gradelle Taugenichtse seien und daß man sie überwachen müsse.

Ich weiß nicht, was für Machenschaften bei ihnen im Gange sind, sagte das alte Mädchen, aber die Sache ist anrüchig ... Dieser Florent, dieser Vetter von Frau Quenu – was halten Sie von ihm?

Die drei Frauen traten näher und dämpften die Stimme.

Sie müssen wissen, sagte Frau Lecoeur, – wir haben ihn eines Morgens mit löcherigen Stiefeln und bestaubten Kleidern gesehen; er sah aus wie ein Dieb, der soeben einen schlimmen Streich begangen ... Der Bursche flößt mir Furcht ein ...

Nein; er ist mager, aber nicht häßlich, murmelte die Sarriette.

Fräulein Saget hing ganz laut ihren Gedanken nach.

Ich zerbreche mir seit zwei Wochen den Kopf ... Herr Gavard kennt ihn sicher ... Auch ich muß ihm irgendwo begegnet sein, aber ich erinnere mich nicht mehr, wo? ...

Sie forschte noch in ihren Erinnerungen, als die Normännin heranstürmte. Sie kam aus dem Wurstladen.

Ist die aber höflich, diese dicke Quenu! rief sie, froh darüber, sich Luft machen zu können. Hat sie mir nicht soeben gesagt, daß ich faule Fische verkaufe? Ich habe ihr meine Meinung gesagt! ... Eine solche Baracke, die mit ihrem verdorbenen Schweinefleisch die Welt vergiftet!

Was haben Sie ihr denn gesagt? fragte die Alte lebhaft, ganz entzückt zu erfahren, daß die beiden Frauen gezankt hatten.

Ich? nicht das mindeste! Ich war ganz höflich eingetreten, um ihr zu melden, daß ich morgen abend Würste holen wolle, und da überhäufte sie mich mit Beleidigungen. Eine solche Heuchlerin mit ihren biederen Mienen! ... Sie soll das teurer bezahlen, als sie denkt!

Die drei Frauen merkten, daß die Normännin nicht die Wahrheit spreche; nichtsdestoweniger begleiteten sie ihre Klage mit einer Flut von bösen Worten. Sie ergossen ihre Beschimpfungen über die Rambuteau-Straße, erdichteten Geschichten über den Schmutz in der Küche der Quenus und ersannen wunderbare Beschuldigungen. Hätten die Quenus Menschenfleisch verkauft, die Wutausbrüche dieser Weiber hätten nicht drohender sein können. Die Fischhändlerin mußte ihre Erzählung dreimal von vorne beginnen.

Und was hat der Vetter gesagt? fragte die Saget boshaft.

Der Vetter! entgegnete die Normännin mit herber Stimme. Sie glauben an den Vetter? Es wird ein Liebhaber sein, dieser lange Bengel!

Die drei anderen Klatschbasen widersprachen. Auf die Ehrbarkeit Lisas schwor das ganze Stadtviertel.

Laßt nur gut sein! Weiß man jemals, woran man ist mit dieser dicken Scheinheiligen? Ich möchte ihre Tugend ohne Hemd sehen! ... Ihr Mann ist zu albern, als daß sie ihn nicht hörnen sollte.

Fräulein Saget nickte, wie um zu verstehen zu geben, daß sie geneigt sei, diese Ansicht zu teilen. Sie sagte mit sanfter Stimme:

Um so mehr, als man gar nicht weiß, woher dieser Vetter gekommen und als die von den Quenus in Umlauf gesetzte Geschichte sehr verdächtig klingt.

Ei, es ist der Liebhaber der Dicken, versicherte von neuem die Fischhändlerin. Irgendein Taugenichts, irgendein Vagabund, den sie auf der Straße aufgelesen hat. Das sieht man ja.

Magere Menschen rohe Menschen, erklärte die Sarriette im Tone der Überzeugung.

Sie hat ihn ganz neu gekleidet, bemerkte Frau Lecoeur; er muß ihr ein schönes Stück Geld kosten.

Ja, ja, Sie können recht haben, murmelte das alte Mädchen; man muß erfahren müssen ...

Und sie verpflichteten sich, einander auf dem laufenden zu erhalten, was in der Baracke der Quenu-Gradelle vorgehe. Die Butterhändlerin erklärte, sie wolle ihrem Schwager die Augen darüber öffnen, welche Häuser er besuche. Indessen hatte die Normännin sich ein wenig besänftigt; sie ging ihres Weges, und da sie im Grunde nicht schlecht war, fürchtete sie zuviel gesprochen zu haben. Als sie nicht mehr da war, sagte Frau Lecoeur heimtückisch:

Sicher ist die Normännin unverschämt gewesen; das ist so ihre Gewohnheit ... Sie täte besser, von den Vettern zu schweigen, die vom Himmel fallen; hat sie doch in ihrem Fischladen ein Kind gefunden.

Die drei schauten sich an und lachten. Als auch Frau Lecoeur fort war, sprach die Sarriette:

Meine Tante tut unrecht, sich mit diesen Geschichten zu beschäftigen; sie wird mager davon. Sie prügelte mich, wenn die Männer mich anschauten. Die Tante kann lange suchen, sie wird unter ihren Polstern kein Kind finden.

Fräulein Saget lachte wieder. Als sie allein nach der Pirouette-Straße zurückkehrte, dachte sie, daß die drei Megären den Strick des Henkers nicht wert seien, überdies hat man sie vielleicht gesehen und es wäre unklug, es mit den Quenu-Gradelle zu verderben, die reiche und schließlich doch geachtete Leute waren. Sie machte einen Umweg und ging in die Turbigo-Straße, zur Bäckerei Taboureau, der schönsten des Stadtviertels. Frau Taboureau, eine intime Freundin Lisas, übte in allen Dingen eine unbestrittene Autorität aus. Wenn man sagte: „Madame Taboureau hat dies gesagt, Madame Taboureau hat das gesagt" – mußte man sich beugen. Unter dem Vorwande, daß sie erfahren wolle, wann der Ofen geheizt werde, um eine Schüssel Birnen mitbraten zu lassen, erschien sie und sagte viel Gutes von der Wursthändlerin, erging sich in Lobeserhebungen über die Reinlichkeit und Güte ihrer Würste. Zufrieden über dieses moralische Alibi und entzückt, den nahenden Kampf mit entfacht zu haben, kehrte sie dann endgültig heim mit freierem Sinn und das Bild des Vetters der Frau Lisa in ihrer Erinnerung hundertmal hin und her wendend.

Am Abend desselben Tages ging nach dem Essen Florent aus und spazierte eine Zeitlang unter den gedeckten Gängen der Hallen. Ein feiner Nebel stieg auf; eine graue Trübseligkeit lagerte auf den leeren Pavillons, nur unterbrochen von den düsteren, gelben Flammen der Gaslaternen. Zum erstenmal hatte Florent das Gefühl seiner Lästigkeit, das Bewußtsein von der unpassenden Art, in der er, der Hungerleider, mitten in diese wohlgenährte Gesellschaft hineingeschneit gekommen war. Er gestand sich ehrlich, daß er eine Störung sei für das ganze Stadtviertel und eine Verlegenheit ward für die Quenus, ein verdächtiger Vetter von höchst kompromittierendem Aussehen. Diese Erwägungen stimmten ihn sehr traurig. Nicht als ob er bei seinem Bruder oder bei Lisa die mindeste Härte wahrgenommen hätte; er litt sogar durch ihre Güte und machte sich jetzt Vorwürfe darüber, daß er zu wenig Zartheit bekunde, indem er in solcher Weise sich bei ihnen einniste. Zweifel stiegen in ihm auf. Die Erinnerung an das Gespräch, das nachmittags in dem Laden stattgefunden, verursachte ihm ein unbestimmtes Mißbehagen. Er fühlte sich gleichsam eingehüllt von dem Geruch all der Fleischspeisen, die auf dem Ladentisch aufgehäuft standen; ihm war, als werde er zu einer weichlichen, gemästeten Feigheit herabsinken. Er hatte vielleicht unrecht, die ihm angebotene Aufseherstelle zurückzuweisen. Dieser Gedanke entfesselte einen schweren Kampf in ihm; er müßte sich aufrütteln, um die Strenge seines Gewissens wiederzufinden. Doch es hatte sich ein feuchter Wind erhoben, der durch den gedeckten Gang strich. Er hatte einige Ruhe und Fassung wiedergewonnen, als er genötigt war, seinen Rock zuzuknöpfen. Der Wind entführte von seinen Kleidern den fetten Fleischgeruch, von dem er sich niedergehalten fühlte.

Er war im Begriffe heimzukehren, als er Claude Lantier begegnete. Der in seinen grünlichen Überrock gepreßte Maler sprach mit dumpfer, zorniger Stimme. Er lästerte über die Malerei, dieses Hundegewerbe, und schwor, in seinem Leben keinen Pinsel mehr berühren zu wollen. Am Nachmittag hatte er mit einem Fußtritt einen Studienkopf vernichtet, den er nach der Dirne Cadine gemacht hatte. Angesichts der tüchtigen und lebendigen Werke, von denen er träumte, ward er zuweilen von solchen Wutanfällen eines unvermögenden Künstlers erfaßt. Dann existierte nichts für ihn; er strich durch die Straßen, sah alles schwarz und harrte des nächsten Tages wie einer Auferstehung. Gewöhnlich sagte er, daß er am Morgen froh und am Abend furchtbar unglücklich sei. Jeder seiner Tage war eine lange, verzweifelte Anstrengung. Florent erkannte den sorglosen Nachtschwärmer der Hallen kaum wieder. Im

Wurstladen hatten sie sich schon wiedergesehen. Claude, der die Geschichte des Verbannten kannte, hatte ihm die Hand gedrückt und ihm gesagt, er sei ein braver Mann. Er kam übrigens sehr selten zu den Quenus.

Sie sind noch immer bei meiner Tante? sagte Claude. Ich weiß nicht, wie Sie es anfangen, in dieser Küche zu bleiben. Es stinkt ja da. Wenn ich da eine Stunde verbringe, ist's mir, als hätte ich für drei Tage genug gegessen. Ich tat unrecht, heute morgen hinzugehen; nur deshalb habe ich meine Studie verdorben.

Nachdem sie wortlos einige Schritte gegangen waren, fuhr er fort:

Die wackeren Leute! Sie dauern mich ordentlich, so wohl befinden sie sich! Ich habe daran gedacht, ihre Bilder zu malen; aber ich habe diese runden Gesichter, in denen es keinen Knochen gibt, niemals malen können ... Meine Tante Lisa würde ihren Kasserollen niemals einen Fußtritt versetzen. Es war doch dumm von mir, den Kopf Cadinens zu vernichten. Wenn ich jetzt daran denke, finde ich, daß er gar nicht so schlecht war.

Und dann sprachen sie von der Tante Lisa. Claude sagte, daß seine Mutter die Wursthändlerin seit langer Zeit nicht mehr sehe. Er gab zu verstehen, daß letztere sich ihrer Schwester etwas schäme, weil sie an einen Arbeiter verheiratet sei; sie liebe übrigens die unglücklichen Leute nicht. Über sich selbst erzählte er, daß ein wackerer Mann, durch die schönen Frauen und Esel gewonnen, die er schon mit acht Jahren zeichnete, ihn zur Schule gesendet habe. Der wackere Mann sei tot und habe ihm eine Rente von tausend Franken hinterlassen, die ihn vor dem Hungertode schütze.

Gleichviel, fuhr er fort, ich wäre doch lieber ein Arbeiter gewesen, beispielsweise ein Schreiner. Die Schreiner sind sehr glücklich. Sie haben einen Tisch zu machen; sie machen ihren Tisch und gehen zur Ruhe, mit ihrem Tagewerk zufrieden. Ich kann des Nachts nicht schlafen. Alle die verdammten Studien, die ich nicht vollenden kann, spuken mir im Kopfe herum. Ich bin nie fertig, nie, nie!

Seine Stimme erstarb fast in einem Schluchzen. Dann versuchte er zu lachen. Er lästerte, suchte nach unflätigen Worten, versenkte sich ordentlich in den Schmutz, mit der kalten Wut eines zarten und feinen Geistes, der an sich selbst zweifelt und sich zu besudeln fürchtet. Schließlich hockte er vor einem der Fenster nieder, die sich auf die Hallenkeller öffneten, wo unablässig das Gaslicht brannte. Dort, in den Tiefen eines Kellers, zeigte er ihm Marjolin und Cadine, die in der Geflügelabteilung auf einem Schlachtsteine saßen und ruhig ihr

Abendbrot verzehrten. Diese zwei Straßenpflanzen wußten sich nach Schluß der Gittertore in die Keller zu schleichen, wo sie des Nachts hausten.

Welch ein hübscher Bengel! wiederholte Claude, mit neidischer Bewunderung von Marjolin sprechend. Und dieser Tölpel ist glücklich! ... Wenn sie ihre Äpfel verzehrt haben, gehen sie in einem jener großen Körbe, wo sie ein weiches Lager von Federn finden, zusammen schlafen. Dies ist wenigstens ein Leben! ... Meiner Treu, Sie haben recht, bei den Würsten zu verbleiben; das macht Sie vielleicht fett.

Und plötzlich ging er seiner Wege. Florent stieg zu seinem Dachstübchen hinauf, verwirrt durch diese nervösen Bedenken, die seine eigenen Zweifel wachriefen. Am folgenden Vormittag unterließ er es, im Wurstladen zu erscheinen; er machte einen weiten Spaziergang die Kais entlang. Beim Frühstück jedoch ward er durch die Milde und Freundlichkeit Lisas wieder gewonnen. Sie sprach wieder von der Aufseherstelle in der Abteilung für Seefische, aber ohne eindringlich zu werden, wie von einer Sache, die erwogen zu werden verdiente. Über seinen vollen Teller gebeugt hörte er ihr zu, unwillkürlich gewonnen durch die geradezu verdächtige Sauberkeit des Eßzimmers; weich ruhten seine Füße auf der Matte; der Schimmer der Kupferlampe, das zarte Gelb der Papiertapete und der hellen Eichenmöbel, sie durchdrangen ihn mit einem Gefühl der Rechtschaffenheit und des Wohlbehagens, das seine Vorstellungen von Wahr und Falsch in Verwirrung brachte. Indes hatte er die Kraft, den Vorschlag abermals zurückzuweisen, indem er seine Gründe wiederholte; allerdings hatte er das Bewußtsein von der Geschmacklosigkeit, die darin lag, an diesem Orte mit seinem Eigensinn und seinen Rachegefühlen Staat zu machen. Lisa erzürnte sich nicht; sie lächelte vielmehr mit ihrem schönen Lächeln, das Florent mehr verwirrte als ihr dumpfer Groll von gestern. Bei dem Essen sprach man nur mehr von den großen Einpökelungen für den Winter, die das ganze Personal des Hauses beschäftigen sollten.

Die Abende wurden schon kühl. Nach dem Essen begab man sich in die Küche. Da war's sehr warm. Die Küche war übrigens so geräumig, daß mehrere Personen sich bequem und ohne die Arbeit zu stören, an einem in der Mitte stehenden, viereckigen Tische aufhalten konnten. Die Wände des durch Gas beleuchteten Raumes waren bis zu Manneshöhe mit blauen und weißen Porzellankacheln bekleidet. Links stand der große gußeiserne Ofen mit drei Löchern, in denen drei Kessel mit ihren von der Kohle geschwärzten Böden saßen; am Ende des

Raumes stand ein kleiner Kamin, mit Ofen und Rauchröhre versehen; hier wurden Rostbraten zubereitet. Oberhalb des Ofens über den langstieligen Löffeln, Gabeln und Schaumlöffeln war eine Reihe numerierter Fächer zur Aufbewahrung der Därme, Gewürze, geriebenen Semmel zum Panieren, des Salzes und Pfeffers. Rechts, an die Wand gelehnt, stand der Hackstock, ein riesiger, schwerer Eichenblock, ganz zerhackt und in der Mitte ausgehöhlt; mehrere, an dem Block befestigte Werkzeuge wie eine Wurstspritze, eine Vorrichtung zum Antreiben, eine Hackmaschine, die mit ihrem Räderwerk und ihren Kurbeln den unheimlichen Gedanken an eine Hexenküche wachriefen. Endlich lag ringsum längs den Mauern auf Brettern und selbst unter den Tischen eine Menge von Töpfen, Schüsseln, Kübeln, Platten und anderen Geräten aus Weißblech, eine Batterie von tiefen Kasserollen, breiten Trichtern, Messern, Hackmessern, Spicknadeln, eine ganze Welt, die von Fett triefte. Trotz der peinlichen Sauberkeit überquoll alles von Fett, es schwitzte zwischen den Fugen der Mauerziegel hervor, überzog die roten Quadern des Fußbodens, verlieh dem gußeisernen Ofen einen grauen Schimmer, polierte die Ränder des Hackstockes, daß sie glänzten wie gefirnistes Eichenholz. Inmitten dieses Tropfen für Tropfen sich ansammelnden Dunstes; inmitten des Dampfes, der aus den drei Kesseln, wo die Schweine zerflossen, unaufhörlich aufstieg, war vom Fußboden bis zu dem Dachgebälke nicht ein Nagel, der nicht von Fett glänzte.

Die Quenu-Gradelle stellten alles zu Hause her und bezogen von außen nur die Erzeugnisse berühmter Häuser, wie Mixedpickles, Konserven, Sardinen, Käse, Schnecken. Vom Monat September an mußte man dafür sorgen, den während des Sommers geleerten Keller mit neuen Vorräten zu füllen. Wenn abends der Laden geschlossen wurde, arbeitete man noch bis in die späte Nacht hinein. Von August und Leon unterstützt packte Quenu Würste ein, bereitete Schinken und Speckseiten vor, schmelzte Fett. Es herrschte ein betäubender Lärm der Kessel und Hackmesser, und Küchengerüche erfüllten das ganze Haus. All dies geschah unbeschadet dem laufenden Wurstgeschäft, den Leber- und Hasenpasteten, den Gelantinen, großen und kleinen Würsten.

Diesen Abend um elf Uhr mußte sich Quenu, der zwei Kessel Fett schmelzte, mit der Wurstbereitung befassen. August war ihm dabei behilflich. An einem Ende des viereckigen Tisches saßen Lisa und Augustine und waren mit dem Ausbessern von Wäsche beschäftigt; am anderen Ende saß Florent mit dem Gesicht nach dem Ofen und der kleinen Pauline zulächelnd, die er auf seinen

Beinen reiten ließ. Hinter ihnen hackte Léon Wurstfleisch auf dem Eichenklotz, wobei er langsame und regelmäßige Hiebe führte.

August holte vor allem zwei Kannen Schweineblut. Das Schlachten im Schlachthause besorgte er. Er nahm das Blut und die Eingeweide der Tiere und überließ den Brühhausburschen die Sorge, nachmittags die fertig ausgearbeiteten Schweine mit ihren Wagen heimzuführen. Quenu behauptete, daß August zu schlachten verstehe wie kein zweiter Metzgerbursche in Paris. Die Wahrheit war, daß August sich vortrefflich auf die Qualität des Blutes verstand. Wenn er sagte: „Die Wurst wird gut sein", konnte man mit Sicherheit darauf rechnen, daß die Wurst gut sein werde.

Nun, werden wir gute Wurst haben? fragte Lisa.

Er stellte seine zwei Kannen nieder und erwiderte langsam:

Ich glaube, Madame Quenu, ich glaube es ... Ich sehe es vor allem an der Art, wie das Blut fließt. Wenn das Blut langsam fließt, nachdem ich das Messer herausgezogen habe, so ist es kein gutes Zeichen; es beweist, daß es ein schwaches Blut ist ...

Das hängt davon ab, wie das Messer eingeführt wurde, warf Quenu ein.

Das blasse Antlitz Augusts verzog sich zu einem Lächeln.

Nein, nein, sagte August, ich führe das Messer immer vier Finger tief ein; dies ist das Maß. Das beste Zeichen ist, wenn das Blut gut fließt; es muß, wenn ich es in dem Eimer mit der Hand peitsche, recht warm sein und schäumen und darf nicht zu dick sein.

Augustine ließ ihre Nadel ruhen und schaute August an. Ihr rötliches Antlitz unter dem harten, kastanienbraunen Haar nahm einen Ausdruck tiefer Aufmerksamkeit an. Auch Lisa und Pauline hörten mit großem Interesse zu.

Also ich schlage und schlage, fuhr der Bursche fort, wobei er mit der Hand durch die Luft fuhr, als ob er Sahne schlage. Wenn ich die Hand heraus ziehe, muß sie wie mit einem roten Handschuh bekleidet und das Rot muß überall gleich sein. Dann kann man ruhig behaupten: „Die Blutwurst wird gut sein".

Er blieb einen Augenblick mit der Hand in der Luft, selbstgefällig, in nachlässiger Haltung stehen. Diese Hand, die immer in den Bluteimern lebte, ragte schön rot, mit gesunden, rosigen Nägeln, aus dem weißen Hemdärmel hervor. Quenu bekräftigte mit einem Kopfnicken die Worte seines Gehilfen.

Dann trat Stillschweigen ein. Léon hackte noch immer. Pauline, die nachdenklich zugehört hatte, bestieg wieder die Beine Florents und sagte:

Vetterchen, erzähle mir mal die Geschichte des Mannes, der von den wilden Tieren gefressen wurde.

Die Vorstellung von dem Schweineblut hatte in dem Kopfe des Kindes ohne Zweifel „die Geschichte des Mannes, der von den wilden Tieren gefressen wurde" – wachgerufen. Florent begriff nicht sogleich. Lisa kam ihm lachend zu Hilfe.

Sie verlangt die Geschichte, die Sie eines Abends Gavard erzählt haben, sie hat sie mit angehört.

Florent war sehr ernst geworden. Das Kind holte in ihren Armen die große, gelbe Katze herbei und legte sie auf die Knie des Vetters mit den Worten, auch „Mouton" wolle die Geschichte hören. Allein Mouton sprang auf den Tisch und blieb da mit gekrümmtem Rücken sitzen, die Augen auf den langen, mageren Menschen gerichtet, der für sie seit vierzehn Tagen der fortwährende Gegenstand tiefer Betrachtungen war. Indes ward Pauline ungeduldig; sie stampfte mit den Füßen und verlangte die Geschichte. Da sie immer zudringlicher wurde, sagte Lisa:

Erzählen Sie ihr doch die Geschichte, damit sie uns in Ruhe lasse.

Florent schwieg noch einen Augenblick. Er hatte die Blicke zu Boden gesenkt. Dann erhob er langsam den Kopf, heftete die Blicke auf die zwei nähenden Frauen und hernach auf Quenu und August, die den Wurstkessel instandsetzten. Das Gas brannte ruhig; der Ofen verbreitete eine angenehme Wärme; alles Fett der Küche glänzte in dem Wohlbehagen einer gesunden Verdauung. Er setzte die kleine Pauline auf eines seiner Knie und begann mit einem trüben Lächeln zu erzählen:

Es war einmal ein armer Mann. Man schickte ihn weit, weit fort bis übers Meer. Auf dem Schiffe, das ihn hinwegführte, gab es vierhundert Sträflinge; unter diese ward auch er geworfen. Fünf Wochen lebte er unter diesen Banditen; das Ungeziefer fraß ihn schier auf; er war wie sie in Segeltuch gekleidet und aß aus ihrer Blechschale. Fürchterlicher Schweiß lagerte häufig auf ihm und raubte ihm alle Kräfte. Die Küche, die Bäckerei, die Maschine durchhitzten dermaßen das Zwischendeck, daß unterwegs zehn Sträflinge vor Hitze umkamen. Tagsüber ließ man sie zu fünfzig und fünfzig auf das Verdeck kommen, wo sie sich in der Seeluft ergehen durften; und weil man Furcht vor ihnen hatte, waren zwei

Kanonen auf jene schmale Stelle des Schiffes gerichtet, wo sie sich ergingen. Der arme Mann war sehr froh, als er an die Reihe kam. Sein Schweiß legte sich ein wenig. Er aß kaum mehr, er war sehr krank. Wenn er des Nachts wieder in Eisen gelegt war und vom Seesturm zwischen seinen zwei Nachbarn hin- und hergeschleudert wurde, fühlte er sich feige und weinte, glücklich darüber, ungesehen weinen zu können.

Pauline hörte mit weit geöffneten Augen und fromm gefalteten Händen zu.

Aber das ist doch nicht die Geschichte des Mannes, der von den wilden Tieren gefressen worden, unterbrach sie ihn. Das ist eine andere Geschichte; nicht wahr, Vetter?

Warte nur, du wirst schon sehen, entgegnete Florent sanft. Ich komme schon zur Geschichte jenes Mannes ... Ich erzähle die ganze Geschichte.

Ja? gut ... sagte das Kind mit glücklicher Miene.

Indes blieb sie nachdenklich, augenscheinlich mit irgendeiner großen Schwierigkeit beschäftigt, die sie nicht lösen konnte. Endlich entschloß sie sich zu fragen:

Was hat denn der arme Mann getan, daß man ihn in ein Schiff tat und so weit fortschickte?

Lisa und Augustine lächelten. Sie waren entzückt von dem Geiste dieses Kindes. Ohne direkt zu antworten, wollte Lisa die Gelegenheit benützen, um dem Kinde eine Lehre zu geben. Pauline war überrascht zu hören, daß man auch die schlimmen Kinder in das Schiff stecke.

Dann hat der arme Mann des Vetters recht gehabt, in der Nacht zu weinen, bemerkte das Kind.

Lisa nahm die Arbeit wieder auf und schwieg. Quenu hatte nichts von allem gehört. Er hatte Zwiebelscheiben in den Kessel geworfen, die auf dem Feuer hell zu zischen begannen wie die Grillen in der Sonnenhitze. Es roch sehr gut. Wenn Quenu mit seinem langen, hölzernen Löffel in den Kessel fuhr, zischte es stärker und füllte sich die Küche mit dem durchdringenden Geruche der gebratenen Zwiebel.

August hielt in einer Schüssel Speckfett bereit. Das Hackmesser Léons arbeitete jetzt lebhafter, fuhr zuweilen wie ein Rechen über den Hackstock und scharrte das Wurstfleisch zusammen, das sich zu einem Teige zu verdicken begann.

Als das Schiff gelandet, fuhr Florent fort, führte man den Mann auf eine Insel, die man die „Teufelsinsel“ nannte. Hier war er mit mehreren anderen Kameraden, die man ebenfalls aus ihrer Heimat vertrieben hatte. Alle waren sehr unglücklich. Zuerst zwang man sie zu arbeiten wie die Sträflinge. Der Gendarm, der sie bewachte, zählte sie täglich dreimal ab, um sich zu überzeugen, daß niemand fehle. Später ließ man sie tun, was sie wollten; nur des Nachts wurden sie in einer großen, hölzernen Hütte eingesperrt, wo sie in Hängematten schliefen, die zwischen zwei Balken ausgespannt waren. Nach Verlauf eines Jahres gingen sie barfüßig und ihre Kleider hingen ihnen in Fetzen vom Leibe, daß die nackte Haut zu sehen war. Aus Baumstümpfen hatten sie sich Hütten gebaut, um sich gegen die Sonne zu schützen, deren Glühhitze in jenem Lande alles versengt; allein, die Hütten vermochten sie nicht gegen die Mücken zu schützen, die des Nachts sie mit Blasen und Stichen bedeckten. Mehrere starben davon; die anderen wurden so gelb, so dürr, so elend, daß sie mit ihren langen Bärten Mitleid erregten ...

August, geben Sie mir das Fett her! schrie Quenu.

Als er die Schüssel in der Hand hatte, ließ er sachte ein Stück Fett nach dem andern in den Kessel gleiten und zerrieb es mit dem Ende des Kochlöffels. Das Fett schmolz, und ein dichterer Dampf stieg von dem Ofen empor.

Was gab man ihnen zu essen? fragte die Kleine mit tiefem Interesse.

Man gab ihnen Reis, der voll war mit Würmern und übelriechendes Fleisch, erwiderte Florent, dessen Stimme immer dumpfer wurde. Um den Reis zu essen, mußte man die Würmer herausklauben. In stark durchgebratenem Zustande war das Fleisch noch genießbar, gekocht hingegen stank es dermaßen, daß man die Kolik davon bekam.

Ich will lieber trockenes Brot essen, bemerkte die Kleine, nachdem sie mit sich zu Rate gegangen war.

Léon war jetzt mit dem Hacken fertig und brachte das Wurstfleisch in einer Schüssel zu dem viereckigen Tisch. Die Katze Mouton, die noch immer Florent anblickte und von dessen Geschichte außerordentlich überrascht zu sein schien, mußte jetzt ein wenig zurückweichen, was sie augenscheinlich unwillig tat. Brummend hockte sie nieder und schnupperte nach dem Wurstfleisch. Indes schien Lisa ihr Erstaunen und ihren Ekel nicht verbergen zu können. Der wurmige Reis und das stinkende Fleisch schienen ihr sicherlich unglaubliche Unflätigkeiten, entehrend für den, der sie gegessen hatte. In ihrem schönen Gesichte und in dem Anschwellen ihres Halses malte sich ein unbestimmter Schrecken vor diesem Manne, der sich mit solch scheußlichen Dingen genährt hatte.

Nein, es war kein Belustigungsort, nahm Florent seine Geschichte wieder auf, wobei er der kleinen Pauline völlig vergaß und die irrenden Augen auf den rauchenden Kessel richtete. Jeden Tag gab es neue Quälereien, eine ewige Marter, eine Schändung jeder Gerechtigkeit, eine Mißachtung aller menschlichen Barmherzigkeit, die die Gefangenen in Verzweiflung stürzte und von einem Fieber krankhafter Rachsucht langsam verzehren ließ. Man lebte da gleich den Tieren unter der ewig geschwungenen Peitsche. Diese Elenden wollten den Menschen töten ... Man kann es nicht vergessen; nein, es ist nicht möglich. Diese Leiden werden eines Tages nach Rache schreien.

Er hatte die Stimme gedämpft, und die Speckstücke im Kessel deckten sie mit ihrem Zischen und Brodeln. Aber Lisa hörte ihm zu, erschreckt von dem unversöhnlichen Ausdruck, den sein Antlitz plötzlich angenommen hatte. Sie hielt ihn für einen Heuchler mit der sanften Miene, die er anzunehmen wußte.

Die gedämpfte Stimme Florents hatte dem Vergnügen Paulinens die Krone aufgesetzt. Entzückt von der Geschichte rückte sie erregt auf dem Knie des Vetters hin und her.

Und der Mann? Und der Mann? murmelte sie.

Florent schaute die kleine Pauline an, schien sich zu erinnern und fand sein trauriges Lächeln wieder.

Der Mann – fuhr er fort – war auf jener Insel gar nicht glücklich. Er hatte nur einen Gedanken: zu entfliehen, über das Meer zu setzen und die Küste zu erreichen, deren weiße Linie an hellen Tagen am Horizont zu sehen war. Allein, das war nicht leicht. Es galt, ein Floß zu bauen. Da einzelne Gefangene schon entkommen waren, hatte man alle Bäume auf der Insel gefällt, damit die anderen sich kein Holz verschaffen könnten. Die Insel war ganz entblößt, dermaßen kahl und von der glühenden Sonnenhitze ausgetrocknet, daß es den Aufenthalt daselbst nur noch gefährlicher und abscheulicher machte. Da kam der Mann mit zwei seiner Kameraden auf den Gedanken, sich der Baumstümpfe ihrer Hütten zu bedienen. Eines Abends stießen sie ab auf einigen schlechten Balken, die sie mittelst dürrer Zweige zusammengebunden hatten. Der Wind trieb sie der Küste zu. Der Tag brach an, als ihr Floß auf einer Sandbank scheiterte; es geschah mit einer solchen Gewalt, daß die Baumstümpfe sich voneinander trennten und von den Wogen fortgetrieben wurden. Die drei Unglücklichen blieben schier im Sande stecken; sie sanken bis zum Gürtel ein, einer verschwand sogar bis zum Kinn im Sande, und die anderen zwei mußten ihn herausziehen. Endlich erreichten sie einen Felsen, wo sie kaum soviel Platz fanden, um sich niederzusetzen. Als die Sonne aufging, bemerkten sie gegenüber die Küste, einen Strich grauer Felsen, die eine Seite des Gesichtskreises einnahmen. Zwei, die schwimmen konnten, entschlossen sich, die Küste zu gewinnen. Lieber wollten sie sogleich ertrinken, als auf ihrer Klippe langsam Hungers sterben. Sie versprachen ihrem Gefährten, ihn abzuholen, wenn sie das Land erreichten und sich eine Barke verschafften.

Ach, ich weiß schon! rief die kleine Pauline, freudig in die Hände klatschend. Das ist die Geschichte von dem Manne, den die wilden Tiere gefressen haben.

Endlich konnten sie die Küste erreichen, fuhr Florent fort; allein sie war völlig verödet, und sie konnten erst nach vier Tagen eine Barke finden. Als sie zu dem einsamen Felsen zurückkehrten, sahen sie ihren Gefährten auf dem Rücken ausgestreckt liegen, die Hände und die Füße abgefressen, das Gesicht zernagt, der Bauch voll mit Krabben, die die Haut der Lenden bewegten, als ob ein verzweifeltes Röcheln diesen zur Hälfte aufgefressenen und noch warmen Leichnam durchziehe.

Lisa und Augustine ließen ein Murmeln des Abscheus vernehmen. Léon, der Schweinsdärme für die Würste vorbereitete, verzog das Gesicht. Quenu hielt in der Arbeit inne und sah August an, den der Ekel ergriffen hatte. Pauline allein lachte. Dieser Bauch, voll mit Krabben, schien sich seltsamerweise in dieser Küche auszubreiten und verdächtige Gerüche in den Speck- und Zwiebelduft zu mengen.

Das Blut her! schrie Quenu, der übrigens dem Verlauf der Geschichte nicht gefolgt war.

August brachte die zwei Kannen herbei; langsam, in dünnen, roten Fäden goß er das Blut in den Kessel, während Quenu die sich verdickende Masse hastig umrührte. Als die Kannen leer waren, zog Quenu die Fächer heraus, eines nach dem andern und entnahm ihnen die Gewürze; insbesondere pfefferte er sehr stark.

Sie ließen ihn dort liegen und kehrten ohne weitere Fährlichkeiten zurück, nicht wahr? fragte Lisa.

Als sie zurückkehren wollten, fuhr Florent fort, schlug der Wind um und sie wurden in die offene See hinausgetrieben. Eine Woge entriß ihnen eines ihrer Ruder und das Wasser drang so reichlich in das Boot ein, daß sie es unablässig mit ihren Händen ausschöpfen mußten. So trieben sie angesichts der Küste umher, durch einen Windstoß entführt, durch die Flut wieder zurückgetrieben, mit ihren Mundvorräten zu Ende, ohne einen Bissen Brot. Das währte drei Tage.

Drei Tage! rief die Metzgerin verdutzt. Drei Tage ohne zu essen!

Jawohl, drei Tage ohne zu essen. Als der Westwind sie endlich ans Land trieb, war der eine von ihnen dermaßen schwach, daß er einen ganzen Vormittag regungslos auf dem Sande liegen blieb. Am Abend starb er. Sein Gefährte hatte vergebens versucht, ihn Baumblätter kauen zu lassen.

Bei dieser Stelle der Erzählung kicherte Augustine; dann war sie aber verlegen wegen dieses Gelächters. Weil sie nicht wollte, daß man sie für herzlos halte, stammelte sie:

Nein, nicht deshalb lache ich, sondern wegen der Katze. Schauen Sie nur Mouton an, Madame.

Auch Lisa war jetzt froher gestimmt. Die Katze Mouton, die noch immer die Schüssel voll Wurstfleisch vor der Nase hatte, war augenscheinlich belästigt und angewidert durch all das Fleisch. Sie hatte sich erhoben und kratzte den Tisch, wie um die Schüssel zu bedecken, mit der Hast der Katzen, die ihren Unrat vergraben wollen. Dann kehrte sie der Schüssel den Rücken, legte sich auf die Seite und reckte sich mit halbgeschlossenen Augen, den Kopf behaglich hin und her wälzend. Alle lobten die Katze; man versicherte, daß sie niemals stehle, daß man das Fleisch ruhig vor ihr stehen lassen könne. Pauline erzählte in verworrener Weise, daß sie ihr nach dem Essen Finger und Backen ablecke, ohne sie zu beißen.

Doch Lisa kehrte zu ihrer Frage zurück, ob man drei Tage ohne Nahrung bleiben könne. Sie hielt es für unmöglich.

Nein, ich glaube es nicht, sagte sie. Das hat noch niemand zuwege gebracht. Wenn man sagt: „Der und der stirbt Hungers" – so ist es nur eine Redensart. Mehr oder weniger ißt man immer ... Es müßten gänzlich verlassene, verirrte Menschen sein ...

Sie wollte ohne Zweifel „Vagabunden" sagen, aber sie hielt das Wort zurück, indem sie Florent ansah. Ihre verächtlich gespitzten Lippen, ihr klarer Blick gestanden offen, daß die Halunken allein in so furchtbarer Weise hungerten. Ein Mensch, der imstande war, drei Tage ohne Nahrung zu bleiben, war für sie ein durchaus gefährliches Wesen. Anständige Menschen kommen niemals in eine solche Lage.

Florent drohte jetzt zu ersticken. Der Ofen, in den Léon mehrere Schaufeln Kohlen geworfen hatte, schnarchte wie ein in der Sonnenhitze schlafender Kirchensänger. Die Hitze ward sehr groß. August überwachte in Schweiß gebadet den Kessel, in dem das Schweinefett schmolz, während Quenu, mit dem Hemdärmel sich die Stirne trocknend, wartete, bis das Blut gut zertrieben war. Die Luft war stark mit Speisegerüchen geschwängert.

Als der Mann, fuhr Florent langsam fort, seinen Kameraden in dem Sande eingescharrt hatte, ging er allein weiter, geradeaus vor sich hin. Das holländische Guyana, wo er sich befand, war ein waldiges Land, mit zahlreichen Flüssen und Sümpfen. Der Mann wanderte acht Tage fort, ohne eine menschliche Behausung zu finden. Rings um sich her spürte er den Tod, der seiner harrte. Obgleich der Hunger ihm den Magen zusammenpreßte, wagte er es oft nicht, in die glänzenden Früchte zu beißen, die von den Bäumen hingen; er fürchtete diese metallisch schimmernden Beeren, deren knotige Buckel Gift absonderten. Tagelang ging er unter dichten Laubgewölben dahin, ohne ein Stückchen Himmel zu sehen, inmitten grünlicher, Schrecken erregender Schatten. Große Vögel flogen über seinem Haupte auf mit furchtbarem Flügelschlag und plötzlich ausgestoßenen Schreien, die einem Todesröcheln glichen; er sah im Dickicht Affen springen, Tiere laufen, die die Stengel der Pflanzen beugten und einen Blätterregen niedergehen ließen, als ob ein Windstoß durch den Wald fahre. Besonders erschreckten ihn die Schlangen, wenn er den Fuß auf die bewegliche Masse dürren Laubes setzte und schmale Köpfe zwischen dem ungeheuerlichen Geschlinge der Wurzeln verschwinden sah. In gewissen feuchten, dunkeln Winkeln sah er ein Gewühl von schwarzen, gelben, violett gefleckten, scheckigen, getigerten Reptilen, die dürrem Laub glichen und plötzlich aufgeschreckt sich davonmachten. Dann blieb er stehen und suchte einen Stein, auf den er den Fuß setzen konnte, um von diesem weichen Boden, in den er versank, weiter zu kommen. Stundenlang blieb er da in dem Entsetzen vor irgendeiner Boa, die er in der Tiefe einer Lichtung sah, mit eingerolltem Schweife, gerade aufgerichtetem Kopfe, sich wiegend wie ein goldgefleckter

Baumstumpf. Des Nachts schlief er auf den Bäumen, geängstigt durch das leiseste Geräusch, und glaubte im Finstern ein endloses Rascheln von Schuppen zu vernehmen. Er erstickte schier unter diesem endlosen Laubwerk; der Schatten nahm daselbst eine dumpfe Ofenhitze, eine Feuchtigkeit an, war von übelriechendem Schweiß, von den scharfen Gerüchen duftender Bäume und übelriechender Pflanzen gesättigt. Als er endlich nach viertelstündigem Marsche den Himmel wiedersah, befand er sich vor breiten Flüssen, die ihm den Weg versperrten. Er ging längs des Ufers weiter, achtete auf die grauen Rücken der Kaimauer, suchte mit den Blicken Fußspuren im Grase und schwamm hinüber, als er zu einer Stelle kam, wo ihm das Wasser sicher schien. Am jenseitigen Ufer standen abermals Wälder. Weiterhin kam er zu langgestreckten fetten Ebenen, die mit einem üppigen Pflanzenwuchs bedeckt waren, und wo stellenweise der klare Spiegel eines kleinen Sees blaute. Da machte der Mann einen weiten Umweg, schritt nur mehr nach vorsichtiger Prüfung des Bodens vorwärts, entging nur mit knapper Not dem Tode, der Gefahr, unter einer dieser lachenden Wiesen begraben zu werden, deren Boden er unter jedem seiner Schritte krachen hörte. Das von dem angeschwemmten Humus genährte riesige Gras bedeckte giftige Sümpfe, bodenlose Tiefen von flüssigem Schlamm. In jenen Ebenen, die in meergrüner Unermeßlichkeit sich ausdehnen, gibt es nur schmale Streifen festen Bodens, die man kennen muß, wenn man nicht spurlos verschwinden will. Eines Abends sank der Mann bis zum Gürtel ein. Bei jedem Ruck, den er versuchte, um sich freizumachen, drohte der Sumpf ihm bis an den Mund zu reichen. Nahezu zwei Stunden verhielt er sich ganz ruhig. Als der Mond aufging, konnte er glücklicherweise einen Baumzweig erhaschen, der über seinem Kopfe hing. An dem Tage, da er eine menschliche Wohnung erreichte, bluteten seine Hände und Füße, zerrissen und angeschwollen infolge der Stiche giftiger Insekten. Er war dermaßen elend, dermaßen herabgekommen, daß man Furcht vor ihm hatte. Man warf ihm auf fünfzig Schritte Nahrung zu, während der Besitzer des Hauses mit der Flinte in der Hand seine Tür bewachte.

Florent schwieg; die Stimme versagte ihm und die Blicke schienen in die Ferne zu schweifen. Er schien nur mehr für sich selbst zu reden. Die kleine Pauline ließ, vom Schlafe übermannt, das Köpfchen sinken und strengte sich an, die erstaunten Augen offen zu halten. Quenu aber geriet jetzt in Zorn.

Dummer Kerl! schrie er Léon an, kannst du einen Darm nicht mehr halten? ... Nicht auf mich mußt du schauen, sondern auf den Darm. So! Nicht rühren, jetzt! ...

Léon hielt mit der Rechten ein langes Stück leeren Darm, in dem ein sehr breiter Trichter saß. Mit der linken Hand rollte er die Wurst um ein rundes Becken von Weißblech, je nachdem der Wurstmacher große Löffel voll aus dem Inhalte des Kessels in den Trichter goß. Schwarz und dampfend floß die Suppe hindurch und blähte allmählich den Darm, der gefüllt, in weichen Krümmungen hinabfiel. Nachdem Quenu den Kessel vom Feuer abgehoben hatte, erschienen sie beide – der Bursche Léon mit seinem schmalen Profil und er mit seinem breiten Gesichte – in der flammenden Helle des Ofens, die ihre blanken Gesichter und ihre weißen Gewänder mit einer lebhaften Röte überzog.

Lisa und Augustine interessierten sich für diese Beschäftigung, besonders Lisa, die jetzt ihrerseits Léon ausschalt, weil er mit den Fingern zu stark den Darm einkniff, wodurch Knoten entstünden, wie sie sagte. Als die Wurst zugebunden war, ließ er sie langsam in einen Kessel voll siedenden Wassers gleiten. Er atmete jetzt froh auf; er hatte jetzt nichts mehr zu tun, als die Wurst ruhig kochen zu lassen.

Und der Mann, der Mann? murmelte die kleine Pauline, die schläfrigen Augen öffnend und erstaunt, den Vetter nicht mehr sprechen zu hören.

Florent wiegte sie auf seinem Knie, verlangsamte noch seine Erzählung, flüsterte sie wie ein Ammenlied.

Der Mann, sagte er, kam in eine große Stadt. Man hielt ihn anfänglich für einen flüchtigen Sträfling; er wurde mehrere Monate im Gefängnis behalten ... Dann ließ man ihn wieder frei. Er warf sich nun auf verschiedene Beschäftigungen, auf die Buchführung, auf den Unterricht von Kindern; eines Tages verdang er sich sogar als Tagelöhner bei Erdarbeiten ... Der Mann träumte immer davon, in sein Vaterland zurückzukehren. Er hatte das hiezu nötige Geld erspart, als er das gelbe Fieber bekam. Man hielt ihn für tot und teilte sich in seine Kleidungsstücke; als er endlich genas, fand er nicht ein Hemd mehr. Es galt von vorne zu beginnen. Der Mann war sehr krank. Er fürchtete, in fremden Landen zugrunde zu gehen. Endlich konnte er fort; der Mann kam zurück.

Die Stimme hatte sich immer mehr gedämpft und erstarb schließlich in einem letzten Zittern der Lippen. Die kleine Pauline schlief, durch den Schluß der Geschichte eingeschläfert, das Köpfchen auf die Schulter des Vetters geneigt. Er stützte sie mit dem Arme und wiegte sie sanft, kaum wahrnehmbar mit dem Knie. Und da man nicht weiter auf ihn achtete, blieb er regungslos mit dem schlafenden Kinde.

Jetzt kam der Meisterschuß, wie Quenu sich ausdrückte. Er zog die Wurst aus dem Kessel. Um die einzelnen Stücke nicht zu verwickeln und nicht platzen zu lassen, faßte er sie mit einem Stabe an, rollte sie auf, trug sie in den Hof hinaus, wo sie rasch trocknen mußten. Léon half ihm dabei, hielt die allzu langen Stücke. Diese Wurstkränze, die dampfend durch die Küche zogen, ließen starken Rauchqualm zurück, der die Luft vollends verdichtete. August warf einen letzten Blick auf das schmelzende Fett; er hatte die Deckel von den zwei Kesseln abgehoben, in denen das Schmalz brodelte und aus jeder platzenden Blase einen scharf riechenden Dampf entsandte. Seit dem Beginn der Abendarbeit war der fette Dampf emporgestiegen; jetzt hüllte er das Gas ein, erfüllte den Raum, drang überall ein, tauchte die rötlich weißen Gestalten Quenus und der zwei Gehilfen in einen Nebel. Lisa und Augustine hatten sich erhoben. Alle schnauften, als ob sie zuviel gegessen hätten.

Augustine trug auf ihren Armen die schlafende Pauline hinauf. Quenu, der am liebsten selbst die Küche sperrte, schickte August und Léon schlafen, indem er ihnen sagte, er werde allein die Wurst hereinschaffen. Der Lehrling war sehr rot, als er hinaufging; er hatte ein Stück Wurst, das fast einen Meter lang war, unter dem Hemde verborgen, und die heiße Wurst röstete ihm schier die Haut. Das Ehepaar Quenu und Florent, die jetzt allein waren, beobachteten Stillschweigen. Lisa stand aufrecht und aß ein Endchen heißer Wurst; sie machte ganz kleine Bissen und zog die Lippen weg, um sie nicht zu verbrennen; so verschwand das schwarze Stückchen Wurst allmählich in ihrem roten Munde.

Jetzt klopfte man draußen an die Haustüre und Gavard trat ein. Jeden Abend blieb er bis Mitternacht bei Herrn Lebigre. Er kam, um wegen der Aufseherstelle eine endgültige Antwort zu bekommen.

Sie begreifen, erklärte er, Herr Verlaque kann nicht länger warten, er ist wahrhaftig zu krank ... Florent muß sich entscheiden. Ich habe versprochen, morgen eine Antwort zu bringen.

Florent nimmt an, erwiderte Lisa ruhig, indem sie neuerlich in die Wurst biß.

Florent, der in seltsamer Niedergeschlagenheit auf seinem Sessel sitzen geblieben war, versuchte vergebens aufzustehen und Einsprache zu erheben.

Nein, nein, sagte die Metzgerin, die Sache ist abgemacht. Sie haben genug gelitten, mein lieber Florent. Was Sie soeben erzählten, ist entsetzlich. Es ist an der Zeit, daß Sie in ordentliche Verhältnisse kommen. Sie gehören einer ehrenwerten Familie an, Sie haben eine Erziehung genossen, und es schickt sich wahrhaftig nicht, als Bettler sich auf den Landstraßen herumzutreiben ... In Ihrem Alter sind Kindereien nicht mehr erlaubt ... Sie haben Torheiten begangen ... man vergißt und verzeiht sie Ihnen. Sie kehren in Ihre Gesellschaftsklasse, in die Klasse der anständigen Leute zurück und führen endlich eine Lebensweise, wie alle Welt sie führt.

Florent hörte ihr erstaunt zu und wußte kein Wort zu sagen. Sie hatte ohne Zweifel recht. Sie war so gesund, so ruhig, daß sie unmöglich das Schlechte wollen konnte. Er, der Magere mit dem schwarzen, verdächtigen Gesichte, mußte der Schlechte sein und an Dinge denken, die er nicht eingestehen konnte. Er begriff nicht, weshalb er bisher Widerstand geleistet hatte.

Doch sie fuhr mit einem reichlichen Aufwande von Worten fort, schalt ihn aus wie einen schlimmen Jungen, der einen bösen Streich gemacht hat und dem man mit den Gendarmen droht. Dabei schlug sie einen sehr mütterlichen Ton an und fand sehr überzeugende Gründe. Zum Schlusse sagte sie:

Tun Sie es unserthalben, Florent. Wir haben im Stadtviertel eine gewisse Stellung, die uns zu vielen Rücksichten nötigt. Unter uns: ich fürchte, es kann allerlei Gerede geben. Dieses Amt wird alles gutmachen; Sie werden jemand sein; ja, Sie werden uns sogar Ehre machen.

Sie ward einschmeichelnd. Florent fühlte sich von einer gewissen Fülle überwältigt; er war gleichsam durchdrungen von jenem Küchengeruch, der ihn nährte mit all der Nahrung, von der die Luft hier gesättigt war; er glitt zur behaglichen Feigheit des unablässigen Verdauens, der satten Umgebung herab, in der er seit zwei Wochen lebte. Er fühlte auf der Haut ordentlich das Prickeln des beginnenden Fetts, eine allmähliche Besitznahme seines ganzen Wesens, ein weichliches, krämerhaftes Behagen. Zu dieser vorgerückten Nachtstunde, in der Hitze der Küche, zerfloß alle seine Herbheit, schmolz sein ganzer Wille dahin; er fühlte sich dermaßen ermattet von diesem ruhigen, friedlichen Abend, von den Gerüchen der Würste und des Fetts, von der dicken Pauline, die auf seinen Knien schlief, daß er sich bei dem Wunsche ertappte, noch mehr solche Abende, zahllose solche Abende zu erleben, die ihn fett machen würden. Doch die Katze Mouton hauptsächlich bestimmte ihn zu einer Entscheidung. Sie lag jetzt in tiefem Schlafe, mit dem Bauche nach oben gekehrt, ein Pfötchen unter der Nase, der Schweif zwischen den Seiten eingerollt, wie um dem Tiere als Polster zu dienen und sie schlief mit einem solchen Katzenbehagen, daß Florent, sie betrachtend, flüsterte:

Nein, es ist wirklich zu dumm ... Ich nehme an ... Gavard, sagen Sie, daß ich annehme.

Lisa aß jetzt das letzte Restchen der Wurst und trocknete sich dann die Finger an einem Zipfel ihrer Schürze. Sie wollte die Kerze für ihren Schwager anzünden, während Gavard und Quenu ihn zu seinem Entschlusse beglückwünschten. Es mußte schließlich ein Ende gemacht werden; von den Wagnissen der Politik kann man nicht leben. Lisa stand mit der angezündeten Kerze dabei und betrachtete Florent mit zufriedener Miene.

Drittes Kapitel

Drei Tage später waren alle Formalitäten erledigt; die Polizei nahm Florent aus den Händen des Herrn Verlaque mit geschlossenen Augen als einfachen Stellvertreter entgegen; überdies hatte Gavard eingewilligt, die beiden zu begleiten. Als er mit Florent auf dem Bürgersteige wieder allein war, stieß er ihn lachend in die Seite und zwinkerte verschmitzt mit den Augen. Die, denen er auf dem Uhrendamme begegnete, schienen ihm ohne Zweifel sehr lächerlich; denn als er an ihnen vorbeikam, zog er ein wenig die Schultern in die Höhe und spitzte die Lippen wie einer, der sich Gewalt antun muß, um den Leuten nicht ins Gesicht zu lachen.

Am folgenden Tage begann Herr Verlaque, den neuen Aufseher mit dem Dienste vertraut zu machen. Einige Tage hindurch mußte er ihm als Führer durch diese geräuschvolle Welt dienen, die er künftig überwachen sollte. Der arme Verlaque, wie Gavard ihn nannte, war ein blasses, hustendes Männchen, das, eingehüllt in Flanell und Halstücher, in der kühlen Luft und der Nässe der Fischabteilung mit den mageren Beinen eines kranken Kindes umherging.

Als Florent am ersten Morgen um sieben Uhr in den Hallen eintraf, fühlte er sich da wie verloren, und es wollte ihm schier der Kopf zerspringen. Um die neun Bänke der Ausrufshalle drängten sich die Wiederverkäuferinnen, während die Beamten mit ihren Büchern ankamen und die Agenten der Spediteure mit ihren über die Schulter gehängten Ledertaschen auf umgestürzten Stühlen vor den Verkaufspulten saßen und der Einnahme harrten. Innerhalb des Gitters, das die Verkaufsbänke umgab, und auch auf den Fußwegen wurden die Seefische abgeladen und ausgepackt. Es war längs der Quadern ein Anhäufen von kleinen Körben, ein unaufhörliches Abladen von Kisten, großen Körben und aufgeschichteten Miesmuschelsäcken, aus denen das Wasser hervorrann. Die Zahlmeister hatten alle Hände voll zu tun, setzten über die verschiedenen Haufen hinweg, rissen mit einem Handgriff das Stroh von den Körben, entleerten diese und warfen sie flink beiseite; mit einer einzigen Handbewegung verteilten sie die Haufen auf den breiten, runden Körben und gaben ihnen ein gefälliges Aussehen. Als die Körbe sich immer mehr ausbreiteten, mochte Florent glauben, eine Fischbank sei an diesem Fußweg gescheitert, und diese Tiere mit ihrem rosigen Perlmutterschimmer, ihrem Korallenrot, ihrem Perlenweiß hätten alle Farben des grünen Ozeans hierher geschwemmt.

Die tiefen Seeschilfe, wo das geheimnisvolle Leben der Meerestiefen schlummert, hatten bunt durcheinander, wie gerade der Zug ausfiel, alles geliefert: die Stockfische, die Rundfische, die Plattfische, die Schollen, gewöhnliche Tiere, schmutziggrau, weißlich gefleckt; die Meeraale, diese dicken, sumpfblauen Schlangen mit winzigen schwarzen Äuglein, dermaßen glatt und schlüpfrig, daß sie noch lebend herumzukriechen scheinen, die breiten Rochen, mit bleichem, zartrot eingesäumtem Bauche, deren prächtige Rücken, mit den vorspringenden Knoten, sich bis zu den straff gespreizten Flossen mit roten, von bronzefarbenen Strichen durchzogenen Flecken, mit der dunkelen Scheckigkeit der Kröte und der Giftpflanzen marmorieren; die Seehunde, scheußlich mit ihren runden Köpfen, ihren – gleich den chinesischen Götzenbildern – breit gespaltenen Mäulern, ihren fledermausartigen, kurzen Flügeln, wahre Ungeheuer, die mit ihrem Gebell die Schätze der unterseeischen Grotten zu bewachen scheinen. Dann kamen die schönen Fische einzeln, je einer auf jedem Korbe von Weidengeflecht; die silberschimmernden gestreiften Salme, deren Schuppen wie in glänzendem Metall gemeißelt scheinen; die Meeräschen, mit stärkeren Schuppen von gröberer Zeichnung, die großen Steinbutte von engem, milchweißem Korn; die Tunfische, glatt und blank, Säcken von schwärzlichem Leder gleichend; die runden Barben, die einen ungeheueren Rachen aufreißen; dann auf allen Seiten viele Seezungen paarweise, grau und blond; die dünnen, steifen Sandaale glichen Abschnitzeln von Zinn; die leicht gekrümmten Heringe zeigten alle auf ihrem zarten Kleide den roten Schnitt ihrer Kiemen; die fetten Goldfische hatten einen Stich ins Karminrote, während die goldig schimmernden Makrelen, der Rücken von grünbraunen Streifen durchzogen, die Perlmutterfarbe ihrer Seiten schillern ließen, und die roten, weißbäuchigen Seehähne mit ihren nach dem Mittelpunkte des Korbes geordneten Köpfen und ihren glänzenden Schwänzen an seltsame Blumen, geschmückt mit Perlweiß und lebhaftem Rot, erinnerten. Es gab ferner Rotfedern, die ein köstliches, rotes Fleisch haben, Körbe voll Weichfische, die in allen Farben des Opals schimmern, Körbe voll Spieringe, kleinen, schmucken Veilchenkörben gleichend; Körbe voll roter Krabben und grauer Krabben mit ihren Tausenden von Äuglein, die kleinen Stecknadelköpfen von Gagat glichen; stachelige Heuschreckenkrebse und schwarzgefleckte Hummern, die noch lebend auf ihren gegliederten Füßen sich fortschleppten.

Florent hatte nur ein zerstreutes Ohr für die Erklärungen des Herrn Verlaque. Ein breiter Sonnenstrahl, der durch das hohe Glasdach des gedeckten Ganges hereinfiel, entzündete diese prächtigen, von den Meereswogen gereinigten und gedämpften Farben, in Regenbogenfarben sich auflösend und verschmelzend in den Fleischtönen der Muscheln, der Opalfarbe der Weichfische, der Perlmutterfarbe der Makrelen, der Goldfarbe der Rotfedern, das dünne Kleid der Heringe, den großen Silberstücken der Salme. Es war, als seien die Schmuckkästchen einer Prinzessin des Meeres auf dem Festlande ausgeleert worden; unerhörte, seltsame Geschmeide, eine Anhäufung von ungeheuerlichen Hals- und Armbändern, von riesigen Brustnadeln, von barbarischen Schmuckgegenständen, deren Gebrauch unerfindlich war. Auf dem Rücken der Rochen und Seehunde saßen große, dunkle, violett und grünlich schimmernde Steine in einer Fassung von schwärzlichem Metall; und die dünnen Stänglein der Sandaale, die Schwänze und Flossen der Spieringe hatten die zarte Zeichnung feiner Juwelen.

Florent fühlte, wie ein frischer Hauch, ein Seewind ihm ins Gesicht wehte, den er an seinem herben, salzigen Geruch erkannte. Er erinnerte sich der Küste von Guyana aus der schönen Zeit der Überfahrt. Er glaubte eine Bucht vor sich zu haben, wenn das Wasser zurücktritt und der Seeschilf in der Sonne dampft; die bloßgelegten Felsen trocknen, der Dünensand haucht einen scharfen Geruch von Meerwasser aus. Die Fische um ihn her waren ganz frisch und verbreiteten jenen guten, etwas scharfen Geruch, der dem Appetit leicht gefährlich wird.

Herr Verlaque hustete jetzt. Die Feuchtigkeit durchdrang ihn und er zog das Halstuch enger um Mund und Nase.

Wir wollen jetzt zu den Süßwasserfischen hinüber, sagte er.

Hier, auf der Seite des Früchtepavillons, als letzte nach der Rambuteau-Straße gelegen, stand die Ausruferbank, umgeben von zwei kreisförmigen Fischbehältern, die durch gußeiserne Gitter in Fächer abgeteilt sind.

Kupferhähne in der Form von Schwanenhälsen versorgen die Fischbehälter mit frischem Wasser. In jedem Behälter ist ein kunterbuntes Gewühl von Krebsen, von Karpfen mit schwärzlichem Rücken, von Aalen, die sich unaufhörlich entrollen und wieder zu Knoten einrollen. Herr Verlaque ward wieder von einem hartnäckigen Hustenanfall gepackt; die Feuchtigkeit war jetzt noch unleidlicher geworden; es war ein weicher Flußgeruch, der Geruch eines Wassers, das träge am Ufersande liegt.

Der Markt war mit Krebsen aus Deutschland, die in Kisten und Körben verpackt kamen, diesen Morgen sehr stark beschickt. Auch weiße Fische aus Holland und England waren in großer Menge da. Man packte die braunroten Rheinkarpfen aus, die so schön sind mit ihren metallisch glänzenden roten Flecken, und deren Schuppenschilder Emailflächen mit Bronzierung und Fachwerkverzierung gleichen; dann die großen Hechte, die ihre wilden Schnäbel vorstrecken, diese rohen, eisengrauen Wasserräuber; die schönen, dunkelfarbigen Schleien, die grünlichgrau geflecktem Kupfer gleichen. Inmitten dieser dunkleren Farben zeigen die mit Gründlingen und Barschen gefüllten Körbe, die Forellenladungen, die Haufen von gemeinen Weißbarschen, von Plattfischen, die mit dem Wurfnetz gefangen werden, hellweiße Flecke, stahlblaue Rücken, deren dunkle Farbe sich abwärts nach dem Bauche hin allmählich abtönt; dicke, schneeweiße Bartfische waren der helle Lichtton in diesem Stück toter Natur. In die Behälter wurden ganze Säcke junger Karpfen ausgeleert; die Karpfen überschlugen sich, lagen einen Augenblick platt da und schossen dann davon. Körbe voll kleiner Aale wurden mit einem Stoß geleert; sie fielen in den Behälter wie ein Schlangenknoten, während die größeren, die die Dicke eines Kinderarmes hatten, den Kopf erhoben und mit der Geschmeidigkeit der Schlangen, die in einem Gebüsch verschwinden, in das Wasser glitten. Auf dem schmutzigen Weidengeflecht der Körbe lagen Fische im langsamen Absterben seit dem Morgen, mitten in dem Geräusche der Ausrufer; alle drei Sekunden sperrten sie die Mäuler weit auf, wie um die Feuchtigkeit der Luft zu trinken.

Inzwischen hatte Herr Verlaque Florent zu den Seefischbänken zurückgeführt. Er geleitete ihn überall umher und gab ihm sehr verwickelte Erklärungen. An den drei inneren Seiten des Pavillons rings um die neun Tische standen sehr viele Leute, ein Gewühl von Köpfen, überragt von den Beamten, die auf hohen Sesseln saßen und in Registerbücher Eintragungen machten.

Wie? fragte Florent, alle diese sind Beamte der Geschäftsführer?

Herr Verlaque machte mit ihm auf dem Fußweg die Runde um den Pavillon und führte ihn in den Raum innerhalb der Einfriedung einer Ausruferbank. Er erklärte ihm die Einrichtung der Fischbehälter und des Personals an dem großen, gelb gestrichenen Pulte, das völlig bespritzt war und einen üblen Fischgeruch hatte. Ganz oben in einer mit Glaswänden versehenen Zelle, saß der Beamte der städtischen Abgaben und verzeichnete die Verkaufsziffern. Weiter unten saßen auf erhöhten Sesseln, die Fäuste auf schmale Pulte stützend, zwei Frauen, die für Rechnung des Geschäftsführers die Verkaufstabellen führten. Die Bank ist doppelt; auf jeder Seite stellte, an einem Ende des steinernen Tisches, der vor dem Pulte steht, der Ausrufer die Körbe hin und rief den Preis der Partien oder der einzelnen großen Stücke aus, während die unter ihm sitzende Inhaberin der Verkaufstabelle mit der Feder in der Hand wartete, bis die Partie einem Ersteher zugeschlagen war. Er zeigte ihm auch außerhalb der Einfriedung gegenüber in einer anderen, gelb gestrichenen Zelle die Kassiererin, eine alte, dicke Frau, die Stöße von Sous- und Fünffrankenstücken nebeneinander ordnete.

Es gibt zwei Kontrollen, sagte er; die der Seineverwaltung und die der Polizeiverwaltung. Die letztere, die die Geschäftsführer ernennt, behauptet, daß sie diese zu überwachen habe. Die Stadtverwaltung ihrerseits entsendet ebenfalls einen Beamten, weil sie von den Verkäufen eine Abgabe einhebt.

Mit seiner dünnen, kühlen Stimme schilderte er den ewigen Hader zwischen den zwei Verwaltungen. Florent hörte ihn kaum. Er sah die Tabellenführerin an, die ihm gegenüber auf einem der hohen Sessel saß. Es war ein großes, braunes Mädchen von dreißig Jahren mit großen, schwarzen Augen und sehr würdigem Aussehen; sie schrieb mit ausgestreckten Fingern wie ein Fräulein, das Unterricht genossen hat.

Doch seine Aufmerksamkeit ward jetzt durch das Geschrei des Ausrufers abgelenkt, der einen prächtigen Steinbutt zur Versteigerung brachte.

Dreißig Franken, wer kauft? rief er. Dreißig Franken!

Er wiederholte diese Ziffer in allen Tonarten, eine seltsame Tonleiter voll überraschender Stimmkünste erklimmend. Er war höckerig, hatte ein verzogenes Gesicht, struppiges Haar und trug eine große, blaue Vollschürze. Mit ausgestrecktem Arm und funkensprühenden Augen schrie er: Einunddreißig! zweiunddreißig! dreiunddreißig! dreiunddreißig fünfzig! ... dreiunddreißig fünfzig! ...

Er holte Atem, wies den Korb herum, schob ihn auf dem steinernen Tische bis an den Rand heran, während die Fischhändlerinnen sich vorneigten und den Steinbutt leicht mit dem Finger antippten. Dann begann er mit frischer Kraft zu schreien, warf jedem Mitbietenden mit einer Handbewegung eine Ziffer hin, fing den leisesten Wink auf, erhobene Finger, ein Zusammenziehen der Augenbrauen, ein Spitzen der Lippen, ein Blinzeln mit den Augen; und alles mit einer solchen Raschheit, einem so schnellen Hervorstoßen der Angebote, daß Florent, der ihm nicht zu folgen vermochte, ganz fassungslos dastand, als der Bucklige in singendem Tone, wie ein Kirchensänger, der einen Vers beschließt, sich vernehmen ließ:

Zweiundvierzig Franken! ... zweiundvierzig Franken der Steinbutt! ...

Die schöne Normännin hatte das letzte Gebot gemacht. Florent erkannte sie in der Reihe der Fischhändlerinnen, die an dem Eisengitter standen, das den Ausrufplatz umgab. Der Morgen war kühl; man sah da eine ganze Reihe von Pelzkragen, eine Schaustellung von großen, weißen Schürzen, die die Rundungen riesiger Bäuche, Brüste und Schultern bedeckten. Mit hochgestecktem, reichlich gekräuseltem Haarzopf und zarter, weißer Haut zeigte die schöne Normännin ihre breite Spitzenbusenschleife inmitten der sie umgebenden, mit Seidentüchern bedeckten Krausköpfe, roter Trinkernasen, unverschämt geschlitzter Mäuler, verwitterter Gesichter, die zerbrochenen Töpfen glichen. Auch sie erkannte den Vetter der Madame Quenu und war dermaßen überrascht, ihn hier zu sehen, daß sie darüber mit ihren Nachbarinnen zu zischeln begann.

Der Lärm der Stimmen wuchs dermaßen an, daß Herr Verlaque auf seine Erläuterungen verzichten mußte. Auf den Quadern boten Männer die großen Fische zum Verkauf aus, mit langgedehnten Rufen, die aus riesigen Sprachrohren hervorzudringen schienen; besonders einer stieß sein: „Miesmuscheln! kauft Miesmuscheln!“ mit einem heiseren Gebrüll hervor, daß die Dächer der Hallen davon erzitterten. Aus den umgestürzten Säcken rannen die Miesmuscheln in die Körbe; andere wurden mit der Schaufel geleert. In schier endloser Reihe zogen die Körbe vorüber, angefüllt mit Rochen, Seezungen, Makrelen, Meeraalen, Salmen, die von den Zahlmeistern herbei- und weggetragen wurden inmitten des wachsenden Getöses und des Gedränges der Fischhändlerinnen, die schier das Gitter eindrückten. Der bucklige Ausrufer fuchtelte feuereifrig mit den mageren Armen in der Luft und streckte die Kinnbacken vor. Schließlich stellte er sich noch auf einen Schemel, gleichsam gepeitscht durch die Ziffern, die er im Fluge hinausschrie, mit verzerrtem Mund, gesträubtem Haar, und seinem ausgetrockneten Schlunde nur mehr ein kaum verständliches Pfeifen entlockend. Oben saß der Beamte der städtischen Abgaben, ein kleiner Greis, völlig eingehüllt in einen Kragen von falschem Astrachan; man sah von ihm nichts als die Nase unter dem schwarzen Samtkäppchen. Die große, braune Tabellenführerin auf ihrem hohen, hölzernen Sessel schrieb gleichmütig, ruhigen Blickes, mit ihrem von der Kälte ein wenig geröteten Antlitz, ohne auch nur mit einer Wimper zu zucken, bei dem Ausrufen der krächzenden Stimme des Buckligen, die längs ihrer Röcke zu ihr empordrang.

Dieser Logre ist herrlich, murmelte Herr Verlaque lächelnd. Es ist der beste Ausrufer auf dem Markte ... Er würde Stiefelsohlen für Seezungen verkaufen.

Er kehrte mit Florent zu dem Pavillon zurück. Als sie wieder an der Ausruferbank der Süßwasserfische vorbeikamen, wo es weit stiller herging, machte Herr Verlaque die Bemerkung, der Handel mit Süßwasserfischen gehe abwärts, und die Flußfischerei in Frankreich habe schlimme Aussichten. Ein Ausrufer, blond, mit verschmitzter Miene, bot mit eintöniger Stimme ohne die mindeste Gebärde die Häufchen Aale und Krebse aus, während die Zahlmeister mit ihren kurzstieligen Netzen die Fische aus den Behältern holten.

Um die Verkaufsstände sammelten sich immer mehr Menschen an. Herr Verlaque füllte sehr gewissenhaft seine Unterweiserrolle aus, bahnte sich mit Hilfe seiner Ellenbogen einen Weg durch die Menge und führte seinen Nachfolger herum, wo die Käufer am dichtesten standen. Die großen Händlerinnen warteten ruhig auf die schönen Stücke und beluden ihre Träger mit Tunfischen, Steinbutten, Salinen. Die Straßenverkäuferinnen saßen am Boden und teilten sich die Körbe voll Heringe und Schollen, die sie gemeinsam erstanden hatten. Es waren auch Bürger da, Rentiers aus fernen Stadtvierteln, die schon um vier Uhr morgens gekommen waren, um einen frischen Fisch zu kaufen und sich schließlich eine große Partie zuschlagen ließen, für vierzig bis fünfzig Franken Seefische, die sie dann an ihre Bekannten abließen, womit sie den ganzen Tag zubrachten. Von Zeit zu Zeit kam ein heftiger Stoß, der eine Bresche in die dichtgekeilte Menge legte. Eine Fischhändlerin, die eingezwängt war, machte sich mit erhobenen Fäusten und einer Flut von Schimpfworten Luft. Dann schlossen die Leute wieder enger zusammen, daß sie förmliche Mauern bildeten. Florent, dem in dem Gedränge schier der Atem verging, erklärte, er habe genug gesehen und alles begriffen.

Als Herr Verlaque ihm behilflich war, aus dem Gewühl loszukommen, befanden die beiden sich plötzlich vor der schönen Normännin. Sie pflanzte sich einen Augenblick vor ihnen auf und sagte in ihrer hochfahrenden Art:

Also ist's entschieden, Herr Verlaque, Sie verlassen uns?

Ja, ja, erwiderte das Männlein. Ich will auf dem Lande in Clamart ausruhen. Der Fischgeruch ist mir abträglich ... Dieser Herr wird mich ersetzen.

Er hatte sich umgewandt und zeigte auf Florent. Die schöne Normännin war sprachlos. Als Florent sich entfernte, glaubte er zu hören, wie sie einer ihrer Nachbarinnen kichernd zuflüsterte:

Wir werden mit dem unseren Spaß haben!

Die Fischhändlerinnen schickten sich an, ihre Ware auszulegen. Über all den marmorglatten Steinbänken waren die Leitungshähne geöffnet und spien Wasser. Es war ein lautes Klatschen und Plätschern wie bei einem Platzregen; vom Rande der schief gestellten Bänke rann das Wasser in die Gänge, wo kleine Rinnen liefen, füllte da und dort eine Aushöhlung im Estrich, lief in tausend Abzweigungen weiter in immer mehr abschüssiger Bahn nach der Rambuteau-Straße. Ein feuchter Dunst stieg auf, ein feiner Staubregen, der Florent jenen frischen Hauch ins Gesicht wehte, jenen Seewind, den er an seinem herben und salzigen Geruch wiedererkannte, während er in den ersten Fischen, die ausgelegt wurden, die rosige Perlmutterfarbe, das Rot der Korallen, das Milchweiß der Perlen, alle die wässerigen und blaßgrünen Farben des Ozeans wiederfand.

Dieser erste Vormittag machte ihn sehr wankend. Er bedauerte, Lisa nachgegeben zu haben. Als er am nächsten Tage sich der einschläfernden, verweichlichenden Luft der Küche entzogen hatte, machte er sich wegen seiner Feigheit dermaßen heftige Vorwürfe, daß ihm schier die Tränen in die Augen traten. Aber er wagte es nicht, sein Wort zurückzunehmen; er hatte ein wenig Furcht vor Lisa, vor der Unmutsfalte ihrer Lippen und dem stummen Vorwurf ihres schönen Gesichtes. Er betrachtete sie als eine Frau, die zu ernst und zu zufrieden war, um durch Widerspruch gereizt zu werden. Glücklicherweise gab Gavard ihm einen Gedanken ein, der ihn tröstete. Am Abende des Tages, an dem Verlaque Florent bei den Ausruferbänken herumgeführt hatte, nahm Gavard ihn beiseite und erklärte ihm in seiner vorsichtigen Art, der „arme Teufel" sei recht unglücklich. Nach verschiedenen Bemerkungen über die lumpige Regierung, die ihre Beamten darben lasse, entschloß er sich, ihm zu verstehen zu geben, daß es mildherzig von ihm gehandelt sei, wenn er einen Teil seines Gehaltes jenem überlasse. Florent nahm diesen Gedanken freudig auf. Es war nur zu gerecht; er betrachtete sich als den zeitweiligen Stellvertreter des Herrn Verlaque; übrigens brauchte er ja nichts, da er bei seinem Bruder Verpflegung und Wohnung hatte. Gavard fügte hinzu, daß es ganz hübsch sei, wenn er von seinen monatlichen hundertundfünfzig Franken dem Verlaque fünfzig überlasse; mit gedämpfter Stimme machte er ihm begreiflich, daß es ohnehin nicht lange dauern werde, da der Unglückliche bis an die Knochen brustkrank sei. Sie einigten sich dahin, daß Florent die Frau aufsuche und sich mit ihr verständige, um den Gatten nicht zu verletzen. Diese gute Tat erleichterte ihn; er nahm jetzt das Amt mit einem Gedanken der Aufopferung an und blieb in der Rolle seines Lebens. Aber er nahm dem Geflügelhändler einen Eid darauf ab, niemandem ein Wort von dieser Abmachung zu sagen. Da auch Gavard einigermaßen Furcht vor Lisa hatte, bewahrte er das Geheimnis, was er sich als ein hohes Verdienst anrechnete.

Jetzt herrschte volle Zufriedenheit im Hause des Metzgers. Die schöne Lisa zeigte sich ihrem Schwager gegenüber sehr freundlich; sie schickte ihn früh zu Bette, damit er früh aufstehen könne; sie hielt ihm sein Frühstück warm; sie schämte sich nicht mehr, mit ihm auf dem Fußweg zu plaudern, trug er doch jetzt eine goldverschnürte Kappe. Erfreut über diese angenehme Gestaltung der Dinge setzte sich Quenu des Abends fröhlicher denn je zwischen seinem Bruder und seiner Frau zu Tische. Das Essen währte manchmal bis neun Uhr; inzwischen blieb Augustine im Laden. Man gönnte sich eine lange Verdauung und vertrieb sich die Zeit mit allerlei Tratsch aus dem Stadtviertel und mit den selbstbewußten Äußerungen Lisas über Politik. Florent mußte erzählen, wie es auf dem Fischmarkte zugegangen. Er ergab sich allmählich und fand schließlich sogar ein gewisses Behagen in dieser geregelten Lebensweise. Das hellgelbe Eßzimmer hatte eine spießbürgerliche Reinlichkeit und Wärme, die ihn schon auf der Schwelle gefangen nahmen. Die Sorgfalt der schönen Lisa umgab ihn gleichsam mit einem warmen Flaum, in den alle seine Glieder versanken. Es herrschte volles Einvernehmen und gegenseitige Achtung in der Familie.

Gavard fand jedoch die Häuslichkeit der Quenu-Gradelle zu schläfrig. Er verzieh Lisa ihre Vorliebe für den Kaiser, weil man – wie er sagte – mit Frauen niemals von Politik reden soll, und weil die schöne Wursthändlerin schließlich eine sehr achtbare Frau war, die ihr Geschäft sehr schön betrieb. Allein es entsprach seinem Geschmack mehr, die Abende bei Herrn Lebigre zuzubringen, wo er eine kleine Gruppe von Freunden traf, die seine Ansichten teilten. Als Florent zum Aufseher in der Abteilung für Seefische ernannt worden, nahm er ihn in die Gesellschaft mit und überredete ihn, ein Junggesellenleben zu führen, da er nunmehr eine Stelle habe.

Herr Lebigre hielt eine sehr schöne Trinkstube, mit modernstem Luxus eingerichtet. Bog man rechts von der Pirouette-Straße ein, wo vier Zwergkiefern standen, die in grün gestrichenen Kübeln saßen, so bildete das Lokal ein würdiges Gegenstück zu dem großen Wurstladen der Quenu-Gradelle. Die hellen Spiegelscheiben gestatteten einen Einblick in den Saal, der mit Laubgewinde, Weinranken und Trauben auf zartgrünem Grunde verziert war. Der Fußboden war mit großen schwarz-weißen Quadern belegt. Im Hintergrunde gähnte der Abstieg zum Keller unter der mit einem roten Teppich belegten Wendeltreppe, die in den ersten Stock führte, wo das Billard stand. Das an der rechtsseitigen Wand stehende Zahlpult war sehr prunkvoll mit seinem breiten Widerschein von geglättetem Silber. Die Zinkplatte, die als breiter, bauchiger Saum sich über den mit weißen und roten Marmorplatten verzierten Unterbau des Pultes legte, umgab dieses gleichsam mit einer Metalldecke, daß es einem mit gestickten Tüchern bedeckten Hauptaltar glich. An einem Ende des Pultes schlummerten auf dem Gasofen die mit Kupferringen umgebenen Porzellanteekessel für Glühwein und Punsch; am anderen Ende war ein sehr hoher, reich verzierter Springbrunnen aus Marmor, aus dem unaufhörlich, fast unbeweglich scheinend, ein Wasserfaden in ein Becken floß; in der Mitte der Platte befand sich ein Becken zum Einkühlen und zum Spülen der Gläser und Flaschen; hier standen die angebrochenen Flaschen mit ihren grünlich schimmernden Hälsen. Ein Heer von Gläsern, in Reihen geordnet, nahm die beiden Seiten ein; kleine Gläschen, für Branntwein bestimmt; die dicken Becher für den Stehtrunk, die Becher für Fruchtsäfte, Absinthgläser, Schoppen, große Stengelgläser, alle umgestürzt, mit dem Boden nach oben, in ihrer Blässe den Schimmer der Platte widerspiegelnd. Links fand sich eine Urne von Neusilber, die auf einem Fuße saß; sie diente als Sammelkasten; rechts starrte eine ähnliche Urne von fächerartig geordneten kleinen Löffeln.

Gewöhnlich thronte Herr Lebigre hinter dem Pulte auf einem mit rotem Leder gepolsterten Bänkchen. So hatte er die Liköre bei der Hand, die Fläschchen von geschliffenem Kristall, die zur Hälfte in den Höhlungen einer Konsole saßen. Sein runder Rücken lehnte an einen riesigen Spiegel, der das ganze Wandfeld einnahm, durchzogen von zwei quer liegenden Glasplatten, auf denen Flaschen und Becher aufgereiht standen. Auf der einen zeigten die Fruchtsäfte, Kirschen, Pflaumen- und Pfirsichsaft ihre dunklen Farben; auf der andern standen zwischen gleichmäßig geordneten Zwiebackpaketen die helleren Flaschen, die mit ihrem Zartgrün, Zartrot, Zartgelb an unbekannte Liköre, an Blumensäfte von köstlicher Durchsichtigkeit denken ließen. Es schien, als hingen diese Flaschen in der Luft, schimmernd und gleichsam von der großen, weißen Helle des Spiegels durchleuchtet.

Um seinem Lokal das Aussehen eines Kaffeehauses zu geben, hatte Herr Lebigre gegenüber dem Zahlpulte an der Wand zwei Tischchen von gefirnistem Eisenblech und vier Sessel aufstellen lassen. Ein fünfarmiger Kronleuchter mit Kugeln von mattem Glase hing von der Saaldecke herab; links hing oberhalb des in der Mauer angebrachten Schubfensters eine ganz vergoldete Wanduhr. Im Hintergrunde lag das Extrazimmer, abgeteilt durch eine Holzwand mit matten Glasscheiben; tagsüber wurde dieser Raum durch ein auf die Pirouette-Straße gehendes Fenster schwach beleuchtet; des Abends brannte daselbst eine Gasflamme über den zwei Tischen, die einen Anstrich von falschem Marmor hatten. Hier versammelten sich Gavard und seine politischen Freunde jeden Abend nach dem Essen. Sie betrachteten sich da wie zu Hause und hatten den Wirt daran gewöhnt, ihnen diese Plätze vorzubehalten. Wenn der letztgekommene die Glastür geschlossen hatte, fühlten sie sich so wohl behütet, daß sie ganz keck von dem „großen Ausfegen" sprachen. Kein anderer Gast würde gewagt haben, hier einzutreten.

Am ersten Tage lieferte Gavard Florent einige Einzelheiten über Herrn Lebigre. Es sei ein wackerer Mann, der zuweilen seinen Kaffee mit ihnen trinke. Vor ihm tue man sich keinen Zwang an, weil er eines Tages erzählte, daß er im Jahre 1848 „mitgetan" habe. Er spreche übrigens wenig und scheine beschränkt zu sein. Im Vorübergehen reiche ihm vor dem Eintritt in das Extrazimmer jeder der Herren stumm die Hand über die Gläser und Flaschen hinweg. Auf dem Bänkchen von rotem Leder saß meistens ein kleines, blondes weibliches Wesen neben ihm, ein Mädchen, das er zur Bedienung am Schankpult angenommen hatte, außer dem Kellner, der mit einer weißen Schürze an den Tischen und am Billard bediente. Sie hieß Rosa und war sehr sanft und ergeben. Gavard erzählte Florent augenzwinkernd, daß Rosa dem Wirt gegenüber die Ergebenheit sehr weit treibe. Übrigens ließen sich die Herren von Rosa bedienen, die inmitten der stürmischsten politischen Erörterungen mit ihrer sanften und zufriedenen Miene aus und ein ging.

An dem Tage, an dem der Geflügelhändler Florent seinen Freunden vorstellte, fanden sie bei ihrem Eintritt in das Extrazimmer daselbst nur einen Herrn von etwa fünfzig Jahren, mit nachdenklicher, ruhiger Miene, mit einem Hut von zweifelhafter Güte und einem kastanienfarbenen Überrocke. Er saß vor einem vollen Bierschoppen, das Kinn auf den Elfenbeinknopf seines Rohrstockes gestützt; sein Gesicht war von einem großen, dichten Barte bedeckt, in dem sich der Mund völlig verlor.

Wie geht's, Robine? fragte ihn Gavard.

Robine streckte stumm die Hand zum Gruße vor, und ein verschwommenes Lächeln gestaltete den Ausdruck seines Gesichtes noch milder; dann stützte er das Kinn wieder auf den Knopf seines Stockes und betrachtete Florent über den Schoppen hinweg. Dieser hatte Gavard schwören lassen, daß er nichts von seiner Geschichte erzählen werde, um alle gefährlichen Fragen zu vermeiden; es mißfiel ihm nicht, einiges Mißtrauen in der vorsichtigen Haltung dieses bärtigen Herrn zu sehen. Allein er täuschte sich. Robine war stets so wortkarg. Er kam stets als erster, Schlag acht Uhr, setzte sich in dieselbe Ecke, ohne den Stock aus der Hand zu geben, ohne Hut und Überrock abzulegen. Noch niemand hatte Robine unbedeckten Hauptes gesehen. Da saß er, den anderen zuhörend, bis Mitternacht; er brauchte vier Stunden, um seinen Schoppen zu leeren, betrachtete nacheinander die Sprechenden, als ob er mit den Augen zugehört habe. Als Florent später Gavard über Robine befragte, schien der Geflügelhändler ihn sehr hoch zu stellen; es sei ein sehr kluger Mann; ohne sagen zu können, wo er Beweise davon geliefert, gab er ihn für einen der gefürchtetsten Widersacher der Regierung aus. Er hatte in der Dionysiusstraße eine Wohnung inne, die niemand betreten durfte. Der Geflügelhändler erzählte jedoch, er sei einmal dort gewesen; die mit Wachs eingelassenen Dielen seien mit Decken von grüner Leinwand belegt, die Möbel seien durch Hüllen geschützt; auf dem Kamin stehe eine Uhr mit Alabastersäulen. Frau Robine, die er von rückwärts, zwischen zwei Türen gesehen zu haben glaubte, mußte eine sehr vornehme Dame sein, die englische Löckchen trug. Letzteres konnte er allerdings nicht mit Bestimmtheit behaupten. Man wußte nicht, weshalb das Ehepaar Robine in diesem geräuschvollen Geschäftsviertel wohnte; der Mann tat absolut nichts, verbrachte seine Tage man wußte nicht wo, lebte man wußte nicht wovon und erschien jeden Abend gleichsam ermüdet und entzückt von einem Ausfluge auf die Höhen der großen Politik.

Nun, haben Sie die Thronrede gelesen? fragte Gavard, indem er nach einem auf dem Tische liegenden Zeitungsblatte griff.

Robine zuckte mit den Achseln. Jetzt erzitterte die Glastür des Verschlages und ein Buckeliger erschien. Florent erkannte den höckerigen Ausrufer; er hatte jetzt gewaschene Hände, war sauber gekleidet und trug ein großes rotes Halstuch, von dem ein Ende auf seinen Höcker niederhing wie der Zipfel eines Radmantels.

Ah, Logre ist da! rief der Geflügelhändler. Er wird uns sagen, was er von der Thronrede hält. Allein Logre war wütend. Als er seinen Hut und sein Halstuch aufhängte, riß er schier den Rechen herunter. Er setzte sich heftig, schlug mit der Faust auf den Tisch, warf das Zeitungsblatt weg und sagte:

Lese ich denn ihre verdammten Lügen?

Dann brach er los.

Hat man jemals Dienstherren gesehen, die ihre Leute so zum besten halten? Seit zwei Stunden warte ich auf meine Bezahlung. Wir waren unser zehn im Büro. Da hieß es aber: sich aufs Warten verstehen ... Endlich kam Herr Mamoury im Wagen an, sicherlich von irgendeiner Dirne. Diese Geschäftsführer stehlen und schlemmen ... Der S.....l hat mir mein ganzes Geld in kleiner Münze gegeben.

Robine nahm die Klage Logres mit einer leichten Bewegung der Augenlider auf. Der Bucklige fand plötzlich ein Opfer.

Rose! Rose! rief er sich hinausneigend.

Als das Mädchen vor ihm stand, schrie er:

Was schauen Sie mich denn an? Warum bringen Sie mir nicht meinen Mazagran? Kaffee mit Likör.

Gavard bestellte gleichfalls zwei Mazagrans. Rose beeilte sich, die drei Mazagrans zu bringen, immer von den strengen Blicken Logres verfolgt, der die Gläser und die Zuckertäßchen zu prüfen schien. Er trank einen Schluck und besänftigte sich allmählich.

Charvet wird wohl auch mit seiner Geduld zu Ende sein, sagte er nach einer Weile. Er wartet draußen auf Clémence.

Doch schon trat Charvet ein, gefolgt von Clémence. Es war ein großer, knochiger, sorgfältig rasierter Mensch mit schmaler Nase und dünnen Lippen, der in der Vavin-Straße hinter dem Luxemburggarten wohnte. Er gab sich für einen freien Lehrer aus; in der Politik war er Hébertist. Mit seinen langen, rundgeschnittenen Haaren, mit dem weit zurückgeschlagenen Aufschlag seines stark abgetragenen Rockes hielt er viel auf Anstand und gute Sitte und gebrauchte dabei eine Flut von herben Worten und bekundete eine so seltsam stolze Bildung, daß er seine Widersacher gewöhnlich vernichtete. Gavard fürchtete ihn, ohne es zu gestehen. Wenn Charvet nicht dabei war, erklärte er, jener gehe wirklich zu weit. Robine stimmte mit einem Zucken seiner Augenlider allem zu. Logre allein hielt in der Lohnfrage Charvet zuweilen stand. Nichtsdestoweniger blieb Charvet der Despot der Gruppe, weil er der gebieterischste und gebildetste war. Seit mehr als zehn Jahren lebten er und Clémence in ehelicher Gemeinschaft zu genau festgestellten Bedingungen nach einem Vertrage, der von beiden Seiten streng beobachtet wurde. Florent, der die junge Frau mit einigem Erstaunen betrachtete, erinnerte sich endlich, wo er sie gesehen; es war die große Brünette, die in der Markthalle die Tabelle führte, mit lang gestreckten Fingern schreibend, wie ein Fräulein, das Unterricht genossen hat.

Rose folgte den beiden zuletzt Angekommenen auf dem Fuße; sie stellte wortlos einen Schoppen vor Charvet hin und eine Platte vor Clémence, die mit vielem Ernste daran ging, einen Grog zu bereiten, indem sie heißes Wasser auf den Zitronensaft goß, den sie mit einem Löffel zerrieb, dann Zucker und Rum dazu tat, wobei sie genau acht gab, nicht mehr als ein Gläschen voll aus der Flasche zu schütten. Gavard stellte jetzt Florent den Herren vor, besonders Herrn Charvet. Er machte sie miteinander bekannt wie zwei Lehrer, zwei sehr tüchtige Männer, die sich gewiß trefflich verständigen würden. Aber es war augenscheinlich, daß er schon im voraus geschwatzt hatte, denn alle reichten sich die Hände, wobei sie nach Art der Freimaurer einander die Finger fest drückten. Charvet war seinerseits sehr liebenswürdig. Man vermied übrigens jede Anspielung.

Hat Mamoury Sie in kleiner Münze bezahlt? fragte Logre Clémence.

Sie antwortete ja und zog Rollen von Ein- und Zweifrankenstücken hervor, die sie entfaltete. Charvet sah ihr zu und folgte mit den Blicken den Geldrollen, die sie nacheinander wieder einsackte, nachdem sie ihren Inhalt geprüft.

Wir rechnen, sagte er halblaut.

Gewiß, heute abend, flüsterte sie. Es hebt sich gegenseitig auf. Ich habe viermal mit dir gefrühstückt, nicht wahr? Dagegen habe ich dir vorige Woche hundert Sous geliehen.

Florent war erstaunt, dies zu hören und wandte den Kopf weg, um nicht neugierig zu scheinen. Als Clémence die letzte Geldrolle eingesteckt hatte, trank sie einen Schluck Grog, lehnte sich an die Glaswand und hörte ruhig den Männern zu, die von Politik redeten. Gavard hatte das Zeitungsblatt wieder zur Hand genommen und las mit einer Stimme, der er eine komische Farbe zu leihen bemüht war, einzelne Bruchstücke der Thronrede, mit der der Kaiser am Morgen desselben Tages die Kammern eröffnet hatte. Mit diesen offiziellen Redensarten hatte Charvet leichtes Spiel; nicht eine Zeile ließ er bestehen. Eine Redensart ergötzte die Gesellschaft ganz besonders. „Wir haben das Vertrauen, meine Herren, daß es uns, gestützt auf Ihre Weisheit und auf den konservativen Sinn des Landes, gelingen wird, von Tag zu Tag die allgemeine Wohlfahrt zu heben.“ Logre deklamierte stehend diese Worte und ahmte die schleimige Stimme des Kaisers sehr gut durch die Nase nach.

Eine saubere Wohlfahrt, bemerkte Charvet; alle Welt verhungert.

Die Geschäfte gehen sehr schlecht, versicherte Gavard.

Was ist denn das: „ein Herr, der sich auf Weisheit stützt?“ – fragte Clémence, die sich gern auf die Literaturfreundin ausspielte.

Robine ließ hinter seinem Barte ein leises Kichern vernehmen. Die Unterhaltung wurde lebhafter. Man kam auf den gesetzgebenden Körper zu sprechen, der dabei sehr arg mitgenommen wurde. Logre kam aus dem Zorn nicht mehr heraus; Florent erkannte in ihm den guten Ausrufer aus dem Pavillon für Seefische wieder, der mit vorgestreckter Kinnlade, fest auf die Hacken gestützt wie ein bellender Hund, mit fuchtelnden Armen die Ziffern unter die Menge schleuderte. Gewöhnlich sprach er über Politik mit derselben wütenden Miene, mit der er einen Korb Seezungen zur Versteigerung brachte. Charvet seinerseits ward immer kühler in dem Rauch der Pfeifen und des Gaslichtes, mit dem das enge Kabinett sich füllte; seine Stimme ward trocken und schneidig, wie ein Hackmesser, während Robine sanft mit dem Kopfe wackelte, ohne das Kinn von dem Knopfe seines Stockes zu entfernen. Schließlich kam man infolge einer Bemerkung Gavards auf die Frauen zu sprechen.

Die Frau, erklärte Charvet rundheraus, ist dem Manne gleich und darf darum im Leben ihm keine Last sein. Die Ehe ist einfach eine Gesellschaftsverbindung ... Alles zu gleichen Hälften; ist's nicht so, Clémence?

Gewiß, erwiderte die junge Frau, den Kopf an die Glaswand gelehnt und in die Leere starrend.

Doch Florent sah jetzt den Marktkrämer eintreten, und den starken Alexander, den Freund des Claude Lantier. Diese beiden Männer hatten lange an dem anderen Tische des Wirtshauses gesessen; sie gehörten nicht derselben Gesellschaftsklasse an, wie die Herren im Extrazimmer. Aber die Politik führte sie zusammen. Charvet, in dessen Augen sie das Volk darstellten, belehrte sie sehr energisch, während Gavard als vorurteilsfreier Geschäftsmann mit ihnen anstieß. Alexander war ein froh gesinnter Riese, mit der Miene eines zufriedenen, großen Kindes. Der alternde und verbitterte Lacaille, erschöpft von seinen allabendlichen Wanderungen durch die Straßen von Paris, betrachtete zuweilen mit argwöhnischen Augen die spießbürgerliche Ruhe, die guten Schuhe und den dicken Überrock des Herrn Robine. Lacaille und Alexander ließen sich noch ein frisches Gläschen einschenken, und jetzt, da die Gesellschaft vollständig war, wurde das Gespräch lebhafter als bisher fortgesetzt.

Durch die halb angelehnte Türe des Kabinetts sah Florent wieder Fräulein Saget, die vor dem Schankpulte stand. Sie hatte eine Flasche unter der Schürze hervorgezogen und sah Rose zu, die die Flasche mit einem großen Maß Johannisbeersaft und einem kleinen Maß Branntwein füllte. Dann verschwand die Flasche abermals unter der Schürze; die Hände versteckt haltend plauderte Fräulein Saget eine Weile in dem breiten, hellen Widerschein des Schankpultes gegenüber dem Spiegel, in dem die Likörflaschen und die Becher aussahen wie eine Reihe venezianischer Lampions. Des Abends schimmerte das überheizte Lokal im vollen Glanze all seiner Einrichtungsgegenstände von Metall und Glas. Das alte Mädchen in seinen schwarzen Kleidern bildete einen dunklen Fleck – gleich einem Käfer – in allem grellen Lichte. Als Florent sah, daß sie versuchte, Rose ins Gespräch zu ziehen, vermutete er, daß sie durch die halb offene Tür ihn bemerkt habe. Seitdem er in den Dienst der Hallen eingetreten war, begegnete er ihr auf Schritt und Tritt in den bedeckten Gängen zumeist in Gesellschaft der Frau Lecoeur und der Sarriette; alle drei beobachteten ihn dann verstohlen und schienen sehr erstaunt, ihn in seiner neuen Stellung als Aufseher zu sehen. Rose war ohne Zweifel wortkarg, denn Fräulein Saget kehrte sich einen Augenblick um und schien sich Herrn Lebigre nähern zu wollen, der an einem der Tische mit einem Gaste Karten spielte. Schließlich war es ihr gelungen, sich ganz sachte an die Glaswand des Kabinetts zu stellen; doch da ward sie von Gavard erkannt, der sie verabscheute.

Schließen Sie doch die Türe, Florent, rief er laut. Man kann nicht mehr unter sich sein.

Als Lacaille um Mitternacht sich entfernte, wechselte er mit Herrn Lebigre einige Worte im Flüstertone. Dieser reichte ihm mit einem Händedruck verstohlen vier Fünffrankenstücke und raunte ihm ins Ohr:

Dafür haben Sie morgen zweiundzwanzig Franken zurückzuzahlen; die Person, die das Geld leiht, will es nicht billiger machen ... Vergessen Sie auch nicht, daß Sie drei Tage Karrenmiete schuldig sind. Es muß alles bezahlt werden.

Herr Lebigre wünschte jetzt den Herren gute Nacht; er gehe nun schlafen, sagte er; und er gähnte leicht, wobei er seine großen Zähne zeigte, während Rose ihn mit der Miene einer unterwürfigen Magd betrachtete. Er trieb sie zur Eile an und gebot ihr, das Gaslicht im Kabinett auszulöschen.

Auf dem Fußweg strauchelte Gavard, daß er schier hinfiel. Da er heute seinen witzigen Tag hatte, sagte er:

Alle Wetter! ich bin auch nicht auf Weisheit gestützt.

Man fand dies sehr spaßig und trennte sich. Florent kam öfter in diese Kneipe; er gewöhnte sich an den Glasverschlag, an den schweigsamen Robine, den geräuschvollen Logre, den kühlen Haß Charvets. Wenn er des Nachts heimkehrte, ging er nicht sogleich zu Bette. Er liebte diese Dachstube, diese Jungfernkammer, wo Augustine allerlei mädchenhaften Tand zurückgelassen hatte. Auf dem Kaminsims lagen noch Haarnadeln, Schachteln von vergoldetem Papier, voll mit Knöpfen und Pastillen, aus Büchern ausgeschnittene Bilder, leere Pomadentöpfe, die noch immer nach Jasmin rochen. In dem Schubfache des Tisches – eines schlechten Tisches von weichem Holze – fand er Zwirn, Nähnadeln, ein Gebetbuch neben einem stark abgegriffenen „Traumdeuter"; ein weißes Sommerkleid mit gelben Punkten hing vergessen an einem Nagel, während auf dem Brett, das ihr als Toilettentisch gedient, ein umgestürztes Ölfläschchen einen breiten Fleck zurückgelassen hatte. In dem Schlafzimmer einer Frau zu hausen wäre für Florent peinlich gewesen; allein von dem ganzen Raume, von dem schmalen Eisenbett, von den zwei Strohsesseln, selbst von der grauen Papiertapete stieg ein Geruch von treuherziger Dummheit, der Geruch eines dicken, kindischen Mädchens auf. Er war glücklich ob der Reinlichkeit der Vorhänge, ob der kindischen Spielerei mit den vergoldeten Schachteln und dem Traumbuche, ob der linkischen Koketterie, mit der die Wände bekleckst worden. Dies erfrischte ihn; es führte ihn in die Traumwelt seiner Jugend zurück. Er hätte gewünscht, Augustine mit ihrem kastanienbraunen Haar nicht zu kennen; er hätte glauben mögen, daß er bei einer Schwester sei, einem braven Mädchen, das in den geringsten Dingen die Anmut des erwachenden Weibes um sich her verbreitet.

Des Abends bot es ihm eine große Zerstreuung, sich an das Fenster des Mansardenstübchens zu lehnen. Dieses Fenster war eigentlich ein schmaler Balkon im Hausdache, ein Balkon mit hohem eisernen Geländer, wo Augustine einen Granatenbaum in einem Kübel hegte. Seitdem die Nächte kalt waren, nahm Florent den Granatenbaum des Abends in seine Stube und ließ ihn über Nacht am Fuße des Bettes stehen. Er pflegte einige Minuten am Fenster zu bleiben, sog kräftig die frische Luft ein, die von der Seine kam, über die Häuser der Rivoli-Straße hinweg. Unten konnte er undeutlich die Dächer der Hallen ihre grauen Felder ausdehnen sehen. Sie glichen stillen Seen, in deren Mitte der flüchtige Widerschein irgendeiner Fensterscheibe den Silberschimmer einer Welle tanzen ließ. Weiterhin lagen die Dächer des Fleischpavillons und des Geflügelpavillons in einem noch tieferen Dunkel; sie glichen nur mehr einer Anhäufung von Schatten, die den Horizont zurückdrängten. Er freute sich des großen Stück Himmels, das er vor sich hatte, dieser ungeheuren Ausdehnung der Hallen, die ihn inmitten der engen Gassen von Paris unbestimmt an einen Meeresstrand erinnerten mit dem stillen, schieferfarbenen Wasser einer Bucht, das kaum von dem fernen Rollen der Wogen gekräuselt wird. Hier stand er selbstvergessen und träumte jeden Abend von einer anderen Meeresküste. Es stimmte ihn sehr traurig und sehr froh zugleich, wenn er sich in die Erinnerungen an jene trostlosen acht Jahre versenkte, die er außerhalb Frankreichs verbracht hatte. Dann schloß er fröstelnd das Fenster. Oft, wenn er vor dem Kamin seinen falschen Kragen abknöpfte, beunruhigte ihn die Photographie von August und Augustine; Hand in Hand, mit ihrem matten Lächeln, sahen sie ihm zu, wie er sich entkleidete.

Die ersten Wochen, die Florent im Pavillon für Seefische zubrachte, waren sehr peinlich. Bei der Familie Méhudin war er auf eine offene Feindschaft gestoßen, die ihn mit dem ganzen Markt in Fehde brachte. Die schöne Normännin wollte sich an Lisa rächen, und der Vetter war ein gefundenes Opfer.

Die Méhudine stammten aus Rouen. Die Mutter Louisens erzählte noch, wie sie mit einem Korb voll Aale nach Paris gekommen war. Sie war dann beim Fischhandel geblieben. Sie heiratete daselbst einen Steuerbeamten, der bald starb, ihr zwei kleine Töchter zurücklassend. Ehemals hatte sie dank ihrer frischen Farbe und ihrer breiten Hüften den Zunamen „die schöne Normännin“ geführt. Später hatte ihre ältere Tochter diesen Titel geerbt. Heute war sie gesetzt und schlapp und trug ihre fünfundsechzig Jahre als Matrone, der die ewige Feuchtigkeit in der Fischabteilung die Stimme heiser gemacht und die Haut blau gefärbt hatte; bei ihrer sitzenden Lebensweise war sie ungeheuer dick geworden; die mächtige Brust und die immer zunehmende Fettmasse nötigten sie, den Kopf zurückzuneigen. Sie hatte übrigens auf die Mode ihrer Zeit niemals verzichten wollen; sie behielt das Kleid mit dem Rankenmuster, das gelbe Tuch und die Helmhaube der klassischen Fischweiber, auch die laute Stimme, die flinken Bewegungen, die in die Seite gestemmten Fäuste, die Zungengeläufigkeit mit der vollen Kenntnis des Fischmarktkatechismus. Ihr tat es leid um den Innocenz-Markt; sie sprach von den ehemaligen Rechten der Hallendamen und mengte in ihre Geschichten von den Faustschlägen, die mit Polizeiinspektoren gewechselt wurden, Erzählungen von Besuchen bei Hofe, zur Zeit Karls X. und Louis-Philipps, im Seidenkleide und mit großen Blumensträußen in der Hand. Die Mutter Méhudin, wie man sie nannte, war zu Saint-Leu lange Zeit die Fahnenträgerin des frommen Vereins von der heiligen Jungfrau gewesen. Bei den Umzügen und in der Kirche trug sie ein weißes Kleid und eine ebensolche Haube mit Seidenbändern und hielt mit ihren fetten Fingern die vergoldete Stange der reichbefransten Seidenfahne mit dem gestickten Muttergottesbilde sehr hoch.

Man erzählte sich im Stadtviertel, die Mutter Méhudin habe viel Vermögen erworben. Man sah es ihr nicht an, höchstens an dem massiven Geschmeide, mit dem sie an Festtagen Hals und Arme schmückte. Später konnten ihre zwei Töchter sich nicht miteinander vertragen. Die jüngere, Claire, eine träge Blonde, klagte über die Roheiten Louisens und sagte mit ihrer schleppenden Stimme, sie werde niemals die Magd ihrer Schwester sein. Da sie schließlich gerauft haben würden, trennte sie ihre Mutter. Sie überließ Louisen ihren Verkaufsstand in der Abteilung für Seefische. Claire, die vom Rochen- und Heringsgeruch hustete, begann einen Handel mit Süßwasserfischen. Obgleich sie geschworen hatte, sich zurückzuziehen, ging die Mutter von der einen zur anderen, mengte sich in den Verkauf und verursachte ihren Töchtern viel Verdruß durch ihre schmutzigen Frechheiten.

Claire war ein phantastisches Geschöpf, sehr sanft und doch stets im Streite. Sie handelte immer nur nach ihrem Kopfe, sagte man. Mit ihren träumerischen, keuschen Gesichte hatte sie einen stummen Eigensinn, einen Geist der Unabhängigkeit, der sie dazu trieb, für sich allein zu leben; sie nahm nichts so auf wie die anderen, war an einem Tage von einer unbeugsamen Rechtlichkeit, am anderen Tage von einer empörenden Ungerechtigkeit. Oft brachte sie den ganzen Markt dadurch in Aufruhr, daß sie ohne erklärlichen Grund die Preise erhöhte oder verringerte. Ihre angeborne Feinheit, ihre zarte Haut, die das Wasser der Fischbehälter immer frisch erhielt, ihr kleines Gesicht von verschwommener Zeichnung, ihre geschmeidigen Glieder mußten, wenn sie sich einmal den Dreißigern näherte, schwerfällig werden und in die Breite gehen. Allein mit zweiundzwanzig Jahren war sie eine Madonna von Murillo inmitten ihrer Karpfen und Aale, wie Claude Lantier oft sagte, ein Murillo, der oft mit struppigem Haar erschien, mit plumpen Schuhen und mit Kleidern, die wie mit der Hacke zugeschnitten waren und sie kleideten wie ein Brett. Sie war gar nicht eitel und zeigte oft große Verachtung, wenn Louise, mit ihren Bandschleifen Staat machend, sie wegen ihres schief geknüpften Busentuchs neckte. Man sagte, daß der Sohn eines reichen Kaufmanns aus dem Stadtviertel in der Welt herumreiste aus Wut darüber, daß er von ihr kein freundliches Wort hatte erlangen können.

Louise, die schöne Normännin, hatte sich zärtlicher gezeigt; ihre Heirat mit einem Angestellten der Kornhalle war eine abgemachte Sache, als ein stürzender Mehlsack den jungen Mann erschlug. Nichtsdestoweniger genas sie sieben Monate später eines kräftigen Knaben. In der Umgebung der Méhudin betrachtete man die schöne Normännin als Witwe. Die alte Fischhändlerin pflegte zu sagen: „Als mein Schwiegersohn noch lebte ..."

Die Méhudin waren eine Macht. Als Herr Verlaque Florent in seine neuen Obliegenheiten völlig eingeführt hatte, empfahl er ihm, gewisse Händlerinnen mit Rücksicht zu behandeln, wenn er sich das Leben nicht unmöglich machen wolle. Er trieb die Teilnahme so weit, daß er ihn in die kleinen Geheimnisse des Amtes einweihte, wie man da ein Auge zudrücken, dort eine gewisse Strenge heucheln müsse, und welches die kleinen Geschenke seien, die man annehmen dürfe. Ein Aufseher ist gleichzeitig ein Polizeikommissar und ein Friedensrichter, der auf dem Markte die Ordnung und den Anstand aufrecht erhält und die kleinen Streitigkeiten zwischen Käufern und Verkäufern schlichtet. Florent, der von schwachem Charakter war, wurde überstreng und schoß über das Ziel, so oft er sein amtliches Ansehen geltend machen sollte; die Bitterkeit, die seine langen Leiden in ihm zurückgelassen und sein finsteres Pariagesicht waren ein Nachteil mehr für ihn.

Die Taktik der schönen Normännin war die, einen Streit mit ihm anzufangen. Sie hatte geschworen, daß er seinen Platz nicht zwei Wochen behalten dürfe.

Ei, sagte sie eines Morgens zu Frau Lecoeur, der sie begegnete, – glaubt etwa die schöne Lisa, uns aufhalsen zu können, was sie stehen gelassen? ... Wir haben einen besseren Geschmack als sie ... Ihr Schatz ist abscheulich!

Wenn Florent nach der Versteigerung seinen Rundgang durch die überschwemmten Gänge machte, sah er sehr wohl die schöne Normännin, die mit einem frechen Lachen ihm nachblickte. Ihr Verkaufstisch in der zweiten Reihe links, in der Nähe der Süßwasserfische, stand der Rambuteau-Straße gegenüber. Sie verfolgte ihr Opfer mit den Augen und machte sich mit ihren Nachbarinnen über ihn lustig. Wenn er mit langsamen Schritten, gleichsam die Pflastersteine zählend, an ihr vorüberkam, tat sie ungeheuer lustig, schlug auf die Fische, sperrte den Wasserhahn weit auf und überschwemmte den Gang mit Wasser. Florent aber blieb unempfindlich.

Allein eines Morgens brach fatalerweise der Krieg aus.

Als an jenem Tage Florent sich dem Verkaufstische der schönen Normännin näherte, verspürte er einen unerträglichen Mißduft. Auf der Marmorplatte lag ein prächtiger Lachs, schon angeschnitten, und zeigte die zartrote Farbe seines Fleisches; ferner waren da Steinbutten weiß wie Sahne, Meeraale, mit schwarzen Nadeln durchstochen, die die Schnitte bezeichneten, Seezungenpaare, Rotfedern, Barben, eine ganze Sammlung frischer Fische. Inmitten dieser Fische mit lebendigen Augen und noch blutenden Kiemen lag ein großer, rötlicher Rochen, schwarz gefleckt, in allerlei seltsamen Farbenmischungen schillernd; der große Rochen war faul, der Schwanz hing schlaff herab, die Fischbeine der Flossen durchstachen die steife Haut.

Der Rochen muß weggeworfen werden, sagte Florent näher tretend.

Die schöne Normännin kicherte. Er blickte auf und sah sie, wie sie an den bronzenen Pfahl der zwei Gaslaternen gelehnt stand, die die vier Plätze einer jeden Fischbank beleuchten. Sie schien ihm sehr groß, weil sie auf einer Kiste stand, um ihre Füße vor Nässe zu schützen. Sie spitzte die Lippen, war noch schöner als sonst; das mit Löckchen gezierte Haupt war ein wenig gesenkt, die allzu roten Hände steckten in den Öffnungen der schneeweißen Wollschürze. Noch niemals hatte er so viel Geschmeide an ihr gesehen; sie trug lange Ohrgehänge, eine Halskette, eine Brustnadel, ganze Reihen von Ringen an zwei Fingern der Linken und an einem Finger der Rechten.

Als sie fortfuhr, ihn von unten nach oben zu betrachten, ohne zu antworten, wiederholte er.

Hören Sie? Der Rochen muß weg!

Er hatte die Mutter Méhudin nicht bemerkt, die in einem Winkel auf einem Sessel saß. Sie erhob sich mit ihrer doppelzipfeligen Sturmhaube, stemmte die Fäuste auf den Tisch und sagte in frechem Tone:

Schau, schau! Warum sollte sie den Rochen wegwerfen? ... Sie werden ihn doch nicht bezahlen! ...

Florent begriff. Die anderen Fischweiber grinsten höhnisch. Er fühlte, daß es eine geheime Empörung wider ihn gebe, die nur eines Losungswortes harrte, um loszubrechen. Er hielt an sich, zog unter der Bank den Spülichtkübel hervor und warf den Fisch hinein. Schon stemmte die Mutter Méhudin die Fäuste in die Seiten; allein die schöne Normännin schwieg und ließ nur ein boshaftes Kichern vernehmen; Florent ging weiter und tat, als höre er das Gejohle nicht, das ihn verfolgte.

Jeden Tag wurde etwas Neues gegen den Aufseher ausgeheckt. Er konnte nur mehr mit mißtrauisch wachsamen Blicken durch die Gänge gehen, als sei er in Feindesland. Wurden die Schwämme ausgespritzt, so bekam er davon weg; jeden Augenblick strauchelte er über Abfälle, die Träger stießen ihn mit ihren Körben in den Nacken. Als eines Morgens zwei Fischweiber miteinander in Streit geraten waren und er herbeieilte, um Frieden zwischen ihnen zu stiften, mußte er sich rasch bücken, um nicht eine Handvoll Klieschen ins Gesicht zu bekommen, die nach ihm geschleudert wurden. Es wurde darüber viel gelacht und er glaubte immer, daß die beiden Fischweiber mit den Méhudin im Einverständnis gewesen. In seinem ehemaligen Beruf als armer Lehrer hatte er gelernt, sich mit engelhafter Geduld zu wappnen. Er wußte volle Kaltblütigkeit zu bewahren, während der Zorn in ihm aufstieg und das Herz ihm vor Erniedrigung blutete. Doch niemals hatten die Gassenbuben der Wipp-Straße die Grausamkeit der Hallendamen gehabt, jene Verbissenheit der schmerbäuchigen Weiber, deren ungeheure Brüste vor Freude hüpften, wenn es ihnen gelungen war, ihn in eine ihrer Fallen zu locken. Die roten Gesichter musterten ihn frech. In dem gemeinen Tonfall ihrer Stimmen, in den hohen Hüften, in den aufgeblähten Hälsen, in dem Wiegen der Schenkel, in den Bewegungen der Hände sah er eine Flut von Schimpfworten, die ihm galten. Gavard würde inmitten dieser schamlosen und stark duftenden Frauenröcke sich sehr behaglich befunden und nach rechts und links Hiebe auf die Hinterbacken ausgeteilt haben, um sich aus dem Gedränge loszumachen. Florent, den die Frauen stets einschüchterten, fühlte sich allmählich verloren in einem wüsten Gedränge von Dirnen mit riesigen Gliedmaßen, die ihn in einem tollen Reigen umtanzten, mit ihren heiseren Stimmen und ihren dicken, nackten Armen wie von Ringkämpferinnen.

Unter diesen bösen Weibern hatte er indes eine Freundin. Claire sagte rundheraus, der neue Aufseher sei ein wackerer Mann. Wenn er, verfolgt, von den gröblichen Beleidigungen ihrer Nachbarinnen, an ihr vorüberging, lächelte sie ihm zu. Mit ihrem Blondhaar, das lose auf Nacken und Schläfen herabfiel, und ihrem verkehrt zugenestelten Kleide saß sie in nachlässiger Haltung hinter ihrer Fischbank. Noch öfter sah er sie an ihren Fischbehältern hantieren, den Fischen frisches Wasser geben, mit Wohlgefallen die kleinen Delphine von Kupfer umdrehend, die einen Wasserstrahl aus dem Rachen schleudern. Diese Flut verlieh ihr die zarte Anmut einer Badenden am Rande einer Quelle mit noch unvollständig angelegten Kleidern.

Eines Morgens war sie ganz besonders liebenswürdig. Sie rief den Aufseher herbei, um ihm einen großen Aal zu zeigen, der bei der Versteigerung die Bewunderung des ganzen Marktes hervorgerufen hatte. Sie schlug den Deckel von dem Becken zurück, auf dessen Grunde der Aal zu schlafen schien.

Warten Sie, Sie sollen ihn sehen, sprach sie.

Sie fuhr sachte mit dem nackten Arme ins Wasser, einem etwas mageren Arme, dessen seidenweiche Haut die blauen Adern durchscheinen ließ. Als der Aal sich berührt fühlte, rollte er sich schnell ein und füllte so den schmalen Behälter mit seinen schwärzlich-grünen Ringen. Als das Tier wieder einschlummerte, machte Claire sich von neuem den Spaß, es mit der Spitze ihrer Fingernägel zu reizen.

Der Aal ist riesig, ich habe selten einen so schönen gesehen, glaubte Florent sagen zu sollen.

Da gestand sie ihm, daß sie anfänglich Furcht vor den Aalen gehabt habe. Jetzt wisse sie schon, wie man die Hand zusammenzupressen habe, damit sie nicht durchschlüpfen. Und sie faßte einen kleineren, der beiseite lag. Der Aal krümmte sich in ihrer fest geschlossenen Faust; sie lachte darüber. Dann warf sie ihn zurück, nahm einen anderen und scheuchte mit ihren dünnen Fingern einen ganzen Knäuel dieser schlangenförmigen Tiere auf.

Dann plauderte sie eine Weile von den schlechten Geschäften. Die Händler, die auf dem Pflaster der gedeckten Gänge ihre Waren feilbieten, fügten ihnen großen Schaden zu. Ihr nackter Arm, den sie nicht abgetrocknet hatte, triefte vom frischen Wasser. Von jedem Finger fielen schwere Tropfen herab.

Ach, sagte sie plötzlich, ich muß Ihnen doch auch meine Karpfen zeigen!

Sie schlug einen dritten Deckel zurück und zog mit beiden Händen einen Karpfen heraus, der den Rachen aufriß und heftig mit dem Schwanze schlug. Jetzt nahm sie einen kleineren hervor, den sie mit einer Hand halten konnte; sie machte sich den Spaß, einen Daumen dem Fisch ins Maul zu stecken.

Der beißt nicht, die Karpfen sind nicht schlimm, sagte sie mit einem sanften Lächeln. Auch die Krebse fürchte ich nicht.

Sie fuhr mit dem Arm in einen Behälter, wo es ein verworrenes Gewühl gab, und holte daraus einen Krebs hervor, der ihren kleinen Finger mit seinen Scheren gepackt hatte. Sie schüttelte die Hand ein wenig; allein der Krebs preßte ohne Zweifel sehr heftig, denn sie ward ganz rot; dann schlug sie ihm mit einer zornigen Bewegung, aber immer noch lächelnd, die Füße entzwei.

Einen Hecht würde ich nicht trauen, sagte sie, um ihre Aufregung zu verbergen; er würde mir die Finger wegschneiden, glatt wie mit einem Messer.

Und sie zeigte auf einem Brett von peinlicher Sauberkeit eine Reihe von Hechten, die nach ihrer Größe ausgelegt waren, neben bronzefarbenen Schleien und kleinen Häuflein von Gründlingen. Ihre Hände glänzten jetzt vom Fett der Karpfen und sie hielt sie vom Körper ab, vor ihren Fischbehältern aufrecht stehend. Sie war gleichsam eingehüllt in einen Geruch von Fischlaich, in einen jener schweren Gerüche, wie sie aus dem Röhricht und von den Sumpfpflanzen aufsteigen, wenn die Brut die Bäuche der Fische schier zum Bersten bringt. Lächelnd und mit der ruhigen Miene eines fischblütigen Mädchens wischte sie sich die Hände in ihrer Schürze ab.

Diese Teilnahme Claires war für Florent nur ein geringer Trost. Wenn er stehen blieb, um mit dem Mädchen eine Weile zu plaudern, zog ihm dies nur noch schmutzigere Neckereien zu. Claire zuckte dann mit den Achseln und sagte, ihre Mutter sei eine alte Gaunerin und ihre Schwester eine Nichtsnutzige. Die Ungerechtigkeit des Marktes gegen den Aufseher erfüllte sie mit Zorn. Die Fehde verschlimmerte sich aber von Tag zu Tag. Florent dachte schon daran, seine Stelle aufzugeben; nicht vierundzwanzig Stunden wäre er da geblieben, hätte er nicht gefürchtet, vor Lisa feig zu erscheinen. Er war besorgt darüber, was sie sagen, was sie denken werde. Sie war auf dem laufenden über den schweren

Kampf zwischen den Fischweibern und ihrem Inspektor, denn die Hallen waren voll von diesem Kampfe und jeder neue Streit wurde im Stadtviertel endlos besprochen.

Ich würde ihnen schon die Köpfe zurechtsetzen, pflegte sie des Abends nach dem Essen zu sagen. Es sind lauter Weiber, die ich nicht mit dem Finger berühren möchte.

Ein schmutziges Pack! Diese Normännin ist die letzte unter den letzten! ... Ich würde sie beugen; die Autorität allein gilt; verstehen Sie, Florent? Ihre Art, die Dinge aufzufassen, ist nicht die richtige. Zeigen Sie Ihre Krallen, und Sie sollen sehen, wie alle zu Kreuze kriechen.

Der letzte Auftritt war furchtbar.

Eines Morgens kam die Magd der Bäckerin Frau Taboureau auf den Fischmarkt und suchte einen Steinbutt. Die schöne Normännin, die sie seit einigen Minuten um ihren Tisch die Runde machen sah, winkte ihr freundlich zu.

Kommen Sie doch näher, ich will Sie befriedigen ... Wollen Sie ein Paar Seezungen oder einen schönen Steinbutt?

Als sie näher trat und nach einem Steinbutt suchte mit der zögernden Miene, die die Käuferinnen annehmen, um weniger zahlen zu müssen, fuhr die schöne Normännin fort:

Wiegen Sie 'mal den Fisch!

Dabei legte sie ihr einen Steinbutt in die offene Hand, der in ein Stück groben, gelben Papiers gewickelt war.

Die Magd, eine kleine, schwächliche Auvergnatin, wog den Fisch in der Hand, öffnete ihm die Kiemen und fragte, noch immer mit mürrischer Miene:

Wie teuer?

Fünfzehn Franken, erwiderte die Fischhändlerin.

Da legte die Magd den Fisch schnell wieder auf den Tisch hin und wandte sich zum Gehen. Doch die schöne Normännin hielt sie zurück.

Bieten Sie nur!

Nein, das ist zu teuer.

Bieten Sie immerhin!

Acht Franken, wenn Sie wollen.

Die Mutter Méhudin, die aus ihrem Schlummer aufzuwachen schien, lachte in einer beunruhigenden Weise. – Die Leute glauben rein, daß man die Waren stiehlt, meinte sie. – Acht Franken für einen Steinbutt von dieser Größe! Man wird dir einen geben, Kleine, um dir in der Nacht die Haut zu kühlen. Die schöne Normännin wandte sich beleidigt ab. Doch die Magd kam zweimal zurück, bot neun Franken und ging bis zu zehn Franken. Als sie sich ernstlich anschickte fortzugehen, rief ihr die Fischhändlerin zu:

Kommen Sie her, geben Sie das Geld!

Die Magd trat vor die Bank hin und begann mit der Frau Méhudin freundlich zu plaudern. Frau Taboureau sei so schwer zufrieden zu stellen. Sie habe abends Gäste zu Tische, Verwandte aus Blois, einen Notar mit seiner Frau. Frau Taboureau stamme aus einer sehr anständigen Familie; sie selbst, obgleich nur eine Bäckersfrau, habe eine sehr schöne Erziehung erhalten.

Weiden Sie den Fisch gut aus, sagte sie, im Gespräch sich unterbrechend.

Die schöne Normännin hatte mit einem Griff den Fisch ausgeweidet und die Abfälle in den Kübel geworfen. Sie fuhr mit einem Zipfel ihrer Schürze unter die Kiemen, um einige Sandkörner wegzuwischen, dann legte sie den Fisch in den Korb der Auvergnatin und sagte:

Da, mein schönes Kind; Sie werden mich loben.

Allein nach einer Viertelstunde kam die Magd wieder gelaufen. Sie war ganz rot, denn sie hatte geweint, und ihre ganze kleine Person zitterte vor Zorn. Sie warf den Steinbutt auf den Tisch und zeigte einen breiten Riß an der Bauchseite, der bis zu den Gräten reichte. Aus ihrer durch das Schluchzen zusammengepreßten Kehle sprudelte eine Flut abgehackter Worte hervor.

Frau Taboureau will den Fisch nicht. Sie sagt, sie könne ihn nicht auf den Tisch bringen. Und sie hat mir wieder gesagt, ich sei eine Gans und ließe mich von aller Welt bestehlen. Sie sehen ja, daß der Fisch ganz zerschunden ist. Ich habe ihn nicht umgekehrt, weil ich Vertrauen hatte ... Geben Sie mir meine zehn Franken zurück.

Man sieht sich die Ware an, antwortete ruhig die schöne Normännin.

Als die andere nun noch lauter ihr Geld zurückforderte, erhob sich auch Frau Méhudin.

Lassen Sie uns in Frieden, hören Sie! Man nimmt einen Fisch nicht zurück, der bei den Leuten herumgelegen. Kann man wissen, wo Sie ihn fallen ließen, daß er in einen solchen Zustand geraten?

Ich? Ich?

Die Kleine drohte zu ersticken. Dann brach sie in ein Schluchzen aus und rief:

Ihr seid zwei Diebinnen! Frau Taboureau hatte es mir wohl gesagt!

Was nun folgte, war fürchterlich. Mutter und Tochter machten mit erhobenen Fäusten ihrem Zorne Luft. Die kleine, erschreckte Magd, ein Spielball zwischen der Alten mit ihrer heiseren Stimme und der Jungen mit der Pickelflötenstimme, weinte noch heftiger.

Fahr' ab! Deine Frau Taboureau ist weniger frisch, als dieser Fisch; man müßte sie ausflicken, um sie jemandem vorzusetzen.

Einen ganzen Fisch für zehn Franken! ... Danke schön; das gibt's bei mir nicht!

Und was kosten denn deine Ohrgehänge? Man sieht wohl, daß du sie auf dem Rücken verdienst.

Ei freilich; sie macht des Abends einen kleinen Spaziergang auf dem Bürgersteig.

Florent, vom Marktwächter herbei geholt, kam hinzu, als der Streit am schlimmsten wütete. Der ganze Pavillon war in hellem Aufruhr. Die Fischweiber, die einander vor Neid verschlingen möchten, wenn es sich darum handelt, einen Hering für zwei Sous zu verkaufen, verständigen sich vortrefflich, wenn es gilt, eine Käuferin zu bekämpfen. Sie sangen: „Die Bäckerin hat Taler viel, doch tut sie nichts dafür ...“; sie stampften mit den Füßen, reizten die Méhudin noch mehr auf; einige sprangen hervor, als wollten sie der kleinen Magd in die Haare fahren, die in dieser Flut von Beschimpfungen schier unterging.

Geben Sie dem Mädchen die zehn Franken wieder, sagte Florent, als er von der Sachlage unterrichtet war.

Doch die Mutter Méhudin war nun einmal im Zuge.

Du, mein Kleiner, ich will dir eins pf....n! Da, so gebe ich die zehn Franken zurück!

Und sie schleuderte den Fisch der Auvergnatin ins Angesicht, daß sogleich das Blut aus der Nase der Magd hervorquoll. Der Fisch fiel mit einem dumpfen

Klatsch zu Boden. Diese Roheit brachte Florent außer sich. Die schöne Normännin wich erschreckt zurück, während er schrie:

Ich weise Sie für acht Tage aus und werde Ihnen die Marktbefugnis entziehen lassen. Hören Sie?

Als er hinter sich ein Gejohle hörte, wandte er sich mit so drohender Miene um, daß die eingeschüchterten Fischweiber ganz still wurden. Als die Méhudin die zehn Franken zurückgegeben hatten, gebot er ihnen, augenblicklich den Verkauf einzustellen. Die Alte erstickte schier vor Wut; die Tochter war bleich und stumm. Sie, die schöne Normännin, von ihrer Fischbank verjagt! Claire sagte mit ihrer ruhigen Stimme, daß ihr recht geschehen sei. Darob gerieten die beiden Schwestern des Abends, in ihrer Wohnung, einander in die Haare. Als nach Verlauf von acht Tagen die Méhudin wieder auf dem Markte erschienen, beobachteten sie eine ruhige, still grollende Haltung. Auch die anderen im Pavillon waren ruhig; die Ordnung war wieder eingekehrt. Die schöne Normännin nährte seit jenem Tage sicherlich furchtbare Rachegedanken. Sie merkte, daß der Schlag von der schönen Lisa komme; sie war ihr am Tage nach der Schlacht begegnet, und jene hatte den Kopf so hoch getragen, daß die Fischhändlerin sich im stillen schwor, die Metzgersfrau solle den triumphierenden Blick teuer bezahlen. Es gab in den Winkeln der Hallen endlose Beratungen mit Fräulein Saget, Madame Lecoeur und der Sarriette; allein nach all dem ungeheuerlichen Geträtsch über die Ausschweifungen Lisas mit dem Vetter und über die Haare, die man in den Würsten Quenus finde, fühlte die Fischhändlerin sich wenig erleichtert. Sie suchte nach etwas sehr Boshaftem, was ihre Feindin im Herzen treffen sollte.

Ihr Kind wuchs auf dem Fischmarkte frei heran. Schon mit drei Jahren saß es mitten unter den Fischen. Es schlief brüderlich an der Seite der großen Tunfische und erwachte unter den Makrelen und Schellfischen. Der Balg roch so übel, als komme er aus dem Bauche eines großen Fisches. Sein Lieblingsspiel blieb lange, aus Heringen Mauern und Häuser aufzuführen, sobald seine Mutter ihm den Rücken zugewandt; er spielte auch Krieg auf dem blanken Auslagetische, indem er daselbst Seehähne aufreihte, sie gegeneinander stieß, ihre Köpfe zusammenschlug, mit dem Maul Trompete und Trommel nachahmte und schließlich die Fische in einen Haufen zusammenwarf, indem er sagte, sie seien tot. Später trieb er sich um seine Tante Claire herum, um die Blasen der Karpfen und Hechte zu bekommen, die sie ausweidete; er legte die Blasen zur Erde und trat mit dem Fuße darauf, daß sie platzten, was ihm eine ungeheure Freude machte. Mit sieben Jahren trieb er sich in den Gängen herum, kroch unter die Fischkästen, war der verhätschelte Laufbursch der Fischweiber. Wenn sie ihm irgendeinen neuen Gegenstand zeigten, der ihm gefiel, da legte er die Hände zusammen und stammelte entzückt: „Oh, das ist fein!“ Und so war ihm der Name Feinchen geblieben; Feinchen hier, Feinchen dort. Alle riefen ihn heran. Man fand ihn überall, hinter den Ausrufpulten, in den Fischkörben, zwischen den Spülichtkübeln. Er war wie ein junger Bartfisch, rosig und weiß, munter und glatt, den man ins Wasser hat schlüpfen lassen. Er liebte auch das Wasser wie ein Fischlein. Er watete in den Lachen herum, ließ das Wasser von den Verkaufspulten sich auf den Kopf träufeln. Oft öffnete er verstohlen einen Wasserhahn und war glücklich, wenn er den Strahl plätschern hörte. Des Abends fand ihn seine Mutter zumeist bei den Brunnen oberhalb der Kellertreppe; mit blauen Händen, naß bis in die Schuhe und Taschen brachte sie ihn nach Hause.

Mit sieben Jahren war Feinchen schön wie ein Engel und roh wie ein Kutscher. Er hatte krauses, kastanienbraunes Haar, schöne, sanfte Augen, einen fein gezeichneten Mund, aus dem Flüche und Lästerworte hervorkamen, die einen Gendarm erröten machen konnten. Im Unflat der Hallen heranwachsend, stammelte er den Katechismus der Fischweiber nach, stemmte eine Faust in die Hüfte und ahmte Mama Méhudin nach, wenn sie in Zorn war. Mit seiner silberhellen Stimme eines Chorknaben sagte er Worte wie die folgenden: „Nichtsnutz!“ – „Metze!“ „Geh' deinen Mann schneuzen!“ „Was zahlt man dir für deine Haut?“ Dabei ahmte er den schnarrenden Ton der Marktweiber nach und wälzte seine unschuldvolle Kindheit im Schlamme. Die Fischhändlerinnen lachten darüber, daß ihnen die Tränen über die Backen rannen. Dadurch ermutigt, redete der Knabe nicht zwei Worte mehr, ohne einen Fluch hinzuzufügen. Aber er blieb liebenswürdig, seiner Unflätigkeiten unbewußt, gesund erhalten durch den frischen Hauch und die starken Gerüche des Fischmarktes, seine schlüpfrigen Schmähungen mit entzückter Miene hersagend, als spreche er seine Gebete.

Der Winter kam. Feinchen fror stark dieses Jahr. Gleich in den ersten kalten Tagen ward er von großer Neugierde für das Büro des Aufsehers ergriffen. Das Büro Florents lag an der linken Ecke des Pavillons nach der Seite der Rambuteau-Straße. Es war mit einem Tische, einem Kasten für die Schriftstücke, einem Sessel, zwei Stühlen und einem Ofen ausgestattet. Feinchen träumte nur von diesem Ofen. Florent liebte die Kinder. Wenn er das Kind mit den durchnäßten Füßen sah, wie es durch die Glastüre schaute, hieß er es eintreten. Die erste

Unterredung mit Feinchen setzte ihn in großes Erstaunen. Das Kind hatte sich zum Ofen gesetzt und sagte mit seiner ruhigen Stimme:

Ich will mir ein wenig die Kegel rösten ... Du begreifst? Es ist verflucht kalt!

Dann fügte er mit seinem hellen Lachen hinzu:

Meine Tante Claire sieht aber heute gespitzt aus! ... Sag', Herr: ist es wahr, daß du ihr des Nachts die Füße wärmst?

Florent war verdutzt über diese Reden und faßte ein eigentümliches Interesse für diesen Knaben. Die schöne Normännin verharrte in ihrer grollenden Haltung und ließ ihr Kind zu ihm gehen, ohne ein Wort zu sagen. Da hielt sich Florent für ermächtigt, ihn bei sich zu sehen; er rief ihn jeden Nachmittag und kam allmählich auf den Gedanken, einen vernünftigen Jungen aus ihm zu machen. Ihm war, als werde sein Bruder Quenu wieder klein, und als träfen sie sich noch jeden Abend in der großen Stube der Royer-Collard-Straße. Seine Freude, sein geheimer Traum von Hingebung war: stets in Gesellschaft eines jungen Wesens zu leben, das nicht wachsen würde, das er immerfort unterrichten, in dessen Unschuld er die Menschen lieben würde. Am dritten Tage brachte er ein Alphabet mit. Feinchen entzückte ihn durch seine Klugheit. Er erlernte die Buchstaben mit der Aufgewecktheit des Pariser Gassenjungen. Die Bilder des Lesebuches ergötzten ihn außerordentlich. Nach dem Unterricht hielt er sich lange in dem Büro des Aufsehers auf. Der Ofen blieb sein guter Freund, ein Gegenstand endloser Freuden. Anfänglich briet er da Kartoffeln und Kastanien; doch das wurde ihm bald langweilig. Er stahl seiner Tante Claire Gründlinge, die er einzeln vor der glühenden Öffnung des Ofens briet und dann ohne Brot, mit Wonne aß. Eines Tages brachte er sogar einen Karpfen; aber der Fisch wollte nicht gar werden und verpestete das Büro dermaßen, daß man Türe und Fenster öffnen mußte. Wenn der Gestank allzu arg wurde, warf Florent die Fische auf die Straße; aber zumeist lachte er nur. Nach Verlauf von zwei Monaten konnte Feinchen geläufig lesen, und seine Schreibhefte waren sehr sauber.

Des Abends schwatzte der Junge seiner Mutter den Kopf voll von seinem guten Freunde Florent. Der gute Freund Florent habe Bäume gezeichnet und Menschen, die in Hütten wohnen. Der gute Freund Florent pflege zu sagen, die Menschen seien besser, wenn alle lesen könnten. So ward die schöne Normännin immer mehr mit dem Manne bekannt, den sie am liebsten erdrosselt hätte. Einmal sperrte sie Feinchen einen ganzen Tag über zu Hause ein, damit er nicht zu dem Aufseher gehen könne; allein der Junge weinte dermaßen, daß man ihn am nächsten Tage freilassen mußte. Trotz ihrer Keckheit und ihrer dreisten Miene war sie sehr schwach. Wenn der Knabe ihr erzählte, daß er es gut warm gehabt, und wenn er mit getrockneten Kleidern zurückkam, empfand sie eine gewisse Dankbarkeit, ein Gefühl der Zufriedenheit, ihn in guter Hut, die Beinchen vor dem Feuer zu wissen. Später war sie sehr gerührt, wenn er ein Zeitungsblatt, in das eine Schnitte Meeraal gewickelt war, vor ihr ablesen konnte. So kam sie allmählich auf den Gedanken, ohne es zu sagen, daß Florent vielleicht kein schlechter Mensch sei; sie empfand vor seiner Bildung Achtung, gepaart mit einer steigenden Neugierde, ihn in der Nähe zu sehen, sein Leben kennen zu lernen. Dann ersann sie plötzlich einen Vorwand und redete sich ein, daß sie ihre Rache gefunden habe: sie mußte liebenswürdig mit dem Vetter sein und ihn mit der schönen Lisa entzweien; das sei noch spaßiger.

Spricht dein guter Freund Florent nicht von mir? fragte sie eines Tages Feinchen, während sie ihn ankleidete.

O nein! antwortete das Kind; wir unterhalten uns.

Nun wohl, sage ihm, daß ich ihm nicht mehr grolle und ihm dafür danke, daß er dich lesen lehrt.

Seither hatte das Kind jeden Tag einen Auftrag. Er ging von seiner Mutter zum Aufseher und vom Aufseher zu seiner Mutter und überbrachte freundliche Worte, Fragen und Antworten, die er wiederholte, ohne die Sache zu begreifen. Man hätte ihn die ungeheuerlichsten Dinge hersagen lassen können. Allein die schöne Normännin fürchtete, scheu zu scheinen, und so kam sie eines Tages mit und setzte sich auf den zweiten Stuhl, während Feinchen seine Schreibstunde hatte. Sie war sehr sanft und sehr freundlich. Florent war sehr verlegen. Sie sprachen nur von dem Kinde. Da er die Besorgnis ausdrückte, daß es ihm nicht möglich sein werde, den Unterricht in seinem Büro fortzusetzen, lud sie ihn ein, er möge des Abends zu ihnen kommen. Dann sprach sie von Geld; er errötete und sagte, er werde nicht kommen, wenn davon die Rede sei. Da versprach sie, ihm seine Mühe mit Geschenken, mit schönen Fischen zu vergelten.

Man schloß Frieden. Die schöne Normännin nahm Florent sogar unter ihren Schutz. Man ließ sich schließlich den Aufseher gefallen, und die Fischweiber fanden, daß er trotz seiner schlechten Augen ein strammerer Mann sei als Herr Verlaque. Nur Mutter Méhudin zuckte mit den Achseln; sie bewahrte ihren Groll gegen den „langen Mageren“, wie sie ihn in verächtlicher Weise nannte. Eines Morgens, als Florent lächelnd vor den Fischbehältern Claires stehen blieb, ließ das Mädchen einen Aal fahren, den es gerade in der Hand gehabt und wandte dem Aufseher, rot vor Zorn, den Rücken. Er war davon dermaßen überrascht, daß er die schöne Normännin befragte.

Lassen Sie gut sein, sie ist ein Tollkopf! ... Sie hat immer ihre eigenen Gedanken und hat es nur getan, um mich zu ärgern.

Sie triumphierte; stolz aufgerichtet stand sie hinter ihrer Fischbank, koketter als je, mit sehr verwickeltem Haarputz. Als sie Lisa begegnete, erwiderte sie ihren verächtlichen Blick, ja sie lachte ihr ins Gesicht. Die Gewißheit, daß sie durch Gewinnen des Vetters die Metzgerin in Verzweiflung versetzen werde, gab ihrem Lachen einen hellen Klang; es war ein Lachen aus voller Brust, daß ihr weißer, fetter Hals davon erzitterte. Zu jener Zeit kam sie auf den Gedanken, Feinchen sehr hübsch zu kleiden mit einer kleinen schottischen Jacke und einer Samtmütze. Feinchen hatte bisher immer nur eine zerfetzte Bluse getragen. Zu jener Zeit wurde Feinchen wieder von einer großen Vorliebe für die Wasserleitung erfaßt. Das Eis war geschmolzen, das Wetter war milde. Er gab der schottischen Jacke ein Bad, indem er das Wasser voll aus dem Rohr auf seine beiden Arme fließen ließ, was er Dachtraufe spielen nannte. Seine Mutter überraschte ihn in Gesellschaft von zwei anderen Jungen, wie sie in der mit Wasser gefüllten Samtmütze zwei kleine weiße Fische schwimmen ließen, die er der Tante Claire gestohlen hatte.

Florent lebte nunmehr seit nahezu acht Monaten in den Hallen, gleichsam von einem fortwährenden Schlafbedürfnis niedergehalten. Nach seinen sieben Leidensjahren war er jetzt in eine solche Ruhe, in ein dermaßen geregeltes Leben geraten, daß er sein Dasein kaum fühlte. Er überließ sich willenlos diesem Leben mit ziemlich leerem Kopfe, immer wieder davon überrascht, sich jeden Morgen auf demselben Sessel in dem engen Büro wiederzufinden. Dieser kahle, knappe Raum gefiel ihm. Er flüchtete dahin, war da fern von der Welt mitten in dem ewigen Geräusch der Hallen, das ihn an ein großes Meer erinnerte, dessen endlose Fläche ihn von allen Seiten umgab und einschloß. Aber allmählich bemächtigte sich seiner eine dumpfe Unruhe; er war unzufrieden, warf sich Fehler vor, die er nicht genau bestimmen konnte, lehnte sich gegen die Leere auf, die in seinem Hirn und in seiner Brust sich immer mehr auszubreiten schien. Der üble, fade Geruch der Fische fuhr mit einem Hauche über ihn hinweg, der ihm Ekel verursachte. Es war ein langsames Ausdenfugengehen, ein unerklärliches Unbehagen, das zu einer lebhaften Überreizung der Nerven wurde.

Alle seine Tage glichen einander. Er wandelte in denselben Geräuschen, in denselben Gerüchen einher. Am Morgen betäubte ihn das Getöse der Versteigerung wie fernes Glockengeläute; und je nach der Langsamkeit der Zufuhr endete die Versteigerung oft sehr spät. Er blieb dann im Pavillon bis Mittag, jeden Augenblick gestört durch Streitigkeiten und Beschwerden, bei denen er bemüht war, sich sehr gerecht zu zeigen. Es währte oft stundenlang, bis er irgendeinen erbärmlichen Handel, der den ganzen Markt in Aufruhr brachte, geschlichtet hatte. Er schritt durch die Menge und das Geräusch des Marktes dahin, wandelte langsamen Schrittes durch die Gänge, blieb zuweilen vor den Fischhändlerinnen stehen, deren Bänke bei der Rambuteau-Straße standen. Es sind da große Haufen rosiger Krabben, rote Körbe voll gesottener Seekrebse, während die lebenden Seekrebse platt auf dem Marmortische lagen und langsam verendeten. Hier sah er oft zu, wie Herren in feinen Hüten und schwarzen Handschuhen feilschten und schließlich einen gesottenen Seekrebs, in Zeitungspapier gewickelt, in der Tasche ihres Überrockes heimtrugen. Weiterhin vor den fliegenden Tischen, wo die gewöhnlichen Fische verkauft werden, erkannte er die Frauen aus dem Stadtviertel, die im bloßen Haar immer zur selben Stunde kamen. Zuweilen interessierte er sich für irgendeine fein gekleidete Dame, die ihre Spitzen über die nassen Steine schleppte, gefolgt von einer Magd mit weißer Schürze; eine solche begleitete er dann in einiger Entfernung und beobachtete, wie sie mit angewiderter Miene die Schultern zuckte. Dieses Durcheinander von Handkörben, Ledersäcken, Rundkörben, alle diese Frauenröcke, die durch die wassertriefenden Gänge dahin glitten, beschäftigten ihn bis zur Frühstückszeit, und ihn erfreute das frische Wasser und der frische Windhauch, der von dem scharfen Seegeruch der Schalentiere bis zu dem herben Dampf der eingesalzenen Fische dahinstrich. Bei den eingesalzenen Fischen beendete der Aufseher gewöhnlich seinen Rundgang; die Kisten voll Heringe, die Sardinen von Nantes, auf einem Lager von Blättern ruhend, die eingerollten Schellfische, alles von dicken, faden Marktweibern bewacht, erinnerten ihn an eine Abreise zur See, unter Tonnen voll Pökelfleisch und eingesalzener Fische. Des Nachmittags aber wurde es in den Hallen still und schläfrig. Er schloß sich in seinem Büro ein, brachte seine Schriftsachen in Ordnung und genoß da seine besten Stunden.

Wenn er herauskam und den Fischmarkt durchschritt, fand er ihn fast verödet. Das Drängen, Stoßen, Lärmen, wie es um zehn Uhr gewesen, war dann verschwunden. Die Fischweiber saßen vor ihren leeren Tischen und strickten, den Rücken zurückgelehnt; nur selten zeigte sich noch eine verspätete Hauswirtin, die mit den forschenden Blicken der Frauen herumging, die den Preis ihres Essens auf einen Heller berechnen. Die Dämmerung brach herein; die Kisten wurden zurechtgerückt und die Fische über Nacht auf Eis gelegt. Florent wartete dann noch, bis die Gittertore geschlossen wurden und nahm den Fischgeruch in seinen Kleidern, in seinem Bart und Haar mit.

Die ersten Monate war ihm dieser durchdringende Geruch nicht allzu widerwärtig. Der Winter war streng; der Frost verwandelte die Gänge in Spiegel; die Eiszapfen bildeten Spitzen an den Marmortischen und an den Brunnen. Des Morgens mußten kleine Kohlenpfannen unter den Wasserhähnen angezündet werden, damit man einen dünnen Wasserfaden erhalte. Die gefrorenen Fische mit gekrümmtem Schwänze, farblos und hart wie matt geschliffenes Metall, klangen dumpf auf den Tischen, wie graues Gußeisen. Bis zum Februar sah der Pavillon trostlos aus in seinem Leichentuch von Eis. Dann kam der März mit seinem Tauwetter, mit Regen und Nebeln. Da tauten auch die Fische auf und schwammen wieder; Gerüche von verdorbenem Fleisch mengten sich mit den faden Gerüchen des Schlammes, die von den benachbarten Straßen kamen; es war ein noch unbestimmter Mißduft, ein anwidernder, süßlicher Geruch von Feuchtigkeit, der über dem Boden schwebte. Dann, an den heißen Juninachmittagen, stieg der Gestank empor und sättigte die Luft mit pestilenzialischen Dämpfen. Man öffnete die oberen Fenster; große Vorhänge von grauer Leinwand schützten gegen die sengenden Sonnenstrahlen; ein Feuerregen fiel auf die Hallen nieder und durchhitzte sie wie einen eisernen Ofen. Nicht das leiseste Lüftchen regte sich, um den faulen Fischgestank wegzufegen. Die Verkaufsbänke dampften.

Florent litt durch diese Anhäufung von Nahrung, in deren Mitte er lebte. Der Ekel vor dem Wurstzeug kehrte ihm noch unerträglicher wieder. Er hatte solche furchtbare Gerüche schon ertragen, aber sie kamen nicht aus dem Magen. Sein enger Magen eines hageren Menschen drehte sich um, wenn er an diesen Fischen vorüberkam, die in der großen Hitze faul wurden. Sie nährten ihn mit ihren starken Gerüchen und erstickten ihn, als habe er eine starke Verdauungsstörung infolge der Gerüche gehabt. Wenn er sich in seinem Büro einschloß, folgte ihm der Ekel dahin, drang durch die Ritzen der Tür und des Fensters ein. An trüben Tagen war der kleine Raum ganz dunkel; es war gleichsam eine lange Dämmerung mitten in einem ekelerregenden Sumpfe. Von nervösen Beklemmungen ergriffen, hatte er oft das Bedürfnis zu gehen und stieg in die

Keller hinunter, die breite Treppe benützend, die mitten im Pavillon hinabführte. Hier in der eingeschlossenen Luft, in dem Zwielicht, das die wenigen Gasflammen verbreiteten, fand er die Frische des reinen Wassers wieder. Er blieb vor dem großen Behälter stehen, wo die lebenden Fische in Vorrat gehalten werden; er lauschte dem ununterbrochenen Geplätscher der vier Wasserstrahlen, die aus den vier Winkeln der Zentralurne flossen, um sich unter den Drahtdeckeln der mittelst Schlüssel abgesperrten Becken mit dem sanften Gemurmel eines Wasserlaufes zu einer Fläche zu vereinigen. Diese unterirdische Quelle, dieser im Schatten plätschernde Bach beruhigte ihn. Er ergötzte sich auch des Abends an dem schönen Sonnenuntergang, der die feinen Spitzen der Hallen schwarz von den roten Lichtern des Himmels abzeichnete; das Fünfuhrlicht, der tanzende Staub der letzten Strahlen: sie drangen durch alle Öffnungen, durch alle Spalten der Vorhänge ein; es war wie ein leuchtendes Bild, in dem sich die dünnen Rippen der Pfeiler, die eleganten Biegungen der Gerüste, die geometrischen Figuren der Dächer abzeichneten. Er sättigte seine Blicke an diesem ungeheueren Musterriß, der mit chinesischer Tusche auf leuchtendes Velinpapier aufgetragen schien, und nahm seinen Traum wieder auf von einer kolossalen Maschine mit ihren Rädern, Hebeln, Balancierstangen, wie er sie im tiefen Rot des in dem Kessel flammenden Kohlenfeuers erblickte. So änderte das Spiel der Lichter jede Stunde das Aussehen der Hallen, von dem zarten Blau des Morgens und den dunklen Schatten des Mittags bis zu dem Feuerbrande der untergehenden Sonne, der in dem Aschgrau der Dämmerung erstarb. An den flammenden Abenden jedoch, wenn die Gerüche aufstiegen und gleich heißen Dämpfen die großen, goldigen Strahlen durchzitterten, erfaßte ihn von neuem der Ekel, und sein Traum verwandelte sich dermaßen, daß er an riesige Schwitzkammern dachte, an ekelhafte Kufen eines Abdeckers, in denen das ungesunde Fett eines ganzen Volkes schmelzen werde.

Auch litt er durch die gemeine Umgebung, deren Worte und Gebärden ebenfalls einen üblen Duft zu haben schienen. Dennoch war er gutmütig und keineswegs scheu. Die Frauen allein waren für ihn eine Ursache der Verlegenheit. Er fühlte sich nur behaglich im Gespräch mit der Mutter François, die er wieder angetroffen hatte. Sie zeigte eine so aufrichtige Freude, ihn in fester Stellung, zufrieden und frei von Not, wie sie sagte, wiederzusehen, daß er davon völlig gerührt wurde. Lisa, die Normännin und die anderen Frauen beunruhigten ihn mit ihrem Lachen. Ihr würde er alles erzählt haben. Sie lachte nicht, um sich über ihn lustig zu machen; sie lachte wie eine Frau, die sich des Glückes anderer freut. Auch war sie eine tüchtige, wackere Frau; im Winter, wenn es fror, war ihr Geschäft gar schwer und zur Regenzeit noch schwerer. An manchen Morgen sah Florent sie bei fürchterlichen Wolkenbrüchen eintreffen, oder bei einem langsamen, kalten Regen, der seit dem vorhergehenden Tage fiel. Auf dem Wege von Nanterre bis Paris waren die Räder des Karrens bis zu den Naben im Schmutz eingesunken und Balthasar war schmutzig bis an den Bauch. Sie beklagte das arme Tier und trocknete es mit alten Schürzen ab.

Diese Tiere sind so weichlich, pflegte sie zu sagen; im Nu haben sie eine Kolik weg ... Ach, mein armer Balthasar. Als wir über die Brücke von Neuilly kamen, regnete es so stark, daß ich glaubte, wir führen durch die Seine.

Balthasar ward in die Herberge gebracht, während sie selbst im Regengusse verblieb, um ihre Gemüse zu verkaufen. Das Pflaster verwandelte sich in ein Meer von flüssigem Schlamm. Die Kohlköpfe, die gelben und die weißen Rüben wurden von dem grauen Regen auf die Straße hinausgeschwemmt. Es war nicht mehr das herrliche Grünzeug, wie an sonnenhellen Tagen. Die Gemüsegärtner hockten unter ihren Mänteln und schalten die Hallenverwaltung, die nach gepflogener Untersuchung erklärt hatte, daß der Regen den Gemüsen nicht schade, und daß es unnötig sei, die Krautgärtner unter Dach und Fach zu bringen.

Die Regentage brachten Florent zur Verzweiflung. Er dachte an Frau François. Er entschlüpfte, um eine Weile mit ihr zu plaudern. Aber er fand sie niemals traurig; sie schüttelte sich wie ein Pudel und sagte, sie habe schon andere Stürme gesehen und sei nicht von Zucker, um bei den ersten Wassertropfen zu zerfließen. Er nötigte sie, für einige Minuten unter einen gedeckten Gang zu flüchten; mehrmals führte er sie sogar zu Herrn Lebigre, wo sie ein Glas Glühwein tranken. Während sie ihn mit ihrem ruhigen Antlitz freundlich betrachtete, war er glücklich über diesen gesunden Geruch der Felder, den sie in die schlechte Luft der Hallen mitbrachte. Sie roch nach Erde, nach Heu, nach frischer Luft, nach dem freien Himmel.

Sie müssen nach Nanterre kommen, mein Junge, sagte sie. Sie sollen einmal meinen Gemüsegarten sehen; alle Wege sind mit Thymian eingesäumt ... Dieses verteufelte Paris stinkt ganz abscheulich! ...

Und sie ging wassertriefend ihres Weges. Florent war ordentlich erfrischt, wenn er sie verließ. Er versuchte auch zu arbeiten, um die nervösen Beklemmungen zu bekämpfen, an denen er litt. Er war ein glücklicher Mensch, der die genaue Verwendung seiner Stunden oft übertrieb. Er schloß sich an zwei Abenden der Woche ein, um ein großes Werk über Cayenne zu schreiben. Sein Schülerzimmer sei vortrefflich, dachte er, um ihn zu beruhigen und zur Arbeit zu stimmen. Er zündete im Kamin ein Feuer an, sah nach, ob der Granatenbaum sich wohlbefinde; dann zog er den kleinen Tisch näher ans Feuer und blieb bis Mitternacht bei der Arbeit. Er hatte das Gebetbuch und den Traumdeuter in den Hintergrund des Schubfaches geschoben, das sich allmählich mit Notizen, fliegenden Blättern und Manuskripten jeder Art füllte. Die Arbeit über Cayenne machte nur langsame Fortschritte, weil sie von anderen Plänen unterbrochen wurde, von Plänen über riesige Arbeiten, deren Skizzen er in einigen Strichen entwarf. Nach und nach entwarf er eine vollständige Reform des Verwaltungssystems der Hallen, eine Umwandlung der Verbrauchsabgabe in eine Taxe auf die Verkaufsabschlüsse, eine neue Aufteilung der Lebensmittelversorgung in den armen Stadtvierteln, kurz ein neues menschenfreundliches Gesetz, das – vorläufig in einer noch ziemlich verworrenen Weise – die einlangenden Zufuhren gemeinsam einlagerte und sodann jedem Haushalte in Paris ein Mindestmaß an Nahrungsmitteln zusicherte. Mit gekrümmtem Rücken in seinen ernsten Plänen versunken, zeichnete sich sein großer schwarzer Schatten in dem sanften Lichte des Dachstübchens ab. Ein Fink, den er an einem frostigen Wintertage in den Hallen eingefangen hatte, stieß – durch das Licht getäuscht – zuweilen einen Ruf aus inmitten der tiefen Stille, die nur das Geräusch der über das Papier fliegenden Feder unterbrach.

Verhängnisvollerweise kehrte Florent zur Politik zurück. Er hatte durch sie zuviel gelitten, um sie nicht zur Lieblingsbeschäftigung seines Lebens zu machen. Ohne die Umgebung und die Umstände, in die er geraten war, wäre er ein guter Provinzlehrer geworden, der glücklich in dem stillen Frieden seines Städtchens dahinlebt. Allein man hatte ihn wie einen Wolf behandelt und durch seine Verbannung hielt er sich gleichsam für eine Kampfarbeit ausersehen. Sein nervöses Unbehagen war nur ein Wiedererwachen seiner langen Betrachtungen auf Cayenne, seiner Verbitterung wegen unverdienter Leiden, seiner Schwüre, eines Tages Rache zu nehmen wegen der mit Peitschenhieben traktierten Menschheit und der mit Füßen getretenen Gerechtigkeit. Die riesigen Hallen, die in Überfluß aufgehäuften, kräftigen Nahrungsmittel hatten den Zustand nur beschleunigt. Sie schienen ihm das befriedigte und verdauende Tier, das vollgefressene Paris, das seine Wohlgenährtheit hegt und das Kaiserreich stützt.

Sie zeigten rings um ihn her riesige Brüste, ungeheure Lenden, runde Gesichter, gleich fortwährenden Beweisgründen gegen seine Magerkeit eines Märtyrers, gegen sein gelbes Antlitz eines Unzufriedenen. Es war der Bauch des Krämers, der Bauch der Durchschnittsehrbarkeit, der sich zufrieden wölbte, in der Sonne glänzte und fand, daß alles aufs beste bestellt sei, daß es für die friedfertigen Leute niemals ein so schönes Gedeihen gegeben. Dann fühlte er, wie seine Fäuste sich kampfbereit ballten, und er war noch schlimmer gereizt durch die Erinnerung an seine Verbannung als zur Zeit seiner Rückkehr nach Frankreich. Der Haß hatte ihn wieder völlig in seiner Gewalt. Oft ließ er die Feder sinken und vertiefte sich in seine Träumerei. Das erlöschende Feuer warf einen roten Schein auf sein Antlitz; die Lampe verkohlte langsam und der Fink schlief auf einem Bein, den Kopf unter dem Flügel.

Den Lichtschein unter der Türe sehend klopfte August manchmal noch um elf Uhr an, ehe er schlafen ging. Florent öffnete ihm nicht ohne Unmut. Der Metzgergehilfe saß dann vor dem Feuer, sprach wenig und sagte niemals, weshalb er gekommen. Er betrachtete immerfort die Photographie, die ihn und Augustine darstellte Hand in Hand im Sonntagsstaate. Florent glaubte schließlich zu begreifen, daß August ganz besonderes Gefallen finde an dieser Stube, in der seine Verlobte gewohnt hatte. Eines Abends fragte er ihn lächelnd, ob er richtig geraten habe.

Vielleicht ja, erwiderte August, sehr überrascht von der Entdeckung, die er selber machte. Daran hatte ich niemals gedacht. Ich kam herein, ohne zu wissen weshalb ... Augustine würde lachen, wenn ich ihr es sagte ... Mein Gott! wenn man zu heiraten gesonnen ist, denkt man nicht an die Dummheiten.

Wenn er redseliger wurde, sprach er immer nur von dem Metzgerladen, den er mit Augustine in Plaisance zu eröffnen gedachte. Er schien so vollkommen sicher, sein Leben nach seinem Willen einzurichten, daß Florent schließlich vor ihm eine gewisse Achtung empfand, in die sich eine Gereiztheit mengte. Alles in allem war der Bursche sehr vernünftig, so dumm er auch schien; er ging gerade auf ein Ziel los und mußte es sicherlich ohne jede Aufregung, in vollkommener Zufriedenheit erreichen. An solchen Abenden konnte Florent nicht wieder an die Arbeit gehen; er legte sich mißvergnügt zu Bette und fand seine Ruhe erst wieder, wenn er dachte: „Dieser August ist doch nur ein dummes Rind!"

Jeden Monat einmal ging er nach Clamart, um Herrn Verlaque zu besuchen. Dies war für ihn fast eine Freude. Der arme Mann schleppte sich fort zur großen

Verwunderung Gavards, der ihm nicht sechs Monate gegeben hatte. Bei jedem Besuche Florents sagte ihm der Kranke, daß er sich besser befinde und seine Arbeit wieder aufnehmen wolle. Doch die Tage vergingen, und er ward wieder rückfällig. Florent setzte sich an sein Bett, plauderte mit ihm vom Fischmarkte und suchte ihn ein wenig zu erheitern. Er ließ auf dem Nachtkästchen die fünfzig Franken zurück, die er dem von ihm vertretenen Inspektor überließ; obgleich dies eine abgemachte Sache war, erzürnte sich Verlaque doch jedesmal und wollte das Geld nicht annehmen. Dann sprach man von etwas anderem und das Geld blieb auf dem Nachtkästchen. Wenn Florent fortging, gab Frau Verlaque ihm das Geleite bis zum Haustor. Sie war klein, weichlich und sehr weinerlich. Sie sprach immer von den Ausgaben, die die Krankheit ihres Gatten verursachte, von der Huhnsuppe, von den Braten, vom Rotwein, von dem Arzte und dem Apotheker. Diese Klagen waren Florent sehr lästig. Die ersten Male begriff er ihren Zweck nicht. Aber als die arme Frau unter fortwährendem Schluchzen erwähnte, wie glücklich sie ehedem mit den achtzehnhundert Franken gewesen, die ihr Mann als Gehalt bezogen, bot Florent in schüchterner Weise ihr an, ihr im geheimen etwas zu geben, ohne daß ihr Mann es wisse. Sie weigerte sich anfangs, dann versicherte sie ohne jeden Übergang, daß fünfzig Franken ihr genügen würden. Allein, im Laufe des Monats schrieb sie wiederholt an ihn, den sie „ihren Retter" nannte; sie verfügte über eine feine Schrift, über leichte und untertänige Redensarten, womit sie drei Seiten füllte, um zehn Franken zu verlangen; so daß schließlich die hundertundfünfzig Franken des Beamten ganz in die Hände des Ehepaars Verlaque wanderten. Der Mann wußte es gewiß nicht; die Frau aber küßte ihm die Hände. Diese gute Tat war seine große Freude; er verhehlte sie wie ein Vergnügen, das er als Egoist sich im geheimen gönnte.

Dieser verteufelte Verlaque macht sich über Sie lustig, sagte Gavard manchmal; er hegt sich und pflegt sich, weil er von Ihnen eine Rente hat.

Schließlich antwortete ihm Florent eines Tages:

Es ist abgemacht zwischen uns; ich überlasse ihm nur fünfundzwanzig Franken.

Übrigens hatte Florent keinerlei Bedürfnis. Bei den Quenus hatte er nach wie vor Wohnung und Verpflegung. Die wenigen Franken, die ihm übrigblieben, genügten für seine Erfrischung, die er am Abend bei Herrn Lebigre nahm. Allmählich hatte sein Leben sich geregelt wie eine Uhr: er arbeitete auf seiner Stube, gab zweimal wöchentlich von acht bis neun Uhr abends dem Knaben

Feinchen Unterricht, schenkte einen Abend der schönen Lisa, um sie nicht zu verletzen, und verbrachte den Rest seiner Zeit in dem Glasverschlag in Gesellschaft Gavards und seiner Freunde.

Zu den Méhudin kam er mit seiner etwas steifen Lehrersanftmut. Die alte Behausung gefiel ihm. Unten schritt er durch die faden Gerüche der trockenen Gemüse; in einem kleinen Hofe standen Kessel voll Spinat und Schüsseln voll Sauerampfer zum Auskühlen. Dann stieg er die Wendeltreppe hinan, deren feuchte, abgetretene Stufen in beängstigender Weise überhingen. Die Méhudin bewohnten den ganzen zweiten Stock. Die Alte hatte nicht wegziehen wollen, als der Wohlstand gekommen war, trotz der Bitten ihrer beiden Töchter, die lieber ein neues Haus in einer breiten Straße bewohnt hätten. Die Alte war eigensinnig; sie habe da gelebt und wolle da sterben, sagte sie. Sie überließ die Stuben ihren Töchtern und begnügte sich mit einer dunklen Kammer. Die schöne Normännin hatte kraft des Rechtes der älteren Schwester sich der nach der Straße gelegenen Stube bemächtigt; es war die große, die gute Stube. Claire war darüber dermaßen verdrossen, daß sie es ablehnte, die benachbarte Stube, deren Fenster auf den Hof ging, zu beziehen; sie zog es vor, in einer Art Dachstube zu schlafen, die auf der anderen Seite des Flurs lag und die sie nicht einmal mit Kalk tünchen ließ. Sie hatte ihren eigenen Schlüssel und war frei; bei dem geringsten Verdrusse schloß sie sich daselbst ein.

Wenn Florent kam, waren die Méhudin mit ihrer Mahlzeit gewöhnlich zu Ende. Feinchen sprang ihm an den Hals. Er saß einige Augenblicke im Gespräch mit dem Kinde. Nachdem die wachsleinene Tischdecke abgetrocknet war, begann an einem Ende des Tisches die Unterrichtsstunde. Die schöne Normännin nahm ihn gut auf. Sie strickte oder besserte Linnenzeug aus, rückte ihren Sessel näher, um bei derselben Lampe zu arbeiten; oft ließ sie die Nadel ruhen, um dem Unterricht zu lauschen, der sie überraschte. Sie hatte bald große Achtung für den gelehrten Mann, der sanft schien wie eine Frau, wenn er mit dem Kinde sprach und der mit engelgleicher Geduld die nämlichen Dinge wiederholte. Sie fand ihn durchaus nicht mehr häßlich und schließlich ward sie fast eifersüchtig auf die schöne Lisa. Sie rückte ihren Sessel näher und betrachtete Florent mit einem Lächeln, das ihn in Verlegenheit brachte.

Aber Mama, du stößest mich am Ellenbogen und ich kann nicht schreiben! rief Feinchen zornig. Da, jetzt habe ich ein Schwein gemacht. Rücke doch ein wenig weiter!

Allmählich kam sie so weit, von der schönen Lisa viel übles zu reden. Sie behauptete, daß Lisa ihr Alter verleugne, daß sie sich zum Ersticken schnüre; wenn sie am Morgen zum Vorschein komme, sei sie geziert und geschniegelt, daß kein Härchen höher stehe, als die anderen; aber entkleidet müsse sie scheußlich sein. Dann hob sie ein wenig die Arme, um zu zeigen, daß sie zu Hause kein Mieder trage; und sie bewahrte ihr Lächeln und richtete ihren herrlichen Oberkörper auf, den man unter dem dünnen Jäckchen leben und blühen sah. Dadurch ward die Lektion unterbrochen. Feinchen sah mit Interesse zu, wie seine Mutter die Arme emporhob. Florent hörte zu, ja er lachte sogar und dachte sich, daß die Weiber doch drollig seien. Die Gegnerschaft zwischen der schönen Normännin und der schönen Lisa ergötzte ihn.

Inzwischen schrieb Feinchen seine Seite voll. Florent, der eine schöne Hand schrieb, machte ihm Mustervorlagen, Papierstreifen, auf die er ihm in großen und halbgroßen Buchstaben lange Worte schrieb, die fast eine Zeile einnahmen. Er schrieb Worte wie „tyrannisch, freiheitsmörderisch, verfassungswidrig, aufrührerisch" – oder er ließ das Kind Sätze schreiben, wie die folgenden: „Der Tag der Gerechtigkeit wird kommen" – „Das Leiden des Gerechten ist die Verdammung des Bösen" – „Wenn die Stunde schlägt, wird der Schuldige fallen". Indem er diese Schriftmuster machte, folgte er einfach den Gedanken, die seinen Kopf beschäftigten; er vergaß Feinchen, die schöne Normännin, alles, was ihn umgab. Feinchen würde auch den „Sozialen Vortrag" des Rousseau niedergeschrieben haben; er schrieb ganze Seiten voll mit „tyrannisch" – „verfassungswidrig" und zeichnete jeden Buchstaben nach der Vorlage ab.

Solange der Lehrer da war, trieb sich Frau Méhudin brummend um den Tisch herum. Sie nährte gegen Florent noch immer Rachegefühle. Sie meinte, es sei unsinnig, den Kleinen des Abends dermaßen zum Lernen anzuhalten und er sollte lieber schlafen. Sie würde den „langen Mageren" sicher an die Luft gesetzt haben, wenn nicht die schöne Normännin nach einer sehr stürmischen Auseinandersetzung rundheraus erklärt hätte, daß sie eine andere Wohnung beziehen würde, wenn sie nicht mehr bei sich empfangen könne, wen sie wolle. Im übrigen erneuerte sich der Streit allabendlich.

Du magst sagen, was du willst, er hat einen bösen Blick, wiederholte die Alte. Den Mageren traue ich nicht. Ein magerer Mensch ist zu allem fähig. Ich habe niemals einen getroffen, der gut gewesen wäre. Dieser trägt den Bauch sicherlich in den Hosen, denn er ist platt wie ein Brett ... Und häßlich dazu! ... Ich bin fünfundsechzig Jahre alt, aber ich möchte ihn nachts nicht auf meiner Stube haben.

Sie sagte dies, weil sie wohl merkte, welche Wendung die Dinge nahmen. Sie sprach mit Bewunderung von Herrn Lebigre, der sich in der Tat der schönen Normännin gegenüber sehr galant zeigte. Er witterte da eine fette Mitgift und dachte, die junge Frau werde hinter dem Zahlpulte eine prächtige Figur machen. Die Alte war unerschöpflich an Lobsprüchen für Herrn Lebigre; dieser sei doch wenigstens nicht „ausgeronnen"; er sei sicherlich stark wie ein Türke; sie ging so weit, seine dicken Waden zu bewundern. Doch die Normännin zuckte mit den Achseln und erwiderte scharf:

Was kümmern mich seine Waden? Ich brauche niemandes Waden ... Ich tue, was ich will.

Wenn die Mutter nicht nachgab und gar zu deutlich wurde, schrie die Tochter:

Das hat Euch nicht zu kümmern! ... Es ist übrigens nicht wahr; und wenn es wahr wäre, würde ich nicht erst Euch um Erlaubnis fragen. Laßt mich in Frieden!

Sie ging in ihre Stube und schlug die Türe heftig zu. Sie hatte im Hause eine Macht erlangt, die sie mißbrauchte. Die Alte erhob sich des Nachts, wenn sie ein Geräusch zu vernehmen glaubte, und schlich barfüßig zur Türe Louisens, um zu forschen, ob Florent nicht bei ihr sei. Doch dieser hatte im Hause der Méhudin eine noch schlimmere Feindin. Sobald er erschien, erhob sich Claire wortlos, nahm ihren Leuchter und ging in ihre Kammer, die auf der anderen Seite des Flurs lag. Als eines Abends ihre Schwester den Lehrer zum Essen einlud, kochte Claire besonders für sich und aß in ihrer Kammer. Manchmal schloß sie sich so beharrlich ein, daß man sie eine Woche lang nicht zu Gesichte bekam. Dabei war sie weichlich und starrsinnig und hatte einen argwöhnischen Blick unter ihrem reichen, rötlich blonden Haar. Die Mutter Méhudin, die bei ihr sich erleichtern zu können glaubte, machte sie nur wütend, wenn sie von Florent sprach. Zum äußersten getrieben schrie dann die Alte, daß sie auf und davon gehen werde, wenn sie nicht fürchten müsse, daß ihre zwei Töchter sich gegenseitig auffressen würden.

Als Florent eines Abends fortging, kam er an Claires Türe vorüber, die weit offen stand. Sie war sehr rot, während sie ihn betrachtete. Die feindselige Haltung des Mädchens kränkte ihn; nur seine Schüchternheit den Frauen gegenüber hinderte ihn, eine Erklärung herbeizuführen. Er wäre diesen Abend sicherlich in ihr Zimmer eingetreten, wenn er nicht im oberen Stockwerk das kleine, weiße Gesicht des Fräulein Saget, die sich über das Geländer beugte, wahrgenommen hätte. Er ging vorüber und er war noch nicht zehn Stufen hinabgestiegen, als die Türe Claires so heftig zugeschlagen wurde, daß das ganze Stiegenhaus davon erzitterte. Bei dieser Gelegenheit gewann Fräulein Saget die Überzeugung, daß der Vetter der Frau Quenu mit den zwei Schwestern Méhudin schlafe.

Florent dachte gar nicht an diese schönen Mädchen. Er behandelte die Frauen gewöhnlich wie ein Mann, der kein Glück bei ihnen hat. Auch verträumte er zuviel von seiner Männlichkeit. Er kam so weit, daß er eine wahrhafte Freundschaft für die Normännin empfand; sie hatte ein gutes Herz, wenn sie sich nicht erzürnte. Aber weiter ging er nicht. Wenn sie des Abends beim Lampenschein ihren Sessel näher rückte, wie um sich über das Geschreibsel des Knaben zu neigen, fühlte er mit einem gewissen Unbehagen ihren mächtigen und warmen Körper neben sich. Mit ihrem Riesenbusen schien sie ihm ungeheuer, sehr schwerfällig, fast beunruhigend; er zog seine spitzigen Ellenbogen, seine dürren Schultern ein, in einer unbestimmten Furcht, sie in dieses Fleisch zu stoßen. Seine mageren Knochen zitterten vor einer Berührung mit fetten Brüsten. Er senkte den Kopf und machte sich noch dünner, belästigt durch den kräftigen Hauch, der von ihr ausging. Wenn ihr Nachtjäckchen sich ein wenig öffnete, glaubte er zwischen zwei weißen Wölbungen einen Dampf des Lebens, einen Hauch der Gesundheit aufsteigen zu sehen, der ihm warm ins Gesicht drang, gleich einem Qualm der Hallen an heißen Sommerabenden. Es war ein beharrlicher Geruch, der an dieser seidenweichen Haut haftete, ein Fettschweiß der Fische, hervordringend aus den herrlichen Brüsten, aus den königlichen Armen, der geschmeidigen Taille, etwas Rauhes in ihren Frauengeruch mengend. Sie hatte es mit allen wohlriechenden Ölen versucht und nahm reichliche Waschungen mit frischem Wasser vor; allein, sobald die Frische des Bades sich verflüchtigt hatte, führte das Blut den faden Geruch der Lachse, den Moschusgeruch der Spieringe, die Schärfe der Heringe und Rochen bis in die Spitzen der Glieder zurück. Aus dem Schütteln ihrer Röcke ging dann ein Dampf hervor; sie ging wie inmitten einer Ausdünstung von Sumpfröhricht; mit dem großen Körper einer Göttin, ihrer wunderbaren Reinheit und Blässe, war sie wie ein schönes, altertümliches Marmorbild, das im Meere treibt und in dem Netze eines Sardinenfischers ans Land gezogen wird. Florent litt durch ihre Nähe; er trug kein Begehren nach ihr, denn seine Sinne waren in Aufruhr durch die Nachmittage, die er auf dem Fischmarkte zubrachte; er fand sie aufregend, zu sehr nach Salz riechend, zu bitter, von einer zu breiten Schönheit und einem zu starken Geruch.

Fräulein Saget schwor bei allen Göttern, daß Florent der Liebhaber der Normännin sei. Sie hatte sich wegen eines Sandaals um zehn Sous mit ihr entzweit. Seit dieser Zeit bekundete sie große Freundschaft für die schöne Lisa. So hoffte sie rascher das zu erfahren, was sie „die Machenschaften der Quenus" nannte. Da Florent ihr noch immer ein Rätsel blieb, war sie „ein Körper ohne Seele", wie sie selbst sagte, ohne den Grund ihres Leides zu gestehen. Ein Mädchen, das einem Burschen nachläuft, hätte nicht trostloser sein können als diese fürchterliche Alte, als sie merkte, daß das Geheimnis des Vetters ihr entging. Sie bespähte den Vetter, verfolgte ihn, beobachtete ihn mit wütendem Grimme, weil es ihrer brünstigen Neugier nicht gelang, ihn in ihre Gewalt zu bekommen. Seitdem er zu den Méhudin kam, stand sie fast unablässig an dem Treppengeländer. Dann begriff sie, daß die schöne Lisa sehr verdrossen war wegen der Besuche Florents bei „diesen Weibern". Jeden Morgen brachte sie ihr Nachrichten aus der Pirouette-Straße. An kalten Tagen kam sie ganz durchfroren in den Laden und hielt ihre blauen Hände an den Ofen, um sie zu erwärmen. Sie kaufte nichts, sondern wiederholte nur mit ihrer zirpenden Stimme:

Gestern war er wieder bei ihnen ... Er steckt immer dort. Die Normännin hat ihn auf dem Flur ihren „Liebsten" genannt.

Sie log ein wenig, um länger bleiben und sich die Hände wärmen zu können. Am Morgen nach dem Tage, an dem sie Florent aus der Stube Claires kommen zu sehen glaubte, eilte sie herbei und dehnte die Geschichte eine halbe Stunde aus. Es sei jetzt geradezu eine Schmach; der Vetter gehe vom Bette der einen zum Bette der anderen.

Ich habe ihn gesehen, sagte sie. Wenn er von der Normännin genug hat, schleicht er auf den Fußzehen zur kleinen Blonden. Gestern verließ er die Blonde und kehrte ohne Zweifel zur großen Braunen zurück, als er mich erblickte, worauf er kehrtmachte. Die ganze Nacht höre ich die zwei

Türen auf- und zugehen; es nimmt gar kein Ende ... Und diese alte Méhudin, die in einem Kabinett zwischen den Stuben ihrer Töchter schläft! ...

Lisa machte ein verächtliches Mäulchen. Sie sprach wenig und ermutigte das Geschwätz des Fräuleins Saget nur durch ihr Stillschweigen. Sie hörte aufmerksam zu, und wenn die Einzelheiten gar zu schlüpfrig wurden, murmelte sie: Nein, nein, das ist denn doch nicht erlaubt! ... Ist es möglich, daß es solche Weiber gibt?

Darauf erwiderte Fräulein Saget, daß allerdings nicht alle Frauen so ehrbar seien wie Lisa. Dann zeigte sie sich sehr nachsichtig für den Vetter. Ein Mann läuft eben jeder Schürze nach ... und Florent sei doch nicht verheiratet ... vielleicht. Und sie stellte wie unabsichtlich verschiedene Fragen. Allein Lisa gab niemals ein Urteil über den Vetter ab; sie zuckte nur mit den Achseln und spitzte die Lippen. Wenn Fräulein Saget fort war, betrachtete die Metzgerin mit angewiderter Miene den Deckel des Ofens, wo die Alte die Spuren ihrer kleinen Hände zurückgelassen hatte.

Augustine, rief sie dann, bringen Sie doch einen Wischlappen, um den Ofen abzuwischen. Es ist ekelhaft!

Die Feindschaft der schönen Lisa und der schönen Normännin gestaltete sich furchtbar. Die schöne Normännin war überzeugt, daß sie ihrer Gegnerin einen Liebhaber weggenommen habe; die schöne Lisa aber war wütend auf diese Nichtsnutzige, die sie schließlich noch kompromittieren mußte, indem sie diesen duckmäuserischen Florent an sich zog. Jede brachte ihr Temperament in diese Feindschaft mit; die eine war ruhig, geringschätzig und benahm sich wie eine Frau, die ihre Röcke aufhebt, um sich nicht zu beschmutzen; die andere war frecher, brach in eine unverschämte Heiterkeit aus und nahm die ganze Breite des Fußweges ein wie ein Händel suchender Klopffechter. Wenn sie sich einmal trafen, so hatte der Fischmarkt einen ganzen Tag davon zu reden. Wenn die schöne Normännin die schöne Lisa auf der Schwelle ihres Ladens erblickte, machte sie einen Umweg, um bei ihr vorbeizukommen, sie mit ihrer Schürze zu streifen; dann kreuzten sich die Blicke ihrer schwarzen Augen wie zwei Degen, mit dem flüchtigen Blitz und der scharfen Spitze des Stahls. Die schöne Lisa nahm ihrerseits, wenn sie auf den Fischmarkt kam, eine Miene des Ekels an, sobald sie sich der Fischbank der schönen Normännin näherte; sie kaufte bei einer Nachbarin einen großen Fisch, einen Steinbutt, einen Lachs und legte ihr Geld breit auf den Tisch hin, weil sie bemerkt hatte, daß dies die „Nichtsnutzige“ im Herzen traf, die dann sogleich zu lachen aufhörte. Wenn man die beiden Gegnerinnen hörte, verkaufte die eine nur faule Fische, die andere nur verdorbenes Wurstzeug. Ihren Kampfposten hatte die schöne Normännin vornehmlich bei ihrer Fischbank, die schöne Lisa hinter ihrem Pulte; so vernichteten sie einander mit den Blicken quer über die Rambuteau-Straße. Da thronten sie in ihren langen, weißen Schürzen, mit ihren Toiletten und ihrem Schmuck. Schon am Morgen begann die Schlacht.

Schau, die dicke Kuh ist schon auf! rief die schöne Normännin. Sie schnürt sich ein, wie ihre Würste! ... Aha, sie hat den Kragen vom Samstag angelegt und trägt schon wieder ihr Popelinekleid!

Im selben Augenblicke sagte jenseits der Straße die schöne Lisa zu ihrem Ladenmädchen:

Augustine, schauen Sie nur das Geschöpf dort drüben, das uns mustert! ... Sie ist ganz aus der Form gebracht durch das Leben, das sie führt ... Sehen Sie ihre Ohrgehänge? Ich glaube, sie hat wieder ihre großen Birnen, nicht wahr? Es ist wirklich ein Jammer, daß solche Dirnen Brillanten tragen!

Mein Gott, was sie ihr kosten! ... erwiderte Augustine gefällig.

Wenn eine von ihnen ein neues Schmuckstück hatte, so war das ein Sieg und die andere barst schier vor Ärger. Den ganzen Vormittag neideten sie sich gegenseitig die Kunden und zeigten sich sehr verdrossen, wenn sie sich einbildeten, daß das Geschäft besser gehe bei der „langen Mähre“ da drüben. Dann kam das Bespähen des Frühstücks; sie wußten gegenseitig, was sie aßen und belauerten selbst ihre Verdauung. Nachmittag saß die eine zwischen ihren kalten Schüsseln, die andere bei ihren Fischen. Da machten sie sich schön, zierten sich und gaben sich alle erdenkliche Mühe, die andere zu übertrumpfen. Dies war die Stunde, die den Erfolg des Tages entschied. Die schöne Normännin strickte, wählte sehr feine Handarbeiten, was die schöne Lisa außer sich brachte.

Sie täte besser, sagte sie, die Strümpfe ihres Jungen auszubessern, der barfüßig geht. Seht doch dieses Fräulein mit den roten Händen, die nach Fischen stinken!

Lisa strickte gewöhnlich.

Sie hat noch immer einen und denselben Strumpf in der Hand, sagte die andere. Sie schläft bei der Arbeit ein ... sie ißt auch zu viel ... Wenn ihr Hahnrei auf diese Strümpfe wartet, um warm zu gehen! ...

So verharrten sie in unversöhnlicher Feindseligkeit bis zum Abend, jeden Besuch mit so raschem Blick erläuternd, daß sie die geringste Einzelheit an der Person der Gegnerin erfaßten, während andere Frauen erklärten, in solcher Entfernung nichts bemerken zu können. Fräulein Saget bewunderte die guten Augen der Frau Quenu eines Tages, als diese auf der linken Wange der

Fischhändlerin eine Schramme entdeckten. – Mit solchen Augen, sagte sie, könne man durch die Türen sehen. Oft war bei Einbruch der Nacht der Kampf noch nicht entschieden; zuweilen blieb die eine auf der Walstatt, übte aber am folgenden Tage Vergeltung. Im Stadtviertel wettete man auf die schöne Lisa oder auf die schöne Normännin.

Dies ging so weit, daß die beiden ihren Kindern untersagten, miteinander zu reden. Pauline und Feinchen waren früher gute Freunde gewesen, wenngleich Pauline mit ihren gesteiften Röcken einem vornehmen Fräulein glich, während Feinchen schmutzig war und fluchte wie ein Kärrner. Wenn sie zusammen auf dem breiten Fußweg vor dem Fischpavillon spielten, machte Pauline den Karren. Aber eines Tages, als Feinchen kam, um Pauline zu holen, zeigte Lisa ihm die Türe und nannte ihn einen Gassenjungen.

Kann man denn wissen bei so schlecht erzogenen Kindern? ... sagte sie. Der Junge hat so schlimme Beispiele vor Augen, daß ich nicht ruhig bin, wenn er mit meiner Tochter ist.

Das Kind war sieben Jahre alt. Fräulein Saget, die anwesend war, setzte hinzu:

Sie haben recht. Der Bengel steckt immer unter den kleinen Mädchen des Stadtviertels ... Neulich hat man ihn mit der Tochter des Kohlenhändlers in einem Keller getroffen.

Als Feinchen sein Erlebnis weinend seiner Mutter erzählte, geriet die schöne Normännin in einen schrecklichen Zorn. Sie wollte zu den Quenu-Gradelle gehen, um dort alles zu zerschlagen. Dann begnügte sie sich, Feinchen durchzuprügeln.

Wenn du je wieder dorthin gehst, rief sie wütend, hast du es mit mir zu tun.

Aber das eigentliche Opfer der beiden Frauen war Florent. Im Grunde hatte er allein sie auf diesen Kriegsfuß gebracht; sie schlugen sich nur seinethalben. Seit seiner Ankunft ging alles schief; er kompromittierte, erzürnte, beunruhigte diese Leute, die bis dahin in bester Eintracht gelebt hatten. Die schöne Normännin würde ihm gern mit den Nägeln ins Gesicht gefahren sein, wenn sie ihn zu lange bei den Quenu verweilen sah. Die Kampflust trug viel dazu bei, wenn sie nach diesem Manne Verlangen trug. Die schöne Lisa bewahrte die strenge Haltung eines Richters angesichts der schlimmen Lebensführung ihres Schwagers, dessen Beziehungen zu den beiden Schwestern Méhudin das Ärgernis des ganzen Stadtviertels waren. Sie war furchtbar verdrossen; sie bemühte sich, ihre

Eifersucht zu verbergen, eine seltsame Eifersucht, die trotz ihrer Verachtung für Florent und trotz ihrer Kälte einer ehrbaren Frau sie jedesmal verbitterte, wenn ihr Schwager den Laden verließ, um nach der Pirouette-Straße zu gehen, und wenn sie sich die verbotenen Freuden vorstellte, die er dort sicherlich genoß.

Der Abendtisch bei den Quenu ward weniger gemütlich. Die Sauberkeit des Speisezimmers nahm einen herben, spröden Charakter an. Aus den hellgelben Eichenmöbeln, der allzu blanken Lampe, der neuen Matte fühlte Florent einen Vorwurf, eine Art Verurteilung heraus. Er wagte kaum mehr zu essen, aus Furcht, daß er Brotkrümchen fallen lassen, seinen Teller beschmutzen könnte. Indes war er zu einfältig, um die Lage klar zu sehen. Überall pries er die Sanftmut Lisas. Sie blieb in der Tat sehr sanft; sie sagte ihm lächelnd, wie im Scherze:

Es ist sonderbar: Sie essen jetzt nicht schlecht und werden doch nicht fetter ... Es bekommt Ihnen nicht gut.

Quenu lachte noch lauter, schlug seinem Bruder auf den Bauch und behauptete, daß der ganze Metzgerladen seinen Weg durch diesen Bauch nehmen könne, ohne für zwei Kreuzer Fett daselbst zurückzulassen. Allein in der Beharrlichkeit Lisas lag jener Haß, jenes Mißtrauen gegen die Mageren, das die Mutter Méhudin noch schroffer bekundete; es lag darin auch eine versteckte Anspielung auf das regellose Leben, das Florent führte. Sie sprach übrigens vor ihm niemals von der schönen Normännin. Als Quenu eines Abends einen Scherz wagte, ward sie so eisig kühl, daß der würdige Mann sogleich abließ. Nach dem Nachtisch saßen sie noch eine Weile beisammen. Florent, der bemerkte, daß seine Schwägerin verstimmt sei, wenn er zu früh wegging, suchte ein Gespräch anzuknüpfen. Sie saß ganz nahe bei ihm; er fand sie nicht so warm, nicht so lebendig, wie die Fischhändlerin; sie hatte auch nicht den scharfen, durchdringenden Fischgeruch; sie hatte den faden Geruch der Fette, der Braten. Kein Frösteln warf eine Falte an ihrem straff gespannten Leibchen. Die allzu feste Berührung der schönen Lisa beunruhigte seine mageren Knochen noch mehr, als die zarte Annäherung der schönen Normännin. Gavard sagte ihm einmal vertraulich, daß die Quenu sicherlich eine schöne Frau sei, aber, daß er die Frauen weniger „gepanzert“ liebe.

Lisa vermied es, mit ihrem Gatten von Florent zu reden. Gewöhnlich trug sie große Geduld zur Schau. Auch hielt sie es für ein Gebot der Rechtschaffenheit, sich nicht ohne sehr ernste Gründe zwischen die zwei Brüder zu stellen. Wie sie zu sagen pflegte, war sie sehr gut, durfte aber nicht zum Äußersten getrieben werden. Sie war in einer Periode der Nachsicht; ihr Gesicht blieb stumm, ihre Höflichkeit tadellos; sie heuchelte Gleichgültigkeit und vermied sorgfältig alles, was den Beamten hätte daran erinnern können, daß er bei ihnen Wohnung und Verpflegung hatte, ohne daß man jemals sein Geld gesehen hätte. Nicht als hätte sie irgendeine Zahlung angenommen; darüber war sie erhaben. Aber er hätte doch wenigstens sein Frühstück außer dem Hause nehmen können. Eines Tages sagte sie ihrem Gatten:

Wir sind gar nie mehr allein; wenn wir miteinander reden wollen, müssen wir warten, bis wir des Abends zu Bett gegangen sind.

Und eines Abends, als sie Kissen an Kissen lagen, sagte sie:

Dein Bruder erwirbt hundertundfünfzig Franken monatlich, nicht wahr? ... Es ist doch eigentümlich, daß er nichts erübrigen kann, um sich einige Wäsche zu kaufen. Ich mußte ihm wieder drei alte Hemden aus deinem Vorrat geben.

Bah, das tut nichts, sagte Quenu. Mein Bruder ist keine große Last. Man muß ihm sein Geld lassen.

Oh, gewiß, murmelte Lisa, ohne bei der Sache weiter zu beharren. Ich sage es auch nicht deshalb ... Ob er sein Geld gut oder schlecht verwendet, geht uns doch nichts an.

Sie war überzeugt, daß er sein Geld bei den Méhudin verzehre. Nur einmal trat sie aus ihrer ruhigen, berechnenden Haltung heraus. Die schöne Normännin hatte Florent einen prächtigen Lachs zum Geschenke gemacht. Florent hatte nicht gewagt, das Geschenk zurückzuweisen und da er mit dem Fische nichts anzufangen wußte, brachte er ihn Lisa:

Machen Sie eine Pastete daraus, sagte er treuherzig.

Sie sah ihn starr an und erbleichte bis an die Lippen; dann sagte sie mit einer Stimme, deren Bewegung sie zu meistern suchte:

Glauben Sie etwa, wir hätten Not an Nahrung? Es gibt, Gott sei gelobt, bei uns noch zu essen. Tragen Sie ihn nur wieder weg!

So lassen Sie ihn für mich kochen, ich werde ihn essen, entgegnete Florent, erstaunt über ihren Ingrimm.

Nun brach sie los.

Unser Haus ist doch vielleicht keine Herberge! Sagen Sie den Leuten, die Ihnen den Fisch gegeben, sie mögen ihn kochen, wenn sie wollen. Ich habe keine Lust, mein Kochgeschirr verunreinigen zu lassen ... Tragen Sie ihn nur wieder weg, hören Sie?

Sie war nahe daran, den Fisch auf die Straße zu werfen. Er trug ihn zu Herrn Lebigre, wo Rosa den Auftrag erhielt, eine Pastete daraus zu machen. Und eines Abends verspeiste die Gesellschaft des Sonderkabinetts die Fischpastete. Gavard zahlte Austern dazu. Florent kam allmählich häufiger und fehlte kaum mehr einen Abend in dem Kabinett. Er fand daselbst eine überhitzte Umgebung, wo sein politisches Fieber sich frei entwickeln konnte. Wenn er sich jetzt in seiner Dachkammer einschloß, um zu arbeiten, ward er oft ungeduldig in der Stille dieses Raumes; das gedankliche Streben nach Freiheit genügte ihm nicht mehr; er mußte hinuntergehen und Befriedigung suchen in den schneidigen Sätzen Charvets und in den heftigen Ausfällen Logres. An den ersten Abenden war diese geräuschvolle Flut von Worten ihm lästig, er fühlte ihre Leere; aber er empfand ein Bedürfnis, sich zu betäuben, sich aufzustacheln, zu irgendeinem äußersten Entschlusse getrieben zu werden, der die Unruhe seines Geistes beschwichtigen würde. Der Geruch des Kabinetts, dieser vom Tabaksqualm und den Dünsten der Getränke geschwängerte Geruch berauschte ihn, brachte ihm ein ganz eigenartiges Behagen, ein einlullendes Sichgehenlassen, bei dem er sehr plumpe Dinge leicht hinnahm. Er kam so weit, die Gestalten zu lieben, die er hier fand, sie aufzusuchen und mit dem Vergnügen der Gewohnheit unter ihnen zu verweilen. Das sanfte und bärtige Antlitz Robines, das ernste Gesicht Clémences, der blasse, hagere Kopf Charvets, der Höcker Logres, und Gavard und Alexander und Lacaille: sie gehörten jetzt zu seinem Leben und nahmen in ihm einen immer größeren Platz ein. Es war für ihn eine ganz sinnliche Freude. Wenn er die Hand an den Messingknopf der Türe des Kabinetts legte, war ihm, als lebe dieser Knopf, erwärme ihm die Finger, drehe sich von selbst; die Berührung des geschmeidigen Handgelenks einer Frau würde kein lebhafteres Gefühl in ihm hervorgerufen haben.

In der Tat gingen in dem Kabinett sehr ernste Dinge vor. Eines Abends erklärte Logre, nachdem er noch heftiger als sonst gewettert hatte, unter wütenden Faustschlägen auf den Tisch, daß sie die Regierung stürzen müßten, wenn sie Männer wären. Und er fügte hinzu, daß man sich sogleich verständigen müsse, wenn man in der Stunde des Zusammenbruchs bereit sein wolle. Dann steckten sie die Köpfe zusammen und kamen im Flüstertone überein, daß sie eine kleine

Gruppe bilden wollten, bereit für alle kommenden Ereignisse. Seit jenem Tage war Gavard überzeugt, daß er einem Geheimbunde angehöre und ein Verschwörer sei. Der Kreis erweiterte sich nicht; aber Logre versprach, ihn mit anderen, ihm bekannten Vereinigungen in Berührung zu bringen. In dem Augenblicke, wo man ganz Paris in der Hand habe, werde man den Tuilerien zum Tanze aufspielen. Nun gab es Monate hindurch endlose Erörterungen: Fragen der Organisation, Fragen des Zieles und der Mittel, Fragen des Kampfes und der künftigen Regierungsform. Sobald Rosa für Clemence den Grog, für Charvet und Robin das Bier, für Logre, Gavard und Florent den Mazagran, für Lacaille und Alexander den Schnaps gebracht hatte, wurde das Kabinett sorgfältig verrammelt und die Sitzung war eröffnet.

Charvet und Florent hatten natürlich die gewichtigsten Stimmen in diesem Kreise. Gavard hatte seine Zunge nicht meistern können und hatte nach und nach die Geschichte von Cayenne erzählt, was Florent einen Märtyrerruhm verschaffte. Seine Worte galten als Glaubensartikel. Eines Abends rief der Geflügelhändler, als man seinen abwesenden Freund angriff, in wütendem Tone:

Laßt mir Florent ungeschoren! Er war in Cayenne.

Doch Charvet fühlte sich durch diesen Vorzug sehr verletzt.

Cayenne, Cayenne, murmelte er zwischen den Zähnen; es war schließlich dort nicht so schlimm.

Er versuchte den Beweis dafür zu führen, daß die Verbannung nichts sei, daß das tiefe Leid darin bestehe, im Vaterlande zu bleiben, unterdrückt, mit geknebeltem Munde, angesichts des triumphierenden Despotismus. Übrigens sei es nicht seine Schuld, wenn er am 2. Dezember nicht verhaftet worden. Er gab sogar zu verstehen, daß alle, die sich fangen ließen, Tölpel seien. Diese geheime Eifersucht machte ihn zum systematischen Gegner Florents. Die Besprechungen endigten stets mit einer Auseinandersetzung zwischen ihnen beiden. Sie sprachen noch stundenlang inmitten des Schweigens der anderen, ohne daß jemals einer von ihnen sich besiegt erklärt hätte.

Eine der Lieblingsfragen war die der Organisation des Landes nach dem Siege.

Wir sind doch Sieger, nicht wahr? ... begann Gavard.

Nachdem der Sieg einmal ausgemacht war, sagte jeder seine Meinung. Es gab zwei Lager. Charvet, der sich zum Hebertismus bekannte, hatte Logre und Robine für sich. Florent, stets in seinem Menschheitstraum verloren, gab sich als

Sozialisten und stützte sich auf Alexander und Lacaille. Was Gavard betrifft, so war er den gewaltsamen Ideen nicht abhold; allein da man ihm zuweilen seinen Reichtum vorwarf mit herben Spaßen, die ihn in Aufregung versetzten, war er Kommunist.

Man muß reinen Tisch machen, sagte Charvet mit seinem knappen Tone, der so scharf klang wie ein Beilhieb. Der Stamm ist faul, man muß ihn fällen.

Ja, ja, nahm Logre den Faden auf, wobei er aufstand, um größer zu scheinen und mit den Stößen seines Höckers die Holzwand des Kabinetts erschütterte ... Alles muß niedergerissen werden, das sage ich euch. Dann wird man weiter sehen.

Robine nickte zustimmend mit dem Barte. Wenn die Vorschläge ganz und gar revolutionär waren, schwelgte er so recht in seinem Stillschweigen. Bei dem Worte *Guillotine* nahmen seine Augen einen milden Glanz an und er schloß sie halb, als sehe er die Sache und als rühre sie ihn tief; dann kratzte er sich das Kinn mit dem Knopfe seines Stockes und grunzte vergnügt dazu.

Und doch, sagte Florent mit einem leisen Anklang von Traurigkeit, – und doch, wenn ihr den Baum fället, wird es notwendig sein, den Samen aufzubewahren ... Ich glaube im Gegenteil, daß wir den Baum erhalten müssen, um ihm neues Leben einzuimpfen. Die politische Umwälzung ist vollzogen, wir müssen heute an den Arbeiter denken; unsere Bewegung muß rein sozial sein. Ich warne euch, dieser Erlösung des Volkes entgegenzutreten. Das Volk ist müde, es will sein Teil haben.

Diese Worte begeisterten Alexander. Er bestätigte mit seiner gutmütigen und strahlenden Miene, dies sei wahr, das Volk sei müde.

Wir wollen unser Teil, fügte Lacaille mit drohender Miene hinzu. Alle Revolutionen waren für die Spießbürger. Jetzt ist's genug; die nächste ist für uns.

Da war es aus mit dem guten Einvernehmen. Gavard war bereit zu teilen. Logre wies die Teilung zurück und schwor, er hänge nicht am Gelde. Allmählich beherrschte Charvet den Tumult und sprach allein:

Die Selbstsucht der Klassen ist eine der kräftigsten Stützen der Tyrannei. Es ist schlimm, daß das Volk selbstsüchtig ist. Wenn es mit uns gehen will, wird es seinen Teil haben ... Warum soll ich mich für den Arbeiter schlagen, wenn der Arbeiter sich weigert, sich für mich zu schlagen? Übrigens liegt das Wesen der

Frage nicht darin. Zehn Jahre revolutionärer Diktatur sind notwendig, um ein Land wie Frankreich an die Ausübung der Freiheit zu gewöhnen.

Um so mehr, erklärte Clémence klar, als der Arbeiter nicht reif ist und geleitet werden muß.

Sie sprach nur selten. Dieses große, ernste Mädchen, das unter allen diesen Männern kaum bemerkt wurde, hatte eine professorenmäßige Art zuzuhören, wenn von Politik gesprochen wurde. Sie lehnte sich an die Wand des Kabinetts, trank ihren Grog in kleinen Schlücken und betrachtete die Sprechenden, wobei sie die Augenbrauen runzelte und die Nasenflügel blähte, und so in stummer Weise ihre Zustimmung oder ihren Widerspruch zum Ausdruck brachte, was bewies, daß sie begriff, und daß sie ihre bestimmten Ansichten über die verwickeltsten Fragen hatte. Von Zeit zu Zeit rollte sie sich eine Zigarette, blies aus dem Mundwinkel ein leichtes Rauchwölkchen empor und wurde aufmerksamer. Es hatte den Anschein, als werde der Streit vor ihr geführt und als habe sie schließlich Preise zu verteilen. Sicherlich glaubte sie ihre Stellung als Frau zu behaupten, wenn sie mit ihrer Ansicht zurückhielt und sich nicht ereiferte, wie die Männer. Nur wenn die Wogen der Erörterung hoch gingen, warf sie ein Wort ein und wußte auch Charvet treffende Antworten zu geben. Im Grunde hielt sie sich für viel gescheiter als alle die Herren, und sie hatte nur Achtung vor Robine, dessen Stillschweigen sie mit ihren großen, schwarzen Augen beobachtete.

Florent beachtete Clémence so wenig, wie die anderen Herren es taten. Für die Gesellschaft war sie ein Mann, und man schüttelte ihr so kräftig die Hand, daß ihr schier der Arm ausgerenkt ward. Eines Abends hatte Florent Gelegenheit, den famosen Rechnungen zwischen Clémence und Charvet beizuwohnen. Da die junge Frau eben ihr Geld erhalten hatte, wollte Charvet zehn Franken von ihr borgen. Allein sie verweigerte ihm diese Summe, indem sie erklärte, man müsse vorher wissen, wie die Rechnung stehe. Sie lebten auf dem Boden der freien Ehe und der freien Vermögensverfügung; jeder von ihnen bestritt genau seine Ausgaben; so schuldeten sie einander nichts, wie sie sagten, und waren keine Sklaven. Die Miete, die Nahrung, die Wäsche, die kleinen Vergnügungen: alles wurde aufgeschrieben und addiert. Nach genauer Prüfung zeigte Clémence an diesem Abend ihrem Freunde Charvet, daß er ihr bereits fünf Franken schulde. Sie gab ihm die zehn Franken mit den Worten:

Vermerke dir's, daß du mir nunmehr fünfzehn Franken schuldest; du wirst mir sie am 5. des Monats bezahlen aus deiner Entlohnung für die Lektionen bei dem kleinen Léhudier.

Als Rose gerufen ward, zog jeder seine paar Sous aus der Tasche, um seinen Trunk zu bezahlen. Charvet nannte Clémence lachend eine Aristokratin, weil sie Grog trank. Er sagte, sie wolle ihn demütigen, ihn fühlen lassen, daß er weniger erwerbe, was auch richtig war; und hinter seinem Lachen barg sich eine Verwahrung gegen diesen größeren Erwerb, der ihn demütigte, trotz seines Grundsatzes von der Gleichheit der Geschlechter.

Wenn die Besprechungen auch zu keinem Einverständnisse führten, so erhielten sie doch die Herren im Atem. Ein furchtbarer Lärm drang aus dem Kabinett hervor. Die Scheiben von mattem Glase klirrten wie Trommeln. Manchmal ward der Lärm so arg, daß Rose, die am Pulte irgendeinem Blusenmann einen Trunk einschenkte, beunruhigt den Kopf umwandte.

Sie prügeln sich da drin, sagte der Blusenmann, und wischte sich mit dem Handrücken den Mund ab.

Es hat keine Gefahr, entgegnete Herr Lebigre; es sind Herren, die ein Gespräch führen.

Herr Lebigre, gegen seine anderen Gäste sehr hart, ließ sie nach Belieben schreien, ohne ihnen jemals die geringste Bemerkung zu machen. Er saß stundenlang auf dem Bänkchen vor dem Pulte, bekleidet mit einer Ärmelweste, den dicken, schläfrigen Kopf an den Spiegel gelehnt, mit dem Blicke Rose folgend, die Flaschen entkorkte oder mit dem Wischlappen hantierte. Wenn er gut gelaunt war und sie vor ihm stand, mit nackten Armen Gläser spülend, kneipte er sie wohl unbemerkt in den Schenkel, was sie mit einem behaglichen Lächeln hinnahm. Sie verriet diese Vertraulichkeit nicht mit dem leisesten Zucken; wenn er sie bis aufs Blut zwickte, sagte sie, sie sei nicht kitzlig. Indes, wenngleich er in dem Weindunste und in dem heißen Lichte einschlummerte, spitzte Herr Lebigre doch die Ohren auf das Geräusch, das aus dem Kabinett kam. Wenn der Lärm lauter wurde, erhob er sich und lehnte sich an die Glaswand; oder er trat auch ein, setzte sich eine Weile und schlug Gavard kräftig auf die Schenkel. Und er nickte zu allem beistimmend mit dem Kopfe. Der Geflügelhändler pflegte zu sagen, Herr Lebigre sei zwar kein Redner, doch könne man auf ihn zählen an dem Tage, da es „losgehe“.

Eines Tages mußte Florent in den Hallen Frieden stiften in einem häßlichen Gezänke, das zwischen einer Fischhändlerin und Rose ausgebrochen war, weil diese, ohne es zu wollen, einen Korb Heringe umgeworfen hatte. Bei dieser Gelegenheit hörte Florent, daß Rose ein „Polizeispitzel" geschimpft wurde. Als der Friede hergestellt war, erzählte man ihm vieles von Herrn Lebigre; er gehöre zur Polizei, das sei im ganzen Stadtviertel bekannt. Fräulein Saget habe, bevor sie ihren Vorrat an Getränken bei ihm holte, erzählt, daß sie ihn einmal getroffen habe, wie er zum Rapport ging. Auch sei er ein Geldmensch, ein Wucherer, der den Grünkramhändlern zu unchristlichen Zinsen Geld leihe und Karren vermiete. Florent war davon sehr betroffen, und des Abends glaubte er den Herren alle diese Dinge mit gedämpfter Stimme wieder erzählen zu sollen. Doch sie zuckten nur mit den Achseln und lachten über seine Bedenken.

Der arme Florent! sagte Charvet boshaft; weil er in Cayenne gewesen, glaubt er, die ganze Polizei sei hinter ihm her.

Gavard gab sein Ehrenwort, daß Lebigre ein „Guter", ein „Reiner" sei. Doch Logre erzürnte sich am meisten. Sein Sessel krachte in allen Fugen; er erklärte heftig, es könne so nicht weiter gehen; wenn man schon jeden beschuldige, von der Polizei zu sein, so wolle er lieber zu Hause bleiben und sich nicht mehr mit Politik beschäftigen. Hat man es doch gewagt, auch ihn, Logre, zu beschuldigen, daß er in den Diensten der Polizei stehe! Ihn, der im Jahre 1848 und im Jahre 1851 sich für die Freiheit geschlagen und zweimal nahe daran gewesen, verschickt zu werden! Indem er so schrie, betrachtete er die anderen mit vorgestrecktem Kinn, als wolle er ihnen unnachsichtig die Überzeugung annageln, daß er nicht zur Polizei gehöre. Bei seinen wütenden Blicken verwahrten sich alle dagegen, daß sie ihn verdächtigten. Lacaille allein ließ stumm den Kopf sinken, als Lebigre ein Wucherer genannt wurde.

Der Zwischenfall ging in den Besprechungen unter. Seitdem Logre den Gedanken einer Verschwörung angeregt, teilte Herr Lebigre kräftige Händedrücke an die Stammgäste des Kabinetts aus. In Wahrheit mochte ihre Kundschaft ihm wenig Nutzen bringen; sie ließen sich niemals einen zweiten Trunk bringen. War die Stunde des Aufbruchs gekommen, dann tranken sie den letzten Tropfen aus ihrem Glase, den sie während ihrer heftigen Debatten über politische und soziale Gedanken vorsichtigerweise hatten stehen lassen. Beim Aufbruch in der feuchten Nachtkälte fröstelte man. Sie standen eine Weile auf dem Fußweg mit glühenden Augen, summenden Ohren, gleichsam überrascht durch die Dunkelheit und Stille der Nacht. Wenn sie einmal draußen waren, schloß Rose die Fensterläden. Dann, wenn sie ausgepumpt, kein Wort mehr fanden und einander die Hände gedrückt hatten, trennten sie sich, brummten noch vor sich hin mit dem Bedauern, daß sie sich ihre Überzeugungen nicht gegenseitig in den Rachen stoßen konnten. Der runde Rücken Robines verschwand nach der Seite der Rambuteau-Straße hin, während Charvet und Clémence die Hallen entlang bis zum Luxemburggarten gingen, Seite an Seite, mit festem, militärischem Tritt, noch immer irgendeinen politischen oder philosophischen Punkt erörternd und sich niemals den Arm reichend.

Das Komplott reifte nur langsam. Zu Beginn des Sommers war noch immer nur von der Notwendigkeit die Rede, „den Streich zu versuchen". Florent, der in der ersten Zeit ein gewisses Mißtrauen hegte, glaubte schließlich an die Möglichkeit einer revolutionären Bewegung. Er beschäftigte sich sehr ernstlich damit, machte Notizen, entwarf schriftliche Pläne. Die anderen redeten nur immer. Er konzentrierte allmählich sein ganzes Leben in dieser fixen Idee, über die er sich jeden Abend den Kopf zermarterte in dem Maße, daß er schließlich seinen Bruder Quenu zu Herrn Lebigre führte, natürlich ohne an Schlimmes zu denken. Er behandelte ihn noch immer ein wenig wie seinen Zögling; er dachte wohl auch, daß er die Pflicht habe, ihn auf den guten Weg zu leiten. Quenu war in der Politik völlig ein Neuling; allein nach fünf oder sechs Abenden war er mit der Gesellschaft in Übereinstimmung. Er zeigte große Gelehrigkeit, eine Art Achtung vor den Ratschlägen seines Bruders, wenn die schöne Lisa nicht dabei war. Vor allem verlockend schien ihm diese spießbürgerliche Zerstreuung, seinen Wurstladen verlassen, sich in diesem Kabinett einschließen zu können, wo man so laut schrie und wo die Anwesenheit Clémences in die ganze Unterhaltung einen köstlichen Stich ins Verbotene brachte. Er trachtete jetzt eilig von seinen Würsten wegzukommen, um kein Wort von diesen Reden zu verlieren, die ihm höchst gescheit schienen, ohne daß er ihnen immer bis zu Ende zu folgen vermochte. Die schöne Lisa merkte wohl seine Eile fortzukommen, aber sie sagte noch nichts. Wenn Florent ihn wegführte, trat sie auf die Schwelle und blickte ihnen blaß mit strengen Augen nach, bis sie bei Herrn Lebigre eingetreten waren.

Fräulein Saget erkannte eines Abends von ihrer Dachluke aus den Schatten Quenus hinter den matten Scheiben des auf die Pirouette-Straße gehenden Fensters des Kabinetts. Sie hatte da einen vortrefflichen Beobachtungsposten gefunden gegenüber dieser Scheibe von durchsichtigem Milchglas, an der sich die Schattenbilder der Herren abzeichneten mit plötzlich auftauchenden Nasen,

Kinnbacken, mit riesigen Armen, die plötzlich erhoben wurden, ohne daß man die Körper sah. Diese überraschenden Gliederverrenkungen, diese stummen und wütenden Gesichter, die nach außen die feuereifrigen Besprechungen des Kabinetts verrieten, hielten sie hinter ihren Musselinevorhängen fest, bis das Fenster dunkel ward. Sie witterte da einen „bösen Streich". Sie hatte schließlich alle diese Schatten an den Händen, an den Haaren, an den Kleidern erkannt. Wenn sie dieses Durcheinander von geballten Fäusten sah, von zornigen Köpfen, von erhobenen Schultern, die sich ausrenken und aufeinander losfallen zu wollen schienen, sagte sie bestimmt: „Dies ist der lange Vetter, dies der alte Geizhals Gavard, dies der Bucklige und dies die Hopfenstange Clémence". Wenn die Schatten sich erhitzten und in einen wüsten Streit gerieten, ward sie von einem unwiderstehlichen Bedürfnis erfaßt, hinabzugehen und näher zuzuschauen. Sie kaufte ihren Likör am Abend unter dem Vorwande, daß sie sich des Morgens immer „so gar nicht recht wohl" fühle und ein Schlückchen nehmen müsse, sowie sie das Bett verlassen habe. An dem Tage, da sie den dicken Kopf Quenus sah, vor dem von Zeit zu Zeit die dünne Hand Charvets herumfuchtelte, kam sie ganz atemlos zu Herrn Lebigre herunter und ließ ihr Fläschchen von Rose ausspülen, um dadurch mehr Zeit zu gewinnen. Sie war im Begriffe wieder heimzukehren, als sie die Stimme des Wurstmachers hörte, der laut wie ein Kind sagte:

Nein, es geht nicht weiter! ... Man muß gründlich aufräumen mit allen diesen Deputierten und Ministern! ...

Am anderen Morgen war Fräulein Saget schon um acht Uhr im Wurstladen. Sie fand daselbst Frau Lecoeur und die Sarriette, die ihre Nase in den Schmorofen steckten, um sich Würste für ihr Frühstück auszusuchen. Da die alte Jungfer sie in den Streit mit der schönen Normännin wegen des Sandaales für zehn Sous mit hineingezogen, hatten beide sich schnell mit der schönen Lisa ausgesöhnt. Sie ließen jetzt kein gutes Haar an der Fischhändlerin, schimpften über die Méhudin, „diese Dirnen, die nur nach dem Gelde der Männer trachteten". Die Wahrheit war, daß Fräulein Saget der Frau Lecoeur zu verstehen gegeben hatte, daß Florent von Zeit zu Zeit eine der Schwestern Herrn Gavard überlasse und daß sie dann alle vier im Restaurant Baratte Zechgelage halten, deren Kosten natürlich der Geflügelhändler bestreite. Frau Lecoeur glaubte, darüber vor Ärger bersten zu müssen.

An diesem Morgen war es Madame Quenu, der die Alte einen Hieb versetzen wollte. Sie trippelte vor dem Pulte hin und her und sagte endlich mit ihrer sanftesten Flötenstimme:

Gestern abend sah ich Herrn Quenu. Oh, sie vergnügen sich gar nicht schlecht in dem Kabinett, wo sie soviel Lärm machen.

Lisa blickte auf die Straße hinaus; sie hörte aufmerksam zu, wollte aber ohne Zweifel der Sprechenden nicht ins Gesicht sehen. Fräulein Saget machte eine Pause, weil sie hoffte, man werde sie befragen. Dann fügte sie ganz leise hinzu:

Sie haben auch eine Frau mit sich ... Oh, nicht Herr Quenu ... Das sage ich nicht ... denn ich weiß es nicht ...

Es ist Clémence, sagte die Sarriette; eine lange Dürre, die sich spreizt, weil sie in der Pension gewesen. Sie lebt mit einem schäbigen Lehrer ... Ich habe sie zusammen gesehen; sie sehen immer aus, als würden sie sich gegenseitig zur Polizei führen.

Ich weiß, ich weiß, sagte die Alte, die ihren Charvet und ihre Clémence sehr wohl kannte und die nur sprach, um die Wursthändlerin zu beunruhigen.

Doch diese rührte sich nicht; sie tat, als beobachte sie eine sehr interessante Sache in den Hallen. Da griff die andere zu den großen Mitteln. Sie wandte sich an Madame Lecoeur:

Ihnen wollte ich sagen, Sie täten gut daran, Ihrem Schwager zu raten, daß er vorsichtig sei. Sie schreien in ihrem Kabinett schreckliche Dinge. Die Männer sind wirklich nicht gescheit mit ihrer Politik. Wenn man sie hörte, könnte die Sache eine schlimme Wendung für sie nehmen.

Gavard tut leider was er will, sagte Frau Lecoeur seufzend. Das hat noch gefehlt. Der Kummer wird mich töten, wenn er eines Tages eingesperrt wird.

Ein Licht blitzte in ihren trüben Augen auf. Die Sarriette aber lachte und schüttelte ihr von der Morgenluft gerötetes, kleines Gesicht.

Jules, sagte sie, würde bald mit jenen fertig werden, die Schlimmes vom Kaiserreich reden ... Man müßte sie sämtlich in die Seine werfen; wie er mir erklärt hat, gibt es keinen einzigen anständigen Menschen unter ihnen.

Es ist nicht schlimm, fuhr Fräulein Saget fort, so lange das, was sie reden, nur von solchen Personen gehört wird, wie ich bin ... Sie wissen ja, ich würde mir eher die Hände abhacken lassen ... So sagte gestern abends Herr Quenu...

Sie hielt abermals inne. Lisa machte eine leise Bewegung.

Herr Quenu sagte, man müsse die Deputierten, die Minister und das ganze Pack niederknallen.

Jetzt wandte die Wursthändlerin sich plötzlich um; sie war ganz bleich und kreuzte die Arme.

Quenu hat das gesagt? fragte sie mit leiser Stimme.

Und noch andere Dinge, deren ich mich nicht erinnere. Sie begreifen, ich habe ihn gehört, darum kränken Sie sich nicht weiter, Madame Quenu. Sie wissen ja, bei mir kommt nichts heraus; ich bin alt genug um zu wissen, was einem Manne gefährlich werden kann ... Es bleibt unter uns.

Lisa hatte sich gefaßt. Sie war stolz auf das gute Einvernehmen ihres Hauses; sie gab nicht das mindeste Wölkchen an ihrem Ehehimmel zu. Sie zuckte denn auch schließlich mit den Achseln und sagte lächelnd:

Das sind Dummheiten, um damit Kinder zum Lachen zu bringen.

Als die drei Frauen wieder auf der Straße waren, kamen sie dahin überein, daß Lisa eine drollige Miene gemacht habe. Alles – der Vetter, die Méhudin, Gavard, die Quenu mit ihren unbegreiflichen Geschichten – nimmt ein böses Ende. Frau Lecoeur fragte, was mit den Leuten geschehe, die wegen der Politik verhaftet werden. Fräulein Saget wußte nur soviel, daß sie nicht wieder zum Vorschein kommen; worauf die Sarriette sagte, daß man sie vielleicht in die Seine werfe, wie Jules es verlangte.

Beim Frühstück und bei der Abendmahlzeit vermied die Wursthändlerin jede Anspielung. Als Florent und Quenu am Abend zu Herrn Lebigre gingen, schien alle Strenge aus ihren Blicken geschwunden zu sein. Allein gerade an diesem Abende wurde die Frage der nächsten Verfassung erörtert, und es war ein Uhr morgens, als die Herren sich entschlossen, das Kabinett zu verlassen; die Türe war geschlossen, sie mußten bei dem Seitenpförtchen hinaus, einer nach dem andern, und sich bücken, um hindurchzukommen. Unter lebhaften Gewissensbissen kehrte Quenu heim; er öffnete so sachte wie möglich die Türen der Wohnung, ging auf den Fußspitzen durch den Salon, mit ausgestreckten Armen, um nicht an die Möbel anzustoßen. Alles schlief. In das Schlafzimmer eintretend sah er zu seinem großen Verdrusse, daß Lisa die Kerze hatte brennen lassen; inmitten der tiefen Stille brannte diese Kerze mit hoher, trübseliger Flamme. Als er seine Schuhe auszog und auf den Teppich hinstellte, schlug die

Uhr halb zwei so hell, daß er sich ganz betroffen umwandte, jede Bewegung fürchtend und mit wütender Miene den vergoldeten Gutenberg betrachtend, der die Uhr schmückte. Er sah nur den Rücken Lisas, die den Kopf fest in das Kissen drückte; aber er merkte wohl, daß sie nicht schlief, daß sie, die weit offenen Augen auf die Mauer geheftet, da liegen mochte. Dieser breite Rücken mit den vollen Schultern war bleich in seinem verhaltenen Zorne; er blähte sich und bewahrte die Unbeweglichkeit und Schwere einer Anklage, auf die es nichts zu erwidern gab. Völlig aus der Fassung gebracht durch die harte Strenge dieses Rückens, der ihn mit dem starren Gesichte eines Richters zu betrachten schien, schlüpfte Quenu unter die Bettdecke, blies die Kerze aus und verhielt sich still. Er war am Rande des Bettes geblieben, um seine Frau nicht zu berühren. Sie schlief noch immer nicht, er hätte darauf schwören können. Dann überließ er sich dem Schlafe, er war verzweifelt, daß sie nicht sprach, und fand doch nicht den Mut, ihr gute Nacht zu sagen, machtlos angesichts dieser unerbittlichen Masse, die seiner Unterwürfigkeit jede Annäherung wehrte.

Am anderen Morgen schlief er lange. Als er erwachte – mitten im Bette liegend und bis an das Kinn zugedeckt – sah er Lisa vor dem Schreibtisch sitzen, mit dem Ordnen von Papieren beschäftigt; sie war aufgestanden, ohne daß er – in seiner großen Schläfrigkeit nach den Ausschweifungen des gestrigen Abends – es merkte. Er faßte sich ein Herz und sagte aus dem Schlafzimmer heraus:

Warum hast du mich denn nicht geweckt? ... Was machst du dort?

Ich ordne die Schubfächer, entgegnete sie sehr ruhig, mit ihrer gewöhnlichen Stimme. Er fühlte sich erleichtert. Doch sie fügte hinzu:

Man kann nicht wissen, was geschieht; wenn die Polizei käme ...

Wie, die Polizei?

Gewiß, da du dich jetzt mit Politik beschäftigst.

Er setzte sich höchlich erschrocken im Bette auf; dieser heftige und unvorhergesehene Angriff traf ihn schwer.

Ich beschäftige mich mit Politik ... ich beschäftige mich mit Politik ... wiederholte er. Das geht die Polizei nichts an. Ich kompromittiere mich nicht.

Nein, entgegnete Lisa achselzuckend; du sprichst bloß davon, alle Welt erschießen zu lassen.

Ich? Ich?

Und du schreist das in einer Weinstube ... Fräulein Saget hat dich gehört. Das ganze Stadtviertel weiß jetzt, daß du ein Roter bist.

Er legte sich gleich wieder hin. Er war noch nicht ganz wach. Lisas Worte gellten ihm in den Ohren, als habe er schon die schweren Tritte der Gendarmen vor der Türe des Schlafzimmers gehört. Er sah sie an, wie sie frisiert, eingeschnürt, in ihrem gewöhnlichen Anzüge vor ihm stand, und duckte sich noch mehr, als er sie in diesem dramatischen Augenblicke so gleichmütig fand.

Du weißt, ich lasse dir volle Freiheit, nahm sie nach einer Weile auf, wobei sie fortfuhr, die Papiere zu ordnen; ich will nicht „die Hosen tragen", wie man zu sagen pflegt. Du bist der Herr, du kannst unsere Stellung wagen, unsern Kredit kompromittieren, das Haus zugrunde richten ... Meine Aufgabe wird es dann sein, Paulinens Interessen wahrzunehmen.

Er widersprach; doch sie winkte ihm zu schweigen und fügte hinzu:

Nein, sage nichts; ich will keinen Streit, nicht einmal eine Auseinandersetzung herbeiführen. Ja, wenn du mich um Rat gefragt, wenn wir über die Sache gesprochen hätten, dann hätte ich dir allerdings meine Meinung gesagt. Man hat unrecht zu glauben, daß die Frauen nichts von Politik verstehen ... Soll ich dir meine Politik sagen?

Sie hatte sich erhoben, ging vom Bett zum Fenster und wischte mit dem Finger die Staubkörnchen weg, die sie an dem blanken Spiegelschrein und an der Kommode bemerkte.

Es ist die Politik der ehrbaren Leute ... Ich bin der Regierung dankbar, wenn mein Handel gut geht, wenn ich meine Suppe ruhig essen kann und nicht mit Flintenschüssen aus dem Schlafe geweckt werde. Es waren schöne Zustände im Jahre 1848, nicht wahr? Der Onkel Gradelle hat uns seine Bücher gezeigt; er hat damals mehr als sechstausend Franken verloren. Wir haben jetzt das Kaiserreich, und alle Geschäfte gehen gut. Du kannst nicht das Gegenteil behaupten. Was wollt ihr also? Was werdet ihr mehr haben, wenn ihr alle Welt erschossen habt?

Sie stellte sich mit gekreuzten Armen vor das Nachtkästchen hin, Quenu gegenüber, der unter den Federbetten verschwand. Er versuchte zu erklären, was die Herren wollten; aber er verwickelte sich in den politischen und sozialen Systemen Charvets und Florents; er sprach von mißverstandenen Grundsätzen, von der Herrschaft der Demokratie, von der Wiedergeburt der Gesellschaft und mengte alles dermaßen durcheinander, daß Lisa mit den Achseln zuckte, ohne zu begreifen. Schließlich half er sich heraus, indem er auf das Kaiserreich schimpfte; es sei eine Regierung der Ausschweifungen, der anrüchigen Geschäfte, des Diebstahls mit bewaffneter Hand.

Wir sind, sagte er, einer Redensart Logres sich erinnernd, wir sind die Beute einer Bande von Abenteurern, die Frankreich plündern, entehren, morden ... Das ist genug!

Sie zuckte noch immer mit den Schultern.

Ist das alles, was du zu sagen hast? fragte sie kaltblütig. Was kümmert mich, was du mir da erzählst? Und wenn dem so wäre, was weiter? ... Rate ich dir etwa, ein unredlicher Mann zu sein? Dränge ich dich dazu, deine Wechsel nicht einzulösen, deine Kunden zu betrügen, mit unrechtmäßig erworbenen Talern dich allzu rasch zu bereichern? Du bringst mich schließlich noch in Zorn! Wir sind ehrliche Leute, die niemanden plündern und niemanden morden. Das genügt. Die anderen haben mich nicht zu kümmern; mögen sie Hundsfötter sein, wenn sie wollen.

Sie war stolz und prächtig; hoch aufgerichtet ging sie wieder in der Stube auf und ab und fuhr fort:

Jenen zuliebe, die nichts haben, sollen wir also darauf verzichten, unseren Lebensunterhalt zu gewinnen? Sicher will ich die günstigen Verhältnisse ausnützen und eine Regierung unterstützen, die den Handel sichert. Wenn diese Regierung häßliche Dinge begeht, so will ich es nicht wissen. Ich tue nichts Schlechtes und fürchte nicht, daß man im Stadtviertel mit dem Finger auf mich zeigt. Es wäre doch zu dumm, sich mit Windmühlen zu schlagen. Du erinnerst dich, daß bei den Wahlen Gavard sagte, der Kandidat des Kaisers sei ein Mann, der Bankerott gemacht und sich durch schmutzige Geschichten bloßgestellt habe. Das mochte wahr sein, ich sage nichts dawider. Nichtsdestoweniger hast du klug gehandelt, als du für ihn stimmtest; denn die Frage war nicht die und man verlangte von dir nicht, daß du diesem Herrn Geld leihen, noch auch, daß du mit ihm Geschäfte machen sollest. Du hattest nur der Regierung zu zeigen, daß du mit dem Gedeihen des Wursthandels zufrieden seist.

Doch jetzt erinnerte sich Quenu einer Phrase Charvets, der erklärt hatte, daß „diese feisten Spießbürger, diese satten Krämer, die ihre Unterstützung einer Regierung des allgemeinen Mißbehagens leihen, zuerst in die Kloake geworfen werden müßten. Nur der Selbstsucht ihres Bauches habe man es zu danken, daß der Despotismus sich der Nation auf den Nacken setze und sie aufzehre". Er wollte die Redensart beenden; allein Lisa schnitt ihm entrüstet das Wort ab.

Laß gut sein, rief sie; mein Gewissen hat mir nichts vorzuwerfen. Ich bin keinen Sou schuldig, biete zu keinem Mischmasch die Hand, kaufe und verkaufe gute Ware und fordere keine höheren Preise, als mein Nachbar ... Was du da sagst, mag für unsere Vettern, die Saccard, Geltung haben. Sie tun, als wüßten sie gar nicht, daß ich in Paris bin; aber ich bin stolzer als sie und mache mir gar nichts aus ihren Millionen. Man sagt, Saccard sei Bauspekulant und bestehle alle Welt. Das nimmt mich nicht wunder; er ist ja deshalb nach Paris gegangen. Er liebt es, sich im Gelde zu wälzen, um es nachher zum Fenster hinauszuwerfen wie ein Narr. Daß man Leute dieses Schlages, die ungeheure Reichtümer erwerben, anklagt, kann ich sehr gut begreifen.

Was mich betrifft, so achte ich Saccard nicht, damit du es nur weißt ... Aber wir, die wir ruhig leben, die wir fünfzehn Jahre brauchen, um unsern Wohlstand zu sichern; wir, die wir uns mit Politik nicht befassen, deren ganze Sorge darauf gerichtet ist, unsere Tochter zu erziehen und unser Schifflein in den Hafen zu steuern: wir sind doch ehrliche Leute! Laß mich in Frieden mit deinen dummen Späßen!

Sie setzte sich auf den Rand des Bettes. Quenu war wankend gemacht.

Höre mich an, fuhr sie mit ernster Stimme fort. Du willst doch nicht – denke ich – daß man deinen Laden plündert, deinen Keller leert, dein Geld raubt? Wenn diese Leute aus der Weinstube des Herrn Lebigre die Oberhand gewännen: glaubst du, du könntest am nächsten Tage warm in deinem Bette liegen, wie jetzt? Und wenn du in deine Küche gingest, glaubst du, du könntest dich ruhig an deine Sülzen machen, wie du es jetzt tust? Nein, nicht wahr? ... Also, warum redest du davon, die Regierung zu stürzen, die dich schützt und dir gestattet, Ersparnisse zu machen? Du hast ein Weib, du hast eine Tochter, du gehörst vor allem ihnen. Du wärest strafbar, wenn du ihr Glück auf das Spiel setzen wolltest. Nur Leute ohne Heim, nur Leute, die nichts zu verlieren haben, wollen Flintenschüsse hören. Du wirst doch nicht der Angeführte bei der Hetze sein wollen! So bleibe denn ruhig zu Hause, dicker Schöps; iß gut, schlaf gut, erwirb Geld und behalte dein ruhiges Gewissen. Sage dir, daß Frankreich, wenn das Kaiserreich es zu arg treibt, ohne dich fertig wird. Frankreich bedarf deiner nicht!

Sie ließ ihr helles, frohes Lachen vernehmen und Quenu war überzeugt. Sie hatte schließlich recht. Sie war eine schöne Frau, wie sie da am Bettrande saß, zu so früher Stunde fein gekämmt, frisch und sauber, mit ihrem blendend weißen Linnen. Während er Lisa zuhörte, betrachtete er ihrer beiden Bilder, die zu beiden Seiten des Kamins hingen; gewiß, sie waren rechtschaffene Leute, sahen sehr anständig aus, schwarz gekleidet, in Goldrahmen gefaßt. Auch das Gemach selbst schien das Zimmer vornehmer Personen zu sein; die Schutztücher von Spitzen breiteten sich gleichsam als Rechtschaffenheit auf die Sessel; der Teppich, die Vorhänge, die mit Landschaften bemalten Porzellanvasen kündeten ihre Arbeitsamkeit und ihren Geschmack für Bequemlichkeit. Da drückte er sich noch tiefer in die Federbetten, wo es schön warm war wie in einer Badewanne. Und es schien ihm, als sei er Gefahr gelaufen, alles bei Herrn Lebigre zu verlieren, sein großes Bett, sein wohl verschlossenes Zimmer, seinen Wurstladen, an den er jetzt mit Rührung und Gewissensbissen dachte. Von Lisa, von den Möbeln, von allen lieblichen Dingen, die ihn umgaben, stieg ein Wohlbehagen auf, das ihm in köstlicher Weise den Atem raubte.

Du hast einen schönen Weg eingeschlagen, Närrchen, sagte seine Frau, als sie ihn besiegt sah. Doch sie hätten erst über unsere Leiber, über meinen und Paulinens Leib, gehen müssen ... Du wirst dir nicht mehr beikommen lassen, dir ein Urteil über die Regierung zu erlauben, wie? Alle Regierungen sind gleich. Man unterstützt diese, man wird auch eine andere unterstützen müssen, und so muß es sein. Die Hauptsache ist, im Alter seine Renten in Ruhe zu verzehren und mit der Gewißheit, daß man sie rechtschaffen erworben.

Quenu nickte zustimmend. Er versuchte eine Rechtfertigung.

Gavard ist es ... murmelte er.

Doch sie unterbrach ihn und sagte in ernstem Tone:

Nein, nicht Gavard ist es ... Ich weiß, wer es ist. Und der Betreffende täte sehr wohl, an seine eigene Sicherheit zu denken, ehe er die anderer aufs Spiel setzt.

Sprichst du von Florent? fragte Quenu nach einer Weile schüchtern.

Sie antwortete nicht sogleich. Sie erhob sich und kehrte zum Schreibpulte zurück, als halte sie gewaltsam an sich. Dann sagte sie mit klarer Stimme:

Ja, von Florent ... du weißt, wie geduldig ich bin; ich möchte mich nicht in das Verhältnis zwischen dir und deinem Bruder einmengen. Die Familienbande sind heilig. Allein das Maß ist endlich voll. Seitdem dein Bruder hier ist, geht alles schlimm und schlimmer ... Doch besser, ich sage nichts! ...

Abermals trat Stillschweigen ein. Da ihr Mann verlegen nach der Zimmerdecke starrte, fuhr sie in heftigerem Tone fort:

Er scheint gar nicht zu bemerken, was wir für ihn tun. Wir haben uns eingeschränkt, haben ihm die Stube Augustines überlassen und das arme Mädchen schläft ohne Klage in einer Kammer, wo sie keine Luft hat. Wir geben ihm morgens und abends die Nahrung, wir sorgen für seine kleinen Bedürfnisse ... Er nimmt alles als etwas Natürliches hin. Er verdient Geld und man weiß nicht, wohin es kommt; oder vielmehr, man weiß es nur zu gut.

Und sein Erbteil? bemerkte Quenu, den diese, gegen seinen Bruder vorgebrachten Beschuldigungen schmerzten.

Lisa blieb betroffen; ihr Zorn war verflogen.

Du hast recht, die Erbschaft ... Die Rechnung liegt da, in diesem Schubfache. Er wollte sie nicht, du erinnerst dich wohl? Dies beweist, daß er ein Mensch ohne Kopf, ohne Lebensfähigkeit ist. Wenn er nur einen Gedanken hätte, würde er mit diesem Gelde längst etwas angefangen haben. Ich möchte, daß wir es nicht mehr hätten; es wäre uns die Befreiung von einer Last ... Ich habe ihm schon zweimal von dieser Sache gesprochen, aber er wollte nichts davon hören. Du sollst ihn dazu bestimmen, daß er das Geld nehme. Trachte mit ihm davon zu reden.

Quenu antwortete mit einem Grunzen. Lisa beharrte nicht weiter bei der Sache; sie war der Ansicht, dem Gebote der Rechtschaffenheit Genüge geleistet zu haben.

Nein, er ist nicht so wie andere Männer, sagte sie nach einer Weile. Sein Benehmen ist gar nicht beruhigend. Ich sage es dir, weil wir gerade davon sprechen ... Ich will mich mit seinem Lebenswandel nicht näher befassen, obgleich schon im ganzen Stadtviertel davon gesprochen wird. Mag er bei uns essen, wohnen, uns zu Einschränkungen zwingen, alles ist zu ertragen. Aber ich werde ihm nicht gestatten, uns in die Politik zu verwickeln. Wenn er dir noch einmal den Kopf toll macht, wenn er uns nur im mindesten bloßstellt, entledige ich mich seiner kurzerhand. Das kündige ich dir an.

Florent war verurteilt. Sie tat sich Gewalt an, um sich nicht Luft zu machen, um nicht ihrem angehäuften Unmut freien Lauf zu lassen. Er verletzte all ihr

Empfinden, beleidigte sie, erschreckte sie, machte sie wahrhaft unglücklich. Sie brummte noch zwischen den Zähnen:

Ein Mensch, der die häßlichsten Erlebnisse gehabt, der sich kein eigenes Heim hat schaffen können ... Ich begreife, daß der Flintenschüsse fordert. Er hole sich sie, wenn er sie liebt; aber er lasse die rechtschaffenen Leute in ihrer Familie ... Und dann: er gefällt mir nicht, ich sage es rundheraus. Er riecht nach Fischen, wenn er des Abends bei Tische sitzt. Das hindert mich zu essen. Er verliert dadurch keinen Bissen; freilich bekommt es ihm nur schlecht; der Unglückliche wird nicht fett, weil er durch und durch von Bosheit angefressen ist.

Sie hatte sich jetzt dem Fenster genähert. Sie sah Florent, der durch die Rambuteau-Straße ging, um sich auf den Fischmarkt zu begeben. Die Zufuhr von Fischen war diesen Morgen eine ungeheure; die Körbe zeigten weithin ihren Silberschimmer; im Ausrufpavillon ging es laut her. Lisa folgte mit den Blicken den mageren Schultern ihres Schwagers, der in die stark riechenden Hallen eintrat, mit gebeugtem Rücken und jener Übelkeit, die ihm aus dem Magen zu den Schläfen aufstieg; und der Blick, mit dem sie ihn verfolgte, war der einer Feindin, einer Frau, die entschlossen ist zu siegen.

Als sie sich umwandte, stand Quenu vom Bette auf. Im Hemde, die Füße in dem weichen Moosteppich, noch ganz warm von den Federbetten, zeigte er ein blasses Gesicht; denn ihn betrübte die Mißstimmung zwischen seinem Bruder und seiner Frau. Doch Lisa lächelte jetzt wieder und rührte ihn durch die Sorgfalt, mit der sie ihm seine Strümpfe reichte.

Viertes Kapitel

Marjolin war auf dem alten Innocenz-Markte gefunden worden, mitten in einem Kohlhaufen, unter einem riesigen Weißkohlkopfe, der mit einem seiner großen Blätter das rosige Gesichtchen des schlafenden Kindes bedeckte. Es blieb für immer unbekannt, welche erbärmliche Hand ihn da ausgesetzt hatte. Er war schon ein Knäblein von zwei, drei Jahren, sehr dick, sehr lebensfroh, aber sonst so wenig entwickelt, daß er kaum einige Worte stammeln und nichts als lachen konnte. Als eine Gemüsehändlerin ihn unter dem großen Weißkohlkopfe entdeckte, stieß sie einen Schrei der Überraschung aus, auf den die Nachbarinnen erstaunt zusammenliefen; der Kleine, noch im Kleidchen, in ein Stück von einer Decke gehüllt, streckte die Händchen nach den Weibern aus. Er konnte nicht sagen, wer seine Mutter sei. Er riß nur erstaunt die Äuglein auf und schmiegte sich an die Schulter einer dicken Kaldaunenhändlerin, die ihn in ihre Arme genommen hatte. Bis zum Abend beschäftigte sich der ganze Markt mit diesem Funde. Er war zutraulicher geworden, aß Butterbrot und lachte den Weibern zu. Die dicke Kaldaunenhändlerin behielt ihn bei sich; dann kam er zu einer Nachbarin und einen Monat später fand er Unterkunft bei einer dritten. Wenn man ihn fragte: „Wer ist deine Mutter?“ machte er eine reizende Gebärde, die Hand zeigte mit einer Kreisbewegung alle Marktweiber zugleich. Er wurde das Kind der Hallen, klammerte sich an die Röcke der einen und der anderen, fand immer einen Winkel in einem Bette, aß seine Suppe überall, ward vom lieben Gott gekleidet und hatte immer einige Sous in den löcherigen Taschen. Ein schönes rotes Mädchen, das Heilkräuter verkaufte, hatte ihn Marjolin benannt, man wußte nicht warum.

Marjolin war fast vier Jahre alt, als die Mutter Chantemesse auf dem Fußweg der Dionysiusstraße an der Ecke des Marktes ein kleines Mädchen fand. Die Kleine mochte zwei Jahre alt sein, aber sie schwatzte schon wie eine Elster, in ihrem kindlichen Geplauder die Worte verstümmelnd; die Mutter Chantemesse glaubte diesem Geschwätz zu entnehmen, daß das Kind Cadine heiße und daß seine Mutter es am vorhergehenden Abend unter einer Toreinfahrt abgesetzt habe, mit dem Geheiß, sie da zu erwarten. Die Kleine hatte da übernachtet; sie weinte nicht und erzählte, daß sie oft Prügel bekomme. Dann folgte sie der Mutter Chantemesse, sehr munter und ganz entzückt von diesem großen Markte, wo soviele Leute und soviele Gemüse waren. Die Mutter Chantemesse, die im kleinen verkaufte, war eine würdige Person, sehr griesgrämig, nahe an die sechzig Jahre; sie liebte die Kinder sehr, denn sie hatte drei Knaben noch in der Wiege verloren. Sie dachte, dieses Straßenkind habe eine gar zu lose Zunge, um unterzugehen, und nahm Cadine an Kindesstatt an.

Eines Abends, als die Mutter Chantemesse nach Hause ging und Cadine an der rechten Hand führte, ergriff Marjolin ohne Umstände die Linke der alten Hökerin.

He, mein Junge, sagte die Alte und blieb stehen, der Platz ist besetzt... Bist du nicht mehr bei der langen Therese? Du bist aber ein rechter Gassenjunge, hörst du?

Er schaute sie lachend an, ohne ihre Hand loszulassen. Sie konnte ihm nicht grollen, so hübsch war er mit seinem rotblonden Lockenkopf.

Kommt, Rangen, brummte sie. Ihr sollt beisammen schlafen.

Und sie ging mit einem Kinde an jeder Hand nach der Speckgasse, wo sie wohnte. Marjolin blieb bei der Mutter Chantemesse. Wenn sie zuviel Lärm machten, gab sie ihnen einige Kopfnüsse; sie war ordentlich froh, schreien und zetern zu können, sie zu waschen und unter eine Bettdecke zu stecken. In einem alten Gemüsekarren ohne Räder und ohne Deichsel hatte sie ein kleines Bett für sie eingerichtet. Es war wie eine breite Wiege, ein wenig hart, noch mit dem Geruch der Gemüse behaftet, die sie solange darin unter nassen Tüchern frisch gehalten hatte. Cadine und Marjolin schliefen da mit vier Jahren Arm in Arm beisammen.

So wuchsen sie zusammen auf; man sah sie immer nur, wie sie einander um den Leib faßten. Nachts hörte die Mutter Chantemesse sie leise plaudern. Das feine Stimmchen Cadines erzählte stundenlang endlose Geschichten, die Marjolin mit stummem Staunen anhörte. Sie war sehr boshaft; sie ersann Geschichten, um ihm Furcht einzujagen, erzählte ihm, daß sie neulich nachts am Fuße ihres Bettes einen weißen Mann gesehen, der sie betrachtete und dabei eine lange, rote Zunge heraustreckte. Marjolin trat der Angstschweiß auf die Stirne, und er fragte sie nach Einzelheiten; sie neckte ihn und nannte ihn schließlich einen großen Tölpel. Ein anderes Mal waren sie unartig und stießen sich unter der Decke mit den Füßen. Cadine zog die Beine ein und kicherte leise, wenn Marjolin sie verfehlend mit aller Kraft an die Wand stieß. Dieses Mal mußte die Mutter Chantemesse aufstehen, um die Decke zurecht zu rücken; mit einem wuchtigen Schlag auf das Kopfkissen schläferte sie beide ein. So war für sie das Bett lange Zeit ein Ort der Erholung; sie nahmen ihr Spielzeug mit ins Bett, aßen da die gelben und weißen Rüben, die sie gestohlen hatten. Jeden Morgen fand die Mutter Chantemesse zu ihrer Überraschung daselbst allerlei seltsame Gegenstände, Kiesel, Blätter, Äpfelstrünke, Puppen aus Lumpen zurechtgemacht. An sehr kalten Tagen ließ sie die Kinder länger schlafen, Cadines schwarzes Haar mit Marjolins rotem Haar vermengt, beider Lippen so nahe beisammen, daß sie sich gegenseitig mit ihrem Atem zu erwärmen schienen.

Diese Kammer in der Speckgasse war ein großer, verfallener Bodenraum, den ein einziges Fenster mit regengeblendeten Scheiben erhellte. Da spielten die Kinder Versteck in dem hohen Schrein von Nußholz und unter dem riesigen Bette der Mutter Chantemesse. Es waren da auch einige Tische, unter denen sie herumkrochen. Es war reizend; denn es war halbdunkel im Zimmer, und in den

Winkeln lagen allerlei Gemüse herum. Auch die Speckgasse, schmal und wenig belebt, war sehr ergötzlich mit ihrem Bogengang, der sich auf die Leinenstraße öffnete. Die Haustüre lag auf der Seite des Bogenganges; es war eine niedrige Türe, von der nur ein Flügel sich auf die schmutzige Wendeltreppe öffnete. Dieses alte, dunkle, feuchte Haus mit seinem Vordach und der Ausladung der grün gewordenen, bleiernen Dachrinnen in jedem Stockwerk, war an sich ein großes Spielzeug. Cadine und Marjolin verbrachten ihre Vormittage damit, daß sie von unten Steine in die Dachrinnen schleuderten; die Steine fielen unter lautem Gepolter durch die Dachrinnen herab, was sehr ergötzlich war. Aber sie schlugen zwei Fenster ein und füllten die Dachrinnen dermaßen mit Kieseln an, daß die Mutter Chantemesse, die seit dreiundvierzig Jahren im Hause wohnte, Gefahr lief, die Kündigung zu erhalten.

Dann richteten Cadine und Marjolin ihre Angriffe gegen die Möbelwagen, Kübel und Karren, die in der einsamen Straße standen. Sie erstiegen die Räder, wiegten sich auf den Kettenenden, erkletterten die Kisten, die aufgehäuften Körbe. Die Magazine der Spediteure der Töpferstraße lagen nach der Speckgasse; es waren dunkle, große Räume, die jeden Tag gefüllt und wieder geleert wurden und jede Stunde neue Schlupfwinkel boten, wo diese zwei Gassenkinder unter getrockneten Früchten, Orangen und frischen Äpfeln Verstecke fanden. Wenn sie müde geworden, suchten sie die Mutter Chantemesse auf dem Innocenz-Markte auf. Arm in Arm und unter hellem Gelächter kamen sie daselbst an, keck die Straßen durchquerend, ohne Furcht, von den Wagen umgerissen zu werden. Sie kannten das Pflaster und versanken mit ihren Beinchen oft bis zu den Knien in den Gemüseabfällen; sie glitten nicht aus und lachten nur, wenn irgendein Fuhrmann, mit seinen schweren Stiefeln über eine Artischocke ausrutschend hinfiel, daß er alle vier von sich streckte. Sie waren die pausbäckigen Kobolde dieser schmutzigen Gassen. Man sah nur sie. An Regentagen spazierten sie wichtig einher unter einem riesigen, ganz zerfetzten Schirm, mit dem Mutter Chantemesse zwanzig Jahre lang ihren Verkaufsstand geschützt hatte; sie pflanzten den Schirm in einem Winkel des Marktes auf und nannten das „ihr Haus“. An sonnigen Tagen rannten sie herum, daß sie am Abend sich kaum mehr rühren konnten. Sie nahmen Fußbäder im Becken des Springbrunnens; machten Schleusen, indem sie die Gosse verrammelten, verbargen sich unter Gemüsehaufen und blieben da im Kühlen und plauderten, wie des Nachts in ihrem Bette. Oft hörte man im Vorübergehen aus einem Berg von Lattichen oder Salaten unterdrücktes Geplauder. Wenn man die Salatköpfe hinwegräumte, sah man sie da nebeneinander auf einem Lager von Blättern ausgestreckt, mit lebhaften Augen und geängstigt wie Vöglein, die in der Tiefe eines Gebüsches entdeckt werden. Cadine konnte Marjolin nicht mehr missen und Marjolin weinte, wenn er Cadine verlor. Wenn sie getrennt wurden, suchten sie sich hinter den Röcken der Hallenweiber, in den Kisten, unter den Kohlhaufen. Besonders unter den Kohlhaufen wuchsen sie heran und liebten sie sich.

Marjolin war fast acht und Cadine sechs Jahre alt, als die Mutter Chantemesse ihnen ihre Trägheit vorhielt. Sie sagte, sie wolle sie an ihrem Kleinverkauf beteiligen; sie versprach ihnen einen Sou für den Tag, wenn sie ihr behilflich sein wollten, die Gemüse zu schälen. Die ersten Tage zeigten die Kinder einen schönen Eifer. Sie ließen sich zu beiden Seiten des Verkaufsstandes nieder und machten sich, mit schmalen Messern ausgerüstet, aufmerksam an die Arbeit. Geschälte Gemüse waren die Eigenart der Mutter Chantemesse. Auf ihrem Tische, der mit einem Stück angefeuchteten Wollzeugs belegt war, gab es ganze Reihen von Kartoffeln, weißen Rüben, gelben Rüben, weißen Zwiebeln, zu vier und vier in kleinen Pyramiden geordnet, drei als Unterbau und einer als Spitze, völlig bereit, um in die Kasserollen der verspäteten Hausfrauen zu wandern. Sie hatte auch ganze Bunde für den Fleischtopf, vier Blatt Schnittlauch, drei gelbe Rüben, eine Pastinakwurzel, zwei weiße Rüben, zwei Schnitten Sellerie, dazu kamen die Suppenkräuter, fein geschnitten, auf Papierblättern bereit liegend, Kohlköpfe in vier Teile geteilt, Häuflein Tomaten und Schnitten Kürbis, die inmitten der sorgfältig gewaschenen weißen Gemüse rote Sterne und gelbe Halbmonde bildeten. Cadine erwies sich viel geschickter als Marjolin, obgleich sie jünger war. Sie schälte die Kartoffeln so dünn, daß man durch die Schale durchblicken konnte; sie machte die Bunde für den Fleischtopf so geschickt, daß sie Blumensträußen glichen; aus drei gelben oder weißen Rüben wußte sie Häuflein zu machen, die sehr groß schienen. Die Vorübergehenden blieben lachend stehen, wenn sie mit ihrer schrillen Kinderstimme rief:

Madame, kommen Sie hierher! ... Zwei Sous das Häuflein!

Und sie hatte Kunden; ihre Häuflein waren wohlbekannt. Die Mutter Chantemesse, die zwischen den beiden Kindern saß, lachte innerlich, wenn sie beide so emsig bei der Arbeit sah. Sie gab ihnen regelmäßig ihren Sou für den Tag. Allein die Kinder fanden schließlich die Häufchen langweilig. Sie wurden größer und dachten an einträglichere Beschäftigungen. Marjolin blieb sehr lange kindisch, was Cadine ärgerte. Er sei dumm wie ein Kohlstrunk, pflegte sie zu sagen. In der Tat erfand sie vergebens für ihn allerlei Mittel, Geld zu erwerben;

er erwarb keines und wußte nicht einmal, einen Auftrag zu besorgen. Sie hingegen war sehr pfiffig. Mit acht Jahren ließ sie sich von einer jener Zitronenhändlerinnen anwerben, die in der Umgebung der Hallen mit einem Korb voll Zitronen auf einer Bank sitzen und ihre Ware durch kleine Mädchen verkaufen lassen. Sie bot die Zitronen in ihrer Hand zum Verkaufe aus, zwei Stück für drei Sous, lief den Leuten nach, steckte ihre Zitronen den Frauen unter die Nase und holte sich neuen Vorrat, wenn ihre Hand leer war. Sie erhielt zwei Sous für jedes Dutzend Zitronen und erwarb so, wenn es gut ging, fünf bis sechs Sous des Tages. Im nächsten Jahre verkaufte sie Hauben zu neun Sous; da war der Nutzen schon größer; allein man mußte auf seiner Hut sein, denn dieser fliegende Handel war verboten. Sie witterte die Polizisten auf hundert Schritte; die Hauben verschwanden unter ihren Röcken, während sie mit harmloser Miene an einem Apfel knusperte. Später verkaufte sie kleine Kuchen, Pfeffernüsse, Kirschenkuchen, schönen, gelben Maiszwieback, auf Weidengeflecht ausgelegt; allein Marjolin aß alles weg und so kam sie dabei nicht auf. Mit elf Jahren endlich führte sie einen großen Gedanken durch, der sie seit langer Zeit beschäftigte. Sie sparte in zwei Monaten vier Franken, schaffte sich eine kleine Butte an und begann einen Handel mit Vogelfutter.

Das war ein Ereignis. Sie stand frühmorgens auf; kaufte bei den Großverkäufern ihren Vorrat an Vogelfutter, Hirsekorn, Spritzkuchen ein und machte sich auf den Weg, ging über die Seine, durchlief das Studentenviertel von der Jakobstraße bis zur Dauphine-Straße und bis zum Luxemburg. Marjolin begleitete sie. Sie wollte nicht zugeben, daß er die Butte trage; sie sagte, er tauge nur zum Schreien und so schrie er denn in einem vollen, schleppenden Tone:

Vogelfutter! Vogelfutter!

Sie wiederholte mit ihrer hellen Flötenstimme und mit einer Betonung, die in einem hohen, langgezogenen Ton endigte:

Vogelfutter! Vogelfutter!

Sie gingen jeder auf einem Fußsteige und schauten in die Höhe. Zu jener Zeit trug Marjolin eine große, rote Weste, die ihm bis zu den Knien reichte; es war die Weste des verstorbenen Vaters Chantemesse, der zeit seines Lebens Droschkenkutscher gewesen. Cadine trug ein blau und weiß gewürfeltes Kleid aus einem alten Umhängetuch der Mutter Chantemesse zugeschnitten. Die Zeisige in allen Dachstuben des Studentenviertels kannten sie; wenn sie vorüberkamen und abwechselnd ihren hellen Ruf vernehmen ließen, ward in allen Käfigen fröhlicher Gesang angestimmt.

Cadine verkaufte auch Kresse. „Zwei Sous das Bund! Zwei Sous das Bund!“ Marjolin trat in die Kaufläden ein und bot „schöne Brunnenkresse, gut für die Gesundheit!“ – zum Kaufe an.

Doch die Zentralmarkthalle war inzwischen fertig geworden; die Kleine war bezaubert von der Blumenallee, die den Früchtepavillon durchschneidet. Die Verkaufsbänke, die sich der ganzen Länge nach wie Blumenbeete zu beiden Seiten eines Pfades hinziehen, blühen und sprießen mit ihren dicken Sträußen; es ist eine duftige Ernte, zwei dichte Rosenhecken, zwischen denen die Mädchen des Stadtviertels zu lustwandeln lieben; sie lächeln dabei wonnig, und der starke Geruch verschlägt ihnen schier den Atem. Oben auf den Auslaggestellen sind Kunstblumen; Blätterwerk aus Papier, an dem Gummitropfen den Tau nachahmen, Grabkränze aus schwarzen und weißen Perlen mit blauem Widerschein. Cadine öffnete das rosige Näschen mit dem sinnlichen Behagen einer Katze; sie weilte gern mitten in dieser rosigen Frische und nahm, soviel sie konnte, von den Düften mit. Wenn sie ihren Kopf Marjolin unter die Nase steckte, sagte dieser, es rieche nach Veilchen. Sie schwor, daß sie sich keiner Pomade mehr bediene, daß es genüge, einmal durch die Blumenallee zu gehen. Sie ruhte nicht eher, als bis sie in den Dienst einer Blumenhändlerin eintreten konnte. Marjolin fand jetzt, daß sie wohlrieche vom Kopfe bis zu den Füßen. Sie lebte unter Rosen, Flieder, Nelken und Maiblümchen. Er roch scherzweise lange an ihren Röcken, schien nachzudenken und sagte: „Das riecht nach Maiblümchen.“ Dann roch er höher, an der Taille, am Leibchen, sog stärker den Duft ein und sagte: „Das riecht nach Nelken.“ An den Ärmeln, bei den Handknöcheln roch es nach Flieder. Am Nacken, auf den Wangen, auf den Lippen roch es nach Rosen. Cadine lachte, nannte ihn einen Tölpel und hieß ihn aufhören, weil er sie mit der Nase kitzele. Ihr Atem roch nach Jasmin; sie war ein lebendiger, warmer, blühender Blumenstrauß.

Zu jener Zeit stand die Kleine schon um vier Uhr morgens auf, um ihrer Dienstherrin beim Einkauf behilflich zu sein. Jeden Morgen wurden ganze Arme voll Blumen von den Blumengärtnern der Umgegend gekauft, ganze Bündel Moos, Farn- und Eisenkraut, um die Sträuße damit zu umgeben. Cadine staunte die Brillanten und Spitzen an, die die Töchter der großen Gärtner von Montreuil trugen, die inmitten ihrer Rosenladungen ankamen. An den Tagen der heiligen Maria, des heiligen Peter, des heiligen Joseph, der stark gefeierten

Schutzheiligen, begann der Verkauf schon um zwei Uhr morgens; es wurden da für zweimalhunderttausend Franken abgeschnittene Blumen verkauft; einzelne Wiederverkäuferinnen verdienten bis zu zweihundert Franken in wenigen Stunden. An solchen Tagen sah man von Cadine nur die lockigen Haarflechten unter den Bündeln von Stiefmütterchen, Reseda und Maßliebchen heraus; sie versank völlig unter Blumen. Den ganzen Tag wand sie Sträuße mit Hilfe von Binsenhalmen. In wenigen Wochen hatte sie bei dieser Beschäftigung eine große Geschicklichkeit und eine ganz eigentümliche Anmut erlangt. Ihre Sträuße gefielen nicht jedem; durch einen Zug roher Einfachheit riefen sie ein Lächeln oder ein Gefühl der Beunruhigung hervor. Das Rote herrschte da vor, durchschnitten von grellen Tönen, von Blau, Gelb, Violett, das Ganze von einem barbarischen Zauber. An solchen Vormittagen, an denen sie Marjolin gezwickt und geneckt hatte, daß er darüber weinte, waren ihre Sträuße wild, Sträuße eines zornigen Mädchens, Sträuße mit rauhen Gerüchen und grellen Farben. An anderen Vormittagen, wenn sie durch irgendeinen Kummer oder irgendeine Freude gerührt war, ersann sie Buketts von einem sanften Silbergrau, gleichsam in einen Schleier gehüllt, von einem eigenartigen Dufte. Dann nahm sie Rosen, blutigrot wie offene Herzen inmitten eines Rades von weißen Veilchen; gelbe Siegwurz, die flammend zwischen zartem Grün emporragte; Smyrnateppiche mit komplizierter Zeichnung, Blume an Blume gefügt, wie auf einer Stickerei; im Wasserglanze schillernde Fächer, die sich zart wie Spitzen ausbreiteten; sie ersann Zusammensetzungen von wunderbarer Reinheit und plumpe, dicke Sträuße; sie hatte Sträuße für Fischweiber und Sträuße für Gräfinnen; in diesen Sträußen offenbarte sich die Ungeschicklichkeit der Jungfrau und die sinnliche Glut der Dirne, die volle köstliche Phantasie eines Mädchens von zwölf Jahren, in dem das Weib erwachte.

Cadine achtete nur zwei Gattungen Blumen: weißen Flieder, von dem ein Bund mit acht bis zehn Zweiglein im Winter fünfzehn bis zwanzig Franken kostet; und Kamelien, die noch teurer sind, die dutzendweise in Schachteln ankommen, auf ein Mooslager gebettet und mit Watte zugedeckt. Sie faßte sie zart und behutsam an, als seien es Juwelen, und hielt den Atem zurück, aus Furcht, sie mit einem Hauch zu verderben; mit unendlicher Sorgfalt befestigte sie ihre kurzen Stengel an Binsenhalmen. Sie sprach in ernstem Tone von ihnen. Sie sagte Marjolin, daß eine schöne weiße Kamelie ohne Rostfleck ein seltenes und überaus prächtiges Ding sei. Als sie ihn eines Tages eine solche Blume bewundern ließ, rief er aus:

Ja, sie ist hübsch; aber mir ist dein Hals, da, unter dem Kinn, doch lieber; das ist glatter und durchsichtiger, als die Kamelie ... Und es sind blaue und rosige Äderchen da, die Blumenadern gleichen.

Er streichelte sie mit den Fingerspitzen; dann kam er mit der Nase näher und brummte:

Schau, heut riechst du nach Orangen.

Cadine hatte einen sehr schlimmen Charakter. Sie konnte sich nicht in die Rolle einer Dienerin finden; darum begann sie denn auch bald einen selbständigen Handel. Da sie erst dreizehn Jahre alt war und nicht daran denken durfte, einen Handel im großen mit einem eigenen Verkaufsstand in der Blumenallee zu betreiben, verkaufte sie Veilchensträußchen zu einem Sou, die in einem Moosbette saßen, auf einem flachen Korbe, der an ihrem Halse hing. Mit ihrem Korbe, der einem Stück veilchenbesetzten Rasen glich, trieb sie sich den ganzen Tag in den Hallen und um die Hallen herum. Dieses fortwährende Herumstreifen, das ihr die Beine gelenkig machte, war ihre Freude; sie brauchte jetzt nicht stundenlang mit eingebogenen Knien auf einem niedrigen Stuhl zu sitzen und Sträuße zu binden. Sie wand ihre Veilchensträußchen im Herumspazieren; sie drehte sie wie Spindeln, mit einer erstaunlichen Leichtigkeit der Finger. Je nach der Jahreszeit zählte sie sechs bis acht Blumen ab, knickte einen Binsenhalm ein, fügte ein Blättchen hinzu und umwickelte das Ganze mit einem angefeuchteten Faden, den sie mit ihren Wolfszähnchen entzweibiß. Sie machte ihre Sträußchen so rasch, daß sie aus dem Mooslager ihres Korbes hervorzusprießen schienen. Die Fußsteige entlang mitten im drängenden Gewühl der Straße blühten ihre flinken Finger, ohne daß sie darauf achtete, weil sie keck in die Höhe schaute, die Kaufläden und die Vorübergehenden betrachtete. Dann ruhte sie einen Augenblick vor einem Haustor aus und zauberte an den Rand der Gosse, die das Schmutzwasser abführte, ein Stück Frühling, einen Waldsaum mit seinen blauen Blümchen hin. Ihre Sträußchen verrieten noch immer ihre Anwandlungen von schlimmer Laune, sowie ihre Augenblicke der Rührung; es gab schrecklich zerfahrene, die in ihrer zerknüllten Tüte zu grollen schienen; und es gab andere, die friedlich, fast verliebt, in ihrer netten Halskrause lächelten. Wenn sie vorüberging, ließ sie einen lieblichen Duft zurück. Marjolin, der Tölpel, folgte ihr überallhin. Sie war jetzt ein einziger Duft vom Kopf bis zu den Füßen. Wenn er sie faßte, um sie abzuriechen von den Röcken bis zum Leibchen, von den Händen bis zum

Antlitz, dann sagte er, daß sie nichts als Veilchen, ein einziges großes Veilchen sei. Seinen Kopf an sie drückend wiederholte er:

Du erinnerst dich doch des Tages, da wir nach Romainville gingen? Es riecht ganz so wie dort, besonders da in deinem Ärmel ... Bleib dabei; du riechst zu gut.

Sie blieb dabei. Es war ihr letztes Handwerk. Doch die zwei Kinder wurden größer; oft vergaß sie ihren Blumenkorb, um im Stadtviertel herumzustreichen. Bei dem Bau der Zentralmarkthalle gab es für sie tausend Gelegenheiten zu kindischen Streichen. Durch einen Spalt der Bretterumfriedung drangen sie in die Werkplätze ein; sie stiegen in die Kellergewölbe hinab, erkletterten die ersten gußeisernen Säulen; jeder Winkel, jeder Balken sah ihre Spiele, ihre kleinen Raufereien. Die Pavillons erhoben sich unter ihren Kinderhänden. Daher rührte ihre Liebe für die großen Hallen, eine Liebe, die die Hallen ihnen wieder vergalten. Sie waren vertraut mit diesem Riesenschiffe, als alte Freunde, die seine kleinsten Bolzen hatten niederlegen sehen. Sie hatten keine Furcht vor diesem Ungeheuer, schlugen mit ihrer mageren Faust auf seine Riesengröße, behandelten es als gutmütigen Jungen, als Kameraden, mit dem man sich keinen Zwang antut. Und die Hallen schienen zu lächeln über diese zwei Kinder der Gasse, die der freie Gesang, die kecke Idylle ihres Riesenbauches waren.

Cadine und Marjolin schliefen bei Mutter Chantemesse nicht mehr beisammen in dem alten Grünzeugkarren. Die Alte, die die beiden des Nachts immer plaudern hörte, bereitete dem Jungen ein besonderes Lager auf der Erde, vor dem Schrein; allein am Morgen fand sie ihn am Halse der Kleinen, unter der nämlichen Bettdecke. Nun schickte sie ihn zu einer Nachbarin schlafen. Dies machte die Kinder sehr unglücklich. Bei Tage, wenn die Mutter Chantemesse nicht da war, faßten sie sich, angekleidet wie sie waren, um den Leib und legten sich auf den Estrich, wie auf ein Bett, und dies machte ihnen viel Spaß. Später trieben sie es spitzbübischer; sie suchten die dunkelen Winkel der Stube auf, verbargen sich häufiger in der Tiefe der Magazine der Speckstraße, hinter den Äpfelhaufen und Orangenkästen. Sie waren frei und schamlos wie die Spatzen, die sich am Rande eines Daches paaren.

Im Keller des Geflügelpavillons fanden sie gleichfalls Gelegenheit, beisammen zu schlafen. Es war dies eine liebliche Gewohnheit, ein Gefühl wohltuender Wärme, eine Art aneinander geschmiegt einzuschlafen, die sie nicht mehr entbehren konnten. In der Nähe der Schlachttische standen große Körbe voll Federn, in denen sie bequem Platz hatten. Wenn die Nacht gekommen war, stiegen sie hinab und blieben da die ganze Nacht, und hielten sich warm umschlungen, glücklich auf diesem weichen Lager, bis über die Augen in Federn versinkend. Gewöhnlich zogen sie ihren Korb vom Gaslicht weg; sie waren allein, mitten in den scharfen Gerüchen des Geflügels, wach erhalten durch plötzliche Hahnenschreie, die aus dem Schatten erklangen. Sie lachten, küßten sich in lebhafter Zuneigung, die sie sich nicht zu erklären wußten. Marjolin war sehr dumm. Cadine prügelte ihn, von Zorn erfaßt, ohne zu wissen warum. Mit der Keckheit einer Straßenläuferin klärte sie ihn auf. Allmählich erfuhren sie viel in ihren Federkörben. Es war ein Spiel. Die Hühner und Hähne, die neben ihnen schliefen, wußten nicht mehr.

Später waren die Hallen voll mit ihren Liebeleien sorgloser Spatzen. Sie liebten wie junge glückliche Tiere, ihrem Willen überlassen, ihre Begierden befriedigend inmitten dieser Haufen von Nahrung, unter denen sie emporgewachsen waren wie Pflanzen aus Fleisch. Mit sechzehn Jahren war Cadine eine Entlaufene, eine schwarze Zigeunerin des Pflasters, sehr lecker und sehr sinnlich. Mit achtzehn Jahren war Marjolin ein ausgewachsener Mann, einfältig wie ein Vieh, nur durch die Sinne lebend. Sie blieb häufig des Nachts aus, um mit ihm im Geflügelkeller zu schlafen; am andern Morgen lachte sie der Mutter Chantemesse frech ins Gesicht und flüchtete vor dem Besen, mit dem die Alte herumfuchtelte, ohne die Nichtsnutzige zu treffen, die sich mit seltener Schamlosigkeit über die Alte lustig machte, indem sie sagte, sie habe gewacht, um zu sehen, ob der Mond, Hörner kriege. Marjolin strich herum; in den Nächten, wo Cadine ihn allein ließ, blieb er bei der Schildwache in den Pavillons; er schlief auf Säcken, Kisten, im erstbesten Winkel. Schließlich verließen die beiden die Hallen nicht mehr. Es war ihr Käfig, ihr Stall, ihr riesiges Futterhaus, wo sie lebten, schliefen, sich liebten, auf einem ungeheuren Lager von Fleisch, Butter und Gemüsen.

Aber eine besondere Vorliebe behielten sie für die Federkörbe; ihre Liebesnächte verbrachten sie da. Die Federn waren nicht ausgesondert; es gab da lange, schwarze Truthahnfedern und weiße, glatte Gansfedern, die sie an den Ohren kitzelten, wenn sie sich umdrehten; dann gab es Entenflaum, in dem sie versanken, wie in Watte, die leichten Hühnerfedern, goldgelb und scheckig, von denen sie mit jedem Hauch ein Wölkchen auffliegen ließen, gleich einem Schwarm Mücken, die im Sonnenlichte summen. Im Winter schliefen sie auch im purpurnen Gefieder der Fasane, in den aschgrauen Federn der Lerchen, in der fleckigen Seide der Rebhühnern, Wachteln und Krammetsvögel. Die Federn hatten noch ihren warmen, lebendigen Geruch. Die beiden fühlten zwischen ihren Lippen gleichsam das Zittern der Flügel, die Wärme des Nestes. Diese Federn waren ihnen wie der breite Rücken eines Vogels, auf dem sie sich ausstreckten und der sie – die einander selig in den Armen lagen – entführte. Am Morgen mußte Marjolin Cadine suchen, die sich im Korbe verloren hatte, als ob es auf sie geschneit hätte. Sie erhob sich ganz struppig, schüttelte sich, ging wie aus einer Wolke hervor, mit ihren Haarflechten, in denen immer einige Hahnenfedern staken.

Ein anderer Freudenort war für sie der Pavillon für den Großverkauf von Butter, Eiern, Käse. Es erheben sich da jeden Morgen riesige Mauern aus leeren Körben. Sie schlüpften unter die Körbe, durchbrachen die Mauer und höhlten sich ein Versteck aus. Dann schoben sie einen großen Korb vor und waren so gut wie eingeschlossen. Nun waren sie daheim, hatten ihr Haus, konnten sich ungestraft umarmen. Was ihnen Spaß machte, war, daß nur ein dünnes Korbgeflecht sie von dem Gewühl der Hallen trennte, deren lauten Lärm sie rings um sich her vernahmen. Oft brachen sie in ein Gelächter aus, wenn Leute zwei Schritte von ihnen entfernt stehen blieben, ohne zu ahnen, daß sie da seien; sie bohrten Gucklöcher in die Körbe und wagten mit einem Auge hindurchzulugen. Zur Kirschenzeit schnellte Cadine den alten Frauen, die vorübergingen, Kirschkerne an die Nase; dies ergötzte sie um so mehr, als die erschreckten Greisinnen niemals ahnen konnten, woher dieser Hagel käme. Sie machten auch Streifzüge durch die Keller, kannten daselbst die dunkelsten Winkel und wußten bei den bestgeschlossenen Gittertüren hindurchzukommen. Einer ihrer Lieblingsausflüge war, bis zur unterirdischen Eisenbahn vorzudringen, die durch damals geplante Linien mit den verschiedenen Bahnhöfen in Verbindung gebracht werden sollte; einzelne Teile dieser Bahn führen unter den gedeckten Gängen der Hallen hinweg und trennen die Keller der verschiedenen Pavillons; bei den Bahnkreuzungen sind sogar Drehscheiben angebracht, um in Tätigkeit gesetzt zu werden. In der Einfriedung, die die Eisenbahn schützt, hatten Cadine und Marjolin einen Balken entdeckt, der locker saß und hatten diesen völlig losgemacht, so daß sie da bequem hindurch konnten. Sie waren da abgeschieden von der Welt; über ihren Köpfen, auf dem Pflaster, hörten sie das Getrappel von Paris. Die Eisenbahn dehnte ihre Wege, ihre verlassenen Galerien aus, auf die unter den durch gußeiserne Gitter geschützten Luftlöchern das Tageslicht einen helleren Streifen warf; an den im Dunkel sich verlierenden Enden brannten Gasflammen. Sie spazierten da wie in einem ihnen gehörenden Schlosse herum, sicher, daß niemand sie störe, froh ob dieses gedämpften Summens, dieses

Zwielichtes, dieser unterirdischen Heimlichkeit, wo sie in ihren kindischen Liebeleien erschauerten wie in einem Singspiel. Aus den benachbarten Kellern drangen durch die Einfriedung allerlei Gerüche bis zu ihnen: der fade Geruch der Gemüse, die Schärfe der Seefische, der Gestank der Käse, die lebendige Wärme der Geflügel. Es war ein unablässig nährender Hauch, den sie zwischen ihren Küssen einsogen, in dem schattigen Schlafraum, wo sie sich vergaßen, quer über die Schienen gelagert. Ein andermal wieder, in den schönen Nächten, in den hellen Morgendämmerungen erklommen sie die Dächer, stiegen sie die steile Leiter zu den Türmchen empor, die die Ecken des Pavillons zierten. Oben dehnten sich Zinkfelder dahin, Promenaden, Plätze, eine ganze künstliche Landschaft, deren Herren sie waren. Sie schritten die viereckigen Dächer der Pavillons ab, folgten den langgestreckten Dächern der Gänge, stiegen auf den abfallenden Dächern hinaus und hinab, verloren sich in endlosen Ausflügen. Und wenn sie des ersten Stockwerks überdrüssig waren, stiegen sie noch höher, wagten sich auf die eisernen Leitern, wo die Röcke Cadines gleich Fahnen flatterten. Sie liefen dann unter freiem Himmel, im zweiten Stockwerke der Dächer herum. Über ihren Häuptern flimmerten nur mehr die Sterne. Aus der Tiefe der tönenden Hallen stieg ein rollendes Getöse herauf einem nächtlichen, fernen Gewitter gleich. In dieser Höhe fegte der Morgenwind die schlimmen Gerüche, den übernächtigen Atem der Märkte hinweg. Bei anbrechendem Tage schnäbelten sie sich am Rande der Dachtraufen wie Vöglein, die unter den Dachziegeln kosen. Sie waren ganz rosig im Lichte der ersten Strahlen der Morgensonne. Cadine lachte vor Freude, im Freien zu sein, ihre Brust vom Tau benetzt wie die einer Taube; Marjolin neigte sich vor, um die noch dunkelen Straßen zu sehen; dabei klammerten seine Hände sich an das Zink wie die Füße einer Holztaube. Wenn sie wieder hinabstiegen noch froh der freien Luft und lächelnd wie Verliebte, die ganz struppig und mit zerdrückten Kleidern aus einem Weizenfelde hervortreten, sagten sie, sie kämen vom Lande.

In der Kaldaunenabteilung machten sie die Bekanntschaft des Claude Lantier. Sie gingen jeden Tag dahin mit der Blutgier und Grausamkeit von Straßenkindern, denen es Spaß macht, abgeschlagene Köpfe zu sehen. Rings um diesen Pavillon floß es rot in den Gossen; sie tauchten die Fußspitze hinein und warfen Haufen Blätter hinein, die die Gossen verstopften, daß die blutrote Flüssigkeit austrat. Die Ankunft der geschlachteten Tiere in den übelriechenden Karren interessierte sie. Sie sahen Pakete von Hammelfüßen abladen, die auf der Erde aufgehäuft werden gleich schmutzigen Pflastersteinen, die großer, starren

Zungen, die den blutigen Riß der Kehle zeigten, die festen und losgelösten Ochsenherzen, die stummen Glocken glichen. Was sie ganz besonders erbeben machte, waren die großen, bluttriefenden Körbe voll Hammelköpfe mit ihren fetten Hörnern und dem schwarzen Maul, das frische Fleisch noch mit einem Fetzen wolliger Haut bedeckt; sie dachten an eine Guillotine, die die Köpfe zahlloser Herden in diese Körbe wirft. Sie folgten den Körben bis in den Keller, längs der Schienen, die auf die Treppenstufen gelegt waren und hörten das sägenartige Kreischen der Räder der aus Weidengeflecht bestehenden Wagen. Unten war es schauerlich schön; sie fanden da den Geruch einer Fleischkammer, gingen zwischen dunkelen Lachen herum, wo manchmal rote Augen aufzuflammen schienen; ihre Sohlen blieben am Boden haften; geängstigt und entzückt zugleich wateten sie in dem schauerlichen Unflat herum. Die Gaslaternen hatten eine kurze Flamme, einer blutigen, zuckenden Wimper gleichend. Sie näherten sich den Schraubstöcken, die rings um die Brunnen im matten Lichte der Kellerluken standen. Hier ergötzten sie sich daran, den Kaldaunenhändlern zuzusehen, wie sie, angetan mit ihren blutstarrenden Schürzen, die Hammelsköpfe, einen nach dem andern, mit einem einzigen Hiebe des Schlägels öffneten. So harrten sie stundenlang aus, bis die Körbe leer waren, festgebannt durch das Krachen der Knochen, um bis zum Schlusse mitanzusehen, wie die Zungen ausgerissen und die Gehirne bloßgelegt wurden. Zuweilen ging ein Marktwächter hinter ihnen vorüber, der mittelst des Spritzenschlauches den Keller reinigte; ganze Wasserbäche flossen mit dem Geräusch einer Schleuse dahin; der kräftige Strahl der Spritze fegte die Fliesen rein, ohne jedoch die Rostflecke und den Gestank des Blutes wegzubringen.

Gegen Abend zwischen vier und fünf Uhr waren Cadine und Marjolin sicher, Claude Lantier in der Abteilung für den Großverkauf von Rinderlungen zu finden. Er stand da mitten unter den mit dem Hinterteil den Fußsteigen zugekehrten Karren der Kaldaunenhändler, unter den vielen Männern in blauer Jacke und weißer Schürze, gedrängt und gestoßen, die Ohren schier zerrissen durch die lauten Verkaufsangebote; allein er fühlte die Stöße nicht; er stand entzückt vor den großen Lungen, die an den Haken der Ausrufabteilung hingen. Oft erklärte er Cadine und Marjolin, daß es nichts Schöneres gebe. Die Lungen waren von einer zarten rosa Farbe, die allmählich kräftiger wurde und unten einen karminroten Saum hatte. Er sagte, sie seien aus gewässertem Samt, weil er keinen Ausdruck fand, um diese Seidenweichheit zu bezeichnen, diese leichten Fleischstücke, die in breiten Falten herabfielen, wie die Röcke einer Tänzerin. Er sprach von Gaze und von Spitzen, die die Hüfte einer schönen Frau sehen lassen. Wenn ein Sonnenstrahl auf die großen Lungen fiel und gleichsam einen goldenen Gürtel um sie wob, leuchteten Claudes Augen vor Entzücken, und er war glücklicher, als wenn er die Nacktheiten griechischer Göttinnen und die Brokatgewänder romantischer Burgfrauen hätte vorüberziehen sehen.

Der Maler wurde der vertraute Freund dieser beiden Kinder der Gasse. Er hatte eine Vorliebe für schöne Naturkinder. Er träumte lange Zeit von einem Kolossalgemälde: Cadine und Marjolin sich liebend inmitten der Zentralhallen, unter den Massen von Gemüsen, Fleisch und Fischen. Er wollte sie auf ein Lager von Nahrungsmitteln setzen, einander umfangend und den Liebeskuß austauschend. Er erblickte darin eine künstlerische Offenbarung, den Positivismus in der Kunst, die völlig experimentale und materialistische moderne Kunst; er erblickte darin zugleich eine Verspottung der Gedankenmalerei, einen Faustschlag gegen die alten Schulen. Nahezu zwei Jahre lang begann er die Skizzen immer wieder von neuem, ohne die richtige Stimmung zu treffen. Er vernichtete etwa fünfzehnmal die Leinwand. Darob grollte er sich selbst, fuhr fort, mit seinen beiden Modellen zu leben, aufrecht gehalten durch eine Art hoffnungsloser Liebe für sein verfehltes Bild. Oft schlenderte, er, wenn er sie des Nachmittags auf ihren Streifzügen traf, mit ihnen durch das Hallenviertel, die Hände in den Taschen voll tiefen Interesses für das Straßenleben.

Alle drei wandelten schleppenden Ganges auf den Fußsteigen dahin, nahmen die ganze Breite ein und drängten die Leute von dem Fußsteig. Die Nase in die Luft gestreckt, sogen sie die Gerüche von Paris ein. Sie würden mit geschlossenen Augen jeden Winkel erkannt haben an dem alkoholschwangeren Lufthauch, der aus den Weinstuben kam, an dem warmen Geruch der Bäckerläden und Pastetenbäckereien, an dem unangenehmen Geruch der Früchtehandlungen. Sie machten weite Wege, kamen in die Rotunde der Getreidehalle, diesen riesigen und schwerfälligen steinernen Käfig, angefüllt mit Stößen weißer Mehlsäcke, wo unter dem stillen Gewölbe ihre Schritte widerhallten. Sie liebten die benachbarten Straßenecken, die öde, dunkel und traurig waren, wie der Winkel einer verlassenen Stadt, die Babille-Straße, die Sauval-Straße, die Zweitalerstraße, die Viarmes-Straße, die ganz weiß war wegen der Nachbarschaft der Müller und wo man um vier Uhr das Gewühl der Getreidebörse findet. Gewöhnlich brachen sie von da auf. Langsam durchschritten sie die Vauvillière-Straße, blieben vor verdächtigen Garküchen auf dem Pflaster stehen, zwinkerten sich zu und lachten über die große, gelbe Nummer eines Hauses mit geschlossenen Fenstervorhängen (eines Freudenhauses). In der engen Pröverinnenstraße blinzelte Claude mit den Augen und betrachtete gegenüber am Ende des gedeckten Ganges, eingerahmt in diesem Riesenschiffe, das einem modernen Bahnhofe glich, ein Seitenportal der Eustach-Kirche mit der Rosette und den übereinander geordneten Bogenfenstern. In seiner trotzigen Art behauptete er, das ganze Mittelalter und die ganze Renaissance fänden unter den Zentralhallen Platz. Während sie die breiten neuen Straßen durchschritten, die Pont-Neuf-Straße und die Hallenstraße, erklärte er den beiden Kindern der Straße das neue Leben, die prächtigen Fußwege, die neuen Häuser, den Luxus der Kaufläden; er kündigte eine ursprüngliche Kunst an, deren Kommen er ahnte, wie er sagte, und die zu entdecken er sich vergebens abquälte.

Doch Cadine und Marjolin zogen den Frieden der Pilgerstraße vor, wo man Ball spielen konnte, ohne Furcht, überfahren zu werden. Die Kleine tat schön, wenn sie vor Handschuh- und Putzmacherläden vorbeikamen, während in jeder Tür barhäuptige Kommis mit der Feder hinter dem Ohr erschienen und ihr mit gelangweilter Miene nachblickten. Sie liebten auch die stehen gebliebenen Reste des alten Paris, die Töpfergasse und die Leinengasse mit ihren bauchigen Häusern und ihren Butter- und Käseläden; die Eisengasse und die Nadelgasse, die schönen Gassen von ehemals mit den schmalen, dunkelen Läden; besonders aber die Courtalon-Gasse, ein schwarzes, schmutziges Gäßchen, das von dem Opportuna-Platze bis zur Dionysiusstraße reicht voll stinkender Höfe, wo sie, als sie noch jünger waren, Schindluder getrieben hatten. In der Dionysiusstraße betraten sie das Reich der Leckereien; hier lächelten ihnen die gebackenen Äpfel, das Süßholz, die überzuckerten Pflaumen, die mannigfachen kandierten Zucker bei den Gewürzkrämern und Drogisten. Ihre Streifzüge führten immer zu dem Verlangen nach feinen Sachen, zu der Gier, die Auslagen mit den Augen zu verschlingen. Dieses Stadtviertel war für sie eine große, allezeit gedeckte Tafel, ein ewiger Nachtisch, nach dem sie wohl gerne die Hände ausgestreckt hätten. Sie warfen kaum einen Blick auf den andern Block wackeliger Hütten, auf die Pirouette-Straße, Mondétour- Straße, Kleine Lumpengasse und die Große Lumpengasse, denn sie hatten nur ein geringes Interesse für die Niederlagen von Schnecken und getrockneten Kräutern, für die Kaldaunen- und Schnapsbuden; doch gab es in der Großen Lumpengasse eine Seifenfabrik, die inmitten der Gerüche der Nachbarschaft sehr lieblich roch und wo Marjolin gerne stehen blieb, um zu warten, bis jemand hineinging oder herauskam, damit er an der Türe den feinen Duft empfange. Sie kehrten dann rasch nach der Pierre-Lescot-Straße und Rambuteau-Straße zurück. Cadine liebte die eingesalzenen und saueren Sachen; sie stand voll Bewunderung vor den Bündeln geräucherter Heringe, vor den mit Anchovis und Kapern gefüllten Tonnen, vor den Gurken- und Olivenfäßchen, in denen große hölzerne Löffel steckten; der Essiggeruch prickelte ihr köstlich in der Kehle; der scharfe Geruch der gerollten Schellfische und der geräucherten Lachse, der Speckseiten und Schinken, der prickelnde Duft der Zitronenkörbe machten ihr den Mund wässerig, daß das Zünglein begehrlich spielte; sie liebte auch die in Stößen aufgehäuften Sardinenbüchsen, die inmitten der Säcke und Kisten Säulen von bearbeitetem Metall bildeten. In der Montorgueil-Straße und in der Montmartre-Straße waren noch schöne Gewürzläden und Restaurants, deren Kellerfenster sehr gut rochen, sehr liebliche Auslagen von Geflügel und Wildbret, Konservenhandlungen vor deren Türen offene Fässer voll gelben Sauerkrautes standen, zerschlissen wie alte Spitzen. In der Muschelstraße verweilten sie lange bei den duftigen Trüffeln. Hier gibt es eine große Niederlage von Genußmitteln; sie sendet einen so starken Geruch bis auf den Fußsteig, daß Cadine und Marjolin die Augen schlossen und sich einbildeten, daß sie köstliche Sachen äßen. Claude war verwirrt; er sagte, alles drehe ihm den Magen um; er kehrte durch die Oblin-Straße zur Getreidehalle zurück und musterte in dieser Gasse die Salatverkäuferinnen unter den Haustoren, das gewöhnliche Tongeschirr, das auf den Fußsteigen ausgeräumt war, und überließ die beiden „Wildlinge" ihrem Lustwandel in dem Geruch der Trüffel, dem schärfsten des ganzen Stadtviertels.

Dies waren die großen Spaziergänge. Wenn Cadine allein mit ihren Veilchensträußen herumging, dehnte sie zuweilen ihren Weg weiter aus und besuchte besonders gewisse Läden, für die sie eine Vorliebe hatte. Ein lebhaftes Wohlgefallen fand sie an dem Bäckerladen der Frau Taboureau, wo ein ganzes Schaufenster der Pastetenbäckerei vorbehalten war; sie durchschritt die Turbigo-Straße und machte zehnmal denselben Weg zurück, um an den Mandelkuchen vorbeizukommen, an den Honoriuskuchen, Fladen, Früchtenkuchen, an den Tellern voll Rosinenkuchen und Kohlköpfchen mit Sahne; mit zärtlichen Blicken betrachtete sie auch die Becher voll trockener Kuchen, Maccaroni und Plätzchen. Der Bäckerladen, sehr hell mit seinen breiten Spiegelscheiben, seinen Marmortafeln, seinen Vergoldungen, seinen Brotkästen von geschmiedetem Eisen, seinem zweiten Schaufenster, wo lange, glänzende

Brote schief aufgestellt waren, mit der Spitze auf einem Täfelchen von Kristall, weiter oben durch einen Messingring festgehalten, hatte die angenehme Wärme des gebackenen Teiges, eine Wärme, in der Cadine ordentlich erfrischt wurde, wenn sie der Versuchung nachgebend eintrat, um eine Butterbemme für zwei Sous zu kaufen. Ein anderer Laden gegenüber dem Innocenzplatze erregte eine leckere Neugierde in ihr, einen Heißhunger von unbefriedigten Begierden. Es war dies eine Spezialität von gefüllten Pasteten. Sie stand da in der Betrachtung der gewöhnlichen Pasteten, der Spießpasteten, der Gänseleberpasteten; in Träumerei versunken weilte sie lange vor dem Schaufenster und sagte sich, daß sie doch eines Tages davon werde essen müssen.

Cadine hatte auch ihre koketten Stunden. Sie kaufte sich dann im Geiste prächtige Toiletten, wie sie in den Auslagen der Kaufläden des Stadtviertels zu bewundern waren. Ein wenig verlegen durch ihren Korb unter den Hallenweibern, schmutzige Schürzen tragend, während die anderen sich sonntäglich putzen konnten, betastete sie die zur Schau gestellten Wollstoffe, Flanelle, Leinenzeuge, um sich von dem Faden und von der Geschmeidigkeit des Stoffes zu überzeugen. Sie gönnte sich ein Kleid von grellfarbigem Flanell, von Wollstoff mit einem Blumenmuster, von scharlachroter Popeline. Zuweilen wählte sie wohl auch unter den von geschickten Kommishänden geschmackvoll angeordneten Stücken einen zarten Seidenstoff von himmelblauer oder apfelgrüner Farbe, den sie mit rosa Bändern geziert zu tragen gedachte. Des Abends besichtigte sie die blendenden Auslagen der Juweliere in der Montmartre-Straße. Diese furchtbar große Straße betäubte sie mit ihren endlosen Wagenreihen; in dem unaufhörlichen Gedränge der Menschenmassen hielt sie sich auf und konnte sich nicht satt sehen an dem flammenden Glanze, unter der schimmernden Reihe von Lampen, die vor dem Laden hingen. Da war zunächst der bleiche Schimmer der Silbergegenstände, der Uhren, Ketten, kreuzweise gelegten Eßbestecke, Becher, Tafeltuchringe, Kämme, Tabakdosen, auf Gestellen aufgereiht; eine besondere Vorliebe hatte sie für die silbernen Fingerhüte, die auf kleinen Schemeln von Porzellan standen, das Ganze mit einem Glassturze zugedeckt. Auf der anderen Seite glänzte das Gelb des Goldes durch die Spiegelscheiben. Ein ganzes Feld langer Ketten floß von oben herab, in roten Lichtern glitzernd; die kleinen Damenuhren, mit dem Deckel nach außen gekehrt, zeigten flimmernde Rundungen, wie niedergefallene Sterne; die Eheringe waren in langer Reihe auf dünne Messingstäbe gefaßt; die Armbänder, die Busennadeln, die teureren Geschmeide funkelten auf dem schwarzen Samt der Schmuckkästchen; die Ringe, in großen viereckigen Schachteln sitzend, entzündeten flüchtige Flammen von blauer, grüner, gelber, violetter Farbe, während auf allen Gestellen die in zwei- und dreifacher Reihe ausgestellten Ohrgehänge, Kreuze und Medaillons die Tafeln von Kristallglas mit einem reichen Saum umgaben, wie ein Tabernakel. Der Widerschein all des Goldes warf gleichsam einen breiten Sonnenstrahl bis mitten in die Straße. Cadine glaubte in ein Heiligtum, in die Schatzkammer des Kaisers einzutreten. Sie betrachtete lange diese für die Fischweiber bestimmten Marktgeschmeide und las aufmerksam die an jedem Stücke in großen Ziffern angeschriebenen Preise ab. Sie entschied sich für ein Paar Ohrgehänge: Bienen aus falschen Korallen, an goldenen Rosen hängend. Eines Tages überraschte Claude das Mädchen in Entzücken schwimmend vor dem Schaufenster eines Perückenmachers in der Honoriusstraße. Mit einem Ausdruck tiefen Neides betrachtete sie die Haare. Oben gab es eine Reihe von Frauenperücken, offenem Haar, Zöpfen und Locken in allen Farben, rot, schwarz, goldblond, aschblond, sogar weiß für verliebte Damen mit sechzig Jahren. Unten waren die feineren Haartouren; englische Locken, fertig gekräuselt, pomadisierte und gekämmte Zöpfe lagen in sauberen Schachteln von Kartonpapier. Inmitten dieses Rahmens drehte sich gleichsam in einer Kapelle unter den flockigen Spitzen der ringsherum aufgehängten Haare eine Frauenbüste. Die Frau war mit einer Schärpe von kirschrotem Samt bekleidet, die vor der Brust durch eine Brosche zusammengehalten war. Sie hatte eine hohe Brautfrisur mit Orangenblüten und lächelte mit ihrem Puppenmunde; die Augen waren hell, die Augenwimpern steif und zu lang, die wächsernen Wangen und Schultern wie gebacken und vom Gas angeraucht. Cadine wartete, bis die Figur mit ihrem Lächeln sich wieder umdrehte; sie war entzückt in dem Maße, als das Profil immer deutlicher sichtbar ward und das schöne Weib sich langsam von links nach rechts drehte. Claude war entrüstet; er schüttelte Cadine und fragte, was sie da mache vor dieser Unsauberkeit, vor „dieser krepierten und aus der Morgue geholten Dirne“. Er schalt auf diese Leichennacktheit, diese Häßlichkeit des Schönen, indem er behauptete, daß man nur mehr Frauen so kämme. Die Kleine war nicht überzeugt, sie fand die Frau sehr schön. Dann riß sie sich von dem Maler los, der sie am Arme hielt, kratzte sich ärgerlich das schwarze Kraushaar und zeigte ihm einen riesigen roten Haarbusch, der sicherlich von dem starken Nacken einer Stute stammte, und gestand, daß sie diese Haare haben möchte.

Wenn diese drei, Claude, Cadine und Marjolin, auf ihren Wanderungen die Hallen umkreisten, bemerkten sie bei jeder Straßenecke ein Stück von dem gußeisernen Riesen. Es waren dies plötzlich auftauchende Schmalseiten, unvermutete Architekturen, derselbe Horizont unter immer neuen Gesichtspunkten sich darbietend. Claude wandte sich am liebsten in der Montmartre-Straße um, wenn sie an der Kirche vorbeigekommen waren. Die fernen Hallen, die er von hier schief stehen sah, entzückten ihn; ein großer Bogengang, ein hohes Riesentor tat sich klaffend auf; dann häuften sich die Pavillons mit ihren Doppeldächern, ihren endlosen Reihen von Tür- und Fensterläden, ihren riesigen Fenstervorhängen. Man glaubte die Profile von übereinander getürmten Häusern und Palästen zu sehen, ein Babel von Erz, von hindostanischer Leichtigkeit, durchbrochen von hängenden Terrassen, von Gängen in der Luft, von fliegenden Brücken im Leeren. Sie kehrten immer wieder hierher zurück zu dieser Stadt, die sie umkreisten, ohne sich weiter als hundert Schritte von ihr entfernen zu können. Sie kehrten zu den warmen Nachmittagen der Hallen zurück. Oben sind die Läden geschlossen, die Vorhänge herabgelassen. In den gedeckten Gängen rührt sich kein Hauch; die Luft ist aschgrau, durchschnitten von gelben Streifen, den Sonnenbalken, die durch die langen Fenster hereinfallen. Ein gedämpftes Gemurmel dringt aus den einzelnen Marktabteilungen hervor; die Schritte der wenigen geschäftigen Fußgänger tönen laut auf den Fußsteigen, während die Träger mit ihren Blechnummern auf der Brust in langer Reihe am Rande des Fußsteiges sitzen, die Stiefel abziehen und ihre geschwollenen Füße pflegen. Der Koloß ruht aus, und die Stille wird nur zuweilen von einem aus den Geflügelkellern kommenden Hahnenschrei unterbrochen. Oft schauten die drei zu, wie die leeren Körbe auf die Karren geladen wurden, die sie des Nachmittags abholten, um sie den Spediteuren zurückzubringen. Die mit schwarzen Buchstaben und Ziffern gezeichneten Körbe bildeten ganze Berge vor den Magazinen der Spediteure in der Hirtenstraße. Die Träger ordneten sie gleichmäßig in Stößen. Wenn der Haufe die Höhe eines Stockwerkes angenommen hatte, mußte der Mann, der unten geblieben war, um die Körbe im Gleichgewicht zu erhalten, einen Anlauf nehmen, um sie seinem Kameraden, der mit ausgebreiteten Armen auf dem Karren stand, zuzuwerfen. Claude, ein Freund der Kraft und Geschicklichkeit, folgte stundenlang diesem Flug der Körbe und lachte herzlich, wenn ein allzu kräftiger Schwung sie über das Ziel hinweg auf die Straße warf. Er verweilte auch gern auf dem Fußsteig der Rambuteau-Straße und der Pont-Neuf-Straße, an der Ecke des Obstmarktes, da, wo die Kleinverkäuferinnen stehen. Die im Freien auf

Tischen, die mit schwarzer, nasser Leinwand bedeckt waren, aufgehäuften Gemüse entzückten ihn. Um vier Uhr tauchte die Sonne diesen ganzen grünen Winkel in flammendes Licht. Er schritt die Gänge entlang voll Neugierde für die verschiedenfarbigen Köpfe der Händlerinnen; die jungen, deren Haare durch ein Netz festgehalten wurden, schon tief gebräunt durch ihre harte Lebensweise; die alten, gebeugt und eingeschrumpft, das Gesicht ganz rot unter dem Kopftuch von gelber Seide. Cadine und Marjolin weigerten sich, ihm dahin zu folgen; denn sie erkannten schon von weitem die Mutter Chantemesse, die ihnen drohend die Faust zeigte, wütend darüber, daß die beiden wieder beisammen steckten und ihren Unfug trieben. Er fand sie dann auf dem anderen Fußsteig wieder. Quer über die Straße blickend, fand er einen prächtigen Vorwurf für ein Gemälde: die Hökerinnen unter ihren großen, verschossenen Sonnenschirmen in allen Farben; es waren rote, gelbe, grüne Schirme, auf langen Stäben befestigt; ihre Rundungen wölbten sich in dem lodernden Lichte der Abendsonne, die über den Rüben- und Kohlhaufen zur Rüste ging. Eine Alte von bald hundert Jahren hatte unter einem zerfetzten Schirme von roter Seide drei armselige Salatköpfe feil.

Mittlerweile hatten Cadine und Marjolin die Bekanntschaft Léons, des Lehrlings der Quenu-Gradelle gemacht. Es geschah eines Tages, als er eine Torte nach der Nachbarschaft zu bringen hatte. Sie sahen, wie er in einem dunkeln Winkel der Mondétour-Straße den Deckel von der Kasserolle abhob und behutsam mit den Fingern ein Pastetchen herausholte. Sie lächelten einander zu; dies brachte ihnen eine große Meinung von dem Jungen bei. Cadine faßte den Vorsatz, endlich einen ihrer heißesten Wünsche zu befriedigen. Als sie wieder einmal dem Kleinen mit seiner Kasserolle begegnete, tat sie schön mit ihm und ließ sich ein Pastetchen anbieten, das sie lachend und sich die Finger leckend verzehrte. Doch sie war einigermaßen enttäuscht; sie hatte geglaubt, es müsse besser schmecken. Indes fand sie den Jungen drollig, der ganz weiß gekleidet war wie ein Mädchen, das zur Kommunion geht, und der ein leckeres, verschmitztes Gesicht hatte. Sie lud ihn zu einem großen Frühstück ein, das sie unter den Körben der Butterabteilung gab. Alle drei – sie, Marjolin und Léon – versteckten sich zwischen den von den Körben gebildeten vier Mauern und waren da fern von der Welt. Ein breiter, flacher Korb war die Tafel. Es gab Birnen, Nüsse, weißen Käse, kleine Seekrebse, gebratene Kartoffeln und Radieschen. Der weiße Käse kam von einer Obsthändlerin der Cossonnerie-Straße; es war ein Geschenk. Ein Ausbrater aus der Großen Lumpengasse hatte für zwei Sous gebratene Kartoffeln auf Pump geliefert. Der Rest – die Birnen, die Nüsse, die kleinen Krebse, die Radieschen – war in den Hallen zusammengestohlen. Es war ein köstliches Mahl. Léon wollte in der Gastfreundschaft auch nicht zurückstehen und vergalt das Frühstück mit einer Abendmahlzeit um ein Uhr morgens in seiner Kammer. Er wartete mit kalter Wurst auf mit Saucißchen, Pökelfleisch, kleinen Gurken und Gänseschmalz. Der Wurstladen der Quenu-Gradelle hatte alles geliefert. Jetzt nahm die Geschichte kein Ende: auf köstliche Frühstücke folgten feine Abendessen, auf Einladung folgte Einladung. Dreimal in der Woche gab es trauliche Feste unter den Körben in der Markthalle und in der Dachkammer Léons, wo Florent in schlaflosen Nächten bis zum Tagesanbruch das gedämpfte Geräusch von kauenden Kinnladen und leises Kichern vernahm.

Bei allem gewann die Liebschaft Cadines und Marjolins nur an Festigkeit. Sie waren jetzt vollkommen glücklich. Er machte den Galanten und führte sie in ein Sonderkabinett, – in irgendeinen dunklen Kellerwinkel – wo sie rohe Äpfel und süße Sellerieknollen naschten. Eines Tages stahl er einen geräucherten Hering, den sie auf dem Dache des Pavillons für Seefische am Rande der Dachrinne aßen. Es gab kein schattiges Plätzchen in den Hallen, wo sie mit ihren zärtlichen Liebesmahlen nicht Schutz gesucht hätten. Das Stadtviertel, diese langen Reihen offener Läden voll Obst, Kuchen, Konserven, war nicht mehr ein verschlossenes Paradies, vor dem ihr gieriger, neidischer Hunger vergeblich umherirrte. An den Auslagen vorüberkommend, brauchten sie nur die Hand auszustrecken, um eine Pflaume, eine Handvoll Kirschen, ein Stück Schellfisch zu stehlen. Sie versorgten sich auch in den Hallen, beobachteten die Gänge der verschiedenen Marktabteilungen, lasen alles auf, was zu Boden fiel und halfen zuweilen mit einem Ruck der Schultern nach, daß Körbe zu Boden fielen. Trotz dieser Raubzüge wuchs die Forderung des Ausbraters in der Großen Lumpengasse immer mehr an. Dieser Ausbrater, dessen Krambude sich an ein baufälliges Haus lehnte, das durch moosgrüne Balken gestützt war, hatte Miesmuscheln, die in einer großen irdenen Salatschüssel in klarem Wasser schwammen, dann kleine Sandaale, gelb und steif unter ihrer allzu dicken Teiglage, Stücke Fettdarm, die in einem Ofen in Fett schmorten, am Rost gebratene Heringe, schwarz und verkohlt, so hart, daß sie klapperten wie Holz. In mancher Woche schuldete Cadine bis zu zwanzig Sous; diese Schuld drückte sie sehr; sie mußte eine Unzahl von Veilchenbuketts verkaufen, denn auf Marjolin konnte sie nicht zählen. Überdies war sie genötigt, Léon seine Gefälligkeiten zu erwidern; sie fühlte sich sogar ein wenig beschämt darob, daß sie ihm niemals mit einem Fleischgericht hatte aufwarten können. Léon stahl schließlich ganze Schinken. Gewöhnlich verbarg er alles unter seinem Hemde. Wenn er des Abends aus der Küche der Wurstmacherei auf seine Stube kam, zog er Wurststücke, Pastetenschnitten, ganze Bündel Speckschwarte aus der Brust hervor. Es fehlte an Brot; auch hatten sie nichts zu trinken. Eines Nachts überraschte Marjolin Léon dabei, wie er zwischen einem Bissen und dem anderen Cadine küßte. Dies brachte ihn zum Lachen. Er hätte den Kleinen mit einem einzigen Faustschlage zu Boden strecken können; allein er war auf Cadine nicht eifersüchtig; er behandelte sie wie eine alte Freundin, die man schon lange besitzt.

Claude nahm an diesen Festmahlen nicht teil. Als er Cadine einmal dabei ertappte, wie sie eine Zuckerrübe stahl und in ihrem mit Heu gefüllten Handkörbchen verbarg, zog er sie bei den Ohren und nannte sie eine Nichtsnutzige. Das habe ihr noch gefehlt, sagte er. Aber er fühlte unwillkürlich eine gewisse Bewunderung für diese sinnlichen, diebischen, gierigen Tiere, die sich an allem letzten, was herumlag und die von der Tafel eines Riesen gefallenen Brosamen auflasen.

Marjolin war in den Dienst Gavards eingetreten, froh, daß er nichts anderes zu tun hatte, als die endlosen Geschichten seines Dienstherrn anzuhören. Cadine fuhr fort, Veilchensträuße zu verkaufen und gewöhnte sich an die Scheltworte der Mutter Chantemesse. Schamlos setzten sie ihr Kinderleben fort und überließen sich in treuherziger Lasterhaftigkeit ihren Begierden. Sie waren Pflanzen dieses schmutzigen Pflasters des Hallenviertels, wo man selbst bei schönem Wetter in schwarzem, klebrigem Schlamme watet. Das Mädchen hatte mit sechzehn Jahren, der Jüngling mit achtzehn Jahren noch die liebliche Schamlosigkeit der Kinder bewahrt, die hinter dem Ecksteine niederhocken. Indes stieg in Cadine zuweilen eine gewisse Beklemmung auf, wenn sie auf den Fußsteigen dahinschritt und die Veilchenstengel drehte wie Spindeln. Auch Marjolin empfand ein Unbehagen, das er sich nicht erklären konnte. Er verließ zuweilen die Kleine, verlor sich bei einem Spaziergang, blieb bei einem Festmahl weg, um Frau Quenu durch die Spiegelscheiben des Wurstladens zu betrachten. Sie war so schön, so dick, so rund, daß sie seinen Augen wohltat. Bei ihrem Anblick empfand er eine Sattheit, als ob er etwas Gutes gegessen oder getrunken habe, und wenn er wegging, nahm er einen Hunger und Durst, sie wiederzusehen, mit. Das dauerte monatelang. Anfänglich hatte er für sie die achtungsvollen Blicke, die er den Schaufenstern der Gewürzkram- und Pökelfleischläden widmete. Wenn aber die Tage der großen Streifzüge kamen, träumte er bei ihrem Anblicke davon, die Hände nach ihrer kraftvollen Gestalt, nach ihren dicken Armen auszustrecken, etwa so wie er sie in einem Olivenfäßchen oder in einer Apfelkiste versenkte.

Seit einiger Zeit sah Marjolin die schöne Lisa jeden Morgen. Sie kam bei dem Stande Gavards vorüber und blieb einen Augenblick stehen, um mit dem Geflügelhändler zu plaudern. Sie sagte, sie wolle selbst ihren Einkauf besorgen, um weniger betrogen zu werden. Die Wahrheit war, daß sie Gavard zum Schwatzen bringen wollte; im Wurstladen traute er sich nicht recht; in seinem Laden hingegen ließ er seiner Rede freien Lauf und erzählte, was man wollte. Sie hatte sich gesagt, sie werde von ihm genau erfahren, was bei Herrn Lebigre vorgehe; denn zu ihrer Geheimpolizei – Fräulein Saget – hatte sie nur wenig Vertrauen. So erfuhr sie von dem furchtbaren Schwätzer allerlei verworrene Dinge, die sie sehr erschreckten. Zwei Tage nach der Auseinandersetzung, die sie mit Quenu gehabt, kam sie sehr blaß von dem Markte heim. Sie winkte ihrem Gatten, ihr in das Speisezimmer zu folgen. Nachdem sie hier die Türen sorgfältig geschlossen hatte, brach sie los:

Dein Bruder will uns auf das Schafott bringen? ... Warum hast du mir verheimlicht, was du weißt?

Quenu schwor, daß er nichts wisse, daß er seither nicht bei Herrn Lebigre gewesen und auch nicht mehr hingehen wolle. Doch sie zuckte mit den Achseln und fuhr fort:

Daran wirst du wohl tun, wenn du nicht deine Haut dort lassen willst ... Florent ist mit bei irgendeinem schlimmen Streich, ich ahne es. Ich habe genug davon erfahren, um zu erraten, wohin sein Weg ihn führt ... Er kommt wieder auf die Galeeren, hörst du?

Nach einer Weile fuhr sie in ruhigerem Tone fort:

Ach der Unglückliche! ... Er war da wie der Vogel im Hanfsamen; er konnte wieder rechtschaffen werden, er sah nur gute Beispiele vor sich. Nein, es liegt im Blute; er wird sich mit seiner Politik noch den Hals brechen ... Das muß ein Ende nehmen, hörst du? Ich habe dich gewarnt.

Sie sprach diese letzten Worte mit großem Nachdruck. Quenu senkte den Kopf und harrte seines Urteils.

Vor allem, sagte sie, wird er nicht mehr hier essen. Es ist genug, daß er hier Unterkunft hat. Er erwirbt Geld, er mag sich verpflegen.

Er wollte widersprechen; allein sie schloß ihm den Mund, indem sie in heftigem Tone hinzufügte:

Dann wähle zwischen ihm und uns. Ich schwöre dir, daß ich mit meiner Tochter weggehe, wenn er länger da bleibt. Soll ich es dir sagen? Dieser Mensch ist zu allem fähig ... er ist ein Störenfried zwischen uns. Aber ich will beizeiten Ordnung schaffen ... Du hast gehört: er oder ich!

Quenu blieb stumm; Lisa aber kehrte in den Laden zurück, um einer Käuferin ein halbes Pfund Leberpastete zu geben, was sie mit dem leutseligen Lächeln der schönen Wursthändlerin tat. In einem politischen Gespräch mit Gavard, das sie geschickt herbeigeführt, hatte der Geflügelhändler sich dermaßen erhitzt, daß er ihr sagte, man werde schon sehen, daß alles niedergerissen werden solle, und daß zwei beherzte Männer wie er und ihr Schwager genügten, um „der Bude den roten Hahn aufs Dach zu setzen". Dies war der böse Streich, von dem sie sprach; irgendeine Verschwörung, auf die der Geflügelhändler fortwährend Anspielungen machte, mit geheimnisvoller Miene und mit einem hämischen Lächeln, das vieles erraten lassen wollte. Sie sah schon im Geiste eine Schar Polizisten in den Wurstladen eindringen, sie, Quenu und Pauline knebeln und in einen tiefen Kerker werfen.

Beim Essen am Abend benahm sie sich eisig kalt; sie legte Florent nicht vor, wie sonst, und sagte wiederholt:

Es ist merkwürdig, wieviel Brot wir in letzter Zeit essen!

Florent begriff endlich. Er fühlte, daß er als ein Verwandter behandelt wird, den man vor die Türe setzen will. In den letzten zwei Monaten hatte Lisa ihn mit den alten Beinkleidern und Röcken Quenus bekleidet, und da er ebenso hager wie sein Bruder dick war, standen diese Kleidungsstücke ihm sehr sonderbar. Sie gab ihm auch die alte Leibwäsche ihres Mannes, zwanzigmal geflickte Taschentücher, zerschlissene Tafeltücher, Leintücher, die nur mehr als Wischlappen gut waren, abgenützte Hemden, für den großen Bauch seines Bruders zugeschnitten und so kurz, daß sie ihm als Jacken hätten dienen können. Er sah sich nicht mehr von dem warmen Wohlwollen der ersten Zeit umgeben. Das ganze Haus zuckte mit den Achseln, weil man sah, daß die schöne Lisa es tat. August und Augustine kehrten ihm auffällig den Rücken, während Pauline – als wahres Schreckenskind – grausame Bemerkungen über seine fleckigen Kleider und seine löcherige Leibwäsche machte. Die letzten Tage litt er hauptsächlich bei Tische. Er wagte kaum mehr zu essen, weil er sah, daß

Mutter und Kind ihm auf die Hände schauten, wenn er sich Brot abschnitt. Quenu beugte sich hartnäckig auf seinen Teller nieder und vermied es aufzublicken, um sich in die Vorgänge nicht einmengen zu müssen. Florent plagte jetzt hauptsächlich der Gedanke, wie er den Platz räumen solle. Eine Woche lang drechselte er in Gedanken einen Satz, mit dem er ankündigen wollte, daß er künftig außerhalb des Hauses seine Mahlzeiten nehmen werde; und er fand nicht den Mut, diesen Satz auszusprechen.

Dieser zartsinnige Mensch lebte in solcher Täuschung, daß er seinen Bruder und seine Schwägerin zu kränken fürchtete, wenn er nicht mehr da essen werde. Mehr als zwei Monate hatte er gebraucht, bis er die geheime Feindschaft Lisas merkte; zuweilen glaubte er noch sich zu täuschen und fand sie sehr gütig zu ihm. Seine Selbstlosigkeit ging so weit, daß er seine Bedürfnisse vergaß; es war keine Tugend mehr, sondern der äußerste Gleichmut, der absolute Mangel alles Persönlichen. Niemals – selbst dann nicht, als er sich allmählich aus dem Hause verjagt sah – dachte er an die Erbschaft des alten Gradelle, an die Rechnung, die seine Schwägerin ihm hatte legen wollen. Er hatte übrigens im voraus seine Geldausgaben berechnet; mit dem Gelde, das Frau Verlaque von seinen Bezügen übrig ließ, und mit den monatlichen dreißig Franken für eine Unterrichtsstunde, die die schöne Normännin ihm verschafft hatte, berechnete er, daß er achtzehn Sous für sein Frühstück und sechsundzwanzig Sous für sein Mittagbrot werde ausgeben können. Dies genügte vollauf. Endlich faßte er sich eines Morgens ein Herz; er benutzte die neue Lektion, die er gab, als Vorwand, um zu erklären, es sei ihm unmöglich, sich zu den Mahlzeiten im Wurstladen einzufinden. Diese mühselig ersonnene Lüge brachte er nur errötend vor. Er entschuldigte sich noch:

Ihr dürft mir deshalb nicht zürnen, mein Schüler ist nur zu diesen Stunden frei. Das tut nichts; ich werde außerhalb des Hauses einen Bissen essen und mich des Abends nach eurem Befinden erkundigen.

Die schöne Lisa blieb kühl, was ihn noch mehr in Verwirrung brachte. Sie hatte ihm nicht den Abschied geben wollen, um nicht das Unrecht auf ihrer Seite zu haben; sie zog vor, daß er selber ermüde. Jetzt ging er, und man war ihn los; sie vermied jede Freundschaftsbekundung, die ihn hätte zurückhalten können. Nur Quenu sagte leicht verlegen:

Tue dir keinen Zwang an; iß außer dem Hause, wenn es dir besser paßt. Du weißt ja, daß wir dich nicht wegschicken. Du wirst zuweilen, am Sonntag, bei uns essen.

Florent ging eilig fort; ihm war das Herz schwer. Als er nicht mehr da war, fand Lisa nicht den Mut, ihrem Gatten seine Schwäche, die Einladung für den Sonntag, vorzuwerfen. Sie blieb Siegerin und atmete frei in dem Speisezimmer mit den hell gestrichenen Eichenmöbeln; am liebsten hätte sie ausräuchern mögen, um den Geruch der krankhaften Magerkeit zu verscheuchen, den sie da verspürte. Im übrigen stellte sie sich auf den Standpunkt der Abwehr. Ja, noch mehr: nach Verlauf einer Woche ward sie von lebhafter Unruhe erfaßt. Sie sah Florent nur selten, des Abends, und träumte von schrecklichen Dingen, von einer Höllenmaschine, die oben in dem Zimmer Augustines fabriziert wird, oder von geheimen Signalen, die von der Terrasse erwartet wurden, um das Stadtviertel mit Barrikaden zu bedecken. Gavard trug eine düstere Miene zur Schau; er antwortete nur mit Kopfschütteln und überließ tagelang seinen Stand der Obhut Marjolins. Die schöne Lisa beschloß, sich volle Aufklärung zu verschaffen. Sie erfuhr, daß Florent einen Tag Urlaub habe, den er mit Claude Lantier bei Madame François in Nanterre zu verbringen gedachte. Da er bei Tagesanbruch aufbrechen und erst am Abend zurückkehren sollte, dachte sie daran, Gavard zum Essen einzuladen; dieser werde bei Tische sicherlich alles ausplaudern. Allein, sie konnte den Geflügelhändler den ganzen Vormittag nicht finden. Nachmittags ging sie abermals in die Hallen.

Marjolin war in dem Stande allein. Hier schlummerte er stundenlang und ruhte von seinen langen Streifzügen aus. Gewöhnlich setzte er sich auf einen Stuhl, legte die Beine auf einen zweiten und stützte den Kopf auf den kleinen Vorratsschrank, der im Hintergrunde des Standes sich befand. Im Winter entzückte ihn das zur Schau gestellte Wildbret; die Rehe, mit dem Kopfe nach unten gehängt, die Vorderfüße gebrochen und um den Hals gebunden, die Lerchen, die auf eine lange Schnur gefaßt den Stand umgaben, an den Halsschmuck der Wilden erinnernd; die großen, roten Hasen, die kleingefleckten Rebhühner, die bronzegrauen Wasservögel, die russischen Haselhühner, die in ein Gemengsel von Haferstroh und Kohl gepackt ankommen; die Fasane, so prächtig mit ihrer scharlachroten Haube, ihren samtgrünen Halsstück, ihrem goldgelben Mantel, ihrem langen, flammenden Schweife, der Schleppe einer Hofrobe gleich. Alles Gefieder erinnerte ihn an

Cadine und die Nächte, die sie in den weichen Geflügelkörben zugebracht hatten.

An diesem Tage fand die schöne Lisa Marjolin mitten im Geflügel. Der Nachmittag war mild; ein warmer Lufthauch wehte in den schmalen Gängen des Pavillons. Sie mußte sich bücken, um ihn zu entdecken, wie er im Hintergrunde des Standes, unter dem rohen Fleische dalag. Oben hingen fette Gänse an den eisernen Haken des Balkens; der Nagel saß in der blutigen Wunde des langen, steifen Halses, darunter die breite Masse des Bauches, rötlich unter dem feinen Flaum, sich blähend wie ein nackter Leib inmitten der Weiße des Schwanzes und der Flügel. Vor dem Balken hingen ferner mit gespreizten, wie zu einem gewaltigen Sprung ausholenden Beinen und mit hängenden Ohren Hasen mit grauem Halse und einem weißen Haarbüschel am Schwänze; der Kopf mit den scharfen Zähnen und den gebrochenen Augen zeigte das blöde Grinsen der toten Tiere. Auf dem Auslagetische zeigten gerupfte Hühner die fleischige Brust, gespannt durch die Kanten des Spreißels; auf einem Korbe lagen Tauben mit dem zarten Schimmer ihrer nackten Haut; Enten mit rauherer Haut spreizten ihre Füße aus; drei prächtige Truthähne, bläulich schimmernd wie ein frisch rasiertes Kinn, schliefen auf dem Rücken mit zusammengenähtem Halse und fächerartig ausgebreiteten schwarzen Flügeln. Nebenan war auf Tellern Geflügelklein ausgelegt: die Leber, der Magen, der Hals, die Füße, die Flügel, während auf einer ovalen Schüssel ein abgehäutetes und ausgeweidetes Kaninchen lag, die vier Füße ausgespreizt, der Kopf blutig, der Bauch geöffnet und die zwei Nieren aufgedeckt; ein Blutfaden lief vom Rücken bis zum Schwanze und färbte da, Tropfen um Tropfen, die weiße Porzellanschüssel rot. Marjolin hatte sich nicht die Mühe genommen, das zum Zerkleinern des Geflügels dienende Brett abzuwischen, auf dem noch die Pfoten des Kaninchens lagen. Er schloß die Augen zur Hälfte; rings um ihn her, auf den drei Gestellen des Standes lagen noch mehrere Haufen toten Geflügels, Geflügel in Papiertüten, die man für Sträuße halten konnte, lange Reihen von eingeknickten Schenkeln und runden Brüsten, im Zwielichte des Standes sich verlierend. Mitten unter allen den Nahrungsmitteln hatte der große blonde Körper des Jungen – seine Wangen, seine Hände, sein mächtiger Hals mit dem rötlichblonden Haar – das feine Fleisch der prächtigen Truthähne und die Bauchrundung der fetten Gänse.

Als er die schöne Lisa bemerkte, erhob er sich rasch; er schämte sich, von ihr überrascht worden zu sein, wie er sich so hingelümmelt hatte. Er war vor ihr immer sehr schüchtern, sehr verlegen; und als sie ihn fragte, ob Herr Gavard da sei, stammelte er:

Nein ... ich weiß nicht. Er war soeben da und ist wieder fort.

Lächelnd betrachtete sie ihn; sie hatte großes Wohlwollen für ihn. Da sie eine Hand hängen ließ, fühlte sie plötzlich, daß ein warmer Gegenstand sich an dieselbe reibe, und stieß einen leisen Schrei aus. Unter dem Auslagetische waren in einer Kiste lebende Kaninchen, die die Köpfe hervorstreckten und ihre Röcke beschnupperten.

Ach, rief sie lachend, es sind Kaninchen, die mich kitzeln.

Sie bückte sich, um ein weißes Kaninchen zu streicheln; allein dieses flüchtete in einen Winkel der Kiste. Als sie sich wieder erhob, fragte sie weiter:

Kehrt Herr Gavard bald zurück?

Marjolin erwiderte von neuem, daß er es nicht wisse. Seine Hände zittertetn ein wenig. Mit zögernder Stimme fügte er hinzu:

Er ist vielleicht im Geflügelkeller. Mich dünkt, er wollte dort hingehen.

Ich möchte ihn erwarten, sagte Lisa. Man könnte ihn verständigen, daß ich da bin ... Oder, ich gehe vielleicht selbst hinunter ... Das ist ein Gedanke! ... Seit fünf Jahren schon will ich den Geflügelkeller sehen ... Du führst mich hin und erklärst mir alles, nicht wahr?

Er ward sehr rot. Mit raschen Schritten verließ er den Stand und ging vor ihr her. Die Auslage sich selbst überlassend, stammelte er:

Alles, was Sie wollen, Frau Lisa.

Unten fand die schöne Wursthändlerin die Kellerluft erstickend. Sie blieb auf der letzten Stufe stehen, erhob die Blicke, betrachtete das Gewölbe mit seinen Streifen aus roten und weißen Ziegeln, hergestellt aus glatten Bogen, eingefaßt von Rippen aus Gußeisen und gestützt durch Säulchen. Was noch mehr als die Dunkelheit sie zurückhielt, war ein warmer, durchdringender Geruch, ein Hauch von lebenden Tieren, der sie in der Nase und im Halse prickelte.

Das riecht sehr übel, murmelte sie; es ist nicht gesund, hier zu leben.

Ich befinde mich sehr wohl, erwiderte Marjolin erstaunt. Der Geruch ist nicht schlecht, wenn man erst daran gewöhnt ist. Und im Winter ist's hier sehr warm und behaglich.

Sie folgte ihm und sagte, der scharfe Geruch der Geflügel sei ihr widerwärtig, und sie könne zwei Monate lang kein Huhn essen. Die Verschläge, diese schmalen Zellen, wo die Händler das lebende Geflügel in Verwahrung halten, zogen sich in langen Zeilen dahin, einander in rechtem Winkel schneidend. Die wenigen Gasflammen verbreiteten nur ein schwaches Licht; die Zellengäßchen lagen in tiefer Stille da, gleich einem Dorfe, in dem die Bewohner zu Bett gegangen sind. Marjolin ließ Lisa das engmaschige Drahtgitter befühlen, das sich um den gußeisernen Rahmen der Zellen legte. Während sie ein Gäßchen entlang schritt, las sie die Namen der Mieter, die auf blauen Plättchen angeschrieben waren.

Herr Gavard ist ganz hinten, sagte der junge Mensch immer vorausgehend.

Sie wandten sich links und gelangten in ein Sackgäßchen, in einen dunklen Winkel, den kein Lichtstrahl erreichte. Gavard war nicht da.

Das tut nichts, sagte Marjolin. Ich will Ihnen dennoch unsere Tiere zeigen; ich habe einen Schlüssel zu dem Verschlag.

Die schöne Lisa betrat hinter ihm das stockfinstere Sackgäßchen. Hier fand sie ihn plötzlich mitten unter ihren Röcken. Sie glaubte zu nahe an ihn herangekommen zu sein und wich zurück, indem sie lachend ausrief:

Es ist hier finster wie in einem Backofen; wie soll ich da die Tiere sehen?

Er antwortete nicht sogleich; dann stammelte er, daß es in dem Käfig stets eine Kerze gebe. Doch es währte lange, bis er aufsperrte, er konnte das Schlüsselloch nicht finden. Als sie sich bückte, um ihm zu helfen, fühlte sie einen heißen Atem an ihrem Halse. Als er endlich die Tür geöffnet und die Kerze angezündet hatte, sah sie ihn dermaßen zittern, daß sie ausrief:

Großer Tölpel! Wie kann man in einen solchen Zustand geraten, weil man eine Tür nicht hatte öffnen können? Trotz deiner großen Fäuste bist du weichlich wie ein Fräulein.

Sie trat nun in den Verschlag. Gavard hatte zwei Abteilungen gemietet und daraus einen Hühnerstall gemacht, indem er die Zwischenwand entfernte. Am Boden, im Düngerhaufen wateten die größeren Tiere, die Gänse, Truthähne, Enten; oben in den drei Fächern der Gestelle waren in platten Käfigen mit durchbrochenem Deckel Hühner und Kaninchen. Das Drahtgitter des Verschlages war ganz staubig und dermaßen mit Spinngewebe überzogen, daß es mit grauen Vorhängen versehen zu sein schien; der Harn der Kaninchen verdarb den unteren Teil der Wände; der Mist des Geflügels bedeckte die Dielen mit weißlichgrauen Schmutzflecken. Doch Lisa wollte keinen weiteren Ekel zeigen, um Marjolin nicht noch mehr zu kränken. Sie steckte die Finger zwischen den Stäben der Käfige hindurch und beklagte das Schicksal der armen Hühner, die sich nicht einmal aufrecht halten konnten. Sie streichelte eine Ente, die mit einem gebrochenen Bein in einem Winkel hockte, während der junge Mensch ihr sagte, daß man die Ente noch den nämlichen Abend schlachten werde, aus Furcht, daß sie über Nacht umfallen könne.

Aber wie füttert man denn die Tiere? fragte sie.

Nun erklärte er ihr, daß das Geflügel im Finstern nicht fressen will. Die Geflügelhändler sind genötigt, eine Kerze anzuzünden und zu warten, bis die Tiere gefressen haben.

Mir macht dies Spaß, fuhr er fort; ich leuchte ihnen stundenlang. Man muß nur sehen, wie tüchtig sie mit ihren Schnäbeln zulangen. Wenn ich das Kerzenlicht mit der Hand verdecke, strecken alle die Hälse in die Höhe, als ob die Sonne untergegangen wäre ... Es ist verboten, wegzugehen und die brennende Kerze da zu lassen. Eine Geflügelhändlerin, die Sie kennen – Mutter Palette – hat es neulich getan und es hat wenig gefehlt, daß alles verbrannt wäre. Es scheint, daß eine Henne die Kerze umgeworfen und so das Stroh in Brand gesetzt hat.

Ah! dem Geflügel geht es gar nicht so übel, wenn man ihm zu jeder Mahlzeit gleich den Leuchter anzünden muß, rief Lisa heiter aus.

Marjolin lachte. Lisa trat aus der Zelle, wischte die Schuhe ab und hob ein wenig das Kleid, um es vom Unrat rein zu halten. Der Bursche blies die Kerze aus und verschloß die Zelle. Sie hatte Furcht, so im Finstern, an der Seite dieses großen Jungen den Rückweg anzutreten. Sie ging voraus, um ihn nicht so dicht an ihren Röcken zu haben. Als er sie eingeholt hatte, sagte sie:

Es ist mir doch lieb, alles gesehen zu haben. Es gibt unter den Hallen Dinge, von denen man keine Ahnung hat. Ich danke dir ... Ich will rasch hinauf gehen; in meinem Laden wird man nicht wissen, wo ich solange bleibe. Wenn Herr Gavard zurückkommt, sage ihm, daß ich sogleich mit ihm zu sprechen wünsche.

Aber, er ist gewiß bei den Schlachtsteinen, sagte der Bursche. Wir können nachsehen, wenn Sie wollen.

Sie schwieg, beklommen von der warmen Luft, die ihr Gesicht erhitzte. Sie war ganz rot und ihr straffes Leibchen, sonst so ruhig, ward von einem Zittern erfaßt. Der hastige Tritt des hinter ihr her keuchenden Marjolin beunruhigte sie, verursachte ihr ein Unbehagen. Sie trat zur Seite und ließ ihn vorausgehen. Die dunklen Zellengäßchen lagen noch immer in tiefer Stille da wie ein schlafendes Dorf. Lisa bemerkte, daß ihr Führer einen Umweg nehme. Als sie bei dem Schienengeleise anlangten, sagte er, daß er ihr die unterirdische Eisenbahn habe zeigen wollen. Sie blieben da einen Augenblick stehen und schauten über die dicken Balken der Einfriedung. Er machte sich erbötig, ihr die Eisenbahn zu zeigen, doch sie lehnte ab; es sei nicht der Mühe wert, sagte sie; man sehe ja, was daran sei. Als sie den Rückweg antraten, fanden sie die Mutter Palette vor ihrem Verschlage; sie war damit beschäftigt, die Schnüre von einem breiten, viereckigen Korbe loszumachen, in dem es heftig flatterte. Als sie den letzten Knoten gelöst hatte, erschienen plötzlich lange Gänsehälse, die den Deckel hoben. Die Gänse drängten wild aus den Körben und watschelten laut schnatternd und pfauchend in den finsteren Keller. Lisa konnte ein Lachen nicht unterdrücken trotz der Klagen der verzweifelten Geflügelhändlerin, die da fluchte wie ein Kärrner und zwei Gänse, die davon laufen wollten, am Halse packte. Marjolin war einer dritten nachgelaufen. Man hörte ihn durch die Gäßchen rennen, die Spur verlierend, an dieser Jagd sich ergötzend. Dann hörte man das Geräusch eines kurzen Kampfes und gleich darauf kam er mit der Gans zurück. Die Mutter Palette, ein altes, gelbes Weib, nahm die Gans in ihre Arme und drückte sie einen Augenblick an ihren Bauch, in der Stellung der antiken Leda.

Ein Glück, daß du da bist, sagte sie zu Marjolin ... Neulich hatte ich einen rechten Kampf mit so einem Beest; aber ich hatte mein Messer bei mir und schnitt ihr den Hals ab.

Marjolin war ganz außer Atem. Als sie bei den Schlachtsteinen ankamen, wo das Gas ein helles Licht verbreitete, sah Lisa, daß der Bursche in Schweiß gebadet sei und daß seine Augen ganz ungewöhnlich funkelten. Sonst schlug er vor ihr die Augen nieder wie ein Mädchen. Sie fand, daß er ein sehr hübscher Mann sei mit seinen breiten Schultern, seinem großen, rosigen Antlitz, umgeben von blonden Locken. Sie betrachtete ihn so wohlgefällig mit jener Miene ungefährlicher Bewunderung, die man den allzu jungen Burschen zeigen darf, daß er wieder einmal völlig eingeschüchtert wurde.

Du siehst wohl, daß Herr Gavard nicht da ist, sagte sie; ich verliere nur meine Zeit.

Nun erklärte er ihr in hastigem Tone das Schlachten. Fünf riesige Steinbänke waren in einer Reihe aufgestellt, auf der Seite der Rambuteau-Straße, unter dem fahlen Lichte der Fenster und der Gasflammen. An einem Ende schlachtete ein Weib die Hühner; er machte Lisa aufmerksam, daß die Schlächterin das Geflügel lebend rupfe, weil dies leichter sei. Dann verlangte er, sie möge von den riesigen Federnhaufen, die auf den Steinbänken lagen, einige Handvoll nehmen; er sagte, diese Federn würden ausgesucht und – je nach ihrer Feinheit – bis zu neun Sous das Pfund verkauft. Sie mußte auch in die mit Flaumen gefüllten großen Körbe die Hand stecken. Dann drehte er die Wasserhähne auf, die an jedem Pfeiler angebracht waren. Er war unerschöpflich in Einzelheiten; das Blut fließe über die Steinbänke auf die Fliesen hernieder und bilde da große Pfützen; die Knechte kommen alle zwei Stunden, um mit Wasser und Bürsten den Fußboden zu reinigen. Als Lisa sich über die Mündung des Abflußkanals neigte, hatte er neue Geschichten zu erzählen. Wenn es Gewitter gebe, dringe der Regen durch die Kanalmündung ein und überschwemme den Keller; einmal sei das Wasser dreißig Zentimeter hoch gestanden und man habe das Geflügel nach dem höher gelegenen äußersten Ende des Kellers retten müssen. Er lachte noch über den Rummel, den die scheu gewordenen Tiere verursachten. Und dann wußte er nichts mehr; da erinnerte er sich des Ventilators. Er führte sie in den Hintergrund und hieß sie in die Höhe blicken; da sah sie das Innere eines der Ecktürmchen, eine Art breiten Abzugsrohres, durch das die schlechte Luft des Geflügelkellers entwich.

Marjolin stand wortlos in diesem Winkel, wo alle die eklen Gerüche zusammenströmten. Es war der scharfe, alkalienhaltige Gestank des Guano. Doch ihn schien er zu stärken und zu erfrischen. Seine Nasenflügel zitterten und er atmete kräftig, wie von dreisten Begierden erfaßt. Seit einer Viertelstunde, die er in Begleitung der schönen Lisa in den Kellerräumen verbrachte, betäubten ihn der Geruch und die Wärme, die von allen lebenden Tieren ausströmten. Seine Schüchternheit war geschwunden und er war voll jener Brunst, die den Düngerhaufen der Hühnerställe unter dem platten Gewölbe der Keller durchhitzte.

Du bist ein wackerer Junge, sagte die schöne Lisa; es ist hübsch von dir, daß du mir alles gezeigt hast, und wenn du in den Wurstladen kommst, sollst du etwas geschenkt kriegen.

Sie faßte ihn am Kinn, wie sie es sonst oft getan und übersah, daß er schon ein großer Junge geworden. Sie war, um die Wahrheit zu sagen, ein wenig erregt infolge dieses unterirdischen Spazierganges. Es war eine angenehme Erregung, die ihr wohltat wie etwas Erlaubtes, das weiter keine Folgen hat. Sie ließ ihre Hand vielleicht etwas länger als sonst an dem Kinn dieses Jünglings ruhen, das sich so glatt anfühlte. Bei dieser liebkosenden Berührung folgte der Bursche dem Andringen seiner Gefühle. Nachdem er sich mit einem Blick überzeugt hatte, daß niemand in der Nähe sei, stürzte er sich mit der Kraft eines Stieres auf die schöne Lisa. Er hatte sie bei den Schultern gepackt und in einen großen Federkorb geschleudert, wo sie wie eine schwere Masse hinfiel; dabei flogen ihre Röcke bis zu den Knien hinauf. Und er schickte sich an, sie um den Leib zu fassen, wie er Cadine zu fassen pflegte, mit der Brutalität eines Tieres, das raubt und sich sättigt, als Lisa, ohne einen Ruf auszustoßen und ganz bleich angesichts dieses plötzlichen Angriffes, sich mit einem Satz in dem Korbe aufrichtete. Sie erhob den Arm, wie sie es bei den Schlachtbänken gesehen hatte, ballte ihre schöne Frauenfaust und streckte mit einem, zwischen die beiden Augen geführten Schlag den Jungen nieder, daß er hinfiel und an einer Kante des Schlachtsteines sich den Kopf spaltete. In diesem Augenblicke erscholl aus dem Dunkel – lang und rauh – ein Hahnenschrei.

Die schöne Lisa hatte ihre Kaltblütigkeit wieder erlangt. Ihre Lippen waren gespitzt; ihr Busen hatte wieder seine ruhige Rundung, die ihn einem Bauche gleich machte. Über ihrem Haupte vernahm sie das dumpfe Getöse der Hallen. Durch die Kellerfenster, die auf die Rambuteau-Straße gingen, drang das Geräusch der Straße in diese stillen unterirdischen Räume. Sie sagte sich, daß ihre kräftigen Arme allein sie gerettet hätten. Sie schüttelte die wenigen Federn ab, die noch an ihren Röcken klebten. Und in der Furcht, hier überrascht zu werden, ging sie von dannen, ohne Marjolin auch nur eines Blickes zu würdigen. Sie atmete erst auf, als sie das Gitter hinter sich hatte und im Tageslichte die Kellertreppe emporstieg.

Sehr ruhig, nur ein wenig blaß, kehrte sie in den Wurstladen zurück.

Du warst lang fort, sagte Quenu.

Ich habe Gavard nicht gefunden und ihn überall gesucht, sagte sie mit ruhiger Stimme. Wir werden unsere Hammelkeule ohne ihn verzehren.

Sie ließ den Schmalztopf füllen, den sie leer fand und schnitt Koteletten für ihre Freundin Frau Taboureau, die ihre kleine Magd gesandt hatte. Die mit dem

Hackmesser geführten Schläge erinnerten sie an Marjolin, der im Geflügelkeller lag. Doch sie machte sich keinen Vorwurf. Sie hatte als ehrbare Frau gehandelt. Wegen dieses Jungen wird sie doch ihren häuslichen Frieden nicht preisgeben. Sie lebte so glücklich zwischen ihrem Mann und ihrer Tochter. Dabei blickte sie nach Quenu; er hatte am Nacken eine rauhe Haut, eine rötliche Schwarte und sein rasiertes Kinn war runzelig wie knotiges Holz, während Nacken und Kinn des andern wie von rosigem Samt waren. Doch sie durfte nicht mehr daran denken und wird ihn nicht mehr berühren, da er an Unmögliches dachte. Es war ein kleines erlaubtes Vergnügen, das sie bedauerte, indem sie sich sagte, daß die Kinder wahrhaftig zu schnell heranwachsen.

Da eine leichte Röte ihre Wangen färbte, fand Quenu, daß sie „verflixt gut" aussehe. Er setzte sich zu ihr vor das Pult und sagte:

Du solltest häufiger ausgehen. Das tut dir wohl ... Wenn du willst, gehen wir an einem der nächsten Abende in das Lustspieltheater, wo Frau Taboureau das neue Stück gesehen hat, das so gut ist ...

Lisa erwiderte lächelnd, sie wolle sehen. Dann verschwand sie von neuem. Quenu dachte, sie sei gar zu gut, daß sie diesem Tölpel Gavard so nachlaufe. Er hatte nicht gesehen, daß sie die Treppe emporgestiegen war. Sie ging nach der Kammer Florents, deren Schlüssel stets in der Küche an einem Nagel hing. Sie hoffte, in dieser Kammer etwas zu erfahren, da sie auf den Geflügelhändler nicht mehr zählen konnte. Langsam machte sie die Runde in dem Zimmer, untersuchte das Bett, den Kamin, die vier Winkel. Das Fenster der kleinen Terrasse war offen, der knospende Granatenbaum war von dem Goldstaub der untergehenden Sonne übergössen. Es schien ihr, als habe ihr Ladenmädchen diese Stube noch nicht verlassen, als habe es noch in der letzten Nacht da geschlafen; sie roch den Mann nicht. Sie war sehr erstaunt, denn sie war darauf gefaßt, verdächtige Kisten, Möbelstücke mit großen Schlössern zu finden. Sie betastete das Sommerkleid Augustines, das noch immer an der Wand hing. Dann setzte sie sich an den Tisch und las eine begonnene, aber nicht beendete Schriftseite, auf der das Wort „Revolution" zweimal vorkam. Sie war erschreckt und öffnete das Schubfach, das voll mit Papieren war. Allein ihre Ehrbarkeit erwachte angesichts dieses Geheimnisses, das in diesem schlechten Tische von weichem Holze so schlecht behütet war. Sie saß über diese Papiere gebeugt und suchte sie zu verstehen, ohne sie zu berühren; aus ihrer Erregung riß sie der plötzliche laute Ruf des Finken, dessen Käfig von einem schrägen Sonnenstrahl erhellt war. Sie erbebte und schob das Fach zurück. Was sie da tun wollte, war sehr schlecht.

Während sie in Gedanken versunken am Fenster stand und sich sagte, daß sie den Abbé Roustan, einen klugen Mann, zu Rate ziehen sollte, sah sie unten, auf dem Pflaster der Hallen, eine Ansammlung von Menschen rings um eine Tragbahre. Die Nacht senkte sich schon herab; aber sie erkannte dennoch Cadine, die weinend mitten in einer Gruppe stand, während Florent und Claude, die Stiefel ganz weiß vom Staube, am Rande des Fußsteiges in lebhaftem Gespräch begriffen waren. Überrascht von der Rückkehr dieser beiden, beeilte sich Lisa hinunterzugehen. Kaum wieder vor ihrem Pulte sitzend, sah sie Fräulein Saget eintreten, die ausrief:

Dieser Halunke Marjolin ist im Keller mit gespaltenem Schädel gefunden worden ... Wollen Sie nicht auch sehen, Frau Quenu?

Sie ging über die Fahrstraße hinüber, um Marjolin zu sehen. Der junge Mensch lag ganz blaß mit geschlossenen Augen da; ein Haarbüschel steif von gestocktem Blute fiel auf die Stirne. In der Gruppe sagte man, es habe nichts zu bedeuten; der Junge sei selbst schuld an seinem Unfall; er treibe sich immer in den Kellern herum, wo er allerlei schlimme Streiche verübe. Man nahm an, daß er über eine der Schlachtbänke habe springen wollen – was eines seiner Lieblingsspiele war – und hierbei mit der Stirn auf einen Stein aufgeschlagen sei.

Fräulein Saget zeigte auf die weinende Cadine und brummte:

Sicher hat ihn die Dirne gestoßen; sie stecken immer in den Winkeln beisammen.

Durch die frische Luft der Straße zum Bewußtsein gebracht, schlug Marjolin erstaunt die Augen auf; er betrachtete die Leute um sich her. Als er Lisas Antlitz sah, das sich zu ihm herniederneigte, lächelte er ihr sanft und friedlich zu. Er schien sich an nichts mehr zu erinnern. Lisa war einigermaßen beruhigt und sagte, man solle ihn sogleich nach dem Krankenhause schaffen; sie werde ihn da besuchen, ihm Orangen und Zwieback bringen. Marjolins Kopf war wieder auf die Tragbahre zurückgesunken. Als man diese fortschaffte, folgte Cadine schluchzend mit dem Tragkorb am Halse; die Veilchen steckten in ihrem Moosbette, und sie netzte sie reichlich mit ihren Tränen, unbekümmert darum, daß sie die zarten Blumen mit ihrem heißen Kummer versenge.

Als Lisa nach dem Wurstladen zurückkehrte, hörte sie Claude, der mit einem Händedruck von Florent schied und brummte:

Der verdammte Schlingel verdirbt mir meinen Tag! Und wir haben uns doch so gut unterhalten! ...

Claude und Florent waren in der Tat ganz müde und zufrieden zurückgekehrt und hatten einen gesunden, frischen Landgeruch mitgebracht. Diesen Morgen hatte Frau François schon vor Sonnenaufgang ihre Gemüse verkauft. Alle drei begaben sich in die Herberge „zum goldenen Kompaß“ in die Montorgueil-Straße, um den Karren aufzusuchen. Es war dies mitten in Paris gleichsam ein Vorgeschmack vom Landaufenthalt. Hinter dem Restaurant Philippe, dessen vergoldetes Getäfel bis zum ersten Stock hinansteigt, liegt ein alter Wirtschaftshof, wo es lebendig hergeht, nach frischem Stroh und heißem Dünger riecht. Ganze Scharen Hühner wühlen mit dem Schnabel in der weichen Erde; allerlei Gebäude von morschem, moosgrünem Holze, Treppen, Gänge, geborstene Dächer lehnen sich an die benachbarten alten Häuser; im Hintergrunde unter einem Schuppen von roh gezimmertem Gebälk wartete Balthasar, vollständig aufgeschirrt und angespannt, und fraß sein Futter aus einem um den Kopf gehängten Sack. Das Pferd lief in kurzem Trab die Montorgueil-Straße, gleichsam froh, daß es so früh nach Nanterre zurückkehren durfte. Aber es sollte nicht leer heimkehren; die Krautgärtnerin hatte mit der Unternehmung, die die Reinigung der Hallen besorgte, einen Vertrag abgeschlossen; zweimal in der Woche führte sie einen Karren voll Abfälle heim, die sie von dem Pflaster der Hallen mit der Heugabel auflesen durfte. Das gab einen sehr guten Dünger. In wenigen Minuten war der Karren voll. Florent und Claude streckten sich auf diesem weichen Lager von grünen Abfällen aus; Frau François ergriff die Zügel und Balthasar setzte sich in einen langsamen Gang, wobei er den Kopf hängen ließ, weil er heute so viele Leute zu schleppen hatte.

Schon seit langer Zeit hatten sie diesen Ausflug geplant. Die Gemüsegärtnerin lachte zufrieden. Sie mochte diese beiden Männer gut leiden und verhieß ihnen einen Pfannkuchen mit Speck, wie man ihn „in diesem lumpigen Paris“ nicht auf den Tisch bekommt. Sie genossen im voraus das Vergnügen dieses mit müßigem Herumstreifen zu verbringenden Tages, dessen Sonne noch nicht aufgegangen war. In der Ferne verhieß ihnen Nanterre eine reine Freude, die sie alsbald genießen sollten.

Die Herren liegen doch bequem? fragte Frau François, als sie in die Pont-Neuf-Straße einbogen.

Claude schwor, „es sei weich wie ein Brautbett". Auf dem Rücken liegend, die Hände unter dem Kopfe gekreuzt, betrachteten sie den bleichen Morgenhimmel, an dem die Sterne langsam erloschen. Die ganze Rivoli-Straße entlang beobachteten sie Stillschweigen; sie warteten, bis sie keine Häuser mehr sehen würden und hörten der wackeren Bäuerin zu, die mit Balthasar sprach und ihm sagte:

Mach' dir's bequem, Alter! Wir haben es nicht eilig; wir kommen früh genug heim.

Als man in den Champs-Elysées angekommen war und der Maler zu beiden Seiten der Straße nur mehr die Wipfel der Bäume, mit der dichten, grünen Masse der Tuileriengärten im Hintergrunde sah, erwachte er plötzlich und begann zu reden. An der Roule-Straße vorbeikommend, betrachtete er jenes Seitenportal der Eustach-Kirche, das man von ferne sieht oberhalb des Riesendaches eines gedeckten Ganges der Hallen. Er kehrte immer wieder zu diesem Gegenstande zurück, in dem er ein Zeichen erblicken wollte.

Ein seltsames Zusammentreffen, sagte er, dieser Winkel einer Kirche, eingerahmt in diese gußeiserne Straße ... Das Eisen wird den Stein töten, und die Zeit ist nicht mehr fern ... Glauben Sie an den Zufall, Florent? Mich dünkt, daß nicht die Notwendigkeit der geradlinigen Anordnung allein diese Rosette der Eustach-Kirche mitten unter die Zentralhallen verschlagen hat. Es ist dies eine förmliche Offenbarung: die moderne Kunst, der Realismus, der Naturalismus, wie Sie wollen, groß geworden angesichts der alten Kunst ... Sind Sie nicht dieser Meinung?

Und da Florent schwieg, fuhr er fort:

Diese Kirche zeigt übrigens eine zwitterhafte Baukunst: das Ersterben des Mittelalters und das Erwachen der Renaissance ... Haben Sie schon bemerkt, was für Kirchen man uns heutzutage baut? Das gleicht allem, was man will: den Bibliotheken, Sternwarten, Taubenschlägen, Kasernen; aber niemand ist überzeugt, daß der liebe Gott darinnen haust. Die Maurer des guten Herrgotts sind tot; das Klügste wäre, nicht mehr diese häßlichen Gerippe aufzuführen, wo wir niemanden unterzubringen haben ... Seit Beginn des Jahrhunderts hat man ein einziges originelles, nirgends kopiertes Monument aufgeführt, ein Denkmal, „das in natürlicher Weise aus dem Boden der Zeit selbst hervorgegangen ist: das sind die Zentralhallen, ein stolzes Werk, das – hören Sie, Florent? – nur eine schüchterne Offenbarung des zwanzigsten Jahrhunderts ist ... Darum ist's aus mit der Eustach-Kirche! Sie verliert sich da hinten mit ihrer Rosette und ist leer von Gläubigen, während die Hallen sich nebenan ausbreiten und voll frischen, fröhlichen Lebens sind ... Das sehe ich, mein Wackerer!

Wissen Sie, Herr Claude, rief Frau François lachend, daß die Frau, die Ihnen das Zungenband gelöst hat, ihre Sache sehr gut gemacht hat! Balthasar spitzt die Ohren, um Ihnen zuzuhören. Hü, Balthasar!

Der Karren fuhr langsam auf der ansteigenden Straße dahin. Zu dieser frühen Stunde war die Allee noch menschenleer, mit ihren eisernen Sesseln auf den beiden Fußsteigen und ihren Rasenplätzen, die sich in der Ferne unter den blauenden Baumdickichten verlieren. Am Rondell begegnete man einem Herrn und einer Dame, die in kurzem Trabe vorüber ritten. Florent, der sich aus einem Haufen Kohlblätter ein Kopfkissen zurecht gemacht hatte, schaute noch immer nach dem Himmel, an dem eine große rote Helle aufflammte. Zuweilen schloß er die Augen, um die Morgenkühle besser über seine Wangen streichen zu fühlen; er war so froh, sich von den Hallen entfernen, in die freie Luft gehen zu können, daß er sich ganz still verhielt und auch nicht hörte, was neben ihm gesprochen wurde.

Die sind auch nicht übel, die die Kunst in ein Schmuckkästchen stecken wollen, fuhr Claude nach einer Weile fort. Ihr Steckenpferd ist: man braucht keine Wissenschaft, um die Kunst auszuüben und die Industrie schlägt die Poesie tot. Und alle diese Schwachköpfe jammern über die Blumen, als ob es jemandem einfalle, den Blumen ein Leid zu tun. Mir ist das schließlich zuwider, und ich fühle mich versucht, auf all das Gewinsel mit stolzen, trutzigen Werken zu antworten. Es würde mir Spaß machen, diese braven Leutchen ein wenig in Aufruhr zu versetzen. Soll ich Ihnen sagen, welches mein schönstes Werk war, seitdem ich arbeite, jenes, dessen ich mich am meisten befriedigt erinnere? Das ist eine ganze Geschichte ... Als ich im vorigen Jahre am Tage vor Weihnachten bei Tante Lisa war, sah ich August – den Lümmel, den Sie ja kennen – damit beschäftigt, das Schaufenster zu ordnen. Der Jammermensch ärgerte mich aufs höchste durch die weichliche Art, wie er das Ganze einrichtete. Ich hieß ihn sich trollen, ich wollte ihm das einmal fein säuberlich vormachen. Sie begreifen, ich hatte alle kräftigen Töne zu meiner Verfügung: das Rot der gefüllten Zungen, das Gelb der Schinkenrinde, das Blau der Papierschnitzel, das Rosa der angeschnittenen Fleischstücke, das Grün des Heidekrautes und besonders das

Schwarz der Blutwürste, ein prächtiges Schwarz, das ich auf meiner Palette niemals wiederfinden konnte. Der Vorhang im Hintergrunde, die Weißwürste, die Fleischwürste, die garnierten Schweinsfüße lieferten ein fein abgetöntes Grau. Ich schuf ein wahres Kunstwerk. Ich nahm die Schüsseln, Teller, Platten und Näpfe, mengte die Farben und schuf ein erstaunliches Stilleben, in dem es ein wahres Feuerwerk von scharfsinnig angeordneten Farben gab. Wie gierige Flammen lagen die roten Zungen da, und die schwarzen Blutwürste warfen in die helle Farbe der Saucißchen die Schatten einer ungeheueren Unverdaulichkeit. Ich hatte da die Gefräßigkeit der Christnachtsmahlzeit gemalt, die der Sättigung gewidmete Mitternachtsstunde, die Lüsternheit der bei den frommen Gesängen leer gewordenen Magen. Ganz oben zeigte ein großer Truthahn seine weiße Brust, mit den schwarzen Flecken der Trüffeln unter der Haut. Das Ganze war barbarisch und herrlich zugleich, gleichsam der Bauch in seiner Herrlichkeit, aber in einer solchen Farbengrellheit, mit einem solchen Ausbruch des Spottes, daß die Menge sich vor dem Schaufenster ansammelte, beunruhigt durch diese in so grellen Farben lodernde Auslage ... Als meine Tante Lisa aus der Küche zurückkam, erschrak sie, in der Meinung, ich hätte die Fettmassen ihres Ladens in Brand gesteckt. Besonders schien ihr der Truthahn so unschicklich, daß sie mich zur Türe hinauswarf, während August mit seiner gewohnten Tölpelhaftigkeit die alte Ordnung der Dinge in der Auslage herstellte. Niemals werden diese Dummköpfe die beredte Sprache verstehen, die ein roter Fleck neben einem grauen Fleck führt. Gleichviel: es war mein Meisterstück; ich habe niemals etwas Besseres geschaffen.

Er schwieg jetzt, lächelte und blieb in diese Erinnerung versunken. Der Karren war bei dem Triumphbogen angekommen. Kräftiger strömte die Luft durch die offenen Alleen, die ringsumher in diesem ungeheueren Platze mündeten. Florent setzte sich auf und sog mit vollen Lungen den Grasgeruch ein, der von den Festungswerken aufstieg. Er wandte sich um, blickte nicht mehr auf Paris, sondern wollte die ferne Landschaft sehen. Auf der Höhe der Longchamp-Straße zeigte Frau François ihm den Ort, wo sie ihn von der Straße aufgelesen hatte. Dies machte ihn sehr nachdenklich. Er betrachtete sie, wie sie so gesund und so ruhig dasaß und mit ein wenig gestreckten Armen die Zügel hielt. Sie war schöner als Lisa mit ihrem um die Stirne gebundenen Schnupftuche, ihrer rauhen Farbe, ihrer gutmütigen Miene. Wenn sie leicht mit der Zunge schnalzte, spitzte Balthasar die Ohren und begann flinker auszuschreiten.

In Nanterre wandte sich der Wagen links, fuhr in ein enges Gäßchen ein, kahle Mauern entlang und hielt endlich in einem Sackgäßchen. Es war am Ende der Welt, wie die Krautgärtnerin sagte. Man mußte die Kohlblätter abladen. Claude und Florent wollten nicht zugeben, daß der Gärtnerbursche, der eben Salat setzte, sich deswegen in seiner Arbeit störe. Sie ergriffen jeder eine Gabel, um die Blätter in die Düngergrube zu werfen. Dies machte ihnen Spaß. Claude sah den Dünger gern. Die Gemüseabfälle, der Kehricht der Hallen, der Mist, der von dieser Riesentafel fiel, blieb lebendig, kehrte dahin zurück, wo die Gemüse gewachsen waren, um andere Geschlechter von Kohl, weißen Rüben und gelben Rüben warm zu halten. Sie sprossen als prächtige Früchte wieder hervor und kehrten wieder, um sich auf dem Pflaster der Hallen auszubreiten. Paris brachte alles zum Welken, gab alles der Erde wieder, die, ohne jemals zu ermüden, den Tod wiedergutmachte.

Schau, sagte Claude, das letzte Häuflein Blätter zu Boden werfend; da ist ein Kohlstrunk, den ich wieder erkenne. Wenigstens zum zehntenmal sprießt er dort in jenem Winkel nahe bei dem Aprikosenbaum hervor.

Darüber lachte Florent. Doch er ward gleich wieder ernst und ging langsam in dem Gemüsegarten hin und her, während Claude eine Skizze von dem Stall entwarf und Frau François das Frühstück bereitete. Der Garten bildete einen langen Streifen Erde, in der Mitte durch einen geraden Weg in zwei Hälften gesondert. Er stieg ein wenig an und wenn man ganz oben in die Höhe blickte, konnte man die niedrigen Kasernen des Mont-Valérien sehen. Lebende Hekken sonderten den Garten von anderen Grundstücken ab; diese sehr hohen Weißdornhecken schlossen den Horizont wie mit einem grünen Vorhang ab, so daß man versucht war zu sagen, daß von der ganzen Umgebung der Mont-Valérien allein sich neugierig erhob, um in den Garten der Frau François zu schauen. Tiefer Frieden lag auf dieser Landschaft, die man nicht sah. Zwischen den vier Hecken den ganzen Garten entlang lagerte die wohltuende Wärme der Maisonne, eine Stille, die nur von dem Gesumme der Käfer unterbrochen ward, ein schlummernder Frieden voll frohen Wachstums. Da gab's ein Knistern, dort ein Flüstern; man glaubte die Gemüse wachsen und sprießen zu hören. Die Spinat- und Sauerampferbeete, die mit Radieschen, Möhren und Rüben besteckten Streifen, die großen Pflanzen der Kartoffeln und Kohlköpfe breiteten ihre regelmäßig gezogenen Felder, ihr schwarzes Erdreich aus, nur gestreift von dem Grün der Blätter. Die Salate, die Zwiebel, die Lauche, die Sellerie, in schnurgeraden Reihen gesetzt, schienen bleierne Soldaten, in Parade aufgestellt, während die Erbsen und Bohnen ihren dünnen Stengel um die Pfähle zu winden begannen, die sie im Juni in ein Dickicht verwandeln sollten. Da gab es nicht das geringste Unkraut; man hätte den Küchengarten für zwei parallel laufende Teppiche mit regelmäßigen Zeichnungen halten können, grün auf rotem Grunde, jeden Morgen sorgfältig gereinigt. Zu beiden Seiten des Weges war Thymian gepflanzt, der die Beete gleichsam mit grünen Fransen einsäumte.

Florent erging sich im Dufte des Thymians, den die Sonne erhitzte. Er freute sich innig ob des Friedens und der Reinlichkeit der Erde. Seit nahezu einem Jahre kannte er die Gemüse nur mehr zerdrückt durch das Rütteln der Karren, noch feucht von dem Erdreich, dem sie am Abend vorher entrissen worden. Er freute sich, sie hier zu Hause zu finden, ruhig in dem Erdreich, gesund an allen Gliedern. Die breiten Kohlköpfe hatten ein Aussehen von Wohlbehagen, die Möhren waren heiter, die Salatköpfe reihten sich mit dem Gleichmute von Müßiggängern aneinander. Die Hallen, die er am Morgen verlassen, schienen ihm jetzt ein riesiges Beinhaus, ein Ort des Todes, wo nur die Leichen der Wesen lagen, eine Leichenkammer voll Gestank und Verwesung. Er verlangsamte seine Schritte und erholte sich in dem Gemüsegarten der Frau François, wie nach einem langen Marsche durch betäubende Geräusche und scheußliche Gerüche. Der Lärm und die widerwärtige Feuchtigkeit des Seefischpavillons wichen von ihm; in der frischen Luft ward er gleichsam neu geboren. Claude hatte recht: in den Hallen starb alles ab. Die Erde war das Leben, die ewige Wiege, die Gesundheit der Welt.

Der Pfannkuchen ist fertig! rief Frau François.

Als sie in der Küche, zu deren offenen Tür die Sonne breit hineinschien, bei Tische saßen, langten sie so wacker zu, daß die Gemüsebäuerin Florent verwundert zusah und bei jedem Bissen wiederholte:

Sie sind nicht mehr der Nämliche, Sie sind um zehn Jahre jünger. In diesem lumpigen Paris haben Sie ein so trübseliges Aussehen bekommen. Jetzt haben Sie gleichsam einen Widerschein der Sonne in den Augen ... Das Leben in den großen Städten taugt nichts; Sie sollten hierher wohnen kommen.

Claude lachte und erklärte, Paris sei herrlich. Er verteidigte die Stadt bis auf die Rinnsale, behielt aber dabei seine alte Neigung für das Land. Nachmittags befanden sich Frau François und Florent allein in dem Küchengarten, in einem Winkel, wo einige Obstbäume standen. Sie saßen auf der Erde und redeten ernst miteinander. Sie gab ihm freundschaftliche Ratschläge in mütterlicher und zugleich zärtlicher

Weise. Sie richtete tausend Fragen über sein Leben an ihn, und was er später zu werden gedenke, und bot ihm in schlichter Weise ihre Dienste an, wenn er eines Tages ihrer bedürfen sollte, um glücklich zu werden. Er war sehr gerührt. Niemals hatte ein Weib so zu ihm gesprochen. Sie machte auf ihn den Eindruck einer gesunden und kräftigen Pflanze, die gleich den Gemüsen im Erdreich des Küchengartens herangewachsen war, während Lisa, die Normännin und alle die schönen Mädchen der Hallen ihm verdächtiges, für die Schaustellung aufgeputztes Fleisch schienen. Er genoß hier einige Stunden vollkommenen Wohlseins, frei von den Gerüchen der Nahrungsmittel, zwischen denen er dahinsiechte, neu auflebend in dem saftigen Wachstum des Landes, gleich dem Krautkopfe, von dem Claude behauptete, ihn mehr als zehnmal hier wachsen gesehen zu haben.

Gegen fünf Uhr nahmen sie Abschied von Frau François. Sie wollten zu Fuße nach der Stadt zurückkehren. Die Krautgärtnerin gab ihnen das Geleit bis zum Ende des Gäßchens; sie behielt einen Augenblick die Hand Florents in der ihrigen und sagte sanft:

Wenn Sie jemals einen Kummer haben sollten, kommen Sie hierher.

Eine Viertelstunde ging Florent dahin, ohne zu sprechen; er war wieder düster gestimmt und sagte, er lasse seine Gesundheit hinter sich. Die Straße nach Courbevoie war weiß vom Staube. Beide liebten die weiten Märsche; ihre schweren Schuhe klangen laut auf der harten Erde. Bei jedem Schritte flogen hinter ihnen kleine Staubwölkchen auf. Die zur Rüste gehende Sonne warf ihre Strahlen schräg über den Weg und verlängerte die Schatten der beiden Fußgänger so sehr, daß ihre Köpfe auf dem entgegengesetzten Fußwege dahinglitten.

Claude, der mit hängenden Armen und tüchtig ausschreitend des Weges ging, betrachtete wohlgefällig die beiden Schatten und freute sich des Gleichklangs seiner regelmäßigen Schritte, dem er auch mit der Schulter Nachdruck verlieh. Dann fragte er plötzlich, wie aus einer Träumerei auffahrend:

Kennen Sie den Krieg der Fetten und der Mageren?

Florent erwiderte überrascht: Nein. Da begeisterte sich Claude und sprach mit vielem Lob von dieser Reihe von Kupferstichen. Er führte gewisse Episoden daraus an: die Fetten, dick zum Platzen, rüsten die leckere Abendmahlzeit, während die Mageren, vom Fasten zusammengezogen, von der Straße mit der Miene neidischer Pfähle zusehen; dann wieder die Fetten bei Tische, wie sie mit vollen Backen kauend einen Mageren davonjagen, der die Keckheit gehabt, sich einzuschleichen, und der einem Kegel unter vielen Kugeln gleicht. Er erblickte hierin das ganze Drama des Menschengeschlechtes und teilte schließlich die Menschen in Magere und Fette, in zwei feindliche Gruppen, von denen eine die andere verschlingt, sich den Bauch mästet und genießt.

Sicherlich war Kain ein Fetter und Abel ein Magerer, sagte er. Seit dem ersten Totschlag waren es immer die Gierigen, die den Genügsamen das Blut ausgesogen haben. Es ist ein fortwährender Kampf des Schwächeren mit dem Stärkeren; jeder verschlingt seinen Nachbar und wird schließlich gleichfalls verschlungen ... Hüten Sie sich vor den Fetten, mein Lieber!

Er schwieg einen Augenblick und folgte mit den Augen ihren Schatten, die in der Abendsonne immer länger wurden. Dann murmelte er:

Wir sind Magere, Sie begreifen. Mit so platten Bäuchen, wie wir sie haben, nimmt man wenig Platz in der Sonne ein.

Florent betrachtete lächelnd die beiden Schatten. Doch Claude ereiferte sich und rief:

Sie haben unrecht, es spaßig zu finden. Ich leide darunter, einer von den Mageren zu sein. Wäre ich ein Fetter, ich könnte ruhig malen, hätte ein schönes Atelier, könnte meine Gemälde um schweres Gold verkaufen. Anstatt dessen bin ich ein Magerer, d. h. ich zermartere mir das Gehirn, um Dinge zu ersinnen, über die die Fetten nur mit den Achseln zucken. Ich werde sicherlich daran sterben, und die Haut wird mir an den Knochen kleben, so dünn, daß man mich zwischen zwei Blätter eines Buches wird legen können, um mich zu begraben. Und Sie erst! Sie sind ein ganz erstaunlich Magerer, der König der Mageren, auf Ehre! Sie erinnern sich wohl Ihres Streites mit den Fischweibern; es war prächtig: alle die riesigen Busen, losgelassen gegen Ihre schmale Brust; und sie handelten aus Instinkt, sie machten Jagd auf den Mageren wie die Katzen auf die Mäuse. Aus Grundsatz hat ein Fetter Abscheu vor einem Mageren so sehr, daß er das Bedürfnis fühlt, ihn aus dem Wege zu räumen, sei es mit Bissen oder mit Fußtritten. Darum würde ich an Ihrer Stelle meine Vorsichtsmaßregeln üben. Die Quenu sind Fette, die Mehudin sind Fette, kurz: Sie sind von lauter Fetten umgeben. Mich würde es ängstigen.

Und Gavard, und Fräulein Saget, und Ihr Freund Marjolin? fragte Florent, der noch immer lächelte.

Oh, wenn Sie wollen, erwiderte Claude, kann ich Ihnen alle unsere Bekannten einordnen. Seit langer Zeit habe ich ihre Köpfe in einem Karton, in meinem Atelier, mit Angabe der Gattung, zu der sie gehören. Es ist ein Kapitel Naturgeschichte ... Gavard ist ein Fetter, aber einer, der gern den Mageren spielt. Diese Abart ist häufig genug ... Fräulein Saget und Frau Lecoeur sind Magere, aber von einer furchtbaren Spielart: verzweifelte Magere, die zu allem fähig sind, um fett zu werden ... Mein Freund Marjolin, die kleine Cadine und die Sarriette sind drei Fette, die noch harmlos sind und nur die liebenswürdigen Begierden der Jugend haben. Es ist überhaupt zu bemerken, daß die Fetten, bis sie nicht alt geworden, angenehme Geschöpfe sind. Herr Lebigre ist auch ein Fetter, nicht wahr? Was Ihre politischen Freunde betrifft, so sind es im allgemeinen Magere, Charvet, Clémence, Logre, Lacaille. Eine Ausnahme mache ich nur mit dem dicken Vieh Alexander und dem wunderlichen Robine. Der letztere hat mir viel Mühe verursacht.

In diesem Tone fuhr der Maler fort, von der Neuilly- Brücke bis zum Triumphbogen. Er kam auf seinen Gegenstand zurück und vollendete gewisse Bilder mit einem charakteristischen Zug: Logre war ein Magerer, der seinen Bauch zwischen den Schultern trug; die schöne Lisa war lauter Bauch, die schöne Normännin lauter Busen; Fräulein Saget hatte sicherlich einmal in ihrem Leben eine Gelegenheit, fett zu werden, vorübergehen lassen; denn sie verabscheute die Fetten und verachtete zugleich die Mageren; Gavard kompromittierte seine Fette; er wird platt wie eine Wanze endigen.

Und Frau François? fragte Florent.

Claude war durch diese Frage in arge Verlegenheit gebracht. Er sann nach und stammelte:

Frau François ... Frau François ... Ich weiß nicht ... ich habe nie daran gedacht, sie einzureihen. Frau François ist eine wackere Frau, das ist alles. Sie gehört weder zu den Fetten noch zu den Mageren.

Darüber lachten beide. Sie standen jetzt vor dem Triumphbogen. Die Sonne ging hinter den Höhen von Suresnes unter und stand so tief am Horizont, daß ihre kolossalen Schatten über das weiße Monument ganz oben noch höher als die Riesenstatuen der Gruppen zwei schwarze Streifen legten, die wie mit Tusche gezogen waren. Claude ward noch heiterer, fuchtelte mit den Armen, duckte sich. Als er weiter ging, sagte er:

Haben Sie gesehen? Als die Sonne unterging, berührten unsere beiden Köpfe den Himmel.

Doch Florent lachte nicht. Paris nahm wieder Besitz von ihm, Paris, das ihn jetzt erschreckte, nachdem es in Cayenne ihm so viel Tränen gekostet hatte. Als er in den Hallen ankam, sank die Nacht herab; die Gerüche waren erstickend. Er ließ den Kopf hängen, als er wieder in den beklemmenden Traum von den gigantischen Nahrungsmitteln zurückkehrte, mit der lieblichen und traurigen Erinnerung an diesen Tag voll heller Gesundheit, durchduftet von Thymian.

Fünftes Kapitel

Am folgenden Tage, gegen vier Uhr, begab sich Lisa in die Sankt-Eustach-Kirche. Um den kurzen Weg über den Platz zu machen, hatte sie eine ernste Toilette gemacht; sie war vollständig in schwarze Seide gekleidet und trug ihren gewirkten Schal. Die schöne Normännin, die vom Fischmarkte aus ihr mit den Augen folgte bis zur Kirchentür, war darob sehr gereizt.

Ah, schönen Dank! sagte sie boshaft; die Dicke hält es jetzt mit den Pfarrern ... Es wird sie ein wenig beruhigen, sich in den Weihkessel zu setzen.

Doch sie täuschte sich; Lisa war keineswegs fromm. Sie beichtete nicht und pflegte zu sagen, daß sie bestrebt sei, in allen Dingen rechtschaffen zu bleiben. Das genüge. Aber sie wollte nicht, daß man in ihrer Gegenwart unehrerbietig von der Religion spreche; oft hieß sie Gavard schweigen, der die Pfaffen- und Nonnenanekdoten liebte. Sie fand es ganz unschicklich. Man müsse jedem seinen Glauben lassen und aller Welt Bedenken achten. Überdies seien die Priester im allgemeinen sehr brave Leute. Sie kannte den Abbé Roustan, Pfarrer zu Sankt-Eustach, einen sehr würdigen und klugen Mann, dessen Freundschaft ihr sehr zuverlässig schien. Sie schloß mit der Erklärung, daß die Religion für die große Masse unbedingt notwendig sei; sie betrachtete die Religion als eine Art Polizei, die die Ordnung aufrecht erhalten helfe und ohne die keine Regierung möglich sei. Wenn Gavard die Dinge über dieses Kapitel zu weit trieb und sagte, man müsse die Pfaffen hinauswerfen und ihre Buden schließen, zuckte sie mit den Achseln und erwiderte:

Wo kämen Sie da hin? ... Nach einem Monate würde man sich in den Straßen morden und man wäre genötigt, einen anderen Herrgott zu erfinden. Im Jahre 93 war es geradeso ... Ich stecke nicht bei den Pfaffen, das wissen Sie ja; aber ich sage, sie müssen sein, weil sie sein müssen.

Lisa zeigte sich denn auch andächtig, wenn sie in eine Kirche ging. Um an Hochzeiten und Leichenbegängnissen teilzunehmen, hatte sie ein schönes Gebetbuch gekauft, das sie niemals öffnete. Sie wußte zur richtigen Zeit aufzustehen und niederzuknien und hatte überhaupt die sittsame Haltung, die man in der Kirche haben soll. Es war für sie eine Art offizieller Haltung, die die ehrbaren Leute, Geschäfts- und Hauseigentümer, angesichts der Religion bewahren sollen.

Als an jenem Tage die schöne Wursthändlerin die Kirche zu Sankt-Eustach betrat, ließ sie die von vielen frommen Händen abgegriffene Doppeltüre von verblaßtem grünem Tuch sachte zurückfallen. Sie tauchte die Finger in den Weihkessel und bekreuzigte sich in gebührlicher Weise. Dann ging sie mit leisen Schritten bis zur Kapelle der heiligen Agnes, wo zwei Frauen kniend, das Antlitz in den Händen geborgen, warteten, während das blaue Kleid einer Dritten aus dem Beichtstuhle herausfiel. Lisa schien verdrossen und indem sie sich an einen Kirchendiener wandte, der mit seinem schwarzen Käppchen in der Hand vorüberschlich, fragte sie :

Ist denn heute der Beichttag des Herrn Abbé Roustan?

Der Küster erwiderte, der Abbé habe nur mehr zwei Büßerinnen die Beichte abzunehmen; es werde nicht lange dauern; sie möge eine kurze Weile Platz nehmen, sie werde gewiß bald an die Reihe kommen. Sie dankte, ohne zu sagen, daß sie nicht gekommen sei zu beichten. Sie beschloß zu warten, ging mit kleinen Schritten auf den Fliesen auf und ab bis zur großen Eingangstüre, von wo sie mit dem Blicke das hohe, strenge, kahle Schiff musterte, das sich zwischen den mit lebhaften Farben bemalten Seitenwänden ausdehnte; sie erhob ein wenig das Kinn, fand den Hauptaltar zu einfach, hatte keinen rechten Geschmack für die kalte Größe des Steines und zog die Vergoldungen und bunten Farben der Seitenkapellen vor. Auf der Seite der Tagesstraße waren diese Kapellen grau, durch staubige Fenster erhellt, während auf der Seite der Hallen die untergehende Sonne die bemalten Fensterscheiben aufflammen ließ, die mit ihrem zarten Grün und Gelb so durchsichtig waren, daß Lisa an die Likörflaschen des Herrn Lebigre dachte. Sie kam wieder nach dieser Seite, die von dem lodernden Lichte gleichsam erwärmt wurde, interessierte sich einen Augenblick für die Dinge, für die Altardecken, für die Gemälde, die sie in dem Widerschein des Prismas sah. Die Kirche war leer; eine bebende Stille lag unter ihren Gewölben. Die Kleider einiger Frauen bildeten dunkle Flecke in den in gelbliches Zwielicht getauchten Sesselreihen; aus den Beichtstühlen drang Geflüster hervor. Bei der Kapelle der heiligen Agnes vorüberkommend sah Lisa, daß das blaue Kleid noch immer zu den Füßen des Abbé Roustan lag,

Ich wäre in zehn Sekunden fertig, wenn ich beichten wollte, dachte sie mit dem Stolze einer ehrbaren Frau.

Sie begab sich jetzt in den Hintergrund der Kirche. Hinter dem Hauptaltar, hinter der Doppelreihe von Pfeilern, liegt in feuchter Stille und Dunkelheit die Kapelle der Muttergottes. Die sehr dunklen, bemalten Fenster lassen nichts erkennen als die Kleider der Heiligen mit breiten, roten und violetten Feldern, lodernd wie Flammen einer mystischen Liebe in dieser andächtigen Stille, die stumme Anbetung heiligen Dunkels. Es ist ein geheimnisvoller Dämmerwinkel des Paradieses, wo die Sterne zweier Wachskerzen funkeln, wo vier Kronleuchter von Metall, die von der Decke herabhängen und kaum sichtbar sind, an die großen goldenen Räucherfässer erinnern, die die Engel am Lager der Jungfrau Maria schwingen. Zwischen den Pfeilern liegen noch immer auf umgestürzten Sesseln fromme Frauen hingestreckt, in dieses wollüstige Dunkel versunken.

Lisa stand da und betrachtete alles mit ruhigen Blicken. Sie war nicht nervös und fand, daß man unrecht tue, die Lichter nicht anzuzünden, daß alles in heller Beleuchtung viel heiterer sei. Es lag sogar eine Unzüchtigkeit in diesem Dunkel; es war das Licht und der Hauch eines Schlafzimmers und schien ihr wenig schicklich. Neben ihr auf einem Schutzgitter brannten Kerzen, deren Wärme sie im Gesichte fühlte; eine alte Frau war damit beschäftigt, mit einem großen Messer das in breiten Tropfen niederträufelnde Wachs wegzukratzen. Und mitten in dem andächtigen Leben der Kapelle, in dieser stummen Liebesverzückung hörte sie hinter den roten und violetten Heiligen der bemalten Fenster deutlich das Rollen der Droschken, die aus der Montmartre-Straße herkamen.

Als sie sich anschickte, die Kapelle zu verlassen, sah sie die jüngere Méhudin, Klara, die Süßwasserfischhändlerin eintreten. Sie ließ eine Wachskerze anzünden. Dann kniete sie hinter einem Pfeiler nieder mit den Knien auf den harten, kalten Fliesen, so blaß in ihren blonden, schlecht befestigten Haaren, daß sie eine Tote schien. Hier sich allein wähnend vergoß sie heiße Tränen in einer Inbrunst der Gebete, die sie beugte wie ein gewaltiger Wind, und mit der Verzückung eines Weibes, das sich hingibt. Die schöne Wursthändlerin war sehr überrascht, denn die Méhudin waren keineswegs fromm; Claire besonders sprach gewöhnlich von der Religion und den Priestern in einer Weise, daß einem die Haare zu Berge standen.

Was ficht sie denn an? fragte sie sich, abermals zur Kapelle der heiligen Agnes zurückkehrend. Die Dirne muß irgendeinen Mann vergiftet haben.

Der Abbé Roustan verließ endlich seinen Beichtstuhl. Er war ein schöner Mann von beiläufig vierzig Jahren mit einem gütigen, lächelnden Antlitz. Als er Frau Quenu erkannte, drückte er ihr die Hände, nannte sie „liebe Dame", führte sie in die Sakristei, wo er seinen Überwurf ablegte, indem er sagte, daß er ihr sogleich zur Verfügung stehe. Dann kehrten sie in die Kirche zurück, er in der Sutane und barköpfig, sie in ihren Schal gehüllt; so wandelten sie auf der nach der Tagesstraße gelegenen Seite vor den Kapellen auf und ab. Sie sprachen mit leiser Stimme. Die untergehende Sonne sandte ihre letzten Strahlen durch die hohen Kirchenfenster herein; das Gotteshaus wurde dunkel; die letzten Andächtigen verließen es mit leisen Schritten.

Lisa teilte dem Abbé Roustan ihre Bedenken mit. Von Religion war zwischen ihnen niemals die Rede. Sie beichtete nicht; sie zog ihn einfach in schwierigen Fällen zu Rate als einen verschwiegenen und klugen Mann, den sie – wie sie zuweilen sagte – allen verdächtigen Geschäftsleuten vorzog, die nach dem Zuchthause rochen. Er war von einer unerschöpflichen Dienstfertigkeit; er schlug ihr zuliebe im Gesetzbuche nach; riet ihr gute Geldanlagen an, empfahl ihr Lieferanten, hatte auf alle ihre Fragen, so verschiedenartig und verwickelt sie auch waren, stets eine Antwort bereit und alles so natürlich, ohne den lieben Gott hineinzumengen, ohne irgendeinen Vorteil für sich oder für die Religion daraus erlangen zu wollen. Ein Dank, ein Lächeln genügte ihm. Er schien erfreut, diese schöne Frau Quenu zu verpflichten, von der seine Haushälterin ihm oft achtungsvoll sprach, wie von einer im Stadtviertel sehr geachteten Person. An dem genannten Tage war die Besprechung eine ganz besonders schwierige. Es handelte sich darum zu erfahren, welches Betragen ihr die Rechtschaffenheit ihrem Schwager gegenüber gebot; ob sie das Recht habe, ihn zu überwachen, ihn daran zu hindern, daß er ihre Familie – sie, ihren Mann und ihre Tochter – kompromittiere, und wie weit sie bei drohender Gefahr gehen dürfe. Sie fragte alle diese Dinge nicht in schroffem Ton; sie stellte ihre Fragen mit einer so rücksichtsvollen Schonung, daß der Abbé all dies erörtern konnte, ohne persönliche Verhältnisse zu berühren. Er wußte sehr viele Gründe für und wider vorzubringen; alles in allem war er der Meinung, daß eine so ehrliche Seele das Recht, ja die Pflicht habe, das Böse zu verhindern, die nötigen Mittel anzuwenden, um das Gute zum Siege zu führen.

Dies ist meine Meinung, teure Frau, schloß er. Die Frage der Mittel ist immer eine ernste. Die Mittel sind die große Falle, in der die Alltagstugenden sich verfangen ... Aber ich kenne Ihr lauteres Gewissen. Erwägen Sie jede Ihrer Handlungen, und wenn keine Stimme in Ihnen Verwahrung erhebt, gehen Sie mutig vorwärts ... Den rechtschaffenen Naturen ist die Wundergabe verliehen, in alles, was sie berühren, Rechtschaffenheit zu legen.

Dann schlug er einen anderen Ton an und fuhr fort:

Überbringen Sie Herrn Quenu meinen Gruß. Wenn ich vorüberkomme, will ich einen Augenblick eintreten, um mein gutes Paulinchen zu küssen ... Auf Wiedersehen, teure Frau; ich stehe ganz zu Ihrer Verfügung.

Er kehrte nach der Sakristei zurück. Lisa hatte, während sie die Kirche verließ, die Neugierde zu schauen, ob Claire noch immer betete. Doch Claire war zu ihren Karpfen und Aalen zurückgekehrt. Vor der Kapelle der heiligen Jungfrau, wo es inzwischen ganz finster geworden, stand nur mehr ein regelloser Haufe von Sesseln, die von den andächtigen Frauen umgelegt worden.

Als die schöne Wursthändlerin wieder über den Platz schritt, erkannte die nach ihr ausspähende Normännin sie – trotz des Dunkels – an ihren runden Röcken.

Schönen Dank! rief sie; über eine Stunde ist sie geblieben. Wenn die Pfaffen ihr die Sünden abnehmen, haben die Chorknaben alle Hände voll zu tun, um den Unflat fortzuschaffen.

Am anderen Morgen ging Lisa zur Kammer Florents hinauf. Sie machte sich es da ganz bequem, weil sie sicher war, nicht gestört zu werden. Wenn Florent dennoch unvermutet zurückkäme, würde sie lügen und vorgeben, sie habe nach seiner Leibwäsche sehen wollen. Sie hatte ihn unten, in der Fischeabteilung, stark beschäftigt gesehen. Sie ließ sich vor dem kleinen Tische nieder, zog das Schubfach heraus, legte es auf ihre Knie und räumte es behutsam aus, darauf achtend, die Papierbündel in derselben Ordnung zurückzulegen. Sie fand zunächst die ersten Kapitel des Werkes über Cayenne, dann Entwürfe, Pläne jeder Art, die Umwandlung der Zölle in Taxen auf die Geschäftsabschlüsse, die Reform des Verwaltungssystems der Hallen, und andere mehr. Diese mit einer feinen Schrift bedeckten Blätter, die sie zu lesen sich bemühte, langweilten sie sehr; sie schickte sich an, das Schubfach wieder an seinen Ort zu bringen, überzeugt, daß Florent den Beweis seiner bösen Absichten anderswo verberge, und dachte schon daran, seine Matratzen zu untersuchen, als sie plötzlich in einem Briefumschlag das Bild der Normännin entdeckte. Die Photographie war schon etwas schwarz. Die Normännin stand aufrecht, die Rechte auf eine abgebrochene Säule gestützt. Sie trug ihr ganzes Geschmeide, ein neues Seidenkleid, das ihre vollen Formen zeigte, und lächelte unverschämt. Lisa vergaß ihres Schwagers, ihrer Beängstigungen und vergaß auch, weshalb sie an diesen Ort gekommen. Sie versenkte sich in die Betrachtung einer Frau, die eine andere Frau mustert, behaglich und ohne Furcht, gesehen zu werden. Noch niemals hatte sie die Muße gehabt, ihre Nebenbuhlerin so in der Nähe zu betrachten. Sie prüfte die Haare, die Nase, den Mund, hielt die Photographie bald weitab, bald näher zu den Augen. Dann las sie mit gespitzten Lippen die folgenden, in groben, häßlichen Zügen auf den Rücken der Photographie geschriebenen Worte: „Louise ihrem Freunde Florent“. Darüber war Lisa entrüstet; es war ein Geständnis. Sie fühlte sich versucht, diese Photographie an sich zu nehmen und als eine Waffe gegen ihre Feindin zu behalten. Doch schob sie das Bild wieder in den Umschlag; sie dachte, es sei schlecht gehandelt, und sie werde es doch immer da wiederfinden.

Dann durchblätterte sie von neuem die fliegenden Blätter, ordnete sie eines auf das andere und kam auf den Gedanken, am Boden des Schubfaches zu suchen, wo Florent den Zwirn und die Nadeln Augustines hingeworfen hatte. Hier entdeckte sie endlich zwischen dem Gebetbuch und dem Traumdeuter, was sie suchte: sehr kompromittierende Notizen, einfach in einem Umschlag von grauem Papier verwahrt. Der Gedanke einer Erhebung, des Umsturzes des Kaiserreiches durch einen Gewaltstreich, die Logre eines Abends in der Weinstube des Herrn Lebigre angeregt hatte, war in dem glühenden Kopfe Florents langsam gereift. Er erblickte darin bald eine Pflicht, einen Beruf. Da war der endlich gefundene Zweck seiner Flucht aus Cayenne und seiner Rückkehr nach Paris. In dem Wahne, daß er seine Magerkeit an dieser Stadt zu rächen habe, die sich mästet, während die Verteidiger des Rechtes in der Verbannung verderben, machte er sich zum Richter und träumte davon, sich in den Hallen selbst zu erheben, um diese Herrschaft der Fresser und Säufer zu vernichten. Die fixe Idee bemächtigte sich unschwer dieses sanften Gemütes. Alles vergrößerte sich vor seinen Augen ins Ungeheuerliche, die seltsamsten Geschichten bauten sich auf; er bildete sich ein, die Hallen hätten bei seiner Ankunft sich seiner bemächtigt, um mit ihren Gerüchen ihn zu verweichlichen, zu vergiften. Dann wieder war es Lisa, die ihn verdummen wollte; zwei, drei Tage lang ging er ihr aus dem Wege, als fürchte er, daß in ihrer Nähe sein Wille in die Brüche gehen könne. Diese Zeiten kindischen Schreckens, diese Begeisterung eines empörten Mannes: sie endigten stets in einer Anwandlung großer Milde, in dem Bedürfnisse zu lieben, das er mit der Scham eines Kindes verbarg. Besonders am Abend wirbelten böse Dünste im Gehirn Florents. Unglücklich über seinen verlorenen Tag, mit gespannten Nerven, den Schlaf zurückweisend aus dumpfer Furcht vor diesem Nichts, verweilte er länger bei Herrn Lebigre oder bei den Méhudin; und wenn er heimkam, ging er noch nicht zu Bette, sondern schrieb, bereitete die famose Erhebung vor. Allmählich ersann er einen vollständigen Organisationsplan. Er teilte Paris in zwanzig Bezirke, ganz nach der politischen Einteilung der Stadt; jeder Bezirk hatte ein Oberhaupt, eine Art General, dem zwanzig Leutnants unterstanden, die zwanzig Kompagnien Verbündeter befehligten. Jede Woche sollte eine Beratung der Häupter stattfinden, jedesmal in einem anderen Lokal; zur größeren Sicherheit sollten die Verbündeten nur den Leutnant kennen, der seinerseits bloß mit dem Haupt seines Bezirkes verkehren sollte; es sei auch von Nutzen, wenn jede Kompagnie sich mit irgendeiner eingebildeten Aufgabe betraut wähne; es werde vollends die Polizei auf eine falsche Spur lenken. Was die Art und Weise betraf, diese Kräfte in Tätigkeit zu setzen, so war sie sehr einfach. Man wollte die vollständige Formierung der Kompagnien abwarten und dann die erste politische Bewegung benützen. Da man ohne Zweifel nur über einige Jagdgewehre verfüge, müsse man die Posten überrumpeln, die Feuerwehrleute, Pariser Garden, Linientruppen entwaffnen, dabei jedes Blutvergießen vermeiden und alle diese Leute auffordern, mit dem Volke gemeinsame Sache zu machen. Hernach werde man geradeswegs nach dem Palast des gesetzgebenden Körpers und von da nach dem Rathause marschieren. Dieser Plan, zu dem Florent jeden Abend zurückkehrte, wie zu der Szenerie eines Dramas, das seine nervöse Überreiztheit milderte, war erst auf Zetteln geschrieben, vielfach durchgestrichen, das Tasten und Suchen des Verfassers verratend, so daß man allen Zeitpunkten dieses ebenso kindischen wie methodischen Entwurfes folgen konnte. Als Lisa diese Notizen gelesen hatte, ohne sie sämtlich zu verstehen, saß sie zitternd da, wagte nicht mehr, an diese Papiere zu rühren aus Furcht, sie zwischen ihren Händen losgehen zu sehen wie eine geladene Waffe.

Eine letzte Notiz erschreckte sie noch mehr als die anderen. Es war ein halbes Blatt Papier, auf dem Florent die Form der Abzeichen gezeichnet hatte, die die Häupter und die Offiziere unterscheiden sollten; daneben fanden sich auch die Fähnchen der Abteilungen, und mit Bleistift waren die Farben der Fähnchen der einzelnen Abteilungen verzeichnet. Die Abzeichen der Leiter waren rote Schärpen, die der Leutnants rote Armbinden. Lisa erblickte darin die unmittelbar bevorstehende Verwirklichung der Empörung; sie sah alle diese Männer mit roten Schärpen und Armbinden vor ihrem Wurstladen erscheinen, Kugeln nach ihren Spiegeln und Marmortischen senden, die Würste aus dem Schaufenster stehlen. Die niederträchtigen Entwürfe ihres Schwagers waren ein Attentat gegen sie selbst, gegen ihre Wohlfahrt. Sie schloß das Schubfach und blickte in der Stube umher, wobei sie sich sagte, daß sie diesem Manne Unterkunft gebe, daß er auf ihren Bettüchern schlafe, ihre Möbel abnütze. Und sie war ganz besonders erbittert durch den Gedanken, daß er die scheußliche Höllenmaschine hier in diesem kleinen Tische von weichem Holze verbarg, der ehemals ihr selbst gedient hatte, als sie noch vor ihrer Heirat bei dem Onkel Gradelle war, einem harmlosen Tisch, der völlig aus den Fugen ging.

Sie stand aufrecht und fragte sich, was sie nun beginnen solle. Vor allem war es unnötig, Quenu von allen diesen Dingen zu unterrichten. Sie hatte einen Augenblick den Einfall, sich mit Florent auseinanderzusetzen; allein sie fürchtete, daß er anderswo sein Verbrechen begehen und aus Bosheit sie kompromittieren werde. Sie beruhigte sich ein wenig und zog es vor, ihn zu überwachen. Bei der ersten Gefahr werde sie sehen, was zu tun sei. Alles in allem hatte sie jetzt die Mittel in Händen, ihn wieder auf die Galeeren zu schicken.

Als sie nach dem Laden zurückkehrte, fand sie Augustine in großer Aufregung. Die kleine Pauline war seit einer halben Stunde verschwunden. Auf die besorgten Fragen Lisas konnte sie nur antworten:

Ich weiß nicht, Madame ... Vorhin stand sie da, auf dem Fußsteig, mit einem kleinen Jungen ... Ich sah sie; dann kam ein Herr, für den ich einen Schinken anschneiden mußte, und nachher waren sie verschwunden.

Ich wette, es ist Feinchen! rief die Wursthändlerin. Oh, der Schlingel!

Es war in der Tat Feinchen. Pauline, die an diesem Tage ein neues Kleid mit blauen Streifen bekommen hatte, wollte es zeigen. Sie stand kerzengerade vor dem Laden, verhielt sich sehr artig und machte ein Mäulchen mit der ernsten Miene einer Dame von sechs Jahren, die sich zu beschmutzen fürchtet. Ihre Röcke, sehr kurz und sehr gesteift, blähten sich wie die Röcke einer Tänzerin, ließen ihre straff sitzenden weißen Strümpfe, ihre himmelblauen Lackstiefelchen sehen, während ihre große Schürze, die ihren Hals frei ließ, an den Schultern ein schmales, gesticktes Band hatte, unter dem ihre reizenden Kinderarme nackt und rosig hervortraten. In den Ohren trug sie Türkisenbommeln, am Halse ein Goldkreuzchen, im sorgfältig gekämmten Haar ein blaues Band; dazu das volle und doch zarte Gesicht der Mutter, die pariserische Anmut einer neuen Puppe.

Feinchen hatte sie von den Hallen aus bemerkt. Er warf kleine tote Fische in die Gosse, die das Wasser davon trug und denen er längs des Fußweges folgte, wobei er sagte, daß sie schwimmen. Doch als er Pauline sah, so schön und so sauber, kam er über die Straße, ohne Mütze, mit zerfetzter Bluse, herabfallender Hose, daß man das Hemd sah, mit der ganzen Zerlumptheit eines Straßenjungen von sieben Jahren. Seine Mutter hatte ihm zwar verboten, mit diesem dicken „Vieh von einem Kinde zu spielen, das die Eltern fütterten, daß es schier barst“. Er ging eine Weile um sie herum, dann trat er näher und wollte das blau gestreifte Kleid berühren. Pauline, anfangs geschmeichelt, machte ein Mäulchen, und wich scheu zurück, indem sie In verdrossenem Tone sagte:

Laß mich, Mama will es nicht.

Darüber lachte der kleine Kerl, der sehr aufgeweckt und unternehmend war.

Du bist aber recht albern, sagte er. Das tut ja nichts, daß deine Mama es nicht will ... Wir wollen Hin- und Herstoßen spielen. Willst du?

Er hatte offenbar die böse Absicht, Paulines Kleidchen zu beschmutzen. Als diese sah, daß er sich anschickte, ihr einen Stoß in den Rücken zu versetzten, wich sie noch weiter zurück und schickte sich an, in den Laden zurückzukehren. Jetzt tat er sehr sanft, zog seine herabfallenden Beinkleider hinauf und sagte:

Du bist dumm. Es ist doch nur zum Scherz. Du bist so hübsch; gehört das Kreuzchen deiner Mama?

Sie erwiderte stolz, das Kreuzchen gehöre ihr. Er führte sie jetzt sachte bis zur Ecke der Pirouette-Straße; er berührte ihre Röcke und fand, daß sie stark gesteift seien, was der Kleinen viele Freude machte. Seitdem sie auf dem Fußwege schön tat, war sie sehr verdrossen zu sehen, daß niemand sie beachtete. Allein trotz Feinchens Lobsprüchen wollte sie den Fußweg nicht verlassen.

Dumme Gans! rief er und wurde grob. Ich werde dich gleich auf deinen Hintern setzen, Fräulein Hochnas!

Sie erschrak. Er hatte ihre Hand ergriffen und seinen Fehler einsehend, begann er ihr wieder zu schmeicheln, suchte in seiner Tasche und sagte:

Ich habe einen Sou.

Der Anblick des Sou beruhigte Pauline. Er hielt den Sou mit den Fingerspitzen vor sie hin und lockte sie so auf den Fahrweg hinab. Der kleine Kerl ging augenscheinlich auf Abenteuer aus.

Was magst du gern? fragte er.

Sie antwortete nicht sogleich; sie wußte nicht, denn sie liebte gar zu viele Sachen. Er zählte ihr eine Menge Leckereien auf: Süßholz, Zuckersirup, Zuckerplätzchen, Zuckermehl. Über das Zuckermehl sann die Kleine lange nach; man tunkt den Finger hinein und saugt daran; das ist sehr gut. Sie blieb eine Weile sehr ernst und sagte, endlich sich entschließend:

Nein, ich will Zuckertütchen.

Nun faßte er sie am Arme und führte sie widerstandslos hinweg.

Sie gingen durch die Rambuteau-Straße auf dem breiten Fußweg der Hallen zu einem Gewürzkrämer in der Cossonnerie -Straße, dessen Zuckertütchen berühmt waren. Es sind dies kleine Papiertüten, in die die Gewürzkrämer die Abfälle ihrer Auslage tun, die zerfallenen Zuckerkörner, überzuckerte Kastanien, den verdächtigen Bodensatz der Bonbonbüchsen. Feinchen machte seine Sache galant; er ließ Pauline die Tüte auswählen, eine Tüte von blauem Papier, zahlte seinen Sou und ließ ihr die Tüte. Als sie wieder auf dem Fußweg waren, leerte sie die Brocken jeder Art in die zwei Taschen ihrer Schürze und diese Taschen waren so klein, daß sie ganz voll wurden. Sie kaute sachte Körnchen um Körnchen, war entzückt, feuchtete ihren Finger an, damit ihr selbst das feinste Stäubchen nicht verloren gehe. Dies hatte zur Folge, daß die Bonbons zerflossen und zwei braune Flecke die Taschen ihrer Schürze beschmutzten. Feinchen lachte verschmitzt. Er hielt sie um den Leib gefaßt, zerdrückte nach seinem Belieben ihre Kleider, führte sie um die Ecke der Pierre-Lescot-Straße in die Richtung des Innocenzplatzes und sagte:

Jetzt willst du wohl spielen, wie? Was du in den Taschen hast, schmeckt gut? Du siehst jetzt, daß ich dir kein Leid zufügen wollte, Trotzkopf!

Und jetzt fuhr er selbst mit den Fingern in ihre Taschen. Sie betraten den Platz. Ohne Zweifel hatte Feinchen seine Eroberung hierher führen wollen. Er empfing sie hier wie auf einem ihm gehörigen Besitztum, wo er ganze Nachmittage sich herumzutollen pflegte. Niemals war Pauline so weit gegangen; sie hätte geschluchzt wie ein entführtes Fräulein, wenn sie nicht Zucker in den Taschen gehabt hätte. In der Mitte des mit Blumenbeeten besetzten Rasenplatzes ließ der Springbrunnen seine Wasser spielen und die von Jean Goujeon modellierten Nymphen, ganz weiß in dem grauen Gestein des Brunnens, hoben, ihre Urnen neigend, ihre nackte Anmut von dem düstern Aussehen des Dionysius-Stadtviertels ab. Die Kinder machten die Runde um den Springbrunnen, betrachteten das aus sechs Becken fließende Wasser und das Schilfwerk des Brunnens; sie gedachten sicherlich über den großen Rasenplatz zu gehen oder sich in dem Dickicht von Stechpalmen und Rhododendren zu verbergen, das sich längs des Gitters hinzieht. Doch der kleine Kerl, dem es gelungen war, das schöne Kleid rückwärts ganz zu zerknittern, sagte jetzt mit einem verschmitzten Lächeln:

Wir wollen „Sandwerfen“ spielen, willst du?

Pauline war entzückt. Sie bewarfen sich denn mit Sand, wobei sie die Augen schlossen. Der Sand rann dem Kinde bei dem ausgeschnittenen Leibchen hinein und floß ihren Körper entlang bis in ihre Strümpfe und Stiefelchen. Feinchen war sehr vergnügt, als er sah, wie die weiße Schürze ganz gelb wurde. Doch er fand ohne Zweifel, daß sie noch immer viel zu sauber sei. Wie wär's, wenn wir Bäume pflanzten? sagte er plötzlich; ich kann schöne „Gärten“ machen.

Wirklich, Gärten? wiederholte Pauline voll Bewunderung.

Da der Wächter des Platzes eben abwesend war, ließ Feinchen das Kind auf einem Grasplatze Löcher graben. Sie lag bäuchlings auf dem weichen Erdboden und versenkte ihre reizenden Kinderarme bis zu den Ellenbogen in die Löcher. Er suchte inzwischen abgebrochene Zweiglein zusammen. So pflanzte er in den von Pauline ausgehobenen Löchern einen „Garten“. Nur fand er die Löcher nicht tief genug und schalt sie mit rauher Stimme eine schlechte Arbeiterin. Als sie sich wieder erhob, war sie schwarz vom Kopf bis zu den Füßen. Auch ihre Haare waren voll mit Erde; sie war ganz beschmutzt und so drollig mit ihren Kohlenträgerarmen, daß Feinchen freudig in die Hände klatschte und ausrief:

Jetzt werden wir sie begießen, sie würden sonst nicht wachsen.

Dies hatte noch gefehlt. Sie gingen zum Platz hinaus, holten in den hohlen Händen Wasser aus der Gosse, kehrten laufend zurück und begossen die in die Löcher gesteckten Zweige. Pauline, die wegen ihrer Dicke nicht recht laufen konnte, ließ unterwegs immer das ganze Wasser zwischen den Fingern auf ihre Röcke fließen, so daß sie, nachdem sie sechsmal den Weg zurückgelegt hatte, aussah, als habe sie sich in der Gosse gewälzt. Als kein reines Fleckchen mehr an ihr war, fand Feinchen, daß sie sehr nett sei. Er ließ sie neben sich unter einem Rhododendronstrauche Platz nehmen vor dem Garten, den sie gepflanzt hatten, und sagte ihr, daß die Bäume schon wüchsen. Er hatte sie bei der Hand genommen und nannte sie sein Frauchen.

Es tut dir nicht leid, daß du mitgekommen bist, als auf dem Fußweg zu stehen, wo du dich so langweiltest? Du wirst sehen, ich weiß viele Spiele in den Straßen. Du mußt ein andermal wieder herauskommen; aber man braucht das der Mama nicht zu erzählen, man darf nicht so dumm sein. Wenn du zu Hause etwas erzählst, werde ich dich bei den Haaren ziehen, sobald ich wieder vorbeikomme.

Pauline sagte zu allem ja. In einer letzten Anwandlung von Galanterie füllte er die Taschen ihrer Schürze mit Erde. Er setzte ihr jetzt härter zu und suchte als boshafter Straßenjunge, der er war, wie er ihr ein Leid zufügen könne. Doch sie hatte keinen Zucker mehr und spielte nicht mehr und wurde unruhig. Als er sie zu kneipen begann, weinte sie und sagte, sie wolle nach Hause gehen. Dies erheiterte Feinchen sehr, und er drohte ihr, daß er sie nicht nach Hause bringen werde. Völlig erschreckt, stieß die Kleine tiefe Seufzer aus, wie ein Mädchen, das in einer Herberge der Gewalt eines Verführers preisgegeben ist. Er würde sie schließlich geprügelt haben, um sie still zu machen, wenn nicht plötzlich die kreischende Stimme des Fräuleins Saget neben ihnen ausgerufen hätte:

O du mein lieber Gott, das ist ja Pauline! Wirst du sie in Ruhe lassen, nichtsnutziger Wicht!

Das alte Fräulein nahm Pauline bei der Hand und stieß Schreie des Entsetzens aus über den jämmerlichen Zustand der Kleider des Kindes. Doch Feinchen erschrak nicht; er folgte ihnen, lachte heimlich über sein Werk und versicherte wiederholt, Pauline sei freiwillig mitgegangen und zu Boden gefallen. Fräulein Saget war eine regelmäßige Besucherin des Innocenzplatzes. Jeden Nachmittag brachte sie daselbst eine Stunde zu, um über das Getratsche der kleinen Leute auf dem laufenden zu bleiben. Auf beiden Seiten des Platzes steht eine lange

Reihe von Bänken; die armen Leute, die in den dumpfen Höhlen der benachbarten Gäßchen schier ersticken, kommen hierher, um sich zu erholen; die alten, dürren, fröstelnden Weiber mit zerknitterter Haube, die jüngeren Weiber in der Jacke mit schlecht befestigten Röcken, bloßem Haupte, vorzeitig erschöpft und verwelkt infolge des Elends; auch einige Männer sind zu sehen, sauber gekleidete Greise, Lastträger in schmierigen Jacken, Herren von verdächtiger Eleganz mit schwarzen Hüten auf dem Kopf. In der Allee wälzt sich die Kinderwelt herum, schleppt räderlose Karren, füllt Sandbutten, prügelt sich und heult, ein abscheuliches, zerfetztes und schmutziges Kindervolk, das in der Sonne wimmelt wie Gewürm. Fräulein Saget war so dünn, daß sie immer Platz fand auf irgendeiner Bank. Sie hörte zu oder knüpfte ein Gespräch an mit einer Nachbarin, irgendeiner bleichen Arbeiterin, die irgendein Wäschestück ausbesserte, Taschentücher, zerrissene Strümpfe aus ihrem schlechten, durch Bindfaden zusammengehaltenen Handkörbchen zog. Sie hatte übrigens Bekannte unter diesen Leuten. Unter dem unerträglichen Geschrei des Kindervolks und dem unaufhörlichen Rollen der Wagen in der Dionysiusstraße erzählte man endlose Geschichten über die Gewürzkrämer, Bäcker, Metzger, eine Zeitung des Stadtviertels, vergällt durch die Kreditverweigerungen und den dumpfen Neid der Armen. Sie erfuhr unter diesen Unglücklichen hauptsächlich die nicht eingestehbaren Dinge, alles was aus den verdächtigen möblierten Zimmern, aus den dunklen Hausmeisterstuben kommt, die unflätigen Lästerungen, mit denen sie, wie mit einem Gewürz, ihre Neugierde aufstachelte. Wenn sie ihr Antlitz nach den Hallen wandte, hatte sie den Platz vor sich, mit seinen drei Häuserreihen, mit ihren Fenstern, durch die sie ihren Blick zu versenken suchte; es war, als erhebe sie sich auf den Fußzehen bis zu den Mansardenfenstern des Daches und gucke durch alle Stockwerke hindurch; sie musterte die Vorhänge und zeigte sich an einem Fenster ein Kopf, so schmiedete sie daraus sogleich ein ganzes Drama; schließlich kannte sie die Geschichte sämtlicher Einwohner dieser Häuser, sie las sie von der Außenseite ab. Das Restaurant Baratte interessierte sie ganz besonders mit seiner Weinstube, seinem vergoldeten Schutzdache, das eine Terrasse mit einigen Blumentöpfen bildete, mit seinen vier schmalen, bunt bemalten und verzierten Stockwerken; sie fand Gefallen an den von einer großen Muschel überragten gelben Säulen auf zartblauem Grunde, die die Eingangspforte zierten, an diesem ganzen Tempelportal aus Kartonpapier, das an die Stirnwand dieses baufälligen Hauses wie hingeschminkt war, das am Dache oben eine Galerie von bemaltem Zink hatte. Sie sah hinter den rotgestreiften Vorhängen die feinen Frühstücke und

Abendessen, bei denen es so hoch herging. Und sie log sogar; hierher – sagte sie – kämen Florent und Gavard, um mit den beiden sauberen Töchtern der Frau Méhudin ihre Schmausereien zu halten, und beim Nachtisch geschähen ganz abscheuliche Dinge.

Indes weinte Pauline jetzt stärker, seitdem die Alte sie bei der Hand hielt. Diese lenkte ihre Schritte nach dem Ausgang des Platzes, doch schien sie sich plötzlich eines anderen zu besinnen. Sie setzte sich auf eine Bank und bemühte sich, die Kleine zu beschwichtigen.

Weine nicht, sagte sie, sonst fassen dich die Polizeisoldaten ... Ich bringe dich nach Hause. Du kennst mich doch wohl, ich bin Tante Saget. Nun, laß mal sehen, ob du auch lachen kannst.

Allein die Tränen erstickten das Kind, und sie wollte fort. Da ließ Fräulein Saget sie ruhig schluchzen und wartete, bis sie fertig war. Die arme Kleine fröstelte, denn Röcke und Strümpfe waren ganz durchnäßt und da sie sich mit den Fäusten die Augen trocknete, hatte sie auch das Gesicht bis zu den Ohren voll Schmutz. Als sie endlich ein wenig ruhiger geworden, sagte die Alte in zutraulichem Tone:

Deine Mama ist nicht schlimm, nicht wahr? und sie liebt dich wohl sehr?

Ja, ja, erwiderte das Kind sehr beklommen.

Auch dein Papa ist nicht schlimm; er prügelt dich nicht und zankt nicht mit deiner Mama? Was reden sie denn, wenn sie des Abends zu Bett gehen?

Ich weiß nicht; in meinem Bettchen ist's so warm und ich schlafe bald.

Reden sie von deinem Vetter Florent?

Ich weiß nicht.

Fräulein Saget erhob sich mit strenger Miene und tat, als wolle sie weggehen.

Schau, du bist eine Lügnerin. Du weißt, man darf nicht lügen; wenn du lügst, laß ich dich da und Feinchen zwickt dich wieder in den Arm.

Feinchen, der vor der Bank stand, mengte sich jetzt ins Gespräch und sagte:

Lassen Sie sie, sie ist dumm und weiß nichts. Ich weiß, daß mein Freund Florent gestern abend sehr dumm dreingeschaut hat, als Mama ihm lachend sagte, daß er sie küssen dürfe, wenn es ihm Vergnügen macht.

Als Pauline sich bedroht sah, verlassen zu werden, begann sie von neuem zu weinen.

Schweig, schweig, du schlimmer Balg! sagte die Alte, das Kind stoßend. Ich bleibe schon da und kaufe dir ein Stück Gerstenzucker ... Also, du liebst deinen Vetter Florent nicht?

Nein, Mama sagt, er sei nicht rechtschaffen.

Ach, du siehst wohl, daß deine Mama etwas gesagt hat. Eines Abends, als ich mit meiner Katze in meinem Bettchen lag, sagte Mama zu Papa: „Dein Bruder ist nur aus dem Zuchthause entsprungen, um uns alle dahin zu bringen."

Fräulein Saget stieß einen leisen Schrei aus. Zitternd hatte sie sich erhoben. Ein helles Licht war ihr plötzlich aufgegangen. Sie faßte Pauline wieder bei der Hand und führte sie nach dem Wurstladen zurück, ohne zu sprechen, die Lippen schadenfroh gekräuselt, die Blicke von einer grausamen Freude gespitzt. Feinchen, der hinter ihnen einherhüpfte und seine Freude daran hatte, die Kleine mit ihren beschmutzten Strümpfen laufen zu sehen, verschwand vorsichtigerweise an der Ecke der Pirouette-Straße. Lisa befand sich in tödlicher Angst; als sie ihre Tochter in ihrem greulichen Zustande erblickte, ward sie dermaßen ergriffen, daß sie die Kleine nach allen Seiten drehte, ohne daran zu denken, sie zu züchtigen. Da sagte die Alte mit ihrer boshaften Stimme:

Feinchen hat's getan ... Ich bringe sie Ihnen nach Hause, Sie begreifen ... Ich habe sie beisammen unter einem Baume des Platzes gefunden. Ich weiß nicht, was sie da taten ... Ich an Ihrer Stelle würde das Kind untersuchen. Dieser Schlingel ist zu allem fähig.

Lisa fand kein Wort zu sagen. Sie wußte nicht, wo sie ihre Tochter anfassen sollte, so sehr ward sie angeekelt durch ihre schmutzigen Schuhe, beschmutzten Strümpfe, zerrissenen Röcke, geschwärzten Hände und Backen. Der blaue Samt, die Ohrgehänge, das Kreuzchen verschwanden schier unter einer Schmutzlage. Doch was sie am meisten erbitterte, das waren die mit Erde gefüllten Taschen der Schürze. Sie neigte sich herab und leerte diese Taschen ohne Rücksicht auf die weißen und roten Steinplatten des Fußbodens. Dann schleppte sie Pauline hinweg, indem sie wütend rief:

Komm, Schmutzfink! Fräulein Saget, die unter ihrem breiten schwarzen Hute von dieser Szene sehr erheitert war, ging mit lebhaften Schritten durch die Rambuteau-Straße. Ihre kleinen Füße berührten kaum das Pflaster, ein Gefühl der Freude führte sie wie auf schnellen Fittichen dahin. Endlich wußte sie! Seit mehr denn einem Jahre brannte sie vor Neugierde; jetzt hatte sie mit einem Schlage diesen Florent ganz in ihrer Gewalt. Es war eine unverhoffte Befriedigung, die sie gleichsam von irgendeiner Krankheit heilte; denn sie fühlte wohl, daß sie nach und nach zugrunde gegangen wäre, wenn dieser Mann noch länger gezögert hätte, ihre glühende Neugierde zu befriedigen. Jetzt gehörte das Hallenviertel völlig ihr; es gab keine Lücke mehr in ihrem Kopfe; sie hätte jede Straße, Laden für Laden, schildern können. Sie stieß Seufzer der Erleichterung aus, während sie den Obstpavillon betrat.

He, Fräulein Saget, was sind Sie denn so aufgeräumt? rief ihr die Sarriette von ihrem Verkaufsstande zu. Haben Sie etwa das große Los gewonnen?

Nein, nein ... Ach, Kleine, wenn Sie wüßten! ...

Die Sarriette war reizend inmitten ihrer Früchte, mit ihren Armen und Nacken, was sie als kokettes, schönes Mädchen sich gestattete. Ihr lockiges Haar fiel gleich Weinranken ihr auf die Stirne herab. Ihre nackten Arme, ihr nackter Hals, alles, was sie Nacktes und Rosiges zeigte, hatte eine Frische von Pfirsichen und Kirschen. In ihrem Übermute hatte sie sich Süßkirschen um die Ohren gehängt, schwarze Süßkirschen, die auf ihren Wangen hüpften, wenn sie sich laut lachend herabneigte. Sie war so lustig weil sie Johannisbeeren aß, so viel und so hastig, daß sie damit beschmiert war bis zum Kinn und bis zur Nase; der Mund war ganz rot und frisch von dem Safte der Johannisbeeren wie mit einer grellen Schminke bemalt und parfümiert. Ein Pflaumengeruch stieg von ihren Röcken auf. Ihr lose befestigtes Busentuch roch nach Erdbeeren.

In dem engen Stande, rings um sie her, lagen die Früchte zuhauf. Hinter ihr, auf den Brettergestellen, lagen ganze Reihen von Melonen, Beulenmelonen voll Warzen, Gartenmelonen mit grauer Rinde, rotrindige mit glatten Höckern. Das schöne Obst, in den Körben zierlich geordnet, zeigte Rundungen, gleich Wangen, die sich verbergen, hübsche Kindergesichter, die man hinter einem Vorhang von Blättern nur zur Hälfte sah; besonders die roten Montreuilpfirsiche hatten eine feine, helle Haut wie die Töchter des Nordens; die Pfirsiche aus dem Süden hingegen waren gelb und braun, hatten die warme dunkle Farbe der Töchter der Provence. Die Aprikosen nahmen – auf Moos ausgelegt – den Ton des Ambra an, jene Glut der untergehenden Sonne, die den Nacken erwärmt, da wo die Härchen sich kräuseln. Die Kirschen, eng aneinander gereiht, glichen den allzu schmalen Lippen von lächelnden Chinesinnen; die Montmorencykirschen waren die wulstigen Lippen einer dicken Frau, die englischen Kirschen länglich und dunkler, die Süßkirschen hatten gewöhnliches, schwarzes, von Küssen platt gedrücktes Fleisch; die rot und weiß geneckten Herzkirschen lachten einem einladend zu. Die Äpfel und Birnen lagen in regelmäßig aufgebauten Pyramiden da, zeigten die Röte junger Busen, goldschimmernde Schultern und Hüften, eine ganze verschämte Nacktheit in ihrer Umgebung von Farnkraut; sie waren von sehr verschiedener Haut, die schön gewölbten Franzäpfel, die dicken, saueren Ramburgäpfel; die Kalvilläpfel in weißer Schale, die blutroten Kanadaäpfel, die rotgefleckten Kastanienäpfel, die blonden, rotgetüpfelten Reinetten; dann die verschiedenen Gattungen von Birnen, die Zuckerbirnen, die Engländer, die Butterbirnen, die Ducheßbirnen, kurze, lange, mit Schwanenhälsen und kurzen Schultern, mit gelben und grünen Bäuchen gehoben durch einen rötlichen Schimmer. Daneben zeigten durchsichtige Pflaumen die Blässe von blutarmen Jungfrauen, die Reineclauden, die Prinzenpflaumen, gebleicht von dem Hauch, der sie überzog; die Mirabellen glichen den Goldperlen eines Rosenkranzes, die man mit Vanillenstäbchen in einer Büchse vergessen hat. Auch die Erdbeeren hauchten einen frischen Duft, einen Duft der Jugend aus, besonders die kleinen, die im Walde gepflückt werden, noch mehr als die großen Gartenerdbeeren, die nach der Gießkanne riechen. Die Himbeeren mengten in diesen zarten Duft ihren schärferen Geruch. Die roten und schwarzen Johannisbeeren, die Haselnüsse brachten eine heitere Abwechslung in die Menge, während die Weinbeeren in schweren, saftigen Trauben in den Körben lagen, von der heißen Sonne mit rötlichen Flecken gesprenkelt.

Die Sarriette lebte da wie in einem Obstgarten, in einem ewigen Rausch von Gerüchen. Die wohlfeileren Früchte, die Kirschen, Pflaumen, Erdbeeren, in flachen Körben vor ihr aufgehäuft, mit Papier zugedeckt, zerdrückten sich allmählich und beschmutzten die Bretter mit einem stark riechenden Safte, der in der Hitze dampfte. Sie fühlte ihren Kopf schwindeln an heißen Julinachmittagen, wenn die Melonen sie mit einem mächtigen Muskatellerdampfe umgaben. Berauscht wie sie war, ließ sie noch mehr Fleisch sehen unter ihrem Busentuche, kaum noch reif, jung wie der Lenz, sie war dann eine Versuchung für den Mund und erweckte eine heiße Beutegier. Sie verlieh mit ihren Armen und ihrem Nacken diesen Früchten das verliebte Leben, die samtweiche Wärme. Neben ihr hatte eine alte, abscheuliche Säuferin nichts als runzelige Äpfel feil und Birnen, die so schlapp waren wie leere Busen, und faule Aprikosen, gelb und welk wie eine Hexe. Unter den Händen der

Sarriette hingegen wurde die Auslage zu einer einzigen großen, wollüstigen Nacktheit. Es war, als habe sie die Kirschen, Stück für Stück, mit ihren Lippen hierhergelegt, wie ebensoviele rote Küsse; die seidenglatten Pfirsiche schienen aus ihrem Mieder gefallen zu sein; den Pflaumen lieh sie ihre zarteste Haut, die Haut der Schläfen, des Kinns, der Mundwinkel; ein weniges von ihrem roten Blute floß in den Adern der Johannisbeeren. Ihre Glut eines schönen, jungen Mädchens versetzte diese Früchte des Bodens in Brunst, deren Gekose hier auf einem weichen Moosbette in den kleinen Körben sich vollzog. Neben dem warmen Geruch des Lebens, der von ihren Körben und von ihren Röcken aufstieg, war der Duft der Blumenallee, die hinter ihrem Stande sich hinzog, ein widerwärtiger.

Die Sarriette war an jenem Tage durch das Eintreffen einer großen Ladung von Mirabellen in Anspruch genommen. Sie merkte jedoch, daß Fräulein Saget eine große Neuigkeit zu melden hatte und wollte sie zum Plaudern bringen. Doch die Alte trippelte ungeduldig hin und her und sagte:

Nein, nein, ich habe keine Zeit. Ich muß schleunigst Frau Lecoeur aufsuchen. Oh, ich weiß schöne Sachen ... Kommen Sie mit, wenn Sie wollen.

In Wahrheit war sie nur durch den Früchtepavillon gekommen, um die Sarriette für ihren Tratsch anzuwerben. Diese vermochte der Versuchung nicht zu widerstehen. Herr Jules, rasiert und frisch wie ein Cherub, war da und schaukelte sich auf einem umgestürzten Sessel.

Hüte einen Augenblick den Stand, sagte ihm die Sarriette. Ich komme sogleich wieder.

Doch er erhob sich und rief ihr nach:

Ja, Schnecken! Ich gehe; ich habe keine Lust, eine Stunde da zu warten wie neulich auch. Deine Pflaumen verursachen mir Kopfschmerz.

Und er ging ruhig von dannen, die Hände in den Taschen. Der Stand blieb allein. Fräulein Saget ging so rasch, daß die Sarriette laufen mußte, um ihr zu folgen. Im Butterpavillon erfuhren sie, daß Frau Lecoeur im Keller sei. Die Sarriette stieg hinab, um sie zu holen, während die Alte sich mitten unter den Käsen niederließ.

Im Keller unten war's sehr dunkel. Um Feuersbrünsten vorzubeugen, werden die Zellen einfach aus engmaschigen Drahtnetzen hergestellt. Die wenigen Gasflammen werfen gelbe, strahlenlose Flecke in den ekelerregenden Dunst, der unter den niedrigen Gewölben lagerte. Frau Lecoeur bereitete Butter auf einem der Tische, die längs der Hirtenstraße aufgestellt sind. Zu den Luftlöchern fällt ein fahles Licht herein. Die fortwährend reichlich bespülten Tische sind so weiß, als seien sie neu. Dem Brunnen den Rücken zukehrend, knetete Frau Lecoeur die Butter in einer eichenholzenen Mulde. Sie nahm Muster von verschiedenen Buttergattungen, die neben ihr standen, mengte sie durcheinander, verbesserte die eine durch die andere, ganz wie man es beim Verschneiden der Weine macht. Gebeugt, die spitzigen Schultern in die Höhe gestreckt, die mageren, knotigen Arme bis zu den Schultern entblößt, versenkte sie die Fäuste heftig in diesem fetten Teige, der ein weißliches, kreidiges Aussehen annahm. Sie schwitzte und stieß bei jeder Anstrengung einen Seufzer aus.

Fräulein Saget wünscht mit Ihnen zu sprechen, Tante, sagte die Sarriette.

Frau Lecoeur hielt in der Arbeit inne und rückte mit ihren Fingern, die voll mit Butter waren, ihre Haube zurecht, ohne Furcht vor Fettflecken.

Ich bin fertig; sie soll einen Augenblick warten, antwortete sie.

Sie hat Ihnen etwas sehr Interessantes mitzuteilen.

In einer Minute bin ich oben, mein liebes Kind.

Sie versenkte die Arme von neuem, und die Butter reichte ihr bis zu den Ellenbogen. Vorher in lauem Wasser geweicht, salbte die Butter ihre pergamentartige Haut und ließ die großen violetten Venen hervortreten, die wie ein Netz geplatzter Adern ihre Arme überzogen. Die Sarriette war ganz angeekelt durch diese häßlichen Arme, die die weiche, schmelzende Masse bearbeiteten. Doch sie gedachte des Handwerkes; ehemals hatte auch sie ihre reizenden kleinen Hände ganze Nachmittage hindurch in der Butter stecken; die Butter war ihre Mandelpasta, eine Salbe, die ihr die Haut weiß, die Nägel rot erhielt und deren Geschmeidigkeit ihre Finger behalten zu haben schienen.

Tante, Ihre Mischung wird heute nicht sehr gut sein, sagte die Sarriette ... Sie haben zu starke Buttergattungen genommen.

Ich weiß es wohl, sagte Frau Lecoeur seufzend. Aber was willst du tun? Man muß alles verkaufen ... Es gibt Leute, die wohlfeil kaufen wollen, so verkauft man ihnen denn wohlfeil ... Es ist noch immer zu gut für die Kunden.

Die Sarriette dachte sich, daß sie nicht gern von der Butter essen würde, die ihre Tante bearbeitet hatte. Sie blickte in ein Töpfchen, das mit einer roten Flüssigkeit gefüllt war.

Ihr Orleansaft ist zu hell, sagte sie.

Der Orleansaft dient dazu, der Buttermischung eine schöne gelbe Farbe zu geben. Die Butterhändlerinnen hüten eifersüchtig das Geheimnis dieser Farbe, die ganz einfach aus den Rocoukörnern bereitet wird. Allerdings bereiten sie diesen Saft auch aus roten Rüben und Goldblumen.

Wollen Sie kommen? rief die Sarriette ungeduldig, weil sie an den abscheulichen Kellergeruch nicht gewöhnt war. Fräulein Saget ist vielleicht schon fort ... Sie scheint sehr ernste Dinge über meinen Onkel Gavard zu wissen.

Frau Lecoeur brach ihre Arbeit augenblicklich ab, ließ Butter und Orleansaft stehen und wischte sich nicht einmal die Arme ab. Mit einem leichten Ruck schob sie ihre Haube wieder zurecht und folgte mit raschen Schritten ihrer die Treppe hinaneilenden Nichte, wobei sie besorgt fragte:

Du glaubst, sie hat nicht gewartet?

Doch sie beruhigte sich, als sie Fräulein Saget unter den Käsen sitzen sah. Sie hatte sich wohl gehütet fortzugehen. Die drei Weiber setzten sich im Hintergrunde des engen Standes nieder. Sie saßen da so dicht beisammen, daß sich schier ihre Nasen berührten. Fräulein Saget schwieg einige Minuten. Als sie die zwei anderen vor Neugierde brennen sah, sagte sie mit spitziger Stimme:

Dieser Florent ... Sie wissen ja? ... Ich kann Ihnen schon sagen, woher er kommt.

Abermals mußten sie einige Augenblicke an ihrem Munde hängen. Endlich sagte sie mit furchtbar dumpfer Stimme:

Er kommt aus dem Zuchthause.

Die Käse ringsumher stanken. Auf den zwei Brettergestellen des Standes lagen riesige Ziegel Butter; bretonische Butter, die Körbe bis an den Rand füllend; normandische Butter, in Linnen gehüllt, aus Tonerde modellierten Bäuchen gleichend, über die der Bildhauer feuchte Tücher gebreitet hat; andere, bereits angeschnittene Stücke, durch das breite Messer schier zu Kegeln zugespitzt, voll Täler und Schluchten abgestürzten Gletschern gleichend, über die die Herbstsonne ihren Goldglanz breitet. Unter dem Auslagetische von rotem, grau geädertem Marmor standen Eierkörbe, weiß wie Kreide; in Kisten auf kleinen Strohhürden lagen spundförmige Käse, mit den Spitzen aneinandergereiht; Gournaykäse, platt geordnet wie Medaillen, bildeten dunklere Felder mit grünlichen Flecken. Hauptsächlich aber auf dem Tische lagen die Käse zuhauf.

Neben Butterziegeln, die in Weinlaub gehüllt zum Verkauf nach dem Pfunde bestimmt waren, lag ein riesiger Cantalkäse, wie mit der Hacke gespalten; dann kamen: ein goldgelber Chesterkäse, ein Schweizerkäse, groß wie ein Wagenrad, holländische Käse, rund wie abgeschnittene Köpfe, die das getrocknete Blut besudelt, so hart wie leere Schädel, weshalb man sie auch Totenköpfe nennt. Inmitten dieser stark riechenden Käse verspürte man den angenehmen Geruch eines Parmesankäses. Drei Weichkäse, auf runden Brettern liegend, blickten trübselig drein wie erloschene Monde; zwei sehr trockene waren noch ganz, der dritte, bis zum zweiten Viertel angeschnitten, ließ eine weiße Sahne hervorfließen, die sich wie ein kleiner Teich ausbreitete, den man mit Brettchen vergebens einzudämmen suchte; Porte-Salut-Käse, von der Form der altertümlichen Diskusscheiben, mit dem in Kreisform aufgepinselten Namen des Fabrikanten. Ein Romantourkäse in seinem Umschlag von Silberpapier erinnerte an ein Stück Mandelkuchen, an einen gezuckerten Käse, der sich unter diese scharf gärenden Laibe verirrt hat. Die Roquefortkäse unter den Glasstürzen machten sich vornehm breit, zeigten ihre marmorierten, fetten, blau und gelb geäderten Vorderseiten, gleichsam von einer häßlichen Krankheit ergriffen, wie sie bei reichen Leuten vorkommt, die zu viel Trüffeln gegessen haben; in einer Schüssel nebenan lagen Ziegenkäse so groß wie eine Kinderfaust, hart und grau, an die Kiesel erinnernd, die die ihre Herde führenden Böcke an den Krümmungen der steinigen Pfade ins Rollen bringen. Dann kamen die übelduftenden Käse, der hellgelbe Mont d'or, der einen süßlichen Geruch ausströmt; der sehr dichte Troyeskäse, der an den Rändern eingedrückt ist und einen schärferen Geruch, einen wahren Kellergestank verbreitet; dann der Camembert, dessen Geruch an allzu reifes Wildbret erinnert; die viereckigen Neufchatel-, Limburger, Marolles und Pont l'Evêque- Käse, deren jeder seine scharfe Eigenart zu der bis zum Ekel widerwärtigen Mischung von Gerüchen lieferte; die rotgefärbten Livarotkäse, die die Gurgel packen, wie ein Schwefeldampf; und endlich der schlimmste von allen, der Olivetkäse, der in Nußblätter gehüllt ist, gleichwie die Bauern die am Straßenrande liegenden, in der Sonnenhitze dampfenden Aase mit Zweigen zudecken. Der heiße Nachmittag hatte die Käse aufgeweicht; der Schimmel der Rinden zerfloß, nahm einen rötlichen oder grüngrauen Schimmer von Kupfer an, glich schlecht verharschten Wunden; ein durch die Halle wehender Lufthauch hob die Rinde des Olivetkäse, die sich bewegte, wie die Brust eines kräftigen Menschen im Schlafe. Hinter den Wagen stand in einer dünnen Schachtel ein mit Anis gewürzter Gérômé-Käse, der die Luft dermaßen verpestete, daß in seiner Nähe die Fliegen tot auf den Tisch niederfielen.

Fräulein Saget hatte diesen Gérômé fast unter der Nase. Sie wich zurück und lehnte den Kopf an die gelben und weißen Papierblätter, die im Hintergrunde des Standes an einem an der Wand befestigten Nagel hingen.

Ja, wiederholte sie mit einer Grimasse des Ekels, er kommt aus dem Zuchthause ... Die Quenu-Gradelle haben keine Ursache, stolz zu tun, nicht wahr?

Frau Lecoeur und die Sarriette stießen Rufe des Erstaunens aus. Unmöglich! Was hatte er denn verbrochen, um ins Zuchthaus geschickt zu werden? Wer hätte jemals gedacht, daß diese Frau Quenu, diese Tugend, die der Stolz des Stadtviertels war, ihren Liebhaber sich aus dem Zuchthause holt?

Nein, das ist es nicht! rief die Alte ungeduldig ... Hören Sie mir nur genau zu ... Ich wußte wohl, daß ich diesen langen Grapser schon irgendwo gesehen hatte.

Sie erzählte ihnen die Geschichte Florents. Sie erinnerte sich jetzt eines dumpfen Gerüchtes, das seinerzeit in Umlauf war, nach dem ein Neffe des alten Gradelle nach Cayenne in die Verbannung geschickt worden war, weil er sechs Gendarmen auf einer Barrikade getötet hatte. Sie hatte den Mann sogar einmal in der Pirouette-Straße gesehen. Es war der falsche Vetter. Und dabei jammerte sie über ihr schwindendes Gedächtnis und daß es aus sei mit ihr und daß sie bald gar nichts mehr wisse. Sie weinte über das Erlöschen ihres Gedächtnisses, wie ein Gelehrter weint, der mit ansehen muß, wie ein Windstoß ihm die Notizen entführt, die er sein Leben lang mühselig gesammelt hatte.

Sechs Gendarmen, murmelte die Sarriette voll Bewunderung; der Mensch muß eine starke Faust haben.

Er hat noch ganz andere Dinge getan, fügte Fräulein Saget hinzu. Ich rate Ihnen nicht, ihm um Mitternacht zu begegnen.

Welch ein Halunke, stammelte Frau Lecoeur entsetzt.

Die Strahlen der Abendsonne fielen schräg zum Pavillon herein. Die Käse rochen stärker. In diesem Augenblicke beherrschte der Marolles-Käse alle anderen; er mengte gewaltige Dünste, den Geruch einer alten Bettstatt in den faden Buttergeruch. Dann schien die Luftströmung sich zu wenden, denn jetzt kamen die Ausdünstungen des Limburgers den drei Frauen zu, scharf und bitter, wie aus dem Rachen von Sterbenden kommend.

Aber wenn er der Schwager der dicken Lisa ist, hat er doch bei ihr nicht geschlafen ... bemerkte Frau Lecoeur.

Betroffen von dieser neuen Seite der Verhältnisse Florents blickten die drei Weiber einander an. Es ärgerte sie, die erste Lesart fallen lassen zu müssen. Das alte Mädchen zuckte mit den Achseln und wagte die Bemerkung:

Das wäre ja kein Hindernis ... allerdings starker Tabak ... Nun, mein Gott, ich möchte meine Hand nicht dafür ins Feuer legen.

Übrigens wäre die Sache alt, bemerkte die Sarriette; er würde ohnehin nicht mehr bei ihr schlafen, da Sie ihn mit den beiden Schwestern Méhudin gesehen haben.

Gewiß, wie ich Sie sehe, meine Schöne, rief Fräulein Saget, einigermaßen verletzt, weil sie glaubte, man zweifle an ihren Worten. Er steckt jeden Abend hinter den Röcken der Schwestern Méhudin ... Übrigens ist es gleichgültig, er mag geschlafen haben, bei wem er will, nicht wahr? Wir sind ehrbare Frauen ... Das ist ein nicht gewöhnlicher Gauner!

Ja, gewiß, ein vollendeter Bösewicht, stimmten die anderen zu.

Alles in allem nahm die Geschichte eine tragische Wendung. Dafür, daß sie die schöne Lisa schonen mußten, trösteten sie sich damit, daß sie auf eine durch Florent herbeigeführte furchtbare Katastrophe rechneten. Der Mensch hatte augenscheinlich böse Absichten; solche Leute entspringen aus dem Kerker nur, um alles in Brand zu stecken; ein Mensch dieses Schlages konnte in die Hallen nur eingetreten sein, um einen schlimmen Streich zu spielen. Da tauchten ganz ungeheuerliche Vermutungen und Voraussetzungen auf. Die beiden Händlerinnen erklärten, sie würden an ihren Geflügelzellen noch ein Schloß anbringen; die Sarriette ihrerseits erinnerte sich jetzt, daß man ihr in der verflossenen Woche einen Korb Pfirsiche gestohlen habe. Doch Fräulein Saget erschreckte sie vollends, indem sie erklärte, daß die „Roten“ nicht so vorgehen; für einen Korb Pfirsiche rühren sie keinen Finger; sie tun sich ihrer zwei- oder dreihundert zusammen, um alle Welt umzubringen und behaglich plündern zu können. Das sei Politik, sagte sie mit der Überlegenheit einer gebildeten Person. Frau Lecoeur wurde ganz übel von diesen Reden; schon sah sie die Hallen in Flammen aufgehen in einer Nacht, in der Florent und seine Spießgesellen sich in den Kellern versteckt hatten, um sich von da auf Paris zu stürzen.

Ach, da fällt mir die Erbschaft des alten Gradelle ein! rief die Alte plötzlich. Das Ehepaar Quenu hat nichts zu lachen ...

Sie war ganz heiter. Der Tratsch nahm jetzt eine Wendung; man fiel über die Quenu her, nachdem sie die Geschichte von dem Schatz im Räucherfaß erzählt hatte, die ihr bis in die geringsten Einzelheiten geläufig war. Sie wußte sogar die Ziffer von 85.000 Franken anzugeben, ohne daß Lisa oder ihr Gatte sich erinnern konnte, jemals diese Ziffer einer lebenden Seele genannt zu haben. Gleichviel, die Quenu hatten diesem „langen Magern" seinen Teil nicht ausgefolgt; das sah man wohl an seiner schlechten Kleidung. Vielleicht war ihm die ganze Geschichte vom Schatz im Räucherfaß unbekannt. Lauter Diebe, die ganze Sippschaft. Dann steckten die drei Weiber die Köpfe zusammen, dämpften die Stimme und entschieden, daß es vielleicht gefährlich sei, die schöne Lisa anzugreifen, daß man aber dem „Roten heimleuchten" müsse, damit er nicht länger das Geld des armen Herrn Gavard aufzehre.

Rei dem Namen Gavard ward es stille. Die drei Weiber sahen einander mit vorsichtigen Mienen an. Da sie sich ein wenig verschnauften, rochen sie hauptsächlich den Camembert. Der Camembert mit seinem Wildbretgeruch hatte die dumpferen Gerüche des Marolles- und Limburger-Käses besiegt; er verbreitete seine Ausdünstungen und erstickte alle anderen Gerüche mit einer erstaunlichen Reichlichkeit von Mißduft. In diese kräftige Musik warf der Parmesankäse von Zeit zu Zeit den dünnen Ton einer Schalmei ein, während die Weichkäse die milden Töne feuchter Handtrommeln hineinmengten; dann fiel der Livarotkäse mächtig ein, um nachher dem scharfen Ton des mit Anis gewürzten Gérômékäse zu weichen.

Ich habe Frau Léonce gesehen, fuhr Fräulein Saget mit einem bedeutungsvollen Blicke fort.

Die zwei anderen horchten aufmerksam auf. Frau Léonce war die Hausmeisterin von Gavard in der Cossonnerie- Straße. Er bewohnte da ein altes, ziemlich verlassenes Haus, wo im Erdgeschoß ein Zitronen- und Orangenhändler hauste, der die Außenseite des Hauses bis zum zweiten Stockwerk blau hatte tünchen lassen. Frau Léonce führte ihm die Wirtschaft, behütete die Schlüssel der Spinde und holte ihm seinen Brusttee, wenn er verschnupft war. Sie war eine ernste Frau von fünfzig und einigen Jahren, die sehr langsam und sehr langwierig sprach. Sie hatte sich sehr ereifert, als eines

Tages Gavard sie kneipte; das hinderte sie aber nicht, ihm nach einem Fall, den er getan, an einem sehr heiklen Orte Blutegel zu setzen.

Fräulein Saget, die jeden Mittwoch abend Kaffee bei ihr trank, schloß mit ihr Freundschaft und dieses Verhältnis wurde noch inniger, als der Geflügelhändler ins Haus zog. Stundenlang sprachen sie von dem würdigen Manne; sie liebten ihn sehr und wollten nur sein Bestes.

Ja, ich habe Frau Léonce gesehen, wiederholte die Alte; wir haben gestern zusammen Kaffee getrunken ... Ich fand sie sehr bekümmert. Es scheint, daß Herr Gavard nicht vor ein Uhr nach Mitternacht heimkehrt. Am Sonntag hat sie ihm eine Kraftbrühe hinaufgetragen, weil sie sein Antlitz ganz verstört sah.

Sie weiß schon, was sie tut, bemerkte Frau Lecoeur, die diese Sorgfalt der Hausmeisterin beunruhigte.

Fräulein Saget glaubte ihre Freundin verteidigen zu sollen.

Durchaus nicht; Sie irren sich ... Frau Léonce ist besser als ihre Stellung; eine sehr anständige Frau ... Wenn sie bei Herrn Gavard sich die Taschen füllen wollte, hätte sie nur zuzugreifen brauchen. Er läßt anscheinend alles herumliegen ... Da will ich mit Ihnen sprechen. Aber Sie müssen reinen Mund halten, ich sage es Ihnen unter dem Siegel der Verschwiegenheit.

Sie schworen hoch und teuer, daß sie stumm sein würden. Dann streckten sie die Hälse aus. Da sagte die Alte feierlich:

Sie müssen wissen, daß Herr Gavard seit einiger Zeit so ganz eigentümlich ist ... Er hat Waffen gekauft, eine große Pistole, die sich dreht. Frau Léonce sagt, es sei schrecklich; die Pistole liege immer auf dem Tische oder auf dem Kaminsims, und sie wage kaum mehr abzuwischen. Aber das ist noch nichts. Sein Geld ...

Sein Geld? wiederholte Frau Lecoeur, deren Backen glühten.

Er besitzt keine Aktien mehr; er hat alles verkauft; er hat jetzt in einem Spinde einen Haufen Gold ...

Einen Haufen Gold, wiederholte die Sarriette entzückt.

Ja, einen großen Haufen Gold. Ein Brett ist ganz voll damit; es blendet einen ordentlich. Frau Léonce hat mir erzählt, daß er eines Morgens den Spind vor ihr geöffnet hat und daß ihr die Augen davon übergingen, so sehr funkelte das Gold.

Neues Stillschweigen. Die Augenlider der drei Weiber zuckten, als hätten sie den Haufen Gold gesehen. Die Sarriette begann zuerst zu lachen und meinte:

Wenn mein Oheim mir das Gold geben wollte, würde ich mich mit Jules fein unterhalten ... Wir ständen kaum mehr aus dem Bett auf und ließen uns die besten Sachen bringen.

Frau Lecoeur war wie niedergedrückt durch diese Entdeckung, durch dieses Gold, das sie jetzt nicht mehr aus ihrer Erinnerung bannen konnte. Der Neid krampfte ihr den Leib zusammen. Endlich erhob sie ihre mageren Arme, ihre dürren Hände, an deren Fingernägeln geronnene Butter saß und flüsterte im Tone der Angst:

Man darf nicht daran denken; es tut gar zu weh.

Ei, es ist doch Ihr Vermögen, wenn irgendein Zwischenfall eintritt, sagte Fräulein Saget. Ich an Ihrer Stelle würde die Augen aufhalten ... Diese Pistole bedeutet nichts Gutes. Herr Gavard ist schlecht beraten. Es muß ein böses Ende nehmen.

Sie kamen wieder auf Florent zu reden und zerfleischten ihn noch wütender als früher. Dann überlegten sie, wohin diese häßlichen Geschichten ihn und Gavard führen konnten. Sicherlich sehr weit, wenn sie ihre Zunge nicht zu zähmen wußten. Da nahmen sie sich ihrerseits vor, den Mund nicht zu öffnen; nicht als ob dieser Hundsfott Florent die mindeste Schonung verdiente, sondern weil man um jeden Preis vermeiden mußte, daß der würdige Herr Gavard kompromittiert werde. Sie hatten sich erhoben, und da Fräulein Saget sich anschickte zu gehen, fragte die Butterhändlerin:

Glauben Sie, daß man der Frau Léonce vertrauen kann? ... Ich meine, wenn ein Zwischenfall sich ereignet ... Sie hat vielleicht den Schlüssel zu dem Spind.

Sie fragen mich zuviel, erwiderte die Alte. Ich halte sie für eine sehr ehrbare Frau; aber schließlich weiß ich nicht ... Es gibt Umstände ... Ich habe Sie beide benachrichtigt; es ist Ihre Sache.

Sie verabschiedeten sich in dem Schlußakkord der Käse. Jetzt ließen alle zugleich sich vernehmen. Es war ein Mißklang von schlechten Ausdünstungen, angefangen von den schweren Gerüchen der gekochten Käse, der Schweizer- und Holländer-Käse bis zu den prickelnden Alkalien des Olivet. Es brummten der Cantal, der Chester, die Ziegenkäse, gleich einem breiten Gesang der Bässe; davon hoben sich in dünnen Noten die leichteren Dämpfe des Neufchatel, des

Troyes, des Mont d'or ab. Dann wurden die Gerüche heftiger, wälzten sich durcheinander, verdichteten sich durch die Qualme des Port-Salut, des Limburgers, des Géromé, des Marolles, des Livarot, des Pont l'évêque, die sich allmählich vermengten und zu einem einzigen Ausbruch von Gerüchen sich steigerten. Es breitete sich aus und erhielt sich inmitten der allgemeinen Ausdünstungen; es waren keine besonderen Gerüche mehr, sondern nur ein anhaltender, ekliger Taumel von einer Gewalt, daß man fürchten mußte, vom Schlage gerührt zu werden. Indes schien es, als verbreiteten die anrüchigen Worte der Frau Lecoeur und des Fräulein Saget den üblen Geruch.

Ich danke Ihnen sehr, sagte die Butterhändlerin. Wenn ich einmal reich werde, sollen Sie belohnt werden.

Aber die Alte ging noch nicht. Sie nahm einen kleinen Spundkäse, wandte ihn hin und her und legte ihn auf den Marmortisch. Dann fragte sie, was er koste.

Für mich, fügte sie lächelnd hinzu.

Für Sie nichts, antwortete Frau Lecoeur. Ich gebe Ihnen den Käse.

Und sie wiederholte:

Ach, wenn ich reich wäre!

Fräulein Saget sagte ihr, es komme schon eines Tages. Der Spundkäse war schon im Handkorbe verschwunden. Die Butterhändlerin ging wieder in den Keller, während das alte Fräulein die Sarriette bis zu ihrem Stande begleitete. Hier plauderten sie einen Augenblick von Herrn Jules. Die Früchte ringsumher hatten den frischen Duft des Frühlings.

Hier riecht es besser, als bei Ihrer Tante, sagte die Alte. Mir war's ganz übel vorhin. Wie kann sie dort nur leben? Hier ist's lieblich, hier ist's gut. Sie sind ganz rosig und frisch davon, meine Liebe.

Die Sarriette lachte; sie liebte die Komplimente. Dann verkaufte sie einer Dame ein Pfund Mirabellen; sie seien süß wie Zucker, versicherte sie.

Ich möchte gern Mirabellen kaufen, flüsterte Fräulein Saget, als die Dame fort war; aber ich brauche so wenig ... Sie begreifen, eine alleinstehende Frau ...

Nehmen Sie eine Handvoll davon, rief das hübsche, braune Mädchen. Das wird mich nicht zugrunde richten ... Schicken Sie mir Jules, wenn Sie ihn sehen. Er wird auf der ersten Bank beim Ausgang des Hauptweges, rechts, seine Zigarre rauchen.

Fräulein Saget hatte die Finger ausgespreizt, um eine Handvoll Mirabellen zu nehmen, die sie zu dem Spundkäse in den Handkorb legte. Sie tat, als wolle sie die Hallen verlassen; aber sie machte einen Umweg durch einen der gedeckten Gänge und dachte sich, während sie langsam dahinschritt, daß ein Spundkäse und Mirabellen ein gar zu kärgliches Mahl geben. Gewöhnlich, wenn es auf ihrem Nachmittagsstreifzug ihr nicht gelungen war, ihren Handkorb zu füllen bei den Händlerinnen, die sie mit Schmeicheleien und Tratsch überhäufte, war sie genötigt, mit Speiseresten sich zu begnügen. Sie schlich heimlich zum Butterpavillon zurück. Hier stehen auf der nach der Hirtenstraße gelegenen Seite hinter den Büros der Austernhändler die Verkaufsbänke für kalte Schüsseln. Kleine, geschlossene Wägelchen in der Form von Kisten, mit Zink ausgeschlagen und mit Luftlöchern versehen, halten jeden Morgen vor den Türen der großen Küchen und holen von da die Überbleibsel aus den Restaurants, Gesandtschaften, Ministerien. Im Keller der Hallen wird das Aussuchen der Speisereste vorgenommen. Von neun Uhr ab sind kalte Schüsseln zu drei Sous und zu fünf Sous zu haben, Fleischstücke, Filets von Wildbret, Fischköpfe und Fischschwänze, Gemüse, Wurstzeug, sogar Nachtisch, kaum angeschnittener Kuchen, fast ganze Bonbons. Die Hungerleider, die kleinen Beamten, die armen Weiber drängen sich hier; manchmal finden sich unter dem Gejohle der Straßenjungen auch bleiche Geizhälse hier ein, die verstohlen ihren Einkauf machen und dabei umherblicken, ob niemand sie sehe. Fräulein Saget schlich zu einem Stande, deren Inhaberin stolz behauptete, nur Überreste aus den Tuilerien zu verkaufen. Eines Tages hatte sie ihr eine Schnitte Hammelfleisch gegeben mit der Versicherung, daß dieses Fleisch von dem Teller des Kaisers komme. Diese Schnitte Hammelfleisch wurde mit einem gewissen Stolz verzehrt und blieb gleichsam ein Trost für die Eitelkeit des alten Fräuleins. Wenn sie sich verbarg, geschah es übrigens nur, um sich den Zutritt zu den Kaufläden des Stadtviertels zu sichern, wo sie sich herumtrieb, ohne jemals etwas zu kaufen. Ihre Taktik war die, sich mit den Lieferanten zu entzweien, sobald sie ihre Geschichte wußte; sie ging dann zu anderen, verließ diese wieder, söhnte sich wieder aus und machte die Runde in den Hallen, so daß sie schließlich in allen Ständen zu Hause war. Man könnte glauben, daß sie ungeheure Vorräte anhäufe, während sie in Wirklichkeit von Geschenken lebte und von den Abfällen, die sie schweren Herzens aus Eigenem bezahlte.

An diesem Abend stand nur ein langer Greis vor dem Stande. Er hatte sich eine Schüssel ausersehen, in der eine Mischung von Fleisch und Fisch ausgelegt war.

Fräulein Saget ihrerseits suchte einen Rest kalten Bratens. Der Teller kostete drei Sous; sie begann zu feilschen und erstand ihn schließlich um zwei Sous. Der kalte Braten wanderte in den Handkorb. Jetzt kamen andere Käufer und näherten mit einer gleichmäßigen Bewegung die Nase den Schüsseln. Der Geruch der Auslage war ein widerwärtiger, ein Geruch von fettem Geschirr und schlecht ausgespülten Gußbecken.

Kommen Sie morgen wieder, sagte die Händlerin dem alten Fräulein. Ich will Ihnen etwas Gutes beiseite legen. Es findet heute abend ein großes Essen in den Tuilerien statt.

Fräulein Saget versprach zu kommen. Als sie sich umwandte, bemerkte sie Gavard, der zugehört hatte und sie betrachtete. Sie wurde sehr rot, zog ihre mageren Schultern ein und ging davon, wobei sie tat, als habe sie ihn nicht erkannt. Doch er folgte ihr einen Augenblick, zuckte mit den Achseln und brummte, daß die Niedertracht dieses Lästermaules ihn nicht mehr wundere, da sie sich mit den schmutzigen Abfällen nähre, auf die man in den Tuilerien „gerülpst" hat.

Am nächsten Tage ging ein dumpfes Gerücht durch die Hallen. Frau Lecoeur und die Sarriette hielten ihr Gelöbnis des Stillschweigens. Unter solchen Umständen zeigte sich Fräulein Saget sehr geschickt; sie schwieg und überließ es den beiden anderen, die Geschichte von Florent zu verbreiten. Es war anfänglich eine ganz knappe Mitteilung, bloße Worte, die ganz leise weiter erzählt wurden. Dann flossen die verschiedenen Lesarten durcheinander. Die Einzelheiten dehnten sich aus, es bildete sich eine Legende, in der Florent die Rolle des Schinderhannes spielte. Er hatte zehn Gendarmen auf der Barrikade in der Grénéta-Straße getötet; er war auf einem Piratenfahrzeug zurückgekehrt, und die Piraten hatten unterwegs alles auf dem Schiffe niedergemacht; seit seiner Rückkehr sah man ihn des Nachts in der Gesellschaft verdächtiger Menschen herumstreifen, deren Anführer er sicherlich war. Über diesen Punkt nahm die Einbildungskraft der Händlerinnen einen kühnen Flug, ersann die schauerlichsten Dinge, eine ganze Bande von Schmugglern im Herzen von Paris oder vielmehr einen mächtigen Bund, der alle in den Hallen begangenen Diebstähle und Einbrüche leitete. Man beklagte die Quenu-Gradelle sehr nicht ohne hämische Bemerkungen über die Erbschaft. Über diese Erbschaft ereiferten sich die Leute ganz besonders. Die allgemeine Ansicht ging dahin, daß Florent zurückgekehrt sei, um seinen Anteil an dem Schatze zu fordern. Da man sich aber nicht erklären konnte, warum die Teilung noch nicht vor sich gegangen, einigte man sich dahin, daß er auf eine gute Gelegenheit warte, um das Ganze einzusacken. Eines Tages finde man die Quenu-Gradelle sicherlich ermordet. Man erzählte, daß es an jedem Abende gräßliche Streitigkeiten zwischen den beiden Brüdern und der schönen Lisa gebe. Als diese Geschichten der schönen Normännin zu Ohren kamen, zuckte sie lachend mit den Achseln.

Ach geht, sagte sie, ihr kennt ihn nicht. Der liebe Mann ist sanft wie ein Schaf.

Sie hatte vor kurzem rundweg die Hand des Herrn Lebigre ausgeschlagen, der förmlich um sie geworben hatte. Seit zwei Monaten schickte er jeden Sonntag den Méhudin eine Flasche Likör. Rose brachte die Flasche mit demütiger Miene. Sie hatte jedesmal noch einen schönen Extragruß für die Normännin zu bestellen in schön gedrechselten Worten, die sie getreulich wiederholte, ohne über diesen seltsamen Auftrag im mindesten verwundert zu sein. Als Herr Lebigre seinen Abschied bekam, wollte er zeigen, daß er nicht beleidigt sei und durchaus nicht die Hoffnung aufgebe, und sandte am nächsten Sonntag zwei Flaschen Champagner und einen großen Blumenstrauß. Sie übergab das Ganze der schönen Fischhändlerin und sagte in einem Atem die Botschaft des Gastwirts her:

Herr Lebigre bittet Sie, dies auf seine Gesundheit zu trinken, die sehr erschüttert worden ist – Sie werden schon wissen wodurch. Er hofft, Sie werden eines Tages ihn heilen, indem Sie zu ihm ebenso schön und gut sind, wie diese Blumen.

Die Normännin ergötzte sich an der entzückten Miene der Magd. Sie brachte diese in Verlegenheit, indem sie ihr von ihrem Dienstherrn sprach, der, wie man sagte, sehr anspruchsvoll sei. Sie fragte sie, ob sie ihn sehr liebe, ob er Strupfen trage und ob er nachts schnarche. Dann gab sie ihr den Champagner und den Strauß zurück.

Sagen Sie Herrn Lebigre, er soll Sie nicht mehr hersenden. Sie sind zu gut, meine Liebe. Es ärgert mich, wenn ich Sie so sanft sehe mit Ihren Flaschen unter den Armen. Können Sie ihm denn nicht ins Gesicht fahren, Ihrem Herrn Lebigre?

Mein Gott, er will, daß ich gehe, und ich gehe, erwiderte Rose, indem sie sich zum Fortgehen anschickte. Sie tun unrecht, ihn so zu kränken... Er ist ein recht hübscher Mann.

Florent hatte durch sein ruhiges Wesen die Normännin völlig für sich gewonnen. Sie wohnte noch immer den Unterrichtsstunden Feinchens bei des Abends beim Lampenschein und träumte davon, diesen Mann zu heiraten, der zu den Kindern so gut war. Sie behielt ihren Verkaufstisch in der Abteilung für Seefische; er erlangte eine höhere Stelle in der Verwaltung der Hallen. Allein dieser Traum fand ein Hindernis an der Achtung, die er ihr bekundete; er grüßte sie achtungsvoll und hielt sich fern, während sie mit ihm scherzen und kosen wollte, kurz: lieben, wie sie das Lieben verstand. Gerade dieser geheime Widerstand ließ sie fortwährend an die Möglichkeit einer ehelichen Verbindung mit ihm denken. Ihre Eigenliebe würde in einer solchen Ehe hohe Befriedigung gefunden haben. Doch Florent lebte anderswo, in einer anderen, fernen Gedankenwelt. Er würde vielleicht nachgegeben haben, wenn er sich Feinchen nicht angeschlossen hätte; überdies widerstrebte ihm der Gedanke, eine Geliebte zu haben in diesem Hause neben der Mutter und der Schwester.

Die schöne Normännin erfuhr mit großer Überraschung die Geschichte ihres Geliebten. Niemals hatte er ein Wort von diesen Dingen verlauten lassen. Sie zankte darob mit ihm. Diese außerordentlichen Abenteuer mengten eine neue Würze in ihre Zärtlichkeit für ihn. Ganze Abende hindurch mußte er ihr alles erzählen, was ihm widerfahren. Sie zitterte, daß die Polizei ihn schließlich entdecken könne; doch er beruhigte sie, sagte, daß die Geschichte verjährt sei und die Polizei sich nicht mehr darum kümmere. Eines Abends erzählte er ihr von der Frau am Boulevard Montmartre mit dem rosa Hut, aus deren durchschossener Brust das Blut auf seine Hände rann. Er dachte noch oft an sie; in den hellen Nächten in Guyana hatte diese traurige Erinnerung ihn beschäftigt; er war nach Frankreich zurückgekehrt mit dem unsinnigen Gedanken, sie an einem sonnenhellen Tage auf einem Bürgersteige wiederzufinden, wenngleich er noch immer die Last ihrer Leiche quer auf seinen Beinen zu fühlen glaubte. Vielleicht hatte sie sich doch wieder erhoben. Zuweilen stutzte er auf der Straße, weil er ihr zu begegnen glaubte. Allen Frauen mit rosa Hüten und Schals folgte er bebenden Herzens. Wenn er die Augen schloß, sah er sie gehen, auf ihn zukommen; sie ließ ihren Schal herabgleiten und zeigte ihm die zwei roten Flecke an ihrem Busentuche; sie erschien ihm wachsbleich, mit hohlen Augen, vom Schmerz verzerrten Lippen. Lange litt er sehr darunter, daß er ihren Namen nicht wußte, daß er nur ihren Schatten besaß. Wenn der Gedanke an das Weib in ihm erwachte, richtete sie sich auf und bot sich ihm an als die einzig Gute, einzig Reine. Oft ertappte er sich bei dem Traum, daß sie ihn suche in der Allee, wo sie geblieben, daß sie ihm ein Leben voll Freude geboten hätte, wenn sie ihm einige Sekunden früher begegnet wäre. Er wollte kein anderes Weib mehr, es existierte keines für ihn. Seine Stimme zitterte dermaßen, wenn er von ihr sprach, daß die Normännin mit dem Empfinden der Verliebten endlich begriff und eifersüchtig wurde.

Es ist wirklich besser, Sie sehen sie nicht wieder, sagte sie boshaft; sie mag zu dieser Stunde nicht sehr schön sein.

Florent war ganz bleich; ihn entsetzte das von der Fischhändlerin heraufbeschworene Bild. Seine Liebeserinnerung zerstob vor dem Knochengerüste. Er konnte ihr die grausame Roheit nicht verzeihen, die ihn von jetzt ab unter dem rosa Hut den hohläugigen Schädel eines Skeletts sehen ließ. Wenn die Normännin ihn neckte wegen der Dame, die „an der Ecke der Vivienne-Straße mit ihm geschlafen hatte", ward er grob und hieß sie schweigen.

Bei allen diesen Enthüllungen überraschte die schöne Normännin am meisten, daß sie sich getäuscht hatte, als sie der schönen Lisa einen Liebhaber abwendig zu machen geglaubt hatte. Dies verkleinert ihren Triumph, so daß sie acht Tage lang Florent weniger liebte. Sie tröstete sich darüber mit der Geschichte von der Erbschaft; die schöne Lisa war keine Spröde mehr, sondern eine Diebin, die das Vermögen ihres Schwagers behielt und mit ihren heuchlerischen Mienen die Welt täuschte. Jeden Abend – während Feinchen die Schriftvorlagen nachschrieb – drehte sich das Gespräch um den Schatz des alten Gradelle.

Hat man je einen solchen Einfall gehört, wie der Alte ihn hatte! rief die Fischhändlerin lachend. Wollte er denn sein Geld einsalzen, daß er es in ein Pökelfaß tat? ... Fünfundachtzigtausend Franken sind eine hübsche Summe ... und die Quenus haben sicherlich noch gelogen; es war vielleicht das Zweifache oder Dreifache ... Ich würde meinen Teil fordern und sogleich!

Ich brauche nichts, wiederholte Florent immer; ich wüßte auch gar nicht, wo ich mein Geld hintun soll.

Darob geriet sie in Zorn.

Sie sind kein Mann! Es ist ein wahrer Jammer ... Merken Sie denn nicht, daß die Quenus Sie zum besten halten? Die Dicke gibt Ihnen die alte Wäsche und die alten Kleider ihres Mannes. Ich sage es nicht, um Sie zu kränken, aber schließlich merkt es alle Welt. Sie tragen da eine fettriefende Hose, die das ganze Stadtviertel drei Jahre lang am Leibe Ihres Bruders gesehen hat. Ich an Ihrer

Stelle würde ihnen diese Lumpen an den Kopf werfen und meine Rechnung machen. Zweiundvierzigtausendfünfhundert Franken, nicht wahr? Ohne meine zweiundvierzigtausendfünfhundert Franken würde ich das Haus nicht verlassen.

Vergebens erklärte ihr Florent, daß seine Schwägerin ihm sein Teil angeboten habe, daß sie das Geld zu seiner Verfügung halte und daß er nichts davon hören wolle. Er ging in die kleinsten Einzelheiten ein, um sie von der Ehrlichkeit der Quenus zu überzeugen.

Ja, wer's glaubt, wird selig! sang sie spöttisch. Ich kenne ihre Ehrlichkeit. Die Dicke legt ihre Ehrlichkeit jeden Morgen fein säuberlich in den Spiegelschrank, um sie nicht zu beschmutzen ... Wirklich, mein armer Freund, Sie dauern mich. Es muß ein wahres Vergnügen sein, Sie zu prellen; Sie sind nicht pfiffiger, als ein fünfjähriges Kind ... Eines Tages legt sie Ihnen das Geld in die Tasche und nimmt es wieder weg. Das ist kein großes Kunststück. Soll ich für Sie fordern, was Ihnen gebührt? Das müßte drollig werden, ich bürge Ihnen dafür. Entweder sie würden mit den Füchsen herausrücken, oder ich würde alles in Stücke hauen, bei meiner Ehre sag' ich's!

Nein, nein, das ist nicht Ihre Sache, beeilte sich Florent zu sagen. Ich will selber versuchen ... Ich brauche vielleicht demnächst Geld.

Sie zuckte zweifelnd mit den Achseln und brummte, daß er gar zu weichlich sei. Sie suchte ihn beständig gegen die Quenu-Gradelle aufzuhetzen, wobei sie alle Mittel anwandte, den Zorn, den Spott, die Zärtlichkeit. Dann wieder heckte sie einen anderen Plan aus. Wenn sie erst Florents Frau wäre, würde sie hingehen, um die schöne Lisa zu ohrfeigen, wenn sie das Geld nicht gutwillig herausgeben wollte. Des Abends lag sie in ihrem Bette wach und träumte davon: sie sah sich bei der Wursthändlerin eintreten, sich mitten im Laden niedersetzen zu einer Zeit, wo die meisten Käufer da wären, und eine scheußliche Szene machen. Sie hegte diesen Plan so liebevoll und ward von ihm dermaßen eingenommen, daß sie einzig deshalb geheiratet hätte, um die zweiundvierzigtausendfünfhundert Franken des alten Gradelle von Lisa zurückfordern zu können.

Erbittert durch den Korb, den Herr Lebigre bekommen, schrie Frau Méhudin überall aus, ihre Tochter sei verrückt, der „lange Magere" müsse ihr irgendeinen giftigen Trank eingegeben haben. Als sie die Geschichte von Cayenne erfuhr, war sie fürchterlich, behandelte ihn als Galeerensträfling, als Mörder und sagte, es sei nicht zu verwundern, wenn er in seiner großen Schurkerei so mager bleibe.

Im Stadtviertel verbreitete sie die ungeheuerlichsten Lesarten der Geschichte; im Hause jedoch begnügte sie sich zu brummen und schloß, wenn Florent kam, in auffälliger Weise das Schubfach, wo das Silberzeug verwahrt wurde. Eines Tages rief sie nach einem Zanke mit ihrer älteren Tochter:

Das kann nicht länger so fortgehen! Dieser Hundsfott von einem Manne macht dich mir abwendig. Treibe mich nicht zum Äußersten, sonst zeige ich ihn eines Tages auf der Polizeiverwaltung an, so wahr als es Tag ist!

Ihr würdet ihn anzeigen? wiederholte die Normännin zitternd und mit geballten Fäusten. Dieses Unheil stiftet Ihr nicht an ... Wenn Ihr nicht meine Mutter wäret ...

Claire, die Zeugin dieses Streites war, begann zu lachen. Es war ein nervöses Lachen, das ihr schier die Kehle zerriß. Seit einiger Zeit wurde sie noch düsterer, noch phantastischer; die Augen wurden röter, das Gesicht ganz bleich.

Was wäre? fragte sie. Würdest du sie etwa prügeln? Und würdest du etwa mich auch prügeln, deine Schwester? Es kommt ohnehin dazu. Ich will das Haus von ihm befreien. Ich selbst gehe zur Polizeiverwaltung, um der Mutter den Weg zu ersparen.

Als die Normännin schier vor Wut erstickte und allerlei Drohungen stammelte, fügte sie hinzu:

Du brauchst mich nicht zu prügeln. Auf dem Rückwege von der Polizei stürze ich mich ins Wasser.

Schwere Tränen rannen über ihre Backen. Sie floh auf ihre Stube und schlug alle Türen heftig zu. Die Mutter Méhudin sprach nicht mehr davon, Florent anzuzeigen. Dagegen wußte Feinchen häufig seiner Mutter zu erzählen, daß er die Alte bald da, bald dort in eifrigem Gespräch mit Herrn Lebigre gesehen habe.

Der Wettstreit zwischen der schönen Normännin und der schönen Lisa nahm zu jener Zeit einen noch schärferen, noch beunruhigenderen Charakter an. Des Nachmittags, wenn das Vordach des Wurstladens aus grauem Zwilch mit roten Streifen herabgelassen war, schrie die Fischhändlerin, daß die Dicke Furcht habe, sich verstecke. Auch der Vorhang des Schaufensters erbitterte sie, wenn er herabgelassen war. Auf diesem Vorhang war eine Jagdgesellschaft abgebildet, die inmitten einer Waldlichtung ihr Frühstück nimmt. Da gab es Herren im Frack und dekolletierte Damen, die auf dem gelben Grase eine große, rote Pastete aßen. Die schöne Lisa hatte gewiß keine Furcht. Sobald die Sonne weg war, zog sie den Vorhang wieder in die Höhe und betrachtete ruhig, an ihrem Pulte sitzend und strickend, das mit Platanen bepflanzte Pflaster vor den Hallen, wo eine Menge Taugenichtse unter dem Schutzgitter, das die Bäume umgab, die Erde durchsuchten. Auf den Bänken saßen Lastträger und rauchten ihre Pfeife; an beiden Enden des Fußweges standen zwei Anschlagsäulen, ganz buntscheckig von den blauen, roten, gelben und grünen Theaterzetteln. Während sie tat, als interessiere sie sich für die vorüberfahrenden Wagen, beobachtete sie die schöne Normännin sehr genau. Zuweilen tat sie, als neige sie sich vor und folge bis zur Eustachkirche dem Omnibus, der von der Bastille bis zum Wagramplatze verkehrt; es geschah, um die Fischhändlerin besser sehen zu können, die sich für den Vorhang des Schaufensters dadurch rächte, daß sie breite Blätter grauen Papiers über ihr Haupt und ihre Waren breitete unter dem Vorwande, sich gegen die Abendsonne zu schützen. Allein der Vorteil blieb auf der Seite Lisas. Sie zeigte sich sehr ruhig bei dem Herannahen des entscheidenden Augenblicks, während die andere trotz ihrer Anstrengungen, ihre würdige Miene zu bewahren, sich schließlich immer zu irgendeiner Torheit hinreißen ließ, die sie hinterher bereute. Der Ehrgeiz der Normännin war: vornehm zu scheinen. Nichts ging ihr so nahe, als wenn sie das feine Benehmen ihrer Gegnerin rühmen hörte. Die Mutter Méhudin hatte diese schwache Seite bemerkt und faßte ihre Tochter nur dabei.

Ich habe Frau Quenu vor ihrer Türe gesehen, sagte sie zuweilen des Abends. Es ist erstaunlich, wie die Frau sich hält. Dabei ist sie sehr sauber und hat das Aussehen einer wirklichen Dame. Siehst du, das kommt vom Pulte. Das Sitzen vor dem Pulte erhält eine Frau und macht sie vornehm.

Hierin lag zugleich eine versteckte Anspielung auf die Anträge des Herrn Lebigre. Die schöne Normännin schwieg und blieb einen Augenblick nachdenklich. Sie sah sich im Geiste in der anderen Ecke der Pirouette-Straße vor dem Zahlpulte in der Weinstube des Herrn Lebigre sitzen, gleichsam als Gegenstück zur schönen Lisa. Das erschütterte zuerst ihre zärtliche Zuneigung für Florent.

Es ward ihr in der Tat sehr schwer, Florent zu verteidigen. Das ganze Stadtviertel fiel über ihn her. Es war, als habe jeder einzelne ein unmittelbares Interesse daran, ihn auszurotten. In den Hallen schworen die einen, er habe sich der Polizei verkauft, während die anderen versicherten, man habe ihn im Butterkeller bei dem Versuche betreten, brennende Zündhölzchen durch die Drahtnetze der Zellen zu werfen. Es war ein Anwachsen von Verleumdungen, eine Sturmflut von Schmähungen, deren Quelle immer größer geworden, ohne daß man genau wußte, wo sie entsprang. Der Pavillon der Seefische war der letzte, der sich dem Aufruhr anschloß. Die Fischhändlerinnen liebten Florent wegen seiner Sanftmut; sie verteidigten ihn eine Zeitlang; als sie aber von den Händlerinnen aus dem Butterpavillon und aus dem Früchtepavillon bearbeitet wurden, gaben sie nach. Jetzt begann von neuem der Krieg der riesigen Bäuche und Brüste gegen diesen mageren Mann. Abermals verlor er sich zwischen den Frauenröcken und den zum Platzen vollen Frauenleibchen, die sich wütend um seine mageren Schultern tummelten. Er aber sah nichts und ging schnurgerade seiner fixen Idee nach.

Inmitten dieses entfesselten Sturmes konnte man jetzt zu jeder Stunde und in allen Winkeln den schwarzen Hut des Fräuleins Saget auftauchen sehen. Ihr blasses, breites Gesicht schien sich zu vervielfachen. Sie hatte der Gesellschaft, die sich bei Herrn Lebigre in dem Glasverschlag versammelte, furchtbare Rache geschworen. Sie beschuldigte diese Herren, die Geschichte von den Speiseabfällen verbreitet zu haben. Die Wahrheit war, daß Gavard eines Abends erzählte, die alte Vettel, die sie bespähte, nähre sich von dem Unflat, den die bonapartistische Sippschaft stehen gelassen. Clémence hatte eine Anwandlung von Übelkeit. Robine trank schnell ein Schlückchen Bier, um sich den Schlund auszuspülen. Der Geflügelhändler aber wiederholte sein Wörtchen:

Die Tuilerien haben darauf gerülpst.

Er sagte es mit einer abscheulichen Grimasse. Diese vom Teller des Kaisers kommenden Fleischreste waren für ihn ein namenloser Unflat, ein politischer Auswurf, ein faulender Rest aller Schweinereien des herrschenden Systems. Von nun ab ward Fräulein Saget in der Weinstube des Herrn Lebigre nur mehr mit der Zange angefaßt; sie ward ein lebender Düngerhaufen; ein unsauberes Tier, das sich von Abfällen nährte, die selbst die Hunde verschmäht haben würden. Clémence und Gavard verbreiteten die Geschichte in den Hallen, so daß das alte Fräulein in ihren Beziehungen zu den Händlerinnen die üblen Folgen zu fühlen bekam. Wenn sie mäkelte und schwatzte, ohne etwas zu kaufen, schickte man sie auf den Markt der Speisereste. Dies verstopfte die Quelle ihrer Erkundigungen. An manchen Tagen wußte sie nicht, was vorging. Darob weinte sie vor Wut. Bei einer solchen Gelegenheit sagte sie zu Frau Lecoeur und der Sarriette rundheraus:

Ihr braucht mich nicht zu drängen, meine Lieben; ich will Eurem Gavard schon eine Suppe einbrocken.

Die zwei anderen waren ein wenig betroffen, sagten aber nichts. Am nächsten Tage war Fräulein Saget wieder ruhiger und sprach mit mehr Wohlwollen von Herrn Gavard, der so schlecht beraten sei und entschieden in sein Verderben renne.

Gavard kompromittierte sich in der Tat sehr. Seitdem die Verschwörung reifte, trug er überall den Revolver mit sich, der seine Hausmeisterin, Frau Léonce, so sehr erschreckt hatte. Es war ein großer Revolver, den er mit geheimnisvoller Miene bei dem besten Waffenhändler von Paris gekauft hatte. Am nächsten Tage zeigte er ihn allen Weibern des Geflügelpavillons wie ein Schüler einen verbotenen Roman, den er in seinem Pulte verborgen hält, seinen Mitschülern zeigt. Er ließ den Lauf der Waffe aus seiner Tasche hervorlugen und deutete augenblinzelnd auf ihn; dann machte er Andeutungen, halbe Bekenntnisse, die ganze Komödie eines Menschen, dem es eine Freude macht, große Angst zu zeigen. Diese Pistole verlieh ihm eine ungeheure Bedeutung; er zählte von nun ab entschieden zu den gefährlichen Leuten. Zuweilen ließ er sich im Hintergrunde seines Standes herbei, ihn ganz aus seiner Tasche zu ziehen und zwei oder drei Frauen zu zeigen. Er verlangte, daß bei solchen Gelegenheiten die Frauen sich vor ihn hinstellen und ihn mit ihren Röcken verdecken sollten. Dann lud er die Waffe, zeigte ihre Handhabung und zielte nach einer toten Gans oder Ente. Der Schreck der Weiber entzückte ihn; schließlich beruhigte er sie, indem er sagte, die Waffe sei nicht geladen. Er hatte auch Patronen bei sich in einer Schachtel, die er mit unendlicher Vorsicht öffnete. Die Weiber wogen die Patronen in der Hand; dann endlich entschloß er sich, sein Arsenal wieder einzustecken. Aber mit verschränkten Armen redete er noch stundenlang.

Ein Mann ist schließlich ein Mann! rief er prahlerisch aus. Jetzt pfeife ich auf die Häscher. Am Sonntag war ich mit einem Freunde in der Ebene von St.-Denis, um die Pistole zu probieren. Sie begreifen, man erzählt nicht aller Welt, daß man ein solches Spielzeug besitzt. Leutchen, wir schossen nach einem Baum, und bei jedem Schusse paff! war der Baum getroffen. Ihr hört von Anatole bald mehr. Seinen Revolver nannte er Anatole. Bald kannte der ganze Pavillon die Pistole und die Patronen. Seine Kameradschaft mit Florent fand man übrigens verdächtig. Er war zu reich und zu dick, als daß man ihn für fällig gehalten hätte, in all dem gehässigen Treiben mitzutun. Aber er verlor die Wertschätzung der klugen Leute, und es gelang ihm sogar, die Furchtsamen zu erschrecken. Das entzückte ihn vollends.

Es ist unklug, Waffen bei sich zu tragen, sagte Fräulein Saget. Es kann ihm damit eines Tages noch übel ergehen.

Bei Herrn Lebigre triumphierte Gavard. Seitdem Florent nicht mehr bei den Quenus speiste, lebte er in dem Glaskabinett. Er nahm hier sein Frühstück, seine Abendmahlzeit, war zu jeder Stunde hier zu finden. Der Glasverschlag war gleichsam seine Stube geworden, ein Büro, wo er alte Röcke, Tücher, Papiere herumliegen ließ. Herr Lebigre duldete diese Besitznahme. Er hatte sogar einen der beiden Tische hinausschaffen und durch eine gepolsterte Bank ersetzen lassen, auf der Florent gelegentlich auch hätte schlafen können. Wenn dieser einige Bedenken äußerte, bat ihn der Weinhändler, sich keinen Zwang anzutun und stellte ihm sein Haus ganz zur Verfügung. Auch Logre bekundete ihm große Freundschaft. Er war sein Gehilfe geworden. Zu jeder Stunde unterhielt er ihn von dem „Unternehmen“, um ihm von seinen Schritten Rechenschaft abzulegen und ihm die Namen der neu angeworbenen Verschworenen mitzuteilen. Er hatte bei diesem Geschäfte die Rolle eines Organisators angenommen. Er sollte die Leute überreden, die Abteilungen einrichten, jede Masche des ungeheuren Netzes vorbereiten, in das Paris auf ein gegebenes Zeichen geraten mußte. Florent blieb das Oberhaupt, die Seele der Verschwörung. Übrigens schien der Bucklige Blut zu schwitzen, ohne zu nennenswerten Erfolgen zu gelangen; obgleich er geschworen hatte, in jedem Stadtviertel zwei oder drei Gruppen verläßlicher Männer zu kennen, jener Gruppe gleichend, die sich bei Herrn Lebigre versammelte, hatte er bisher noch keine bestimmten Nachrichten geliefert, warf mit Namen um sich, erzählte von endlosen Gängen, umjubelt von dem begeisterten Volke. Was er von Bestimmtem mitbrachte, das waren Händedrücke; der und der, den er duzte, hatte ihm die Hand gedrückt und gesagt: Ich tue mit. In der Kneipe „Großer Kiesel“ habe er die Bekanntschaft eines langen Teufelsjungen gemacht, der einen prächtigen Abteilungsführer abgeben werde, und der ihm mit seinen Händedrücken schier den Arm ausgerenkt habe. In der Popincourt-Straße habe eine ganze Gruppe von Arbeitern ihn umarmt. Wenn man ihn hörte, konnte man von heut auf morgen hunderttausend Mann zusammenbringen. Wenn er zurückkam und erschöpft auf das gepolsterte Bänkchen hinsank und immer neue Geschichten erzählte, machte Florent Notizen und rechnete auf die Erfüllung seiner Versprechungen. Bald lebte das ganze Komplott in der Tasche Florents; die Notizen wurden zu Wirklichkeiten, zu unanfechtbaren Daten, auf denen der ganze Plan sich aufbaute. Man brauchte nur mehr eine gute Gelegenheit abzuwarten. Logre sagte mit seinen leidenschaftlichen Gebärden, daß alles wie am Schnürchen gehe.

Zu jener Zeit war Florent vollkommen glücklich. Er wandelte nicht mehr auf Erden; ihn erhob der Gedanke, der Rächer der Leiden zu werden, die er hatte erdulden sehen. Er hatte die Leichtgläubigkeit eines Kindes und das Vertrauen eines Helden. Logre hätte ihm erzählen können, der Geist der Julisäule werde herabsteigen, um sich auf ihrem Haupte niederzulassen: Florent wäre davon gar nicht überrascht gewesen. Des Abends bei Herrn Lebigre ward er redselig; er sprach von dem nächsten Kampfe wie von einem Feste, zu dem alle ehrlichen Leute geladen seien. Doch wenn Gavard mit seinem Revolver spielte, so wurde hingegen Charvet sehr bitter und zuckte häufig spöttisch mit den Achseln. Die Haltung eines Hauptes der Verschworenen, die sein Nebenbuhler angenommen hatte, brachte ihn außer sich; ihn ekelte die Politik jetzt an. Als er eines Abends früher denn sonst gekommen war und sich mit Logre und Herrn Lebigre allein befand, erleichterte er sein Herz.

Ein Mensch, rief er, der in der Politik nicht zwei Gedanken hat, der besser getan hätte, Schreiblehrer in einem Mädchenpensionate zu werden! ... Es wäre ein Unglück, wenn er Erfolg hätte; mit seinen sozialen Träumereien würde er uns die vertrackten Arbeiter auf den Hals hetzen. Dadurch geht das Spiel verloren. Wir brauchen diese tränenfeuchten Menschlichkeitsschwärmer nicht, die nach jeder Keilerei einander um den Hals fallen ... Aber er wird keinen Erfolg haben. Er läßt sich ins Loch stecken und damit basta!

Logre und der Weinhändler schwiegen und ließen Charvet weiter reden.

Er säße längst im Käfig, fuhr er fort, wenn er so gefährlich wäre, wie er glauben machen möchte. Aber mit seinem Aussehen eines ehemaligen Sträflings erweckt er nur Mitleid. Die Polizei hat vom ersten Tage an gewußt, daß er wieder in Paris ist; doch hat sie ihn ungeschoren gelassen, weil er ihr gleichgültig ist.

Logre fuhr leicht zusammen.

Mir spüren sie seit fünfzehn Jahren nach, rief der Hébertist stolz aus. Aber ich schreie es nicht auf allen Dächern aus .... Nur tue ich bei seinem Handel nicht mit. Ich habe keine Lust, mich wie ein Gimpel abfangen zu lassen ... Vielleicht ist ein halbes Dutzend Spitzel hinter ihm her, die ihn eines Tages, wenn die Polizei ihn braucht, am Kragen faßt ...

O nein, welch Gedanke! meinte Herr Lebigre, der sonst niemals sprach.

Er war etwas blaß und sah Logre an, der seinen Höcker an die Glaswand lehnte.

Das sind so Vermutungen, brummte der Bucklige.

Vermutungen, wenn Sie wollen, erwiderte der Lehrer. Ich weiß, wie diese Dinge gehen ... In allen Fällen werden die Spitzel mich diesmal noch nicht haben. Tun Sie, was Sie wollen, meine Herren; aber wenn Sie meinen Rat hören wollen, – besonders Sie, Herr Lebigre – setzen Sie Ihr Geschäft nicht aufs Spiel! Man sperrt es Ihnen sicher zu.

Logre konnte ein Lächeln nicht zurückhalten. Charvet sprach öfter in diesem Sinne zu ihm; er schien den Plan zu hegen, die beiden Männer zu erschrecken und so von Florent zu entfernen. Doch sie zeigten jedesmal eine Ruhe und Vertrauensseligkeit, die ihn sehr überraschten. Indes kam er ziemlich regelmäßig des Abends mit Clémence. Das große, braune Mädchen war nicht mehr Rechnungsführerin in der Fischeabteilung. Herr Manoury hatte sie entlassen.

Diese Makler sind lauter Halunken, brummte Logre.

Clémence, die an die Wand gelehnt saß und mit ihren langen, dünnen Fingern eine Zigarette drehte, antwortete mit ihrer klaren Stimme:

Es war nur recht und billig. Wir hatten nicht die nämlichen politischen Ansichten. Dieser Manoury, der ein schweres Stück Geld verdient, würde dem Kaiser die Stiefel ablecken. Wenn ich ein Büro hätte, würde ich ihn nicht vierundzwanzig Stunden in meinen Diensten behalten.

Die Wahrheit war, daß Clémence sich zuweilen sehr kecke Späße erlaubte. Eines Tages hatte sie sich darin gefallen, in die Verkaufstabellen neben die Rochen, Spieringe, Sandaale und Makrelen die Namen der bekanntesten Damen und Herren vom Hofe hinzuschreiben. Diese Fischnamen, die sie hohen Würdenträgern beilegte, diese zu dreißig Sous per Stück verkauften Gräfinnen und Baroninnen hatten Herrn Manoury sehr erschreckt. Gavard lachte jetzt noch über die Geschichte.

Sie sind ein Mann! rief er, Clémence auf den Arm schlagend.

Clémence hatte eine neue Art erfunden, den Grog zuzubereiten. Sie füllte zuerst das Glas mit heißem Wasser, dann tat sie Zucker dazu und goß auf die Zitronenschnitte, die auf der Flüssigkeit schwamm, den Rum Tropfen für

Tropfen, um ihn nicht mit dem Wasser zu vermengen; dann zündete sie ihn an und sah mit ernster Miene zu, wie er brannte; dabei rauchte sie langsam ihre Zigarette, das Gesicht grün gefärbt von der Flamme des Alkohols. Doch es war ein teurer Trunk, den sie sich nicht vergönnen konnte, als sie ihre Stelle verloren hatte. Charvet gab ihr mit einem süßsauren Lächeln zu verstehen, daß sie jetzt nicht mehr reich sei. Sie lebte von einer französischen Unterrichtsstunde, die sie in der Miromesnil-Straße in früher Morgenstunde einer jungen Person gab, die ihre Bildung vervollständigen wollte und dies selbst vor ihrer Kammerfrau geheim hielt. Clémence trank also des Abends nur ein Glas Bier, das sie mit philosophischem Gleichmute leerte.

Die Abende in dem Glaskabinett waren nicht mehr so geräuschvoll. Charvet brach plötzlich ab und erbleichte vor Wut, wenn man seinem Nebenbuhler Gehör schenkte. Der Gedanke, daß er vor der Ankunft des anderen hier als Despot geherrscht habe, erfüllte sein Herz mit der Bitterkeit eines entthronten Königs. Wenn er noch hierher kam, so geschah es nur, weil er sich nach diesem engen Winkel sehnte, wo es ehemals für ihn so liebliche Stunden der Tyrannei über Gavard und Robine gegeben; auch der Höcker Logres hatte damals ihm gehört ebenso wie die starken Arme Alexanders und das düstere Antlitz Lacailles; mit einem Worte beugte er sie, zwang er ihnen seine Meinung auf, zerbrach er sein Zepter auf ihrem Rücken. Heute aber litt er sehr; er blieb ganz stumm, krümmte den Rücken und pfiff mit geringschätziger Miene leise vor sich hin, ohne alle die Dummheiten, die da vor ihm ausgekramt wurden, auch nur einer Gegenbemerkung zu würdigen. Was ihn hauptsächlich erbitterte, war die Tatsache, daß er allmählich, kaum daß er es merkte, aus seiner Stellung verdrängt wurde. Er konnte sich die Überlegenheit Florents nicht erklären. Wenn er ihn stundenlang mit seiner sanften, etwas traurigen Stimme hatte reden hören, pflegte er zu sagen:

Dieser Mensch ist ein Pfaff, es fehlt ihm nichts als das Käppchen.

Die anderen hingegen schienen die Worte Florents zu trinken. Charvet, der auf allen Nägeln Kleidungsstücken des Hallenaufsehers begegnete, tat, als wisse er nicht mehr, wohin er seinen Hut hängen solle, ohne ihn zu beschmutzen. Er schob die Papiere weg, die überall herumlagen und sagte, man sei hier nicht mehr zu Hause, seitdem „dieser Herr" alle seine Geschäfte im Kabinett besorge. Er beklagte sich sogar bei dem Weinhändler und fragte diesen, ob das Kabinett einem Gaste allein oder der ganzen Gesellschaft gehöre. Dieser Einbruch in sein Reich gab ihm den Gnadenstoß. Fortan waren die Menschen für ihn wilde Tiere.

Er verachtete die ganze Menschheit, als er sah, wie Logre und Herr Lebigre den Worten Florents gierig lauschten. Gavard erbitterte ihn mit seinem Revolver. Robine, der still hinter seinem Bierglase saß, schien ihm entschieden der bedeutendste Mann der Gesellschaft; dieser beurteilte die Menschen sicherlich nach ihrem Werte und ließ sich nicht mit Worten abspeisen. Lacaille und Alexander bestärkten ihn nur in seiner Meinung, daß das Volk wahrhaftig zu dumm sei, und daß es einer zehnjährigen revolutionären Diktatur bedürfe, um zu lernen, wie es sich verhalten solle.

Mittlerweile versicherte Logre, daß die Abteilungen nunmehr bald organisiert seien. Florent begann die Rollen auszuteilen. Eines Abends, nach einer langen Besprechung, in der er unterlegen war, erhob sich Charvet, nahm seinen Hut und sagte:

Gute Nacht denn allerseits; laßt Euch die Köpfe einschlagen, wenn es Euch Vergnügen macht ... Ich mag nicht mit dabei sein. Ich habe niemals für den Ehrgeiz anderer gearbeitet.

Clémence hüllte sich in ihren Schal und fügte hinzu:

Der Plan ist blöd.

Da Robine sie mit sanften Blicken ansah, fragte ihn Charvet, ob er nicht mit ihnen gehen wolle. Robine hatte aber noch ein Restchen Bier in seinem Glase und begnügte sich, die Hand zum Abschiede zu reichen. Das Pärchen kam nicht wieder. Lacaille erzählte eines Tages der Gesellschaft, Charvet und Clémence besuchten jetzt eine Kneipe in der Schlangengasse; er habe sie durch das Fenster gesehen, wie sie, umgeben von einer Gruppe sehr junger Leute, heftig gestikulierend sprachen.

Es wollte Florent nicht gelingen, Claude anzuwerben. Einen Augenblick hatte er daran gedacht, ihm seine politischen Gedanken mitzuteilen, aus ihm einen Jünger zu machen, der ihn bei der Ausführung seines revolutionären Strebens unterstützen solle. Um ihn einzuführen, brachte er ihn eines Abends zu Herrn Lebigre mit. Allein Claude brachte den Abend damit zu, eine Skizze von Robine zu entwerfen mit seinem Hut und seinem kastanienbraunen Paletot, den Bart auf den Knopf des Stockes gestützt. Als er mit Florent die Weinstube verließ, sagte er:

Nein, es interessiert mich nicht, was Sie da drinnen geredet haben. Es mag sehr gescheit sein, aber ich verstehe es nicht ... Aber ein Herr in der Gesellschaft gibt eine prächtige Figur ab, dieser vertrackte Robine. Der Mann ist tief wie ein Brunnen ... Ich werde wiederkommen, aber nicht wegen der Politik. Ich werde eine Skizze von Logre und von Gavard entwerfen, um sie mit Robine zusammen in ein herrliches Gemälde zu bringen, an das ich dachte, während Sie Ihre „Frage" erörterten ... was war's nur? ... die Frage der zwei Kammern. Denken Sie sich nur: Gavard, Logre und Robine hinter ihren Bierschoppen über Politik redend. Es wäre der größte Erfolg des Salons, ein noch nicht dagewesener Erfolg, ein wahrhaft modernes Gemälde.

Florent war betrübt wegen der politischen Zweifelsucht des Malers. Er nahm ihn mit in seine Dachstube und stand mit ihm bis zwei Uhr morgens auf der schmalen Terrasse gegenüber der bläulich dunkelnden Masse der Hallen. Er redete ihm ins Gewissen, sagte ihm, er sei kein Mann, wenn er für das Volkswohl so wenig Teilnahme bekunde. Der Maler antwortete kopfschüttelnd:

Sie haben vielleicht recht. Ich bin selbstsüchtig. Ich kann nicht einmal sagen, daß ich für mein Vaterland male, weil meine Skizzen alle Welt erschrecken, und weil ich, wenn ich male, einzig und allein an mein persönliches Vergnügen denke. Es ist, als ob ich mich selber kitzele, wenn ich male; ich lache darüber aus Leibeskräften ... Ich bin nun einmal so und kann mich doch deswegen nicht ins Wasser stürzen. Und dann: Frankreich bedarf meiner nicht, wie meine Tante Lisa sagt ... Und darf ich es Ihnen offen sagen? Ich mag Sie gut leiden, weil mir scheint, daß Sie Politik treiben, wie ich Malerei treibe. Sie kitzeln sich, mein Lieber.

Da der andere widersprechen wollte, fuhr er fort: Lassen Sie es gut sein, Sie sind ein Künstler in Ihrem Fache; Sie träumen Politik. Ich wette, Sie verbringen hier ganze Nächte in Betrachtung der Sterne, die Sie für Stimmzettel des unendlichen Weltalls ansehen ... Kurz: Sie kitzeln sich mit Ihren Gedanken von Gerechtigkeit und Wahrheit. Es ist wahr: Ihre Gedanken jagen gerade so wie meine Skizzen den Spießbürgern einen heillosen Schreck ein. Glauben Sie, daß es mir ein Vergnügen wäre, Ihr Freund zu sein, wenn Sie Robine wären? Oh, Sie großer Schwärmer! Dann scherzte er und sagte, die Politik sei ihm nicht lästig; er habe sich in den Kneipen und in den Ateliers daran gewöhnt. Weil er dabei war, sprach er von einem Kaffeehause in der Vauvilliers-Straße; es befand sich in dem Erdgeschoß jenes Hauses, wo die Sarriette wohnte. Dieser rauchgeschwärzte Saal mit den abgenützten Polsterbänken und den von Kaffeeflecken ganz gelb gewordenen Marmortischchen war der gewöhnliche Sammelplatz der Jugend der Hallen. Hier herrschte Herr Jules über eine Schar von Lastträger und Ladenburschen, lauter Herren in weißer Bluse und Samtkappe. Er selbst trug sogenannte Sechsundsechziger d. i. beim Ansatz des Backenbärtchens zwei Haarringe gedreht und mit Pomade an die Schläfen festgeklebt. Bei einem Bartscherer in der Zweitalerstraße, wo er auf den Monat abonniert war, ließ er sich jeden Sonnabend das Haar schneiden und den Nacken ausrasieren, um einen weißen Hals zu haben. Er gab denn auch den Ton an in dieser Gesellschaft, wenn er mit wohlberechneter Anmut Billard spielte, seine Hüften entwickeln, den Armen und Beinen schöne Rundungen gebend, sich halb auf das Brett hinlegend, in einer vornüber gebeugten Stellung, die seine Lenden voll zur Geltung brachte. Wenn die Partie zu Ende war, plauderte man. Die Gesellschaft war sehr reaktionär, sehr vornehm. Herr Jules las die beliebten Zeitungen. Er kannte das Personal der kleinen: Theater, duzte die Berühmtheiten vom Tage, kannte den Erfolg oder Mißerfolg der neuesten Stücke. Eine ganz besondere Schwäche hatte er für Politik. Sein Ideal war Morny, wie er ihn kurzweg nannte. Er las die Sitzungsberichte aus dem gesetzgebenden Körper und lachte herzlich über die geringste Bemerkung Mornys. Morny hielt diese lumpigen Republikaner zum besten. Von da ausgehend sagte er, der Pöbel allein hasse den Kaiser, weil der Kaiser wolle, daß alle anständigen Leute vergnügt leben.

Ich bin zuweilen in dieses Kaffeehaus gegangen, sagte Claude zu Florent. Auch diese Leute sind drollig mit ihren Tabakspfeifen, wenn sie von den Hofbällen reden, als ob sie eingeladen seien. Der Junge, der mit der Sarriette lebt, hat sich neulich über Gavard nicht übel lustig gemacht. Er nennt ihn Oheim ... Als die Sarriette herunterkam, um ihn zu holen, mußte sie zahlen; und die Rechnung betrug nicht weniger als sechs Franken; denn er hatte im Billardspiel unterschiedliche Kaffees und Schnäpse verloren ... Ein hübsches Mädel, die Sarriette, nicht wahr?

Sie führen doch ein schönes Leben, murmelte Florent lächelnd. Cadine, die Sarriette und alle anderen, wie?

Doch der Maler zuckte mit den Achseln.

Oh, da irren Sie sich, antwortete er. Ich mag keine Weiber; mir würde es zu viel Schererei machen. Ich weiß gar nicht, wozu ein Weib gut ist. Ich bin immer vor dem Versuch zurückgeschreckt ... Gute Nacht, schlafen Sie wohl! Wenn Sie eines Tages Minister werden, will ich Ihnen Gedanken zur Verschönerung von Paris liefern.

Florent mußte darauf verzichten, einen gelehrigen Schüler aus ihm zu machen. Es betrübte ihn; denn, obgleich in seinem Fanatismus verblendet, fühlte er doch die Feindseligseit um sich her von Stunde zu Stunde wachsen. Selbst bei den Méhudin ward er jetzt kühler empfangen; die Alte lachte ihm ins Gesicht, Feinchen gehorchte nicht, die schöne Normännin warf ihm ungeduldige Blicke zu, wenn sie ihren Sessel näher zu dem seinen rückte, ohne ihn aus seiner kühlen Zurückhaltung herauszubringen. Sie sagte ihm einmal, er sehe aus, als habe er einen Ekel vor ihr, und er fand als Antwort nur ein verlegenes Lächeln, während sie sich ungestüm auf die andere Seite des Tisches setzte. Auch die Freundschaft Augusts hatte er eingebüßt. Der Wurstmachergehilfe kam nicht mehr in sein Zimmer, wenn er schlafen ging. Er war sehr erschreckt durch die über diesen Mann in Umlauf befindlichen Gerüchte, mit dem er früher oft bis Mitternacht beisammen gewesen. Augustine hatte ihn schwören lassen, daß er eine solche Unklugheit nicht wieder begehe. Lisa hatte die beiden vollends erzürnt, indem sie sie bat, ihre Heirat aufzuschieben, bis der Vetter die Dachkammer verlassen habe: denn sie wollte dem neuen Ladenmädchen das Kabinett im ersten Stock nicht einräumen. Seitdem hatte August nur den einen Wunsch, daß man den Galeerensträfling so bald wie möglich „einstecken" möge. Er hatte den ersehnten Wurstladen gefunden, nicht in Plaisance, sondern in Montrouge; auch war der Speck heuer ganz besonders gut geraten. Augustine sagte, sie sei bereit und ließ dabei ihr helles Lachen eines kindischen, dicken Mädchens vernehmen. Bei dem geringsten Geräusch, das in der Nacht zu hören war, empfand August eine tolle Freude, weil er glaubte, die Polizei sei gekommen, um Florent am Kragen zu fassen.

Bei den Quenu-Gradelle wurde von diesen Dingen nicht gesprochen. Das Personal des Wurstladens hatte gleichsam eine stumme Vereinbarung getroffen, im Beisein Quenus Stillschweigen zu beobachten. Dieser war ein wenig verdrossen über die Entzweiung zwischen seinem Bruder und seiner Frau; doch tröstete er sich bei seinen Würsten und Speckstreifen. Manchmal trat er auf die Schwelle seines Ladens, um seinen roten Hals zu zeigen, der aus der weißen Schürze hervorlachte, die sich über seinen Bauch spannte. Er ahnte nicht, daß sein Erscheinen vor der Tür die Lästerzungen der Halle nur noch mehr entfesselte. Man beklagte ihn und fand ihn weniger dick, obgleich er ungeheuer war; andere hingegen beschuldigten ihn, daß er nicht mager genug werde ob der Schande, einen solchen Bruder zu haben. Den betrogenen Ehemännern gleichend, die zu allerletzt ihr Unglück erfahren, zeigte Quenu eine rührende

Unwissenheit und Heiterkeit, wenn er eine Nachbarin auf dem Fußwege anhielt, um sie zu fragen, wie der Parmesankäse oder der gesülzte Schweinskopf ihr geschmeckt habe. Die Nachbarin nahm eine mitleidsvolle Miene an und schien ihm ihre Teilnahme auszusprechen, als ob alle Schweine des Wursthändlers die Gelbsucht hätten.

Was haben sie denn alle, daß sie mich mit einer wahren Leichenbittermiene betrachten? fragte er seine Frau eines Tages. Sehe ich denn schlecht aus?

Sie beruhigte ihn und sagte, er sei frisch wie eine Rose. Denn er hatte eine heillose Angst vor Krankheiten, ächzte und stöhnte, brachte das ganze Haus in Aufruhr, wenn das geringste Unwohlsein ihn heimsuchte. Doch die Wahrheit war, daß es in dem großen Wurstladen der Quenu-Gradelle ziemlich düster ward; die Spiegel wurden matt, die Marmorplatten zeigten eine eisige Blässe, die kalten Braten auf dem Pulte schlummerten in gelb gewordenem Fette, in trüber Sülze. Claude trat eines Tages ein, um seiner Tante zu sagen, daß ihre Auslage „ganz dumm" aussehe. Und das war auch so. Die Straßburger gefüllten Zungen lagen auf ihrem Bett von blauen Papierschnitzeln ganz bleich da, wie kranke Zungen, während der grüne Aufputz der gelben Schinken ganz trübselig dreinschaute. Wenn jetzt die Kunden kamen, um ein Stück Wurst, für zehn Sous Speck, ein halbes Pfund Schmalz zu kaufen, dämpften sie ihre Stimme bekümmert wie in dem Zimmer eines Sterbenden. Es standen immer zwei, drei rührselige Weiber vor dem kalten Schmorofen. Die schöne Lisa aber trug die Trauer ihres Hauses mit stummer Würde. Tadelloser als je fiel ihre weiße Schürze auf ihr schwarzes Kleid herab. Ihre reinen Hände, an den Handknöcheln von den großen Manschetten umschlossen; ihr Gesicht, von einer anstandsvollen Traurigkeit noch verschönt, kündeten dem ganzen Stadtviertel, allen Neugierigen, die vom Morgen bis zum Abend vorbeikamen, daß das Haus ein unverschuldetes Unglück zu tragen habe, daß sie seine Ursache kenne und es zu überwinden wisse. Manchmal neigte sie sich zu den zwei Goldfischchen herab, die unruhig in ihrem Aquarium schwammen und verhieß ihnen mit dem Blick bessere Tage.

Die schöne Lisa gestattete sich nur mehr ein Vergnügen: ohne Furcht konnte sie jetzt das glatte Kinn Marjolins streicheln. Er hatte mit geheiltem Schädel das Krankenhaus verlassen, war jetzt gerade so dick und heiter wie früher, aber dumm, noch viel dümmer, völlig blöd. Der Spalt im Schädel schien bis ans Gehirn gegangen zu sein. Er war ein Tier; die Harmlosigkeit eines fünfjährigen Knaben in dem Körper eines Riesen. Er lachte, stammelte, konnte die Worte nicht mehr aussprechen, gehorchte mit der Sanftmut eines Schafes. Cadine nahm ihn völlig wieder in ihren Besitz, anfänglich erstaunt, später sehr froh über dieses prächtige Tier, mit dem sie anfangen konnte, was sie wollte; sie legte ihn in die Federkörbe, nahm ihn mit auf ihren Streifzügen, bediente sich seiner nach ihrem Belieben, behandelte ihn als Hund, als Puppe, als Liebhaber. Er gehörte ihr wie ein Leckerbissen, wie ein fetter Winkel der Hallen, wie ein blonder Körper, von dem sie mit der Lüsternheit einer verderbten Person Gebrauch machte. Allein trotzdem die Kleine alles von ihm erlangte und ihn, den unterwürfigen Riesen, mit Fußtritten behandelte, konnte sie ihn doch nicht hindern, zur Frau Quenu zurückzukehren. Sie hatte ihn mit ihren nervigen Fäusten geprügelt, ohne daß er es zu spüren schien. Sowie sie ihren Korb umgehängt hatte, um in der Turbigo-Straße oder Pont-Neuf-Straße ihre Veilchen auszubieten, ging er zu dem Wurstladen und trieb sich da herum.

So komm doch herein! rief ihm Lisa zu.

Sie gab ihm zumeist kleine Gurken. Er aß sie für sein Leben gern und verzehrte sie unter harmlosem Gelächter, vor dem Pulte stehend. Der Anblick der schönen Wursthändlerin entzückte ihn dermaßen, daß er freudig in die Hände klatschte. Dann hüpfte und jauchzte er wie ein kleiner Junge, dem man etwas Schönes zeigt. Die ersten Tage hatte sie Furcht, daß er sich eines gewissen Vorfalls erinnern könne.

Schmerzt dich der Kopf noch immer? fragte sie ihn.

Er antwortete nein, wobei er seinen ganzen Körper bewegte und ein noch helleres Lachen vernehmen ließ.

Du bist also gefallen? fragte sie ihn weiter.

Ja, gefallen, gefallen, gefallen, sagte er in singendem, zufriedenem Tone, wobei er sich auf den Schädel schlug.

Dann wiederholte er, sie entzückt betrachtend, ebenfalls in singendem Tone, aber langsamer, die Worte: Schön, schön, schön. Dies rührte Lisa sehr. Sie hatte von Gavard gefordert, daß er den Jungen behalte. Wenn er ihr seine untertänige Zärtlichkeitsweise vorgesungen, streichelte sie ihn am Kinn und sagte ihm, er sei ein wackerer Junge. Ihre Hand vergaß sich da, warm von einer geheimen Freude; diese Liebkosung war für sie ein erlaubtes Vergnügen geworden, ein Zeichen der Freundschaft, das der Koloß mit kindlicher Harmlosigkeit entgegennahm. Er blähte ein wenig den Hals und schloß die Augen vor Vergnügen wie ein Tier, dem man schmeichelt. Um sich in ihren Augen wegen des ehrbaren Vergnügens, das sie an ihm fand, zu entschuldigen, sagte sich die schöne Wursthändlerin, daß sie ihm so den Faustschlag vergelte, mit dem sie ihn im Geflügelkeller zu Boden gestreckt habe.

Mittlerweile blieb es trübselig im Wurstladen. Florent kam noch hie und da, um seinem Bruder die Hand zu drücken, während Lisa im frostigen Gleichmute dabei stand. Er kam sogar zuweilen am Sonntag zum Mittagessen. Quenu zwang sich dann zu großer Heiterkeit, ohne aber eine rechte Stimmung in die Tischgesellschaft zu bringen. Er aß mit Unlust und war schließlich verdrossen. Als es eines Abends wieder einmal im Familienkreise so frostig hergegangen, sagte er seiner Frau fast weinend:

Aber was fehlt mir denn eigentlich? Bin ich wirklich nicht krank? Findest du mich nicht verändert? Mir ist, als laste irgendwo ein Gewicht auf mir. Und dazu bin ich traurig: ich weiß nicht weshalb, wirklich nicht! Weißt du es nicht?

Eine üble Laune, sonst nichts.

Nein, nein, es dauert schon zu lange ... Es erstickt mich schier ... Und doch gehen unsere Geschäfte nicht schlecht; ich habe keinen besonderen Kummer und lebe wie gewöhnlich ... Auch du, Liebste, bist nicht ganz wohl; du scheinst so traurig ... Wenn das noch lange dauert, werde ich den Arzt holen lassen.

Lisa betrachtete ihn ernst.

Wir brauchen keinen Arzt, sagte sie. Es geht vorüber ... Es weht derzeit ein böser Wind. Alle Leute im Stadtviertel sind krank.

Gleichzeitig in einer Anwandlung mütterlicher Zärtlichkeit fügte sie hinzu:

Ängstige dich nicht, mein Dicker ... Du darfst nicht krank werden. Das fehlte noch.

Nach solchen Gesprächen schickte sie ihn gewöhnlich in seine Küche, weil sie wußte, daß das Geräusch der Hackmesser, das Brodeln der Fette, der Lärm der Töpfe ihn aufheiterte. So schützte sie sich auch vor der Geschwätzigkeit des Fräulein Saget, die jetzt den ganzen Vormittag im Wurstladen verbrachte. Die Alte hatte es sich zur Aufgabe gemacht, Lisa zu erschrecken, sie zu irgendeinem äußersten Entschlusse zu drängen. Vor allem bekam sie ihre Geständnisse zu hören.

Ach, was gibt es doch für schlechte Menschen! sagte sie; Menschen, die besser täten, sich mit ihren eigenen Angelegenheiten zu befassen ... Wenn Sie wüßten, meine liebe Frau Quenu ... Nein, niemals würde ich es wagen, es Ihnen zu wiederholen.

Als die Wursthändlerin ihr versicherte, daß die Sache sie nicht berühren könne, daß sie über Lästerzungen erhaben sei, neigte sie sich über das Pult, über die kalten Schüsseln, und flüsterte ihr zu:

Nun denn, man sagt, Herr Florent sei nicht Ihr Vetter ...

Allmählich verriet sie, daß sie alles wisse. Es war ein Mittel, Lisa in ihre Gewalt zu bekommen. Als diese die Wahrheit gestand; – was sie ebenfalls aus Taktik tat, um eine Person zur Hand zu haben, die sie über den Klatsch des Stadtviertels auf dem laufenden erhielt – schwor das alte Fräulein, sie werde stumm sein wie ein Fisch, und daß sie selbst unter dem Henkerbeil leugnen werde. Sie freute sich über das Verhängnis aus tiefster Seele; sie vergrößerte von Tag zu Tag die beunruhigenden Nachrichten.

Sie sollten Ihre Vorsichtsmaßregeln treffen, sagte sie. Heute habe ich in der Kaldaunenabteilung wieder zwei Weiber von der bewußten Sache reden hören. Ich kann doch den Leuten nicht sagen, daß sie lügen. Ich würde mich lächerlich machen ... Aber es greift immer weiter um sich und ist nicht mehr aufzuhalten. Die Bombe muß platzen.

Einige Tage später unternahm sie endlich den Sturmlauf. Sie kam ganz verstört, wartete mit Gebärden der Ungeduld, bis niemand mehr im Laden war und sagte dann mit ihrer pfeifenden Stimme:

Wissen Sie, was man erzählt? Die Männer, die sich bei Herrn Lebigre versammeln, haben sämtlich Gewehre und warten nur auf die Gelegenheit, um wieder anzufangen wie im Jahre 1848. Es ist ein wahres Unglück, sehen zu müssen, wie Herr Gavard, ein würdiger, reicher, angesehener Mann, sich unter diese Halunken mengt ... Ich wollte Sie warnen wegen Ihres Schwagers.

Das sind Dummheiten und nicht ernst zu nehmen, sagte Lisa, um sie anzuspornen.

Nicht ernst? Dank' schön! Wenn man des Abends durch die Pirouette-Straße geht, hört man ihr abscheuliches Geschrei. Sie tun sich gar keinen Zwang an. Sie erinnern sich wohl, daß sie versucht haben, auch Ihren Mann zu verderben. Und die Kartuschen, die ich sie von meinem Fenster aus herstellen sehe – sind die auch Dummheiten? ... Schließlich sage ich Ihnen ja alles in Ihrem Interesse.

Gewiß; ich danke Ihnen. Aber man erdichtet so vieles ...

o nein; es ist unglücklicherweise nicht erfunden. Das ganze Stadtviertel spricht übrigens davon. Man sagt, daß viele kompromittiert sind, wenn die Polizei sie faßt. Herr Gavard zum Beispiel ...

Doch die Wursthändlerin zuckte mit den Achseln, als wolle sie sagen, daß Herr Gavard ein alter Narr sei, dem ganz recht geschehe.

Ich rede von Herrn Gavard, wie ich von den anderen reden würde, beispielsweise von Ihrem Schwager, fuhr die Alte in ihrer tückischen Weise fort. Ihr Schwager scheint das Oberhaupt zu sein. Es ist sehr unangenehm für Sie. Ich bedauere Sie sehr; denn wenn die Polizei einmal kommt, könnte es leicht geschehen, daß sie auch Herrn Quenu mitnimmt. Zwei Brüder – die sind wie zwei Finger an einer Hand.

Die schöne Lisa widersprach; nichtsdestoweniger war sie ganz blaß geworden. Fräulein Saget hatte sie bei ihren tiefsten Besorgnissen gefaßt. Seit jenem Tage erzählte die Alte nur Geschichten von Leuten, die ins Gefängnis geschleppt werden, weil sie Bösewichte beherbergt hatten. Wenn sie des Abends zum Weinhändler ging, um ihren Wacholderbranntwein zu holen, machte sie sich eine kleine Sammlung für den folgenden Tag zurecht. Und doch war Rosa keineswegs schwatzhaft. Die Alte zählte aber auf ihre Ohren und ihre Augen. Sie hatte sehr wohl bemerkt, welche Zuvorkommenheit Herr Lebigre für Florent bekundete; wie er sich bemühte, ihn bei sich festzuhalten; wie er eine Dienstwilligkeit an den Tag legte, die in den mageren Ausgaben Florents in der Weinstube wenig Entgelt fand. Dies überraschte sie um so mehr, als das Verhältnis der beiden Männer zur schönen Normännin ihr nicht unbekannt war.

Es ist rein, als nähre er ihn mit seinem Herzblute ... sagte sie sich. Wem will er ihn denn verkaufen?

Als sie eines Abends eben wieder in der Weinstube war, sah sie, wie Logre sich auf die Sitzbank des Glasverschlages hinwarf und stöhnend von seinen endlosen Gängen durch die Vorstädte erzählte, die ihn todmüde gemacht hätten.

Sie betrachtete seine Füße: auf den Schuhen lag nicht ein Körnchen Staub. Da lächelte sie fein und ging mit ihrem Schnaps von dannen.

An ihrem Fenster vervollständigte sie dann ihre Sammlung von Tagesklatsch. Dieses Fenster, sehr hoch gelegen und die benachbarten Häuser beherrschend, verschaffte ihr endlose Genüsse. Da saß sie zu jeder Stunde des Tages, wie an einem Beobachtungsposten, von dem aus sie das ganze Stadtviertel bespähte. Alle Zimmer gegenüber, rechts und links, waren ihr bekannt bis zu den geringsten Möbelstücken; sie hätte, ohne die kleinste Einzelheit zu übergehen, die Gewohnheiten der Bewohner schildern können, ob sie ein gutes oder schlechtes Eheleben führten, wie sie sich wuschen, was sie zu Mittag aßen; sie kannte sogar die Besuche. Ferner hatte sie einen Ausblick auf die Hallen, so daß keine Frau aus dem Stadtviertel die Rambuteau-Straße durchschreiten konnte, ohne daß sie sie sah. Sie wußte untrüglich anzugeben, woher die Frau kam, wohin sie ging, was sie in ihrem Korbe trug, ihre Geschichte, ihren Gatten, ihre Toiletten, ihre Kinder und ihr Vermögen. Das ist Frau Loret; sie läßt ihrem Sohne eine sehr schöne Erziehung geben; die andere ist Frau Hutin, eine arme Person, die von ihrem Manne vernachlässigt wird. Dies ist Fräulein Cécile, die Tochter des Fleischers; sie ist schwer zu verheiraten, weil sie feuchte Hände hat. So hätte sie eine Woche lang fort erzählen können, einen nichtssagenden Satz an den andern reihend, sich an den unbedeutendsten Kleinigkeiten ergötzend. Von acht Uhr ab jedoch hatte sie nur mehr Augen für das Fenster mit den matten Scheiben, wo die dunkeln Schatten des Glaskabinetts sich abzeichneten. Sie stellte so den Abfall von Charvet und Clémence fest, weil sie ihre Schattenrisse nicht mehr an den Milchscheiben wiederfand. Kein Ereignis spielte sich da ab, ohne daß sie an plötzlichen Bewegungen der Arme und Köpfe es erriet. Sie erlangte dabei eine große Findigkeit, wußte das Vorstrecken der Nasen, das Ausspreizen der Finger, das Aufreißen des Mundes, das verächtliche Zucken der Achseln zu erklären. So verfolgte sie die Verschwörung Schritt für Schritt, so daß sie jeden Tag hätte angeben können, wie weit die Dinge gediehen waren. Eines Tages sah sie das gewaltsame Ende auftauchen. Sie sah den Schatten der Pistole Gavards, das ungeheure Schattenbild eines Revolvers, ganz schwarz hinter den blassen Scheiben, mit drohend vorgestrecktem Lauf. Die Pistole ging auf und nieder, schien zu wachsen. Das waren die Waffen, von denen sie der Frau Quenu erzählte. Eines Abends kannte sie sich nicht mehr aus; sie glaubte, man stelle Kartuschen her, als sie endlose Stoffstreifen aufrollen sah. Am folgenden Tage ging sie um elf Uhr zu Rose hinab unter dem Vorwande, eine Kerze von ihr auszuleihen. Sie schielte ins Kabinett hinein und sah dort auf dem Tische einen Haufen roten Zeuges liegen, der ihr furchtbar schien. Ihre Geschichten am folgenden Tage waren von entscheidendem Ernste.

Ich möchte Sie nicht erschrecken, Frau Quenu, sagte sie, aber die Sache wird furchtbar ... Ich habe wirklich Angst! Um keinen Preis der Welt dürfen Sie wiedererzählen, was ich Ihnen anvertraue. Die Menschen würden mir den Hals abschneiden, wenn sie wüßten, daß ich ...

Nachdem Lisa ihr zugesichert hatte, sie nicht zu verraten, erzählte sie ihr von den roten Bändern.

Ich weiß nicht, was das sein mag. Es war ein ganzer, großer Haufen da. Er sah aus, wie blutgetränkte Fetzen. Logre, der Bucklige, hatte sich so ein Stück rotes Zeug um die Schultern gelegt. Er sah aus wie der Henker. Das hat sicherlich wieder nichts Gutes zu bedeuten.

Lisa antwortete nicht; sie schien nachzudenken, senkte die Augen, spielte mit einer Gabel, machte sich mit den Schüsseln zu schaffen. Fräulein Saget fuhr in sanftem Tone fort:

Ich an Ihrer Stelle könnte nicht ruhig sein; ich müßte wissen ... Warum gehen Sie nicht in das Zimmer Ihres Schwagers hinauf, um nachzusehen?

Da fuhr Lisa zusammen. Sie ließ die Gabel fahren und betrachtete die Alte mit unruhigen Blicken in dem Glauben, daß diese ihre Absichten durchschaue. Doch Fräulein Saget fuhr fort:

Das ist ja schließlich erlaubt ... Ihr Schwager würde es zu weit treiben, wenn Sie ihn gewähren ließen ... Gestern war bei Frau Taboureau von Ihnen die Rede. Sie besitzen in ihr eine sehr ergebene Freundin. Frau Taboureau sagte, Sie seien zu gut und sie würde an Ihrer Stelle längst Ordnung geschafft haben.

Frau Taboureau hat das gesagt? murmelte Lisa nachdenklich.

Gewiß; und Frau Taboureau ist eine Person, deren Rat man hören muß. Trachten Sie zu erfahren, was es mit den roten Binden auf sich hat. Sie werden mir es hernach sagen, nicht wahr?

Doch Lisa hörte sie nicht mehr. Sie betrachtete sinnend die kleinen Gervais-Käse und die Schnecken in der Auslage. Sie schien in einem inneren Kampfe versunken, der zwei Falten in ihr stummes Antlitz zog. Inzwischen steckte das alte Mädchen seine Nase in die auf dem Pulte stehenden Schüsseln. Sie brummte, als spreche sie mit sich selbst:

Schau, aufgeschnittene Wurst ist da! ... Die wird ja trocken ... Und da ist gar eine geplatzte Blutwurst; man ist sicher mit der Gabel hineingefahren. Sie müßten das entfernen; es verdirbt nur die Schüssel.

Lisa, noch ganz zerstreut, gab ihr die Blutwurst und die Wurstschnitten mit den Worten: Das ist für Sie, wenn es Ihnen Vergnügen macht.

Das Ganze verschwand in dem Handkorbe. Fräulein Saget war so sehr an die Geschenke gewöhnt, daß sie nicht mehr dankte. Jeden Morgen trug sie die Abschnitzel aus dem Wurstladen nach Hause. Sie ging fort mit der Absicht, sich den Nachtisch bei der Sarriette und bei Frau Lecoeur zu holen, denen sie von Herrn Gavard erzählen wollte.

Als Lisa allein war, setzte sie sich auf das Bänkchen vor dem Pulte, wie um besser nachdenken zu können. Seit acht Tagen war sie sehr unruhig. Eines Abends hatte Florent fünfhundert Franken von Quenu verlangt in einfacher, natürlicher Weise wie einer, der ein offenes Konto hat. Quenu schickte ihn zu seiner Frau. Das verdroß ihn, und er zitterte ein wenig, als er sich an Lisa wandte. Doch diese sagte kein Wort, verlangte nicht die Bestimmung der Summe zu wissen, ging in ihr Zimmer und holte die fünfhundert Franken. Sie sagte ihm bloß, daß sie diesen Betrag auf die Rechnung seiner Erbschaft gesetzt habe. Drei Tage später entnahm er tausend Franken.

Da war es doch nicht der Mühe wert, den Uneigennützigen zu spielen, sagte Lisa zu Quenu, als sie am Abend zu Bett gingen. Du siehst jetzt, daß ich recht hatte, die Rechnung aufzubewahren. Halt, ich habe die tausend Franken von heute nicht eingeschrieben.

Sie nahm am Schreibpulte Platz, überlas das Blatt mit den Rechnungen und fügte hinzu:

Ich hatte auch recht, Raum auf dem Papier zu lassen. Jetzt kann ich die Abschlagszahlungen an den Rand hinschreiben. Er wird das Ganze in kleinen Beträgen verschleudern ... Ich war seit langer Zeit darauf gefaßt.

Quenu sagte nichts und ging in sehr übler Laune zu Bett. Jedesmal wenn seine Frau den Schreibtisch öffnete, ließ das Pult ein trauriges Kreischen vernehmen, das ihm durch die Seele ging. Er faßte den Vorsatz, seinem Bruder Vorstellungen zu machen, ihn zu verhindern, sich mit den Méhudin zugrunde zu richten; aber er hatte nicht den Mut dazu. Zwei Tage später verlangte Florent weitere fünfzehnhundert Franken. Logre hatte eines Abends gesagt, daß die Dinge rascher vonstatten gingen, wenn man Geld habe. Am nächsten Tage sah er zu seinem Entzücken, daß dieses hingeworfene Wort ihm eine kleine Rolle Goldes eintrug, die er grinsend einsteckte. Sein Höcker hüpfte vor Freude. Jetzt fanden sich fortwährend neue Bedürfnisse; diese Abteilung wollte ein Lokal mieten, jene mußte unglückliche Vaterlandsfreunde unterstützen; dann wieder mußten Waffen und Schießbedarf gekauft, Leute angeworben, die Polizei bestochen werden. Florent war bereit gewesen, alles herzugeben. Er erinnerte sich der Erbschaft und der Ratschläge der Normännin. Er schöpfte aus dem Schreibpulte Lisas, nur durch die geheime Angst zurückgehalten, die ihr strenges Gesicht ihm einflößte. Er meinte, er könne sein Geld niemals für eine heiligere Sache ausgeben. Logre war begeistert, trug erstaunliche rote Halsbinden und lackierte Schuhe, deren Anblick Lacaille tief verstimmte.

Das macht dreitausend Franken in acht Tagen, sagte Lisa zu Quenu. Was sagst du dazu? Das ist hübsch, nicht wahr? Wenn er's so weiter treibt, werden die fünfzigtausend Franken in vier Monaten weg sein ... Der alte Gradelle hat vierzig Jahre gebraucht, um sein Vermögen zu sammeln.

Um so schlimmer für dich! rief Quenu. Du brauchtest ihm nicht von der Erbschaft zu sagen.

Doch sie sah ihn streng an und erwiderte:

Es ist sein Eigentum, er kann das Ganze nehmen. Daß ich ihm das Geld geben muß, ärgert mich nicht, sondern der unsinige Gebrauch, den er davon macht. Ich sagte es dir schon lange genug: Es muß ein Ende nehmen.

Handle nach deinem Gutdünken, ich werde dich daran nicht hindern, sagte der Wursthändler, den der Geiz folterte.

Er liebte seinen Bruder, aber der Gedanke, daß die fünfzigtausend Franken in vier Monaten vergeudet sein sollten, war ihm unerträglich. Nach dem Geschwätz des Fräuleins Saget vermutete Lisa, was aus dem Gelde geworden. Nachdem die Alte sich die Anspielung auf die Erbschaft erlaubt hatte, benutzte Lisa diese Gelegenheit, um dem Stadtviertel bekanntzugeben, daß Florent seinen Teil in Empfang nahm und nach seinem Gutdünken verwendete. Die Geschichte mit den roten Binden brachte sie endlich zu einem Entschlusse. Sie kämpfte noch eine Weile mit sich selbst und blickte mit bekümmerter Miene im Laden umher; die Schinken sahen so trübselig aus. Die Katze Mouton saß mit gesträubtem Haar neben einem Topf Schweineschmalz verdrossen wie ein Tier, das man nicht ruhig verdauen läßt. Endlich rief sie Augustine herbei, ließ den Laden unter ihrer Aufsicht und stieg zu dem Zimmer Florents hinauf.

Sie war betroffen, als sie das Zimmer betrat. Die kindliche Keuschheit des Bettes war befleckt von einem Bündel roter Schärpen, die bis zur Erde herabhingen. Auf dem Kaminsims lagen zwischen Schachteln von Goldpapier und alten Pomadetöpfen rote Armbinden und ganze Bündel Kokarden, die aussahen wie breite Blutstropfen. Alle Nägel an der Wand waren behängt mit viereckigen Wimpeln in gelber, blauer, grüner, schwarzer Farbe; in diesen Wimpeln erkannte die Wursthändlerin die Abzeichen der zwanzig Abteilungen. Das kindlicheinfache Aussehen des Zimmers schien ganz erschreckt von dieser revolutionären Ausschmückung. Die treuherzige Einfalt, die das Ladenmädchen hier zurückgelassen, die Unschuld der Vorhänge und der Möbel: alles hatte gleichsam den Widerschein einer Feuersbrunst; die Photographie von August und Augustine schien ganz bleich vor Entsetzen. Lisa machte die Runde im Zimmer, betrachtete die Abzeichen, Armbinden und Schärpen, ohne etwas zu berühren, als fürchte sie, diese abscheulichen Fetzen könnten ihr die Hand verbrennen. Sie sagte sich, daß sie sich nicht getäuscht habe und daß das Geld für diese Dinge ausgegeben werde. Sie konnte es kaum glauben und es empörte sie tief. Ihr Geld, dieses rechtschaffen erworbene Geld diente dazu, den Aufruhr zu organisieren. Sie stand aufrecht da, betrachtete die erschlossenen Blüten des Granatenbaumes auf der Terrasse, die ebenfalls blutroten Kokarden glichen, und lauschte dem Gesang des Finken wie einem fernen Echo von Schüssen. Da kam ihr der Gedanke, daß der Aufruhr schon am nächsten Tage, vielleicht noch am selben Abend ausbrechen müsse. Sie sah die Wimpel flattern, die Schärpen vorüberziehen; plötzlicher Trommelwirbel schlug an ihr Ohr. Sie verließ eilig das Zimmer, ohne auch nur die Papiere zu lesen, die auf dem Tische ausgebreitet waren. Im ersten Stock ging sie in ihr Gemach und kleidete sich an.

In dieser ernsten Stunde machte die schöne Lisa sorgfältig und mit ruhiger Hand ihren Kopfputz zurecht. Sie war jetzt fest entschlossen, kannte kein Zögern mehr, ein Ausdruck großer Strenge lag in ihren Blicken. Während sie ihr schwarzes Seidenkleid zunestelte, den Stoff mit der Vollkraft ihrer starken Handknöchel anspannend, erinnerte sie sich der Worte des Abbé Roustan. Sie ging mit sich selbst zu Rate, und ihr Gewissen sagte ihr, daß sie im Begriffe stehe, eine Pflicht zu erfüllen. Als sie ihren Schal um ihre Schultern legte, hatte sie das Gefühl, daß sie eine Handlung von hoher Rechtschaffenheit vollziehe. Sie legte dunkle Handschuhe an und befestigte an ihrem Hute einen dichten Schleier. Ehe sie ging, verschloß sie ihren Schreibtisch sorgfältig und mit hoffnungsvoller Miene, als wolle sie ihm sagen, daß er endlich ruhig schlafen könne.

Quenu bot auf der Schwelle des Ladens seinen breiten, weißen Bauch zur Schau. Er war sehr überrascht, als er seine Frau um zehn Uhr morgens in großer Toilette ausgehen sah.

Schau! wo gehst du denn hin? fragte er.

Sie ersann einen Gang, den sie mit Frau Taboureau zu machen habe. Sie fügte hinzu, daß sie bei dem Lustspieltheater vorbeigehe, um Karten zu nehmen. Quenu rief sie zurück und empfahl ihr, die Karten der Bühne gegenüber zu wählen, weil man da besser sehe. Dann ging er in den Laden zurück. Sie aber begab sich nach dem Droschkenstandplatze bei der Eustach-Kirche, stieg in eine Droschke, ließ die Vorhänge herab und befahl den Kuntscher, sie zum Lustspieltheater zu fahren. Sie fürchtete, man könne ihr folgen. Als sie ihre Karten hatte, ließ sie sich nach dem Justizpalaste bringen. Hier entließ sie vor dem Tore den Wagen. Dann begab sie sich durch verschiedene Säle und Gänge zur Polizeiverwaltung.

Da sie in einem Gewühl von Schutzleuten und Herren mit langen Röcken sich zu verlieren drohte, gab sie einem Manne zehn Sous, damit er sie zu dem Kabinett des Präfekten geleite. Allein um zu dem Präfekten zu gelangen, mußte man einen Audienzbrief haben. Man führte sie also in ein schmales Zimmer, das mit dem einfachen Luxus eines möblierten Zimmers eingerichtet war. Ein dicker, kahler, ganz schwarz gekleideter Herr empfing sie mit verdrossener Kühle. Sie könne sprechen, sagte er. Da schlug sie ihren Schleier zurück, nannte ihren Namen und erzählte alles rundheraus in einem Zuge. Der kahlköpfige Herr hörte mit seiner müden Miene zu, ohne sie zu unterbrechen. Als sie zu Ende war, fragte er:

Sie sind die Schwägerin dieses Mannes?

Ja, sagte Lisa entschlossen. Wir sind rechtschaffene Menschen ... Ich will nicht, daß mein Mann kompromittiert werde.

Er zuckte mit den Achseln, als wolle er sagen, daß alles sehr langweilig sei. Dann sagte er ungeduldig:

Ja, sehen Sie, man quält uns seit mehr denn einem Jahre mit dieser Geschichte. Ich bekomme eine Anzeige nach der anderen; man treibt mich und drängt mich. Wenn ich noch nichts getan habe, will ich eben noch zuwarten, – Sie begreifen.

Wir haben unsere Gründe ... Da haben Sie das Aktenbündel; ich kann es Ihnen zeigen.

Er legte ihr ein riesiges Bündel Papiere vor, die in einen blauen Umschlag gehüllt waren. Sie blätterte in den Papieren; es waren gleichsam die einzelnen Kapitel der Geschichte, die sie soeben erzählt hatte. Die Polizeiverwaltungen von Havre, Rouen, Vernon kündigten die Ankunft Florents an. Dann kam ein Bericht, der meldete, daß Florent bei den Quenu-Gradelle Unterkunft gefunden habe. Dann kam sein Eintritt in die Hallenverwaltung, seine Lebensführung, seine Abende bei Herrn Lebigre; kein Umstand war übergangen. Lisa war verblüfft; sie bemerkte, daß die Berichte doppelt waren, aus zwei verschiedenen Quellen fließen mußten. Endlich fand sie einen Haufen Briefe; namenlose Briefe von jeder Form und den verschiedensten Händen. Dies war die Höhe. Sie erkannte eine feine Schrift; es war die des Fräuleins Saget, die die Gesellschaft des Glaskabinetts anzeigte. Sie erkannte ein großes Blatt fettiges Papier, bedeckt mit den groben Schriftzügen der Frau Lecoeur und ein glattes, mit einem Vergißmeinnicht geziertes Briefchen, das das Gekritzel der Sarriette und des Herrn Jules enthielt; die Briefe der Frau Lecoeur und der Sarriette ermahnten die Regierung, auf Herrn Gavard achtzuhaben. Sie erkannte ferner auch den gemeinen Stil der Mutter Mehudin, die auf kaum leserlichen vier Seiten die ungeheuerlichen Geschichten wiederholte, die über Florent in den Hallen in Umlauf waren. Am meisten erstaunt aber war sie über ein Rechnungsformular ihres Wurstladens, das an der Spitze die Worte „*Fleischerei Quenu-Gradelle*“ trug, und auf deren Rückseite August den Mann verriet, den er als ein Hindernis seiner Ehe betrachtete.

Der Polizei-Agent verfolgte einen geheimen Gedanken, indem er ihr das ganze Aktenbündel vorlegte.

Erkennen Sie keine dieser Schriften? fragte er.

Sie stammelte nein. Sie war aufgestanden; was sie gesehen, raubte ihr die Sprache. Sie schlug den Schleier herab, um ihre Verlegenheit zu verbergen. Ihr Seidenkleid rauschte; ihre dunklen Handschuhe verschwanden unter dem großen Schal. Der kahle Mann lächelte und sprach:

Sie sehen, Madame, daß Ihre Mitteilungen etwas spät kommen ... Allein, Ihr Schritt soll Ihnen trotzdem angerechnet werden; ich verspreche es Ihnen. Empfehlen Sie ganz besonders Ihrem Gatten, sich nicht zu rühren ... Es könnten Umstände eintreten ...

Er vollendete den Satz nicht, sondern grüßte nur, indem er sich zur Hälfte von seinem Lehnsessel erhob. Damit war sie verabschiedet und ging. Im Vorzimmer sah sie Logre und Herrn Lebigre, die sich rasch umdrehten. Doch sie war mehr verlegen, als jene. Sie durchschritt die Säle und Gänge, wie gefangen unter den vielen Polizisten, von denen sie jetzt überzeugt war, daß sie alles wüßten. Endlich ging sie zu dem Tore hinaus, das sich auf den Dauphineplatz öffnete. Auf dem Uhrendamme schritt sie langsam dahin, erfrischt von dem kühlen Luftstrich, der von der Seine herkam.

Daß ihr Schritt bei der Polizei unnütz gewesen, dessen war sie sich jetzt deutlich bewußt. Ihr Mann lief keine Gefahr.

Darob empfand sie eine Erleichterung und zugleich einen inneren Vorwurf. Sie zürnte diesem August und diesen Weibern, die sie in eine lächerliche Lage gebracht hatten. Sie verlangsamte ihre Schritte noch mehr und betrachtete den Fluß. Schwarz wie Kohle, schwammen die grünen Fluten hinab, während am Ufer einzelne Fischer ihre Angelruten auswarfen. Alles in allem genommen war nicht sie es, die Florent verraten hatte. Dieser plötzlich auftauchende Gedanke setzte sie in Erstaunen. Hätte sie denn eine schlimme Handlung begangen, wenn sie ihn der Polizei überliefert hätte? Sie war ganz verwirrt und überrascht davon, daß sie von ihrem Gewissen hätte getäuscht werden können. Die namenlosen Briefe schienen ihr eine häßliche Sache. Sie ging offen vor, nannte ihren Namen und rettete alle. Da sie sich plötzlich der Erbschaft von dem alten Gradelle erinnerte, ging sie mit ihrem Gewissen zu Rate und fand sich bereit, dieses Geld, wenn nötig, in den Fluß zu werfen, um ihr Haus von diesem Alpdruck zu befreien. Nein, sie war nicht geizig; nicht das Geld hatte sie getrieben. Als sie über die Changebrücke ging, war sie schon ganz beruhigt, hatte sie ihre Gemütsruhe wiedergefunden. Es war doch besser, daß die anderen ihr auf der Polizeiverwaltung zuvorgekommen waren; so braucht sie Quenu nicht zu täuschen und kann besser schlafen.

Hast du die Billette? fragte Quenu, als sie heimkehrte.

Er verlangte die Billette zu sehen und ließ sich erklären, an welcher Stelle des Balkons die Plätze lägen. Lisa hatte geglaubt, die Polizei würde auf ihre Anzeige sogleich herbeieilen, und ihr Vorsatz, ins Theater zu gehen, war nur eine geschickte Art, ihren Gatten zu entfernen, während man Florent verhaftete. Sie gedachte nachmittags ihn zu einem Spaziergange zu bewegen, zu einem jener Ausflüge, die sie sich zuweilen gestatteten; sie fuhren gewöhnlich in der Droschke nach dem Gehölz, aßen im Restaurant und verweilten schließlich noch in einem Vergnügungslokal. Allein sie fand es an diesem Tage doch unnötig auszugehen; sie verbrachte den Tag wie gewöhnlich an ihrem Pulte mit rosiger, heiterer und freundlicher Miene wie nach einer überstandenen Krankheit.

Ich sage dir ja immer, die frische Luft tut dir gut! wiederholte Quenu. Du siehst, wie der Gang vom Vormittag dich erfrischt hat.

Nein, nein, sagte sie schließlich und nahm ihre ernste Miene wieder an. Die Straßen von Paris sind der Gesundheit nicht zuträglich.

Am Abend sahen sie im Lustspieltheater die „*Gnade Gottes*“ aufführen. Quenu trug einen Leibrock und graue Handschuhe und war sorgfältig gekämmt. Er suchte immerfort im Theaterzettel die Namen der mitwirkenden Schauspieler. Lisa sah prächtig aus in ihrem ausgeschnittenen Leibchen, wie sie ihre mit knappen weißen Handschuhen bekleideten Hände auf den roten Samt der Balkonbrüstung stützte. Beide waren sehr gerührt von dem Unglück Maries; der Kommandeur war wahrhaftig ein abscheulicher Mann; über den Hanswurst aber mußten sie lachen, sooft er die Bühne betrat. Die Wursthändlerin vergoß Tränen. Der Aufbruch des Kindes, das Gebet in dem jungfräulichen Zimmer, die Rückkehr der armen Irrsinnigen erpreßten ihren schönen Augen stille Tränen, die sie mit ihrem Taschentuche rasch trocknete. Doch der Abend sollte ein wahrer Triumph für sie werden. Als sie die Blicke erhob, sah sie die Normännin und deren Mutter auf der zweiten Galerie. Da spreizte sie sich noch mehr, ließ sich durch Quenu eine Tüte Bonbons holen und spielte mit ihrem reich vergoldeten Elfenbeinfächer. Die Fischhändlerin war besiegt; sie senkte den Kopf und hörte ihrer Mutter zu, die leise zu ihr sprach. Nach der Vorstellung begegneten Lisa und die Normännin einander im Vorraum; ein Lächeln umspielte die Lippen beider.

An jenem Tage hatte Florent frühzeitig bei Herrn Lebigre gegessen. Er erwartete Logre, der ihm einen ehemaligen Schutzmann zuführen sollte, einen geschickten Mann, mit dem man den Plan eines Angriffes auf den Palast Bourbon und auf das Rathaus besprechen wollte. Die Nacht brach herein; ein feiner Regen, der schon des Nachmittags begonnen, hüllte die großen Hallen in einen Schleier. Sie hoben sich schwarz ab von den roten Dünsten des Himmels, während schmutzige Wolken fast über den Dächern dahinschwebten, gleichsam von den Blitzableitern festgehalten und zerrissen. Florent war verstimmt wegen des schmutzigen Pflasters, dieser Flut gelben Wassers, das die Dämmerung im

Morast zu ertränken drohte. Er sah, wie die Leute auf die Fußsteige der gedeckten Gänge flüchteten, er sah die eilenden Regenschirme, die gegen den Platzregen schützen sollten, die Droschken, die in der Mitte der leeren Straße dahin jagten. Jetzt entstand am Himmel eine lichte Stelle. Eine helle Röte überzog den Abendhimmel. Sogleich erschien ein Heer von Straßenkehrern am Eingange der Montmartre -Straße und fegte mit ihren breiten Bürsten einen See schmutzigen, schäumenden Wassers vor sich her.

Logre brachte den Schutzmann nicht mit. Gavard war bei Freunden in Batignolles zur Abendtafel geladen. Florent war genötigt, mit Robine den Abend zu verbringen. Er sprach immerfort und ward schließlich recht traurig; der andere nickte nur mit dem Barte und streckte jede Viertelstunde die Hand aus, um einen Schluck Bier zu trinken. Florent war gelangweilt und ging hinauf schlafen. Robine blieb allein und betrachtete, unter dem breiten Hute die Stirn in Falten legend, tiefsinnig seinen Schoppen. Rose und der Kellner, die heute früher zu schließen hofften, weil die Gesellschaft des Glaskabinetts nicht versammelt war, warteten über eine halbe Stunde auf den Aufbruch Robines.

Florent war jetzt in seinem Zimmer, hatte aber Furcht, zu Bette zu gehen. Er war von einem jener nervösen Anfälle ergriffen, die ihn zuweilen ganze Nächte durch endlose böse Träume zerrten. Tags zuvor war er in Clamart gewesen und hatte Herrn Verlaque zu Grabe geleitet, der nach einem schrecklichen Todeskampfe gestorben war. Er war noch völlig betrübt in der Erinnerung an den schmalen Sarg, der in die Grube gesenkt worden war. Besonders das Bild der Frau Verlaque mit ihrer jammernden Stimme und ihren tränenlosen Augen konnte er nicht aus seinen Gedanken bannen; sie folgte ihm auf Schritt und Tritt und erzählte ihm, daß sie den Sarg und das Leichenbegängnis nicht bezahlen könne; sie habe keinen Sou im Hause; der Apotheker habe gestern, als er das Ableben des Kranken erfuhr, die Bezahlung seiner ganzen Rechnung gefordert. Florent mußte das Geld für den Sarg und das Leichenbegängnis vorstrecken; sogar das Trinkgeld für die Bahrträger mußte er hergeben. Als er zur Heimkehr sich anschickte, sah ihn Frau Verlaque mit so jammervoller Miene an, daß er ihr zwanzig Franken zurückließ.

Dieser Todesfall kam ihm zu ungelegener Zeit, weil dadurch die Frage seiner Inspektorstelle in den Vordergrund gerückt wurde. Man wird ihn aus seiner Ruhe und Vergessenheit aufstören und zum wirklichen Inspektor ernennen wollen. Das waren ärgerliche Verwicklungen, die leicht der Polizei die Augen öffnen konnten. Er hätte gewünscht, daß die Revolution schon am nächsten

Tage ausbreche, um seine Dienstmütze auf die Straße schleudern zu können. Den Kopf voller Besorgnisse ging er auf die Terrasse hinaus; seine Stirn glühte und verlangte nach einem erfrischenden Lufthauch in der heißen Nacht. Der Platzregen hatte den Wind verscheucht. Eine dumpfe Gewitterschwüle lagerte noch unter dem wolkenlosen, tiefdunklen Firmament. Zu seinen Füßen dehnten die jetzt wieder trockenen Hallen ihre ungeheuere Masse aus, die die Farbe des Himmels hatte, wie dieser mit gelben Sternen besät von den hellen Flammen der Gaslaternen.

An das Eisengeländer der Terrasse gelehnt, sagte sich Florent im stillen, daß er früher oder später dafür bestraft werde, diese Inspektorstelle angenommen zu haben. Diese Stelle war gleichsam ein Fleck in seinem Leben. Er fand sich im Ausgabebuch der Polizeiverwaltung, wurde eidbrüchig, diente dem Kaiserreich trotz der Schwüre, die er in der Verbannung sooft geleistet. Der Wunsch, Lisa zufrieden zu stellen, die mildtätige Verwendung der empfangenen Bezüge, die rechtschaffene Art, mit der er sich bemüht hatte, seine dienstlichen Verrichtungen zu erfüllen: sie schienen ihm nicht mehr genügend stichhaltige Gründe, um ihn für seine Feigheit zu entschuldigen. Wenn er in dieser fetten, gemästeten Umgebung litt, so verdiente er dieses Leiden. Er hielt Rückschau über dieses böse Jahr, das er hinter sich hatte, über die Verfolgung durch die Fischweiber, die widerwärtigen, feuchten Tage, die fortwährenden Übelkeiten seines an Entbehrungen gewöhnten Magens, die geheime Feindschaft, die er um sich her wachsen fühlte. Alle diese Dinge ließ er als Buße über sich ergehen. Dieses dumpfe Grollen einer Vergeltung, deren Ursache ihm entging, kündigte irgendeine Katastrophe an, vor der er im voraus zusammenknickte, gebeugt von der Schmach eines Vergehens, das Sühne heischte. Dann zürnte er sich selbst bei dem Gedanken an die volkstümliche Bewegung, die er vorbereitete; er sagte sich, daß er nicht mehr rein genug sei, um den Erfolg zu erringen.

Welche Träume hatte er hier oben geträumt, wenn er die Blicke über die breiten Dächer der Pavillons schweifen ließ. Zumeist erschienen sie seinen Augen wie graue Meere, die ihm von fernen Ländern erzählten. In den mondlosen Nächten verdunkelten sie sich, wurden zu toten Seen, zu schwarzen, faulen, verpesteten Gewässern. Die hellen Nächte verwandelten sie in Lichtbrunnen; die Strahlen flossen auf die beiden Stockwerke der Dächer hernieder, und ergossen sich über die breiten Zinkplatten und den Rand der ungeheuren, übereinander geschobenen Behälter. Die winterlichen Fröste ließen sie erstarren wie die Buchten Norwegens, wo Schlittschuhläufer dahingleiten; die schwülen Juninächte hingegen versenkten sie in einen dumpfen Schlaf. Als er an einem Dezemberabende sein Fenster öffnete, fand er die Hallendächer ganz weiß vom Schnee, von einer jungfräulichen Weiße, die den rostfarbigen Himmel erhellte; sie dehnten sich dahin, ohne durch einen menschlichen Tritt befleckt zu sein, gleich den endlosen, einsamen Ebenen des Nordens, die unberührt bleiben von den Schlitten ihrer Bewohner; sie lagen so still da, sanft wie ein harmloser Riese. Bei jedem neuen Anblick dieses wechselnden Horizontes überließ sich Florent zärtlichen oder grausamen Gedanken; der Schnee beruhigte ihn; das unendliche weiße Laken schien ihm eine Reinlichkeitshülle über dem Unflat der Hallen; die hellen Nächte, die Lichtwellen des Mondes entführten ihn in das Feenreich der Sagen. Er litt nur in den dunklen Nächten, in den schwülen Juninächten, die den ekelerregenden Sumpf, das träge Wasser eines verdammten Meeres ausbreiteten. Immer kehrte derselbe böse Traum wieder.

Unaufhörlich hatte er sie vor sich. Er konnte das Fenster nicht öffnen, sich nicht an das Geländer lehnen, ohne sie zu seinen Füßen zu haben, wie sie den ganzen Horizont ausfüllten. Er verließ des Abends die Pavillons nur, um beim Schlafengehen die endlosen Dächer wiederzufinden. Sie verrammelten ihm Paris, drängten mit ihrer Ungeheuerlichkeit sich ihm auf, beschäftigten jede Stunde seines Lebens. Diese Nacht tauchte sein böser Traum wieder auf, noch gesteigert durch die dumpfe Unruhe, die ihn bewegte. Der Regen am Nachmittag hatte die Hallen mit einer schmutzigen Feuchtigkeit erfüllt. Sie sandten ihm alle ihre üblen Gerüche zu, die sich mitten in der Stadt dahinwälzten, wie ein Säufer sich nach der letzten Flasche unter dem Tische wälzt. Es schien ihm, als steige aus jedem Pavillon ein dichter Qualm auf. In der Ferne dampften die Metzgerei und die Kaldaunenabteilung und hauchten einen widerwärtigen Blutgeruch aus. Die Gemüse- und Obstmärkte entsandten scharfe Gerüche von Kohl, faulen Äpfeln und Grünkramabfällen, die für den Düngerhaufen bestimmt sind. Die Butter- und Käseabteilung verpestete alles ringsumher, der Fischmarkt verbreitete eine scharf gewürzte Frische. Der Geflügelpavillon zu seinen Füßen strömte durch das Türmchen des Ventilators eine heiße Luft aus, einen Gestank, der sich wie der rußgeschwängerte Qualm einer Fabrik fortwälzte. Der Dunst all dieser Ausströmungen sammelte sich über den Dächern, drang bis zu den benachbarten Häusern und verbreitete sich in einer dichten Wolke über ganz Paris. Das waren die Hallen, die ihr allzu enges Gehäuse von Gußeisen sprengten und mit ihrem Übermaß den Schlaf der vollgefressenen Stadt erhitzten.

Er vernahm jetzt unten auf dem Bürgersteige das Geräusch von Stimmen, das Lachen froher Menschen. Die Haustüre wurde geräuschvoll geschlossen. Quenu und Lisa kehrten vom Theater heim. Betäubt, berauscht von der Luft, die er einatmete, verließ Florent die Terrasse mit der nervösen Angst vor dem Ungewitter, das er über seinem Haupte sich zusammenziehen fühlte. Sein Unglück war da in diesen tagsüber durchhitzten Hallen. Er warf heftig das Fenster zu und ließ sie im Dunkeln der nächtlichen Schatten liegen, ganz nackt, noch in Schweiß gebadet, die Brüste entblößt, den geblähten Bauch zeigend und unter dem sternenhellen Himmel sich erleichternd.

Sechstes Kapitel

Acht Tage später glaubte Florent, er könne nun zur Tat übergehen. Es bot sich eine genügende Gelegenheit zur Unzufriedenheit dar, um die aufrührerischen Banden über Paris loszulassen. Der gesetzgebende Körper, wegen eines Dotationsgesetzes in seinem Innern zerklüftet, beriet eben über einen sehr mißliebigen Steuerentwurf, der die Vorstädte in Aufruhr brachte. Einen Mißerfolg fürchtend, kämpfte die Regierung mit voller Kraft. Es mochte eine lange Zeit verstreichen, ehe ein besserer Vorwand sich darbieten werde.

Eines Morgens – bei Tagesanbruch – trieb sich Florent in der Umgebung des Palastes Bourbon herum. Er vergaß seine Obliegenheiten als Aufseher, blieb da bis acht Uhr und prüfte die Örtlichkeiten, ohne auch nur daran zu denken, daß seine Abwesenheit den Fischmarkt in Aufruhr bringen müsse. Er besichtigte jede Straße, die Lille-Straße, die Universitätsstraße, die Burgund-Straße, die Dominikusstraße; er ging bis zum Invalidenplatz, blieb bei manchen Straßenkreuzungen stehen und maß die Entfernungen mit großen Schritten ab. Dann kehrte er über das Orsay-Ufer zurück, setzte sich auf die Brüstung und entschied, daß der Angriff gleichzeitig von allen Seiten geschehen solle; die Banden aus dem Groben Kiesel sollten über das Marsfeld marschieren, die Abteilungen aus dem Norden von Paris über die Magdalenenallee, die aus dem Westen und Süden würden ihren Weg über die Uferstraße nehmen oder in kleinen Gruppen durch die Straßen der Vorstadt Saint-Germain ziehen. Doch ihn beunruhigten die Champs-Elysées jenseits des Flusses mit ihren offenen Alleen; er sah voraus, daß man dort die Geschütze auffahren werde, um die Uferstraßen reinzufegen. Da änderte er einige Einzelheiten des Planes und verzeichnete in einem Notizbüchlein, das er in der Hand hielt, die

Aufstellungspunkte der einzelnen Abteilungen. Der Hauptangriff mußte jedenfalls durch die Burgund-Straße und die Universitätsstraße erfolgen, während von der Seine her ein Seitenangriff versucht werden sollte. Die Morgensonne, die ihm den Nacken wärmte, warf ihr heiteres, goldiges Licht auf die Säulen des monumentalen Baues, den er vor sich hatte. Schon sah er den Kampf, Gruppen von Männern, die die Säulen erkletterten; er sah die Gittertore zerbrochen, den Vorplatz von den Stürmenden überflutet, dann schließlich magere Arme, die ganz oben ein Banner aufpflanzten.

Langsam, gesenkten Hauptes trat er den Rückweg an. Ein Girren, das er vernahm, ließ ihn aufblicken. Er bemerkte, daß er durch den Tuilerien-Garten schritt. Auf einem Rasenplatze wackelte eine Schar Holztauben dahin. Er lehnte sich einen Augenblick an den Kübel eines Orangenbaumes und betrachtete das Gras und die in Sonnenlicht gebadeten Holztauben. Ihm gegenüber warfen die Kastanienbäume einen tiefdunklen Schatten. Eine heiße Stille lagerte über dem Parke, nur unterbrochen durch fernes Wagenrollen hinter dem Gittertor, das sich auf die Rivoli-Straße öffnete. Der Grasgeruch stimmte ihn weich; er dachte an den Gemüsegarten der Frau Francois. Ein kleines Mädchen, das seinen Reifen vor sich her trieb, verscheuchte die Holztauben; sie flogen davon und ließen sich in einer Reihe auf dem marmornen Arm eines antiken Ringkämpfers inmitten des Rasenplatzes nieder, lebhafter girrend und schnäbelnd.

Als Florent durch die Vauvilliers-Straße nach den Hallen zurückkehrte, hörte er die Stimme Claude Lantiers ihn rufen. Der Maler stieg in den Geflügelkeller hinab.

Kommen Sie mit? rief er. Ich suche den Tölpel Marjolin.

Florent folgte ihm, um noch einen Augenblick des Vergessens zu genießen, um einige Minuten seine Rückkehr nach dem Fischpavillon zu verzögern. Claude sagte, sein Freund Marjolin habe jetzt nichts mehr zu wünschen; er sei ein Tier. Der Maler hatte vor, den Jungen auf allen vieren mit seinem blöden, harmlosen Lächeln Modell stehen zu lassen. Wenn er wütend eine Leinwand zerrissen hatte, verbrachte er ganze Stunden in Gesellschaft des Idioten, ohne ein Wort zu reden, und wartete auf sein tierisches Gelächter.

Er füttert wohl seine Tauben, murmelte er. Aber ich weiß nicht, wo die Geflügelzelle Gavards liegt.

Sie durchsuchten den ganzen Keller. Im Mittelpunkte stehen zwei Brunnen im Halbschatten. Die Zellen sind hier ausschließlich den Tauben vorbehalten.

Längs der Drahtgitter tönt ein ewiges klagendes Girren und Zwitschern wie der halblaute Gesang der Vögel im Laube, wenn der Tag zur Rüste geht. Claude begann zu lachen, als er diese Musik hörte. Er bemerkte seinem Begleiter:

Man möchte schwören, daß alle Liebespaare von Paris sich hier küssen.

Doch keine einzige Zelle war offen, und schon glaubte der Maler, Marjolin sei nicht im Keller, als ein Geräusch von Küssen, aber von laut schmatzenden Küssen ihn vor einer halb offenen Tür festhielt. Er öffnete die Tür und bemerkte den Tölpel Marjolin, den Cadine auf den mit Streu belegten Erdboden hatte niederknien heißen, so daß das Gesicht des Jungen genau ihre Lippen erreichte. Sie küßte ihn überall zärtlich ab. Sie strich seine langen, blonden Haare zur Seite, küßte ihn hinter den Ohren, unter dem Kinn, auf den Nacken, kehrte zu den Augen und zu den Lippen zurück, ohne sich zu beeilen, genoß dieses Gesicht in kleinen Liebkosungen wie eine ihr gehörende gute Sache, über die sie nach Belieben verfügte. Er verharrte ruhig in der Stellung, die sie ihm gegeben. Er wußte nichts mehr, gab sich hin, fürchtete selbst das Kitzeln nicht mehr.

Ganz recht! Ganz recht! rief Claude. Tut euch keinen Zwang an! ... Schämst du dich nicht, großer Nichtsnutz, ihn so im Schmutze zu peinigen? Seine Knie sind ja ganz d.....g!

Ach, das quält ihn nicht, erwiderte Cadine keck. Er hat es gern, wenn man ihn küßt, weil er die Orte fürchtet, wo es dunkel ist. Nicht wahr, du fürchtest dich?

Sie hatte ihn aufgehoben; er fuhr mit den Händen über sein Gesicht, als wollte er die Küsse suchen, die die Kleine auf seine Wangen gedrückt hatte. Er stammelte, daß er Furcht habe, sie aber fügte hinzu:

Ich habe ihm übrigens geholfen, ich fütterte die Tauben.

Florent betrachtete die armen Tiere. In der Zelle ringsumher standen auf Brettern deckellose Kisten, in denen die Tauben, dicht zusammengedrängt, ihr scheckiges Gefieder zeigten. Von Zeit zu Zeit ging ein Zittern durch das bewegliche Feld, dann drängten die Tiere in dichten Haufen zusammen und man hörte nichts als ein verworrenes Girren und Gackern. Cadine hatte ein Gefäß voll Wasser und Körner zur Hand; sie nahm einen Mundvoll davon, nahm die Tauben, eine nach der anderen, und blies ihnen einen Schluck davon in den Schnabel. Die armen Tiere sträubten sich, erstickten schier und fielen in die Kiste zurück, wobei sie das Weiße der Augen zeigten, ganz betäubt von dieser gewaltsamen Fütterung.

Die armen, unschuldigen Tiere! sagte Claude.

Um so schlimmer für sie, meinte Cadine, die jetzt fertig war. Wenn sie gut gefüttert werden, sind sie weit besser ... Nach zwei Stunden wird man ihnen Salzwasser geben; dies macht ihr Fleisch weiß und zart. Zwei Stunden später werden sie geschlachtet ... Wenn Sie mit ansehen wollen, wie geschlachtet wird, so sind einige da, die Marjolin abtut.

Marjolin trug ein halbes Hundert Tauben in einer der Kisten fort. Claude und Florent folgten ihm. Er ließ sich neben einem der Brunnen nieder, stellte die Kiste neben sich hin und legte auf eine Art Becken von Zink einen Rahmen von dünnen Lattenwerk. Dann ging er ans Schlachten. Mit raschem Griffe - wobei das Messer in seinen Händen spielte – faßte er die Tauben bei den Flügeln, versetzte ihnen mit dem Hefte des Messers einen Schlag auf den Kopf, der sie betäubte und führte dann die Spitze des Messers in den Hals ein. Die Tauben zitterten kurz und sträubten das Gefieder, während er sie der Reihe nach hinlegte, mit dem Kopfe auf die Latten des Holzrahmens, über dem Becken von Zink, in das das Blut Tropfen um Tropfen hineinfiel. Das geschah mit einer gleichmäßigen Bewegung, mit dem Ticktack des Messerheftes, das die Schädel der Tiere spaltete, mit der ebenmäßigen Bewegung der Hand, die auf der einen Seite die lebenden Tiere ergriff, um sie auf der anderen Seite tot hinzulegen. Nach und nach machte Marjolin seine Sache rascher; er fand seine Freude an dem Gemetzel; seine Augen leuchteten, er hockte da, wie eine riesige Dogge. Schließlich lachte er hell auf und sang: Ticktack, ticktack! die Schläge des Messerheftes mit einem Schnalzen der Zunge begleitend. Die Tauben hingen da wie Seidenfetzen.

Das macht dir Spaß, großer Tölpel? rief Cadine. Die Tauben sind so drollig, wenn sie den Kopf einziehen, daß man den Hals nicht finden kann ... Die Tiere sind schlimm; sie würden kneipen, wenn sie könnten.

Sie lachte über die immer mehr fieberhafte Hast Marjolins und fuhr fort:

Ich habe es auch versucht, aber ich kann es nicht so rasch machen wie er ... Eines Tages hat er hundert in zehn Minuten geschlachtet.

Der Holzrahmen füllte sich; man hörte die Blutstropfen in das Becken fallen. Als Claude sich umwandte, fand er Florent dermaßen blaß, daß er sich beeilte, ihn hinwegzuführen. Oben ließ er ihn auf einer Treppenstufe niedersitzen.

Was ist's denn? rief er. Sie fallen in Ohnmacht wie ein Weib?

Das macht der Kellergeruch, sagte Florent ein wenig beschämt.

Diese Tauben, die man mit Körnern füttert und mit Salzwasser tränkt, um sie nachher zu erwürgen, hatten ihn an die Holztauben in den Tuilerien erinnert, die in ihrem seidenweichen Federkleide von wechselnder Farbe auf dem sonnenhellen Rasen sich ergingen. Er sah sie wieder, wie sie auf dem Arme des antiken Ringkämpfers girrten inmitten der tiefen Stille des Gartens, während im dunklen Schatten der Kastanienbäume kleine Mädchen ihre Radreifen trieben. Der große, blonde Lümmel, der in dem stinkenden Keller ein Gemetzel anrichtete, indem er mit dem Messerhefte schlug und mit der Klinge stach, hatte ihm das Mark in den Beinen erstarren lassen; seine Beine schlotterten, und er fürchtete hinzufallen.

Teufel! rief Claude, als der andere sich ein wenig erholt hatte, – Sie wären kein guter Soldat ... Die Sie nach Cayenne gesandt haben, mögen auch tapfere Leute sein, da sie vor Ihnen Furcht hatten. Mein Bester! Wenn Sie sich jemals an die Spitze eines Aufruhrs stellen, wagen Sie gar nicht eine Pistole abzufeuern aus Furcht, daß Sie jemanden töten könnten.

Florent erhob sich, ohne zu antworten. Er war tiefernst geworden, und Runzeln der Verzweiflung durchfurchten sein Antlitz. Er ging fort und ließ Claude wieder in den Keller hinabsteigen. Während er nach dem Fischpavillon zurückkehrte, dachte er abermals an seinen Angriffsplan, an die bewaffneten Banden, die sich des Palastes Bourbon bemächtigen sollten. In den Champs-Elysées würden die Kanonen donnern, die Gittertore würden zerbrochen werden; es gäbe Blut auf den Stufen, Gehirnfetzen an den Säulen. Es war das plötzlich auftauchende Bild einer Schlacht. Er selbst würde sehr bleich mitten darin stehen, könnte es nicht mit ansehen und würde mit den Händen sein Gesicht verdecken.

Als er über den Pont-Neuf ging, glaubte er an der Ecke des Früchtepavillons das blasse Gesicht Augusts zu bemerken, der den Hals reckte. Er schien nach jemanden auszuspähen und riß dabei in seiner tölpelhaften Aufregung die Augen weit auf. Plötzlich verschwand er und kehrte laufend nach dem Wurstladen zurück.

Was hat er denn? dachte Florent. Fürchtet er sich vor mir?

Am Morgen dieses Tages hatten im Hause der Quenu- Gradelle sehr ernste Dinge sich zugetragen. Bei Tagesanbruch kam August ganz betroffen und weckte seine Herrin, der er sagte, die Polizei sei gekommen, um Florent zu holen. Dann erzählte er ihr stotternd und immer verwirrter, daß Florent fort, wahrscheinlich geflüchtet sei. Die schöne Lisa, unbekümmert darum, daß sie noch im Nacht Jäckchen ohne Mieder sei, ging eilig in die Stube ihres Schwagers hinauf und nahm die Photographie der Normännin an sich, nachdem sie sich durch einen raschen Blick überzeugt hatte, daß nichts da sei, was sie kompromittieren könnte. Als sie wieder hinabging, begegnete sie im zweiten Stock den Polizisten. Der Kommissar bat Lisa, sie zu begleiten. Er sprach eine Weile leise mit ihr, blieb mit seinen Leuten in der Stube und empfahl ihr, den Laden wie gewöhnlich zu öffnen, um kein Aufsehen zu machen. Die Mäusefalle war gestellt.

Bei diesem Vorkommnis war die einzige Sorge Lisas, daß der arme Quenu den Schlag hart empfinden könne. Sie fürchtete überdies, er könne durch seine Tränen alles verderben, wenn er erfahre, daß die Polizei da sei. Sie ließ daher August schwören, daß er unbedingtes Schweigen beobachte. Sie kehrte in ihr Zimmer zurück, um ihr Mieder anzulegen und erzählte dem schläfrigen Quenu irgendeine Geschichte. Eine halbe Stunde später stand sie angekleidet, frisiert, pomadisiert, mit blühenden Wangen auf der Schwelle des Wurstladens. August ordnete ruhig das Schaufenster. Quenu erschien einen Augenblick auf dem Fußsteige vor dem Laden, gähnte leicht und erwachte vollends in der frischen Morgenluft. Nichts ließ das Verhängnis vermuten, das oben sich vorbereitete.

Allein der Polizeikommissar selbst machte das Stadtviertel aufmerksam, indem er eine Haussuchung bei den Méhudin in der Pirouette-Straße vornahm. Er besaß die genauesten Angaben. In den unterschriftslosen Briefen, die die Polizeiverwaltung erhalten, wurde behauptet, daß Florent zumeist bei der schönen Normännin übernachte. Vielleicht hatte er dort Unterschlupf gesucht. Von zweien seiner Leute begleitet, erschien der Kommissar in der Wohnung der Méhudin und begehrte Einlaß im Namen des Gesetzes. Die Frauen waren eben erst aufgestanden. Die Alte öffnete wütend, war aber sogleich beruhigt und grinste zufrieden, als sie erfuhr, um was es sich handle. Sie setzte sich, band ihre Röcke fest und sagte zu den Leuten der Polizei:

Wir sind rechtschaffene Menschen, wir haben nichts zu fürchten; Sie können suchen.

Da die Normännin ihre Tür nicht rasch genug öffnete, ließ der Kommissar sie einstoßen. Sie kleidete sich eben an und hielt einen Rock zwischen den Zähnen; der volle Busen und die herrlichen Schultern waren entblößt. Dieser rohe Einbruch, den sie sich nicht erklären konnte, erbitterte sie. Sie ließ den Rock fahren und wollte sich auf die Männer stürzen, im bloßen Hemde, rot vor Zorn mehr als vor Scham. Als der Kommissar sich diesem großen, nackten Weibe gegenübersah, trat er vor, um seine Leute zu schützen und wiederholte mit seiner ruhigen, kühlen Stimme:

Im Namen des Gesetzes! Im Namen des Gesetzes!

Da sank sie schluchzend in einen Lehnsessel, von einem Nervenanfall geschüttelt, weil sie sich zu schwach fühlte und nicht wußte, was man von ihr wolle. Ihre Haare hatten sich aufgelöst, ihr Hemd reichte ihr nicht bis zu den Knien; die Polizisten schielten nach ihr. Der Kommissar nahm einen Schal, der an der Wand hing, und warf ihn ihr zu. Aber sie hüllte sich nicht hinein; sie weinte jetzt stärker, während sie zusah, wie die Männer ungeniert das Bett durchwühlten, die Kopfpolster betasteten, die Bettücher untersuchten.

Was habe ich denn getan? stammelte sie schließlich. Was suchen Sie in meinem Bette?

Der Kommissar sprach den Namen Florents aus; als die Normännin die alte Méhudin sah, die auf der Schwelle stehen geblieben war, rief sie: „Oh, die Elende! Sie ist's!“ – und wollte sich auf sie stürzen.

Sie würde ihre Mutter sicher geprügelt haben; aber man hielt sie zurück und hüllte sie mit Gewalt in den Schal. Sie wehrte sich und sagte mit stockender Stimme:

Für wen hält man mich denn? ... Florent hat niemals dieses Zimmer betreten, hören Sie? Zwischen uns hat es nichts gegeben. Man ist mir feindselig gesinnt im Stadtviertel; aber man sage mir etwas ins Gesicht, dann sollen Sie sehen! ... Wenn ich hinterher in den Kerker komme, mir liegt nichts daran ... Ach, Florent! ... Ich habe Besseres. Ich kann heiraten, wen ich will. Und die Sie hergesandt haben, sollen noch vor Wut bersten.

Dieser Wortschwall erleichterte sie. Ihre Wut kehrte sich gegen Florent, der die Ursache von allem war. Sie wandte sich an den Kommissar und sagte zu ihrer Rechtfertigung:

Ich wußte nicht, mein Herr ... Er sah so sanft aus; er hat uns getäuscht. Ich wollte nicht hören, was man erzählte, denn die Menschen sind so schlecht ... Er gab meinem Kleinen Unterricht, dann ging er seines Weges. Er speiste hier; ich schenkte ihm manchmal einen schönen Fisch. Das war alles ... Nein, ich will nicht mehr so gut sein.

Aber, er muß Ihnen doch Papiere zur Aufbewahrung übergeben haben? fragte der Kommissar.

Nein, ich schwöre es Ihnen. Ich würde Ihnen diese Papiere sofort ausliefern; denn ich habe es satt zu sehen, wie hier alles von unterst zu oberst gekehrt wird ... Lassen Sie es doch sein, es ist unnütz.

Die Polizisten, die jedes Stück Möbel untersucht hatten, wollten in das Kabinett eindringen, wo Feinchen schlief. Seit einigen Augenblicken hörte man das Kind, durch den Lärm erweckt, bitterlich weinen; es glaubte sicherlich, man wolle es umbringen.

Das ist die Kammer des Kleinen, sagte die Normännin und öffnete die Tür.

Feinchen, nur mit seinem Hemdchen bekleidet, lief zu seiner Mutter und hängte sich an ihren Hals. Sie beruhigte das Kind und legte es in ihr eigenes Bett. Die Polizisten verließen sogleich wieder die Kammer, und der Kommissar schickte sich an zu gehen, als das Kind noch ganz trostlos seiner Mutter ins Ohr flüsterte:

Sie werden mir meine Hefte nehmen; gib ihnen meine Hefte nicht.

Ach ja, die Hefte! rief die Normännin. Warten Sie, meine Herren, ich will Ihnen die Hefte übergeben, damit Sie sehen, wie wenig mir daran liegt ... Da finden Sie seine Schrift. Meinethalben kann man ihn hängen; ich schneide ihn nicht los.

Sie gab die Hefte des Knaben und die Schriftmuster hin. Doch der Kleine erhob sich wütend und biß und kratzte seine Mutter, die ihm eins auf den Hintern geben mußte, um ihn zur Ruhe zubringen. Da begann er zu heulen. Mitten in dem Spektakel erschien Fräulein Saget auf der Schwelle und steckte den Kopf zur Tür herein. Sie habe alle Türen offen gefunden, sagte sie, und sei hereingekommen, um der Mutter Méhudin ihre Dienste anzubieten. Sie schaute und lauschte und beklagte die armen Frauen, die niemanden hatten, um sie verteidigen. Inzwischen las der Kommissar mit ernster Miene die Schriftmuster. Bei den Worten: „Tyrannisch, freiheitsmörderisch, verfassungswidrig, revolutionär“ legte er die Stirne in Falten. Als er den Satz las: „Wenn die Stunde schlägt, wird der Schuldige fallen“ – schlug er mit der flachen Hand auf die Papiere und sagte:

Das ist sehr ernst, sehr ernst.

Er übergab die Schreibhefte einem seiner Untergebenen und ging. Claire, die sich noch nicht gezeigt hatte, öffnete jetzt ihre Türe und sah die Polizisten die

Treppe hinabgehen. Dann kam sie in das Zimmer ihrer Schwester, das sie seit einem Jahre nicht betreten hatte. Fräulein Saget benahm sich, als stehe sie mit der Normännin auf dem besten Fuße; sie machte sich ganz zärtlich um sie zu schaffen, zog die Zipfel des Schals herauf, um sie besser zu verhüllen, und empfing mit teilnahmvoller Miene die ersten Geständnisse ihres Zornes.

Du bist recht feige, sagte Claire und pflanzte sich vor ihre Schwester hin.

Diese erhob sich in furchtbarem Zorne und ließ den Schal herabgleiten.

Du spionierst? rief sie. Wiederhole einmal, was du gesagt hast.

Du bist recht feige, wiederholte das Mädchen noch geringschätziger.

Da versetzte die Normännin ihrer Schwester aus Leibeskräften eine Maulschelle. Claire erbleichte furchtbar, stürzte sich auf die andere und bohrte ihre Nägel in den Hals der Normännin. Sie kämpften eine Weile, rissen einander bei den Haaren, suchten einander zu erdrosseln. Die Jüngere, dem Anscheine nach schwächlich, stieß die Ältere mit einer solch übermenschlichen Gewalt, daß beide an den Schrank aufschlugen, dessen Spiegel in Stücke ging. Feinchen weinte; die alte Méhudin rief dem Fräulein Saget zu, sie möge ihr behilflich sein, die beiden zu trennen. Doch Claire machte sich los und sagte:

Feige! ... feige! ... Ich will den Unglücklichen warnen, den du verkauft und verraten hast.

Ihre Mutter trat ihr in den Weg. Die Normännin stürzte sich von rückwärts auf sie. Und mit Hilfe des Fräulein Saget stießen sie Claire in ihre Kammer, wo sie sie trotz ihres verzweifelten Widerstandes fest einschlössen. Das Mädchen bearbeitete die Türe mit den Füßen, zerschlug alles in der Kammer. Dann hörte man nichts, als ein wütendes Kratzen, ein Geräusch von Eisen, das die Mauer bearbeitet. Sie versuchte mit ihrer Schere die Türangeln loszulösen.

Sie würde mich getötet haben, wenn sie ein Messer gehabt hätte, sagte die Normännin, die jetzt ihre Kleider suchte, um sich anzukleiden. Ihr sollt sehen, sie begeht in ihrer Eifersucht schließlich einen bösen Streich. Man darf sie nicht herauslassen; sie würde das ganze Stadtviertel gegen uns in Aufruhr bringen.

Fräulein Saget war eilig hinabgegangen. Sie erreichte die Ecke der Pirouette-Straße in dem Augenblicke, als der Kommissar das Haus der Quenu-Gradelle betrat. Sie begriff und trat in den Laden ein; ihre Augen funkelten dermaßen, daß Lisa ihr mit einer Handbewegung Stillschweigen empfahl, indem sie auf Quenu zeigte, der Pökelfleischstücke aushängte. Als er nach der Küche zurückgekehrt war, erzählte die Alte halblaut, was sich soeben bei den Méhudin abgespielt hatte. Über das Pult gebeugt, die Hand auf die mit gespicktem Kalbfleisch belegte Schüssel stützend, lauschte die Wursthändlerin mit der glücklichen Miene einer Frau, die triumphiert. Als eine Kundin kam und zwei Schweinsfüße verlangte, wickelte sie diese ganz nachdenklich in Papier.

Ich zürne der Normännin nicht, sagte sie endlich zu Fräulein Saget, als sie wieder allein waren. Ich liebte sie sehr und bedauerte, daß man uns entzweit hat ... Zum Beweise dessen, daß ich nicht boshaft bin, habe ich dies vor den Händen der Polizei gerettet und bin bereit, es ihr zurückzugeben, wenn sie selbst kommt, um es zu verlangen.

Und sie zog die Photographie aus der Tasche. Fräulein Saget grinste höhnisch, als sie las: „Louise ihrem guten Freunde Florent." Dann sagte sie mit ihrer spitzigen Stimme:

Sie haben vielleicht unrecht. Sie sollten es behalten.

Nein, nein, unterbrach Lisa; alles Gerede muß ein Ende nehmen. Heute ist der Tag der Aussöhnung. Es ist genug; das Stadtviertel muß seine Ruhe wieder haben.

Soll ich der Normännin sagen, daß Sie sie erwarten? fragte die Alte.

Ja, Sie bereiten mir damit ein Vergnügen.

Fräulein Saget kehrte nach der Pirouette-Straße zurück und erschreckte die Fischhändlerin gar sehr, indem sie ihr erzählte, sie habe soeben ihre Photographie in der Tasche Lisas gesehen. Aber sie konnte sie nicht sogleich zu dem Schritte bewegen, den ihre Gegnerin forderte. Die Normännin stellte ihre Bedingungen; sie sei bereit hinzugehen, aber die Wursthändlerin müsse ihr bis zur Schwelle entgegenkommen. Die Alte mußte noch zweimal hin- und hergehen, um die Bedingungen der Begegnung festzustellen. Endlich hatte sie die Freude, diese Aussöhnung zu vermitteln, die so großes Aufsehen machen sollte. Als sie das letztemal vor der Türe Claires vorbeikam, hörte sie noch immer das Wühlen der Schere in der Mauer.

Nachdem sie der Wursthändlerin die entscheidende Antwort gebracht hatte, beeilte sie sich, Frau Lecoeur und die Sarriette aufzusuchen. Alle drei nahmen an der Ecke des Seefischepavillons auf dem Fußsteige dem Wurstladen gegenüber Aufstellung. Hier konnte ihnen nichts von der Begegnung entgehen. Sie waren ungeduldig, suchten sich mit Gesprächen die Zeit zu kürzen und lugten nach der Pirouette-Straße aus, woher die Normännin kommen mußte. In den Hallen war das Gerücht von der Aussöhnung bereits in Umlauf; die Händlerinnen richteten sich bei ihren Verkaufsständen in die Höhe, um zu sehen; andere, die neugieriger waren, verließen ihren Platz und stellten sich im gedeckten Gange auf. Alle Augen in den Hallen waren auf den Wurstladen gerichtet. Das Stadtviertel war in voller Erwartung.

Die Sache vollzog sich sehr friedlich. Als die Normännin aus der Pirouette-Straße hervorkam, hielten alle den Atem an. Sie hat ihre Brillanten, murmelte die Sarriette.

Schauen Sie doch nur, wie sie geht! fügte Frau Lecoeur hinzu. Sie ist zu frech.

Die Normännin schritt in der Tat so stolz daher wie eine Königin, die sich herabläßt, Frieden zu schließen. Sie hatte eine sorgfältige Toilette gemacht, ihre Haare gekräuselt und einen Zipfel ihrer Schürze aufgesteckt, um ihren Kaschmirrock sehen zu lassen; sie trug sogar – zum ersten Male – eine sehr kostbare Spitzenschleife. Da sie merkte, daß die Augen in den Hallen auf ihr ruhten, warf sie sich noch mehr in die Brust, während sie sich dem Wurstladen näherte.

Jetzt kommt die schöne Lisa an die Reihe, sagte Fräulein Saget; paßt auf!

Die schöne Lisa verließ lächelnd das Pult. Sie durchschritt, ohne sich zu beeilen, den Laden, um der schönen Normännin die Hand zum Gruß zu reichen. Auch sie war fein säuberlich gekleidet, mit ihrem blendend weißen Linnen angetan. Ein Gemurmel ging durch den ganzen Fischmarkt; die Leute auf dem Fußsteige näherten sich unter lebhaftem Gerede. Die beiden Frauen standen jetzt in dem Laden und der Spitzenvorhang des Schaufensters verhinderte den Einblick in die Wursthandlung. Sie schienen sehr freundschaftlich miteinander zu sprechen und Höflichkeiten auszutauschen.

Schau, schau, sagte Fräulein Saget, die schöne Normännin kauft etwas. Was kauft sie denn? Ach, ein Stück Weißwurst. Seht ihr, jetzt stellt Lisa, indem sie die Weißwurst überreicht, ihr auch die Photographie zurück.

Dann gab es neue Begrüßungen. Über die im vorhinein vereinbarten Höflichkeiten hinausgehend, wollte Lisa die schöne Normännin bis auf den Fußweg begleiten. Hier lachten sie einander noch einmal zu und zeigten sich dem ganzen Stadtviertel als gute Freundinnen. Es war ein Freudentag für die

Halle. Die Händlerinnen kehrten zu ihren Verkaufsständen zurück und erklärten, alles sei schön gegangen.

Doch Fräulein Saget hielt Frau Lecoeur und die Sarriette zurück. Das Verhängnis hatte sich noch lange nicht erfüllt. Alle drei beobachteten mit so neugierigen Augen das Haus, als wollten ihre Blicke die Steine durchdringen. Um sich einstweilen die Zeit zu vertreiben, plauderten sie von der schönen Normännin.

Jetzt ist sie ohne Mann, sagte Frau Lecoeur.

Sie hat Herrn Lebigre, bemerkte die Sarriette lachend.

Oh, Herr Lebigre wird nicht wollen.

Fräulein Saget zuckte mit den Achseln und murmelte:

Ihr kennt ihn nicht, er macht sich aus all dem nichts. Das ist ein Mann, der sich auf seinen Vorteil versteht, und die Normännin ist reich. In zwei Monaten werden sie beisammen sein. Die Mutter Méhudin arbeitet schon lange genug an dieser Heirat.

Gleichviel, sagte die Butterhändlerin, der Polizeikommissar hat sie dennoch bei diesem Florent schlafend gefunden.

Aber nein, ich habe es euch nicht gesagt. Der große Magere war eben fort. Ich war da, als man das Bett untersuchte. Der Polizeikommissar selbst hat überall herumgetastet. Es waren zwei noch warme Plätze im Bette.

Die Alte verschnaufte sich ein wenig und fuhr dann in entrüstetem Tone fort:

Mich ärgern am meisten die Scheußlichkeiten, die dieser Halunke Feinchen lehrte. Sie glauben es nicht! Es war ein ganzes Paket da.

Welche Scheußlichkeiten? fragte die Sarriette lüstern.

Weiß man denn? Schweinereien, Unflätigkeiten. Der Kommissar sagt, es genüge, um ihn an den Galgen zu bringen. Dieser Mensch ist ein Ungeheuer. Sich an ein Kind zu hängen, das ist denn doch unerhört! Der kleine Bengel taugt nicht viel, aber das ist doch kein Grund, ihn unter die Roten zu stecken, nicht wahr?

Gewiß, gewiß, antworteten die zwei anderen.

Jetzt wird aber allen Machenschaften ein Ende bereitet. Ich sagte es ja immer: es gibt etwas bei den Quenus, das verdächtig aussieht. Ihr seht jetzt, daß ich eine feine Nase habe. Gott sei Dank, das Stadtviertel wird aufatmen können. Aber es hat einen tüchtigen Kehraus gekostet; man mußte ja schließlich fürchten, am hellichten Tage ermordet zu werden, und konnte kaum mehr ruhig leben. Es gab fortwährend Zank und Streit und Prügeleien und alles wegen eines Mannes, wegen dieses Florent. Die schöne Lisa und die schöne Normännin sind jetzt wieder versöhnt. Das ist sehr schön von ihnen, sie schuldeten das der Ruhe aller. Jetzt wird alles wieder gut, sollt ihr sehen. Schau, da ist dieser arme Herr Quenu in bester Laune.

Quenu stand in der Tat wieder auf dem Fußsteige, überquellend in seiner weißen Schürze, mit der kleinen Magd der Frau Taboureau Scherz treibend. Er war heute sehr aufgeräumt. Er drückte der Magd die Hände, zerbrach ihr schier die Handknöchel, daß sie aufschrie. Es waren so rechte Wurstmacherspäße. Lisa hatte große Mühe, ihn wieder in die Küche zu schicken. Sie ging ungeduldig im Laden hin und her, fürchtete, daß Florent kommen könne, und rief ihren Gatten herein, um eine Begegnung zu verhüten.

Sie kränkt sich, sagte Fräulein Saget. Der arme Herr Quenu weiß nichts; wie harmlos er lacht! ... Ihr müßt wissen: die Frau Taboureau sagte neulich, sie würde sich mit den Quenus entzweien, wenn diese zum Schaden ihres Ansehens diesen Florent noch weiter bei sich behielten.

Einstweilen behalten sie die Erbschaft, sagte Frau Lecoeur.

Nein, meine Liebe; der andere hat seinen Teil bekommen.

Wirklich? Wieso wissen Sie es denn?

Das sieht man ja, antwortete die Alte nach kurzem Zögern und ohne einen anderen Beweis zu liefern. Er hat sogar mehr als seinen Teil bekommen. Die Quenus werden mehrere tausend Franken bei ihm verlieren. Wenn man mit Lastern behaftet ist, geht das Geld schnell weg ... Ach, ihr wißt es vielleicht nicht: er hatte noch ein anderes Weib ...

Das nimmt mich gar nicht wunder, sagte die Sarriette; die mageren Männer treiben es bunt.

Ja, und sie ist gar nicht jung, die andere. Mein Gott, wenn ein Mann eine will, so will er sie, und wenn er sie von der Straße aufgelesen hat. Frau Verlaque, das Eheweib des früheren Aufsehers, diese gelbe Person ...

Doch die zwei anderen widersprachen. Es sei nicht möglich. Frau Verlaque sei abscheulich. Da erzürnte sich Fräulein Saget.

Wenn ich euch sage! Ihr werdet mich doch nicht der Lüge zeihen! ... Man hat Beweise; man hat Briefe dieser Frau gefunden; ein ganzes Bündel Briefe, in denen sie ihn um Geld bat, um zehn Franken, um zwanzig Franken auf einmal. Kurz, die Sache ist klar: die beiden müssen den Mann umgebracht haben.

Die Sarriette und Frau Lecoeur waren überzeugt. Doch sie verloren die Geduld. Sie warteten schon länger als eine Stunde auf dem Fußsteige. Inzwischen würden vielleicht ihre Verkaufsstände bestohlen. Da unterhielt sie Fräulein Saget mit einer neuen Geschichte. Florent könne nicht geflüchtet sein; er werde wiederkommen und es müsse sehr drollig sein, sehe man, wie er verhaftet werde. Sie lieferte genaue Angaben über die Mäusefalle, während die Butterhändlerin und die Obsthändlerin fortfuhren, das Haus von oben bis unten zu mustern, und nach jeder Spalte spähten, ob nicht daselbst die Hüte der Polizisten sichtbar würden. Das Haus lag still und ruhig in der Morgensonne da.

Man möchte kaum glauben, daß es voll Polizei steckt, sagte Frau Lecoeur.

Die Polizisten sind oben in der Dachkammer, murmelte die Alte. Sie haben das Fenster offen gelassen, wie sie es gefunden. Halt! Mich dünkt, einer steht auf der Terrasse, hinter dem Granatenbaum versteckt.

Sie reckten die Hälse, sahen aber nichts.

Nein, es ist der Schatten, erklärte die Sarriette. Selbst die kleinen Vorhänge bewegen sich nicht. Es scheint, daß sie alle in der Stube sitzen und sich nicht rühren.

In diesem Augenblicke bemerkten sie Gavard, der mit besorgter Miene aus dem Fischpavillon kam. Sie betrachteten einander stumm mit leuchtenden Augen. Sie waren näher getreten und standen da aufrecht in ihren knapp herabfallenden Röcken. Der Geflügelhändler kam auf sie zu.

Habt ihr Florent vorüberkommen sehen? fragte er.

Sie antworteten nicht.

Ich muß sogleich mit ihm sprechen, fuhr Gavard fort. Er ist nicht in der Fischabteilung. Er scheint in sein Zimmer hinaufgegangen zu sein. Ihr müßt ihn doch gesehen haben.

Die drei Frauen waren ein wenig blaß. Sie sahen einander noch immer an; ihre Mienen waren tiefernst, ihre Mundwinkel zuckten. Als Frau Lecoeur ihren Schwager unschlüssig dastehen sah, sagte sie:

Wir sind noch nicht fünf Minuten da; er wird früher vorübergegangen sein.

Dann gehe ich hinauf trotz der fünf Stockwerke, sagte Gavard lachend.

Die Sarriette machte eine Bewegung, wie um ihn zurückzuhalten; allein ihre Tante faßte ihren Arm und hielt sie zurück, indem sie ihr ins Ohr flüsterte:

Laß doch, dumme Gans! Es geschieht ihm ganz recht, weil er uns so schlecht behandelt hat.

Er wird nicht mehr sagen, daß ich faules Fleisch esse, murmelte Fräulein Saget noch leiser.

Dann sprachen sie gar nichts mehr. Die Sarriette war sehr rot; die zwei anderen waren sehr gelb. Sie wandten die Köpfe weg, verwirrt durch ihre Blicke; und weil sie mit ihren Händen nichts anzufangen wußten, verbargen sie sie unter ihren Schürzen. Schließlich erhoben sie die Blicke unwillkürlich zu dem Hause, als wollten sie durch die Mauern hindurch den Schritten Gavards folgen, der die Treppe hinanstieg. Als sie ihn oben angelangt glaubten, warfen sie einander abermals Seitenblicke zu. Die Sarriette ließ ein nervöses Lachen vernehmen. Es schien ihnen einen Augenblick, als würden die Fenstervorhänge sich bewegen, und das ließ sie glauben, daß oben gerungen werde. Allein das Haus bewahrte außen seine behagliche Ruhe; eine Viertelstunde verging, ohne daß sich etwas ereignete, und eine immer wachsende Angst schnürte den drei Weibern die Kehle zusammen. Schon wollten sie das Warten aufgeben, als ein Mann aus dem Hause gelaufen kam, um einen Mietwagen zu holen. Fünf Minuten später kam Gavard herunter, gefolgt von zwei Polizisten. Lisa, die bei dem Erscheinen der Droschke einen Augenblick auf die Schwelle getreten war, beeilte sich wieder hineinzugehen.

Gavard war blaß. Oben hatte man ihn durchsucht und die Pistole und die Patronenschachtel bei ihm gefunden. Die Rauheit des Kommissars, die Bewegung, die dieser machte, als er Gavards Namen nennen hörte, belehrten den letzteren, daß er verloren sei. Es war eine schreckliche Entwicklung der Dinge, an die er niemals gedacht hatte. Er fühlte, daß er von den Tuilerien keine Gnade zu hoffen habe. Seine Beine schlotterten, als wenn schon die Hinrichtungsabteilung seiner harrte. Auf der Straße fand er in seiner Prahlerei doch Kraft genug, aufrecht zu gehen. Er zeigte sogar ein letztes Lächeln bei dem Gedanken, daß die Hallen ihn sahen und daß er mutig sterben werde.

Doch mittlerweile waren die Sarriette und Frau Lecoeur herbeigeeilt. Nachdem sie eine Aufklärung verlangt hatten, begann die Käsehändlerin zu schluchzen, während die Nichte tief bewegt den Oheim umarmte. Er hielt sie an sich gepreßt in seinen Armen, steckte ihr einen Schlüssel zu und flüsterte ihr ins Ohr:

Nimm alles und verbrenne die Papiere.

Er stieg in die Droschke und machte dabei ein Gesicht, als gehe es zum Blutgerüst. Als der Wagen an der Ecke der Pierre-Lescot-Straße verschwunden war, bemerkte Frau Lecoeur, wie die Sarriette den Schlüssel in ihrer Tasche verbergen wollte.

Das nützt dir nichts, Kleine, sagte sie ihr, die Zähne zusammenpressend; ich sah, daß er dir den Schlüssel zusteckte. So wahr ein Gott im Himmel ist, will ich ihn im Gefängnisse aufsuchen und ihm alles sagen, wenn du nicht gut zu mir bist.

Aber Tante, ich bin ja gut, erwiderte die Sarriette mit einem verlegenen Lächeln.

Dann laß uns sofort in seine Wohnung gehen; es ist nicht notwendig, den Häschern Zeit zu lassen, daß sie ihre Pfoten in seine Schränke stecken.

Fräulein Saget, die mit flammenden Blicken alles mit angehört hatte, lief hinter ihnen her, was ihre kleinen Beine laufen konnten. Sie dachte jetzt nicht mehr daran, auf Florent zu warten. Auf dem Wege von der Rambuteau-Straße bis zur Cossonnerie-Straße war sie sehr demütig und dienstwillig; sie machte sich erbötig, zuerst mit der Hausmeisterin Frau Leonce zu sprechen.

Wir werden sehen, antwortete die Käsehändlerin kurz.

Man mußte in der Tat unterhandeln. Frau Léonce wollte die Weiber nicht zur Wohnung Gavards hinaufgehen lassen. Sie machte ein strenges Gesicht und schien verletzt von der nachlässigen Art, wie die Sarriette ihr Busentuch gebunden hatte. Allein als das alte Fräulein eine Weile leise zu ihr gesprochen und als man ihr den Schlüssel gezeigt hatte, entschloß sie sich. Oben überlieferte sie die Zimmer eines nach dem anderen; dabei blutete ihr Herz, als ob sie Räubern habe den Ort zeigen müssen, wo sie ihr eigenes Geld verborgen hielt.

Greift zu, nehmt alles! sagte sie und sank in einen Lehnsessel.

Die Sarriette probierte schon den Schlüssel an allen Schränken. Frau Lecoeur stand mit argwöhnischem Gesichte so dicht dabei, daß die andere ausrief:

Aber Tante, ich kann mich nicht bewegen; lassen Sie mir doch wenigsens die Arme frei.

Endlich öffnete sich ein Schrank, der dem Fenster gegenüber zwischen dem Kamin und dem Bette stand. Die vier Weiber seufzten auf. Im mittleren Fache lagen zehntausend Franken in Goldstücken, sorgfältig in kleinen Stößen geordnet. Gavard, der sein Vermögen vorsichtigerweise bei einem Notar hinterlegt hatte, behielt diese Summe „für den Hauptstreich" zurück. Wie er feierlich zu versichern pflegte, hielt er seinen Beitrag zur Revolution bereit. Er hatte einige Rentenbriefe verkauft, und es bereitete ihm eine ganz besondere Freude, allabendlich diese zehntausend Franken zu betrachten, die ihm so kühn und aufrührerisch dreinzublicken schienen. Des Nachts träumte er, daß man in seinem Schrank sich schlage; er hörte Flintenschüsse, das Aufreißen und Wälzen von Pflastersteinen, lautes Triumphgeschrei. Sein Geld machte Opposition.

Die Sarriette hatte mit einem Freudenschrei die Hände ausgestreckt.

Die Pfoten weg! sagte Frau Lecoeur mit rauher Stimme.

Sie war noch gelber in dem Widerschein des Goldes, das Gesicht gefleckt durch die Galle, die Augen fieberglühend infolge des Leberleidens, das sie innerlich verzehrte. Hinter ihr erhob sich Fräulein Saget auf die Fußspitzen und schaute entzückt in den Spind. Auch Frau Léonce hatte sich erhoben und brummte unverständliche Worte.

Mein Onkel sagte mir, ich solle alles nehmen, erklärte rundheraus die Sarriette.

Und ich, die diesen Mann gepflegt hat, soll nichts bekommen? rief die Pförtnerin.

Frau Lecoeur drohte zu ersticken; sie stieß die Pförtnerin zurück, klammerte sich an den Spind und stammelte:

Das ist mein Vermögen; ich bin seine nächste Anverwandte; ihr seid Diebinnen, hört ihr? ... Lieber werfe ich alles zum Fenster hinaus.

Es trat ein Stillschweigen ein, während dessen die vier Weiber einander mit argwöhnischen Blicken anschauten. Das Busentuch der Sarriette hatte sich vollends gelöst; sie zeigte den Busen, war reizend, voll Leben, mit ihren frischen

Lippen und rosigen Nasenflügeln. Frau Lecoeur wurde noch düsterer, als sie die Sarriette in ihrer Habgier so schön sah.

Höre, sagte sie dumpf, wir wollen uns nicht prügeln. Du bist seine Nichte, ich will mit dir teilen. Nehmen wir abwechselnd jede ein Röllchen.

Sie schoben die zwei anderen zurück und die Käsehändlerin machte den Anfang. Das Röllchen verschwand in ihren Röcken. Dann nahm die Sarriette ihrerseits ein Röllchen. Sie überwachten einander und waren bereit, einander auf die Hand zu klopfen. Mit regelmäßigen Bewegungen streckten sie die Finger aus, abscheuliche, knotige Finger die eine, weiße und geschmeidige Finger die andere. Sie füllten sich die Taschen. Als nur mehr ein Röllchen da war, wollte die Sarriette nicht, daß ihre Tante es nehme, da diese den Anfang gemacht hatte. Sie nahm das Röllchen und teilte dasselbe plötzlich zwischen Fräulein Saget und Frau Léonce, die die Teilung mit fieberhaftem Trippeln mit angesehen hatte.

Dank schön, brummte die Hausmeisterin; fünfzig Franken dafür, daß ich ihn gehegt und gepflegt, ihm Kraftbrühen und Heiltränke bereitet habe. Der alte Fuchs sagte, er habe keine Familie.

Frau Lecoeur wollte den Schrein von oben bis unten durchsuchen, ehe sie ihn schloß. Er enthielt alle verbotenen Bücher, alle Skandalgeschichten der Bonaparte, alle Brüsseler Pamphlete, alle jene ausländischen Spottbilder, die den Kaiser lächerlich machten. Es machte Gavard stets viel Spaß, sich mit einem Freunde einzuschließen, um ihm diese kompromittierenden Sachen zu zeigen.

Er hat mir aufgetragen, die Papiere zu verbrennen, bemerkte die Sarriette.

Bah, es ist kein Feuer da. Auch würde es zu lange dauern. Ich wittere die Polizei. Wir müssen machen, daß wir fortkommen.

Alle vier verließen die Behausung. Sie waren noch nicht am Fuße der Treppe angekommen, als die Polizei erschien. Frau Léonce mußte wieder hinaufgehen, um die Herren zu begleiten. Die drei anderen Weiber beeilten sich, auf die Straße zu kommen. Sie gingen schnell davon, eine hinter der anderen, die Tante und die Nichte im Gehen behindert durch die Last ihrer vollen Taschen. Die Sarriette, die voranging, wandte sich auf dem Fußsteig der Rambuteau- Straße um und sagte lachend:

Es schlägt mir an die Schenkel.

Frau Lecoeur sagte eine Unflätigkeit, worüber sie lachten. Es war ihnen eine Wonne, diese Last zu fühlen, die ihre Taschen herabzog und sich an sie hängte gleich liebeglühenden Händen.

Fräulein Saget hatte ihre fünfzig Franken in der Hand behalten. Sie blieb nachdenklich und schmiedete einen Plan, wie sie aus diesen vollen Taschen, denen sie folgte, noch etwas abbekommen könne. Als sie sich an der Ecke des Fischpavillons wieder zusammenfanden, rief die Alte:

Schau, schau, wir kommen gerade recht. Da ist dieser Florent, den sie sogleich abfassen werden.

Florent kam in der Tat von seinem weiten Gange zurück. Er wechselte in seinem Büro den Rock und machte sich an sein tägliches Geschäft, schritt die Gänge ab und überwachte die Reinigung der Verkaufsstände. Er fand, daß man ihn so eigentümlich ansah; die Fischweiber zischelten, wenn er vorüberkam, und warfen ihm von der Seite einen Blick zu. Er dachte daß irgendein neuer Streich gegen ihn ausgeheckt werde. Seit einiger Zeit ließen diese dicken, schrecklichen Weiber ihn keinen Tag mehr in Frieden. Doch als er bei der Verkaufsbank der Méhudin vorüberkam, hörte er zu seiner Überraschung die Alte in süßlichem Tone sagen:

Herr Florent, es war jemand da, der Sie gesucht hat. Es ist ein Herr von einem gewissen Alter. Er ist in Ihr Zimmer hinaufgegangen, um Sie dort zu erwarten.

Das alte Fischweib saß auf einem Sessel und genoß, während sie diese Dinge sagte, eine süße Rache, die ihre riesige Masse erzittern ließ. Florent, der noch zweifelte, blickte auf die schöne Normännin. Sie war mit ihrer Mutter wieder vollständig ausgesöhnt; sie öffnete den Wasserhahn, machte sich mit ihren Fischen zu schaffen und schien nichts zu hören.

Wissen Sie es genau? fragte er.

Oli, ganz genau; nicht wahr, Luise? fügte die Alte mit spitziger Stimme hinzu.

Florent dachte, es handle sich um das große Unternehmen, und entschloß sich, hinaufzugehen. In dem Augenblicke, als er den Pavillon verließ, wandte er sich unwillkürlich um und bemerkte, daß die schöne Normännin ihm mit tiefernster Miene nachblicke. Jetzt kam er an den drei Klatschbasen vorbei.

Haben Sie bemerkt, daß der Wurstladen leer ist? murmelte Fräulein Saget zu ihren Gefährtinnen. Die schöne Lisa ist vorsichtig genug, sich nicht zu kompromittieren.

Der Wurstladen war in der Tat leer. Das Haus bewahrte seine sonnige Ruhe, sein zufriedenes Aussehen eines ehrbaren Hauses, das sich von der Morgensonne bestrahlen läßt. Der Granatenbaum auf der Terrasse oben stand in voller Blüte. Die Straße überschreitend, nickte Florent einen freundlichen Gruß zu Logre und Lebigre hinüber, die auf der Schwelle der Weinstube standen. Die Herren erwiderten lächelnd seinen Gruß. Er war im Begriff, den Hausflur zu betreten, als er am Ende dieses schmalen und dunkeln Ganges das bleiche Gesicht Augusts zu bemerken glaubte, das sogleich wieder verschwand. Florent machte kehrt und warf einen Blick in den Wurstladen, um zu sehen, ob der Herr von einem gewissen Alter nicht da sei. Aber er sah niemanden als die Katze Mouton, die auf einem Bocke saß und ihn mit ihren großen, gelben Augen anstarrte. Als er sich endlich entschloß, den Flur zu betreten, sah er das Gesicht Lisas hinter dem kleinen Vorhange einer Glastür im Hintergrunde.

In dem Fischpavillon war es still geworden. Die ungeheueren Bäuche und Brüste hielten den Atem an, bis Florent verschwunden war. Dann ließen sich alle gehen, die Brüste schwellten sich, die Bäuche platzten schier von einer boshaften Freude. Der Streich war gelungen. Man konnte sich nichts Drolligeres denken. Die alte Méhudin ward von dem Lachen geschüttelt und gluckste wie ein voller Schlauch, der geleert wird. Die Geschichte von dem betagten Herrn machte die Runde auf dem Fischmarkte, und die Weiber fanden sie außerordentlich spaßig. Endlich war der lange Magere wieder im Käfig; man wird sein häßliches Gesicht, seine Sträflingsaugen nicht mehr vor sich haben. Alle wünschten ihm glückliche Reise, indem sie darauf zählten, einen schönen Mann zum Aufseher zu bekommen. Sie liefen von Stand zu Stand und hätten einen Reigen um die Verkaufsbänke aufführen mögen gleich tollen Dirnen. Die schöne Normännin schaute ruhig diesem Jubel zu; sie wagte sich nicht zu rühren, aus Furcht, daß sie in Tränen ausbrechen werde; sie preßte die Hände auf einen großen Rochen, um ihr Fieber zu kühlen.

Seht ihr, wie die Méhudin ihn fallen lassen, weil er kein Geld mehr hat? sagte Frau Lecoeur.

Recht haben sie, entgegnete Fräulein Saget. Jetzt wird auch der ewige Zank und Hader ein Ende haben. Sie sind zufrieden; lassen Sie auch die anderen ihre Sachen in Ordnung bringen.

Aber nur die alten Weiber lachen, bemerkte die Sarriette. Die Normännin blickt nicht sehr heiter drein.

Inzwischen ließ Florent in seinem Zimmer sich abfangen wie ein Hammel. Die Polizisten stürzten sich mit roher Gewalt auf ihn, weil sie ohne Zweifel einen hartnäckigen Widerstand erwarteten. Er bat sie ruhig, ihn loszulassen. Dann setzte er sich, während die Polizisten die Papiere, Schärpen, Armbinden, Abzeichen zusammenrafften. Diese Lösung schien ihn nicht zu überraschen; sie war für ihn eine Erleichterung, ohne daß er sich es eingestehen wollte. Ihn kränkte nur der Haß, der ihn soeben in dieses Zimmer getrieben hatte. Er sah das blasse Antlitz Augusts und die verlegenen Gesichter der Fischweiber wieder. Er erinnerte sich der Worte der Mutter Méhudin, des Schweigens der Normännin, des leeren Ladens und sagte sich, daß die Hallen mitschuldig seien, und daß das ganze Stadtviertel ihn ausgeliefert habe. Rings um ihn her stieg der Schmutz dieser schmutzigen Gassen auf.

Als unter den runden Gesichtern, die wie in einem Blitz an ihm vorüberzogen, plötzlich auch das Bild Quenus auftauchte, da fühlte er, wie eine tödliche Beklemmung ihm das Herz zusammenkrampfte.

Vorwärts, hinunter! gebot der Sicherheitskommissar.

Er erhob sich und ging hinunter. Im dritten Stockwerk angelangt bat er, zurückgehen zu dürfen, weil er etwas vergessen habe. Die Polizisten wollten nicht und stießen ihn vorwärts. Er flehte demütig und bot ihnen einiges Geld an, das er bei sich hatte. Endlich willigten zwei der Leute ein, ihn nach seiner Stube zurückzuführen, wobei sie drohten, ihm den Kopf zu zerschmettern, wenn er versuchen solle, ihnen einen üblen Streich zu spielen. Sie zogen ihre Revolver aus der Tasche. Als er wieder in seiner Stube war, ging er geradeaus zu dem Käfig des Finken, nahm den Vogel, küßte ihn zwischen den zwei Flügeln und ließ ihn frei. Er blickte ihm nach, wie er im hellen Sonnenscheine sich auf dem Dache des Fischpavillons niederließ, dann einen zweiten Flug nehmend, über den Hallen hinweg, nach der Seite des Innocenzplatzes verschwand. Florent schaute noch einen Augenblick nach dem freien Himmel; er dachte an die girrenden Holztauben im Tuileriengarten und an die Tauben im Keller der Hallen, die Marjolin abschlachtete. Ein tiefer Riß ging durch sein ganzes Wesen, und er folgte den Polizeiagenten, die achselzuckend ihre Revolver wieder einsteckten.

Am Fuße der Treppe blieb Florent vor der Türe stehen, die nach der Küche führte. Der Kommissar, der ihn hier erwartete, fragte fast gerührt durch seine Fügsamkeit:

Wollen Sie Ihrem Bruder Lebewohl sagen?

Er zögerte einen Augenblick und blickte nach der Türe. Ein lautes Geräusch von Hackmessern und siedenden Töpfen drang aus der Küche heraus. Um ihren Gatten zu beschäftigen, hatte Lisa Quenu dazu gedrängt, Blutwurst zu machen, was er sonst nur des Abends tat. Die Zwiebeln schmorten mit hellem Zischen am Feuer. Florent vernahm die heitere Stimme Quenus, die, alles andere übertönend, sagte:

Ha, die Wurst wird gut! August, gib das Fett her!

Florent dankte dem Kommissar; er hatte Angst, in diese heiße, vom starken Geruche der gebratenen Zwiebel erfüllte Küche einzutreten. Er ging an der Tür vorüber, glücklich in dem Glauben, daß sein Bruder nichts wisse, und beschleunigte die Schritte, um dem Wurstladen einen letzten Kummer zu ersparen. Doch als er die sonnenhelle Straße betrat, hatte er ein Gefühl der Scham und stieg bleich und gebrochen in den bereitstehenden Wagen. Er fühlte, daß er den triumphierenden Fischmarkt vor sich habe und es schien ihm, als sei das ganze Stadtviertel da, um sich zu freuen.

Ist das ein böses Gesicht, sagte Fräulein Saget.

Das Gesicht eines Sträflings, den man auf frischer Tat ertappt hat, fügte Frau Lecoeur hinzu.

Die Sarriette aber erzählte:

Ich habe einen Mann köpfen sehen, der genau so aussah.

Sie waren näher getreten und reckten die Hälse, um noch in die Droschke zu schauen. In dem Augenblicke, als der Wagen sich in Bewegung setzte, zog das alte Mädchen lebhaft an den Röcken der beiden anderen und zeigte ihnen Claire, die aus der Pirouette-Straße hervorkam, ganz verstört, mit losem Haar und blutenden Fingernägeln. Es war ihr gelungen, die Tür aus den Angeln zu reißen. Als sie begriff, daß sie zu spät kam, daß man Florent wegführe, rannte sie dem Wagen nach, doch blieb sie mit einer Gebärde ohnmächtiger Wut gleich wieder stehen und erhob drohend die Faust nach dem davoneilenden Wagen. Ganz rot unter dem feinen Kalkstaub, der sie bedeckte, kehrte sie eiligen Schrittes heim.

Hat er ihr etwa die Ehe versprochen? rief die Sarriette lachend. Das dumme Mensch ist ja ordentlich verrückt.

Das Stadtviertel beruhigte sich allmählich. Einzelne Gruppen sprachen noch bis zum Schlusse des Marktes von den Ereignissen des Morgens. Man blickte neugierig in den Wurstladen, allein Lisa vermied es zu erscheinen und ließ

Augustine am Pulte. Am Nachmittag hielt sie es endlich an der Zeit, ihrem Manne alles zu sagen, weil sie fürchtete, er könne die Geschehnisse von irgendeiner Schwätzerin ganz unvermittelt erfahren, was ihn zu schwer treffen werde. Sie wartete, bis sie mit ihm in der Küche allein war, weil sie wußte, daß es ihm da gefiel und daß er da weniger weinen werde. Sie ging übrigens mit einer wahrhaft mütterlichen Schonung zu Werke. Aber als er die Wahrheit erfuhr, fiel er auf das Hackbrett hin und begann zu blöken wie ein Kalb.

Mein armer Dicker, gräme dich doch nicht so, du wirst dich noch krank machen, sagte Lisa und schloß ihn zärtlich in ihre Arme.

Er vergoß reichliche Tränen, die auf seine weiße Schürze hinabflossen; sein schwerfälliger, massiger Körper ward vom Schmerze geschüttelt. Er schien völlig zu zerfließen. Als er endlich Worte fand, stammelte er:

Nein, du weißt nicht, wie gut er zu mir war, als wir zusammen in der Royer-Collard-Straße wohnten. Er fegte das Zimmer aus und besorgte die Küche. Er liebte mich wie sein Kind; er kam nach Hause beschmutzt bis an den Bauch und so müde, daß er sich nicht bewegen konnte; ich aber saß im warmen Zimmer und hatte gut zu essen ... Und jetzt wird man ihn erschießen.

Lisa widersprach und sagte, man werde ihn nicht erschießen. Doch er schüttelte den Kopf und fuhr fort:

Gleichviel, ich habe ihn nicht genug geliebt, ich kann es jetzt wohl sagen. Ich hatte ein schlechtes Herz, ich habe gezögert, ihm sein Teil von der Erbschaft zu geben.

Aber nein, ich habe ihm sein Teil zehnmal angeboten, rief sie; wir haben uns nichts vorzuwerfen.

Oh, du bist gut, das weiß ich wohl; du würdest ihm alles hingegeben haben ... Aber mir war es nicht recht... Das wird der Kummer meines ganzen Lebens bleiben. I ch werde mir immer denken, daß er, wenn er mehr Geld gehabt hätte, nicht zum zweitenmal schlimme Wege betreten haben würde ... Meine Schuld ist es; ich habe ihn dem Verderben überliefert.

Lisa schlug einen noch zärtlicheren Ton an und sagte, er solle sich den Kopf nicht mit solchen Dingen zermartern. Sie beklagte sogar Florent. Im übrigen sei er sehr strafbar. Hätte er mehr Geld gehabt, würde er mehr Dummheiten begangen haben. Allmählich gab sie zu verstehen, daß es nicht anders enden konnte und daß es für alle Welt so besser sei. Quenu weinte noch, trocknete sich das Gesicht mit der Schürze, unterdrückte sein Schluchzen, um sie zu hören, und brach dann von neuem in noch reichlichere Tränen aus. Er hatte mechanisch die Finger in einen Haufen Wurstfleisch gesteckt, der auf dem Hackbrett lag; er grub Löcher hinein und knetete wütend den Haufen.

Du erinnerst dich, du fühltest dich nicht wohl, fuhr Lisa fort. Wir waren aus unseren Gewohnheiten herausgekommen. Ich war sehr unruhig, ohne es dir zu sagen; ich sah sehr wohl, daß du abnahmst.

Nicht wahr? murmelte er und hielt einen Augenblick im Weinen inne.

Auch unser Geschäft ging dieses Jahr nicht so, wie es sollte. Es war wie verhext ... Weine nicht; du wirst sehen, wie alles wieder gut wird. Du mußt dich erhalten für mich und deine Tochter. Du hast auch uns gegenüber Pflichten zu erfüllen.

Er knetete jetzt das Wurstfleisch weniger wild. Die Rührung bemächtigte sich seiner wieder; aber eine zärtliche Rührung, die schon ein leises Lächeln in sein bekümmertes Antlitz zauberte. Lisa merkte, daß er überzeugt sei. Sie rief Pauline herbei, die im Laden spielte, setzte ihm das Kind auf den Schoß und sagte:

Nicht wahr, Pauline, Papa muß Vernunft annehmen? Bitte ihn artig, daß er uns nicht kränkt.

Das Kind bat ihn artig. Sie sahen einander an und drängten sich in einer einzigen Umarmung zusammen, riesig dick, überquellend, sich schon erholend von dem seit einem Jahre andauernden Unbehagen, von dem sie kaum erst befreit worden; und sie lächelten einander zu mit ihren breiten, runden Gesichtern, während die Wursthändlerin wiederholte:

Siehst du, mein Dicker: wir drei und sonst gibt es für uns nichts ...

Zwei Monate später war Florent abermals zur Verschickung verurteilt. Die Sache machte riesiges Aufsehen. Die Zeitungen bemächtigten sich der geringsten Einzelheiten, brachten die Bildnisse der Angeklagten, die Zeichnungen der Schärpen und Wimpel, die Pläne der Orte, wo die Bande sich versammelte. Zwei Wochen lang war in Paris von nichts anderem die Rede als von der Verschwörung der Hallen. Die Polizei veröffentlichte Mitteilungen, die immer beunruhigender lauteten; man sagte schließlich, das ganze Montmartre-Viertel sei unterwühlt. Im gesetzgebenden Körper war die Bestürzung so groß, daß das Zentrum und die Rechte das unerquickliche Dotations-Gesetz vergaßen, das sie einen Augenblick entzweit hatte, und sich vereinigten, um mit erdrückender Mehrheit das mißliebige Steuergesetz anzunehmen, über das jetzt

– in dem Schrecken, der die Stadt ergriffen hatte – auch die Vorstädte sich nicht mehr zu beklagen wagten. Der Prozeß dauerte eine volle Woche. Florent war sehr überrascht von der großen Anzahl Mitschuldiger, die man ihm gegenüberstellte. Er kannte kaum fünf oder sechs von den zwanzig und etlichen Leuten, die auf der Bank der Angeklagten saßen. Nachdem das Urteil verkündet worden war, glaubte er den Hut unnd den harmlosen Rücken Robines zu erkennen, der inmitten der Menge sich ruhig entfernte. Logre und Lacaille wurden freigesprochen. Alexander erhielt zwei Jahre Gefängnis, weil er in seiner Leichtfertigkeit sich kompromittiert hatte. Gavard wurde gleich Florent zur Verschickung verurteilt. Das war ein Keulenschlag, der ihn niederschmetterte in seinen letzten Freuden am Schlusse dieser langen Verhandlungen, die ihm mit seiner Person auszufüllen gelungen war. Schwer büßte er seine Oppositionsgelüste eines Pariser Krämers. Zwei große Tränen rollten über sein verstörtes Gesicht eines graubärtigen Knaben herab.

An einem Augustmorgen schlenderte Claude Lantier, seinen roten Gürtel um den Leib, in den erwachenden Hallen herum und betrachtete die Ausladung der Gemüse. Auf dem Eustach-Platze traf er Frau François, die trübe dreinblickend auf ihren gelben und roten Rüben saß. Auch der Maler war ernst trotz des hellen Sonnenscheins, der das tiefe Grün der Kohlberge zu vergolden begann.

Es ist aus, sagte er. Sie schicken ihn wieder hinüber... Ich glaube gar, sie haben ihn schon nach Brest expediert.

Die Gemüsegärtnerin machte eine Gebärde stummen Schmerzes. Sie machte mit der Hand eine Rundbewegung und sagte mit dumpfer Stimme:

Dieses lumpige Paris ist schuld.

Nein, ich weiß, wer schuld ist; es sind Elende, sagte Claude die Fäuste ballend. Denkt Euch, Frau François: es gibt nichts so Blödes, was sie bei Gericht nicht gesagt hätten ... Sie sind so weit gegangen, in den Schreibheften eines Kindes herumzuschnüffeln. Der Gimpel von einem Staatsanwälte machte sich einen Braten daraus, sprach von der Achtung vor der Kindheit, von der demagogischen Erziehung und dergleichen Albernheiten mehr. Ich bin heute noch krank davon.

Ein nervöses Zittern schüttelte ihn; die Schultern in seinem grünlichen Überrock einziehend fuhr er fort:

Er war sanftmütig wie ein Mädchen; er konnte das Schlachten von Tauben nicht mit ansehen, ohne Übelkeiten zu bekommen ... Ich mußte vor Mitleid lachen, als ich ihn zwischen zwei Gendarmen sah. Wir sehen ihn nie wieder; dieses Mal läßt er die Knochen drüben.

Er hätte meinen Rat befolgen sollen, sagte die Gemüsegärtnerin nach einer Weile, und nach Nanterre kommen, um da ruhig unter meinen Hühnern und Kaninchen zu leben. Ich liebte ihn sehr, weil ich begriff, daß er gut sei... Man hätte glücklich sein können ... Es ist ein schwerer Kummer ... Trösten Sie sich, Herr Claude... Ich erwarte Sie an einem der nächsten Tage zu einem Pfannkuchen.

Tränen standen ihr in den Augen. Doch als tapfere Frau, die den Schmerz zu tragen weiß, erhob sie sich und rief:

Schau, da ist Mutter Chantemesse, die mir weiße Rüben abkauft. Immer munter, die dicke Frau Chantemesse.

Claude ging weiter und trieb sich auf dem Pflaster herum. Der Tag stieg in weißen Lichtbündeln aus der Rambuteau-Straße herauf. Die Sonne guckte hinter den Dächern hervor und entsandte ihre rosigen Strahlen, schräge Lichtfelder, die bereits das Pflaster trafen. Claude fühlte, daß ein frohes Erwachen durch diese großen, hell tönenden Hallen ziehe, durch dieses mit aufgehäuften Lebensmitteln angefüllte Stadtviertel. Es war gleichsam eine Freude der Wiedergenesung, ein lauteres Getöse von Leuten, die endlich von einer Last befreit sind, die ihnen den Magen beschwert hat. Er sah die Sarriette mit einer goldenen Uhr, wie sie unter ihren Pflaumen und Erdbeeren sang, und Herrn Jules, der mit einer Samtjacke bekleidet war, bei den Schnurrbartspitzen zog. Er sah Frau Lecoeur und Fräulein Saget, die in einem der gedeckten Gänge dahinschritten, weniger gelb als sonst mit fast rosigen Wangen als gute Freundinnen, die sich an irgendeiner Geschichte belustigten. Die Mutter Mehudin hatte ihren Verkaufsstand in den Hallen wieder aufgenommen, klatschte lustig auf ihre Fische, lästerte über alle Welt und schloß mit ihren kecken Reden dem neuen Aufseher den Mund, einem jungen Manne, dem sie die Peitsche verhieß, während Claire, weichlicher und träger denn je, mit ihren vom Wasser der Fischbehälter blau gewordenen Händen eine riesige Ladung Schnecken herbeischleppte, über die der Schaum Silberfäden zog. August und Augustine waren nach der Kaldaunenabteilung gekommen, um Schweinsfüße einzukaufen; sie hatten die zärtlichen Mienen der Jungvermählten und fuhren in ihrem Karren nach ihrem in der Vorstadt Montrouge eröffneten Wurstladen ab. Da es schon acht Uhr und sehr warm war, fand Claude in der Rambuteau-

Straße Feinchen und Pauline Pferdchen spielen; Feinchen ging auf allen vieren, Pauline saß auf seinem Rücken und hielt sich an seinen Haaren fest, um nicht herunterzufallen. Ein Schatten, den er auf den Hallendächern am Rande der Dachtraufe sah, ließ ihn in die Höhe blicken; es waren Cadine und Marjolin, die scherzend und kosend in der warmen Sonne, das ganze Stadtviertel mit ihrer Liebschaft glücklicher Tiere beherrschten.

Claude zeigte ihnen die Faust. Es erbitterte ihn, Himmel und Erde in solcher Festesfreude zu sehen. Er schimpfte über die Fetten und sagte, diese hätten gesiegt. Ringsumher sah er nur lauter Fette mit ihren runden Leibern, schier berstend von Gesundheit, einen neuen Tag, der gute Verdauung verhieß, begrüßend. Bei der Pirouette-Straße gab das Schauspiel ihm den Rest, das rechts und links sich ihm darbot.

Rechts stand die schöne Normännin – die schöne Frau Lebigre, wie man sie jetzt nannte – auf der Schwelle ihres Ladens. Ihr Mann hatte endlich die Erlaubnis erhalten, seiner Weinstube einen Tabakladen hinzufügen zu dürfen; dieser lang gehegte Wunsch war ihm endlich in Erfüllung gegangen, dank den guten Diensten, die er dem Staate geleistet hatte. Der Maler fand die schöne Frau Lebigre ganz herrlich in ihrem Seidenkleide, mit dem sorgfältig gekräuselten Haar, bereit sich vor ihrem Pulte niederzulassen, wo alle Herren des Stadtviertels erschienen, um sich mit Zigarren und Tabak zu versorgen. Sie war vornehm, eine ganze Dame geworden. Der Saal war frisch gemalt worden, junges Weinlaub auf zartem Grunde; die Zinkplatte des Schanktisches schimmerte in hellem Glanze, während die Likörflaschen das lodernde Feuer ihrer Farben in den Spiegel warfen. Luise lachte dem hellen Morgen zu.

Links stand die schöne Lisa auf der Schwelle des Wurstladens und nahm die ganze Breite der Türe ein. Ihr Linnenzeug war weißer denn je, und niemals schien ihr Antlitz rosiger und zufriedener in seinem Rahmen von glatt gescheiteltem Haar. Nichts störte ihre satte Ruhe und tiefe Zufriedenheit, nicht einmal ein Lächeln. Es war der vollkommene Frieden, eine vollständige Glückseligkeit, die unerschüttert und ruhig in der warmen Sommerluft sich badete. Ihr straff gespanntes Leibchen verdaute noch das Glück von gestern; ihre gepolsterten Hände, unter der Schürze versteckt, nahmen sich nicht die Mühe, nach dem Glücke des Tages zu greifen; sie ließen es ruhig herankommen. Auch das Schaufenster nebenan zeigte ein vollständiges Glück; es war geheilt, die gefüllten Zungen waren röter und gesünder, die Schinken hatten wieder ihre schöne, gelbe Rinde, die Wurstkränze hatten nicht mehr jenes trostlose

Aussehen, das Quenu so sehr betrübt hatte. Ein lautes Lachen ertönte aus der Küche, von einem lustigen Geklimper der Küchengeräte begleitet. Der Wurstladen schwitzte wieder von fetter Gesundheit. Die Speckseiten, die an den Marmorwänden hingen, waren wie runde Bäuche; es war gleichsam der Triumph des Bauches. Lisa aber mit dem ruhigen, würdigen Gesichte und den großen Augen einer starken Esserin brachte den Hallen ihren Morgengruß.

Dann neigten beide Frauen sich vor. Die schöne Frau Lebigre und die schöne Frau Quenu wechselten einen freundlichen guten Morgen!

Claude, der tags zuvor ohne Zweifel vergessen hatte, zu Mittag zu essen, ward von Zorn ergriffen, als er sie so gesund und so sauber sah mit ihren großen Brüsten; er zog seinen Gürtel noch enger zusammen und brummte verdrossen: Was sind doch die rechtschaffenen Leute für Schurken!